Élizabeth George

Elizabeth George est née aux États-Unis, dans l'Ohio, et a passé son enfance en Californie. Diplômée en littérature anglaise et en psychopédagogie, elle a enseigné l'anglais pendant treize ans, avant de se consacrer à l'écriture.

Dès son premier roman, *Enquête dans le brouillard* (Grand Prix de littérature policière en 1988), elle s'impose comme un brillant auteur de policiers “à l'anglaise”. Elle est l'auteur de dix romans, qui ont tous pour cadre la Grande-Bretagne, et mettent en scène les enquêtes de l'inspecteur Thomas Linley et de sa fidèle adjointe le sergent Barbara Havers, attachés au prestigieux département de police criminelle de Scotland Yard.

Imprégnée de culture anglaise depuis son adolescence, cette Américaine connaît parfaitement l'histoire et la culture britanniques, et séjourne régulièrement en Grande-Bretagne pour faire les repérages nécessaires à la construction de ses romans. Elle vit actuellement près de Los Angeles, où elle accueille des étudiants pour des séminaires d'écriture.

ELIZABETH GEORGE

Elizabeth George est née aux États-Unis dans l'Ohio et a passé son enfance en Californie. Diplômée en littérature anglaise et en psychopédagogie, elle a enseigné l'anglais pendant treize ans, avant de se consacrer à l'écriture.
Dès son premier roman, *Enquête dans le brouillard* (Grand Prix de littérature policière en 1990), elle s'impose comme un brillant auteur de policiers "à l'anglaise". Elle est l'auteur de dix romans, qui ont tous pour cadre la Grande-Bretagne, et mettent en scène les enquêtes de l'inspecteur Thomas Lynley et de sa fidèle acolyte le sergent Barbara Havers, tous deux au très britannique département de police criminelle de Scotland Yard.
Imprégnée de culture anglaise depuis son adolescence, cette Américaine connaît parfaitement l'histoire et la culture britanniques. Elle séjourne fréquemment en Grande-Bretagne pour faire les repérages nécessaires à la construction de ses romans. Elle vit actuellement près de Los Angeles, où elle accueille des étudiants pour des séminaires d'écriture.

UNE DOUCE VENGEANCE

DU MÊME AUTEUR
CHEZ POCKET

ENQUÊTE DANS LE BROUILLARD
LE LIEU DU CRIME
CÉRÉMONIES BARBARES
POUR SOLDE DE TOUT COMPTE
MAL D'ENFANT
UN GOÛT DE CENDRES
LE VISAGE DE L'ENNEMI
LE MEURTRE DE LA FALAISE
UNE PATIENCE D'ANGE

ELIZABETH GEORGE

UNE DOUCE VENGEANCE

PRESSES DE LA CITÉ

Titre original :
A SUITABLE VENGEANCE

Traduit de l'anglais
par Dominique Wattwiller

ISBN 2-266-11412-3

Pour mon mari, Ira Toibin, qui m'a soutenue avec patience et dévouement pendant vingt ans.
Avec toute ma reconnaissance.

Et pour mon cousin,
David Silvestri.

Remerciements

L'écriture d'un roman ne pouvant se faire sans un certain travail de recherche, j'ai une dette particulière envers ceux qui m'ont fourni les données de base indispensables à la rédaction de cet ouvrage :

Le Dr Daniel Vallera — directeur du service d'immunologie expérimentale au sein du département de radiologie thérapeutique de l'université du Minnesota — a bien voulu répondre à mes innombrables et interminables coups de téléphone portant sur divers aspects de la recherche médicale. J'ai particulièrement apprécié sa façon très personnelle d'expliquer l'inexplicable.

Le Dr L.L. Houston — du laboratoire CETUS de San Francisco, Californie — a retracé pour moi au cours d'une longue conversation les différentes étapes du développement d'un produit pharmaceutique, de sa « découverte » à sa commercialisation.

L'inspecteur Michael Stephany m'a fait profiter d'une foule de renseignements glanés au sein de la Brigade des stupéfiants du comté d'Orange.

Virginia Bergman, la première, m'a fait prendre conscience des différents usages qui pouvaient être faits de l'ergotamine.

Je tiens en outre à remercier Julie Mayer, critique judicieux et enthousiaste ; Vivienne Schuster, Tony Mott et Georgina Morley qui m'aident à ne pas dévier de mon sujet ; Deborah Schneider, mon agent, pour son soutien indéfectible. Et enfin Kate Miciak, directrice littéraire, qui est mon défenseur chez Bantam.

Première partie

Soho la nuit

Tina Cogin savait tirer le meilleur parti du peu qu'elle possédait. C'était chez elle un don inné. Du moins aimait-elle à le penser.

Quelques étages au-dessus du vacarme de la circulation nocturne, sa silhouette nue se détachait telle une gargouille sur le mur de la chambre à peine éclairée ; Tina sourit tandis que ses mouvements tout en faisant bouger son ombre donnaient naissance à de nouvelles formes en noir et blanc qui évoquaient le test de Rorschach. Et quel test, songea-t-elle, esquissant un geste aguicheur. Quel spectacle pour un psychopathe !

Étouffant un rire d'autodérision — elle s'y entendait à se moquer d'elle-même —, elle se dirigea vers la commode afin de passer amoureusement en revue sa collection de sous-vêtements. Feignant l'hésitation pour mieux faire durer le plaisir, elle tendit la main vers un séduisant ensemble en soie et dentelle noires. Le soutien-gorge et le slip, fabriqués en France, étaient astucieusement et discrètement rembourrés. Elle les passa avec des doigts malhabiles, peu habitués, quoi qu'elle en eût, à manipuler de la lingerie aussi fine.

D'une voix d'arrière-gorge, elle se mit à fredonner tranquillement un air de son cru, sorte d'hymne à la soirée qui s'annonçait, aux trois jours et aux trois nuits de totale liberté, au plaisir de s'aventurer dans les rues de Londres sans savoir ce que lui apporterait la douce nuit d'été. Elle glissa un ongle long et laqué sous le rabat d'une pochette neuve de bas Nylon mais, lorsqu'elle les sortit de leur enveloppe, ils accrochèrent sur sa peau moins douce qu'elle ne l'aurait souhaité. Le bas fila. Proférant un bref juron, elle examina les dégâts : un début d'échelle sur la face interne de la cuisse. Il allait lui falloir redoubler de vigilance.

Tout en enfilant lentement ses bas, elle baissa les yeux avec un soupir de contentement. Le Nylon glissait contre son épiderme. Elle savoura la sensation — semblable à la caresse d'un amant — et, pour l'intensifier, se passa les mains sur les chevilles, le long des mollets, des cuisses et des hanches. Fermes, songea-t-elle, superbes. Marquant une pause, elle admira sa silhouette dans la psyché avant de prendre dans la commode un jupon de soie noire.

La robe qu'elle sortit de la penderie était noire elle aussi, ras du cou et à manches longues. Tina l'avait choisie uniquement pour sa forme : c'était un fourreau qui la moulait au point que son corps semblait gainé d'un liquide opaque et ténébreux. Une ceinture soulignait la taille ; des perles de jais décoraient le corsage. C'était un modèle élégant de Knightsbridge dont le prix — ajouté à toutes les autres dépenses qu'il lui avait fallu faire par ailleurs — l'avait obligée à renoncer à se déplacer en taxi pendant le reste de l'été. Mais c'était sans importance car certains investissements finissent toujours par s'avérer rentables. Cela, Tina ne l'ignorait pas.

Elle enfila des escarpins noirs à hauts talons avant d'allumer la lampe posée près du divan qui éclaira son modeste studio et — luxe suprême — sa salle de bains. Lors de son premier séjour à Londres plusieurs mois auparavant, alors qu'elle était jeune mariée et cherchait un refuge, elle avait fait la bêtise de louer une simple chambre meublée dans un petit immeuble d'Edgware Road où il lui avait fallu partager les sanitaires avec une flopée de Grecs souriants, très intéressés par les multiples allées et venues que lui imposait son sens rigoureux de l'hygiène. L'expérience lui avait servi de leçon. Elle s'était dit qu'après ça il était hors de question qu'elle partage avec quiconque ne fût-ce qu'un simple lavabo. Et bien que le studio avec sa salle de bains lui coutât les yeux de la tête, elle s'était débrouillée pour pouvoir se l'offrir.

Examinant une dernière fois son maquillage, elle s'estima satisfaite de ses yeux dont l'ombre à paupières judicieusement choisie rehaussait la couleur et rectifiait la forme, de ses sourcils bien dessinés et soigneusement lissés, de ses pommettes fardées au blush avec art pour éviter à son visage d'avoir l'air bêtement rectangulaire, de ses lèvres rougies et soulignées d'un trait de crayon pour exprimer la sensualité et attirer l'attention. Rejetant en arrière sa chevelure d'un noir aussi soutenu que celui de sa robe, elle tapota la légère frange qui lui retombait sur le front et sourit. Ça irait. Et comment.

Jetant un dernier coup d'œil autour d'elle, elle ramassa le sac noir posé sur le lit, s'assura qu'il contenait uniquement de l'argent, ses clés, et les deux petits sachets de plastique renfermant la drogue. Ses préparatifs terminés, elle sortit.

Le temps de descendre, elle se retrouva dehors à humer les parfums disparates de la nuit citadine — mélange de mécanique et d'humanité — propres à ce quartier de Londres. Comme d'habitude avant de gagner Praed Street, elle contempla avec satisfaction la façade de pierre lisse de son immeuble, balayant du regard les mots « Shrewsbury Court Apartments » qui servaient d'épigraphe au-dessus de la porte d'entrée à double battant ouvrant sur son refuge, son havre, seul endroit au monde où elle pût être elle-même.

Pivotant sur ses talons, elle marcha vers les lumières de Paddington Station où elle prit la Northern Line jusqu'à Nottinghill Gate et, de là, la Central Line jusqu'à Tottenham Court Road, pleine des miasmes des gaz d'échappement et de la foule survoltée du vendredi soir. D'un pas rapide, elle gagna Soho Square.

Dans Bateman Street, à deux pas de Soho Square, elle aperçut l'enseigne qu'elle cherchait, et qui se balançait au-dessus d'un restaurant italien d'où s'échappaient des odeurs peu engageantes. *Kat's Kradle* s'accompagnait d'une flèche pointée vers une ruelle sombre toute proche. Mais comme ce n'était pas elle qui avait fixé le lieu du rendez-vous, elle se dirigea vers la porte et descendit les marches qui, comme la petite rue dans laquelle se trouvait le club, étaient crasseuses et empestaient l'alcool, le vomi et la plomberie déglinguée.

Pour un night-club, il était encore tôt. A l'intérieur du *Kat's Kradle*, une assistance clairsemée occupait les quelques tables qui entouraient la piste de danse grande comme un timbre-poste. Près de la piste, les musiciens jouaient un air de jazz mélancolique pour saxo, piano et batterie cependant que la chanteuse du groupe, appuyée contre un tabouret de bois et fumant d'un air de profond ennui, attendait que le moment fût venu pour elle de faire de vagues bruits dans le micro.

La salle était sombre : seuls un maigre spot bleuâtre braqué sur l'orchestre, de rares bougies sur les tables et une lampe accrochée au-dessus du bar éclairaient les lieux. Tina s'approcha du bar, se hissa sur un tabouret, commanda un gin tonic, songeant que, malgré son aspect crasseux, l'endroit était décidément bien choisi ; c'était même sans doute ce que l'on pouvait espérer trouver de mieux à Soho pour conclure discrètement une transaction.

Verre à la main, elle se mit en devoir d'observer les clients. A défaut de détails précis, elle retira de ce premier examen une impression composite : corps, épais nuage de fumée de cigarettes, scintillement sporadique d'un bijou, éclat d'un briquet, flamme d'une allumette. Conversations, rires, échange de billets de banque, couples ondulant sur la piste. Et puis elle l'aperçut. C'était un jeune homme, assis seul à la table la plus reculée. A sa vue, elle sourit.

Ça ressemblait bien à Peter de choisir ce genre d'endroit : il ne risquait d'y rencontrer ni sa famille ni ses reluisants amis. Au *Kat's Kradle*, il n'y avait pas de danger que quiconque le condamnât. Aucun souci à se faire. Son choix avait été astucieux.

Tina l'observa et sentit son estomac se nouer tandis qu'elle guettait le moment où il l'apercevrait à travers le rideau de fumée et les couples de danseurs. Ne se doutant pas qu'elle était déjà là, il avait les yeux braqués sur la porte et passait nerveusement les doigts dans ses cheveux blonds coupés ras. L'espace de quelques minutes, Tina le détailla avec intérêt, le vit commander et vider deux verres coup sur coup, remarquant que sa bouche se crispait alors qu'il consultait sa montre et que le manque s'intensifiait. D'après ce qu'elle pouvait voir, il était rudement mal habillé pour le frère d'un comte, engoncé dans une veste de cuir éraflée qui bâillait sur un T-shirt du *Hard Rock Café*. Une boucle d'oreille en or pendait à l'un de ses lobes et, de temps en temps, il y portait la main comme s'il se fût agi d'un talisman. Il se rongeait les ongles de la main gauche tandis que sa main droite pianotait impatiemment sur la table devant lui.

Alors qu'un groupe bruyant d'Allemands pénétrait dans le club, il se dressa d'un bond mais se rassit aussitôt en comprenant que la personne qu'il cherchait n'était pas parmi eux. Sortant une cigarette d'un paquet pris dans sa veste, il fouilla dans ses poches sans toutefois en retirer ni allumettes ni briquet. Un instant plus tard, il repoussa sa chaise en arrière, se leva et s'approcha du bar.

Droit sur l'objectif, songea Tina avec un sourire rentré. Dans la vie, il y a des rencontres qui sont inévitables.

Le temps que son compagnon ait garé la Triumph dans Soho Square, Sidney Saint James put constater qu'il était tendu comme une corde à violon. Ses mains serraient le volant avec une vigueur inutile. Pourtant il essayait de dissimuler sa nervosité. Reconnaître qu'il était en manque, ç'aurait été admettre qu'il était toxicomane. Et toxicomane, il ne l'était pas. Pas lui. Pas Justin Brooke, scientifique, bon vivant, directeur de projet, récipiendaire de multiples récompenses et distinctions.

— Tu as laissé les phares allumés, dit Sidney d'une voix atone. (Il ne réagit pas.) Les phares, Justin.

Il éteignit. Sidney le sentit — plutôt qu'elle ne le vit — se tourner vers elle. Un instant plus tard, les doigts de Justin se posèrent sur sa joue. Elle aurait voulu s'écarter tandis que les doigts, glissant le long de son cou, frôlaient le discret renflement de ses seins. Mais au lieu de cela, son corps, telle une créature échappant à son contrôle, réagit à la caresse et se prépara à l'accueillir.

Un léger tremblement de la main masculine, né de l'anxiété, fit comprendre à la jeune femme que la caresse était factice : Justin cherchait à l'amadouer avant d'aller conclure son sale petit marché. Elle le repoussa.

— Sid, fit Justin, mettant dans l'intonation juste ce qu'il fallait de sensualité.

Mais Sidney savait que son esprit et son corps étaient focalisés sur la ruelle mal éclairée à l'autre bout de la place. Évidemment, il s'efforçait de lui cacher la vérité. Il se pencha comme pour lui démontrer que ce qui occupait une place prépondérante dans sa vie à cet instant n'était pas le besoin de se procurer de la drogue, mais le désir qu'il avait d'elle. Elle se raidit à son contact.

Les lèvres, la langue de Justin cherchèrent son cou, ses épaules. D'une main, il lui emprisonna un sein, dont il se mit à pétrir méthodiquement le bout à l'aide de son pouce. Il murmura son nom. La fit se tourner vers lui. Comme d'habitude, Sidney eut l'impression d'être transformée en brasier, de se perdre, d'abdiquer tout bon sens : elle avait soif de son baiser, elle entrouvrit la bouche.

Avec un grognement, il se pressa contre elle, la caressant, l'embrassant. Elle tendit la main vers le haut de sa cuisse pour le caresser à son tour. Et c'est alors qu'elle comprit.

Choquée, elle retomba abruptement sur terre. S'arrachant à son étreinte, elle lui jeta un regard courroucé à la lueur sourde des réverbères.

— Félicitations, Justin. Tu croyais que je ne m'en apercevrais pas ?

Il détourna les yeux. Ce qui la mit encore plus en rogne.

— File acheter ta saleté de dope. C'est pour ça qu'on est venus, non ? Ou est-ce que tu essayais de me faire croire que c'était pour autre chose ?

— Tu veux que je t'accompagne à ce pince-fesses, oui ou merde ? s'enquit Justin.

Recourant à une stratégie vieille comme le monde, il essayait de lui coller la responsabilité sur le dos. Cette fois, Sidney refusa de donner dans le panneau :

— Sois gentil, garde tes boniments. Je peux y aller seule.

— Eh bien alors, vas-y, qu'est-ce que tu attends ? Pourquoi tu m'as sonné cet après-midi, Sid ? Parce que c'est quand même bien toi qui m'as téléphoné, toute frétillante à l'idée de te faire trombiner une fois la soirée terminée, non ?

Elle ne broncha pas, sachant qu'il disait vrai. Chaque fois qu'elle jurait que c'était fini, qu'elle en avait soupé de lui, elle en redemandait ; bien que le détestant, se méprisant, elle revenait le trouver. A croire qu'elle n'avait plus de volonté propre.

Qu'avait-il donc de si extraordinaire ? Il n'était pas chaleureux. Pas beau. Pas commode. Bref, il n'était rien de ce qu'elle avait jadis rêvé de mettre dans son lit. Il avait un visage aux traits irréguliers, le teint olivâtre, les yeux creux, et une fine cicatrice le long de la mâchoire. Il n'avait rien... Si ce n'est le pouvoir en la regardant, en la touchant, de transformer son corps mince de petit garçon en quelque chose de sensuel, d'éclatant de vitalité.

Elle se sentit abattue. Dans la voiture, l'air lui sembla étouffant.

— Parfois, j'ai envie de le crier sur les toits, de le dire à tout le monde, murmura-t-elle. Il paraît que c'est la seule façon de guérir un toxicomane.

— Qu'est-ce que tu me chantes ? (Elle vit ses doigts se crisper.)

— Les gens qui comptent dans la vie d'un drogué finissent toujours par découvrir la vérité. Sa famille. Ses employeurs. Et après il...

Justin tendit brutalement la main, lui attrapa le poignet, le tordit.

— T'amuse pas à ça. Ne me fais surtout pas ce coup-là. Je te jure que si tu fais ça, Sid... si tu fais ça...

— Écoute, tu ne peux pas continuer à ce régime. Ça te revient à combien, maintenant, cette plaisanterie ? Cinquante ? Cent livres par jour ? Plus ? On ne peut même plus aller à une soirée sans que tu...

Il lui relâcha brusquement le poignet.

— Si c'est comme ça, descends. Trouve-toi quelqu'un d'autre. Et fous-moi la paix.

C'était la seule chose à faire. Mais Sidney s'en savait incapable et elle s'en voulait car elle se rendait compte qu'elle ne pourrait probablement pas le quitter.

— Je veux t'aider, c'est tout.

— Alors, ferme-la ! Laisse-moi aller dans cette putain de ruelle acheter cette putain de came et foutre le camp d'ici. (Il ouvrit la portière et la claqua avec bruit.)

Sidney le regarda s'éloigner de quelques pas avant d'ouvrir sa propre portière :

— Justin...

— Reste où tu es. (Il avait l'air plus calme, non pas tant parce qu'il l'était mais parce que la place était noire de monde comme tous les vendredis soir et que Justin Brooke n'était pas homme à faire des scènes en public.)

Ignorant l'injonction, elle se hâta de le rattraper, s'efforçant de ne pas penser que l'aider à se procurer de la drogue était vraiment la dernière des choses à faire. Elle se dit au contraire que, si elle n'était pas avec lui pour ouvrir l'œil, il risquait de se faire arrêter, truander ou pire encore.

— Je t'accompagne, fit-elle, le rejoignant.

Les traits tendus, Justin semblait se moquer éperdument qu'elle fût là ou non.

— Comme tu voudras, dit-il en se dirigeant vers la ruelle sombre de l'autre côté de Soho Square.

Il y avait des travaux, ce qui rendait l'entrée de la petite rue encore plus obscure et plus étroite. Sidney esquissa une moue de dégoût en reniflant l'odeur de l'urine. C'était pire que ce qu'elle avait imaginé.

Des immeubles non éclairés se dressaient de part et d'autre du boyau. Leurs fenêtres s'ornaient de barreaux, leurs entrées abritaient des silhouettes gémissantes qui se livraient au commerce illicite que les night-clubs du voisinage semblaient avoir à cœur de promouvoir.

— Justin, où comptes-tu...

Brooke leva la main en signe d'avertissement. Non loin d'eux, de rauques jurons masculins emplirent soudain l'air. Ils provenaient de l'extrémité de la ruelle où la façade en retrait d'un établissement formait une manière d'alcôve. Deux silhouettes se contorsionnaient âprement sur le sol. Mais il ne s'agissait en rien d'un rendez-vous galant : c'était une agression, au contraire, et la silhouette du dessous — celle d'une femme — semblait ne pas faire le poids face à son agresseur déchaîné.

— Espèce de sale...

L'homme — blond apparemment, et furieux d'après le son de sa voix — se mit à bourrer de coups de poing le visage, les bras, l'estomac de sa victime.

Voyant cela, Sidney ébaucha un geste. Comme Brooke essayait de la retenir, elle se précipita vers l'extrémité de la ruelle en s'écriant :

— C'est une femme !

Derrière elle, Justin jura. Il s'élança à son tour et la dépassa, quelques mètres avant d'atteindre le couple qui s'agitait sur le sol.

— Recule. Laisse-moi m'occuper de ça, dit-il rudement.

Brooke empoigna l'homme par les épaules de sa veste de cuir et le souleva de terre. Ayant retrouvé l'usage de ses bras, la femme les mit devant son visage pour se protéger. Brooke écarta l'homme d'une poussée.

— Vous êtes débiles ! Vous voulez que la police se pointe ?

Sidney bouscula Justin.

— Peter ! cria-t-elle. Justin, regarde, c'est Peter Lynley !

Le regard de Brooke navigua du jeune homme à la femme allongée sur le côté, la robe en désordre, les bas en charpie. Il s'accroupit, lui prit le visage entre les mains comme pour examiner l'étendue des dégâts.

— Nom de Dieu, marmonna-t-il.

La relâchant, il se redressa, secoua la tête et poussa un bref ricanement.

La femme se mit non sans mal à genoux, récupéra son sac, eut un haut-le-cœur.

Puis, bizarrement, elle éclata de rire à son tour.

DEUXIÈME PARTIE

Londres l'après-midi

1

Lady Helen Clyde trônait au milieu des atours de la mort. Des pièces à conviction s'entassaient sur les tables ; des photographies de cadavres couvraient les murs ; des spécimens repoussants garnissaient les armoires vitrées et parmi eux, souvenir particulièrement sinistre, une touffe de cheveux encore agrémentée d'un lambeau de cuir chevelu. Malgré le caractère macabre du décor, Lady Helen n'avait qu'une idée en tête : manger.

Pour se distraire, elle consulta un exemplaire du rapport de police posé sur le plan de travail devant elle.

— Tout colle, Simon, fit-elle en éteignant son microscope. B négatif, AB positif, O positif. C'est la police métropolitaine qui va être contente.

— Hmmm, marmonna son compagnon.

Cette façon de répondre par monosyllabes était typique chez lui lorsqu'il était occupé. Lady Helen trouva cela d'autant plus agaçant qu'il était quatre heures passées et qu'elle avait une furieuse envie de prendre le thé. Tout à son travail, Simon Allcourt-Saint James entreprit de déboucher les flacons alignés en rang d'oignons devant lui. Ceux-ci contenaient des fibres minuscules qu'il devait analyser, jouant sa réputation grandissante d'expert en criminalistique sur sa faculté à « faire parler » de microscopiques filaments imbibés de sang.

Le voyant s'apprêter à effectuer ce qui avait tout l'air d'être une analyse de fragments de matière textile, Lady Helen soupira et s'approcha de la fenêtre du laboratoire installé au dernier étage de la maison. Ouverte sur l'après-midi d'un mois de juin finissant, la fenêtre donnait sur un agréable jardin ceint d'un mur de briques, où poussaient en un fouillis joyeux des fleurs qui composaient un motif aussi fou que coloré, dissimulant çà et là les allées et la pelouse.

— Tu devrais engager quelqu'un pour s'occuper du jardin, dit Lady Helen, sachant que les plantations avaient été sérieusement négligées au cours des trois dernières années.

— Oui, fit Saint James en prenant une paire de pinces et une boîte de lamelles.

Quelque part, en bas, une porte s'ouvrit et se referma. Enfin, songea Lady Helen, se représentant Joseph Cotter qui montait de la cuisine en sous-sol avec un plateau chargé de scones frais, de crème épaisse, de tartes aux fraises et de thé. Malheureusement les bruits sourds et ponctués d'ahanements succédant au claquement de la porte n'indiquaient nullement l'arrivée imminente des rafraîchissements tant attendus. Lady Helen contourna l'un des ordinateurs et alla jeter un coup d'œil dans le couloir.

— Que se passe-t-il ? s'enquit Saint James tandis qu'un *clank* — choc violent du métal contre le bois — résonnait dans toute la demeure, ce qui n'était pas de bon augure pour la rampe d'escalier. (Il descendit péniblement de son tabouret, sa jambe gauche appareillée heurtant le sol avec un horrible bruit mat.)

— C'est Cotter. Il se débat avec une malle et une espèce de paquet. Qu'est-ce que vous transportez, Cotter ? Je peux vous aider ?

— Merci, je me débrouille, répondit Cotter d'en bas.

— Mais que diable... ?

Près d'elle, Lady Helen sentit Saint James s'éloigner vivement de la porte. Il se remit à son travail comme s'il n'y avait pas eu d'interruption et que Cotter n'avait pas besoin d'aide.

C'est alors qu'Helen eut le fin mot de l'histoire. Car tandis que Cotter atteignait avec son fardeau le palier du premier, un rayon de lumière éclaira une grosse étiquette collée sur la malle. Bien qu'au dernier étage, Lady Helen réussit cependant à lire l'inscription en lettres noires : *D. Cotter / U.S.A.* Deborah rentrait, elle serait bientôt là. Et pourtant, faisant comme si de rien n'était, Saint James se consacrait à ses fibres et à ses lamelles. Il se pencha au-dessus d'un microscope pour procéder à un réglage.

Lady Helen descendit l'escalier. Cotter lui fit signe de s'en aller.

— Je vais y arriver. Ne vous donnez pas la peine.

— Mais ça me fait plaisir. Autant qu'à vous.

La réponse fit sourire Cotter, car c'était par amour pour sa fille sur le point de rentrer au bercail qu'il déployait tous ces efforts et Lady Helen ne l'ignorait pas. Il lui tendit le volumineux paquet plat qu'il avait péniblement calé sous son bras mais se cramponna à la malle.

— Deborah rentre ? fit Lady Helen à voix basse.

Cotter sur le même ton répondit :

— Oui. Ce soir.

— Simon ne m'en a rien dit.

Cotter assura de nouveau sa prise sur la malle.

— Pas étonnant, fit-il, l'air sombre.

Ils gravirent les ultimes volées de marches jusqu'au dernier étage. Cotter poussa la malle dans la chambre de sa fille sur la gauche du palier tandis que Lady Helen s'arrêtait devant la porte du labo. Elle posa le paquet plat contre le mur, pianotant dessus du bout des doigts tout en observant son ami. Saint James ne leva pas le nez.

Le travail avait toujours été sa défense la plus efficace. Paillasses et microscopes étaient devenus des remparts que nul ne pouvait escalader, le labeur incessant, une drogue qui atténuait les tourments de l'absence. Lady Helen examina le labo, le voyant pour une fois non comme le centre de la vie professionnelle de Saint James mais comme son refuge. C'était une vaste pièce où flottait une vague odeur de formol ; aux murs recouverts de planches anatomiques, de graphiques et d'étagères ; au plancher ancien qui craquait ; au plafond percé d'une lucarne à tabatière. Des tables éraflées le meublaient, ainsi qu'un assortiment de hauts tabourets, de microscopes, d'ordinateurs et de matériel permettant de tout analyser, du sang aux balles. Sur un côté, une porte menait à la chambre noire de Deborah Cotter. Mais cette porte était restée fermée pendant l'absence de la jeune fille. Lady Helen se demanda ce que ferait Saint James si elle l'ouvrait maintenant.

— Deborah rentre ce soir, Simon ? Pourquoi ne m'as-tu rien dit ?

Saint James retira une lamelle du microscope et en mit une autre à la place, procédant à de minutieux réglages. Après avoir étudié ce nouveau spécimen pendant quelques instants, il griffonna quelques notes.

Lady Helen se pencha au-dessus de la paillasse et éteignit le microscope.

— Elle rentre, reprit-elle. Et tu n'en as pas soufflé mot de la journée. Pourquoi, Simon ?

Au lieu de répondre, Saint James regarda par-dessus son épaule.

— Qu'y a-t-il, Cotter ?

Lady Helen pivota. Cotter était sur le pas de la porte, sourcils froncés, s'essuyant le front à l'aide d'un mouchoir blanc.

— Inutile d'aller chercher Deb à l'aéroport, Mr Saint James, dit-il très vite. Lord Asherton s'en chargera. J'irai avec lui. Il m'a téléphoné il y a une heure. Tout est arrangé.

Le tic-tac de l'horloge murale répondit seul à l'annonce de Cotter. Puis, du dehors, s'élevèrent des pleurs d'enfant.

— Parfait, finit par énoncer Saint James. Tant mieux. J'ai une montagne de travail.

Soufflée, Lady Helen faillit émettre un cri de protestation. Décidément il y avait quelque chose qui ne tournait pas rond. Brûlant de poser la question qui lui semblait incontournable, elle considéra d'abord Saint James, puis Cotter ; leur réserve l'incita toutefois à se taire. Et pourtant Cotter semblait prêt à en dire davantage ; il paraissait même attendre que son interlocuteur ajoute quelque chose pour prendre la parole. Mais Saint James se contenta de fourrager dans ses cheveux noirs indisciplinés. Cotter se dandina d'une jambe sur l'autre :

— Il faut que j'y retourne, annonça-t-il. (Avec un signe de tête, il quitta la pièce d'un pas lourd, les épaules voûtées.)

— Voyons, attaqua Lady Helen, si j'ai bien compris, c'est Tommy qui va aller chercher Deborah à l'aéroport. Tommy. Pas toi ?

La question était justifiée. Thomas Lynley, Lord Asherton — vieil ami de Saint James et de Lady Helen —, était aussi une manière de collègue, car depuis maintenant dix ans il travaillait au service des affaires criminelles de New Scotland Yard. A ces deux titres, il avait été fréquemment reçu chez Saint James, à Chelsea, dans sa maison de Cheyne Row. Mais, songea Lady Helen, comment diable Tommy en était-il venu à connaître Deborah suffisamment bien pour aller la chercher à l'aéroport à son retour des États-Unis où elle avait fait ses études et téléphoner tranquillement à son père les dispositions qu'il avait prises comme s'il était... Qu'était donc Tommy pour Deborah ?

— Il est allé la voir à plusieurs reprises en Amérique, répondit Saint James. Il ne te l'avait jamais dit, Helen ?

— Juste ciel ! s'exclama Lady Helen, sidérée. D'où tiens-tu ça ? Ce n'est sûrement pas Deborah qui t'en a parlé. Quant à Tommy, il sait que tu as toujours...

— C'est par Cotter que je l'ai appris, l'an dernier. Comme tout père qui se respecte, il devait se poser des questions, s'interroger sur les intentions de Tommy.

Le ton sec était plus parlant qu'un long développement. Helen se sentit émue.

— Ç'a été horrible pour toi, n'est-ce pas, ces trois dernières années sans elle ?

Saint James déplaça un microscope et s'employa à retirer de l'oculaire un grain de poussière qui refusait de se laisser déloger.

Lady Helen l'observa, comprenant que le passage du temps venant se greffer sur son handicap l'incitait à se considérer comme de plus en plus diminué. Elle aurait voulu lui dire combien cette appréciation était fausse et injuste. Lui dire qu'il était le seul à se préoccuper à ce point de sa jambe. Mais ç'eût été s'approcher dangereusement des eaux de la pitié et elle ne voulait en aucun cas le blesser par une manifestation intempestive de commisération.

La porte d'entrée claqua, ce qui lui évita de parler. Des pas rapides se firent entendre. Les trois étages furent avalés d'un trait. Il n'y avait qu'une seule personne capable d'effectuer l'ascension à cette vitesse.

— Voilà Sidney, laissa tomber Saint James avant que sa sœur cadette fasse irruption dans la pièce.

— Je savais que je te trouverais là, lança Sidney Saint James, lui posant un baiser sur la joue. (Elle se laissa tomber sur un tabouret et ajouta en guise de bonjour à l'assistante de son frère :) J'adore cette robe, Helen. C'est nouveau ? Comment fais-tu pour avoir l'air aussi nette et pimpante à quatre heures et quart de l'après-midi ?

— A propos de vêtement... remarqua Saint James, considérant la tenue peu orthodoxe de sa sœur.

Sidney éclata de rire.

— Comment trouves-tu mon pantalon de cuir ? Il y a un manteau de fourrure qui va avec, mais je l'ai laissé au photographe.

— Ce n'est pas un peu chaud pour l'été ? observa Lady Helen.

— Horrible, renchérit Sidney joyeusement. Je pose sur Albert Bridge depuis dix heures du matin en pantalon de cuir, manteau de fourrure et point final. Perchée sur le capot d'un taxi des années cinquante en compagnie du chauffeur — je me demande où ils vont pêcher ces cover-boys — qui est censé me couver d'un regard concupiscent. En plus, je dois montrer des bouts de peau, évidemment. Le chauffeur, lui, se contente d'avoir l'air de Jack l'Éventreur. J'ai emprunté la chemise que j'ai sur le dos à l'un des techniciens. Comme c'est l'heure de la pause, je me suis dit que je pouvais venir vous dire un petit bonjour en passant. (Elle balaya la pièce d'un regard étonné.) Quatre heures passées. Où est le thé ?

Saint James eut un geste en direction du paquet plat que Lady Helen avait posé contre le mur.

— Notre emploi du temps a été un peu chamboulé, aujourd'hui.

— Deborah rentre ce soir, Sid, expliqua Lady Helen. Tu étais au courant ?

Le visage de Sidney s'éclaira.

— Elle se décide enfin ? Alors ce paquet, c'est des photos ? Génial ! Il faut qu'on y jette un coup d'œil tout de suite. (Dégringolant à bas du tabouret, elle secoua le paquet comme si c'était un cadeau de Noël et entreprit de déchirer le papier d'emballage.)

— Sidney, fit Saint James, réprobateur.

— Bof, tu sais bien qu'elle n'y verrait aucun inconvénient. (Sidney jeta l'épais papier brun, défit les ficelles d'un carton à dessins noir et en sortit le portrait qui était sur le dessus de la pile. Elle l'examina, sifflant entre ses dents.) Bigre, la petite se défend.

Elle passa la photographie à Lady Helen et continua d'examiner les autres.

Moi au bain : les trois mots étaient griffonnés au bas du cliché qui était un nu de Deborah, de trois quarts devant l'objectif. La composition était habile : large cuvette en zinc remplie d'un doigt d'eau, chute délicate de la colonne vertébrale, table supportant broc, brosses à cheveux et peigne, lumière frappant le bras et le pied gauches ainsi que la courbe de l'épaule. Se prenant pour modèle, elle avait copié *Le Tub*, de Degas. L'effet était ravissant.

Lady Helen leva le nez et vit Saint James hocher la tête en signe d'approbation. Il retourna près de son matériel et se mit à trier des rapports.

— Vous étiez au courant ? Vous le saviez ? s'écria Sidney, impatientée.

— Quoi donc ? fit Lady Helen.

— Que Deborah a une liaison avec Tommy. Tommy Lynley ! Aussi incroyable que cela puisse paraître, c'est la cuisinière de maman qui me l'a appris. Il paraît que Cotter est hors de lui. Franchement, Simon, il va falloir que tu le raisonnes. Et Tommy aussi, par la même occasion. Je trouve injuste qu'il m'ait préféré Deb. (Elle regrimpa sur son tabouret.) Au fait je ne vous ai pas dit, pour Peter.

Lady Helen éprouva un certain soulagement en voyant que la conversation s'orientait dans une autre direction.

— Quoi, Peter ?

— Imaginez-vous, enchaîna Sidney, ponctuant son récit de gestes destinés à en souligner l'intensité dramatique, que Peter Lynley et une belle de nuit — longue chevelure de jais, toute de noir vêtue — ont été pris en *flagrant délit* dans une ruelle de Soho !

— Peter Lynley, le frère de Tommy ? souffla Lady Helen. C'est impossible. Il est à Oxford pour l'été.

— Il avait l'air de se passionner pour des choses autrement plus intéressantes que ses études. Au diable l'histoire, la littérature et les beaux-arts.

— Qu'est-ce que tu racontes, Sidney ? s'enquit Saint James tandis que, sautant à bas de son tabouret, elle tournait dans le labo comme un chien fou.

Elle alluma le microscope de Lady Helen et colla l'œil à l'oculaire.

— Nom d'un chien ! Qu'est-ce que c'est que ça ?

— Du sang, dit Lady Helen. Et Peter Lynley ?

Sidney régla l'appareil.

— C'était... voyons... vendredi soir. Oui, vendredi, je devais aller à un cocktail assommant dans le West End et c'est ce soir-là que j'ai vu Peter. Par terre, dans une ruelle, en train de taper sur une prostituée ! Tommy ferait une drôle de tête s'il savait ça !

— Décidément, Peter n'aura causé que des ennuis à Tommy cette année.

— Et Tommy ne s'est pas privé de le chapitrer ! (Sidney jeta un regard interrogateur à son frère.) Et le thé ? Est-ce qu'on peut espérer...

— Il faut toujours espérer. Termine ton histoire.

Sidney fit une grimace.

— Il n'y a pas grand-chose d'autre à raconter. Justin et moi nous sommes tombés sur Peter aux prises avec cette femme dans le noir. Il était en train de lui casser la figure, Justin est intervenu et les a séparés. La femme — j'ai trouvé ça plutôt bizarre — s'est mise à rire comme une malade. Crise d'hystérie sans doute. Mais avant qu'on ait eu le temps de voir si elle n'était pas trop amochée, elle avait filé. On a raccompagné Peter chez lui. Il habite un petit appartement sordide dans Whitechapel, Simon. Il y avait une fille aux yeux jaunes en jeans crasseux qui l'attendait sur le perron. (Sidney frissonna.) Peter ne m'a pas dit un mot de Tommy, d'Oxford ou de quoi que ce soit. Il devait être horriblement gêné, j'imagine. Il ne s'attendait évidemment pas à rencontrer des amis dans une ruelle perdue de Soho.

— Et toi, qu'est-ce que tu allais faire à Soho ? demanda Saint James. Encore une idée de Justin ?

Sidney évita son regard.

— Crois-tu que Deborah acceptera de me photographier ? Maintenant que j'ai les cheveux courts, il va falloir que je refasse mon *press-book*. Tu ne m'as pas dit comment tu les trouvais, Simon. Tu as vu, ils sont encore plus courts que les tiens.

Saint James refusa de se laisser entraîner sur ce terrain :

— Si on parlait plutôt de Brooke, Sid ?

Sidney jeta un regard d'excuse à Lady Helen avant de faire face à son frère. La ressemblance entre eux était étonnante, mêmes cheveux noirs et bouclés, mêmes traits aigus et aquilins, mêmes yeux bleus. On eût dit deux images inversées dans un miroir : la vivacité de l'une faisant pendant au calme résigné de l'autre. C'étaient les photos *avant* et *après*, passé et présent, de deux personnes unies par les liens indéniables du sang.

— Ne joue pas les mères poules avec moi, protesta Sidney.

Le tintement de la pendule tira Saint James du sommeil. Trois heures du matin. L'espace d'un instant, à cheval entre sommeil et veille, il se demanda où il se trouvait avant qu'une douleur au cou ne l'éveillât pour de bon. Il remua et se leva de son fauteuil avec des gestes lents. S'étirant prudemment, il s'approcha de la fenêtre du bureau d'où il contempla Cheyne Row.

Le clair de lune répandait sur les feuilles des arbres une lumière argentée, nappant également les maisons restaurées situées sur le trottoir d'en face, Carlyle's House ainsi que l'église du coin. Depuis quelques années, ce quartier proche de la Tamise — arraché à son passé bohème — était en pleine rénovation. Saint James adorait cet endroit.

Il retourna à son fauteuil. Sur la table voisine, un verre ballon contenait encore un doigt de cognac. Il l'avala, éteignit la lampe et quitta le bureau, enfilant l'étroit couloir pour se diriger vers l'escalier.

Il monta lentement les marches, traînant sa mauvaise jambe, s'agrippant à la rampe pour hisser ce poids mort. Secouant la tête, il se moqua amèrement de la garde solitaire qu'il avait montée en attendant le retour de Deborah.

Cotter était rentré de l'aéroport plusieurs heures plus tôt avec sa fille, laquelle n'avait fait qu'une brève étape à Cheyne Row cantonnée dans la cuisine. De son bureau, Saint James avait entendu le rire de Deborah, la voix de son père, les aboiements du chien. Il s'était même représenté le chat de la maison sautant du rebord de la fenêtre pour l'accueillir. Le père et la fille étaient restés une demi-heure en tête à tête. Puis, au lieu de Deborah, c'était Cotter que Saint James avait vu arriver dans son bureau, un Cotter qui lui avait annoncé d'un air gêné que Deborah était repartie en compagnie de Lord Asherton. Thomas Lynley. Le plus vieil ami de Saint James.

L'embarras de Cotter face à la conduite de Deborah promettait de rendre plus pénible encore une situation qui l'était déjà.

— Elle a dit qu'elle en avait pour une minute, avait bafouillé Cotter. Elle a dit qu'elle rentrerait directement. Qu'elle...

Saint James aurait voulu l'interrompre mais, n'y réussissant pas, il s'était contenté de regarder l'heure et de déclarer qu'il allait se mettre au lit. Cotter l'avait laissé tranquille.

Sachant que le sommeil le fuirait, il s'installa dans son bureau, essayant de lire une revue scientifique cependant que les heures passaient et qu'il guettait le retour de la jeune fille. Son côté raisonnable lui disait qu'une entrevue avec Deborah, maintenant, était inutile. Alors que l'imbécile en lui n'attendait que ça, les nerfs à vif.

Quelle bêtise, songea-t-il, continuant de monter l'escalier. Toutefois, son corps prenant le contrepied de son intellect, il se dirigea non vers sa chambre mais vers celle de Deborah qui était au dernier étage de la maison. La porte en était ouverte.

C'était une petite pièce encombrée de meubles. Une armoire de chêne branlante était appuyée contre le mur. Une coiffeuse, également en chêne, supportait un vase rose en porcelaine de Belleek. Une descente de lit aux couleurs jadis chatoyantes — réalisée par la mère de Deborah dix mois avant sa mort — dessinait un ovale sur le sol. L'étroit lit de cuivre dans lequel elle avait dormi depuis son enfance jouxtait la fenêtre.

Pendant les trois ans qu'avait duré l'absence de Deborah, Saint James n'avait pas une seule fois mis les pieds dans cette pièce. Prenant sur lui, il s'y risqua, se dirigeant vers la fenêtre dont une brise légère agitait les rideaux blancs. Même à cette hauteur, il percevait le parfum des fleurs qui montait du jardin, à peine perceptible, comme un fond discret sur la toile de la nuit.

Alors qu'il savourait la fragrance subtile, une voiture gris métallisé tourna le coin et s'immobilisa devant la vieille grille du jardin. Saint James reconnut la Bentley et son conducteur, lequel, se tournant vers la jeune femme assise près de lui, la prit dans ses bras.

Le clair de lune qui avait un instant auparavant illuminé la rue éclaira l'intérieur de la voiture. Sous les yeux de Saint James incapable de s'écarter de la fenêtre même s'il l'avait voulu — ce qui n'était pas le cas —, Lynley pencha sa tête blonde vers Deborah. Elle leva le bras, plongea les doigts dans sa chevelure, lui caressa le visage avant de l'attirer contre son cou, sa poitrine.

Saint James détacha son regard de la Bentley pour le reporter sur le jardin. Jacinthes, pieds-d'alouettes, alysses. Les lis étaient étouffés par les mauvaises herbes. Ce n'était pas le travail qui manquait. Il allait lui falloir s'en occuper. Mais le jardinage lui ferait-il oublier les mouvements de son cœur ?

Saint James connaissait Deborah depuis sa naissance car elle avait grandi chez lui, à Chelsea, fille d'un homme qui lui tenait lieu tour à tour d'infirmier, de domestique, de valet de chambre et d'ami. Aux heures les plus sombres de son existence, elle lui avait constamment tenu compagnie et sa présence l'avait arraché au plus fort du désespoir. Mais maintenant...

Elle a choisi, se dit-il, essayant de se convaincre qu'il n'éprouvait rien, qu'il acceptait la situation, qu'il pouvait être perdant et continuer à vivre comme si de rien n'était.

Traversant le palier, il entra dans son laboratoire où il alluma une lampe qui projeta un cercle de lumière sur un rapport de toxicologie. Il passa plusieurs minutes à essayer de lire le document — pitoyable tentative pour se remettre d'aplomb — avant d'entendre le ronflement du moteur de la voiture, bientôt suivi par les pas de Deborah dans le vestibule.

Il alluma une autre lumière et s'approcha de la porte, en proie à un sentiment de fébrilité, pris du besoin soudain de justifier le fait qu'il fût encore debout, habillé, à trois heures du matin. Mais il n'eut pas le temps de trouver une explication car Deborah, presque aussi rapide que Sidney, eut tôt fait de grimper l'escalier.

Elle prit pied sur le palier, et sursauta lorsqu'elle l'aperçut :

— Simon !

Au diable la résignation. Il tendit la main et elle se jeta dans ses bras. C'était naturel. C'était là qu'était sa place. Tous deux le savaient. Sans penser à autre chose, Saint James baissa la tête, cherchant sa bouche mais trouvant sa chevelure. L'odeur caractéristique des cigarettes que fumait Lynley imprégnait ses cheveux, lui rappelant amèrement ce qu'elle avait été pour lui et ce qu'elle était devenue.

Dégrisé par le parfum du tabac, il la relâcha. Il constata que le temps et l'absence l'avaient conduit à s'exagérer sa beauté, à la doter de qualités qu'elle ne possédait pas. Force lui fut de reconnaître ce qu'il avait toujours su : Deborah n'était pas belle au sens conventionnel du terme. Elle ne possédait ni les lignes aristocratiques ni la finesse d'Helen. Pas plus qu'elle n'avait les traits provocants de Sidney. C'était un mélange de chaleur et d'affection, de sensibilité et d'esprit, toutes caractéristiques qui se dégageaient de sa vivacité d'expression, du chaos de sa chevelure cuivrée, des taches de rousseur qui criblaient l'arête de son nez.

Mais il constata en elle des changements. Pour commencer, elle était trop maigre et d'inexplicables ondes de regret semblaient affleurer sous le calme de son apparence. Néanmoins, elle adopta pour lui parler le même ton que d'habitude.

— Tu as travaillé tard ? Ne me dis pas que tu m'as attendue.

— C'était le seul moyen de décider ton père à aller se coucher. Il avait peur que Tommy ne t'enlève cette nuit même.

Deborah éclata de rire.

— C'est bien de papa. Tu l'as cru, toi aussi ?

— Tommy a été bien bête de n'en rien faire.

Saint James s'émerveilla de l'hypocrisie de leurs propos. Une brève étreinte et ils avaient esquivé astucieusement les raisons qui avaient motivé le départ de Londres de Deborah, comme s'ils avaient décidé d'entretenir le même genre de relations qu'avant, relations qui leur étaient désormais interdites. Pour l'instant, cependant, l'amitié même fausse valait mieux que la séparation.

— J'ai quelque chose pour toi.

Lui faisant traverser le laboratoire, il ouvrit la porte de la chambre noire. Comme elle venait d'allumer la lumière, Saint James l'entendit pousser un hoquet de surprise lorsqu'elle aperçut le nouvel agrandisseur couleur qui remplaçait le vieil appareil noir et blanc.

— Simon ! (Elle se mordait l'intérieur de la lèvre.) C'est... Que c'est gentil. Vraiment... tu n'aurais pas dû... et en plus tu m'as attendue.

Des taches rouges lui marbrèrent le visage, semblables à de peu esthétiques traces de coups : Deborah était ainsi, elle n'avait jamais su dissimuler.

La poignée de porte parut soudain étrangement froide à Saint James. Malgré le passé, il s'était imaginé que le cadeau lui ferait plaisir. Mais il n'en était rien. En faisant l'acquisition de cet appareil, il avait sans le vouloir franchi une frontière interdite.

— Je voulais te souhaiter la bienvenue à la maison, dit-il. (Elle ne broncha pas.) Tu nous as manqué.

Deborah passa la main sur l'agrandisseur.

— J'ai fait une exposition à Santa Barbara avant de partir. Tu le savais ? Tommy t'en a parlé ? Je lui avais téléphoné. Une exposition, c'est le rêve. Les gens commentent, critiquent. Certains achètent... J'étais folle de joie. Je m'étais servi d'un des agrandisseurs de l'école pour réaliser les tirages et je me souviens de m'être demandé comment je réussirais à m'offrir les nouveaux appareils que je voulais, ainsi que... Et voilà que c'est toi qui... (Elle examina la chambre noire, les flacons de produits chimiques, les cartons pleins de fournitures, les bacs d'arrêt et de fixage tout neufs. Elle porta ses doigts à ses lèvres.) Et en plus, il y a tout le matériel nécessaire. Oh, Simon, c'est plus que... Vraiment, je ne m'attendais pas à ça. Tout est... C'est exactement ce dont j'avais besoin. Merci. Mille fois merci. Je te promets de revenir m'en servir tous les jours.

— Revenir ?

Saint James s'interrompit net, se rendant compte qu'il aurait dû comprendre ce qui se préparait depuis qu'il les avait surpris dans la voiture.

— Tu n'es pas au courant ? (Deborah éteignit et repassa dans le labo.) J'ai loué un appartement dans Paddington. C'est Tommy qui me l'a trouvé en avril. Il ne te l'a pas dit ? Papa non plus ? J'emménage demain.

— Demain ? Tu veux dire aujourd'hui ?

— C'est vrai. Et on risque de ne pas être très brillants, si on ne va pas dormir un peu. Aussi je vais te souhaiter bonne nuit en te disant de nouveau merci, Simon. (Elle approcha sa joue de la sienne, lui pressa la main et sortit.)

Eh bien voilà, songea Saint James, la suivant des yeux d'un air inexpressif.

Il se dirigea vers l'escalier.

De sa chambre dont elle avait fermé la porte, elle l'entendit s'éloigner, descendre. Postée derrière le battant, Deborah suivit sa progression. Le bruit si particulier de ses pas était gravé dans sa mémoire et il la suivrait jusque dans la tombe. Bruit léger de la jambe valide alternant avec le bruit sourd de la jambe morte. Le mouvement de sa main crispée sur la rampe. Son souffle haché tandis qu'il conservait un équilibre précaire. Et tout cela accompli avec un visage qui ne trahissait nulle émotion.

Elle attendit qu'il eût refermé sa porte à l'étage au-dessous avant de s'éloigner de la porte de sa propre chambre et de s'approcher de la fenêtre.

Trois ans, songea-t-elle. Comment avait-il fait son compte pour maigrir encore, avoir l'air encore plus émacié, plus mal en point, pour avoir ce visage si anguleux, aux traits si irréguliers, sur lequel se lisait toute une vie de souffrances ? Ses cheveux étaient toujours trop longs. Elle se rappelait leur douceur entre ses doigts. Elle se remémorait ses yeux hagards qui lui parlaient même lorsqu'il se taisait, sa bouche qui se posait tendrement sur la sienne, ses mains expressives, des mains d'artiste, qui dessinaient les contours de son visage.

— Non. C'est fini.

Deborah murmura calmement ces paroles dans l'aube naissante. Tournant le dos à la fenêtre, elle ôta le couvre-pieds du lit sur lequel elle s'allongea tout habillée.

N'y pense pas, se dit-elle. Ne pense à rien.

2

C'était toujours le même triste rêve d'une randonnée de Buckbarrow à Greendale Tarn sous une ondée si pure, si rafraîchissante qu'elle ne pouvait qu'être du domaine du songe. Escalade des rochers qui affleuraient par endroits, galopade effrénée dans la lande, glissade en débandade le long de la colline, arrivée — essoufflé, riant — au bord de l'eau. Joie de vivre, exercice physique jubilatoire, course du sang dans ses membres qu'il sentait — il l'aurait juré — jusque dans son sommeil.

Et puis c'était le réveil en sursaut, traumatisant, et les retrouvailles avec le cauchemar. Allongé dans son lit, il fixait le plafond, s'efforçant de tourner le dos à la désolation. Ne parvenant jamais cependant à ignorer la douleur.

La porte de la chambre s'ouvrit, livrant passage à Cotter, qui apportait sur un plateau le thé du matin. Ayant déposé son fardeau sur la table près du lit, il examina Saint James, mine de rien, puis alla ouvrir les rideaux.

La clarté matinale fit à Saint James l'effet d'un courant électrique passant directement de ses yeux à son cerveau. Il tressaillit de tout son corps.

— Laissez-moi vous donner votre médicament, dit Cotter.

Il marqua une pause, le temps de verser à Saint James une tasse de thé, et disparut dans la salle de bains contiguë.

Demeuré seul, Saint James s'assit non sans mal et fit la grimace ; les coups sourds qui résonnaient dans son crâne intensifiaient tous les sons. La porte de l'armoire à pharmacie en se refermant produisit comme une détonation, l'eau coulant dans la baignoire lui sembla faire un rugissement de locomotive. Cotter, reparut, le flacon à la main.

— Deux, ça devrait suffire. (Il tendit les comprimés à Saint James sans un mot, attendant que ce dernier les ait avalés. Puis, avec un air d'ennui étudié, il s'enquit :) Vous avez vu Deb, la nuit dernière ?

Comme si la réponse était sans importance, Cotter repartit vers la salle de bains afin sans doute de tester la température de l'eau du bain, attention inutile et uniquement destinée à donner le change. Cotter jouait au serviteur zélé, ses propos et ses gestes exprimant une indifférence qu'il était loin d'éprouver.

Après avoir sucré abondamment son thé, Saint James en avala plusieurs gorgées. Se laissant aller contre les oreillers, il attendit que le médicament agisse.

Cotter émergea de la salle de bains.

— Oui.

— Elle a changé, vous ne trouvez pas ?

— Il fallait s'y attendre. Elle est restée absente longtemps, fit Saint James, rajoutant du thé dans sa tasse et se forçant à croiser le regard de son interlocuteur.

La détermination inscrite sur le visage de Cotter indiquait clairement qu'en poursuivant sur ce terrain, Saint James invitait son valet de chambre à lui faire des révélations qu'il préférait ne pas entendre.

Cotter resta planté sur le seuil. La conversation était dans une impasse. Saint James dut capituler :

— Qu'y a-t-il ?

— Lord Asherton et Deb, dit Cotter, lissant ses cheveux rares. Je savais qu'un jour Deb se donnerait corps et âme à un homme, Mr Saint James. Je ne suis pas idiot, je connais la vie. Mais étant donné les sentiments qu'elle a toujours eus pour... je suppose que je me suis dit... (La confiance de Cotter parut s'effriter momentanément. Il retira de sa manche un grain de poussière.) Pour résumer, je me fais un sang d'encre. Qu'est-ce qu'un homme comme Lord Asherton peut bien vouloir à ma fille ?

L'épouser, bien sûr. La réponse jaillit avec la fulgurance d'un réflexe, mais Saint James ne la formula pas, bien qu'il sût qu'en l'énonçant il aurait apporté à Cotter la tranquillité d'esprit dont il avait besoin. Au lieu de cela, il lui vint une furieuse envie de proférer des mises en garde contre Lynley. Comme ce serait drôle de peindre son vieil ami sous les traits d'un Dorian Gray. Cette idée l'écœura. Il se contenta de dire :

— Ce n'est probablement pas ce que vous croyez.

Cotter passa son doigt le long du chambranle comme pour vérifier qu'il n'y restait pas la moindre trace de poussière. Il hocha la tête sans avoir pour autant l'air convaincu.

Saint James attrapa ses béquilles et se mit debout. Il traversa la chambre, espérant ainsi faire comprendre à Cotter que la discussion était terminée. Mais sa manœuvre échoua.

— Deb va avoir un appartement à Paddington. Est-ce qu'elle vous l'a dit ? Lord Asherton l'entretient comme une vulgaire catin.

— Ça m'étonnerait, répondit Saint James, enfilant la robe de chambre que Cotter lui tendait.

— Si ce n'est pas lui qui paie le loyer, qui est-ce ? Elle n'a pas d'argent.

Saint James se dirigea vers la salle de bains où le gargouillis de l'eau lui apprit que Cotter, dans son agitation, avait complètement oublié que la baignoire se remplissait à un rythme d'enfer. Il ferma les robinets tout en cherchant un moyen de mettre un terme à la discussion.

— Alors il faut lui parler, Cotter, si c'est ce que vous pensez. Vous ne pouvez pas continuer à vous ronger les sangs comme ça.

— « Si c'est ce que je pense ? » Mais vous le pensez aussi, inutile de le nier ! Ça se voit sur votre figure, gros comme une maison. (Cotter poursuivit, s'échauffant :) J'ai essayé de parler à Deb. Mais sans succès. Elle est repartie le voir hier soir sans me laisser le temps d'aborder le sujet. Et ce matin, quand j'ai voulu remettre ça, je me suis aperçu qu'elle avait disparu.

— Elle était déjà sortie ? Avec Tommy ?

— Non. Seule cette fois. Elle est allée à Paddington.

— Eh bien, allez à Paddington. Parlez-lui. Elle sera sans doute ravie d'être un peu seule avec vous.

Cotter le dépassa et se mit à disposer son nécessaire de rasage avec un soin confinant à la maniaquerie. Saint James le regarda d'un œil circonspect, se doutant que le pire était encore à venir.

— Vous avez raison. Une bonne conversation, voilà ce qu'il

lui faudrait. Mais ce n'est pas à moi de lui parler. Un père, c'est trop proche de sa fille, si vous voyez ce que je veux dire.

Saint James voyait parfaitement :

— Vous ne voulez tout de même pas...

— Deb vous aime beaucoup, Mr Saint James. Elle a toujours eu énormément d'affection pour vous. (Le visage de Cotter exprimait du défi : il n'était pas homme à reculer devant un chantage affectif surtout si cela pouvait servir ses intérêts.) Si seulement vous pouviez la mettre en garde. Je n'en demande pas davantage.

La mettre en garde ? Et comment ? *Garde-toi bien de continuer à fréquenter Tommy, Deborah. Tu risques de te retrouver mariée avec lui*. C'était hors de question.

— Un simple mot, insista Cotter. Elle a confiance en vous. Et moi aussi.

Saint James ravala un soupir de résignation. Maudite soit la loyauté sans faille de Cotter tout au long de ces années. Il avait envers lui une sacrée dette. Et il y a toujours un moment où l'on doit rembourser ses dettes.

— Très bien, capitula Saint James. Peut-être que je ferai un saut chez elle aujourd'hui si j'arrive à me libérer. Vous avez son adresse ?

— Je l'ai, répondit Cotter. Vous verrez, je suis certain que votre intervention fera plaisir à Deb.

Sûrement, songea Saint James, sarcastique.

L'immeuble qui abritait l'appartement de Deborah s'appelait Shrewsbury Court Apartments. Saint James le trouva sans peine, dans Sussex Gardens, coincé entre deux pensions crapoteuses. Récemment rénové, c'était un grand immeuble à la façade recouverte de pierre de Portland, nanti d'une grille de fer, et auquel on accédait en traversant une étroite allée de béton.

Saint James appuya sur le bouton marqué Cotter et la porte s'ouvrit avec un grésillement. Il pénétra dans un petit vestibule dallé de carreaux noirs et blancs. Comme l'extérieur du bâtiment, le vestibule était d'une propreté scrupuleuse et une faible odeur de désinfectant indiquait qu'il entendait le rester. Il n'y avait pas de meubles, rien qu'un couloir menant aux appartements du rez-de-chaussée, à une porte sur laquelle était accrochée une pancarte indiquant *concierge* — comme si l'emploi du mot français constituait un gage de respectabilité —, et à l'ascenseur.

L'appartement de Deborah était au dernier étage. Dans l'ascenseur, Saint James songea à l'absurdité de la situation dans laquelle Cotter l'avait fourré. Deborah était une adulte, plus une enfant. Il était peu probable qu'elle verrait d'un bon œil cette ingérence dans sa vie privée.

A peine eut-il frappé qu'elle ouvrit, comme si elle avait passé l'après-midi à l'attendre. En voyant son visiteur, toutefois, la jeune fille exprima une certaine surprise et ce n'est qu'après une infime hésitation qu'elle recula pour le laisser entrer.

— Simon ! Ça alors... (Elle lui tendit la main et, se ravisant, la laissa retomber.) Quelle surprise ! J'attendais... c'est vraiment une... Oh, mais je parle, je parle... Entre donc.

Le mot *appartement* s'avéra être un euphémisme, le chez-soi de Deborah n'étant en fait qu'un petit studio. Pourtant, on s'était efforcé de le rendre confortable. Une laque vert pâle, fraîche et printanière, recouvrait les murs. Contre une paroi, un divan en rotin disparaissait sous un couvre-pieds de couleur vive et une profusion de coussins brodés. Sur un autre mur étaient accrochées des photos que Saint James n'avait jamais vues et qui devaient être le fruit des trois années d'études de Deborah en Amérique. Une chaîne stéréo, près de la fenêtre, passait de la musique en sourdine : *Prélude à l'après-midi d'un faune*, de Debussy.

Saint James se tourna pour faire une remarque sur la décoration de la pièce — bien éloignée de l'éclectisme adolescent de la chambre qu'elle avait occupée à Chelsea — et aperçut un petit renfoncement à gauche de la porte d'entrée. Celui-ci abritait une cuisine où, sur une table minuscule, était disposé un service à thé en porcelaine. Le couvert était mis pour deux.

Il aurait dû comprendre en la voyant. Car ce n'était pas son genre de flâner au beau milieu de la journée, vêtue d'une fluide robe d'été, alors qu'elle était généralement en jeans.

— Tu attends quelqu'un... Excuse-moi, j'aurais dû téléphoner.

— Je n'ai pas encore de ligne. C'est sans importance, je t'assure. (Du bras, elle désigna la pièce.) Alors, qu'en penses-tu ? Ça te plaît ?

Le studio, songea-t-il, remplissait parfaitement sa fonction. Dans cette pièce paisible et féminine, un homme ne pouvait avoir qu'une envie : s'allonger près de la maîtresse de céans et, ses soucis de la journée oubliés, lui faire l'amour. Mais ce n'était évidemment pas la réponse que Deborah attendait. Pour ne pas avoir à répondre, il s'approcha des photos.

Bien qu'il y en eût plus d'une douzaine au mur, elles étaient disposées de telle façon que ses yeux furent irrésistiblement attirés par le saisissant portrait en noir et blanc d'un homme debout, de dos, la tête de profil, ses cheveux et sa peau luisants d'eau contrastant avec un fond ébène.

— Tommy est photogénique.

Deborah le rejoignit.

— Oui, n'est-ce pas ? J'ai essayé de rendre sa musculature. Je ne suis pas vraiment sûre d'y avoir réussi. C'est l'éclairage. Il y a quelque chose qui me chiffonne. Tantôt je trouve ça bon et tantôt je trouve ça aussi banal qu'une photo anthropométrique.

Saint James sourit.

— Toujours aussi indulgente avec toi-même, Deborah.

— Eh oui. Je suis une éternelle insatisfaite. Ce n'est pas maintenant que je vais changer.

— Tu te rappelles, quand tu nous montrais une nouvelle photo ? Je trouvais ça bien. Ton père était d'accord. On faisait appel à Helen pour avoir un troisième avis. Et au lieu de te tenir pour satisfaite, tu déchirais le cliché en déclarant que nous n'y connaissions rien.

Elle éclata de rire :

— En tout cas, je n'allais pas à la pêche aux compliments.

— Ça, certainement pas. (Il se tourna de nouveau vers le mur. Et le plaisir né de cet échange de propos anodins s'envola.)

Une étude d'un genre différent voisinait avec le portrait en noir et blanc. Le sujet en était encore Lynley, nu cette fois et assis sur un vieux lit de fer, les draps froissés recouvrant le bas de son corps. Une jambe repliée, un bras posé sur le genou, il fixait la fenêtre devant laquelle se tenait Deborah, le dos à l'appareil, la lumière du soleil glissant le long de sa hanche droite. Des rideaux jaunes bouillonnaient mollement, dissimulant le déclencheur qui lui avait permis de prendre la photo à distance. La photographie avait un air de totale spontanéité. C'était comme si, s'étant éveillée à côté de Lynley,

Deborah avait profité de la lumière, du contraste entre les rideaux et le ciel matinal.

Saint James fixa le cliché, essayant de se persuader qu'il était devant une œuvre d'art, sachant en fait qu'il tenait la preuve que Cotter avait deviné juste concernant les relations de Deborah et de Lynley. Bien que les ayant vus ensemble dans la voiture la veille, Saint James s'était raccroché à un espoir mince comme un fil. Or ce fil venait de se casser sous ses yeux. Il regarda Deborah.

Deux taches de couleur marbraient ses pommettes.

— Décidément, je suis au-dessous de tout ! Veux-tu boire quelque chose, Simon ? Un gin tonic peut-être ? Autrement, j'ai du whisky. Et du thé. J'allais...

— Non, rien, merci. Tu attends quelqu'un. Je ne vais pas m'attarder.

— Reste pour le thé. Je peux mettre un autre couvert. (Elle gagna la minuscule cuisine.)

— Non, Deborah, dit vivement Saint James. (Il s'imagina en train de boire du thé, de manger des biscuits tandis que Deborah et Lynley lui faisaient poliment la conversation, attendant avec impatience qu'il se décide à lever l'ancre.) Ce ne serait pas bien.

Deborah s'immobilisa devant le placard, une tasse et une soucoupe à la main.

— Pas bien ? Comment ça ? Il n'y aura que...

— Écoute, mon petit chat. (Il ne désirait qu'une chose : faire son triste devoir, tenir la promesse faite à Cotter et s'en aller.) Ton père se fait du souci à ton sujet.

Avec le plus grand soin, Deborah reposa la soucoupe et la tasse sur le plan de travail.

— Je vois. Tu es ici en qualité de messager. Je ne te voyais pas dans ce rôle.

— Je lui ai promis que je te parlerais, Deborah.

A ces mots, il vit les taches s'accentuer sur ses pommettes. Elle serra les lèvres. S'approchant du divan, elle s'assit, mains croisées.

— Très bien. Vas-y.

Saint James vit passer comme une sorte d'éclair sur son visage et perçut un début de colère dans sa voix. Mais il décida de n'en pas tenir compte, de dire ce qu'il avait à dire. Il se persuada que ce qui le poussait à parler était la promesse faite à Cotter. Il avait donné sa parole et ne partirait que lorsqu'il aurait transmis les inquiétudes de Cotter à sa fille de la manière la plus explicite.

— Ton père se fait du mauvais sang. A cause de toi et de Tommy, commença-t-il d'un ton qui lui parut raisonnable.

— Et toi ? contra-t-elle adroitement. Tu t'en fais aussi ?

— Ça n'a rien à voir avec moi.

— Ah. J'aurais dû m'en douter. Bon, maintenant que tu m'as vue — et que tu as vu l'appartement —, tu vas faire ton rapport à papa et justifier ses craintes ?

— Tu ne m'as pas compris.

— Tu es venu fouiner, te faire une idée de ma conduite. Qu'est-ce que je n'ai pas compris ?

— Ce n'est pas une question de conduite, Deborah. (Il se sentait sur la défensive, décidément mal à l'aise. L'entretien n'était pas censé prendre cette tournure.) C'est seulement que tes relations avec Tommy...

Elle se releva :

— J'ai peur que ça ne te regarde pas, Simon. Mon père n'est peut-être qu'un domestique pour toi, mais pas moi. Je ne l'ai jamais été. Où as-tu été pêcher l'idée que tu pouvais venir mettre ton nez dans mes affaires ? Pour qui te prends-tu ?

— Pour quelqu'un qui a de l'affection pour toi. Tu le sais très bien.

— Quelqu'un qui... (Deborah s'interrompit. Ses mains se crispèrent comme si elle s'efforçait de s'empêcher d'en dire davantage. Elle ne parvint pas à se contenir.) Quelqu'un qui a de l'affection pour moi ? Tu prétends avoir de l'affection pour moi ? Alors que tu ne t'es même pas donné la peine de m'envoyer ne fût-ce qu'une malheureuse lettre en trois ans ? J'avais dix-sept ans. Tu t'imagines ce que j'ai pu éprouver ? Toi qui prétends avoir tellement d'affection pour moi, tu t'imagines ce que j'ai pu ressentir ? (D'une démarche hésitante, elle traversa la pièce et pivota pour lui faire face.) Jour après jour, pendant des mois, j'ai attendu de tes nouvelles comme une imbécile, comme une pauvre idiote. Une réponse à mes lettres. N'importe quoi ! Un petit mot. Une carte postale. Un message que mon père m'aurait transmis. Mais je n'ai jamais rien reçu. Je ne savais pas pourquoi tu me laissais sans nouvelles. Je ne comprenais pas. Alors je me suis résignée et j'ai attendu que tu te décides à m'annoncer ton mariage avec Helen.

— Avec *Helen* ? énonça Saint James, incrédule, sans prendre le temps de se demander pourquoi la conversation tournait si vite à l'affrontement. Au nom du ciel, comment as-tu pu te fourrer une idée pareille dans la tête ?

— Qu'est-ce que je pouvais penser d'autre ?

— Tu aurais pu faire preuve de bon sens, penser à ce qui existait entre nous avant que tu ne quittes l'Angleterre.

Les larmes lui montèrent aux yeux, mais elle cligna furieusement des paupières pour les chasser.

— Oh, pour y penser, j'y ai pensé. La nuit, le jour, je ne pensais même qu'à ça, Simon. Allongée dans mon lit, essayant de trouver une bonne raison de continuer à vivre. Vivant un enfer. Tu es content que je te dise ça ? Ça te fait plaisir ? Ne pensant qu'à toi. Te réclamant de tout mon être. C'était... une vraie torture. Une maladie.

— Dont Tommy t'a guérie.

— Dont Tommy m'a guérie, Dieu merci. Exactement. Alors sors d'ici. Tout de suite. Et laisse-moi tranquille.

— Je m'en vais, rassure-toi. Ça la ficherait mal que je sois encore dans ce charmant petit nid d'amour lorsque Tommy se pointera pour profiter de ce qu'il a payé. (D'un geste cru, il désigna les éléments qui composaient le décor.) Le thé joliment servi. La musique douce. Et la dame elle-même, attendant son bon plaisir. Je gênerais, c'est certain. Surtout s'il est pressé.

Deborah recula.

— Ce qu'il a *payé* ? C'est pour ça que tu es là ? Tu penses que je suis trop nulle, trop gourde pour subvenir à mes besoins ? Tu crois que cet appartement est à Tommy ? Mais alors, dans ce cas, je suis qui, moi ? Je suis quoi ? Sa chose ? Une pute ? (Elle n'attendit pas la réponse.) Sors de cette maison.

Pas encore, se jura-t-il. Bon sang, pas encore.

— Tu parles de torture. Mais nom de Dieu, ces trois ans, qu'est-ce que tu crois que ç'a été pour moi ? Et hier soir, d'après toi, qu'est-ce que j'ai ressenti pendant que je me morfondais à t'attendre, alors que — je le sais maintenant — tu étais là, avec lui ?

— Je me fiche pas mal de ce que tu as pu éprouver ! De

toute façon, ça ne peut pas être pire que les souffrances que tu m'as infligées !

— Drôle de compliment pour ton amant ! Tu es sûre que *souffrances* est bien le mot que tu voulais utiliser ?

— Nous y voilà. Le sexe. Ça se ramène à ça. Qui baise Deborah. Eh bien, c'est le moment ou jamais, Simon. Vas-y. Prends-moi. Rattrape le temps perdu. Le lit est là. Au travail. (Il ne broncha pas.) Allons viens, baise-moi vite fait. C'est ce que tu veux, non ? C'est bien ce que tu veux ?

Voyant qu'il continuait de se taire, elle attrapa le premier objet qui lui tomba sous la main et le lui jeta de toutes ses forces à la figure. Le bibelot alla s'écraser contre le mur à deux doigts de la tête de Saint James. Ils s'aperçurent trop tard tous les deux que, dans sa fureur, elle avait cassé le cygne en porcelaine dont il lui avait fait présent des années plus tôt à l'occasion de son anniversaire.

La colère de Deborah retomba.

La jeune fille, un poing sur les lèvres, semblait chercher des mots d'excuse. Mais Saint James ne se sentait pas d'humeur à en entendre davantage. Jetant un coup d'œil aux fragments de la statuette éparpillés sur le sol, il les réduisit en miettes sous son talon, démontrant par ce geste rageur qu'à l'instar de l'argile l'amour était lui aussi éminemment fragile.

Poussant un cri, Deborah traversa la pièce jusqu'à l'endroit où demeuraient encore quelques morceaux qui lui avaient échappé. Elle les ramassa.

— Je te déteste ! (Les larmes roulèrent le long de ses joues.) Je te déteste ! C'est exactement le genre de choses dont tu es capable. Ce n'est pas étonnant : tout est tordu chez toi. Pas seulement ta jambe, tout le reste.

Les mots avaient jailli avec la violence d'une lame. Tous les cauchemars de Saint James prenaient corps. Il eut un mouvement de recul et se dirigea vers la porte. Il se sentait anesthésié, anéanti, et surtout conscient jusqu'au malaise de l'insupportable gaucherie de sa démarche. Il lui sembla qu'il n'avait jamais eu autant de mal à se déplacer.

— Simon ! Non ! Excuse-moi !

Elle s'élançait vers lui et il remarqua — non sans intérêt — qu'elle s'était coupée avec le bord d'un des morceaux de porcelaine. Un filet de sang coulait de sa paume à son poignet.

— Je ne le pensais pas. Simon, tu sais que je ne le pensais pas.

Il s'étonna de constater que toute passion était morte en lui. Il n'avait plus qu'une envie : fuir.

— Je sais, Deborah.

Il ouvrit la porte, soulagé de se retrouver dehors.

Le sang battait à ses tempes, semblable à des eaux en crue, prélude à des souffrances intolérables. Assis dans sa vieille MG garée devant Shrewsbury Court Apartments, Saint James s'efforça d'en retarder l'échéance, sachant que s'il se laissait aller, ne fût-ce qu'un instant, la douleur serait si atroce qu'il ne pourrait regagner Chelsea par ses propres moyens.

La situation était ridicule. Lui faudrait-il vraiment appeler Cotter à l'aide ? Et tout ça pour quoi ? Parce qu'il venait d'avoir une conversation d'un quart d'heure avec une jeune fille de vingt et un ans ? Lui, qui était de onze ans son aîné, qui était un homme d'expérience, aurait dû en bonne logique sortir vainqueur de l'affrontement, au lieu de se retrouver brisé, liquéfié, malade. C'était grotesque.

Il ferma les yeux pour échapper à la lumière du soleil qui lui brûlait les nerfs. Il rit avec une ironie pleine d'amertume en songeant à l'ensemble de muscles, d'os et de tendons torturés qui depuis huit ans lui servait de prison, et de punition pour avoir été jeune et ivre sur une route sinueuse du Surrey longtemps auparavant.

L'air était chaud, fétide, chargé d'une odeur de fuel. Pourtant, il inspira à fond. Le plus important était de maîtriser la douleur dès le début ; il ne songea pas que, cela fait, il aurait le loisir d'examiner les accusations que Deborah lui avait jetées au visage et, ce qui était pire, de reconnaître qu'elles étaient fondées.

Pendant trois ans, il ne lui avait pas donné le moindre signe de vie. Et, circonstance aggravante, il ne pouvait en aucune manière lui expliquer la raison de son comportement. A supposer que Deborah comprît, à quoi cela lui servirait-il *maintenant* de savoir que chaque journée sans elle l'avait rapproché du néant ? Car, tandis que lui se laissait mourir à petit feu, Lynley avait investi le doux cercle de la vie de Deborah, se mouvant avec sa grâce, son calme et son assurance habituels.

A la pensée de Lynley, Saint James se secoua et plongea la main dans sa poche à la recherche de ses clés, bien décidé à ce que son ami ne le trouve pas avec une tête d'écolier puni devant l'immeuble de Deborah. Il s'éloigna du trottoir et se glissa dans le flot de la circulation dense qui courait le long de Sussex Gardens.

Tandis que les feux passaient au rouge au coin de Praed et de London Street, Saint James freina et laissa son regard errer mornement autour de lui. Sans vraiment les distinguer, ses yeux se posèrent sur les commerces qui se pressaient le long de Paddington Street, tels des enfants soucieux d'attirer l'attention. Non loin de là, sous le panneau bleu et blanc du métro, se tenait une femme. Elle achetait des fleurs à un marchand dont la charrette était en équilibre instable contre le bord du trottoir. Elle rejeta la tête en arrière en secouant ses cheveux noirs coupés court, ramassa son bouquet et ponctua d'un rire une réflexion du marchand.

En la voyant, Saint James maudit son impardonnable sottise. Car il contemplait sans aucun doute l'invitée de Deborah. Sa propre sœur, Sidney, et non Lynley.

Simon venait à peine de partir que des coups furent frappés à la porte : Deborah les ignora. Accroupie près de la fenêtre, elle tenait un fragment de porcelaine dans sa main ; elle se l'enfonça dans la paume, faisant jaillir de nouvelles gouttes de sang.

Sais-tu que les cygnes, lui avait-il dit, *lorsqu'ils se choisissent un compagnon, le font pour la vie ? Ils apprennent à vivre ensemble harmonieusement, s'acceptant l'un l'autre tels qu'ils sont. Une sacrée leçon pour nous tous, tu ne crois pas ?*

Deborah passa les doigts sur le fragment délicat — vestige du cadeau de Simon — et se demanda comment elle avait pu commettre cet acte de trahison. Quel genre de triomphe pouvait-elle se vanter d'avoir remporté ? Son triomphe — si triomphe il y avait — avait été une vengeance brève et écrasante, qui avait sa source dans la complète humiliation qu'elle lui avait infligée. Et qu'est-ce que l'horrible scène qui venait de se dérouler prouvait en fin de compte ? Simplement que sa philosophie d'adolescente — débitée avec tant d'assurance alors qu'elle avait dix-sept ans — n'avait pas résisté à l'épreuve de la séparation. *Je t'aime*, lui avait-elle dit. *C'est un fait. Il n'y a pas à revenir là-dessus.* Mais les mots s'étaient révélés faux. Les êtres humains n'étaient pas comme les cygnes. Et elle encore moins.

Deborah se releva, essuyant rudement ses joues avec sa manche, sans se soucier des trois boutons qui pouvaient lui égratigner la peau, souhaitant même qu'ils l'écorchent. Elle se rendit dans la cuisine pour y prendre un morceau de chiffon qu'elle s'enroula autour de la main. Puis elle rangea le fragment de porcelaine dans un tiroir. Geste ridicule, accompli dans l'idée que le cygne pourrait un jour être réparé.

Après quoi, se demandant comment elle expliquerait son allure à Sidney Saint James, elle s'approcha de la porte où l'on frappait toujours. S'essuyant les joues une seconde fois, elle tourna la poignée, s'efforçant de sourire et ne réussissant qu'à grimacer.

— Ne fais pas attention, Sidney. Je suis... commença Deborah, qui s'arrêta net.

Une femme brune bizarrement vêtue mais séduisante malgré tout se tenait sur le seuil. Elle tenait à la main un verre de liquide vert à l'aspect crémeux qu'elle tendit à Deborah sans un mot. Éberluée, Deborah le prit. La femme hocha vivement la tête et pénétra dans l'appartement.

— Tous les mêmes, les mecs. (Sa voix était rauque, teintée d'une pointe d'accent dont elle essayait de se débarrasser. Pieds nus, elle se dirigea vers le centre de la pièce en continuant de parler comme si Deborah et elle se connaissaient depuis des années.) Buvez. J'en ingurgite au moins cinq par jour. Vous vous sentirez comme neuve, je vous le garantis. Dieu sait qu'en ce moment j'ai bien besoin de me sentir requinquée après chaque... (Elle s'interrompit et éclata de rire, dévoilant des dents extraordinairement blanches et régulières.) Je ne vous fais pas de dessin.

Il était difficile de ne pas comprendre ce qu'elle voulait dire. Dans son déshabillé de satin noir tout en plissés et volants, elle constituait une réclame vivante pour sa profession.

Deborah leva le verre qu'on lui avait mis d'autorité dans la main.

— Qu'est-ce que c'est ?

L'interphone bourdonna, indiquant la présence d'un visiteur au rez-de-chaussée. La femme s'approcha du mur et appuya sur le bouton.

— Quelle baraque ! On se croirait dans un hall de gare ! (Elle désigna la boisson d'un mouvement de menton, retira une carte de la poche de sa robe de chambre et la remit à Deborah.) Jus de fruits et vitamines. Plus quelques légumes. C'est un remontant. Je vous ai noté la recette. A en juger par toutes ces allées et venues, va falloir que vous en avaliez une sacrée quantité. Buvez. Allez-y. (Elle attendit que Deborah ait porté le verre à ses lèvres avant de s'approcher des photos.) Très joli. C'est vous qui faites ça ?

— Oui. (Deborah lut la liste des ingrédients sur la carte. Surtout du chou, qu'elle détestait. Elle déposa le verre sur le plan de travail et passa les doigts sur le chiffon dont elle s'était enveloppé la paume. Elle porta la main à ses cheveux tout emmêlés.) Je dois avoir une drôle de tête.

La femme sourit.

— Et moi donc ! J'attends le soir pour me pomponner, je ne sors jamais dans la journée. Sérieusement, vous êtes ravissante. Alors, ma mixture ?

— Ça ne ressemble à rien de ce que j'ai bu jusqu'à présent.

— C'est spécial, hein ? Je devrais la faire breveter.

— Oui. C'est très bon. Merci. Désolée pour le bruit.

— Sacrée dispute que vous avez eue. J'ai pas pu m'empêcher d'entendre — les murs sont fins comme du papier à cigarette. L'espace d'un instant, j'ai bien cru que ça allait se terminer par une bagarre. J'habite juste à côté. (Du pouce, elle désigna l'appartement de gauche.) Tina Cogin.

— Deborah Cotter. J'ai emménagé la nuit dernière.

— C'était donc ça, ces allées et venues, ce raffut... (Tina sourit.) Et moi qui croyais que j'avais de la concurrence... N'en parlons plus. De toute façon vous n'avez pas le physique de l'emploi.

Deborah se sentit rougir, ne sachant si elle devait remercier sa voisine.

Considérant qu'une réponse était inutile, Tina se regardait dans le verre d'une des photos encadrées de Deborah. Elle rectifia sa coiffure, examina ses dents, passa un ongle fort long entre les deux incisives.

— Je suis drôlement décatie. Le maquillage, c'est bien beau, mais c'est pas tout. Il y a dix ans, un coup de blush suffisait. Mais maintenant... J'ai beau passer des heures devant ma glace, j'ai toujours une sale tronche quand j'ai fini.

Un coup fut frappé à la porte. Sidney, décida Deborah. Elle se demanda ce que dirait la sœur de Simon en voyant cette visiteuse inattendue en train d'étudier la photo de Lynley comme si elle envisageait d'en faire une de ses sources de revenus.

— Voulez-vous rester pour le thé ? proposa Deborah.

Tina tourna le dos au cliché. Haussa un sourcil.

— Le thé ? s'étonna-t-elle comme si ce breuvage n'avait pas franchi ses lèvres depuis une éternité. C'est gentil à vous, Deb, mais non. Dans ce genre de situation, trois, c'est un peu beaucoup. Croyez-en mon expérience.

— Trois ? bégaya Deborah. Mais c'est une femme.

— Oh, non ! se récria Tina, éclatant de rire. Je parlais de la table, mon chou. Elle est un peu petite, voyez-vous, et je suis horriblement maladroite dès qu'il s'agit de manipuler tasses et couverts. Finissez votre boisson, vous me rapporterez le verre plus tard. D'accord ?

— Très bien. Merci.

— Nous en profiterons pour tailler une bavette.

Avec un geste de la main, Tina ouvrit la porte, fila sous le nez de Sidney Saint James avec un sourire éblouissant et disparut dans les profondeurs du couloir.

3

Peter Lynley n'avait choisi son domicile de Whitechapel ni pour ses agréments ni pour sa situation. Les attraits de l'appartement étaient en effet inexistants, à moins qu'on pût considérer comme tels quatre murs et deux fenêtres impossibles à ouvrir car collées par la peinture. Quant à la situation, si l'appartement se trouvait à deux pas d'une station de métro, l'immeuble même, construit pendant la période pré-victorienne, était entouré de bâtiments datant de la même époque qui n'avaient été ni rénovés ni ravalés depuis au moins trente ans. Appartement et emplacement convenaient cependant à Peter, qui n'était pas exigeant, et plus encore à son porte-monnaie, qui était pratiquement à plat.

S'ils suivaient son plan, ils pourraient tenir encore quinze jours à condition d'y aller mollo et de se contenter de cinq lignes par soirée. Mettons six. Dans la journée, ils chercheraient du travail sérieusement. Un boulot dans la vente pour lui. De nouveaux engagements pour Sacha. La vente, il avait ça dans le sang. Et Sacha, dans sa partie, était une véritable artiste. A Soho, elle trouverait des boîtes qui lui proposeraient des contrats. On se l'arracherait. Bon sang, ils n'avaient sûrement jamais rien vu de pareil. Ce serait comme à Oxford : une scène vide, un spot, et sur une chaise Sacha laissant les spectateurs lui enlever ses vêtements, les mettant au défi de la dénuder complètement. « Laissez-vous aller. N'ayez pas peur. Apprenez à vous connaître. Dites-moi de quoi vous avez envie. » Et pendant ce temps, elle souriait d'un air supérieur, seule personne dans la salle à s'assumer, à être fière de ce qu'elle était. Tête haute, port de reine. *Je suis comme je suis*, proclamait son attitude. *Je suis. Je suis.*

Où était-elle ? songea Peter.

Il regarda l'heure. Sa Timex d'occasion était tout sauf fiable. Il avait vendu sa Rolex peu de temps auparavant et avait rapidement découvert qu'il était aussi ridicule de se fier à cette camelote pour avoir l'heure juste que de compter sur Sacha pour qu'elle achète de la came sans tomber sur un type des stups.

Évitant de s'appesantir sur le sujet, il secoua avec inquiétude son poignet et examina sa montre de plus près. Est-ce que ces satanées aiguilles avaient seulement bougé au cours de la dernière demi-heure ? Il la porta à son oreille, poussa un juron incrédule en percevant le faible tic-tac. Il n'y avait que deux heures qu'elle était partie et il lui semblait que ça faisait un siècle.

Incapable de tenir en place, il se leva du canapé avachi, l'un des trois meubles de énième main qui garnissaient la pièce si l'on exceptait les cartons dans lesquels ils rangeaient leurs vêtements et la caisse sur laquelle reposait l'unique lampe. Le canapé, en se dépliant, faisait lit. Sacha râlait après tous les jours, déclarant que cette saloperie lui esquintait le dos, qu'elle n'avait pas dormi correctement depuis un bon mois.

Où donc était-elle ? Peter s'approcha d'une des fenêtres et souleva le drap dans l'ourlet duquel avait été glissée une tringle rouillée pour lui permettre de faire office de rideau. Il colla son nez à la vitre, aussi sale à l'intérieur qu'à l'extérieur.

Tandis qu'il parcourait la rue des yeux à la recherche de Sacha et du vieux fourre-tout en tapisserie qu'elle trimballait partout, Peter sortit de la poche de son jeans un mouchoir sale à l'aide duquel il s'essuya le nez. C'était un geste purement machinal. La brève douleur qui l'accompagna disparut comme elle était venue, ce qui lui permit de l'ignorer. Sans examiner le tissu ni les nouvelles taches couleur de rouille qui le maculaient, il remit le mouchoir en place puis, tel un lapin sa carotte, il entreprit de se mordiller l'index.

A l'entrée de la rue étroite dans laquelle ils habitaient, les piétons arpentaient Brick Lane. Peter essaya de repérer Sacha au milieu des têtes qui se dirigeaient vers la station de métro d'Aldgate East ou en sortaient. Elle avait dû prendre la

Northern Line, se dit-il, puis emprunter la Metropolitan Line pour arriver à bon port. Alors où était-elle ? Acheter de la dope, ça n'était quand même pas sorcier. Il suffisait d'abouler le fric et d'empocher la came. Qu'est-ce qu'elle avait à traîner comme ça ?

Il tourna et retourna la question. Qu'est-ce qu'elle pouvait bien fabriquer ? Au fond, qu'est-ce qui l'empêchait, cette petite salope, de mettre les voiles avec son blé, de s'acheter de la dope et de ne jamais refoutre les pieds à l'appartement ? Tout bien considéré, pourquoi se donnerait-elle la peine de revenir une fois en possession de la poudre ? La drogue, il n'y avait que ça qui l'intéressait.

Peter rejeta cette idée : c'était impossible. Sacha ne partirait pas. Pas maintenant. Jamais. Ne lui avait-elle pas dit, la semaine dernière encore, que ça n'avait jamais été aussi bon avec personne ? Ne le suppliait-elle pas pratiquement tous les soirs de la grimper ?

Pensif, Peter s'essuya le nez d'un revers de main. Quand l'avaient-ils fait pour la dernière fois ? La nuit dernière ? Elle riait comme une malade, il l'avait prise contre le mur et... C'était pas la nuit dernière ? Sammy, qui habitait de l'autre côté du palier, avait cogné à la porte pour leur demander de la mettre en veilleuse tandis que Sacha criait, le griffait, haletait — seulement non, elle ne criait pas, elle hurlait de rire et sa tête n'arrêtait pas de heurter le mur et il n'avait pas été jusqu'au bout, il n'avait pas réussi à aller jusqu'au bout, mais c'était sans importance parce qu'ils étaient dans les vapes tous les deux.

Voilà. C'était la nuit dernière. Et elle allait revenir avec la came.

Il se mordit un ongle à vif.

Bon. Et à supposer que ça foire, la transaction, à Hampstead ? Elle lui en avait assez rebattu les oreilles cet après-midi, de Hampstead. D'une maison près du Heath où les deals se faisaient les doigts dans le nez à condition que le pognon soit au rendez-vous. Alors où était-elle ? Combien de temps fallait-il pour faire l'aller-retour ? Où diable était-elle passée ?

Peter grimaça un sourire, un goût de sang dans la bouche : il y était allé un peu fort en se mordant. C'était le moment de se calmer. Il inspira à fond. Il s'étira. Et, se baissant, il toucha ses orteils.

De toute façon, ça n'avait pas d'importance. Il n'en avait pas vraiment besoin. Il pouvait s'arrêter quand il voulait. C'était bien connu. On pouvait s'arrêter quand on voulait. Pourtant, quand il en prenait, il était quelqu'un. Manipulateur de génie, maître du monde.

La porte s'ouvrant soudain derrière lui, il pivota et constata que Sacha était de retour. Debout dans l'encadrement, elle repoussa ses cheveux plats qui lui tombaient dans la figure, le dévisageant d'un air craintif. Elle avait tout du lièvre acculé.

— Où elle est ? s'enquit-il.

Un frisson tordit les traits de la jeune femme. Elle referma la porte d'un coup de pied et alla s'asseoir sur les coussins marron usés jusqu'à la corde, lui tournant le dos, baissant la tête. Peter sentit des picotements sur sa peau en signe d'avertissement.

— Où elle est ?

— Je n'ai... J'ai pas réussi... (Elle fut prise de tremblements.)

Peter perdit aussitôt son self-control.

— Qu'est-ce que tu n'as pas réussi à... Qu'est-ce qui se passe, nom d'un chien ?

Il se rua vers la fenêtre, souleva imperceptiblement le rideau. Bon Dieu, elle avait merdé ? Elle avait les flics au train ? Il examina la rue, ne remarqua rien d'anormal. Ni voiture banalisée pleine de policiers en train de planquer devant l'immeuble. Ni fourgonnette en stationnement interdit le long du trottoir. Ni flic en civil faisant le pet sous le réverbère. Rien. Que dalle.

Il se tourna vers elle. Elle l'observait par-dessus son épaule. Ses yeux — jaune et brun, semblables à ceux d'un chien — étaient larmoyants, bordés de rouge. Ses lèvres tremblaient. Il comprit.

— Bordel de Dieu ! (Il traversa la pièce, la bouscula et s'empara de son sac. Il en répandit le contenu sur le canapé et se mit à fouiller dedans avec des mains maladroites, ses recherches frénétiques s'avérant infructueuses.) Où diable... Où est la dope, Sacha ? Où elle est ?

— Je n'ai pas...

— Alors où est le blé ? (Des sirènes ululaient dans son

crâne. Les murs s'effondraient.) Sacha, où est le blé, bordel de merde ?

A ces mots, Sacha se redressa, bondit du canapé et traversa la pièce.

— C'est tout ce que tu trouves à dire ? hurla-t-elle. « Où est le blé, bordel de merde ? » Pas : « Où étais-tu passée ? » ni : « Je commençais à me faire de la bile. » Non. « Où est le blé, bordel de merde ? » (Avec violence, elle retroussa la manche de son pull mauve tout taché. De profondes égratignures zébraient sa peau jaunâtre sur laquelle des ecchymoses commençaient à apparaître.) Regarde ! Je me suis fait agresser, fumier !

— On t'a *agressée* ? (D'abord dubitatif, le ton se fit carrément incrédule.) Dis pas de conneries ! Qu'est-ce que tu as fait du pognon ?

— Je viens de te le dire ! Ton putain de pognon, on me l'a piqué sur le quai de ce foutu métro. J'ai passé deux heures au poste avec ces connards de flics d'Hampstead. Téléphone-leur si tu me crois pas.

Là-dessus, elle se mit à sangloter. Peter n'en crut pas ses oreilles.

— Bon Dieu, t'es nulle, Sacha.

— Tu peux parler ! T'es pas tellement plus malin que moi. Si t'avais réussi à te procurer la poudre vendredi dernier, comme tu devais le faire...

— Combien de fois faudra-t-il que je te le répète ? Le deal a foiré.

— Ouais, alors t'as rien trouvé de mieux que de m'envoyer au ravitaillement à ta place !

— Moi, je t'ai envoyée... ?

— Et comment ! (Son visage se crispa, amer.) Tu les avais à zéro, tu flippais comme une bête à l'idée de te faire poisser. Alors tu as préféré me laisser y aller. Ne viens pas me crier après, maintenant.

Peter sentit la main le démanger ; il l'aurait volontiers frappée rien que pour voir le sang lui affluer au visage. Il s'éloigna d'elle, cherchant à gagner du temps, à se calmer, à essayer de mettre une stratégie au point.

— Que je me fasse coffrer, moi, Sacha Nifford, qu'est-ce que ça peut foutre ? Qui connaît Sacha Nifford ? Je n'intéresse pas les journaux, je n'intéresse personne. Mais si toi, tu t'étais fait prendre, les doigts dans le pot de confiture, ç'aurait été autre chose. L'honorable Peter Lynley...

— Tais-toi.

— Le nom de la famille en aurait pris un coup.

— Ta gueule, Sacha !

— Des générations de vertueux Lynley se seraient retournés dans leur tombe ! Ta maman aurait été aux cent coups ! Sans parler de ton grand frère, le grand manitou de Scotland Yard !

— La ferme, nom de Dieu !

A l'étage au-dessous, quelqu'un cogna au plafond pour réclamer un peu de calme. Sacha continuait de le fixer d'un air furibond, le mettant au défi de la contredire. Il se rendit compte qu'il en était incapable.

— Ne nous emballons pas, marmonna-t-il. (Remarquant que ses mains tremblaient, il les fourra dans ses poches. Il transpirait abondamment.) Il y a toujours la Cornouailles.

— La Cornouailles ? reprit Sacha, interloquée. Pourquoi diable...

— Je n'ai pas assez de fric ici.

— J'ai du mal à le croire. Si tu es à sec, va voir ton frère, demande-lui un chèque. Il est plein aux as. C'est de notoriété publique.

Peter retourna près de la fenêtre, se mordillant consciencieusement le pouce.

— Mais pas question que tu y ailles, bien sûr, poursuivit Sacha. Jamais tu oseras taper ton frère. On va se farcir la route jusqu'en Cornouailles, tout ça parce que tu crèves de trouille devant lui. Tu as une pétoche pas possible à l'idée que Thomas Lynley découvre tes petits secrets. Et à supposer qu'il les découvre ? Ça n'est pas ton tuteur, que je sache ! Ce n'est qu'un mec de la haute, diplômé d'Oxford. Seulement tu es une telle couille molle que...

— Ferme ça !

— Pas question. Explique-moi plutôt pourquoi tu tiens tellement à ce qu'on se propulse en Cornouailles. Qu'est-ce qu'il y a de si intéressant là-bas ?

— Howenstow, dit-il.

— Howenstow ? souffla Sacha, la mâchoire pendante. Tu as l'intention d'aller rendre visite à ta maman ? Génial, j'aurais dû m'en douter. C'était ça, ou continuer à te sucer le pouce. Ou alors t'astiquer la colonne.

— Espèce de salope !

— C'est ça, vas-y, tape-moi dessus, pauvre minable. Tu en meurs d'envie depuis que je suis rentrée.

Peter ferma et ouvrit le poing. Bon Dieu, oui, ça le démangeait. Au diable l'éducation et les bonnes manières. Il aurait voulu lui défoncer la figure, voir le sang jaillir de sa bouche, lui casser les dents et le nez, lui pocher les yeux.

Au lieu de cela, il quitta la pièce en hâte.

Sacha Nifford sourit. Elle regarda la porte se refermer et se mit à compter soigneusement les secondes cependant que les pas de Peter résonnaient dans l'escalier. Lorsqu'un laps de temps suffisant se fut écoulé, elle écarta le drap de la fenêtre ; elle le vit bientôt jaillir de l'immeuble pour se précipiter au pub du coin.

Elle étouffa un rire. Se débarrasser de Peter avait été un jeu d'enfant : son comportement était aussi prévisible que celui d'un chimpanzé de cirque.

Elle retourna près du canapé. De ses affaires éparpillées sur les coussins, elle extirpa un poudrier écaillé et l'ouvrit. Un billet d'une livre plié avec soin était glissé derrière le miroir. Elle le récupéra, le roula puis plongea une main dans le décolleté en V de son pull.

Les soutiens-gorge, voilà une belle invention, songea-t-elle en sortant d'un bonnet le sachet en plastique qui contenait la cocaïne achetée à Hampstead. Et merde pour la Cornouailles, sourit-elle.

Salivant à l'avance, elle versa une petite quantité de coke sur le miroir du poudrier, la réduisit vivement en poussière à l'aide de son ongle. Puis, s'aidant du billet roulé, elle inhala avidement.

Le paradis, se dit-elle, renversée contre les coussins. L'indicible extase. Encore mieux que le sexe. Mieux que tout. Le bonheur.

Thomas Lynley était au téléphone lorsque Dorothea Harriman pénétra dans son bureau, un formulaire à la main. Agitant le papier d'un air entendu, elle lui adressa un clin d'œil de conspirateur. Voyant cela, Lynley mit un terme à sa conversation avec un collègue des empreintes digitales.

Harriman attendit qu'il ait raccroché.

— Votre formulaire de demande de congé, monsieur l'inspecteur, lança-t-elle d'une traite. (Affligée d'un goût pervers, Dorothea Harriman évitait les simples « monsieur », « madame » ou « mademoiselle », préférant utiliser les titres.) De deux choses l'une : ou les astres vous sont favorables, ou le commissaire Webberly a gagné aux courses. Il a signé votre demande de congé sans broncher. Ça n'est pas à moi que ça arriverait.

Lynley prit le formulaire. Le nom de son supérieur hiérarchique était griffonné au bas de la feuille, accompagné d'un mot à peine lisible : « Si vous devez voler, soyez prudent, mon garçon. » Huit mots — pas plus — prouvant que Webberly avait deviné qu'il comptait se rendre en Cornouailles pour un week-end prolongé. Lynley fut certain que la raison de son déplacement n'avait pas dû échapper au commissaire. Webberly avait en effet vu la photo de Deborah sur le bureau de Lynley et, bien que lui-même ne fût pas exagérément attaché à sa femme, il était toujours le premier à féliciter ses hommes lorsque ceux-ci se mariaient.

La secrétaire du commissaire étudiait justement ladite photo. Elle plissa les yeux pour mieux voir, évitant une fois de plus de se servir des lunettes qui — Lynley ne l'ignorait pas — étaient dans son bureau. Le port de lunettes aurait risqué d'atténuer la ressemblance d'Harriman avec la princesse de Galles, ressemblance qu'elle faisait tout pour accentuer. Lynley remarqua qu'aujourd'hui Dorothea Harriman portait une copie de la robe bleue à ceinture noire que la princesse avait revêtue pour aller s'incliner en Amérique sur la tombe du soldat inconnu. La princesse avait eu l'air mince comme un fil dans cette tenue. Harriman avait les hanches un tout petit peu trop rondes.

— Le bruit court que Deb est à Londres, observa Dorothea Harriman, reposant la photo et grimaçant à la vue du fouillis qui encombrait le bureau de Lynley. (Elle ramassa une poignée de messages téléphoniques, les agrafa et fit une belle pile de cinq dossiers.)

— Depuis plus d'une semaine, confirma Lynley.

— Voilà pourquoi vous êtes méconnaissable. Vous êtes bon pour le mariage, monsieur l'inspecteur. Ça fait trois jours que vous vous promenez avec un sourire béat.

— Vraiment ?

— Vous semblez marcher sur un petit nuage, on dirait que vos soucis se sont envolés. Si c'est l'effet de l'amour, j'en prendrais volontiers une double portion.

Il sourit, fouilla dans les dossiers et lui en tendit deux.

— Prenez plutôt ça. Webberly attend après.

Harriman poussa un soupir.

— J'ai soif d'amour, monsieur l'inspecteur, et tout ce que vous trouvez à me donner... (elle examina les titres des dossiers)... ce sont des rapports relatifs à un meurtre commis à Bayswater. Romantique à souhait ! Décidément, je me suis fourvoyée.

— Peut-être, Harriman, mais vous servez une noble cause.

— C'est ça, remontez-moi le moral.

Elle l'abandonna, réclamant à la cantonade un volontaire pour décrocher le téléphone qui sonnait dans un bureau voisin.

Lynley plia le formulaire et ouvrit sa montre de gousset. Cinq heures et demie. Il était sur la brèche depuis sept heures. Il avait encore au moins trois dossiers à traiter mais commençait à saturer. Il décida qu'il était temps d'aller la rejoindre. Ils avaient à parler.

Il quitta son bureau, gagna le vaste hall du Yard et, empruntant les portes à tambour, sortit dans Broadway Street. Il longea le bâtiment — morne mélange de verre, de pierre grise et d'échafaudages — et se dirigea vers le *green* tout proche.

Deborah était toujours là où il l'avait aperçue de la fenêtre de son bureau : sur la pelouse trapézoïdale plantée d'arbres. Tantôt elle examinait le sommet du monument des Suffragettes d'un air concentré et tantôt elle l'étudiait à travers son appareil, qu'elle avait calé sur son pied quelque dix mètres plus loin.

Ce qu'elle essayait de saisir à l'aide de son objectif semblait lui échapper. Car, tandis que Lynley la regardait, elle fronça le nez, haussa les épaules en signe de déception et commença à démonter son matériel et à le ranger dans sa solide mallette métallique.

Lynley s'attarda un instant avant de traverser le jardin pour la rejoindre, prenant plaisir à observer ses gestes. Il savourait sa présence. Et plus encore le fait qu'elle fût rentrée pour de bon. Il n'était pas du genre à apprécier les tendres tourments que procure à un amant le fait de chérir une femme vivant à des milliers de kilomètres de lui. Aussi l'absence de Deborah ne lui avait-elle pas rendu la vie facile. Au contraire. La quasi-totalité du temps, il n'avait songé qu'au moment où il la reverrait, lors d'un de ses voyages éclairs en Californie. Mais maintenant elle était de retour à Londres. Elle était avec lui. Et il était bien décidé à ce que ça continue comme ça.

Il foula le gazon, semant la perturbation parmi les pigeons qui picoraient en quête de miettes. Les oiseaux s'envolèrent. Alertée par le bruit, Deborah leva brusquement la tête. Ses cheveux retenus par des peignes piqués un peu n'importe comment lui dégringolèrent dans la figure. Agacée, elle entreprit de les recoiffer.

— Dire que j'ai toujours rêvé d'être une de ces femmes dont on dit qu'elles ont des cheveux de soie, fit-elle en guise de bienvenue. Estella Havisham, par exemple.

— Parce qu'Estella Havisham avait des cheveux de soie ? questionna Lynley, se mettant en devoir de s'occuper des boucles indisciplinées.

— Sûrement. Tu imagines le pauvre Pip tombant amoureux de quelqu'un qui n'aurait pas des cheveux de soie ? Aïe !

— Ça tire ?

— Un peu. Franchement, c'est ridicule. Mes cheveux vivent leur vie sans me demander mon avis.

— Le mal est réparé. Enfin presque.

— Tu me rassures.

Ils éclatèrent de rire et commencèrent à rassembler ses affaires éparpillées sur le gazon. Elle était venue avec sa mallette, le pied, une poche en plastique contenant trois fruits et un vieux pull, et son sac à bandoulière.

— Je t'ai aperçue de ma fenêtre, lui dit Lynley. Tu travailles sur quoi ? Un hommage à Mrs Pankhurst ?

— J'attendais le moment où la lumière donnerait sur le haut du monument. Manque de chance, il y avait des nuages. Le temps qu'ils se décident à filer, le soleil en avait fait autant.

Elle fouilla dans son sac, sortit un bonbon à la menthe, le dépapillota et le fourra dans sa bouche. Ils se dirigèrent d'un pas lent vers Scotland Yard.

— J'ai réussi à obtenir mon vendredi, annonça Lynley. Et mon lundi également. Nous pouvons donc aller en Cornouailles. Enfin, je peux y aller. Si tu n'as rien de prévu de ton côté, peut-être que nous pourrions...

Il s'interrompit, se demandant pourquoi il usait de ces circonlocutions.

— En Cornouailles, Tommy ? (La voix de Deborah était toujours aussi égale mais comme elle avait détourné le visage, il ne put distinguer son expression.)

— Oui. En Cornouailles. A Howenstow. Le moment est venu, non ? Je sais que tu viens de rentrer, je précipite peut-être un peu le mouvement. Mais tu n'as encore jamais rencontré ma mère.

— Oui, se borna à dire Deborah.

— En m'accompagnant, tu permettrais à ton père de faire sa connaissance du même coup. Il est temps qu'ils se rencontrent.

Elle fronça les sourcils en examinant ses chaussures éraflées et ne souffla mot.

— Deb, il va bien falloir qu'ils se voient un jour ou l'autre. Je sais ce que tu penses : ils sont aux antipodes, ils n'auront rien à se dire. Mais c'est faux. Je suis sûr qu'ils sympathiseront.

— Il ne voudra jamais venir, Tommy.

— J'ai réfléchi à la question. Et j'ai trouvé un moyen de le décider. J'ai invité Simon à se joindre à nous. J'ai tout arrangé, en fait.

Il omit de préciser les détails de sa brève entrevue avec Saint James et Lady Helen Clyde au *Ritz*, alors qu'ils se rendaient à un dîner d'affaires et que lui-même s'apprêtait à assister à une réception à Clarence House [1]. De la même façon, il se garda bien de faire état des réticences de Saint James et du prétexte avancé par Lady Helen pour décliner l'invitation. Un retard considérable à rattraper, avait-elle dit, ils allaient en avoir pour un bon mois avant de se remettre à flot.

Le refus d'Helen avait été trop prompt, le mal qu'elle s'était donné pour ne pas regarder Saint James trop grand, pour que Lynley ne comprît pas qu'ils ne tenaient absolument pas à se rendre en Cornouailles. Eût-il cherché à se mentir que leur comportement le lui eût interdit. Il savait très bien ce que leur attitude signifiait. Mais il avait besoin d'eux pour que Cotter se sentît à l'aise et s'était servi de ce dernier pour les faire changer d'avis. Saint James n'aurait en effet jamais laissé Cotter partir seul pour Howenstow. Quant à Helen, elle

1. Résidence de la reine-mère.

n'aurait jamais abandonné Saint James pendant ces quatre jours — qui promettaient à ses yeux d'être quatre jours de tourments ininterrompus. Lynley s'était donc servi d'eux. Dans l'intérêt de Cotter, s'était-il dit, refusant d'examiner les autres raisons qui pouvaient le pousser à débarquer à Howenstow en aussi pléthorique compagnie.

Deborah étudiait la pancarte portant la mention « Yard » en lettres argentées :

— Simon sera de la partie ?

— Ainsi qu'Helen et Sidney. (Lynley attendit une réaction. Voyant qu'elle se bornait à hocher imperceptiblement la tête, il décida qu'il était temps d'aborder le sujet qu'ils avaient soigneusement évité jusque-là.) Tu l'as vu ?

— Oui.

Elle fit passer le pied de son appareil photo d'une main dans l'autre, lui laissant le soin de poursuivre s'il le jugeait bon.

Lynley prit son étui à cigarettes et son briquet dans sa poche. Il alluma une cigarette sans laisser à Deborah le temps de l'en empêcher. Sentant peser sur ses épaules un poids qu'il refusait d'analyser, il soupira.

— J'aimerais qu'on en parle, Deb. Il faudrait qu'on en parle.

— Je l'ai vu la nuit même de mon retour, Tommy. Il m'attendait dans le labo. Avec un cadeau. Un agrandisseur. Il voulait me le montrer. Et le lendemain après-midi, il est venu à Paddington. Nous avons eu une conversation.

C'est tout, pensa-t-elle sans le dire.

Lynley jeta sa cigarette, furieux après lui-même. Il se demanda ce qu'il voulait tellement entendre Deborah lui dire, pourquoi il s'attendait à ce qu'elle lui explique la nature de ses relations avec un homme qu'elle connaissait depuis l'enfance, comment diable aurait-elle pu lui fournir ces explications ! Il ne pouvait supporter le doute qui sapait sa confiance, la conviction lancinante que le retour à Londres de Deborah pouvait rendre nuls et non avenus les mots d'amour qu'ils avaient échangés ces trois dernières années. Et il se demanda également si, cachée sous ses sentiments les plus troubles, la véritable raison pour laquelle il tenait tant à ce que Saint James les accompagne en Cornouailles n'était pas en fin de compte le besoin de prouver à son ami que Deborah lui appartenait une fois pour toutes. Cette idée lui parut parfaitement méprisable.

— Tommy.

S'arrachant à ses pensées, il s'aperçut que Deborah l'observait. Il eut envie de la toucher. De lui dire combien il aimait les petits points dorés qui pailletaient ses yeux verts, la façon dont sa peau et ses cheveux évoquaient l'automne. Mais en cet instant cela lui sembla ridicule.

— Je t'aime, Tommy. Je veux être ta femme.

Ça au moins, songea Lynley, ça n'était pas ridicule.

TROISIÈME PARTIE

Sang

4

Nancy Cambrey se traînait le long de la sinueuse avenue sablée qui reliait le pavillon du garde à la grande maison de maître de Howenstow. Tout en marchant, elle soulevait de délicats panaches de poussière semblables à des nuages de pluie en miniature. Comme l'été avait été jusque-là d'une exceptionnelle sécheresse, une fine pellicule grise habillait les feuilles des rhododendrons qui bordaient l'allée ; les arbres surplombant l'avenue semblaient être là moins pour donner de l'ombre que pour retenir prisonnier sous leurs branches l'air sec et lourd. Hors du tunnel de verdure, la brise venue de l'Atlantique et de Gwennap Head filait vers Mount's Bay. Mais sous les frondaisons, là où Nancy marchait, l'air était inerte, comme mort, et sentait le feuillage calciné par le soleil.

Peut-être la sensation d'oppression qui l'étreignait n'était-elle pas due à l'air mais à la peur. Car elle s'était promis de parler à Lord Asherton lors de son prochain passage en Cornouailles — où il ne faisait que de rares apparitions. Et il allait bientôt arriver.

Elle fourragea dans ses cheveux, qu'elle trouva mous. Ces derniers mois, elle avait pris l'habitude de les porter tirés en arrière, attachés sur la nuque à l'aide d'un élastique ; aujourd'hui, toutefois, après son shampooing, elle avait laissé ses cheveux raides coupés au carré sécher librement sur ses épaules. L'effet n'était sûrement pas très flatteur, et, disposée de cette façon, sa chevelure ne devait guère l'avantager. Dire qu'elle en avait été si fière, jadis...

Comme ils brillent, tes cheveux, Nance. Oui. Mais c'était fini maintenant.

Distinguant soudain un bruit de voix non loin d'elle, Nancy s'immobilisa, plissant les yeux à la manière des myopes. A travers les branches, elle aperçut de vagues silhouettes qui s'agitaient près d'une table dressée sur la pelouse, à l'ombre généreuse d'un vieux chêne. Deux des femmes de ménage de Howenstow s'activaient.

Nancy reconnut leurs voix. C'étaient des jeunes filles qu'elle connaissait de vue depuis l'enfance mais qui n'étaient jamais vraiment devenues ses amies. Elles appartenaient à cette frange de l'humanité se mouvant au-delà de la barrière qu'elle avait élevée entre elle et les autres membres du domaine, et qui lui interdisait de fraterniser aussi bien avec les enfants de la famille Lynley qu'avec ceux des fermiers ou des domestiques.

Nancy de Nulle-Part : tel était le surnom dont elle s'était affublée. Toute sa vie, elle s'était efforcée de trouver sa place. Cette place, elle l'avait maintenant, modeste mais bien à elle, petit univers limité à sa fille de cinq mois, à Gull Cottage et à Mick.

Mick. Michael Cambrey. Diplômé de l'université. Reporter. Journaliste. Grand voyageur. Brasseur d'idées. Époux de Nancy.

Elle avait jeté son dévolu sur lui dès le début, séduite par son charme, son physique, sa conversation, son rire facile ; elle aimait sentir ses yeux braqués sur elle, espérant être la cause de leur vivacité. Aussi, lorsqu'elle était allée chez le père de Mick pour vérifier la comptabilité du journal ainsi qu'elle le faisait chaque semaine depuis deux ans et qu'elle était tombée sur le jeune homme, elle avait accepté avec plaisir de rester bavarder avec lui.

Il adorait parler. Elle adorait écouter. Sa seule contribution à la conversation étant l'admiration qu'il lui inspirait, Nancy s'était rapidement persuadée que ce n'était pas suffisant. Aussi avait-elle payé de sa personne — sur le matelas du vieux moulin de Howenstow où ils avaient passé tout le mois d'avril à faire l'amour, mettant en route le bébé né en janvier.

Elle n'avait pas réfléchi au changement que cette naissance provoquerait dans sa vie. Et moins encore à celui qu'il provoquerait chez Mick. Seul l'instant existait, seules les sensations comptaient. Les mains et la bouche de Mick, son corps de mâle dur et exigeant, le goût de sel de sa peau, le râle de plaisir qui lui échappait lorsqu'il la pénétrait. Savoir qu'il la désirait lui ôtait toute envie de penser aux conséquences. C'était sans importance.

Maintenant les choses avaient bien changé.

— On pourrait peut-être en discuter, Roderick ? avait-elle entendu Mick déclarer au téléphone. Vous connaissez notre situation financière, vous ne pouvez pas prendre une décision de ce genre sans qu'on en discute. Reparlons-en à mon retour de Londres, d'accord ?

Il avait écouté, ri, raccroché et, se retournant, l'avait surprise, le feu aux joues, espionne malgré elle, sur le pas de la porte. Mais il n'avait pas paru se soucier de sa présence, se remettant au travail tandis qu'à l'étage au-dessus, dans la chambre, la petite Molly pleurait.

Nancy l'avait regardé travailler sur son nouveau traitement de texte. Elle l'avait entendu marmonner puis prendre la brochure et en lire quelques pages. Au lieu de traverser la pièce pour lui parler, elle était restée plantée là, à se tordre les mains.

Vous connaissez notre situation financière... Gull Cottage ne leur appartenait pas. Ils le louaient au mois. Mais ils ne roulaient pas sur l'or. Car Mick dépensait inconsidérément. Les deux derniers mois de loyer n'avaient pas été payés. Si le Dr Trenarrow décidait de les augmenter maintenant, avec toutes les dettes qu'ils avaient déjà sur le dos, ils risquaient de ne pouvoir faire face. Et si cela arrivait, où diable iraient-ils loger ? Certainement pas à Howenstow dans le pavillon du garde où ils seraient obligés de vivre aux crochets du père de Nancy.

— Y a un trou dans la nappe, Mary. T'en as pas apporté une autre ?

— Non. T'as qu'à mettre une assiette dessus.

— Et qui c'est qui va s'asseoir au milieu de la table, Mary ?

Des éclats de rire parvinrent jusqu'à Nancy cependant que les jeunes filles secouaient une nappe blanche amidonnée pour la déplier. La nappe leur échappa, une brusque rafale ayant réussi à franchir le barrage des arbres. Nancy leva la tête pour inspirer une bouffée d'air frais, mais le vent lui souffla au visage une brassée de feuilles mortes pleines de poussière et sa bouche s'emplit d'un goût de terre.

Elle porta une main à son visage pour se débarrasser des feuilles et se sentit comme vidée de ses forces par ce simple geste. Avec un soupir, elle continua péniblement son chemin vers la grande maison.

Parler de mariage et d'amour à Londres, c'était une chose. Mesurer la portée que pouvaient prendre des mots aussi simples en Cornouailles, c'en était une autre.

Lorsqu'elle descendit de la voiture venue les attendre à l'aérodrome de Land's End, à leur descente d'avion, Deborah Cotter avait la tête qui tournait. Et l'estomac un peu noué.

N'ayant jamais vu Lynley évoluer ailleurs que dans son cadre à elle, elle ne s'était pas posé la question de savoir ce qu'impliquerait le fait d'entrer dans une famille comme la sienne. Certes, elle savait qu'il était comte. Elle était montée dans sa Bentley, lui avait rendu visite dans son hôtel particulier de Londres, y avait même rencontré Denton, son domestique. Elle avait mangé dans ses assiettes en porcelaine, bu dans ses verres en cristal, l'avait vu passer ses vêtements coupés sur mesure. Mais elle avait attaché peu d'importance à ces détails, se bornant à se dire que cela faisait partie de la façon de vivre de Tommy, laquelle n'avait en rien modifié son mode de vie à elle. Cependant, à la vue du domaine — que Lynley avait survolé à deux reprises —, Deborah s'était demandé pour la première fois si la vie telle qu'elle l'avait connue pendant vingt et un ans n'allait pas radicalement changer.

Énorme bâtisse de style Jacques Ier, Howenstow avait l'aspect d'un E bigarré, veuf de sa barre centrale. Une deuxième aile avait été érigée contre la barre ouest du bâtiment. Au nord-est se dressait une chapelle. Derrière la maison étaient groupés écuries et communs, et au-delà le parc de Howenstow s'étalait en direction de la mer. Des vaches y paissaient au milieu des hauts platanes, nombreux en cet endroit car protégés du temps parfois inclément par le terrain providentiellement en pente. Des murets, typiques du paysage de la Cornouailles, enserraient la propriété proprement dite mais pas la totalité des terres des Asherton qui comportaient des laiteries, des fermes, des exploitations agricoles et des mines d'étain aujourd'hui abandonnées.

Face à la demeure ancestrale de Tommy — réalité tangible, incontournable, et non plus décor reconstitué à partir des souvenirs évoqués par Saint James et Lady Helen —, Deborah eut envie de rire à l'idée qu'elle, Deborah Cotter, fille d'un domestique, dût s'intégrer dans ce cadre comme si Howenstow était un autre Manderley où Max de Winter aurait broyé du noir en attendant que l'amour d'une jeune femme de condition modeste lui rende le sourire. Pas du tout un rôle pour moi, songea-t-elle.

Qu'est-ce que je fabrique ici ?

Il lui semblait que tout cela n'était qu'un rêve, à mesure que les éléments chimériques s'accumulaient. Le trajet en avion, le survol de Howenstow, la voiture conduite par un chauffeur en uniforme attendant sur la piste d'atterrissage. L'accueil plein d'entrain que Lady Helen avait réservé à l'automédon — « Jasper ! Quelle élégance ! La dernière fois, vous ne vous étiez même pas donné la peine de vous raser ! » — n'avait pas vraiment rassuré Deborah.

Dieu merci, pendant le trajet jusqu'à Howenstow, on l'avait laissée admirer le paysage. La région était sauvage, parsemée de landes désolées, de coteaux abrupts, de petites criques de sable fin agrémentées de grottes qui avaient longtemps servi de cachettes aux contrebandiers, de bois luxuriants dégringolant dans les vallons ; le long des chemins étroits, c'était un fouillis de chélidoine, de coquelicots et de pervenches.

Quittant une de ces routes campagnardes, ils s'engagèrent dans l'avenue ombragée de platanes et bordée de rhododendrons qui menait à Howenstow. L'avenue longeait le pavillon des gardiens, contournait le parc, passait près d'un petit édifice Tudor richement décoré, côtoyait une roseraie pour aboutir devant une porte massive au-dessus de laquelle s'affrontaient superbement un chien et un lion, armoiries des Asherton.

Ils descendirent de voiture au milieu du brouhaha qui accompagne traditionnellement les arrivées. Deborah gratifia le bâtiment d'un bref coup d'œil. Il semblait désert. Elle se prit à souhaiter qu'il le fût réellement.

— Ah, voici maman, dit Lynley.

Se tournant, Deborah vit que ce n'était pas la porte d'entrée qu'il regardait — porte devant laquelle elle s'était attendue à voir se matérialiser une comtesse d'Asherton excessivement élégante, sa blanche main languissamment tendue en signe de bienvenue — mais le coin sud-est de la maison où une grande femme mince louvoyant au milieu des buissons marchait d'un bon pas à leur rencontre.

Lady Asherton n'aurait pu surprendre davantage Deborah. Vêtue d'une vieille tenue de tennis, elle avait jeté sur ses épaules une serviette d'un bleu délavé à l'aide de laquelle elle s'essuyait vigoureusement le visage, les bras et le cou. Trois grands chiens loups et un jeune retriever dégingandé la suivaient de près. Elle marqua une pause, arracha à l'un d'eux sa balle et la lança avec l'adresse d'un pro du cricket à l'autre bout du jardin. Éclatant de rire, elle les regarda s'élancer à la poursuite de la balle avant de rejoindre le petit groupe devant la porte d'entrée.

— Tu as changé de coupe de cheveux, Tommy ? Ça me plaît. Ça me plaît beaucoup, dit-elle d'un ton léger sans le toucher. (Elle embrassa Lady Helen et Saint James avant de se tourner vers Deborah.) Excusez cet accoutrement, Deborah. Je ne suis pas toujours attifée de la sorte pour recevoir mes invités, rassurez-vous ; mais je suis tellement paresseuse que, si je ne me force pas à jouer tous les jours à la même heure, je me trouve toutes sortes d'excuses pour ne pas jouer du tout. J'espère que vous n'êtes pas une de ces maniaques de la forme qui se lèvent à l'aube pour faire du jogging.

Ce n'était pas vraiment l'accueil d'une future belle-mère. Mais ce n'était pas non plus un perfide mélange de courtoisie et de désapprobation. Deborah ne sut qu'en penser.

Comme si, ayant deviné sa perplexité, elle voulait la mettre à l'aise, Lady Asherton sourit, serra la main de Deborah et se tourna vers son père, qui était resté à l'écart pendant cet échange de répliques, le visage luisant de sueur à cause de la chaleur.

— Mr Cotter, poursuivit Lady Asherton, vous me permettez de vous appeler Joseph ? Je suis absolument ravie à l'idée que Deborah et vous allez bientôt faire partie de la famille.

C'était donc là la formule rituelle. Faisant preuve de discernement, la mère de Lynley l'avait réservée à la personne qui avait le plus besoin de l'entendre.

— Merci, milady.

Cotter se fourra les mains derrière le dos, de peur sans doute que l'une d'elles ne s'empare de celle de Lady Asherton et ne se mette à la secouer vigoureusement.

Lady Asherton eut un sourire, réplique exacte de celui de Tommy.

— Je m'appelle Dorothy. Bien que, pour une raison qui m'échappe, ma famille et mes amis m'aient toujours appelée Daze.

Cotter eut l'air soufflé : la femme d'un comte l'invitait à l'appeler par son prénom. Après un temps de réflexion, il hocha la tête et rectifia :

— Merci, Daze.

— A la bonne heure, observa Lady Asherton. Idéal, ce temps, pour un week-end à la campagne, vous ne trouvez pas ? Un peu chaud, peut-être. Surtout aujourd'hui. Mais le vent devrait se lever cet après-midi. A propos, Sidney est déjà arrivée. En compagnie d'un jeune homme tout à fait intéressant. Un brun plutôt mélancolique.

— Brooke ? s'enquit Saint James, contrarié.

— Justin Brooke, c'est ça. Vous le connaissez, Saint James ?

— Oui, hélas, commenta Lady Helen. Mais Simon se conduira correctement, n'est-ce pas, Simon chéri ? Pas question de lui mettre du poison dans son porridge. Ni de le provoquer en duel. Encore moins de se battre avec lui sur le parquet du salon. Simon sera un modèle de courtoisie pendant les prochaines soixante-douze heures. Il se contentera de grincer des dents et de souffrir en silence.

— Je savourerai chaque minute de ce séjour, rétorqua Saint James.

— J'espère bien, fit Lady Asherton en éclatant de rire. Les week-ends à la campagne manqueraient de charme s'il n'y avait pas des secrets de famille à découvrir et des prises de bec en perspective ! J'ai l'impression d'avoir de nouveau vingt ans. (Prenant le bras de Cotter, elle pénétra dans la maison, suivie de ses autres invités.) Venez, Joseph, je vais vous montrer une chose dont je suis ridiculement fière, l'entendirent-ils déclarer tandis qu'elle désignait du doigt le vestibule. Ce sont des ouvriers du cru qui ont installé ça juste après l'incendie que nous avons eu en 1849. N'allez surtout pas le croire, mais la légende veut que cet incendie...

Sa voix se perdit. Un instant plus tard, Cotter éclatait de rire.

Deborah eut l'impression que son estomac se dénouait. Au sentiment de soulagement qui l'envahit brusquement, elle comprit combien elle avait appréhendé cette première rencontre entre son père et Lady Asherton. Ç'aurait pu être un désastre. C'en aurait été un si la mère de Tommy n'avait pas été de ces femmes qui savent dissiper les craintes des nouveaux venus avec quelques mots aimables.

Elle est merveilleuse, Deborah éprouva le besoin de formuler la remarque à voix haute et se tourna sans réfléchir vers Saint James.

Le visage de ce dernier reflétait l'approbation la plus complète ; les rides autour de ses yeux se creusèrent tandis qu'il souriait.

— Bienvenue à Howenstow, Deb chérie, fit Lynley, lui passant un bras autour des épaules et l'entraînant à l'intérieur où, grâce au haut plafond et au carrelage du sol, l'air était frais, ce qui changeait agréablement de la canicule du dehors.

Ils trouvèrent Lady Asherton et Cotter dans le grand salon ouvrant sur la droite du vestibule. C'était une pièce tout en longueur, que dominait une énorme cheminée au-dessus de laquelle était accrochée une tête de gazelle. Des moulures décoraient le plafond, des lambris recouvraient les murs, d'où les portraits grandeur nature de générations d'Asherton contemplaient leurs descendants avec des poses aussi variées que leurs costumes.

Deborah tomba en arrêt devant le portrait d'un gentleman XVIIIe, culotte crème et redingote rouge, appuyé contre une urne à demi brisée, une cravache à la main, un épagneul à ses pieds.

— Tommy, c'est toi tout craché !

— Tout craché, peut-être pas. Mais je suis sûre que Tommy lui ressemblerait fortement s'il voulait bien porter une de ces charmantes culottes, fit observer Lady Helen avec sa malice habituelle.

Sentant le bras de Lynley se raidir autour de ses épaules, Deborah crut tout d'abord qu'il était contrarié par les éclats de rire qui avaient salué la remarque de Lady Helen. Mais elle vit qu'une porte s'était ouverte à l'extrémité nord du salon pour livrer passage à un grand jeune homme en jeans effiloché, qui avançait pieds nus sur le parquet. Une jeune fille aux joues creuses le suivait. Pieds nus, elle aussi.

Peter, songea aussitôt Deborah. Il avait en effet les cheveux blonds, les yeux noisette, les pommettes, le nez et la mâchoire de bon nombre des portraits d'ancêtres. En outre, il portait une boucle d'oreille : une croix gammée suspendue à une fine chaînette en or qui lui balayait l'épaule.

— Peter ? Je te croyais à Oxford, fit Lynley sans trahir la moindre contrariété.

Deborah le sentit qui se raidissait de plus belle. Peter sourit, haussa les épaules.

— On a eu la même idée que toi, apparemment, on est descendus profiter du soleil. Il ne manque plus que Judy pour que la famille soit au complet.

Tripotant le fermoir de sa boucle d'oreille, il adressa un signe de tête à Saint James et Lady Helen et poussa sa compagne en avant. Singeant l'attitude de Lynley, il lui passa un bras autour des épaules.

— Je vous présente Sacha. (La jeune fille avait un bras autour de la taille de Peter, les doigts glissés sous son T-shirt crasseux.) Sacha Nifford. (Sans laisser à son frère le temps d'ouvrir la bouche, Peter dévisagea Deborah.) Ta future épouse, je suppose. Tu as toujours eu bon goût en matière de femmes. Comme on a pu le constater au fil des ans.

Lady Asherton esquissa un pas en avant, son regard naviguant de l'un à l'autre de ses fils.

— J'ai été surprise quand Hodge m'a annoncé l'arrivée de Peter et Sacha. Et puis je me suis dit que c'était une riche idée que Peter soit là pour ton week-end de fiançailles.

Lynley répondit d'un ton uni :

— Entièrement d'accord. Voulez-vous montrer leurs chambres à vos invités, maman ? J'aimerais rester seul un instant avec Peter. Nous avons des choses à nous dire.

— Le déjeuner sera servi dans une heure. Il fait si beau que j'ai pensé que nous pourrions déjeuner dehors.

— Parfait. Dans une heure. Si vous voulez bien vous occuper de nos amis...

C'était plus un ordre qu'une requête. Le ton presque cassant surprit Deborah. Elle regarda les autres pour étudier leurs réactions, mais ne vit sur leurs visages que le désir d'ignorer le courant d'hostilité qui crépitait dans l'air. Lady Helen examinait une photo du prince de Galles dans un cadre en argent. Saint James admirait le couvercle d'un coffret à thé oriental. Cotter debout devant une fenêtre contemplait le jardin.

— Chérie, lui dit Lynley, si tu veux bien m'excuser un moment...

— Tommy...

— Excuse-moi, Deb.

— Par ici, ma chère, fit Lady Asherton, lui effleurant le bras.

Deborah n'avait pas envie de bouger.

Lady Helen prit la parole :

— Dites-moi que vous m'avez donné la ravissante chambre verte qui donne sur la cour ouest, Daze. Vous voyez ce que je veux dire. Au-dessus de l'armurerie. Il y a des années que j'ai envie d'y passer la nuit. De m'endormir avec de délicieux frissons en songeant que quelqu'un pourrait accidentellement tirer au plafond.

Elle prit le bras de Lady Asherton. Les deux femmes se dirigèrent vers la porte. Il ne restait plus à Deborah qu'à les suivre. Ce qu'elle fit. Mais, arrivée au bout du salon, elle se retourna pour regarder Lynley et son frère. Ils se toisaient d'un air circonspect, tels deux adversaires prêts à en découdre.

Le week-end qui devait être riche de promesses, plein de chaleur, prit soudain un autre sens aux yeux de Deborah, qui s'aperçut qu'il y avait des tas de choses qu'elle ignorait concernant les relations de Tommy et de sa famille.

Lynley ferma la porte du salon de musique et regarda Peter se diriger d'une démarche étudiée vers la fenêtre. Il s'assit sur la banquette installée dans l'embrasure, casant sa longue carcasse sur les coussin de brocart vert. Les murs de la pièce étaient tendus d'un papier fleuri — chrysanthèmes jaunes sur fond vert — et ce mélange de couleurs ajouté à la pleine lumière de midi donnait au teint de Peter des tons plus hâves que dans le grand salon. Suivant du doigt une irrégularité de la vitre, il s'appliquait à ignorer Lynley.

— Qu'est-ce que tu fabriques en Cornouailles ? Tu n'étais pas censé passer l'été à Oxford ? Nous t'avions trouvé un tuteur pour le trimestre. Nous étions convenus que tu ne bougerais pas de là-bas.

Lynley savait que sa voix était tout à la fois glaciale et inamicale mais il se sentait incapable de changer d'intonation. La vue de son frère l'avait secoué. Peter était d'une maigreur squelettique. Il avait les yeux jaunes. Autour des narines, la peau était à vif.

Peter haussa les épaules d'un air boudeur.

— Je suis venu faire un saut à Howenstow, c'est tout. Rassure-toi, je n'ai pas l'intention de m'incruster. Le week-end fini, je repars.

— Qu'est-ce que tu fabriques vraiment ici ? Et ne me ressers pas tes boniments à propos du soleil, parce que ça ne prend pas.

— Que tu me croies ou que tu ne me croies pas, j'en ai rien à cirer. Avoue que j'ai eu le nez creux : si je ne m'étais pas pointé ici ce matin, j'aurais manqué les festivités. Mais peut-être était-ce ce que tu voulais ? Peut-être préférais-tu me tenir à l'écart ? Ça t'aurait permis d'étouffer un vilain petit secret de famille. Faut pas que ta petite rouquine les découvre tous à la fois.

Lynley traversa la pièce et souleva son frère de son siège.

— Je te repose la question : qu'est-ce que tu fabriques ici, Peter ?

Peter se dégagea.

— J'ai laissé tomber la fac. C'est ce que tu voulais m'entendre dire ? J'ai plaqué mes études. C'est clair ? Tu es content ?

— Tu es devenu fou ? Où est-ce que tu vis ?

— J'ai un appart à Londres. Surtout ne te bile pas. Je n'ai pas l'intention de te taper. Le pognon, c'est pas ça qui me manque. (Passant devant Lynley, il s'approcha du vieux piano Broadwood et se mit à taper sur les touches, en tirant des sons discordants, agaçants.)

— C'est ridicule. (Lynley s'efforçait de parler d'un ton raisonnable mais il se sentait découragé par ce qu'impliquaient les propos de son frère.) Et cette fille, qui est-ce ? D'où sort-elle ? Où l'as-tu ramassée ? Elle n'est même pas propre. On dirait une...

Peter pivota.

— Tais-toi. Sacha, c'est ce qui pouvait m'arriver de mieux, fourre-toi bien ça dans le crâne.

Cela semblait difficile à croire. Et ne laissait rien présager de bon. Lynley traversa la pièce.

— Tu as recommencé. Je croyais que tu avais décroché une bonne fois pour toutes. Je croyais que tu avais arrêté de te droguer après la cure de janvier dernier. Mais tu t'y es remis.

Tu n'as pas laissé tomber Oxford. C'est eux qui t'ont viré, n'est-ce pas, Peter ?

Peter ne répondit pas. Lynley prit le menton de son frère entre le pouce et l'index et approcha du sien le visage du jeune homme.

— Tu marches à quoi, maintenant ? A l'héroïne ? Ou toujours à la cocaïne ? Tu n'as pas essayé de mélanger les deux ? De les fumer ? Tu continues à préférer te faire des lignes ?

Peter continuant de se taire, Lynley poursuivit :

— Je parie que tu es toujours à la recherche du « super » voyage. La vie, pour toi, c'est la drogue. Et Sacha ? Tu as de bonnes relations avec elle ? La cocaïne, voilà une base solide pour construire un couple. Tu ne pouvais t'entendre qu'avec une droguée, évidemment.

Peter gardait toujours le silence. Lynley poussa son frère devant un miroir et l'obligea à s'y regarder. Son teint était terreux, ses lèvres fendillées. Son nez coulait.

— Tu as vu la tête que tu as ? fit Lynley. Et à maman, tu lui racontes quoi ? Que tu as un petit rhume ?

Lynley l'ayant relâché, Peter se frictionna à l'endroit où les doigts de son frère avaient marbré sa peau blême.

— Tu oses parler de maman, souffla-t-il. Tu as le culot de... Bon Dieu, Tommy, si seulement tu pouvais crever...

5

Ni Peter ni Sacha ne parurent au déjeuner. Personne ne fit de commentaires ; tout le monde se concentra sur la salade de crevettes roses, le poulet froid, les asperges et les artichauts sauce gribiche, ignorant les deux chaises restées vides à l'extrémité de la table.

Lynley accueillit avec soulagement l'absence de son frère. Il avait envie de distractions.

Le repas venait de commencer lorsqu'il s'en présenta justement une en la personne de l'intendant du domaine qui, tournant le coin de la maison, se dirigea à bonne allure vers le vieux chêne. Loin d'être fixée sur les convives, son attention était focalisée sur les écuries d'où jaillit un jeune homme qui, après avoir franchi d'un saut le mur de pierre sèche, se mit à traverser en courant le parc éclaboussé de soleil.

De sa place, Sidney Saint James s'écria d'une voix vibrante :

— Votre fils est un sacré cavalier, Mr Penellin. Il nous a emmenés faire une promenade ce matin et nous avons eu toutes les peines du monde à le suivre, Justin et moi.

John Penellin lui adressa un bref hochement de tête mais ses traits restèrent crispés. Lynley connaissait Penellin depuis suffisamment longtemps pour se rendre compte qu'il était au bord de l'explosion et s'efforçait de se contenir.

— Pourtant Justin se défend, n'est-ce pas, chéri ? Mais, franchement, Mark nous a épatés.

— Il monte bien, commenta brièvement Brooke avant de réattaquer son poulet.

Sa peau mate était parsemée de fines gouttelettes de transpiration.

Mark Penellin arriva juste à temps pour saisir les deux dernières répliques.

— C'est parce que je monte souvent, dit-il, modeste. Vous vous êtes rudement bien débrouillés, je trouve. (D'un revers de main, il essuya son front moite. Il ressemblait à son père mais en plus doux : il avait les cheveux châtains et le teint lisse de la jeunesse tandis que Penellin avait des cheveux noirs striés de gris et de profondes rides sur son visage taillé à coups de serpe. Le père était miné par l'âge et l'inquiétude. Le fils semblait plein d'énergie, de santé, de vie.) Peter n'est pas là ? s'enquit-il après avoir examiné la tablée. Bizarre. Il m'a appelé au pavillon, pour me dire de venir...

— Déjeuner avec nous, sans doute, compléta Lady Asherton. C'est bien de Peter. Nous avons été tellement bousculés ce matin que j'ai oublié de vous téléphoner. Désolée, Mark. J'ai parfois l'impression que ma tête va éclater. Faites-nous le plaisir de vous joindre à nous. Mark. John.

De la main, elle leur indiqua les chaises laissées vides par Peter et Sacha.

A l'évidence, John Penellin n'avait pas l'intention de se laisser distraire de son mécontentement pour partager le déjeuner de ses patrons et de leurs invités. Pour lui, c'était un jour comme les autres. Et il n'était pas venu jusque-là pour signifier son déplaisir de n'avoir pas été convié à un déjeuner auquel il ne désirait nullement être invité pour commencer. En fait, il était venu pour récupérer son fils.

Amis d'enfance, Mark et Peter avaient le même âge. Ils avaient passé de longues années en compagnie l'un de l'autre, partageant jeux, jouets et escapades le long de la côte de Cornouailles. Ils avaient nagé, fait de la voile, grandi ensemble. Seule leur scolarité avait été différente. Peter était allé à Eton, comme tous les enfants mâles de la famille Lynley, tandis que Mark fréquentait une école secondaire de Penzance. Mais cette séparation n'avait pas suffi à les couper l'un de l'autre. Leur amitié avait résisté au temps et à l'éloignement.

Seulement, maintenant, Penellin semblait décidé à y mettre un terme. Lynley éprouva un sentiment de regret avant même que Penellin ne prenne la parole. Pourtant comment lui reprocher de vouloir protéger son fils, d'essayer de le soustraire à l'influence de Peter compte tenu des changements survenus chez ce dernier...

— Nancy te réclame, dit Penellin à Mark. Peter n'a pas besoin de toi pour l'instant.

— Mais il m'a téléphoné...

— Je me moque de savoir qui t'a téléphoné. Retourne au pavillon.

— John, ce n'est pas un déjeuner sur le pouce qui... commença Lady Asherton.

— Merci, milady. Nous ne pouvons pas rester. (Il regarda son fils, ses yeux noirs indéchiffrables dans un masque inflexible. Mais sur ses bras nus — il avait roulé ses manches pour travailler — ses veines saillaient plus que de raison.) Suis-moi, mon garçon. (Et avec un signe de tête à Lynley et aux autres :) Désolé.

John Penellin pivota sur ses talons et repartit en direction de la maison. Après avoir jeté aux convives un regard mi-suppliant, mi-navré, son fils lui emboîta le pas. Leur départ fut suivi d'un moment de flottement pendant lequel les invités parurent se demander s'ils devaient commenter la scène ou se taire. Finalement, ils décidèrent tacitement de fermer les yeux : rien ne devait gâcher ce week-end de bonheur. Embrochant une crevette dodue, Lady Helen ouvrit le feu :

— Est-ce que tu te rends compte, Deborah, de l'honneur qu'on t'a fait en te donnant la chambre de l'arrière-grand-mère de Tommy pour ton week-end de fiançailles ? A force de voir tout le monde passer devant sur la pointe des pieds, j'ai fini par me dire qu'elle était réservée à notre souveraine le jour où il lui prendrait fantaisie de faire halte à Howenstow.

— C'est la chambre qui est équipée d'un lit cauchemardesque, précisa Sidney. Plein de draperies. La tête de lit est ornée de goules et de sorcières. Affreux. Y coucher, c'est un peu comme passer un test, Deb.

— Vous y avez dormi, Daze ? questionna Lady Helen.

— Non, car l'arrière-grand-mère vivait encore la première fois que j'ai mis les pieds à Howenstow. Au lieu de coucher dans le fameux lit, j'ai passé des heures assise à côté d'elle, à lui lire la Bible. Elle avait une prédilection pour l'Ancien Testament. Surtout pour les passages scabreux. Récits détaillés sur Sodome et Gomorrhe. Bizarreries sexuelles. Luxure et salacité. Elle se moquait bien de savoir comment Dieu punissait les pécheurs. « Le Seigneur s'occupera d'eux, me disait-elle, m'encourageant à continuer d'un signe de la main. Poursuivez votre lecture, ma petite fille. »

— Et vous poursuiviez ? questionna Sidney.

— Évidemment ! J'avais seize ans, je n'avais jamais rien lu d'aussi drôle de ma vie. (Elle rit.) Dans une certaine mesure, je peux dire que c'est la Bible qui est responsable de la vie dissolue... (Elle baissa soudain les yeux. Son sourire s'éteignit, puis refleurit, de façon délibérée :) Tu te souviens de ton arrière-grand-mère, Tommy ?

Lynley était absorbé dans la contemplation de son verre, incapable d'en définir la couleur. Il ne répondit pas.

La main de Deborah effleura la sienne de façon fugace et comme irréelle.

— En voyant ce lit, je me suis demandé s'il ne vaudrait pas mieux que je dorme par terre.

— Un monstre pareil doit sûrement se réveiller à la tombée de la nuit, dit Lady Helen. Et pourtant, j'aurais bien envie de le tester. J'ai toujours voulu coucher dedans. Comment se fait-il qu'on ne m'ait jamais autorisée à passer la nuit dans ce lit terrifiant ?

— Il serait moins horrible si l'on n'était pas obligée d'y dormir seule, fit Sidney en regardant Justin Brooke. Avoir un autre corps près de soi, ce doit être réconfortant. Un corps tiède et bien vivant, de préférence. Car je n'aimerais pas que votre bisaïeule vienne me tenir compagnie. Pour ce qui est des autres, qu'ils frappent à ma porte.

— Certains seront mieux accueillis que d'autres, j'espère, dit Justin Brooke.

— Seulement s'ils se conduisent bien, rétorqua Sidney.

Saint James regarda sa sœur, puis l'amant de celle-ci, sans un mot. Il prit un petit pain et le brisa en deux.

— Voilà ce qui arrive quand on parle de l'Ancien Testament au déjeuner, commenta Lady Helen. Il suffit de prononcer le mot Genèse pour que chacun se découvre une âme de débauché.

Les éclats de rire qui saluèrent cette remarque permirent aux convives de passer le cap.

Lynley les regarda s'éloigner. Sidney et Deborah prirent le chemin de la maison. Sidney, apprenant que la jeune photographe avait apporté son matériel, avait décidé d'aller revêtir une tenue propre à l'inspirer. Saint James et Lady Helen se dirigèrent vers le parc. Lady Asherton et Cotter mirent le cap sur l'angle nord-ouest de la maison où, abritée par un bouquet d'arbres, se dressait la petite chapelle Saint-Petroc où reposaient le père de Lynley et les autres membres de la famille Asherton. Justin Brooke murmura vaguement qu'il allait chercher un arbre à l'ombre duquel faire la sieste, ce qui lui valut les quolibets de Sidney.

Lynley ne tarda pas à demeurer seul. Une brise fraîche souleva le bord de la nappe. Il toucha le tissu, déplaça une assiette et contempla les reliefs du repas.

Il lui fallait impérativement voir John Penellin après une aussi longue absence. L'intendant s'attendait à recevoir sa visite. Sans doute se trouvait-il en ce moment même dans le bureau, prêt à lui montrer les registres et à examiner la comptabilité avec lui. Lynley redoutait cette entrevue. Ses craintes n'avaient rien à voir avec le fait que Penellin pût lui parler de l'état de Peter et de la nécessité où il se trouvait, lui, Lynley, de faire quelque chose. Elles ne reflétaient pas non plus un manque d'intérêt pour la vie du domaine. La véritable difficulté se trouvait dans tout ce qu'un retour, même bref, à Howenstow impliquait.

L'absence de Lynley avait été particulièrement longue cette fois : six mois. Il était suffisamment honnête avec lui-même pour savoir ce qu'il cherchait à éviter en se montrant si rarement à Howenstow. C'était ce qu'il avait évité pendant des années, soit en ne venant pas, soit en venant accompagné d'une troupe d'amis, comme si la vie en Cornouailles était une garden-party des années 30 dont il était l'animateur, riant, bavardant, versant le champagne. Ce week-end de fiançailles ne différait guère fondamentalement des séjours qu'il avait effectués en Cornouailles au cours des quinze dernières années. Sous prétexte d'entourer Deborah et son père de visages familiers, il avait invité ses amis afin de ne pas être obligé d'affronter seul celle dont la vue lui était intolérable. Il trouvait cette idée odieuse, conscient par ailleurs qu'il lui faudrait, pendant la durée du week-end, faire abstraction des sentiments que sa mère lui inspirait, et dissimuler la nature orageuse de leurs relations.

Il se demandait comment il allait s'en sortir. Le moindre des mots qu'elle prononçait — aussi innocent fût-il — suscitait chez lui des réactions indésirables, réveillait des souvenirs importuns, le mettait en demeure de prendre des mesures qu'il n'avait ni le courage ni l'humilité de prendre. L'orgueil, la colère, la culpabilité les dressaient l'un contre l'autre, et le besoin de blâmer. Intellectuellement, il savait que son père serait mort de toute façon. Mais il n'avait jamais pu accepter le fait. Ça l'arrangeait de croire que c'était une personne et non une maladie qui l'avait tué. Car une personne, on peut la blâmer. Et il éprouvait le besoin de blâmer.

Avec un soupir, il se leva, jeta un coup d'œil vers la maison. Les stores du bureau de l'intendance avaient été tirés contre le soleil frénétique de l'après-midi. A l'abri des stores, il en était sûr, John Penellin devait l'attendre, prêt à lui voir jouer son rôle de huitième comte d'Asherton. Il prit la direction de la grande bâtisse.

Le bureau de l'intendance occupait la place qui convenait à sa fonction. Installé au rez-de-chaussée, face au fumoir et près de la salle de billard, il était facile d'accès pour les membres de la maisonnée comme pour les métayers venus payer leur loyer.

La pièce était tout sauf ostentatoire. Un tapis de corde vert tenait lieu de revêtement de sol. De la peinture recouvrait les murs sur lesquels étaient accrochées de vieilles photographies du domaine et des cartes. Au plafond, deux lustres rustiques à abat-jour blancs étaient suspendus à des chaînes en fer. Les étagères en pin contenaient des décennies de registres, quelques atlas, une demi-douzaine de magazines. Les meubles de rangement dans l'angle étaient en chêne, usés par les ans tout comme le bureau et le fauteuil pivotant. Dans ce fauteuil d'où l'intendant réglait les affaires du domaine, ce n'était pas John Penellin qui était assis mais une mince silhouette, recroquevillée sur elle-même comme sous l'effet du froid, la joue sur la paume.

En arrivant sur le seuil, Lynley reconnut Nancy Cambrey. Elle tripotait nerveusement un pot à crayons. Bien que la présence de la jeune femme lui fournît une excuse pour se défiler et remettre à plus tard son entrevue avec Penellin, Lynley eut un moment d'hésitation.

Nancy avait terriblement changé. Ses cheveux autrefois châtain doré avaient perdu brillant et beauté, et pendaient tristement de part et d'autre de son visage sans aucune grâce.

Sa peau, jadis rose et lisse, et criblée de taches de rousseur qui lui dessinaient comme un adorable masque, était devenue pâle. Elle avait l'air plus épaisse aussi, comme sur ces portraits où le peintre par l'ajout intempestif d'une couche de vernis superflue a détruit l'impression de jeunesse et de beauté qu'il avait cherché à créer. Tout dans la personne de Nancy Cambrey évoquait la destruction. Elle paraissait fanée, usée, délavée.

C'était également vrai de ses vêtements. Une blouse informe remplaçait les jupes, pulls et bottes à la mode qu'elle portait naguère. Mais sa blouse était trois fois trop grande et elle semblait flotter dedans. Le vêtement vieillot, l'allure de la jeune femme firent hésiter Lynley, qui fronça les sourcils. Bien que de sept ans son aîné, il connaissait Nancy depuis toujours et l'aimait bien. Le changement qu'il constatait chez elle était troublant.

Elle s'était retrouvée enceinte — Lynley l'avait appris par sa mère. Sa grossesse avait précipité son mariage avec Mick Cambrey, de Nanrunnel. Quelques mois plus tard, il avait reçu un faire-part de Nancy lui annonçant la naissance du bébé. Il lui avait envoyé un cadeau de circonstance et n'y avait plus pensé. En la voyant, il se demanda si c'était l'arrivée du bébé qui l'avait métamorphosée à ce point.

Encore un souhait d'exaucé, songea-t-il. Je voulais des distractions, en voilà. Il pénétra dans le bureau.

Elle regardait à travers une fente d'un des stores. Et en même temps, elle se mordait les phalanges de la main droite, ce qui devait être un geste familier car celles-ci étaient rouges et à vif, trop rouges pour que les travaux ménagers puissent y être pour quelque chose.

Lynley prononça son nom. Elle se leva d'un bond, fourrant les mains derrière son dos.

— Vous êtes venu voir papa, dit-elle. Je pensais bien que vous viendriez. J'espérais réussir à vous intercepter avant, milord.

Lynley éprouva la même gêne que d'habitude en s'entendant appeler ainsi. Il lui semblait parfois qu'il avait passé la quasi-totalité des dix dernières années à éviter de se mettre en situation d'entendre cette expression.

— C'est moi que vous vouliez voir, Nancy ? Pas votre père ?

— C'est exact.

Elle sortit de derrière le bureau et s'approcha d'une chaise placée sous une carte du domaine. Elle s'y assit, les poings sur les genoux.

Au bout du couloir, la porte claqua contre le mur sous une poussée un peu trop énergique. Des pas retentirent sur le carrelage. Nancy se raidit contre le dossier de sa chaise, dans l'espoir de passer inaperçue de celui ou de celle qui venait d'entrer. Au lieu de se diriger vers le bureau de l'intendance, toutefois, les pas prirent à gauche et le bruit s'estompa progressivement. Nancy poussa un soupir presque imperceptible.

Lynley alla prendre place dans le fauteuil de son père.

— Ça me fait plaisir de vous voir. Vous avez bien fait de passer.

Elle braqua ses grands yeux gris vers les fenêtres auxquelles elle sembla s'adresser.

— Il faut que je vous pose une question. C'est difficile de commencer.

— Vous avez été souffrante, Nancy ? Vous êtes si maigre. Le bébé. Est-ce que c'est le bébé qui... (Mortifié, il se rendit compte qu'il avait oublié de quel sexe était l'enfant.)

— Non. Molly va bien, fit-elle toujours sans le regarder. Mais je me ronge les sangs.

— Que vous arrive-t-il ?

— C'est pour ça que je suis venue. Mais... (Les larmes lui montèrent aux yeux. Elle était rouge de honte.) Il ne faut pas que papa le sache.

— Cela restera entre nous. (Lynley sortit son mouchoir et le lui tendit par-dessus le bureau. Elle le serra entre ses doigts sans l'utiliser, s'efforçant de refouler ses pleurs.) Est-ce que vous seriez en froid avec votre père ?

— Moi, non. C'est Mick. Ils n'ont jamais été très copains. A cause du bébé. De moi. Et de la façon dont on s'est mariés. Mais maintenant c'est pire qu'avant.

— Y a-t-il quelque chose que je puisse faire pour vous aider ? Parce que, si vous ne voulez pas que j'intervienne auprès de votre père, je vois mal ce que je peux... (Il laissa sa phrase en suspens, attendant qu'elle termine. Il la vit se ramasser sur elle-même comme pour prendre des forces avant de plonger.)

— Vous pourriez m'aider. Oui. En me prêtant de l'argent.

(Réprimant un frisson, elle poursuivit courageusement.) Je fais toujours de la comptabilité à Penzance. Et à Nanrunnel. Et je travaille le soir à *L'Ancre et la Rose*. Mais ça ne suffit pas. Les frais...

— Quels frais ?

— Le journal. Le père de Mick a été opéré du cœur l'hiver dernier — peut-être l'avez-vous appris ? — et depuis Mick dirige le journal. Mais il veut le moderniser, acheter du matériel. Il ne se voit pas passant le reste de sa vie à Nanrunnel, à travailler dans un hebdomadaire équipé de presses déglinguées et de machines à écrire archaïques. Il a des projets. D'excellents projets. Le problème, c'est l'argent. Il dépense, il dépense. Il n'y en a jamais assez.

— J'ignorais que Mick faisait tourner le *Spokesman*.

— Ça n'était pas ce qu'il souhaitait faire. Au départ, il pensait juste remplacer son père, quelques mois, le temps que ce dernier soit de nouveau sur pied. Mais son père ne s'est pas rétabli aussi vite que prévu. Et puis j'ai...

Lynley imagina le reste. Ce qui avait commencé comme un divertissement pour Mick Cambrey — une façon de rendre le temps passé au journal et à Nanrunnel moins ennuyeux — s'était transformé en l'obligation de s'occuper d'une femme et d'un enfant qui l'intéressaient sans doute médiocrement.

— Nous sommes dans une situation impossible, poursuivit Nancy. Il a acheté deux traitements de texte. Deux imprimantes. Du matériel pour la maison. Du matériel pour le journal. Toutes sortes de choses. Mais nous n'avons pas assez d'argent. Nous avons emménagé à Gull Cottage mais notre loyer va être augmenté. Nous ne pouvons pas payer. Nous avons deux mois de loyer de retard. Si on nous met dehors... (Elle eut un moment de faiblesse mais se reprit :) Je ne sais pas ce que nous deviendrons.

— Gull Cottage ? (Il s'était attendu à tout sauf à ça.) Le cottage qui appartient à Roderick Trenarrow, à Nanrunnel ?

Elle lissa le mouchoir qu'elle avait posé sur sa cuisse, tirant un fil qui dépassait du A brodé dans un coin.

— Entre Mick et papa, ça n'a jamais été le grand amour. Et quand le bébé est né, il a bien fallu qu'on déménage. Mick s'est mis d'accord avec le Dr Trenarrow pour qu'on s'installe à Gull Cottage.

— Et maintenant vous êtes endettés jusqu'au cou.

— Les deux derniers mois de loyer n'ont pas été payés. Le Dr Trenarrow a téléphoné à Mick à ce propos, mais Mick n'a pas eu l'air de s'inquiéter. Il lui a dit qu'il avait des difficultés passagères de trésorerie et qu'ils en reparleraient à son retour de Londres.

— Londres ?

— Il a un article en chantier à Londres. L'article de sa vie. Celui qui le fera connaître en tant que journaliste. Il espère pouvoir le placer dans un grand quotidien. Peut-être même le vendre à la télévision, qui en tirera un documentaire. Et alors, finis les soucis d'argent. Mais pour l'instant, on est complètement fauchés. J'ai peur qu'on finisse à la rue. Ou qu'on soit obligés d'habiter dans les bureaux du journal. Il y a une pièce minuscule au fond avec un lit. On ne peut pas revenir ici. Papa ne voudra jamais de nous au pavillon.

— Je suppose que votre père ignore tout de vos difficultés ?

— Bien sûr ! S'il savait... (Elle porta une main à ses lèvres.)

— L'argent, ça n'est pas un problème, Nancy, dit Lynley. (Il était soulagé de découvrir qu'elle souhaitait de sa part un simple soutien financier, et non une conversation avec Trenarrow.) Je vous prêterai ce dont vous avez besoin. Vous me rembourserez quand vous pourrez. Cela étant, je ne comprends pas pourquoi vous voulez tenir votre père en dehors de cette histoire. Si Mick est décidé à moderniser le journal, ces dépenses me semblent raisonnables et n'importe quelle banque...

— Elle ne vous a pas tout dit, lança John Penellin d'un ton sévère depuis le seuil. Je la comprends : la honte l'empêche de parler.

Poussant un cri, Nancy bondit de sa chaise, prête à s'enfuir. Lynley se leva pour s'interposer.

— Papa, fit-elle d'un ton implorant.

— Dis-lui tout, ordonna Penellin. (Pénétrant dans le bureau, il referma la porte derrière lui pour empêcher sa fille de prendre la fuite.) Puisque tu as commencé à exhiber ton linge sale devant monsieur le comte, va jusqu'au bout. Tu lui as demandé de l'argent, n'est-ce pas ? Eh bien, raconte-lui le reste de l'histoire afin qu'il sache quel genre d'homme va bénéficier de sa générosité.

— Tu te trompes, papa.

— Tu crois ? (Penellin regarda Lynley.) Mick Cambrey

dépense beaucoup d'argent pour donner un coup de jeune au journal, c'est exact. Mais le reste, il le claque avec ses dulcinées. Or cet argent, c'est celui de Nancy. Pas vrai, mon petit ? Un argent qu'elle gagne durement. Parce que, non contente de faire des heures de comptabilité à Penzance et à Nanrunnel, elle trouve encore le moyen d'être barmaid à *L'Ancre et la Rose* le soir. Avec la petite Molly dans un panier sur le plancher du pub, par-dessus le marché ! Son père refuse de délaisser son travail pour s'occuper du bébé pendant que Nancy gagne le pain du ménage. Seulement il n'y a pas que l'écriture qui l'absorbe. Il y a les femmes, aussi. Combien sont-elles maintenant, Nance ?

— C'est faux, protesta Nancy. Tout ça, c'est du passé. C'est uniquement à cause du journal qu'on n'arrive pas à s'en sortir, papa.

— Inutile de mentir. Mick Cambrey est un bon à rien. Et y a pas de danger qu'il change. Il est peut-être bon pour déshabiller une fille sans expérience et la mettre en cloque. Mais dès qu'il s'agit de réparer, y a plus personne. Regarde-toi donc, Nance, regarde tes vêtements, regarde ta tête. S'il t'aime, pourquoi est-ce qu'il te laisse dans cet état ?

— Ce n'est pas sa faute.

— Regarde ce qu'il a fait de toi.

— Il ne sait pas que je suis là. Jamais il ne m'aurait laissée demander...

— Mais cet argent que tu es venue mendier, il fera main basse dessus, pas vrai ? Et sans même chercher à savoir comment tu te l'es procuré. L'essentiel, c'est qu'il ait de quoi se passer ses caprices. Et il a envie de quoi, cette fois, Nancy ? Qu'est-ce qu'il lui faut ? Une autre femme ? Deux, trois peut-être ?

— Non ! fit Nancy, jetant un regard éperdu à Lynley. Je... je...

Elle secoua la tête, le désespoir sur son visage.

Penellin s'approcha lourdement de la carte du domaine. Il avait le teint gris.

— Regarde ce qu'il a fait de toi, reprit-il d'une voix sourde. (Et, prenant Lynley à témoin :) Regardez ce que Mick Cambrey a fait de ma fille.

6

— Simon et Helen vont nous accompagner, déclara Sidney.

Quelques instants plus tôt, elle avait choisi une robe corail parmi ses affaires éparpillées à travers sa chambre. Enveloppée dans des flots de crêpe de l'épaule jusqu'aux mollets, elle ressemblait à un nuage au crépuscule.

Deborah et elle traversèrent le jardin pour gagner le parc où Saint James et Lady Helen se promenaient sous les arbres. De loin, Sidney cria à pleins poumons :

— Deborah va me prendre dans la baie. En sirène. Moitié dans l'eau, moitié dans le dinghy. Vous venez ?

Ni l'un ni l'autre ne répondirent. Une fois Deborah et Sidney arrivées à leur hauteur, Saint James remarqua :

— Quelle voix, Sid ! Il va sûrement y avoir foule pour t'admirer en sirène ! Ou du moins pour voir l'idée que tu t'en fais.

Sidney éclata de rire :

— C'est vrai ! Les sirènes ne portent pas de vêtements ! Tant pis ! D'ailleurs c'est la jalousie qui te fait parler ! Pour une fois que Deborah me prend pour modèle... J'ai quand même dû, admit-elle en tournoyant dans la brise, lui faire promettre de ne pas braquer son objectif sur toi. Non qu'elle ait encore besoin de le faire. Elle doit déjà avoir un bon millier de photos de toi dans ses cartons. Simon-dans-l'escalier. Simon-dans-le-jardin. Simon-dans-le-labo...

— Je n'ai guère eu le choix de la pose.

Sidney secoua la tête et s'engagea dans le parc, entraînant les autres dans son sillage.

— La belle excuse ! En tout cas, ce ne sont pas les occasions de passer à la postérité qui t'auront manqué. Aujourd'hui, c'est mon tour : alors je te demanderai de rester à bonne distance de l'appareil.

— Je suis capable de me contrôler, rétorqua Saint James.

— Pas moi, mes chéris, dit Lady Helen. J'ai bien l'intention de disputer la vedette à Sidney et de figurer au premier plan sur toutes les photos que fera Deborah. Je suis certaine qu'en tant que mannequin, j'ai de l'avenir.

Devant eux, Sidney éclata de rire, tout en marchant d'un pas léger en direction de la mer. Sous les arbres immenses du parc où l'air était riche de l'odeur fertile de l'humus, ce n'étaient pas les sources d'inspiration qui manquaient. Juchée sur une branche abattue par la tempête de l'hiver précédent, Sidney était un Ariel espiègle. Tenant à la main un pied-d'alouette, elle se métamorphosa en Perséphone, délivrée d'Hadès. Contre le tronc d'un arbre, une couronne de feuilles dans les cheveux, elle mima Rosalinde, rêvant à l'amour d'Orlando.

Après cette collection de poses antiques, Sidney s'élança, atteignit la limite du parc et franchit une grille pratiquée dans le mur de pierre rugueux. Un instant plus tard, la brise leur apportait ses cris de joie.

— Le moulin, dit Lady Helen. Je vais jeter un œil, il ne faudrait pas qu'elle tombe dans l'eau.

Sans attendre de réponse, elle s'élança, sortant du parc à son tour.

Deborah fut heureuse de se retrouver seule avec Simon. Ils avaient beaucoup de choses à se dire. Elle ne l'avait pas revu depuis le jour où ils s'étaient disputés, et lorsque Tommy lui avait annoncé qu'il serait des leurs pour le week-end, elle avait compris qu'il lui faudrait lui faire des excuses.

Mais maintenant que l'occasion de lui parler se présentait, Deborah s'aperçut qu'elle ne pouvait que formuler des banalités. Elle avait conscience d'avoir coupé les derniers liens qui la rattachaient à Simon dans son appartement de Paddington, et se disait qu'il n'y avait pas moyen de rattraper les paroles qui avaient provoqué cette rupture quasi chirurgicale.

Ils continuèrent d'avancer dans la direction empruntée par Lady Helen, mais lentement à cause de la jambe de Simon. Dans le silence qui s'épaississait, rompu par les seuls piaillements incessants des mouettes, le bruit inégal de ses pas soulignait son handicap. Poussée par le besoin de chasser ce bruit de ses oreilles, Deborah finit par se décider à parler, puisant dans leurs souvenirs communs.

— A la mort de maman, tu as rouvert la maison de Chelsea.

Saint James lui jeta un regard plein de curiosité :

— C'était il y a longtemps, Deborah.

— Tu n'étais pas obligé de le faire. A l'époque, je ne me suis pas posé de questions. Dans ma tête de petite fille de sept ans, je trouvais ça normal. Mais rien ne t'y obligeait. Je m'en aperçois seulement aujourd'hui.

Il chassa de la jambe de son pantalon un brin de trèfle blanc.

— Pas facile d'oublier un drame pareil. J'ai fait ce que j'ai pu. Ton père avait besoin d'un endroit où oublier. Ou, sinon pour oublier, du moins pour continuer à vivre.

— Mais tu n'étais pas obligé de faire ça, insista Deborah. On aurait pu aller chez un de tes frères, à Southampton. Ils étaient tellement plus âgés que toi. Ç'aurait été logique. Tu avais... tu n'avais que dix-huit ans. Quelle idée de s'encombrer d'une maison à dix-huit ans ! De se coller des responsabilités pareilles sur le dos ! Pourquoi tes parents t'ont-ils laissé faire ?

— Je n'avais pas le choix.

— Comment ça ?

— Il fallait que ton père guérisse. Ta mère n'était morte que depuis deux mois et il était anéanti. Nous avions peur pour lui, Deborah. Nous ne l'avions jamais vu dans cet état. Nous avons craint pour sa vie. Tu avais déjà perdu ta mère, nous ne voulions pas que tu perdes ton père. Oh, bien sûr, nous nous serions occupés de toi. Mais nous n'aurions jamais pu remplacer ton vrai père.

— Mais tes frères ? Southampton ?

— S'il était allé à Southampton, il n'aurait été qu'une roue de secours dans une maison parfaitement organisée, il aurait souffert de la pitié qu'on lui aurait témoignée. La vieille maison de Chelsea, c'était un but pour lui, une raison de vivre. (Saint James sourit à Deborah.) Tu as oublié dans quel état elle était, sans doute ? Ton père s'est donné un mal de chien pour la rendre habitable. Ça lui a permis d'oublier un peu son chagrin. Et de continuer à vivre.

Deborah joua avec la courroie de son appareil. La bande de

cuir était neuve, raide, bien différente de la courroie éraflée du vieux Nikon dont elle s'était servi pendant des années avant d'aller en Amérique.

— C'est pour ça que tu es venu à Howenstow ? Pour papa ?

Saint James ne répondit pas. Une mouette survola le parc, si près d'eux que Deborah sentit le lourd battement de ses ailes dans l'air.

— Je m'en suis rendu compte à notre arrivée ici, ce matin. Tu penses à tout, Simon. Tu as toujours été plein de tact. Merci.

Saint James fourra les mains dans les poches de son pantalon, geste qui fit ressortir l'espace d'un instant son appareillage orthopédique.

— Ce n'est pas du tact, Deborah.

— Comment ça ?

— Ce n'est pas du tact.

Ils poursuivirent leur chemin au milieu des arbres d'une combe qui dégringolait vers la mer. Sidney cria d'en bas quelque chose qu'ils ne purent comprendre tant elle riait.

Deborah reprit la parole :

— Ça ne t'a jamais plu qu'on te prenne pour un type bien. Faire preuve de sensibilité, c'est une tare à tes yeux. Alors, si ce n'est pas le tact qui t'a poussé à accompagner Papa jusqu'ici, c'est quoi ?

— La loyauté.

— Envers un domestique ? s'étonna Deborah, l'œil arrondi de stupeur.

Les yeux de Simon foncèrent. Bizarrement, Deborah avait oublié leur propension à changer de couleur sous le coup de l'émotion.

— Est-ce qu'il n'a pas fait preuve de loyauté envers un infirme, lui ? rétorqua-t-il.

Ces mots la réduisirent au silence : ils la ramenaient au point de départ.

Perchée sur un rocher surplombant la rivière, Lady Helen vit Saint James descendre lentement entre les arbres. Elle l'observait depuis que Deborah l'avait rejointe précipitamment quelques instants plus tôt. Tout en marchant, il jeta une tige chargée de feuilles, qu'il avait arrachée à l'une des plantes tropicales poussant à profusion dans le sous-bois.

En bas, Sidney gambadait dans l'eau, ses chaussures à la main, l'ourlet de sa robe trempant dans la rivière. Non loin, appareil au poing, Deborah étudiait la roue du moulin, figée sous un manteau de lierre. Bientôt, elle se mit à escalader la rive au milieu des rochers, son appareil dans une main, se servant de l'autre pour conserver son équilibre.

Bien que le vieil édifice de pierre présentât — même pour des yeux aussi profanes que ceux de Lady Helen — un intérêt évident, il y avait néanmoins quelque chose d'excessif dans l'étude qu'en faisait Deborah, qui semblait avoir décidé de consacrer toute son énergie au calcul des meilleurs angles. Cet excès de concentration ne pouvait signifier qu'une chose : elle était en colère.

Lorsque Saint James la rejoignit sur le rocher, Lady Helen lui jeta un regard inquisiteur. A l'ombre des arbres, son visage était inexpressif, mais ses yeux suivaient les moindres mouvements de Deborah et ses gestes étaient abrupts.

Évidemment, songea Lady Helen, se disant qu'il leur faudrait faire appel à toutes les ressources de leur solide éducation pour traverser cet interminable week-end.

Leur promenade s'acheva dans une clairière que prolongeait un promontoire. Quinze mètres plus bas, grâce à un sentier escarpé qui zigzaguait au milieu des buissons et des rochers, on atteignait la petite baie de Howenstow qui luisait au soleil, destination idéale d'un après-midi d'été. Du sable fin de l'étroite plage montaient des vagues de chaleur. Au bord de l'eau, sur les rochers de calcaire et de granit, la mer avait laissé des flaques où s'ébattaient de minuscules crustacés. L'eau était d'une limpidité surprenante. Si le fond était trop rocheux pour qu'il soit raisonnable de faire du bateau dans les parages, l'endroit était idéal pour les bains de soleil. Sacha Nifford, Peter Lynley et Justin Brooke étaient d'ailleurs occupés à bronzer.

Tous trois étaient assis au bord de l'eau sur un banc de rocher en forme de croissant. Brooke avait retiré sa chemise. Les deux autres étaient nus. Peter exhibait une cage thoracique sans muscles ni graisse. Sacha était un peu plus en chair mais manquait de fermeté, ses seins surtout, qui pendaient et se balançaient mollement quand elle bougeait.

— C'est un temps idéal pour bronzer, commenta Lady Helen d'un ton hésitant.

Saint James regarda sa sœur :

— Peut-être que nous ferions mieux de...

— Attends, coupa Sidney.

Sous leurs yeux, Brooke tendit soudain un petit flacon à Peter Lynley, qui fit tomber un peu de poudre sur le dos de sa main. Se baissant, il renifla avec tant de force que — du haut de la falaise — les autres virent sa poitrine se soulever tandis qu'il s'efforçait d'inhaler jusqu'à la dernière particule. Il se lécha la main, la suça et leva le visage vers le ciel comme pour remercier quelque dieu invisible. Puis il rendit le flacon à Brooke.

Sidney ne put s'empêcher d'exploser :

— Justin ! Espèce de salaud ! Tu m'avais donné ta parole ! Tu m'avais promis !

— Sid ! (Saint James empoigna sa sœur par le bras et sentit ses muscles déliés se raidir sous l'effet de l'adrénaline.) Sidney, non !

— Lâche-moi ! hurla Sidney en se dégageant. (Elle se débarrassa de ses chaussures et commença à descendre le long du sentier en pente, glissant dans la poussière, accrochant sa robe aux rochers, traitant Brooke de tous les noms.)

— Oh, mon Dieu, murmura Deborah. *Sidney !*

Arrivée au pied de la falaise, Sidney franchit en courant l'étroite bande de sable pour atteindre le rocher sur lequel les trois compères la regardaient, stupéfaits. Elle se précipita sur Brooke, l'entraînant dans le sable. Elle tomba sur lui, lui martelant le visage de ses poings.

— Tu m'avais dit que tu n'y toucherais plus ! Menteur ! Sale menteur ! Donne-moi ça ! Justin !

Elle chercha à lui planter les doigts dans les yeux. Pour se protéger, Brooke dut lever les bras, révélant ainsi le flacon de cocaïne. Lui ayant mordu le poignet, elle lui arracha le flacon des doigts.

Brooke se releva en criant. Il la plaqua aux jambes et la fit tomber par terre. Mais elle avait eu le temps de jeter le flacon dans la mer avec une force digne d'un garçon manqué.

— Voilà ce que j'en fais de ta dope, hurla-t-elle. Plonge ! Va la chercher ! Et restes-y !

Allongés sur leur rocher, Peter et Sacha se mirent à rire

bêtement tandis que Justin se relevait d'un bond, mettait Sidney debout et la traînait dans l'eau. Elle lui griffa le visage et le cou, lui laissant une traînée de sang en forme de trident sur la peau.

— Je leur dirai ! hurla-t-elle.

Brooke luttait pour la maintenir. Il lui attrapa les bras et les lui immobilisa dans le dos. Elle poussa un cri de douleur. Souriant, il la força à s'agenouiller, puis il la poussa en avant. Posant un pied sur son épaule, il lui enfonça la tête sous l'eau. Lorsqu'elle émergea pour reprendre son souffle, il lui replongea la tête sous l'eau.

Saint James sentit plus qu'il ne vit Lady Helen se tourner vers lui. Il était glacé.

— Simon !

Jamais son prénom ne lui avait paru si horrible.

En bas, Brooke remettait Sidney sur ses pieds. Mais, retrouvant l'usage de ses bras, elle se rua sur lui, toujours aussi combative.

— Je... te... tuerai... fit-elle, le souffle court.

Elle le frappa au visage, tenta de lui donner un coup de genou dans le bas-ventre.

L'attrapant tant bien que mal par ses cheveux courts et trempés, il lui donna un coup de poing en pleine figure. Le coup s'entendit jusqu'en haut de la falaise. A son tour, elle réussit à lui enserrer le cou de ses mains. Ses doigts s'enfoncèrent dans sa chair. Il se dégagea, lui immobilisant de nouveau les bras. Mais cette fois elle fut trop rapide pour lui et lui planta les dents dans le cou.

— Nom de Dieu !

Brooke la relâcha, recula jusqu'à la plage et tomba sur le sable, portant la main à l'endroit où Sidney l'avait mordu. Lorsqu'il la retira, elle était rouge de sang.

Enfin débarrassée, Sidney sortit de l'eau. Sa robe lui collait au corps comme une seconde peau. Elle toussait, s'essuyant les joues et les yeux, à bout de forces.

Avec un juron, Brooke bondit alors sur ses pieds, l'empoigna, la jeta à terre et s'assit sur elle à califourchon. Prenant une poignée de sable, il lui en barbouilla le visage. Sur leur rocher, Peter et Sacha suivaient la scène avec curiosité.

Sidney se tortillait comme un ver, toussant, pleurant, essayant — mais en vain — de se dégager.

— Tu veux de l'action, Sid ? grogna Justin, lui plaquant un bras contre le cou. C'est ça que tu veux ? Eh ben, tu vas être servie !

Brooke dégrafa son pantalon et entreprit de lui arracher ses vêtements.

— Simon ! s'écria Deborah. (Elle se tourna vers Saint James, n'ajouta pas un mot.)

Saint James comprit pourquoi. Il était incapable de bouger. Fou de rage. Brûlant d'intervenir. Mais cloué par son infirmité.

— La falaise, dit-il. Helen. Bon sang. Je ne peux pas descendre la falaise.

7

Lady Helen jeta un bref coup d'œil à Saint James, prit Deborah par le bras.

— Vite !

Deborah ne bougea pas. Immobile, elle braquait des yeux impuissants sur le visage de Saint James. Le voyant se détourner, elle tendit la main comme pour le toucher.

— Deborah ! (Lady Helen attrapa l'appareil de Deborah, le laissa tomber à terre.) Il n'y a pas de temps à perdre ! Dépêche-toi !

— Mais...

— Allons-y !

A ces mots, Deborah se mit à courir vers le sentier avec Lady Helen. Les deux jeunes femmes entamèrent la descente abrupte jusqu'à la petite baie, sans se soucier de la poussière qui s'élevait sous leurs pas telle de la fumée.

En bas, sur le sable, Sidney s'efforçait de repousser Justin Brooke avec le regain d'énergie que donne la terreur. Mais, plus musclé, il parvint à la terrasser, la colère cédant rapidement la place à l'excitation sexuelle et au sadisme. De son point de vue, il était évident que Sidney allait avoir ce qu'elle cherchait depuis le début.

Lady Helen et Deborah arrivèrent sur lui en même temps. C'était un homme costaud mais face à elles il ne faisait pas le poids. D'autant moins que Lady Helen était dans une rage insensée. En moins d'une minute, Brooke se retrouva par terre, suffoquant et grognant de douleur, car elles lui avaient administré force coups de pied dans les reins. Pleurant à chaudes larmes, Sidney se dégagea, jurant, essayant de réajuster sa robe déchirée.

— Eh bien ça alors ! murmura Peter Lynley. (Il changea de position, posant sa tête sur l'estomac de Sacha.) Quel sauvetage ! Juste au moment où ça devenait intéressant.

Lady Helen releva vivement la tête. Pleine de poussière et de sable, hors d'haleine, elle tremblait si fort qu'elle se demanda si elle réussirait à marcher.

— Qu'est-ce qui te prend, Peter ? chuchota-t-elle d'une voix rauque. Qu'est-ce qui t'arrive ? C'est Sidney qui a... *Sidney !*

Peter éclata de rire. Sacha sourit. Ils s'installèrent plus confortablement pour profiter du soleil.

Lady Helen tendait l'oreille, postée devant la porte massive de la chambre de Saint James, n'entendant rien. A quoi d'ailleurs s'était-elle attendue ? Un repli morose dans la solitude c'était conforme au caractère de Saint James.

Le silence était si complet que, si elle ne l'avait accompagné dans sa chambre deux heures plus tôt, Lady Helen aurait juré que la pièce était inoccupée. Mais elle savait qu'il était là, muré dans la solitude.

Bien, songea-t-elle. L'autoflagellation, ça suffit comme ça. Il est temps de le faire sortir de sa tanière.

Au moment où elle s'apprêtait à frapper, Cotter ouvrit la porte, la vit et sortit dans le couloir. Il jeta un bref coup d'œil derrière lui — Lady Helen constata que les rideaux étaient tirés — et referma la porte. Il croisa les bras sur la poitrine.

Eût-elle été portée sur la mythologie, Lady Helen aurait aussitôt affublé Cotter du surnom de Cerbère. Mais, comme tel n'était pas le cas, elle redressa les épaules d'un air combatif : ce n'était pas en postant Cotter devant sa porte que Saint James réussirait à l'éviter.

— Il est debout ? (Elle posa la question d'un ton léger, faisant délibérément semblant d'ignorer ce qu'impliquait l'obscurité de la chambre.) Tommy a prévu de nous emmener à Nanrunnel, ce soir. Simon ne voudra sûrement pas rater cette petite sortie.

Cotter croisa plus fermement les bras sur la poitrine.

— Il m'a demandé de l'excuser. Une de ses migraines. Vous savez ce que c'est.

— Non !

Surpris, Cotter battit des paupières. L'attrapant par le bras, Lady Helen l'entraîna de l'autre côté du couloir devant les fenêtres donnant sur la cour de l'office.

— Cotter, soyez gentil, ne le laissez pas se cloîtrer comme ça.

— Lady Helen, je crois qu'il nous faut... (Cotter marqua une pause. Ce préambule courtois trahissait le désir de faire entendre raison à Lady Helen, qui n'avait pas envie de discuter.)

— Vous savez ce qui s'est passé ? Sur la plage ?

Pour éviter de répondre, Cotter prit un mouchoir dans sa poche, se moucha et entreprit d'examiner les pavés et la fontaine de la cour.

— Cotter, insista Lady Helen. Vous savez ce qui s'est passé ?

— Deb m'a tout raconté.

— Alors vous devez comprendre qu'on ne peut pas le laisser broyer du noir et se morfondre plus longtemps.

— Mais ses ordres...

— Je me fiche de ses ordres. Ce ne serait pas la première fois que vous les ignoreriez. Surtout quand c'est pour son bien. Et dans le cas présent, ce serait lui rendre service que de passer outre. (Lady Helen réfléchit, le temps d'échafauder un plan susceptible de convenir à Cotter.) Écoutez, Cotter. On vous attend au salon. Tout le monde prend le sherry. Vous ne m'avez pas vue de l'après-midi, vous n'étiez pas là pour m'empêcher de faire irruption chez Mr Saint James. Nous sommes d'accord ?

Cotter ne sourit pas mais hocha la tête en signe d'assentiment :

— Très bien.

Lady Helen le regarda s'éloigner avant d'entrebâiller la porte. Du seuil, elle distingua Saint James étendu sur le lit. Elle sut qu'il ne dormait pas en le voyant bouger lorsqu'elle referma la porte.

— Simon chéri, Tommy nous emmène à Nanrunnel, ce soir, pour une petite sortie culturelle. Si on veut être à la hauteur, il va falloir prendre des forces : quelques sherries ne seront pas de trop. Comme Tommy et Deborah ont sûrement un ou deux verres d'avance, il va falloir que tu te dépêches de te préparer si tu veux les rattraper. Tu t'habilles comment ?

Tout en parlant, elle traversa la chambre pour ouvrir les rideaux dont elle se mit à arranger soigneusement les plis, plus pour gagner du temps que pour faire joli. Lorsqu'elle eut fini, elle se tourna vers le lit d'où Saint James suivait son manège d'un air amusé.

— Message reçu, Helen.

Elle poussa un soupir de soulagement. S'apitoyer sur son sort n'était pas le fort de Saint James. Son fort, c'était plutôt la haine de soi. Encore que celle-ci eût dû avoir le temps de s'estomper après les instants qu'ils avaient passés en tête à tête sur la falaise, pendant que Deborah raccompagnait Sidney à la maison.

Est-ce que Brooke l'aurait tuée ou est-ce qu'il se serait contenté de la violer pendant que j'étais là, incapable de lever le petit doigt, spectateur impuissant ? Bien à l'abri. En sécurité. Ne prenant aucun risque. Car les risques, ce n'est pas pour moi, bien sûr.

Le ton n'avait pas été celui de la colère mais de l'humiliation, ce qui était pire.

Elle lui avait crié : *Ton handicap, tout le monde s'en fiche ! Arrête de faire une fixation là-dessus !*

C'était la vérité, mais cette vérité n'avait en rien atténué le fait que cette fixation confinant à l'obsession était une blessure d'amour-propre toujours à vif.

— C'est quoi, cette sortie culturelle ? s'enquit-il. Un tournoi de fléchettes à *L'Ancre et la Rose* ?

— Mieux que ça. Une représentation — sûrement très mauvaise — de *Beaucoup de bruit pour rien*. Par la troupe du village, dans la cour de l'école primaire. En fait, il s'agit d'une soirée exceptionnelle organisée en l'honneur des fiançailles de Tommy. C'est du moins ce que le révérend Sweeney a dit à Daze lorsqu'il est venu lui offrir les billets.

— Ce n'est pas la troupe qui a...

— ... massacré *De l'importance d'être constant* il y a deux ans ? Exactement, Simon chéri.

— Seigneur... Ils avaient atteint des sommets dans le genre, ils vont avoir du mal à faire mieux ! Je ne suis pas près d'oublier le révérend Sweeney, des sandwiches au concombre plein la bouche, éloquent en diable dans ce classique d'Oscar Wilde.

— Alors imagine-le en Benedick !

— Il faudrait être idiot pour rater ça.

Saint James attrapa ses béquilles, se mit sur pied et rajusta sa longue robe de chambre.

Lady Helen détourna la tête, ramassa trois pétales de rose tombés d'un bouquet posé sur une étagère non loin de la fenêtre. Dans sa paume, les pétales avaient la douceur satinée du duvet. Elle chercha des yeux une corbeille pour les y déposer, laissant ainsi Saint James effectuer en paix sa manœuvre car elle savait que sa vanité lui faisait obligation de cacher sa mauvaise jambe et de paraître aussi mobile que possible.

— L'un d'entre vous a aperçu Tommy ?

Le véritable sens de la question n'échappa pas à Lady Helen qui répondit :

— Il n'est pas au courant de ce qui s'est passé sur la plage. Nous avons réussi à l'éviter.

— Deborah aussi ?

— Elle était avec Sidney. Elle lui a fait prendre un bain, l'a fait s'allonger, lui a apporté du thé. (Elle eut un petit rire.) Le thé, c'était une idée à moi. Je ne sais pas si ça a servi à grand-chose.

— Et Brooke ?

— Crois-tu qu'il aurait eu le bon goût de prendre ses cliques et ses claques et de retourner à Londres ?

— J'en doute.

— Moi aussi.

Saint James se tenait près du lit. Lady Helen aurait évidemment dû sortir pour le laisser s'habiller tranquille. Toutefois, les efforts qu'il déployait pour se contrôler la poussèrent à rester. Tout n'avait pas été dit. Loin de là.

De tous les hommes qu'elle avait côtoyés, Saint James était celui qu'elle connaissait le mieux. Au cours des dix dernières années, elle avait eu le loisir d'admirer le dévouement aveugle avec lequel il se consacrait à la criminalistique et la réputation grandissante qu'il se forgeait dans ce domaine. Elle avait appris à accepter son penchant pour l'introspection, son souci de la perfection, sa propension à l'autocritique en cas d'échec. De tout cela — et de bien d'autres choses encore —, ils parlaient volontiers — au déjeuner et au dîner, dans le bureau de Saint James tandis que la pluie fouettait les carreaux, en se rendant à l'*Old Bailey*, dans l'escalier, dans le labo. Mais il y avait une chose qu'ils évitaient : son handicap. Ce sujet — qui touchait à une région obscure de sa psyché —, aucun d'eux, jamais, ne l'avait abordé. Jusqu'à aujourd'hui, sur la falaise. Malheureusement, alors même qu'il lui fournissait l'ouverture tant attendue, elle n'avait pas réussi à trouver les mots adéquats.

Que lui dire, maintenant ? Une fois de plus, elle se demanda quel genre de liens se seraient tissés entre eux si elle n'avait pas quitté sa chambre d'hôpital huit ans plus tôt simplement parce qu'il le lui avait demandé. Lui obéir avait été tellement plus facile que de prendre le risque d'avancer dans l'inconnu.

Pourtant, elle ne pouvait le laisser seul maintenant sans tenter de le réconforter.

— Simon.

— Mon médicament est sur la tablette au-dessus du lavabo, Helen, dit Saint James. Peux-tu aller me chercher deux comprimés ?

— Ton médicament ? (Lady Helen sentit une bouffée d'inquiétude l'envahir. Pas un instant elle n'avait pensé se méprendre sur les raisons qui avaient poussé Saint James à se claquemurer dans sa chambre pendant tout l'après-midi. Malgré ce que Cotter lui avait dit, l'attitude de Simon n'avait pas été celle d'un homme qui souffre physiquement.)

— Au-dessus du lavabo. (Il lui adressa une ombre de sourire.) Il m'arrive de le prendre à titre préventif. Ça agit tout aussi bien avant que pendant. Si je veux pouvoir supporter Mr Sweeney, il faut que je prenne mes précautions.

Elle rit et alla dans la salle de bains, tout en continuant de parler :

— Excellente idée. Si la représentation de ce soir ressemble à celle d'il y a deux ans, on risque d'avoir tous besoin de calmants. Peut-être que je devrais emporter le flacon.

Elle revint dans la chambre avec les comprimés. Il s'était approché de la fenêtre et, appuyé sur ses béquilles, semblait contempler le parc. Mais elle s'aperçut qu'il avait le regard perdu dans le vide.

A cette vue, elle comprit que ses paroles, sa contribution polie à la conversation, la légèreté du ton qu'il avait employé étaient factices. Son sourire lui-même n'avait été qu'une ruse pour la tenir à l'écart, tandis qu'il restait muré dans sa solitude.

Helen se sentit incapable d'accepter cela.

— Tu aurais pu tomber, dit-elle. La pente était trop raide, Simon chéri. Tu aurais pu te tuer.

— En effet, répondit-il.

Le gigantesque salon de Howenstow ne possédait pas les qualités susceptibles de mettre à l'aise ceux qui s'y aventuraient. Plus vaste qu'un court de tennis, il était nanti d'un immense tapis sur lequel étaient disposés par petits groupes censés faciliter la conversation des meubles fort anciens. Décorée de toiles de Constable et de Turner ainsi que d'une collection de porcelaines fragiles, la pièce donnait envie de s'y mouvoir avec la plus extrême circonspection. Deborah, qui était seule, la traversa prudemment dans toute sa longueur pour atteindre le piano à queue afin d'examiner les photos qui étaient posées dessus.

Les photographies racontaient l'histoire des Lynley à Howenstow. L'air d'avoir avalé son parapluie, la cinquième comtesse d'Asherton dardait sur Deborah un œil hostile typique des portraits du XIXe siècle. Le sixième comte, campé sur un solide cheval bai, contemplait une meute de chiens agités. La comtesse actuelle était parée pour assister au couronnement de la reine. Tommy et les autres enfants de Lady Asherton traversaient comme en se moquant les différentes étapes d'une jeunesse dorée de privilégiés.

Seul manquait à l'appel le père de Tommy, le septième comte. Remarquant ce détail, Deborah s'aperçut qu'elle n'avait vu son portrait nulle part dans la maison. Chose qu'elle trouva bizarre, car elle avait vu plusieurs photos de lui chez Tommy à Londres.

— Quand on vous prendra en photo, promettez-moi de sourire. (Lady Asherton s'approcha, un verre de sherry à la main. Dans sa robe blanche mousseuse, elle avait l'air fraîche, ravissante.) Je voulais sourire, mais le père de Tommy m'a déclaré que ça ne se faisait pas. J'ai été lâche, j'ai cédé. J'étais une jeune mariée terriblement influençable. (Elle sourit, avala une gorgée de sherry puis, s'éloignant, alla s'asseoir dans l'embrasure de la fenêtre, derrière le piano.) J'ai passé un après-midi délicieux avec votre père, Deborah. J'ai monopolisé la conversation mais il a eu le bon goût de ne pas s'en formaliser, riant, me laissant croire que j'étais la plus spirituelle des femmes. Vous êtes très proches.

— Oui.

— Quand un enfant perd un de ses parents, il s'attache d'autant plus à l'autre. C'est normal.

— J'étais toute jeune quand ma mère est morte, dit Deborah, tentant de trouver une explication à la distance qu'elle avait sentie entre Tommy et sa mère. Ça m'a sans doute rapprochée de papa, qui a été bien obligé de me tenir lieu de père et de mère. En outre, je n'avais ni frères ni sœurs. Il y avait Simon, bien sûr, mais c'était pour moi davantage... Comment dirais-je... Un oncle ? Un cousin ? C'est papa qui s'est chargé presque exclusivement de mon éducation.

— Et cela vous a profondément unis. Vous avez de la chance.

Deborah songea que la chance n'avait rien à voir dans ses relations avec son père. Les liens qui les unissaient, construits au fil du temps, étaient davantage le résultat de la patience paternelle, de leur désir de communiquer. Demeuré seul avec une fillette dont le tempérament pétulant était à l'opposé du sien, Cotter avait réussi à faire les efforts d'adaptation nécessaires pour comprendre sa personnalité. S'ils étaient aussi proches maintenant, ils ne faisaient que récolter ce que son père avait semé.

— Vous n'êtes pas très proche de Tommy, n'est-ce pas ? questionna Deborah impulsivement.

Lady Asherton sourit d'un air épuisé. L'espace d'un instant, Deborah crut que cette fatigue la pousserait à baisser sa garde et à parler de ses difficultés avec son fils. Mais au lieu de cela, elle dit :

— Tommy vous a annoncé le programme des réjouissances pour ce soir ? Shakespeare sous les étoiles. A Nanrunnel. (Des voix leur parvinrent du couloir.) Pas encore ? Alors, je lui laisse ce soin. (Sur ces mots, elle reporta son attention sur la fenêtre d'où soufflait une légère brise apportant avec elle la fragrance salée de la mer.)

— A condition de prendre des forces, on devrait pouvoir surmonter l'épreuve, dit Lynley en pénétrant dans le salon. (Il s'approcha d'une table couverte de carafes et entreprit de verser du sherry dans trois verres. Il tendit le premier à Lady Helen, le deuxième à Saint James et avala le sien d'un trait avant d'apercevoir Deborah et sa mère à l'autre bout de la pièce.) Vous avez dit à Deborah qu'on nous attendait de pied ferme dans le rôle de Thésée et d'Hippolyte, ce soir ?

Lady Asherton souleva imperceptiblement la main. Comme son sourire, ce geste trahissait une extrême lassitude.

— J'ai pensé qu'il valait mieux que ce soit toi qui la mettes au courant.

Lynley se versa un second sherry.

— Très bien. Nous sommes de corvée de théâtre ce soir, Deborah chérie, fit-il avec un sourire. Pas moyen d'y couper. Et pas question non plus d'arriver en retard ni de filer à l'entracte. Le révérend Sweeney est un vieil ami. Il serait ulcéré que nous n'assistions pas à la représentation de bout en bout.

— Même si c'est très mauvais, ajouta Lady Helen.

— Tu veux que je prenne des photos ? proposa Deborah. Après le spectacle. Peut-être que ça ferait plaisir à Mr Sweeney.

— Tommy et la troupe, dit Lady Helen. Génial ! Mr Sweeney sera fou de joie. J'ai toujours pensé que tu ferais un malheur sur scène, Tommy.

Lynley rit tandis que Lady Helen continuait sur le même ton. La laissant bavarder, Saint James prit son verre et s'en fut du côté des deux immenses vases chinois situés de part et d'autre de l'entrée de la longue galerie élisabéthaine qui partait de l'extrémité du salon. Il effleura la porcelaine lisse d'un des vases, suivant du bout du doigt le dessin complexe du glaçage. Deborah remarqua que, s'il portait son verre de sherry à ses lèvres, il ne buvait pas. Il semblait bien décidé à ne croiser le regard de personne.

Compte tenu des événements de l'après-midi, Deborah ne s'en étonna pas. Si le fait de se tenir à l'écart aidait Saint James à oublier, sans doute aurait-elle dû l'imiter, bien qu'elle sût qu'en ce qui la concernait elle n'était pas près de le faire.

Séparer Brooke et Sidney — sachant que le comportement de Brooke, loin d'être dicté par l'amour ou le désir, avait pour origine la violence et le besoin de dompter Sidney — n'avait pas été une partie de plaisir. Mais lorsqu'il lui avait fallu aider Sidney qui sanglotait comme une hystérique à gravir la falaise, ç'avait été encore pire. Le visage en sang et tuméfié, la jeune femme proférait des mots incohérents. A trois reprises, elle s'était arrêtée, refusant d'avancer, pleurant à chaudes larmes. Tout cela avait été un véritable cauchemar. Et, une fois au sommet de la falaise, elle avait aperçu Simon, debout contre un arbre, qui les observait.

Deborah avait eu envie d'aller vers lui. Pour quelle raison, dans quel but, elle eût été incapable de le dire. Sa seule pensée rationnelle sur le moment avait été qu'elle ne pouvait le laisser seul. Mais Helen l'avait interceptée au passage, les poussant, Sidney et elle, vers le sentier conduisant à la grande maison.

Le retour trébuchant à Howenstow n'avait pas été moins cauchemardesque et les détails en étaient encore nettement gravés dans l'esprit de Deborah. D'abord, la rencontre inopinée avec Mark Penellin, dans le bois ; les excuses bafouillées pour expliquer l'allure de Sidney ; les derniers mètres avant la maison, parcourus dans la crainte croissante qu'on pût les surprendre ; la traversée furtive de l'armurerie à la recherche de l'escalier nord-ouest qui — Helen avait été formelle — était tout près de l'office ; le tournant malencontreux pris en haut dudit escalier qui les avait conduites dans l'aile ouest inutilisée de la maison ; et, pendant toute cette équipée, la terreur de tomber sur Tommy, de devoir répondre à ses questions. Durant le trajet du retour, Sidney était passée de l'hystérie à la fureur puis au désespoir pour finir par s'enfermer dans le mutisme. Un mutisme trahissant un tel abattement que Deborah s'en était émue bien plus que de sa crise de nerfs sur le sentier.

Bref, l'un dans l'autre, ç'avait été une expérience épouvantable. Aussi, lorsque Justin Brooke — en tenue décontractée — fit son entrée dans le salon comme s'il n'avait en aucun cas essayé de violer une femme en présence de cinq témoins l'après-midi même, Deborah dut faire un effort surhumain pour ne pas hurler et se jeter sur lui.

8

— Bon sang, Brooke, que vous est-il arrivé ?

Il y avait tant de stupeur dans la voix de Lynley que Saint James, abandonnant l'examen des porcelaines K'ang-Hsi, se retourna juste à temps pour voir Justin Brooke prendre avec une parfaite nonchalance le verre de sherry qu'on lui tendait.

Juste ciel, songea Saint James. Brooke s'était joint à eux, misant sur le fait qu'ils étaient tous trop bien élevés pour évoquer les événements de l'après-midi devant Lynley et sa mère.

— J'ai fait une chute dans le bois.

Brooke promena son regard sur les invités, les mettant au défi de le traiter de menteur.

A ces mots, Saint James sentit sa mâchoire se crisper ; il s'efforça de ravaler les paroles prêtes à jaillir. Non sans satisfaction, il constata que sa sœur avait décidément bien arrangé le visage de Brooke. Il avait des traces de griffures sur les joues, un bleu sur la mâchoire et la lèvre inférieure enflée.

— Une chute ? reprit Lynley, examinant les marques de dents qui ornaient le cou de Brooke et que le col de sa chemise ne dissimulait qu'imparfaitement. (Il se tourna vers les autres.) Où est passée Sidney ?

Pas de réponse. Un verre heurta le bord d'une table. Quelqu'un toussa. Dehors, un moteur ronfla. Des bruits de pas retentirent et Cotter apparut. Il s'arrêta sur le seuil comme si, ayant pris la température de la pièce, il hésitait à aller de l'avant. Il jeta un coup d'œil à Saint James pour lui demander conseil et, calquant son attitude sur la sienne, resta à l'écart, debout dans l'encadrement de la porte.

— Où est Sidney ? répéta Lynley.

A l'autre bout de la pièce, Lady Asherton se mit debout.

— Est-ce qu'il serait arrivé...

Deborah s'empressa de prendre la parole :

— Je l'ai quittée il y a une demi-heure, Tommy. (Son visage s'empourpra.) Elle a abusé du soleil cet après-midi, je crois qu'elle aimerait... se... se reposer. Elle m'a demandé de l'excuser. Tu connais Sidney, Tommy, elle ne fait jamais les choses à moitié. Pas étonnant qu'elle soit crevée.

Malgré lui, Saint James sourit. Son regard croisa celui du père de Deborah qui secoua la tête. Tous deux savaient à quoi s'en tenir sur les facultés d'improvisation de Deborah. Helen s'en serait sortie haut la main, les mensonges au pied levé destinés à mettre de l'huile dans les rouages étant sa spécialité. Mais Deborah ignorait tout de ces tours de passe-passe.

L'arrivée de Peter Lynley évita aux autres invités de renchérir. Pieds nus, il avait enfilé une chemise propre et vaporeuse, sa seule concession à la cérémonie du dîner. Sacha le suivait, vêtue d'une robe verdâtre qui faisait paraître son teint encore plus cireux. Comme pour leur parler, ou pour intervenir dans un affrontement qu'elle sentait imminent, Lady Asherton esquissa un pas vers eux.

Peter ne parut voir ni sa mère ni les autres. S'essuyant le nez d'un revers de main, il se dirigea vers la table où se trouvaient les boissons. Il se versa un whisky, qu'il avala d'un trait, servit Sacha et se versa un deuxième verre.

Ils se tenaient à l'écart, à proximité des carafes. Tout en buvant une gorgée de whisky, Sacha glissa la main sous la chemise ample de Peter et l'attira contre elle.

— C'est du bon, Sacha, murmura Peter en l'embrassant.

Lynley reposa son verre. Lady Asherton prit vivement la parole :

— J'ai croisé Nancy Cambrey dans le parc, cet après-midi, Tommy. Cette petite m'inquiète. Elle a beaucoup maigri. Tu l'as vue ?

— Oui. (Lynley observait son frère et Sacha, l'air impénétrable.)

— Elle se fait du mauvais sang. A propos de Mick, je crois. Il travaille sur un article qui l'a obligé à effectuer de nombreux déplacements ces derniers mois. Est-ce qu'elle t'en a touché un mot ?

— Nous avons bavardé.

— Et elle t'a parlé de cette histoire d'article, Tommy ? Parce que...

— Elle m'en a parlé, oui.

Lady Helen crut bon de tenter une nouvelle manœuvre de diversion :

— Quelle jolie robe, Sacha. Vous avez de la chance de pouvoir porter ces imprimés indiens. Personnellement, j'ai l'air grotesque, là-dedans. Est-ce que Mark Penellin a fini par vous trouver ? Simon et moi l'avons croisé dans le bois, il était à votre recherche.

— Mark Penellin ? (Peter tendit la main pour caresser les maigres cheveux de Sacha.) On l'a pas vu.

Un peu décontenancée, Lady Helen consulta Saint James du regard :

— Pourtant je vous assure qu'il vous cherchait. Il ne vous a pas trouvés dans la baie ? Cet après-midi ?

Peter eut un sourire paresseux et béat.

— On n'était pas dans la baie cet après-midi.

— Vous n'étiez pas...

— Je veux dire qu'on y était sans y être. S'il est arrivé pendant qu'on était dans l'eau, il a pas pu nous voir. De toute manière, je crois pas que j'aurais aimé qu'il nous voie. Qu'est-ce que t'en dis, Sacha ?

Avec une sorte de ricanement, il passa l'index sur le nez de Sacha. Lui effleura les lèvres du bout des doigts. Tel un chat, elle se mit à lui lécher les doigts.

Charmant, songea Saint James. Et on n'est que vendredi.

Mi-village de pêcheurs plusieurs fois centenaire, mi-repère de touristes à la mode, Nanrunnel était un mélange réussi d'éléments disparates. Construites en demi-cercle autour d'un port naturel, ses maisons s'échelonnaient le long d'une colline plantée de cèdres, de cyprès et de pins. Les façades étaient taillées dans les quartiers de roche extraits des carrières environnantes ; les unes étaient blanchies à la chaux, les autres, demeurées telles quelles, étaient gris-brun. Les rues étaient étroites, ne laissant passer qu'une seule voiture, et leur tracé compliqué correspondait davantage à la géographie du paysage qu'aux exigences des automobilistes.

Les bateaux de pêche emplissaient le port, se balançant rythmiquement au gré de la marée montante et protégés par deux quais en forme de croissant. Des bâtisses aux formes étranges se dressaient au-dessus du port — cottages, magasins, auberges, restaurants — et un chemin inégal et pavé permettait à leurs habitants d'atteindre les quais. Au-dessus des maisons, des centaines d'oiseaux de mer criaient, perchés sur les cheminées et les toits de tuile, tandis que des centaines d'autres, prenant leur vol, tournoyaient au-dessus du port avant de s'élancer vers la baie où, dans le lointain, se dressait St. Michael's Mount dans la lumière déclinante du soir.

Une foule considérable s'était massée autour de l'école primaire dans le bas de Paul Lane où un modeste théâtre de plein air avait été édifié par Mr Sweeney et son épouse. Ce théâtre comportait trois éléments. Une estrade massive servait de scène. Des chaises pliantes en bois datant d'avant guerre étaient destinées à accueillir le public. A l'autre bout de la cour, près de la rue, avait été édifiée une petite baraque en planches où étaient servies les boissons fournies par *L'Ancre et la Rose*, le plus grand pub du village. Lynley constata que Nancy Cambrey servait la bière à la pression et que les clients étaient nombreux.

Le révérend Sweeney vint en personne accueillir Lynley et ses amis à l'entrée de l'école, son visage majestueux éclairé d'un radieux sourire. Copieusement maquillé, il transpirait à grosses gouttes. Avec le pourpoint de rigueur, les jambes gainées de bas blancs, son crâne chauve luisant sous les guirlandes de la cour, il offrait un spectacle incongru.

— Rassurez-vous, je porte une perruque pour jouer Benedick, fit Mr Sweeney, se moquant gentiment de lui-même. (Il salua Saint James et Lady Helen avec force démonstrations d'amitié, puis s'avança vers Deborah et, sans attendre de lui être présenté, lança :) Ma chère enfant, nous sommes absolument *ravis* de vous compter parmi nous ce soir. C'est un grand honneur. (Sans doute serait-il allé jusqu'à faire la révérence si la situation fort précaire de sa braguette ne lui eût interdit tout mouvement brusque.) Nous vous avons mis au premier rang : vous n'en perdrez pas une miette. Venez, c'est par là.

Ce n'étaient pas de simples miettes mais la totalité de la représentation que Lynley eût volontiers manquée, car les comédiens amateurs de Nanrunnel étaient célèbres plus pour leurs voix de stentors que pour leurs talents d'acteurs. Toutefois, menée par Mr Sweeney — soutenu par sa femme qui, en petite Béatrice boulotte, réussissait à exhiber une poitrine singulièrement houleuse lors d'interventions beaucoup plus passionnées que ne l'exigeait son rôle —, la pièce se déroula tambour battant jusqu'à l'entracte. A ce moment-là, se levant comme un seul homme, les spectateurs filèrent en direction de la buvette afin de profiter d'un moment de répit bien mérité en ingurgitant force chopes de *lager* et d'*ale*.

C'est alors que Lynley et ses amis purent constater que le statut d'invités d'honneur présentait au moins un avantage, qui était de leur faciliter l'accès aux rafraîchissements. La foule, qui s'était élancée quelques instants plus tôt pour puiser un légitime réconfort dans l'absorption de pintes de Watney et de Bass, s'écarta en effet sportivement sur leur passage, leur permettant ainsi d'atteindre plus rapidement l'estaminet de fortune.

La seule autre personne qui était parvenue à profiter de l'accalmie était un homme entre deux âges, plutôt grand, qui avait réussi à arriver premier au comptoir. Un plateau chargé de verres à la main, il se tourna vers Lynley.

— Prenez ça, Tommy, dit-il.

Sidéré, Lynley dévisagea Roderick Trenarrow et le plateau qu'il lui tendait. Rencontre dans un lieu public, bonne humeur. Comme d'habitude, Trenarrow avait bien choisi son moment.

— Roderick, dit Lynley. C'est vraiment gentil.

Trenarrow sourit :

— J'ai un avantage sur vous : ma chaise est près de la buvette.

— Bizarre. Jamais je ne me serais douté que vous vous intéressiez à Shakespeare.

— *Hamlet* excepté, vous voulez dire ? s'enquit plaisamment Trenarrow.

Il dirigea ses regards vers le groupe qui accompagnait Lynley, s'attendant à être présenté. Lynley s'exécuta, mettant un point d'honneur à ne pas paraître affecté par cette rencontre inopinée.

Trenarrow repoussa ses lunettes à monture dorée sur le haut de son nez et, s'adressant aux amis de Lynley, expliqua :

— Mrs Sweeney m'est tombée dessus dans le bus, au retour de Penzance. A peine avais-je eu le temps de dire ouf qu'elle m'avait refilé un billet pour la représentation de ce soir. J'ai dû lui promettre que j'y assisterais. Dieu merci, je suis près de la buvette : si la qualité du spectacle continue de baisser, j'aurai au moins la ressource de me piquer consciencieusement le nez.

— C'était également notre intention, remarqua Lady Helen.

— Les années passant, on finit par acquérir une certaine expérience, poursuivit Trenarrow. L'an prochain, tous les spectateurs réclameront une place au fond. Il finira par ne plus y avoir personne au premier rang. Mrs Sweeney se verra contrainte d'installer la scène à l'intérieur de la buvette.

Tout le monde rit sauf Lynley. Agacé de voir avec quelle promptitude ses amis succombaient au charme de Trenarrow, il entreprit d'examiner le médecin comme si l'étude de son physique pouvait lui permettre de découvrir la source de son charme. Comme d'habitude, ce furent les détails que Lynley remarqua, et non l'ensemble. Épais cheveux bruns qui commençaient enfin à être striés de gris près du front ; costume de toile démodé mais bien coupé, immaculé, et parfaitement à sa taille ; mâchoire nette au dessin ferme bien qu'il ne fût pas loin de la cinquantaine ; rire éclatant toujours prêt à fuser ; rides autour des yeux ; prunelles sombres et regard pénétrant.

Lynley enregistra tout cela en vrac, série d'impressions fugaces. Il ne pouvait faire autrement, Trenarrow étant à deux pas, et — comme toujours — plus grand que nature.

— Non contente de faire de la comptabilité, Nancy Cambrey trouve encore le moyen d'être serveuse à *L'Ancre et la Rose*, si j'ai bien compris, dit Lynley à Trenarrow.

Trenarrow jeta un coup d'œil par-dessus son épaule en direction de la buvette.

— Ça m'en a tout l'air. Je suis surpris qu'elle ait accepté ce boulot, avec le bébé et tout. Ce n'est sûrement pas de tout repos.

— Peut-être, mais ça lui permet de mettre un peu de beurre dans les épinards. (Lynley avala une gorgée de *lager*. La bière était tiédasse et, s'il n'avait tenu qu'à lui, il aurait vidé son verre au pied du palmier le plus proche. Trenarrow risquant de mal interpréter son geste, il continua de siroter.) Écoutez, Roderick, dit-il brusquement. J'ignore combien ils vous doivent, mais je paierai.

La phrase, mais surtout le ton sur lequel il la prononça, mit un terme à la conversation générale. Lynley s'aperçut que Lady Helen posait la main sur le bras de Saint James, que Deborah se tortillait à côté de lui, tandis que Trenarrow, nageant complètement, reprenait :

— Vous paierez ?

— Je n'ai pas l'intention de laisser Nancy mendier. Mick et elle sont dans l'incapacité de faire face à une augmentation de loyer en ce moment et...

— Loyer ?

Agacé, Lynley se dit que Trenarrow s'arrangeait pour lui faire jouer le vilain rôle.

— Nancy a peur d'être obligée de quitter Gull Cottage. Je lui ai dit de ne pas se tracasser, que je la dépannerais. Je vous le dis à vous, pour que les choses soient claires.

— Le cottage, je vois. (Trenarrow leva son verre et examina Lynley par-dessus le bord. Il jeta un coup d'œil pensif à la buvette.) Inutile que Nancy se fasse du mauvais sang. Mick et moi, on trouvera une solution. Elle n'aurait pas dû vous ennuyer avec cette histoire.

C'est bien de lui, songea Lynley. Quelle insupportable noblesse. Quelle perspicacité. Il savait exactement ce qu'il faisait. La conversation était à l'image des joutes qu'ils s'étaient livrées au fil des années, pleines de mots à double sens et de sous-entendus.

— Je lui ai promis de régler la question et je le ferai, dit Lynley, s'efforçant de parler sur un ton plus amène. Il est inutile que vous...

— Que j'en pâtisse ? (Trenarrow considéra Lynley d'un air calme avant de lui adresser un sourire dénué de chaleur. Il termina sa bière.) Comme c'est aimable à vous. Si vous voulez bien m'excuser, j'ai peur d'avoir abusé de votre temps. Il y a des tas de gens qui aimeraient vous être présentés.

Avec un hochement de tête, il s'éloigna.

Lynley le regarda partir, admirant une fois de plus l'art qu'avait Trenarrow de profiter des moindres occasions. Il venait de lui en fournir un exemple supplémentaire, donnant à Lynley l'impression qu'il n'était qu'un grossier personnage.

Il eut l'impression d'avoir de nouveau dix-sept ans. En présence de Trenarrow, quoi qu'il fît, il aurait toujours dix-sept ans.

Lady Helen s'empressa de meubler le vide laissé par le départ de Trenarrow.

— Quel homme superbe, Tommy ! Il est médecin, tu dis ? Toutes ces dames doivent se bousculer dans sa salle d'attente.

— Il ne consulte pas, répondit automatiquement Lynley. (Il versa ce qui restait de sa *lager* le long du tronc d'un palmier et regarda le liquide former une flaque sur la terre sèche comme de l'amadou.) Il fait de la recherche, à Penzance.

C'était d'ailleurs la raison pour laquelle il était venu à Howenstow. Il avait alors trente ans et on l'avait fait appeler en désespoir de cause pour examiner le comte qui se mourait. Avec la franchise qui le caractérisait, il avait expliqué qu'il n'y avait d'autre solution que de continuer la chimiothérapie en cours. Il n'existait pas de remède miracle, contrairement à ce qu'ils avaient lu dans les journaux ; il leur avait dit que le mot cancer était un terme générique commode, qu'il existait non pas un, mais des douzaines de cancers. Incapable d'arrêter la prolifération des cellules pathogènes, le corps du patient s'affaiblissait de plus en plus. Les scientifiques n'en savaient pas assez long sur la question, ils travaillaient, cherchaient, mais il faudrait encore des années, des décennies... Il avait parlé avec compréhension, avec compassion.

Et le comte avait traîné, son organisme s'épuisant peu à peu, il avait souffert, il était mort. Les siens l'avaient pleuré. Le comté tout entier l'avait pleuré. Le seul qui ne l'avait pas pleuré, ç'avait été Roderick Trenarrow.

9

Nancy Cambrey rangea les derniers verres dans un carton. Elle était horriblement lasse. Et comme elle s'était passé de dîner afin d'arriver à l'école à temps pour la mise en place, elle avait en outre la tête qui tournait légèrement. Elle rabattit le couvercle du carton et ficela le paquet, soulagée que la soirée fût terminée.

Non loin de là, sa patronne — la redoutable Mrs Swann — comptait la recette avec son entrain habituel. Ses lèvres remuaient en silence tandis qu'elle faisait ses additions, inscrivant les chiffres dans son registre rouge fatigué. La buvette avait fait de bonnes affaires.

— Je m'en vais, annonça Nancy d'un ton hésitant.

Nul ne savait jamais à quelle réaction s'attendre de la part de la lunatique Mrs Swann. Aucune serveuse n'avait tenu le coup plus de sept mois dans son établissement. Mais Nancy était fermement décidée à battre le record. « L'important, c'est l'argent, se chuchotait-elle chaque fois qu'elle avait droit à une engueulade. Elle te paie, alors encaisse en silence. »

— C'est bon, Nance, marmonna Mrs Swann avec un geste de la main. Allez-y.

— Désolée pour le coup de fil.

La patronne grogna, se grattant le cuir chevelu avec un crayon.

— A partir de maintenant, si vous avez un coup de téléphone à donner à votre père, débrouillez-vous pour le passer pendant votre temps libre. Pas pendant les heures de travail.

— Très bien. Promis. (Surtout ne pas se la mettre à dos.

Ne pas lui montrer qu'elle ne pouvait pas la supporter.) Vous verrez, Mrs Swann, j'apprends vite. Vous n'aurez pas à me le redire.

Mrs Swann leva vivement la tête. Une lueur passa dans ses yeux de rat.

— Vous apprenez vite, grâce à votre mari, c'est ça ? Vous devez en apprendre, des choses, alors.

Nancy frotta une tache sur son chemisier rose fané.

— J'y vais, dit-elle en guise de réponse, se glissant par-dessous le comptoir.

Les lumières brillaient toujours mais la cour était déserte : seuls s'y trouvaient encore Lynley et ses amis ainsi que les comédiens. Nancy les regarda, ils s'étaient groupés devant la scène. Tandis que Saint James et Lady Helen attendaient au milieu des sièges vides, Lynley posait avec la troupe pour sa fiancée. Le crépitement des flashes révélait les visages ravis des acteurs. Lynley se prêtait à la séance avec sa bonne grâce habituelle, bavardant avec le révérend et son épouse, riant des plaisanteries de Lady Helen Clyde.

Comme la vie est facile pour lui, songea Nancy.

— Eux aussi, ils ont des problèmes. Simplement, ça ne se voit pas.

Nancy tressaillit, frappée par la justesse de la remarque. Se retournant, elle aperçut le Dr Trenarrow assis dans l'ombre, le dos contre le mur du préau.

Nancy l'avait évité pendant toute la soirée, s'arrangeant pour ne pas être à sa portée, pour se tenir hors de son champ visuel lorsqu'il venait à la buvette. Maintenant, il n'était plus question de l'ignorer car, se levant, il s'approcha d'elle :

— Vous vous faites du souci à propos du cottage. Il ne faut pas. Je n'ai nullement l'intention de vous jeter à la rue. Nous trouverons une solution, Mick et moi.

Nancy sentit la sueur lui picoter la nuque. Cette rencontre avec Trenarrow tenait du cauchemar. Tous ces derniers jours, elle avait vécu dans la hantise de tomber sur son propriétaire, de devoir discuter pied à pied avec lui, inventer des excuses. Pour tout arranger, Mrs Swann — qui n'était qu'à une dizaine de mètres de là — avait levé la tête de sa caisse en entendant prononcer le nom de Mick.

— Je me débrouillerai, bégaya-t-elle. Je trouverai l'argent.

— Ne vous inquiétez pas, Nancy, reprit Trenarrow avec

plus d'insistance. Et inutile d'aller mendier auprès de Lord Asherton. C'est moi que vous auriez dû venir trouver en priorité.

— Non. Vous voyez... (Comment lui expliquer les choses sans l'offenser ? Il ne comprendrait pas pourquoi elle préférait demander de l'aide à Lynley plutôt qu'à lui. Il ne comprendrait pas qu'un prêt consenti par Lynley n'était pas un fardeau car Lynley donnait sans porter de jugement, par amitié. Ce genre d'aide, il était seul capable de l'accorder à Nancy sans lui faire sentir que son mariage était un échec. Dans l'attitude du Dr Trenarrow, au contraire, il y avait de la pitié, et cela lui était odieux.)

— Une augmentation de loyer, ça n'est pas...

— Je vous en prie, ne parlons pas de ça.

Avec un cri étouffé, elle passa devant lui, fuyant la cour de l'école, gagnant la rue. Elle entendit Trenarrow la rappeler mais elle poursuivit sa route.

Frictionnant ses bras douloureux d'avoir porté des chopes et actionné les robinets de bière toute la nuit, elle fila le long de Paul Lane vers Ivy Street, qui menait au labyrinthe de ruelles et de passages constituant le cœur du village. Dans ces rues en pente, pavées et tortueuses, les voitures ne pouvaient passer. Pendant la journée, les vacanciers venaient photographier les vieilles bâtisses pittoresques avec leurs jardinets éclatants de couleurs et leurs toits de tuiles de guingois. La nuit, le quartier était éclairé par des rectangles de lumière provenant des fenêtres des cottages. Sombre, fréquenté par des générations de chats qui habitaient dans les collines le jour et venaient le soir gratter dans les poubelles pour y chercher leur pitance, ce n'était pas un endroit où s'attarder.

Pour atteindre Gull Cottage, il fallait s'enfoncer dans le dédale. Le cottage se dressait au coin de Virgin Place. Semblable à une boîte d'allumettes blanchie à la chaux, il avait des fenêtres laquées de bleu vif ; un fuchsia luxuriant poussait près de la porte. Les fleurs rouges de l'arbrisseau jonchaient le sol alentour.

Comme Nancy approchait de chez elle, elle ralentit l'allure. A trois maisons de distance, elle percevait les cris de la petite Molly.

Elle consulta sa montre. Presque minuit. Molly aurait dû

avoir avalé son biberon et dormir maintenant à poings fermés. Pourquoi diable Mick ne s'occupait-il pas du bébé ?

Excédée par cette nouvelle manifestation d'égoïsme, Nancy fit le reste du trajet en courant, ouvrit précipitamment la grille du jardin, s'élança vers la porte.

— Mick ! s'écria-t-elle. (A l'étage au-dessus, dans l'unique chambre, Molly se mit à hurler de plus belle. La panique la saisit, elle s'imagina le visage du bébé rouge de fureur, son petit corps raidi par la peur. Elle poussa la porte.) Molly !

Une fois à l'intérieur, elle fila vers l'escalier, montant les marches quatre à quatre. Il faisait une chaleur infernale.

— Molly ! Ma puce ! (Elle se rua vers le berceau et prit sa fille dans ses bras : le bébé était trempé et empestait l'urine. Son corps était fiévreux. Des mèches de cheveux auburn étaient collées sur son crâne.) Mon petit cœur. Qu'est-ce qui t'est arrivé ? murmura-t-elle, l'essuyant et la changeant. (Puis elle appela de nouveau :) Michael ! Mick !

Molly calée contre l'épaule, Nancy redescendit, ses pieds résonnant bruyamment sur le bois nu tandis qu'elle gagnait la cuisine à l'arrière de la maison. Avant tout, il lui fallait donner son biberon à l'enfant. Pourtant, elle s'autorisa un mouvement de colère.

— J'ai à te parler, fit-elle sèchement, tournée vers la porte du séjour. Michael ! Tu m'entends ? Il faut que je te parle !

Elle s'aperçut alors que la porte n'était pas fermée et l'ouvrit d'un coup de pied.

— Michael, tu pourrais répondre quand...

Son sang ne fit qu'un tour. Il était allongé sur le plancher. Du moins, il y avait quelqu'un d'étendu par terre dont, pour l'instant, elle ne distinguait qu'une jambe. Une seule jambe. Curieux. A moins qu'il ne dormît une jambe repliée et l'autre tendue. Mais comment pouvait-il dormir ? Il faisait une telle chaleur... Et avec le raffut qu'avait fait Molly...

— Mick, encore une de tes blagues ?

Pas de réponse. Les cris de Molly n'étaient plus qu'un gémissement exténué. Nancy fit un pas en avant.

— Mick, c'est toi ?

Rien. Pourtant c'était bien Mick : elle le reconnut à sa chaussure d'intérieur rouge fantaisie. Un achat récent. Une folie. C'est du gaspillage, lui avait-elle dit. On va finir par avoir de sérieux problèmes. C'est autant de moins que je pourrai dépenser pour la petite. Oui, c'était bel et bien Mick par terre. Et elle comprit son manège : il faisait semblant de dormir pour ne pas s'entendre reprocher d'avoir négligé sa fille.

Et pourtant, cela ne lui ressemblait pas de ne pas se relever d'un bond pour se moquer d'elle en la voyant trembler à cause de cette blague ridicule. Le fait est qu'elle n'en menait pas large. Car il y avait quelque chose de franchement pas catholique dans la pièce. Des papiers recouvraient le sol, plus nombreux que d'habitude. Les tiroirs du bureau étaient ouverts. Les rideaux tirés. Un chat miaula dehors, mais dans le cottage il n'y avait pas un bruit, et l'air chaud et lourd était chargé d'une abominable odeur de matières fécales et de sueur.

— Mickey ?

Mains, aisselles, creux des genoux, plis des coudes. Elle était trempée. Molly remua dans ses bras. Nancy se força à avancer. D'un centimètre. Puis d'un autre. D'un pas. Puis de deux. Et c'est alors qu'elle sut pourquoi son mari n'avait pas entendu les cris du bébé.

Bien qu'allongé sur le sol, il ne faisait nullement mine de dormir. Ses yeux étaient grands ouverts mais ils étaient brillants et fixes. Et, tandis que Nancy examinait son mari, une mouche se posa sur son iris droit.

Devant elle, l'image de Michael sembla flotter dans la chaleur. Il devrait remuer, songea-t-elle. Comment se fait-il qu'il reste immobile comme ça ? C'est un truc ? Est-ce qu'il ne sent pas la mouche ?

Puis elle aperçut les autres mouches. Il devait y en avoir six ou huit. Pas davantage. Généralement, elles se cantonnaient dans la cuisine, l'embêtant tandis qu'elle préparait les repas. Mais en cet instant elles bombinaient et tournicotaient à la hauteur des hanches de son mari. Au-dessus du pantalon ouvert à la taille, baissé brutalement pour permettre à quelqu'un d'atteindre... pour permettre à quelqu'un de couper...

Elle se mit à courir sans savoir où ni pourquoi. Elle n'avait qu'une idée : s'enfuir.

Elle se rua hors du cottage, franchit la grille et jaillit sur la place, le bébé pleurant de nouveau dans ses bras. Son pied heurta un pavé et elle faillit tomber, mais elle alla atterrir contre une poubelle, se redressa en s'agrippant à un tuyau d'écoulement d'eau.

L'obscurité était totale. Le clair de lune frappait les toits et les façades des bâtiments, mais ceux-ci jetaient des ombres longues dans la rue, créant de béantes flaques d'ébène dans lesquelles Nancy se précipitait sans se soucier des pavés inégaux ni des petits rongeurs qui détalaient dans le noir. L'entrée d'Ivy Street était proche, elle se lança dans cette direction pour se mettre en sûreté dans Paul Lane, juste derrière.

— Je vous en prie. (Les mots lui vinrent aux lèvres mais elle ne s'entendit pas les prononcer. Puis, sous le bruit rauque de sa respiration, elle perçut des voix, des rires venant de Paul Lane.)

— Très bien. Alors trouve Cassiopée, lança une joviale voix masculine, qui ajouta : Bon sang, Helen, ne me dis pas que tu ignores où est la Grande Ourse !

— Écoute, Tommy, j'essaie de me repérer. Un peu de patience. Je peux...

Dieu soit loué ! Elle les rejoignit, se précipita vers eux, tomba à genoux.

— Nancy ! (On lui prit le bras, on l'aida à se relever. Molly hurlait.) Qu'y a-t-il ? Que se passe-t-il ?

Voix de Lynley. Bras de Lynley autour de ses épaules. Le salut.

— Mick ! s'exclama-t-elle, tirant sur la veste de Lynley. (L'essentiel étant dit, elle se mit à crier :) C'est Mick ! C'est Mick !

Dans les cottages voisins, des lumières s'allumèrent.

Saint James et Lynley entrèrent de concert dans le cottage, laissant les trois femmes dans le jardinet. Le corps de Mick Cambrey était sur le plancher du séjour à quelque dix mètres de la porte d'entrée. Les deux hommes s'en approchèrent et le contemplèrent, figés d'horreur.

— Bon Dieu, murmura Saint James.

Des choses horribles, il en avait vu lorsqu'il avait travaillé à New Scotland Yard avec l'équipe de la police scientifique ; la mutilation du corps de Cambrey lui causa cependant un choc car c'était le genre de choses que tout homme redoute au fond de lui. Détournant les yeux, il constata que le séjour avait été fouillé de fond en comble : les tiroirs du bureau avaient été sortis de leur logement, le courrier, les enveloppes et le papier à lettres ainsi que de nombreux documents jonchaient le sol, les photos avaient été arrachées de leur cadre ; près d'un canapé bleu en piteux état gisait un billet de cinq livres tout fripé.

Sa réaction fut automatique, conséquence de son bref passage dans la police et de l'intérêt passionné qu'il portait à la criminalistique. Plus tard, il devait se demander pourquoi il avait eu ce réflexe si lourd de conséquences.

— On va avoir besoin de Deborah.

Lynley était accroupi près du corps. Bondissant sur ses pieds, il intercepta Saint James près de la porte.

— Tu as perdu l'esprit ? Tu ne vas tout de même pas lui demander de... C'est de la folie. Il faut appeler la police.

Saint James ouvrit la porte.

— Deborah, est-ce que tu veux...

— Reste où tu es, Deborah, coupa Lynley. (Il se retourna vers son ami :) Il n'en est pas question. Je ne plaisante pas, Saint James.

— Que se passe-t-il ? fit Deborah, avançant d'un pas.

— Rien.

Saint James examina son vieil ami d'un air curieux, ne comprenant pas l'ordre qu'il donnait à Deborah.

— C'est l'affaire d'un instant, Tommy, expliqua-t-il. Je crois que c'est préférable. Qui sait ce que valent les policiers du cru ? De toute façon, il y a de grandes chances qu'ils te demandent un coup de main. Autant commencer à prendre des photos. Tu leur passeras un coup de fil après. (Il appela par-dessus son épaule :) Deborah ! Tu peux apporter ton appareil ?

Elle s'avança.

— Bien sûr.

— Deborah, reste où tu es.

— Mais l'appareil ? objecta Deborah.

— Reste où tu es, je te dis !

C'était l'impasse. Deborah considéra Lynley, puis lança un coup d'œil interrogateur à Saint James.

— Tommy, il y a quelque chose... ?

Après l'avoir doucement arrêtée d'un geste, Lady Helen s'en fut rejoindre les deux hommes.

— Que s'est-il passé ? s'enquit-elle.

— Helen, répondit Saint James, va me chercher l'appareil de Deborah. Mick Cambrey a été assassiné. Je veux photographier la pièce avant de téléphoner à la police.

Il ne dit plus rien jusqu'à ce qu'il ait l'appareil en main. Même alors qu'il l'examinait attentivement pour en assimiler le fonctionnement, il laissa s'installer dans la pièce un silence de plus en plus pénible. Il se disait que Lynley avait essayé d'épargner à Deborah la vue du corps. Il était persuadé que telle était la raison qui avait poussé Lynley à empêcher Deborah d'entrer. Mais Lynley s'était mépris sur ses intentions, sur la raison pour laquelle Saint James avait fait appel à la jeune femme : il avait cru que Saint James voulait qu'elle photographie elle-même le cadavre. Le malentendu avait dégénéré. Bien que la dispute n'eût pas éclaté franchement, l'atmosphère n'en était pas moins chargée d'électricité.

— Reste dehors en attendant que j'aie fini, ça vaudra mieux, dit Saint James à Lynley.

Et il rentra dans le cottage.

Saint James photographia le corps sur toutes les coutures, ne s'arrêtant qu'une fois à court de pellicule. Puis il sortit du séjour, referma partiellement la porte, et rejoignit les autres dehors. Ils n'étaient plus seuls. Un petit groupe de voisins silencieux se tenait à quelques pas de la grille du jardin, tête baissée, échangeant des suppositions à voix basse.

— Amenez-moi Nancy, dit Saint James.

Lady Helen lui fit traverser le jardinet, l'entraîna dans le cottage et, après un instant d'hésitation, la remorqua vers la cuisine, pièce oblongue au plafond curieusement incliné et au lino gris parsemé de marques d'usure noirâtres. Elle la fit asseoir sur une chaise, près d'une table en pin maculée de taches. S'agenouillant à ses côtés, elle plongea son regard dans celui de la jeune femme, prit entre ses doigts son poignet maigre. Sourcils froncés, elle appliqua le dos de sa main contre la joue de Nancy.

— Tommy, dit Lady Helen, admirable de calme, elle est en état de choc. Appelle le Dr Trenarrow. C'est de son ressort, je pense. (Elle retira le bébé des bras de Nancy et le passa à Deborah.) Il doit y avoir du lait dans le frigo. Tu peux en faire chauffer ?

— Molly... chuchota Nancy. Faim... je... manger.

— Oui, fit doucement Lady Helen. On s'en occupe, mon petit.

Dans l'autre pièce, Lynley parlait au téléphone. Il composa un second numéro et parla encore plus brièvement. Au son de sa voix, les autres comprirent qu'il était en communication avec les policiers de Penzance. Au bout de quelques minutes, il retourna dans la cuisine avec une couverture dans laquelle il enveloppa Nancy en dépit de la chaleur.

— Vous m'entendez, Nancy ?

Nancy battit des paupières, roulant des yeux blancs.

— Molly... manger.

— Je m'en occupe, dit Deborah. (Le nouveau-né dans les bras, elle le berçait doucement.) Son lait chauffe. Quel beau bébé vous avez, Nancy. Difficile de trouver plus mignon.

C'était exactement la chose à dire. Nancy se détendit. Saint James adressa un hochement de tête approbateur à Deborah et se dirigea vers la porte du séjour. Il l'ouvrit d'une poussée et se planta sur le seuil, passant plusieurs minutes à examiner, peser ce qu'il voyait. Lady Helen finit par le rejoindre. Du seuil, ils distinguaient la nature des documents qui jonchaient le sol, le bureau. Carnets, feuillets de manuscrits, photos. Saint James repensa aux propos de Lady Asherton concernant Mick Cambrey.

— A quoi penses-tu ? questionna Lady Helen.

— Il était journaliste. Il est mort. Il devrait y avoir un rapport entre ces deux faits. Mais à en juger par l'état du corps, on est tenté de dire que non. Cent fois non.

— Pourquoi ça ?

— Il a été châtré, Helen.

— Mon Dieu ! C'est de ça qu'il est mort ?

— Non.

— De quoi alors ?

Un coup frappé à la porte du cottage empêcha Saint James de répondre. Lynley alla ouvrir. C'était Roderick Trenarrow. Le médecin entra sans un mot. Son regard alla de Lynley à Saint James puis à Lady Helen avant de se braquer sur le plancher du séjour. Même à cette distance, il apercevait en partie le corps de Mick Cambrey. L'espace d'un instant, il parut sur le point d'aller porter secours à un homme pour lequel il semblait qu'on ne pût plus rien faire.

— Mort ? Vous en êtes sûrs ? dit-il aux autres.

— Certains, répondit Saint James.

— Où est Nancy ? (Sans attendre de réponse, il se dirigea vers la cuisine brillamment éclairée où Deborah parlait bébés et biberons dans l'espoir de capter l'attention de Nancy. Trenarrow inclina la tête de Nancy en arrière et lui examina les yeux.) Aidez-moi à l'emmener en haut. Vite. Vous avez pensé à prévenir son père ?

Lynley se dirigea vers le téléphone pour s'en charger. Lady Helen aida Nancy à se mettre debout et la poussa hors de la cuisine, l'entraînant à la suite de Trenarrow. Portant toujours le bébé, Deborah leur emboîta le pas. Quelques secondes plus tard, la voix de Trenarrow retentit dans la chambre où il questionnait doucement la jeune femme. Les ressorts du lit grincèrent. La fenêtre à guillotine fut ouverte. Le bois des huisseries protesta.

— Il n'y a personne au pavillon, dit Lynley, le combiné à la main. Je vais appeler à Howenstow. Peut-être que Penellin s'y trouve. (Mais une courte conversation avec Lady Asherton ne lui permit pas de découvrir où était John Penellin. Fronçant les sourcils, Lynley consulta sa montre.) Minuit et demi. Où peut-il bien être à cette heure ?

— Il n'a pas assisté à la représentation ?

— John ? Non. Le théâtre, ce n'est pas sa tasse de thé.

A l'étage au-dessus, Nancy poussa un cri angoissé. Comme en réponse à ce cri, un coup sourd fut frappé à la porte du cottage. Lynley se précipita pour ouvrir et fit entrer la police en la personne d'un constable d'environ vingt-trois ans, grassouillet et frisé, vêtu d'un uniforme dont la veste était agrémentée d'auréoles sous les aisselles et dont le pantalon arborait une tache de café. Le jeune policier ne se donna même pas la peine de se présenter. De toute évidence, il était aux anges à l'idée de se trouver en présence d'un cadavre.

— Z'avez un meurtre, y paraît ? s'enquit-il sur le ton de la conversation comme si les meurtres étaient monnaie courante à Nanrunnel. (Pour se donner l'air nonchalant, il dépapillota un chewing-gum, qu'il se fourra dans la bouche.) Où est la victime ?

— Qui êtes-vous ? questionna Lynley. Vous n'êtes pas de la criminelle ?

Le constable eut un vaste sourire :

— T.J. Parker, annonça-t-il. Thomas Jefferson. M'man avait un faible pour les Ricains. (Il s'engouffra dans le séjour.)

— Vous êtes de la criminelle, oui ou non ? s'énerva Lynley tandis que le jeune homme expédiait un coup de pied dans un carnet à spirales. Crénom de Dieu, laissez donc ça tranquille !

— Z'inquiétez pas, rétorqua le constable. L'inspecteur Boscowan va arriver. Le temps de sauter dans son pantalon, et il nous rejoint. Voyons ça de plus près. (Apercevant le cadavre, il se mit à mastiquer avec une ardeur décuplée.) On l'a bien arrangé, y a pas à dire.

Sur ces mots, il se mit à tournicoter dans la pièce. Sans avoir songé à enfiler des gants, il tripota plusieurs objets se trouvant sur le bureau de Cambrey.

— Sacré nom de Dieu, s'exclama Lynley. Ne touchez à rien ! C'est le boulot de vos collègues de la criminelle, d'examiner tout ça.

— Cambriolage, décréta Parker, ignorant la remarque de Lynley. Le type se fait prendre la main dans le sac. Bagarre. Après ça, il joue du sécateur.

— Écoutez-moi, bon sang. Vous ne pouvez pas...

Parker agita un doigt sous le nez de Lynley.

— Je suis flic, je fais mon boulot, monsieur. Si ça vous fait rien, sortez.

— Tu as ta carte, Tommy ? demanda tranquillement Saint James à Lynley. Si tu n'interviens pas, il va semer la pagaille partout.

— Je suis coincé, Saint James. Je ne suis pas sur mon territoire.

Tandis qu'ils parlaient, le Dr Trenarrow redescendit. En entendant un bruit de pas dans l'escalier, Parker se retourna, aperçut la trousse du médecin et sourit :

— Vous voulez jeter un œil, toubib ? C'est pas beau à voir.

— Constable, fit Lynley d'un ton raisonnable et patient.

Trenarrow parut comprendre l'absurdité de la remarque du constable.

— Je vais essayer de limiter les dégâts, chuchota-t-il à l'oreille de Lynley.

S'agenouillant près du corps, il l'examina rapidement, cherchant le pouls, soulevant un bras pour évaluer la rigidité cadavérique. Puis, passant de l'autre côté, il se pencha afin d'étudier les blessures.

— De la boucherie, marmonna-t-il. (Levant la tête, il s'enquit :) Vous avez trouvé une arme ? (Du regard, il parcourut la pièce, puis il tendit la main et tâtonna au milieu des papiers et des détritus qui étaient près du corps.)

Le voyant bouleverser les paperasses sur les lieux du crime, Saint James tressaillit. Lynley poussa un juron. Quant au constable, il ne pipa mot.

Trenarrow désigna d'un mouvement de menton le tisonnier qui gisait près de la cheminée.

— Et si c'était ça, votre arme ? s'enquit-il.

Le constable Parker eut un grand sourire et fit claquer énergiquement son chewing-gum. Il ricana tandis que Trenarrow se relevait.

— Pas assez coupant pour ce genre d'opération, vous croyez pas ?

Trenarrow resta de marbre.

— Je parle de l'arme du crime, constable. Ce n'est pas la castration qui a provoqué la mort de Cambrey, comme le premier imbécile venu peut s'en rendre compte.

Parker ne parut pas s'offusquer de la remarque.

— Si ça l'a pas tué, ça l'a achevé.

Trenarrow ravala une réplique cinglante.

— Y a longtemps qu'il a clapoté, à votre avis ? questionna le constable gaiement.

— Deux, trois heures. Mais votre légiste vous le dira, j'imagine.

— Ouais, bien sûr, fit le constable. Elle nous dira ça quand elle se pointera avec les gars de la criminelle. (Il se balança d'avant en arrière, fit de nouveau claquer son chewing-gum, examina sa montre.) Deux ou trois heures, hein ? Autrement dit, ça s'est passé aux alentours de 21 h 30, 22 h 30. Et ben... (Avec un soupir, il se frotta vigoureusement les mains.) C'est un début, pas vrai ? Dans une enquête, un début, c'est mieux que rien.

QUATRIÈME PARTIE

Enquête

10

A peine le petit groupe eut-il fait halte devant le pavillon des gardiens de Howenstow, à deux heures et quart du matin, que les événements commencèrent à se précipiter. Non qu'ils n'aient déjà commencé à se multiplier, formant un écheveau trop embrouillé pour être facilement compréhensible. Et cela du fait de l'intervention de l'inspecteur Edward Boscowan, arrivé à Gull Cottage en compagnie des experts du labo de la criminelle de Penzance.

L'inspecteur avait fusillé du regard le constable Parker, vautré dans un fauteuil à deux pas du cadavre de Mick Cambrey. Lancé un coup d'œil à Saint James, Trenarrow et Lynley, debout dans l'étroit vestibule, un autre à Deborah restée dans la cuisine, un autre encore à Lady Helen, à Nancy Cambrey et au bébé réfugiés au premier. De blanc, son visage avait viré à l'écarlate. Puis il s'était adressé au constable avec un sang-froid si étudié qu'il rendait vaine toute explosion de fureur.

— Eh bien, Parker, qu'est-ce que c'est que ça ? Un thé mondain, sans doute ? Vous vous prenez pour le Chapelier Fou ou quoi ? (Sourire gêné, le constable se mit sur pied, se gratta une aisselle.) On est sur les lieux d'un crime, lui rappela sèchement Boscowan. Qu'est-ce que tous ces gens fichent ici, nom de Dieu ?

— Ils étaient là quand je suis arrivé, expliqua Parker.

— Vraiment ? fit Boscowan avec un sourire crispé. (Comme Parker lui retournait son sourire, soulagé par l'apparente bonhomie de son supérieur, il explosa :) Flanquez-moi tout ce monde dehors et vite ! Vous auriez dû commencer par là, crénom d'un chien !

C'était le bon sens même. Lynley et Saint James auraient d'ailleurs dû y penser. Seulement la confusion engendrée par l'hystérie de Nancy, le chaos qui régnait dans le séjour et la vue du corps mutilé de Cambrey leur avaient fait oublier l'un des principes fondamentaux de toute enquête policière : la nécessité de boucler l'endroit où le crime a été commis. Ils n'avaient touché à rien, mais ils étaient entrés dans la pièce. Trenarrow aussi. Helen, Deborah et Nancy avaient fait étape dans la cuisine avant de gagner l'étage. Bref, ils avaient dû semer des fibres, des cheveux, des empreintes partout sur leur passage. Les techniciens allaient avoir du pain sur la planche. Et c'était lui, Lynley, un inspecteur, un policier de métier, qui était responsable de cet état de choses, ou du moins qui avait laissé faire. Il avait fait preuve d'une impardonnable légèreté et le fait qu'il connaissait les personnes impliquées dans ce meurtre ne constituait pas une excuse valable. Car il lui était déjà arrivé de connaître les personnes impliquées dans un meurtre et il avait toujours gardé la tête froide. Mais pas cette fois. Il avait perdu son sang-froid lorsque Saint James avait mis Deborah dans le coup.

Boscowan n'avait rien dit d'autre. Il s'était contenté de prendre leurs empreintes et de les expédier dans la cuisine. Puis, accompagné d'un sergent, il était monté parler à Nancy tandis que les gars du labo commençaient à passer le séjour au peigne fin. Il était demeuré près d'une heure avec Nancy, lui faisant patiemment raconter les faits. Après en avoir tiré ce qu'il pouvait, il l'avait confiée à Lynley, le chargeant de l'emmener chez son père.

Maintenant, Lynley regardait le pavillon. La porte était fermée, les fenêtres aussi, et les rideaux tirés. L'obscurité enveloppait le bâtiment.

— Je vous accompagne, dit Lynley. Au cas où votre père ne serait pas encore à la maison.

Nancy remua sur le siège arrière où, coincée entre Lady Helen et Saint James, elle était assise avec son bébé endormi. Le Dr Trenarrow lui avait administré un calmant léger.

— Papa doit dormir, marmonna-t-elle, la joue sur la tête de Molly. Je l'ai eu au téléphone après l'entracte. Il est allé se coucher.

— Il n'était pas là lorsque j'ai appelé à minuit et demi, remarqua Lynley. Il n'est peut-être pas encore rentré. Si tel est le cas, j'aimerais que Molly et vous veniez coucher à la maison plutôt que de rester seules ici. Nous laisserons un mot à votre père.

— Il dort, j'en suis sûre. Le téléphone est dans le séjour. Sa chambre au premier. Il n'aura pas entendu la sonnerie.

— Et Mark, il ne l'aurait pas entendue, lui non plus ?

— Mark ? (Nancy hésita. Manifestement, elle n'avait pas pensé à son frère.) Non. Il a le sommeil lourd. Et il lui arrive d'écouter de la musique. Il a pas dû entendre. Ils doivent dormir à poings fermés tous les deux. (Elle remua, s'apprêtant à sortir de la voiture. Saint James ouvrit la portière.) J'y vais. Merci. Je sais pas ce que j'aurais fait si je vous avais pas rencontrés dans Paul Lane.

Sa voix était de plus en plus pâteuse. Lynley descendit et avec Saint James aida la jeune femme à s'extirper de la voiture. Lynley voulait s'assurer que John et Mark Penellin étaient là avant de la laisser seule.

Sous les paroles de Nancy, il avait détecté l'insistance qui accompagne généralement le mensonge. Il n'était pas impossible qu'elle ait eu son père au téléphone dans la soirée. Mais une chose était sûre : ce dernier n'était pas chez lui lorsque Lynley avait appelé de Gull Cottage dix minutes plus tôt. Quant aux déclarations de Nancy affirmant que son père et son frère n'avaient pas entendu la sonnerie de l'appareil, elles étaient sujettes à caution et trahissaient plutôt le besoin de dissimuler.

Prenant Nancy par le bras, il l'entraîna le long du chemin inégalement pavé jusque sous le porche où les roses grimpantes embaumaient dans l'air chaud de la nuit. Une fois à l'intérieur, il jeta un coup d'œil alentour et constata que ses soupçons étaient fondés. Le pavillon était vide. Tandis que Nancy pénétrait dans le séjour et s'asseyait dans un rocking-chair où elle chantonnait une chanson à sa fille, il repartit en direction de la porte d'entrée.

— Personne à l'intérieur, annonça-t-il aux autres. Je crois qu'au lieu d'emmener Nancy à la maison, je vais attendre John. Qu'est-ce que vous faites ? Vous allez vous coucher ?

Saint James décida pour eux tous :

— Nous restons avec toi.

Ils rejoignirent Nancy dans le séjour, prenant place sur les sièges volumineux. En silence, ils examinèrent chacun de leur côté les objets des Penellin qui encombraient les murs, les tables, le plancher, révélant les centres d'intérêt et la personnalité des membres de la famille qui occupait le pavillon depuis vingt-cinq ans. Des porcelaines espagnoles — passion de la mère de Nancy — prenaient la poussière sur une épinette. Des boîtes à papillons voisinant avec des trophées de tennis ternis témoignaient de l'éclectisme des goûts de Mark Penellin. Sous la grande fenêtre en saillie s'amoncelaient des coussins au petit point médiocrement exécutés par Nancy, qui semblaient être là en pénitence. Dans un coin, sur la télévision, trônait l'unique photo visible dans la pièce : Nancy, Mark et leur mère à Noël, peu de temps avant l'accident de chemin de fer qui avait coûté la vie à Mrs Penellin.

Après avoir écouté les grillons et le chant d'un rossignol par la fenêtre que Lynley avait entrouverte, Nancy se leva :

— Molly s'est endormie. Je monte la coucher.

Lorsqu'elle l'entendit remuer à l'étage, Lady Helen formula à haute voix les questions que Lynley se posait. Fidèle à son habitude, elle alla droit au but :

— Tommy, à ton avis, où est passé John Penellin ? Tu crois que Nancy lui a parlé pendant l'entracte ? Elle a tellement insisté là-dessus qu'il y a de quoi s'interroger.

Assis sur le tabouret du piano, Lynley appuya sur trois touches, produisant un faible son discordant.

— Je ne sais pas, répondit-il.

Mais même s'il pouvait ignorer la remarque pleine d'intuition d'Helen, il pouvait difficilement oublier sa conversation de l'après-midi avec Nancy et l'aversion avec laquelle son père avait parlé de Mick Cambrey.

La pendule sonna la demie. Nancy reparut.

— Je vois vraiment pas où est passé papa, dit-elle. C'est pas la peine que vous restiez. Je vais me débrouiller, ça va aller.

— Pas question que nous partions, décréta Lynley.

Elle ramena ses cheveux derrière ses oreilles et se frotta les mains sur sa robe.

— Il a dû aller faire un tour. C'est ce qu'il fait quand il arrive pas à dormir, il se promène dans le parc. Souvent même, il fait un tour avant de se coucher. Dans le parc. C'est là qu'il a dû aller.

Nul ne crut bon de lui faire remarquer qu'il était peu vraisemblable que John Penellin fût allé faire une promenade dans le parc à deux heures et demie du matin. Ce fut d'ailleurs inutile car les événements se chargèrent bientôt de faire mentir Nancy. Alors qu'elle terminait sa phrase, les phares d'une voiture balayèrent les fenêtres du séjour. Un moteur toussa. Une portière s'ouvrit et se ferma. Des pas résonnèrent sur les dalles de l'allée et, un instant plus tard, sous le porche. La jeune femme se précipita.

La voix de Penellin retentit. Sèche. Nette.

— Nancy ? Qu'est-ce que tu fabriques ici ? Il ne s'agit pas de Mark, si ? Où est-il ?

Elle tendit une main vers lui tandis qu'il s'encadrait dans la porte. Il la prit.

— Papa, chevrota Nancy.

C'est alors que Penellin vit les autres dans le séjour. L'air inquiet, il lança :

— Qu'est-ce qui s'est passé ? Bon Dieu, Nance, qu'est-ce que ce salaud t'a encore fait ?

— Il est mort, dit Nancy. Quelqu'un...

Elle s'interrompit comme si ces seuls mots lui remettaient en mémoire la vision horrible que le calmant lui avait permis d'oublier quelque peu.

Penellin écarquilla les yeux. Poussant sa fille, il esquissa un pas vers l'escalier.

— Où est ton frère, Nancy ?

Nancy ne souffla mot. Dans le séjour, Lynley se leva.

— Racontez-moi ce qui s'est passé, fit Penellin.

— Nancy a trouvé le corps de Mick en rentrant au cottage après la représentation, expliqua Lynley. Le séjour était sens dessus dessous. Mick a dû prendre sur le fait celui qui bouleversait ses papiers. Ou qui cambriolait la maison. Bien qu'un cambriolage semble peu probable.

Nancy se jeta sur cette idée.

— C'*était* un cambriolage, dit-elle. Aucun doute là-dessus. Mick préparait la paie des employés du journal quand je suis sortie. (Elle jeta un coup d'œil à Lynley par-dessus son épaule.) Vous avez retrouvé l'argent ?

— Il y avait un billet de cinq livres par terre, intervint Saint James.

— Mick ne payait pas le personnel en liquide, remarqua Lynley.

— Si, affirma Nancy. C'était la coutume. Question de commodité. Il n'y a pas de banque à Nanrunnel.

— Mais s'il s'agissait d'un cambriolage...

— C'en était un, énonça Nancy.

— Mais Nancy, objecta doucement Lady Helen, le corps de Mick...

— Quoi, le corps ? fit Penellin.

— Cambrey a été châtré, dit Lynley.

— Oh... mon Dieu.

La sonnette de l'entrée grésilla. Comme un seul homme, ils sursautèrent, réaction qui en disait long sur l'état de leurs nerfs. Penellin, qui était toujours dans le couloir, alla ouvrir. L'inspecteur Boscowan se tenait sous le porche. Derrière lui, une voiture poussiéreuse était garée non loin de la Land Rover du domaine dans laquelle Lynley avait effectué l'aller-retour à Nanrunnel.

— John, dit Boscowan à Penellin.

En entendant l'inspecteur appeler son interlocuteur par son prénom, Lynley se souvint que les deux hommes, qui étaient du même âge, avaient fréquenté la même école et étaient des amis de toujours.

— Edward, répondit Penellin, tu es au courant, pour Mick ?

— C'est de ça que je suis venu te parler.

Nancy agrippa la rampe de l'escalier.

— Vous voulez parler à papa ? Pourquoi ? Il est au courant de rien.

— J'ai quelques questions à te poser, poursuivit Boscowan.

— Je ne comprends pas, fit Penellin d'un ton qui démentait ses paroles.

— Puis-je entrer ?

Penellin jeta un coup d'œil vers le séjour. Suivant son regard, Boscowan aperçut les autres.

— Toujours là, milord ?

— Oui. Nous... (Lynley hésita. *Nous attendions le retour de John*. Il préféra se taire.)

— Papa n'est au courant de rien, répéta Nancy. Papa, dis-lui que tu es au courant de rien, pour Mick.

— Puis-je entrer ? reprit Boscowan.

— Vu que Nancy et le bébé sont là, fit Penellin, est-ce qu'on serait pas mieux pour parler à Penzance ? Au commissariat ?

Ce n'est pas aux suspects de formuler ce genre de suggestions. Or, pour Boscowan, Penellin était un suspect, comme le prouva d'ailleurs sa question :

— Tu as un avocat ? Tu veux l'appeler ?

— Un avocat ? glapit Nancy.

— Nance, mon petit. Du calme.

Penellin tendit la main vers sa fille mais elle recula :

— Papa était *ici*. Au pavillon.

Boscowan se dandinait d'un pied sur l'autre d'un air gêné.

— Désolé, Nancy. Des voisins l'ont vu chez toi à neuf heures et demie. D'autres ont entendu des cris.

— Il était au pavillon. Je lui ai parlé après l'entracte. Papa, dis-lui que je t'ai parlé après l'entracte.

Elle attrapa son père par le bras, le secoua. Son père se dégagea.

— Laisse-moi partir, mon petit. Occupe-toi de Molly. Et attends que Mark rentre.

— Mark n'est pas là ? questionna Boscowan, frappé par le ton de Penellin.

— Il est sorti avec des amis, je crois, répondit Penellin. Il est allé faire un tour à St. Ives ou à St. Just. Tu connais les jeunes. (Il tapota le bras de Nancy.) Je suis prêt, Edward. Allons-y.

Avec un signe de tête aux autres, il sortit du pavillon. Un instant plus tard, le moteur de la voiture de Boscowan ronfla. Le bruit s'amplifia puis s'estompa cependant que l'inspecteur prenait la direction de Penzance.

Nancy pivota vers le séjour :

— Faites quelque chose ! cria-t-elle à Lynley. Il n'a pas tué Mick. Vous êtes policier, vous pouvez l'aider.

Elle tordait entre ses doigts le devant de sa blouse.

Tout en s'approchant d'elle, Lynley se dit qu'il ne pouvait vraiment pas faire grand-chose. La Cornouailles ne relevait pas de sa juridiction. Boscowan avait l'air d'être un garçon capable, qui pouvait se passer de New Scotland Yard. Si le constable Parker avait été chargé de l'enquête, la police métropolitaine aurait été fondée à intervenir. Mais Parker n'était pas chargé de l'affaire. Et comme les hommes de la criminelle de Penzance semblaient tout à fait compétents, il n'y avait pas lieu de leur retirer l'enquête. Pourtant, il éprouva le besoin de dire quelque chose.

— Racontez-moi ce qui s'est passé ce soir, dit-il en ramenant Nancy vers le rocking-chair.

Deborah se leva pour mettre une couverture sur les épaules de la jeune femme.

Nancy raconta son histoire d'une voix hésitante. Elle était allée tenir la buvette, laissant Mick s'occuper du bébé. Mick travaillait à son bureau dans le séjour, préparant les enveloppes de paie du personnel du journal. Elle avait mis Molly dans son parc près de lui. Et elle était partie à sept heures.

— En rentrant, j'ai entendu Molly pleurer. J'étais furieuse que Mick la laisse crier. Je l'ai engueulé en ouvrant la porte.

— La porte n'était pas fermée à clé ? questionna Saint James.

— Non, confirma-t-elle.

— Vous n'avez pas vu le corps de Mick ?

Faisant non de la tête, elle s'emmitoufla plus étroitement dans la couverture. Un de ses coudes pointait, osseux et rouge.

— La porte du séjour était fermée.

— Et quand vous l'avez ouverte, qu'avez-vous remarqué tout d'abord ?

— Mick. Allongé... (Elle prit une profonde inspiration.) Et autour de lui, les papiers, les carnets, tout.

— Comme si la pièce avait été fouillée, commenta Saint James. Est-ce qu'il arrivait à Mick de travailler à des articles à la maison ?

Nancy passa la main sur la couverture et approuva précipitamment.

— Oui, souvent. Sur l'ordinateur. Il ne voulait pas retourner au journal après dîner, alors il travaillait à la maison. Il conservait toutes sortes de notes pour ses articles au cottage. « Trie un peu tout ça, Mickey, que je lui disais. Faut que tu fasses du tri. On peut pas garder tout ce papier. » Mais il aimait pas jeter, il disait qu'il savait jamais quand il aurait besoin de tel ou tel renseignement. Alors il y avait des paperasses partout. Des notes gribouillées sur des serviettes en papier ou sur des couvercles de boîtes d'allumettes. Gribouiller, c'était sa manie. Il y en avait dans tous les coins.

Quelqu'un a dû vouloir... ou rafler l'argent. Faut pas oublier l'argent.

Les faits semblaient coller — présence des documents par terre, fouillis indiquant que le visiteur inconnu avait fait vite — mais il ne semblait pas qu'il y eût, dans l'esprit de Nancy, de lien entre ces faits et la profession de son mari, contrairement à ce qu'elle tentait de leur faire croire. Elle semblait préoccupée par tout autre chose.

Cela apparut clairement d'ailleurs lorsqu'elle conclut :

— J'ai parlé à papa après l'entracte. Vers dix heures et demie. D'une cabine.

Personne ne broncha. Malgré la chaleur, Nancy frissonna sous la couverture.

— J'ai téléphoné. J'ai parlé à papa. Il était là. On a dû me voir téléphoner. Tenez, demandez à Mrs Swann. Elle sait bien que j'ai parlé à papa. Il était là. Il m'a dit qu'il n'avait pas bougé de la soirée.

— Mais Nancy, objecta Lynley. Votre père était sorti quand j'ai essayé de le joindre. Il n'est rentré que quelques minutes après notre arrivée ici. Pourquoi mentir ? De quoi avez-vous peur ?

— Demandez à Mrs Swann. Elle m'a vue. Dans la cabine. Elle vous dira...

Des flots de rock and roll noyèrent soudain les doux bruits de la nuit. Nancy bondit sur ses pieds.

La porte d'entrée s'ouvrit et Mark Penellin entra. De l'énorme radiocassette calée sur son épaule jaillissait « My Generation ». Mark, qui accompagnait le chanteur, s'arrêta net en apercevant le groupe dans le séjour et se mit à tripoter maladroitement les boutons de la radio. Roger Daltrey beugla de plus belle une fraction de seconde avant que Mark ne parvienne à éteindre l'appareil.

— Désolé, dit-il en posant la radiocassette par terre. (L'appareil avait laissé une marque sur sa veste en daim et sans même regarder il frotta la peau pour la faire disparaître.) Qu'est-ce qui se passe ? Qu'est-ce que tu fais là, Nance ? Où est papa ?

La soudaine apparition de son frère au pavillon et ses questions, ajoutées à tout ce qui avait précédé, eurent raison des fragiles défenses que Nancy avait élevées pour fuir la réalité. Elle se laissa retomber dans le rocking-chair.

— C'est ta faute ! s'exclama-t-elle. La police a embarqué

papa. Et à cause de toi, il ne dira rien. (Elle se mit à pleurer, tendant la main pour attraper son sac posé par terre.) Qu'est-ce que tu vas lui faire encore, Mark ? Qu'est-ce que ce sera, la prochaine fois ? (Elle ouvrit son sac et, après avoir fouillé dedans, en extirpa un Kleenex fripé tout en sanglotant.) Mickey. Oh, Mick.

Toujours debout dans l'encadrement de la porte du séjour, Mark Penellin déglutit, considérant chacun à tour de rôle avant de regarder sa sœur :

— Il est arrivé quelque chose à Mick ?

Nancy continua de pleurer.

Mark ramena ses cheveux en arrière.

— Papa a fait quelque chose à Mick ?

Elle bondit de son fauteuil, envoyant valser son sac dont le contenu se répandit par terre.

— Ne dis pas ça ! Je te défends de dire ça ! S'il y a un responsable, c'est toi.

Mark recula, heurta la rampe de l'escalier.

— *Moi ?* Qu'est-ce que tu racontes ? C'est ridicule. Tu es folle. Qu'est-ce qui s'est passé, bon sang ?

— Mick a été assassiné, dit Lynley.

Le sang afflua au visage de Mark, qui se tourna vers sa sœur.

— Et tu crois que c'est moi qui ai fait le coup ? C'est ça ? Tu crois que j'ai tué ton mari ? (Il poussa un hurlement de rire.) Je vois pas pourquoi je me serais donné ce mal, ça fait un an que papa se demande comment le supprimer !

— Je t'interdis de dire ça ! C'est toi !

— Très bien. Tu penses ce que tu veux.

— Il s'agit pas de ce que je veux, mais de ce que je sais. Et de ce que papa sait.

— Il sait tout, papa. Il en a de la chance.

Empoignant sa radio, il commença à monter les marches. Lynley l'arrêta net :

— Mark, il faut que nous parlions.

— Non ! (Et tout en continuant de gravir l'escalier :) Ce que j'ai à dire, c'est à ces putains de policiers que je le dirai. Dès que ma sœur m'aura dénoncé.

Une porte claqua.

Molly se mit à pleurer.

11

— Qu'est-ce que tu sais sur Mark Penellin ? s'enquit Saint James, levant le nez du bout de papier sur lequel il gribouillait depuis un quart d'heure.

Lynley et lui étaient seuls dans la petite alcôve du salon de Howenstow, juste au-dessus de l'entrée principale de la maison. Deux lampes étaient allumées, l'une sur le petit bureau d'acajou auquel était assis Saint James ; l'autre, posée sur une console en marqueterie placée sous les fenêtres, jetait une lueur dorée sur les vitres. Lynley tendit un verre de cognac à Saint James et prit le sien, faisant tourner le liquide d'un air songeur. Il s'enfonça dans un fauteuil près du bureau, étendit les jambes et desserra sa cravate. Il avala une gorgée avant de répondre.

— Pas grand-chose. Il est du même âge que Peter. D'après ce que j'ai entendu dire, il n'a cessé de décevoir sa famille. Son père, surtout.

— Comment ça ?

— John voulait que Mark aille à la fac. Mark a fait un trimestre à Reading et puis il a tout plaqué.

— On l'a viré ?

— Non. Ça ne l'intéressait pas. En sortant de Reading, il a déniché un boulot de barman à Maidenhead. De là, il est allé à Exeter. Il jouait de la batterie dans un groupe de rock, je crois. Les choses ne se sont pas passées comme il l'espérait — renommée, fortune, contrat avec une maison de disques, il n'a rien obtenu de tout ça. Il travaille au domaine, depuis. Cela fait au moins dix-huit mois. Je me demande pourquoi.

Mark n'a jamais manifesté le moindre intérêt pour la gestion. Mais peut-être qu'il envisage de succéder à son père lorsque celui-ci prendra sa retraite.

— C'est possible ?

— A condition que Mark s'y mette sérieusement. Parce que, pour l'instant, ce ne sont pas l'expérience ni le savoir qui l'étouffent.

— Penellin s'attend à ce que son fils lui succède ?

— Ça m'étonnerait. John a été à l'université. Le jour où il prendra sa retraite — ce qui n'est pas demain la veille —, il attendra de moi que je mette à sa place un intendant digne de ce nom, pas quelqu'un qui est tout juste bon à nettoyer les écuries.

— Mark n'a fait que ça à Howenstow ?

— Oh, il a bien dû travailler dans une ou deux fermes. Mais cela ne suffit pas pour gérer correctement un domaine de la taille de celui-ci.

— Il est bien payé ?

Lynley fit tourner le pied de son verre ballon entre ses doigts.

— Pas vraiment. Mais c'est John qui a fixé le montant de son salaire. D'après ce que j'ai cru comprendre, John considère que Mark n'en fait pas suffisamment pour être mieux rémunéré. Cette histoire de salaire est un sujet de dispute permanent entre eux depuis que Mark est rentré d'Exeter.

— Si John lui serrait la vis financièrement, Mark a peut-être été tenté de faire main basse sur l'argent qui se trouvait à Gull Cottage. Est-ce qu'il connaissait les habitudes de son beau-frère ? Est-ce qu'il savait que Cambrey devait préparer les enveloppes de la paie ce soir ? Si son salaire est aussi maigre que tu sembles le dire, il vit au-dessus de ses moyens.

— Comment ça, au-dessus de ses moyens ?

— La radiocassette qu'il trimbalait sur l'épaule n'avait pas l'air bon marché. Sa veste non plus. Quant à ses bottes, je ne les ai pas bien vues, mais il m'a semblé que c'était du serpent.

Lynley s'approcha de l'une des fenêtres qu'il ouvrit. L'air du petit matin était enfin frais, le calme de la nuit amplifiait le bruit lointain du ressac.

— J'ai du mal à croire que Mark ait tué son beau-frère pour voler cet argent, Saint James. En revanche, je le vois assez bien découvrant le corps de Mick, apercevant le fric sur le bureau et se servant. Le meurtre n'est pas sa tasse de thé. L'opportunisme, si.

Saint James consulta ses notes un instant et lut le résumé de la conversation qu'ils avaient eue avec Nancy au pavillon.

— Il serait allé au cottage dans un autre but et aurait découvert Mick mort ? Voyant ça, il en aurait profité pour se servir ?

— Peut-être. J'imagine mal Mark organisant un cambriolage. Il n'aurait jamais fait une chose pareille à sa sœur. Malgré la prise de bec qu'ils ont eue ce soir, Mark et Nancy sont très proches.

— Pourtant, il devait être au courant pour les enveloppes, Tommy.

— Tout le monde doit être au courant, les employés du journal comme les villageois. Nanrunnel n'est pas bien grand et les gens sont au courant de tout. C'était déjà comme ça quand j'étais gosse, il n'y a pas de raison que ça ait changé.

— Dans ce cas, il se peut que d'autres personnes aient été au courant de l'existence des notes que Mick conservait au cottage, non ?

— Les employés du journal étaient peut-être au courant. Le père de Mick l'était, alors pourquoi pas eux ? Le personnel du *Spokesman* ne doit pas être nombreux.

— Qui travaille au journal ?

Lynley regagna son fauteuil.

— Mick excepté, je ne connaissais personne. Si ce n'est Julianna Vendale. Elle y est toujours. La secrétaire de rédaction.

— Julianna Vendale ? reprit Saint James.

— C'est exact. Belle femme. Divorcée. Deux enfants. Trente-sept ans environ.

— Mick l'aurait trouvée séduisante ?

— Possible. Mais je doute que Mick ait intéressé Julianna. Les hommes n'ont guère la cote avec elle depuis que son mari l'a plaquée pour une autre il y a dix ans. (Il adressa un petit sourire à Saint James.) Je l'ai appris à mes dépens un été que j'étais ici — j'avais vingt-six ans et je me croyais irrésistible. Elle ne m'a pas envoyé dire ce qu'elle pensait de moi.

— Ah... Et le père de Mick ?

Lynley reprit son verre de cognac.

— Harry Cambrey est un personnage. Il boit, il fume, il

joue. Il a une grande gueule. D'après Nancy, il a été opéré du cœur l'an dernier. Peut-être qu'il a changé sa façon de vivre depuis.

— Il s'entend bien avec Mick ?

— Dans le temps, oui. Maintenant, je n'en sais rien. Mick a commencé à travailler au *Spokesman* avant de devenir journaliste free-lance.

— Mick, tu le connaissais ?

— Je le connais depuis toujours. Nous sommes du même âge. Il y a des années, je passais pas mal de temps à Nanrunnel. On se voyait pendant les vacances.

— Vous étiez amis ?

— Plus ou moins. On buvait, on faisait de la voile, on allait à la pêche, on draguait les filles à Penzance quand on était adolescents. A partir du moment où je suis allé à Cambridge, je l'ai perdu de vue.

— Quel genre de garçon était-ce ?

Lynley sourit.

— Un type qui aimait les femmes, la polémique et les bonnes grosses blagues. Du moins quand il était jeune. Je ne crois pas qu'il ait beaucoup changé.

— Peut-être qu'en creusant dans tout ça on dénicherait un mobile.

— Peut-être. (Lynley rapporta à Saint James les allusions aux aventures extra-conjugales de Mick que John Penellin avait faites l'après-midi même.)

— Cela expliquerait l'état dans lequel on a trouvé le corps, dit Saint James. Vengeance de mari cocu. Mais ça n'explique pas l'état du séjour. (Saint James prit son stylo, mais le reposa. La fatigue commençait à le terrasser. Il la sentait telle de la poussière sous ses paupières et savait qu'il allait bientôt devoir lever la séance. Pourtant, un vague souvenir le tarabustait, des paroles entendues en fin d'après-midi et dont il lui fallait absolument se souvenir. Se tortillant dans son fauteuil, il aperçut le piano et ce fut le déclic.)

— Tommy, est-ce que ta mère n'a pas parlé d'un article que Mick préparait ? Nancy ne lui en avait pas parlé ?

— Elle m'en a parlé à moi aussi.

— Eh bien...

— C'est une possibilité. J'ai eu l'impression que c'était important pour Mick — plus important que ce qui se publie d'ordinaire dans le *Spokesman* — et que cet article n'était pas pour le *Spokesman*.

— Et ça aurait mis son père en rogne ?

— Pas au point qu'il le tue ! Ni qu'il l'émascule, Saint James.

— Rien ne dit que le meurtre et la mutilation soient l'œuvre d'une seule et même personne, souligna Saint James. La castration a été pratiquée après la mort, Tommy.

Lynley secoua la tête.

— Je ne marche pas. D'abord un tueur... ensuite un boucher...

Saint James dut admettre qu'il avait du mal, lui aussi, à accepter cette hypothèse.

— A ton avis, pourquoi Nancy ment-elle à propos du coup de fil ? (Sans attendre la réponse de Lynley, Saint James réfléchit à haute voix :) Ça n'arrange pas les affaires de John Penellin, qu'il ait été vu près du cottage.

— John n'a pas tué Mick. Ce n'est pas un tueur. Il n'aurait pas pu le tuer.

— Pas de façon intentionnelle.

— Ni autrement.

— Des types bien qui commettent des meurtres, ça existe, contra Saint James. Ce n'est pas moi qui vais te l'apprendre. Sous le coup de la colère, certains deviennent violents. Et John était là, Tommy. Tu ne peux pas dire le contraire.

Lynley se mit debout. Il s'étira avec grâce.

— Je parlerai à John dans la matinée. On essaiera de tirer ça au clair.

Saint James se tourna vers lui mais resta assis :

— Imagine que les flics décident que c'est leur homme ? Que le labo trouve de quoi justifier une arrestation ? Des cheveux de Penellin sur le cadavre, ses empreintes dans la pièce, une goutte du sang de Mick sur la manche de sa veste ou le bas de son pantalon ? S'il était dans la pièce, ce soir, ce ne sont pas les preuves qui vont manquer. Ce sera nettement plus sérieux que le témoignage des voisins qui l'ont aperçu ou de ceux qui ont entendu l'engueulade. Qu'est-ce que tu feras ? Est-ce que Boscowan sait que tu es de la criminelle ?

— Je ne le crie pas sur les toits.

— Est-ce qu'il demandera de l'aide au Yard ?

Lynley répondit de mauvais gré :

— Pas s'il est persuadé qu'il tient son homme en la personne de Penellin. Pourquoi ferait-il appel au Yard ? (Il poussa un soupir.) Et Nancy qui m'a demandé d'aider son père... La situation est délicate. Il va falloir qu'on soit drôlement prudents, Saint James. On ne peut pas se permettre de piétiner les plates-bandes officielles.

— Suppose qu'on le fasse ?

— Londres nous passera un méchant savon.

Souhaitant le bonsoir à son ami, il quitta la pièce.

Demeuré seul, Saint James se replongea dans ses notes. Il prit une seconde feuille de papier sur le bureau et passa plusieurs minutes à mettre en ordre le peu de renseignements dont ils disposaient. John Penellin. Harry Cambrey. Mark Penellin. Maris inconnus. Personnel du journal. Mobiles possibles du crime. Arme du crime. Heure de la mort. Il fit des listes, les lut, les relut. Les mots commencèrent à se brouiller devant lui et il appuya ses doigts sur ses yeux fermés. Il perçut le craquement d'une fenêtre. Au même instant, la porte du salon s'ouvrit et se referma. Il releva brusquement la tête. Deborah se tenait dans l'ombre.

Elle portait une robe de chambre dont la couleur ivoire et le tissu contribuaient à lui donner l'air d'un fantôme. Ses cheveux pendaient sur ses épaules.

Saint James repoussa sa chaise, se mit debout.

Deborah jeta un regard dans sa direction.

— Tommy n'est pas avec toi ?

— Il est allé se coucher.

Elle fronça les sourcils :

— Il m'avait semblé entendre...

— Il était là il y a une minute.

— Oh...

Saint James attendit qu'elle s'en aille, mais au lieu de sortir elle le rejoignit près du bureau. Une mèche de cheveux roux effleura sa manche et il sentit le parfum des lis sur sa peau. Il fixa ses notes, sentit qu'elle l'imitait. Au bout d'un moment, elle se décida à parler :

— Tu vas t'en mêler ?

Il se pencha en avant et se mit à griffonner quelques mots illisibles dans la marge. Référence aux carnets trouvés sur le plancher du cottage. Emplacement de la cabine téléphonique. Question à Mrs Swann.

— Je leur donnerai un coup de main si je peux. Bien que cette sorte d'enquête ne soit pas du tout ma spécialité. Je mettais noir sur blanc ma conversation avec Tommy. A propos de Nancy. Sa famille. Le journal.

— Tu notais tout. Je me souviens de tes listes. Tu en avais toujours des douzaines qui traînaient partout.

— Surtout dans le labo.

— Des graphiques et des dessins, aussi. Ça m'empêchait de culpabiliser à propos des photos que je semais dans toute la maison. Je te revois dans le labo, jetant des fléchettes sur tes papiers, énervé de ne plus rien retrouver.

— Ce n'était pas des fléchettes, dit Saint James. C'était un scalpel.

Ils éclatèrent de rire, partageant un instant de gaieté avant que le silence ne tombe entre eux. Le tic-tac d'une horloge se fit entendre, et le ressac de la mer.

— Je ne savais pas qu'Helen était devenue ton assistante, dit Deborah. Jamais papa ne m'en a soufflé mot dans ses lettres. C'est par Sidney que je l'ai appris cet après-midi. Helen est vraiment douée. Et pour tellement de choses. Au cottage, par exemple. Pendant que j'étais plantée comme un poireau, que Nancy craquait et que le bébé pleurait, elle a pris la situation en main.

— Oui, renchérit Saint James. Elle m'aide énormément.

Deborah n'ajouta pas un mot. Il aurait voulu qu'elle parte. Il prit d'autres notes, les lut, fit mine de les étudier. Et lorsqu'il ne put plus faire autrement, il se décida à lever la tête.

La clarté qui régnait dans l'alcôve eut raison de lui. Sous cette lumière, les yeux de Deborah étaient plus foncés, plus lumineux. Sa peau semblait plus douce, ses lèvres plus pulpeuses. Elle était beaucoup trop près de lui et il comprit qu'il n'y avait pas trente-six solutions : ou il sortait, ou il la prenait dans ses bras. Il n'y avait pas de moyen terme. Jamais il n'y en aurait. Et jamais il ne parviendrait à être maître de ses sentiments en sa présence. Il rassembla ses papiers, murmura un bonsoir banal, s'apprêtant à aller se coucher.

Il était arrivé au milieu du salon lorsque Deborah déclara :

— Simon, j'ai déjà vu cet homme.

Intrigué, il se retourna. Elle poursuivit :

— Mick Cambrey. Je l'ai déjà vu. C'est ça que j'étais venue dire à Tommy.

Il retourna sur ses pas et déposa ses papiers sur le bureau.

— Où ?

— Je ne suis pas absolument sûre que ce soit le même homme. Il y a une photo du mariage de Nancy et lui dans leur chambre. Je l'ai vue quand j'ai emmené le bébé en haut, et je suis presque certaine que c'est le type que j'ai vu sortir de l'appartement voisin du mien ce matin, je veux dire hier matin, à Londres. Je n'ai pas voulu en parler plus tôt à cause de Nancy. (Deborah fit bouffer ses cheveux.) Parce que l'appartement d'à côté est occupé par une femme. Une certaine Tina Cogin. Et qu'elle a l'air... je n'en suis pas vraiment sûre, mais d'après sa façon de parler, de s'habiller, j'ai l'impression que c'est...

— Une prostituée ?

Deborah lui raconta brièvement l'histoire. Tina Cogin avait surpris leur prise de bec à Londres. Simon parti, elle avait apporté à Deborah un remontant, une mixture de sa composition, qu'elle-même avait l'habitude de boire après ses ébats amoureux.

— J'ai à peine eu le temps de lui parler. Sidney est arrivée juste à ce moment-là.

— Et Cambrey ?

— J'avais gardé le verre de Tina. Je n'ai pensé à le lui rendre que le lendemain matin.

Deborah expliqua qu'elle avait vu Cambrey sortir de l'appartement de sa voisine au moment où elle-même s'en approchait. Comprenant qu'elle se trouvait en présence d'un des « clients » de Tina, Deborah avait hésité, ne sachant si elle devait donner le verre à l'inconnu et lui demander de le rendre à Tina ou rentrer chez elle sans un mot. L'homme lui avait dit bonjour tout naturellement.

— Il n'avait absolument pas l'air gêné, remarqua innocemment Deborah.

— Tu lui as parlé ? s'enquit Saint James.

— Je lui ai demandé de rendre le verre à Tina et de lui dire que je partais en week-end en Cornouailles. Il m'a demandé si je voulais qu'il aille la chercher mais je lui ai dit que c'était inutile. Franchement, je n'avais pas envie de les voir ensemble. C'était gênant, Simon. Il n'a pas insisté, il a fait demi-tour et est rentré dans l'appartement.

— La porte n'était pas fermée ?

— Si, elle l'était, fit Deborah, réfléchissant. Il avait une clé.

— Tu l'avais vu auparavant ou c'était la première fois ?

— C'était la première fois que je le voyais. Et je l'ai revu quelques instants plus tard. D'abord il est rentré et il a parlé à Tina. (Elle rougit.) Je l'ai entendu lui dire qu'il fallait qu'elle fasse gaffe parce qu'elle avait de la concurrence dans le couloir. Il a dû penser... Bof, il plaisantait. Mais elle a dû lui faire croire que j'étais dans le business parce qu'en ressortant il m'a déclaré que Tina avait promis de s'occuper de mes visiteurs en mon absence. Là-dessus, il a éclaté de rire. Et il m'a dévisagée sans se gêner. J'ai d'abord cru qu'il avait pris Tina au sérieux, mais il n'arrêtait pas de me faire des clins d'œil et des sourires. (Deborah sembla passer en revue les événements.) Ce n'est pas une prostituée, ce n'est pas possible. Mick avait une clé de son appartement. Or les prostituées ne donnent pas leur clé à leurs clients. Enfin pas à ma connaissance. Peut-être qu'il l'entretient. Ou qu'il la cache. Pour la protéger.

— Tu es sûre que c'est Mick que tu as vu ?

— Il me semble bien que oui. Si je pouvais revoir une photo, je crois que j'en aurais le cœur net. Mais je me souviens de ses cheveux. Roux foncé. La couleur que j'ai toujours souhaitée pour les miens. Je me suis dit que pour un homme c'était du gâchis, des cheveux pareils.

Saint James pianota sur le bureau.

— Trouver une photo de Mick ne devrait pas poser de problème majeur. Son père en a sûrement une. (Il réfléchit à la marche à suivre.) Est-ce que tu pourrais aller à Londres parler à Tina, Deborah ? Nom d'un chien ! Je suis idiot ! Tu ne peux pas filer à Londres au beau milieu de ton week-end.

— Bien sûr que si. Il y a un dîner de prévu à Howenstow demain soir, mais après ça les festivités sont finies. Tommy peut m'emmener à Londres d'un coup d'avion dimanche matin. Ou je peux prendre le train.

— Il faut que tu t'arranges pour savoir si elle reconnaît sa photo. Ne lui dis pas qu'il est mort. Tommy et moi nous lui annoncerons la nouvelle. (Saint James plia ses notes, les glissa dans sa poche, et poursuivit d'un ton pensif :) S'il y a un lien entre elle et Mick, il se peut qu'elle nous apprenne des choses qui nous aideront à y voir plus clair dans le meurtre. Après l'amour, les hommes se confient. Ils se laissent aller, ils sont plus francs. (Il s'interrompit soudain, gêné.) Helen t'accompagnera. Je ferai ma petite enquête ici. Tommy se joindra à moi. Et puis nous nous... Bon sang ! Les photos ! J'ai laissé le film que j'ai pris à Gull Cottage dans ton appareil. Si on peut le développer rapidement... J'ai bien peur de l'avoir utilisé en entier.

Elle sourit.

— Je vais le chercher. Il est dans ma chambre.

Elle sortit. Il s'approcha de la fenêtre et contempla le jardin qu'enveloppait encore la nuit.

Saint James passa en revue le puzzle de la vie et de la mort de Mick Cambrey tel qu'il s'était présenté au cours de la nuit, se demandant comment les pièces hétéroclites s'emboîtaient. Mick s'était souvent absenté, d'après Lady Asherton. Il travaillait sur un article à Londres. Un article important. Saint James se demanda si cet article pouvait avoir un rapport avec Tina Cogin.

Il était raisonnable de supposer qu'elle était la maîtresse de Mick, une femme entretenue par ses soins. Et pourtant, Deborah avait tiré d'une conversation avec elle et d'une brève rencontre avec Mick l'impression que Tina était une prostituée. Si tel était le cas, elle devait être mêlée à cette histoire d'article. Ce qui signifiait que Mick l'entretenait non pour son plaisir personnel mais pour la protéger comme on protège une « source » qui vous livre des renseignements importants, destinés à faire de vous un journaliste de premier plan. Ce ne serait pas la première fois qu'une prostituée serait impliquée dans une affaire retentissante, et ce ne serait pas la première fois non plus que des têtes tomberaient ou que des carrières seraient brisées à cause d'une prostituée. Maintenant que Mick était mort, que son living-room avait été fouillé de fond en comble — par quelqu'un qui cherchait peut-être à se procurer l'adresse de Tina Cogin à Londres —, rien n'interdisait de faire le rapprochement entre ces divers éléments.

— Simon !

Deborah se rua dans la pièce. Il tourna le dos à la fenêtre

et la vit toute tremblante, les bras autour d'elle comme pour se réchauffer.

— Qu'y a-t-il ?

— Sidney. Il y a quelqu'un dans sa chambre. J'ai entendu une voix d'homme. J'ai entendu un cri. J'ai pensé que Justin était...

Saint James ne lui laissa pas le temps de finir sa phrase. Il se précipita hors de la pièce et enfila le couloir menant à l'aile nord-ouest. Son inquiétude et sa colère augmentaient à chaque pas. Les images de l'après-midi se bousculèrent dans son esprit. Sidney dans l'eau. Sidney sur le sable. Brooke assis sur elle à califourchon, la frappant, lui arrachant ses vêtements. Dieu merci, entre Brooke et lui, cette fois, il n'y avait plus de falaise.

Saint James, qui connaissait bien sa sœur, marqua un temps d'arrêt devant la porte au lieu de se lancer à l'intérieur. Deborah le rejoignit tandis qu'il écoutait, debout devant le battant. Il entendit Sidney crier, reconnut la voix de Brooke. Puis Sidney gémit. Nom de Dieu, songea-t-il. Il prit Deborah par le bras, l'entraînant dans le couloir qui conduisait à sa propre chambre dans l'aile sud de la maison.

— Simon ! chuchota-t-elle.

Il attendit pour répondre qu'ils fussent dans la chambre de Deborah, porte fermée.

— Ce n'est rien, dit-il. Ne t'inquiète pas.

— Mais je l'ai entendue...

— Tout va bien, Deborah. Tu peux me croire.

— Mais... (Une lueur de compréhension passa soudain sur le visage de la jeune femme. Avec un hoquet, elle se détourna.) Et moi qui avais cru... Quelle idiote !

Il aurait voulu répondre, dissiper son embarras, mais il comprit que cela ne servirait à rien. Il jeta un regard dans la chambre. Lambris de chêne foncé. Armoiries des Asherton au-dessus de la cheminée. Plafond immense. Lit énorme sur la tête duquel étaient sculptées des grotesques au milieu des fleurs et des fruits. C'était un endroit où il ne devait pas faire bon être seul. On aurait dit une tombe.

— Sidney n'est pas quelqu'un de facile à comprendre, fit Saint James. Il faut être patient avec elle, Deborah. Tu ne pouvais pas savoir. Ne t'inquiète pas, elle ne craint rien. Tout va bien.

A sa grande surprise, elle se tourna vers lui, l'air furieux :

— « Tout va bien », je ne suis pas de ton avis ! Comment peut-elle coucher avec lui après ce qu'il lui a fait ? Je ne comprends pas. Elle est folle ? Et lui, il est cinglé ?

— Elle est amoureuse de lui, Deborah, répondit-il finalement. Est-ce qu'on n'est pas toujours un peu cinglé quand on est amoureux ?

Elle le dévisagea, déglutit.

— Le film. Je vais te le chercher, dit-elle.

12

L'Ancre et la Rose était sans conteste le pub le mieux situé de Nanrunnel. Non seulement ses vastes fenêtres en saillie donnant sur le port offraient une vue imprenable à l'amateur de pittoresque cornouaillais, mais, comme il était sis juste au pied de l'unique arrêt de bus du village, c'était le premier débit de boissons qu'apercevait le visiteur assoiffé en débarquant de Penzance ou d'ailleurs.

L'intérieur de l'établissement se dégradait lentement. Les murs jadis crème viraient au gris sous l'effet des flambées et de la fumée des cigares, pipes et cigarettes. Le bar incurvé en acajou était couvert de taches et sa barre de cuivre pour les pieds avait été mise à rude épreuve par des années de bons et loyaux services. Les tables et les chaises esquintées étaient disséminées sur le plancher usé ; quant au plafond il était si convexe qu'un désastre semblait imminent.

Lorsque Saint James et Lady Helen entrèrent dans l'établissement peu après l'ouverture, ils trouvèrent pour toute compagnie un gros chat tigré étendu devant la fenêtre en saillie et une femme qui, debout derrière le bar, essuyait d'innombrables verres. Tout en continuant à s'activer, elle leur adressa un signe de tête, suivant des yeux Lady Helen qui allait caresser le chat.

— Faites attention, dit la femme. Il griffe. Il est pas commode quand ça le prend.

Comme pour la faire mentir, le chat bâilla, s'étira et présenta son opulent estomac à Lady Helen. La femme ricana et empila les verres sur un plateau.

Saint James s'approcha du bar, songeant qu'il devait être en présence de Mrs Swann. Massive, compacte, l'œil petit, le cheveu gris fer et frisé, elle portait mal son nom [1]. Elle était vêtue d'une jupe plissée serrée à la taille et d'un chemisier à broderies folkloriques.

— Qu'est-ce que je vous sers ? s'enquit-elle, reprenant son torchon.

— Rien, c'est un peu tôt pour moi, répondit Saint James. Nous sommes venus vous parler. Vous êtes Mrs Swann ?

— Et vous, qui êtes-vous ?

Saint James se présenta et présenta Lady Helen, qui s'était assise près du chat.

— Vous savez sûrement que Mick Cambrey a été assassiné.

— Tout le village est au courant. On est au courant des détails également. (Elle sourit.) Mick a fini par récolter ce qu'il méritait. On lui a retiré son joujou préféré, hein ? Quand les maris vont venir fêter ça, ce soir, il va y avoir de la viande saoule ici.

— Mick sortait avec des femmes du coin ?

Mrs Swann enfonça un poing recouvert du torchon dans l'une des chopes et se mit à l'essuyer vigoureusement.

— Mick Cambrey sortait avec toutes celles qui avaient envie de tirer un coup.

Cela dit, elle se tourna vers les étagères vides derrière elle et entreprit de remettre les verres en place. Saint James comprit le message : elle n'avait rien d'autre à leur dire.

Lady Helen prit la parole :

— C'est Nancy Cambrey qui nous intéresse, Mrs Swann. Si nous sommes ici, c'est à cause d'elle.

Les épaules de Mrs Swann parurent perdre de leur raideur et, bien qu'elle continuât de leur tourner le dos, elle observa :

— C'est pas une futée, Nance. Quand je pense qu'elle a épousé cette espèce de salaud. (Ses bouclettes grises tressautèrent de colère.)

— Oui, acquiesça prudemment Lady Helen. Elle est dans une situation difficile. Non seulement son mari s'est fait tuer, mais son père a été emmené par la police.

Mrs Swann ne resta pas insensible à cette nouvelle. Pivotant,

1. *Swan* : cygne. *(N.d.T.)*

elle leur fit face, les poings sur les hanches. Elle ouvrit la bouche, la referma. La rouvrit.

— John Penellin ?

— Exactement. Nancy a bien essayé de dire aux policiers qu'elle avait eu son père au téléphone la veille et que, par conséquent, ça ne pouvait pas être lui qui avait assassiné Mick. Les policiers...

— Elle lui a téléphoné, coupa Mrs Swann, péremptoire. Ça oui. Même qu'elle m'a demandé de la monnaie pour passer son coup de fil. Elle a jamais un sou dans son sac. (Emportée par son élan, elle poursuivit :) Mick lui piquait tout son pognon. Le sien et celui de son père. Sans parler de celui des autres. Il était toujours à courir après du liquide.

— Vous êtes certaine que c'est à son père que Nancy a parlé au téléphone ? s'enquit Saint James. Pas à quelqu'un d'autre ?

Mrs Swann parut prendre ombrage de la question. Agitant le doigt pour donner plus de poids à ses propos, elle précisa :

— Sûr que c'était son père qu'était au bout du fil. J'en ai eu tellement marre de faire le poireau — elle est restée pendue au téléphone au moins dix minutes — que je l'ai sortie de la cabine par la peau des fesses.

— Où est-elle, cette cabine ?

— Devant la cour de l'école. Dans Paul Lane.

— Vous l'avez vue composer le numéro ? Est-ce que vous pouviez voir la cabine de là où vous étiez ?

Mrs Swann n'était pas idiote :

— Z'allez pas me faire croire que c'est Nancy qui a tué Mick ! Qu'elle s'est précipitée au cottage pour le charcuter et qu'elle est revenue ensuite servir à boire comme si de rien n'était ?

— Mrs Swann, est-ce qu'on voit la cabine de la cour de l'école ?

— Non. Et alors ? Je vous répète que je suis allée la chercher par la peau des fesses. Elle pleurait. Son père était furieux parce qu'elle avait emprunté de l'argent et elle essayait d'arranger le coup. (Mrs Swann pinça les lèvres comme pour indiquer qu'elle n'en dirait pas plus long. Pourtant, cédant à la colère qui bouillonnait en elle, elle ajouta :) J'aurais été à la place de son père, j'aurais eu la même réaction. Tout le monde savait où passait l'argent que Nance donnait à Mick : il n'avait rien de plus pressé que de le claquer avec ses copines. C'est qu'il se prenait pas pour n'importe quoi, le petit fumier. L'université, ça lui avait donné la grosse tête. Le journalisme aussi. Il a commencé à croire que tout lui était permis. Même au journal. Au fond, il a eu que ce qu'il méritait.

— Au journal ? questionna Saint James. Il recevait des femmes au journal ?

D'un mouvement de tête hargneux, elle désigna le plafond.

— Oui, la salle de rédaction est au-dessus. Y a un local au fond. Avec un canapé et tout. Un vrai petit nid d'amour. Et il se vantait de ses bonnes fortunes, le saligaud. Il conservait même des trophées.

— Des trophées ?

Mrs Swann se pencha, plaquant ses énormes seins sur le comptoir, expédiant son haleine chaude au visage de Saint James :

— Des culottes, mon petit, parfaitement. Même qu'y en avait deux dans un tiroir de sa table de travail. C'est Harry qui est tombé dessus. Son père. Y avait à peine six mois qu'il était sorti de l'hosto, le pauvre, et il a fallu qu'il mette la main là-dessus. Dans le tiroir de Mick, elles étaient planquées ; et même pas propres, en plus. Ça a fait un drôle de raffut !

— Nancy l'a...

— C'est Harry qui lui a secoué les puces, au Mick, pas Nance. T'as mis un lardon en route, qu'il lui a dit. Et le journal, la famille, tu y as pensé ? Mais non, tu t'en fous ! Tout ce qui t'intéresse, toi, c'est de faire le joli cœur. Il l'a tapé tellement fort que j'ai cru un instant que Mick avait son compte au bruit qu'il a fait en tombant. Mais trente secondes plus tard, il est descendu en trombe, son père sur les talons.

— C'était quand ? questionna Saint James.

Mrs Swann haussa les épaules, calmée :

— Demandez à Harry. Il est là-haut.

John Penellin roula la carte d'état-major, mit un élastique autour et la fourra avec les autres dans le vieux porte-parapluies de son bureau. Le soleil de la fin de matinée entrait par les fenêtres, chauffant la pièce à blanc. Aussi ouvrit-il pour faire entrer un peu d'air et régla-t-il les stores.

— L'année a été plutôt bonne, l'un dans l'autre. Si nous laissons ce lopin de terre en jachère encore une saison, il ne s'en portera que mieux l'an prochain. C'est du moins mon avis. (Penellin reprit place dans son fauteuil derrière le bureau et, comme s'il se conformait à un ordre du jour strict, poursuivit sans plus attendre :) Est-ce que nous pourrions parler de Wheal Maen ?

Lynley n'était pas venu passer les livres comptables en revue ni se prononcer sur la gestion — certainement irréprochable — de Penellin. Néanmoins, il se prêta au jeu, persuadé que la patience plus que des questions abruptes lui permettrait d'obtenir les confidences de l'intendant.

A en juger par son expression, Penellin avait besoin de se confier à quelqu'un. Il avait le teint blême. Il portait ses vêtements de la veille qui ne semblaient pas froissés pour autant, preuve que leur propriétaire n'avait pas dû se mettre au lit. Il suffisait de l'examiner pour savoir ce qui l'avait empêché de se coucher : ses doigts étaient encore tachés de l'encre qui avait permis aux policiers de Penzance de prendre ses empreintes. Lynley décida de laisser Penellin continuer sur sa lancée.

— Vous ne lâchez pas facilement le morceau, John. Les mines sont pourtant fermées depuis plus de cent ans en Cornouailles, vous le savez comme moi.

— Ce n'est pas de la réouverture de Wheal Maen que je veux vous entretenir, dit Penellin. Cette mine, il faut la fermer, au contraire. La galerie principale est inondée. On ne peut pas la laisser ouverte à tous les vents, c'est beaucoup trop dangereux. (Il pivota sur son fauteuil et indiqua de la tête la grande carte du domaine punaisée au mur.) On aperçoit la mine de la route de Sennen. Et c'est l'affaire de quelques minutes de marche pour l'atteindre, il y a juste un petit bout de lande à traverser. Je crois qu'on devrait murer la galerie avant que quelqu'un ait un accident en allant rôder par là-bas.

— La route n'est guère fréquentée.

— Les touristes ne s'y risquent pas, c'est vrai, concéda Penellin. Mais les gens du cru l'empruntent souvent. Et c'est surtout à cause des enfants que je m'inquiète. Dieu sait ce qui peut arriver. Je n'ai pas envie qu'un gamin dégringole dans la mine de Wheal Maen.

Lynley se leva pour aller étudier la carte. La mine était en effet à moins de cent mètres de la route dont elle n'était séparée que par un mur de pierre sèche, barrière insuffisante pour empêcher les promeneurs de s'aventurer de ce côté.

— Vous avez raison, John, dit Lynley, ajoutant : Papa n'aurait pas aimé voir fermer une mine.

— Les temps changent, souligna Penellin. Et votre père n'était pas homme à s'accrocher au passé. (Il s'approcha du classeur métallique et en sortit trois nouveaux dossiers qu'il posa sur son bureau. Lynley le rejoignit.)

— Comment va Nancy, ce matin ?

— Elle fait aller, dit Penellin.

— A quelle heure les flics vous ont-ils ramené chez vous ?

— Quatre heures et demie environ.

— Vous en avez fini avec la police ?

— Pour l'instant, oui.

Dehors, deux jardiniers bavardaient, ponctuant leurs propos d'énergiques coups de sécateur. Penellin les observa un instant.

Lynley hésita, pris entre deux feux : la promesse faite à Nancy et le désir manifeste de Penellin de se taire. L'intendant était un homme discret. Il ne voulait pas qu'on l'aide. C'était clair. Pourtant, sous ce laconisme, Lynley sentait percer une étrange inquiétude et se demandait comment y remédier. Des années durant, il avait compté sur la force et la loyauté de Penellin ; il ne pouvait pas le laisser tomber maintenant.

— Nancy m'a dit qu'elle vous avait eu au téléphone, hier soir, commença Lynley.

— Oui.

— Mais on vous a vu au village, si j'en crois la police.

Penellin ne broncha pas.

— Écoutez, John, si vous avez des ennuis...

— Pas d'ennuis, milord. (Penellin ouvrit le dossier du dessus de la pile. Façon de faire comprendre à Lynley qu'il ferait mieux de partir.) On a eu une conversation au téléphone, Nancy et moi. Si quelqu'un croit m'avoir vu au village, j'y peux rien. L'endroit est sombre. Ç'aurait pu être quelqu'un d'autre. Moi, j'étais au pavillon.

— Sacré bon sang de bonsoir, nous y étions, au pavillon, quand vous êtes arrivé sur le coup de deux heures du matin ! Vous étiez au village, John, n'est-ce pas ? Vous avez vu Mick. Nancy et vous, vous mentez. Est-ce que vous essayez de la protéger ? Ou de protéger Mark ? Parce qu'il n'était pas au pavillon non plus, hier soir. Et vous le saviez, n'est-ce pas ?

Vous étiez parti à sa recherche ? Il était en mauvais termes avec Mick ?

Penellin sortit un papier classé dans l'une des chemises cartonnées.

— J'ai commencé à rédiger les papiers pour la fermeture de Wheal Maen.

Lynley fit une dernière tentative.

— Il y a vingt-cinq ans que vous travaillez au domaine. J'espère que vous viendriez me trouver si vous aviez des ennuis.

— Pas d'ennuis, dit Penellin d'une voix ferme.

Il prit une autre feuille de papier, signifiant ainsi qu'il aspirait à se retrouver seul.

Mettant fin à l'entretien, Lynley sortit du bureau de l'intendance.

Il s'attarda un instant dans le couloir dallé et frais. Tout au bout, la porte sud-ouest de la maison était ouverte et le soleil frappait de plein fouet la cour, où régnait une certaine activité : Il se dirigea de ce côté.

Il tomba sur Jasper — tour à tour chauffeur, jardinier, palefrenier *et* pipelette — qui lavait la Land Rover dans laquelle ils étaient rentrés la veille. Ses bas de pantalon étaient roulés, il était pieds nus, sa chemise blanche était ouverte sur un torse plat hérissé de poils gris. Il adressa un signe de tête à Lynley.

— Quelle nuit ! fit Jasper. Le meurtre. La police. John qui se fait embarquer par les flics à Penzance. (Il cracha par terre et passa un chiffon sur le capot de la Rover.) John qu'était à Nanrunnel et Nancy qui ment comme un arracheur de dents...

— Nancy ment ? Vous en êtes sûr, Jasper ?

— Évidemment que j'en suis sûr. J'étais au pavillon à dix heures et demie. Je suis allé au moulin. Y avait personne à la maison. Bien sûr qu'elle ment.

— Le moulin ? Le moulin a un rapport avec la mort de Mick Cambrey ?

Devant cette attaque frontale, le visage de Jasper se ferma. Lynley se rappela une fraction de seconde trop tard que le vieux domestique était amateur de détours. Jasper aimait suivre son petit bonhomme de chemin :

— J'parie que John vous a jamais parlé des vêtements que Nance avait découpés.

— Non, avoua Lynley, qui ajouta, faisant l'âne pour avoir du son : Ça ne devait pas être très important sinon il m'en aurait parlé.

Jasper secoua violemment la tête pour le détromper :

— Elle les a découpés, réduits en lambeaux. Derrière le cottage. John et moi, on l'a surprise en pleine action. Elle a beuglé comme une malade quand elle nous a vus. Je suis sûr que c'était important.

— Mais elle ne vous a rien dit ?

— Pas un mot. Elle a juste continué à déchiqueter les vêtements. Des trucs chichiteux. J'ai cru que John allait avoir une attaque quand il a vu ça. Il a fait mine de se ruer dans le cottage pour parler à Mick, mais Nance l'en a empêché. Elle s'est cramponnée à son bras, attendant qu'il retrouve son calme.

— Ces vêtements étaient ceux d'une autre femme, murmura Lynley. Dites-moi, Jasper, qui était la petite amie de Mick ?

— La petite amie ? ricana Jasper. C'est pas une petite amie, qu'il avait, Mick. Mais des douzaines. D'ailleurs c'est son père lui-même qui le disait. Quand il venait à *L'Ancre et la Rose*, il racontait à qui voulait l'entendre les exploits de Mick. « Elle lui en donne pas assez, qu'il disait Harry. Un homme, qu'est-ce qu'il doit faire, quand il est en manque d'affection ? » (Jasper lâcha un rire sarcastique, recula et arrosa le pneu avant de la Rover. L'eau lui éclaboussa les jambes.) D'après Harry, Nance refusait de les écarter depuis la naissance du petit et, pendant ce temps-là, Mick faisait ceinture. Alors ça lui montait au cerveau, il était complètement obsédé. « Qu'est-ce que vous voulez qu'il y fasse, l'homme, quand c'est comme ça ? » qu'il demandait Harry. Et Mrs Swann se gênait pas pour lui répondre qu'il avait qu'à... (Jasper parut soudain se rendre compte que son confident n'était autre que Lynley. Il s'interrompit net. Se redressant, il ôta sa casquette et se passa la main dans les cheveux.) C'était pas compliqué. Seulement Mick, il voulait pas se calmer.

Il cracha pour indiquer que la discussion était terminée.

Saint James et Lady Helen entendirent Harry Cambrey avant de l'apercevoir. Tandis qu'ils gravissaient l'étroit escalier — baissant la tête pour éviter les poutres disposées de manière fantaisiste —, un bruit de meuble traîné sur le parquet nu fut suivi du claquement d'un tiroir fermé avec violence, le tout ponctué de jurons bien sentis. Lorsqu'ils frappèrent, le silence s'établit. Puis des pas résonnèrent. La porte s'ouvrit brutalement. Cambrey les toisa. Ils lui rendirent posément la pareille.

En le voyant, Saint James se rappela qu'il avait été opéré du cœur l'année passée. L'intervention l'avait marqué. Très maigre, Cambrey avait une pomme d'Adam proéminente. Son teint jaune suggérait des problèmes hépatiques ; les commissures de ses lèvres s'ornaient de gerçures. Il ne s'était ni rasé ni peigné, à croire qu'il avait été réveillé en sursaut.

Lorsqu'il s'effaça pour les laisser pénétrer dans la salle de rédaction, Saint James vit qu'il s'agissait d'une grande pièce dont la moitié était divisée en boxes et dont les quatre fenêtres étroites donnaient sur la rue qui grimpait à flanc de colline jusqu'au sommet du village. Harry était seul, curieusement, les rédactions étant en général des lieux très animés. Cette solitude s'expliquait par la présence d'innombrables carnets et dossiers sur les plans de travail, les bureaux, les chaises. Harry Cambrey était en pleine fouille.

A en juger par l'état de la pièce, il devait y avoir un moment qu'il cherchait, et sans méthode. Les tiroirs d'un classeur métallique d'un vert militaire bâillaient, quasiment vides ; une pile de disquettes était posée près d'un ordinateur allumé ; l'édition en cours du journal avait été repoussée pour laisser la place, sur une grande table, à trois piles de photos ; les tiroirs des cinq bureaux avaient été sortis de leur logement. L'air sentait le vieux papier et comme les plafonniers n'avaient pas été allumés, il régnait dans la salle une pénombre à la Dickens.

— Qu'est-ce que vous voulez ?

Harry Cambrey fumait une cigarette qu'il retira de sa bouche le temps de tousser et d'en allumer une autre. Il ne semblait guère se soucier des répercussions que sa tabagie pouvait avoir sur son cœur.

— Il n'y a que vous ici ? s'enquit Saint James tandis que, suivi de Lady Helen, il se frayait un chemin au milieu du fouillis insensé.

— Je leur ai donné leur journée. (Cambrey examina Lady Helen de la tête aux pieds.) C'est à quel sujet ?

— Nancy nous a demandé d'essayer de savoir ce qui se cache sous le meurtre de Mick.

— Vous êtes venus l'aider ? Vous ? (L'air incrédule, Cambrey les dévisagea, détaillant la jambe appareillée de Saint James, la robe estivale de Lady Helen.)

— La chasse au scoop n'est pas un sport de tout repos, n'est-ce pas, Mr Cambrey ? lança Lady Helen, restée près des fenêtres. Si votre fils a été assassiné à cause d'un article, peu importe qui retrouve son meurtrier ; l'essentiel, c'est qu'on le retrouve.

Cambrey perdit son air bravache.

— C'est sûrement une histoire d'article, dit-il, les bras ballants. Je le sens. J'essaie désespérément de retrouver les notes de mon gamin.

— Vous n'avez rien trouvé ? s'enquit Saint James.

— Je m'efforce de me souvenir de ce qu'il m'a dit et de ce qu'il a fait. Il ne s'agit pas d'une affaire locale. C'est à peu près tout ce que je sais.

— En êtes-vous certain ?

— C'est pas possible que ce soit une affaire locale, pas avec le comportement qu'il a eu ces derniers mois. Il était sans arrêt en déplacement. Suivant une piste. Enquêtant. Interviewant telle personne. S'efforçant de retrouver telle autre. C'était pas une affaire locale. Impossible. (Il secoua la tête.) Ç'aurait fait un tabac, cet article. Le journal aurait battu des records de vente.

— Il se déplaçait, dites-vous. Où allait-il ?

— A Londres.

— Et il n'aurait pas laissé de notes ? Ce n'est pas un peu bizarre ?

— Les notes, c'est pas ce qui manque, fit Cambrey, montrant du bras la pagaille autour de lui. Mais y a rien ici qui ait pu causer la mort du petit. C'est pas en interviewant des militaires, des malades cloués au lit ou des fermiers qu'un reporter risque sa vie. Les journalistes meurent parce qu'ils détiennent des informations gênantes. Et ces infos-là, c'est pas ici qu'elles se trouvent.

— Vous n'avez rien trouvé d'inhabituel au milieu de ce fatras ?

Cambrey laissa tomber sa cigarette par terre et l'écrasa d'un coup de talon. Il se mit à se masser les muscles du bras gauche ; ce faisant, ses yeux s'attardèrent sur l'un des bureaux. A sa mimique, Saint James comprit qu'il y avait anguille sous roche :

— Vous avez trouvé quelque chose.

— Je sais pas. Peut-être. Jetez un coup d'œil. J'y comprends rien. (Cambrey s'approcha du bureau. De sous le téléphone, il sortit un morceau de papier qu'il tendit à Saint James.) C'était collé sous un tiroir.

Le papier, couvert de taches de gras, avait servi à envelopper un sandwich acheté au *Talisman Café*. Le message était à peine lisible car le crayon avait dérapé sur la graisse. L'éclairage étant faiblard, Saint James déchiffra les caractères avec une certaine difficulté. C'étaient presque exclusivement des nombres.

1K9400
500g 55ea
27500-M1 Approvisionnement-Transport
27500-M6 Financement

— C'est l'écriture de Mick, ça ? questionna Saint James.

Cambrey hocha la tête.

— S'il y a matière à écrire un article fumant, c'est là que ça se trouve. Pas ailleurs. Mais pour moi, c'est du chinois.

— Il doit bien y avoir d'autres notes où figurent ces mêmes nombres, intervint Lady Helen. M1 et M6. Il s'agit sûrement des autoroutes.

— Peut-être, mais je n'ai pas encore réussi à mettre la main dessus, répondit Cambrey.

— Alors c'est qu'elles ont disparu.

— On les aurait subtilisées ? (Cambrey alluma une nouvelle cigarette, inhala, toussa.) Il paraît que Gull Cottage a été fouillé.

— Vous avez remarqué des traces d'effraction ici ? s'enquit Saint James.

Cambrey regarda autour de lui. Secoua la tête en signe de dénégation.

— Boscowan a envoyé un de ses hommes m'annoncer la mort de Mick à 4 h 15 ce matin. Je me suis rendu à Gull Cottage, mais ils avaient déjà emmené le corps et ils ont refusé de me laisser entrer. Alors je suis venu me réfugier ici. Je n'en ai pas décollé depuis. Aucune trace d'effraction.

— Pas de traces de fouille, non plus ? Par l'un de vos employés, par exemple ?

— Rien. (Il pinça les narines.) J'ai bien l'intention de retrouver le salopard qui a tué Mick. Quant à l'article, je ne ferai rien pour empêcher sa parution. La liberté de la presse, c'était la raison de vivre de mon fils, c'est la raison pour laquelle il est mort. Il ne sera pas mort pour rien.

— S'il est bien mort pour un article, énonça tranquillement Saint James.

— Pour quoi d'autre ? fit Cambrey, se rembrunissant.

— Les femmes.

Cambrey retira la cigarette de sa bouche d'un mouvement étudié, théâtral.

— Évidemment ! Les hommes étaient jaloux de ses succès féminins, les femmes lui en voulaient quand il ne faisait pas attention à elles. (Il remit la cigarette entre ses lèvres.) C'était un homme, Mick, un vrai. Et un homme, ça a des besoins à satisfaire. Sa femme, c'était un cul gelé. Fallait bien qu'il aille chercher ailleurs ce qu'on lui refusait à la maison. Si quelqu'un est à blâmer dans l'affaire, c'est Nancy. Quand on tourne le dos à son mari, faut pas s'étonner qu'il se mette à cavaler. C'est pas un crime, tout de même. Il était jeune. Il avait des besoins.

— Il avait une petite amie attitrée ? Plusieurs ? Est-ce qu'il en avait une nouvelle depuis peu ?

— Peux pas vous dire. Mickey était pas du genre à se vanter quand il s'en tapait une nouvelle.

— Et les femmes mariées, elles couchaient avec lui aussi ? questionna Lady Helen.

— Y avait des tas de femmes qui couchaient avec lui. (Cambrey repoussa des papiers, souleva la vitre qui recouvrait le bureau et sortit une photo, qu'il lui tendit.) Jetez un coup d'œil là-dessus. Entre nous, est-ce que c'est le genre de type à qui vous diriez non s'il vous demandait de les écarter, mon petit ?

Lady Helen émit une sorte de hoquet mais réussit cependant à garder son sang-froid. Sans même y jeter un coup d'œil, elle passa la photo à Saint James. C'était celle d'un jeune homme torse nu sur un voilier, qui effectuait une manœuvre.

Mâchoire carrée, beau garçon, mais plutôt mince, bref ne possédant ni le corps athlétique ni les traits âpres que l'on s'attend à trouver chez « un homme, un vrai ». Saint James retourna la photo. *Cambrey se préparant pour l'America Cup. Un concurrent qui a toutes ses chances.* L'écriture était identique à celle de la note chiffrée trouvée dans le tiroir du bureau.

— Il avait le sens de l'humour, commenta Saint James.

— Il avait toutes les qualités.

— Est-ce que je peux garder la photo ? Et la note ?

— Comme vous voudrez. Maintenant que Mick est mort, elles n'ont aucun intérêt pour moi. (Cambrey examina le bureau, épaules voûtées.) On était sur le point de réussir. Le *Spokesman* était en passe de devenir le journal le plus dynamique du sud de la Cornouailles. Pas un simple hebdo. On allait y arriver. Moi, Mick, toute l'équipe.

— Il s'entendait bien avec le personnel ? Pas de problèmes de ce côté-là ?

— Ils l'adoraient. Il avait réussi, il était revenu au village. Pour eux, c'était un héros. Ils rêvaient de lui ressembler. (Cambrey prit un air mauvais.) Vous ne pensez pas sérieusement que c'est quelqu'un du journal qui l'aurait tué. Personne ici n'aurait osé lever la main sur mon fils. Je vois pas pourquoi ils l'auraient fait. Il était en train de moderniser le journal. Il...

— ... s'apprêtait à virer quelqu'un ?

— Crénom de Dieu ! Et qui donc ?

Saint James se tourna vers le bureau jouxtant la fenêtre. Une photo représentant deux jeunes enfants y était posée.

— Quel genre de relations entretenait-il avec Julianna Vendale ?

— Julianna ? (Cambrey s'ôta la cigarette de la bouche et s'humecta les lèvres.)

— C'était une de ses conquêtes ? Une ancienne maîtresse ? Ou bien une fille qui refusait d'aider Mick à assouvir ses besoins ?

Cambrey hurla de rire en voyant comment Saint James se servait de ses propos pour trouver un mobile décidément peu reluisant à l'assassinat de son fils.

— Mick n'avait pas besoin de Julianna Vendale. Il n'avait pas à aller quémander ce qu'on lui offrait tout cuit sur un plateau.

Une fois dehors, ils prirent la direction du parking du port où Lady Helen avait laissé la Land Rover. Saint James la regarda tout en marchant. Au cours des dernières minutes qu'ils avaient passées au journal, elle n'avait pas desserré les dents ; mais son regard fixe, son air crispé avaient parlé pour elle, révélant ce que lui inspiraient la vie, la mort de Mick Cambrey, et l'attitude de son père. A peine étaient-ils sortis de l'immeuble qu'elle laissa libre cours à son écœurement tout en avançant d'un pas furieux. Saint James, qui avait du mal à la suivre, ne parvint à saisir que des bribes de sa diatribe.

— Un athlète sexuel... drôle de père, qui tient la marque... où trouvait-il le temps de travailler, avec tous ces besoins à satisfaire ?... toutes les femmes de la région... pas étonnant qu'on lui ait coupé... moi-même, j'avoue que ça m'aurait tentée...

Elle était à bout de souffle en arrivant à la voiture. Et lui aussi. Ils s'appuyèrent contre la Rover, tournant leur visage vers une brise qui amenait des odeurs de poisson. Dans le port à leurs pieds, des centaines de mouettes tournoyaient au-dessus d'un petit chalutier, dont la pêche du matin luisait sous le soleil.

— C'était en ces termes que tu pensais à moi ? lança Lady Helen.

Saint James fut sidéré :

— Pour l'amour du ciel, Helen...

— Parce que, si c'est ça, inutile de compter sur moi pour te ramener à Howenstow.

— Comment veux-tu que je te réponde ? Si je te dis non, tu vas croire que je mens pour m'éviter une sacrée trotte. Tu me mets dans une situation impossible, Helen. Je ferais aussi bien de commencer à rentrer à cloche-pied.

— Oh, assez, monte, soupira-t-elle.

Il s'exécuta avant qu'elle ne se ravise. Elle monta à son tour mais ne démarra pas tout de suite, contemplant le port à travers le pare-brise sale.

— J'ai fait le maximum pour rester calme, Simon. Je n'arrêtais pas de me répéter que c'était le choc, qu'il ne savait plus ce qu'il disait. Mais quand il m'a demandé si j'aurais refusé de les écarter pour Mick, mon sang n'a fait qu'un tour. J'ai cru que j'allais me jeter sur lui et lui arracher les cheveux.

— Déjà qu'il ne lui en reste pas beaucoup...

La remarque dissipa la tension. Éclatant de rire, elle mit le contact :

— Que penses-tu de cette note ?

Saint James sortit le papier de la poche de sa chemise.

— *Talisman Café*. Je me demande où ça se trouve.

— A deux pas de *L'Ancre et la Rose*, dans Paul Lane, pourquoi ?

— Parce que ce n'est pas au bureau qu'il a rédigé ce mot. Dans les salles de rédaction, le papier, ça n'est pas ça qui manque. S'il avait été au journal, il ne se serait pas amusé à gribouiller sur un morceau d'emballage graisseux : il a forcément écrit ça ailleurs. Au café, ou bien là où il a mangé son sandwich. Pour ne rien te cacher, ça m'aurait bougrement arrangé que le *Talisman Café* se trouve à Paddington.

Il se mit à lui parler de Tina Cogin.

Lady Helen désigna le billet de la tête :

— Ça aurait un rapport avec elle, tu crois ?

— D'une façon ou d'une autre, elle est dans le coup si c'est bien Mick Cambrey que Deborah a vu dans le couloir devant son appartement. Seulement, si le *Talisman Café* est à Nanrunnel, cela veut dire que Mick enquêtait dans la région.

— Et ses « sources » étaient ici ? Le tueur serait quelqu'un du coin ?

— Possible. Mais pas certain. Il faisait de fréquents allers-retours à Londres. Ça n'aurait pas été bien sorcier de le suivre jusqu'en Cornouailles, surtout s'il voyageait par le train.

— S'il avait une source d'information locale, il y a tout lieu de penser que cette personne est elle aussi en danger.

— A condition que l'article soit le mobile du meurtre, fit Saint James, remettant le papier dans sa poche.

— Pour moi, c'est plutôt la jalousie, le mobile du meurtre. (Lady Helen prit la route de Lamorna.) Ça me semble plus plausible, compte tenu de la personnalité de Mick. Imagine un homme découvrant que la femme qu'il aime couche avec un autre, qu'est-ce qu'il éprouve ?

Saint James se détourna pour contempler la mer. Un bateau de pêche se dirigeait vers Nanrunnel. Même à cette distance, il distinguait les casiers à homard accrochés à ses flancs.

— Il a envie de tuer, j'imagine. (Sentant le regard de Lady Helen se poser sur lui, il comprit le sens qu'elle avait dû donner à ses paroles. Pour couper court, il enchaîna :) Quant à ta question de tout à l'heure, Helen, concernant l'époque où nous étions amants... La réponse est non, évidemment. Mais j'espère que je ne t'apprends rien.

— Il y a des années que je ne suis pas allé traîner par là, dit Lynley tandis qu'avec Saint James ils franchissaient la grille et commençaient à descendre à travers bois. Qui sait dans quel état il se trouve maintenant. Il est peut-être en ruine. Quand on néglige un bâtiment, ça va vite : le toit prend un air penché, les poutres pourrissent, les planchers se détériorent. Je suis étonné qu'il tienne encore debout.

Il faisait la conversation et il en était conscient, espérant tenir en échec les bataillons de souvenirs prêts à l'assaillir, souvenirs liés au moulin et à un pan de son existence qu'il s'était juré d'ignorer. Encore maintenant, alors qu'ils arrivaient en vue du moulin dont ils apercevaient le toit de tuiles à travers les branches, il sentait un embryon de souvenir remonter à la surface : sa mère avançant à grandes enjambées dans le bois. Mais il savait que ce n'était qu'un fantôme qui essayait de transpercer son armure. Pour le chasser, il fit une pause, prenant tout son temps pour allumer une cigarette.

— On est passés par là hier, dit Saint James. (Il s'arrêta à son tour en constatant que Lynley était en arrière.) La roue est enfouie sous le lierre. Tu étais au courant ?

— Ça ne m'étonne pas. Ç'a toujours posé un problème. (Lynley fuma d'un air pensif, appréciant la sensation de la cigarette entre ses doigts. Il savourait le goût âpre du tabac et le fait que fumer l'aidait à se donner une contenance.)

— Jasper croit que quelqu'un utilise le moulin, Tommy ? Pour quoi faire ? Pour y dormir ?

— Il n'a pas voulu me le dire.

Saint James hocha la tête, poursuivit sa route. Se rendant compte qu'il ne pouvait plus temporiser, Lynley lui emboîta le pas.

Bizarrement, le moulin ne lui sembla pas tellement changé depuis la dernière fois qu'il y était venu. Certes, la façade avait besoin d'un sérieux ravalement et les huisseries étaient fendillées, mais le toit tenait bon et, à part un carreau cassé à la fenêtre du premier, l'édifice semblait suffisamment costaud pour résister encore une centaine d'années.

Les deux hommes gravirent les vieilles marches de pierre

usées et glissantes. La porte à la peinture presque inexistante était à demi ouverte car la pluie avait fait gonfler le bois, qui avait joué. Sous la poussée de Lynley, elle céda avec un grincement.

Ils entrèrent, marquèrent une pause afin d'inventorier les lieux. Le rez-de-chaussée était quasiment vide, éclairé par des rais de lumière qui se faufilaient à travers les fentes des volets. Contre un mur, à l'autre bout de la pièce, des sacs de toile pourrissaient près d'un amoncellement de caisses. Sous l'une des fenêtres, un mortier et un pilon disparaissaient sous les toiles d'araignée tandis qu'à deux pas un morceau de corde pendait à un clou, abandonné depuis des années. Une pile de vieux journaux occupait un coin de la pièce. Saint James alla y jeter un coup d'œil sous le regard de Lynley.

— Le *Spokesman*, annonça Saint James, prenant un journal. L'exemplaire a été annoté, corrigé. (Il laissa retomber le journal sur la pile.) Mick Cambrey connaissait cet endroit, Tommy ?

— On y venait quand on était gamins. Il n'a pas dû l'oublier. Mais ces journaux n'ont pas l'air récents. Il y a sûrement un bout de temps qu'il n'a pas mis les pieds ici.

— En effet, ils datent du mois d'avril de l'année dernière. Mais quelqu'un est venu depuis.

Saint James désigna du doigt une série d'empreintes sur le sol poussiéreux. Elles conduisaient à une échelle permettant d'accéder au grenier et au mécanisme qui actionnait la grosse meule. Saint James examina les barreaux de l'échelle, tira dessus pour en éprouver la solidité et commença péniblement à grimper.

Lynley le regarda progresser, sachant pertinemment que Saint James s'attendait à ce qu'il le suive. Il ne pouvait y couper. Pas plus qu'il ne pouvait éviter les souvenirs que le moulin et, surtout, le grenier éveillaient en lui. Car, après l'avoir cherché pendant des heures, c'était là-haut qu'elle l'avait trouvé, dans le grenier où il s'était caché pour lui échapper et fuir loin de ce qu'il avait abruptement découvert.

Alors qu'il traversait le jardin en remontant de la plage, il avait — vision fugace — aperçu une silhouette d'homme devant une fenêtre du premier, silhouette revêtue de la robe de chambre de cachemire de son père. Ç'avait été si rapide qu'il n'avait pas pris la peine de se demander comment diable son père — dans son état — avait réussi à sortir de son lit et à se rendre dans la chambre de sa mère. Il n'avait pas pensé à ça un seul instant. Le mot *guéri guéri guéri* résonnant dans son crâne, fou de joie, il avait grimpé les marches quatre à quatre et s'était précipité dans la chambre maternelle. Ou du moins il avait essayé, mais sans succès, car la porte était fermée à clé. Et alors qu'il appelait, l'infirmière était arrivée avec un plateau, le grondant, lui disant qu'il allait réveiller le malade. Lynley n'avait eu que le temps de bafouiller : « Mais papa est... » avant de comprendre.

Alors il avait crié, appelé sa mère avec une rage telle qu'elle avait ouvert sa porte et qu'il avait tout vu : Trenarrow vêtu de la robe de chambre paternelle, les draps en désordre, les vêtements jonchant le sol. L'air était imprégné de l'odeur caractéristique du sexe. Et seuls un vestiaire et une salle de bains les séparaient de la pièce dans laquelle son père agonisait.

Sans réfléchir, il s'était rué sur Trenarrow. Mais il n'était qu'un fragile adolescent de dix-sept ans, incapable de rivaliser avec un homme de trente et un ans. Trenarrow l'avait giflé comme on gifle une femme hystérique. Sa mère avait crié :

— Non, Roddy !

Et ç'avait été terminé.

Elle l'avait trouvé dans le moulin. Par la petite fenêtre du grenier, il l'avait regardée arriver, grande, élégante, quarante et un ans. Si belle.

Il aurait dû garder son calme. Fils aîné d'un comte, il aurait dû avoir suffisamment de force et de dignité pour lui annoncer qu'il devait retourner à l'école préparer ses examens. Qu'elle l'eût cru ou non n'aurait eu aucune importance. L'important, c'était de partir tout de suite.

Mais il la regarda s'approcher, songeant à son père qui l'aimait, qui criait : « Daze ! Daze chérie ! » chaque fois qu'il revenait à la maison. A sa vie qu'il avait passée à la rendre heureuse. Et maintenant, allongé dans sa chambre, il attendait que le cancer finisse de le ronger, tandis que Trenarrow et elle s'embrassaient, s'étreignaient, se caressaient...

Elle grimpa l'échelle, criant son nom. Il l'attendait de pied ferme.

— Sale pute, hurla-t-il. Vous êtes folle ? Ça vous démange au point que vous êtes prête à coucher avec le premier venu ? Même avec quelqu'un qui ne pense qu'à vous baiser un bon coup et à se moquer de vous, après, au pub, avec ses copains ? Vous êtes fière de vous, espèce de pute ?

Lorsqu'elle le frappa, il n'en revint pas : elle n'avait pas bronché jusque-là, elle avait encaissé en silence. Mais à la dernière question qu'il lui lança, elle répondit par un revers de main d'une violence telle qu'il trébucha et alla heurter le mur, la lèvre fendue par son solitaire. Son visage n'avait pas changé : vide d'expression, il semblait sculpté dans la pierre.

— Vous le regretterez ! hurla-t-il tandis qu'elle redescendait l'échelle. Je vous assure que vous le regretterez ! Tous les deux !

Et, les années passant, il s'était arrangé pour qu'il en fût effectivement ainsi.

— Tommy ?

Lynley leva le nez et s'aperçut que Saint James l'observait d'en haut.

— Tu devrais venir jeter un œil. Ça va t'intéresser.

— Oui.

Il grimpa l'échelle.

Il n'avait pas fallu longtemps à Saint James pour comprendre. La meule occupait une bonne partie du grenier. Mais le reste indiquait à quoi le moulin avait servi ces derniers temps.

Au centre de la pièce se dressait une table à jeu rouillée et une chaise pliante. Un T-shirt usé, devenu gris avec l'âge, était posé sur la chaise tandis que sur la table se trouvaient un pèse-lettres, une cuiller et deux lames de rasoir sales. Près des lames, un carton contenait des sachets en plastique.

Saint James observa Lynley pendant qu'il examinait ce matériel, ses traits se durcissant tandis qu'il tirait de cet examen la conclusion qui s'imposait.

— Mick est venu ici il n'y a pas longtemps, Tommy, remarqua Saint James. Et ses visites n'avaient aucun rapport avec le *Spokesman*. (Il effleura du doigt le pèse-lettres.) Ce n'est peut-être pas à cause de cette histoire d'article qu'il est mort si ça se trouve.

Lynley secoua la tête.

— Ce n'est pas Mick, dit-il d'une voix sourde.

13

Lorsque Saint James frappa à la porte de la chambre de Deborah à sept heures et demie ce soir-là, il la trouva devant son miroir, le front plissé, qui étudiait son reflet.

— Hummmm, fit-elle avec une moue peu convaincue. Je me demande si ça va.

Elle porta la main au double rang de perles qui ornait son cou, effleura le décolleté de sa robe dont elle tâta le tissu. On aurait dit de la soie, à mi-chemin entre le gris et le vert, couleur d'océan par gros temps. Ses cheveux, sa peau formaient un contraste saisissant avec ce coloris éteint et froid, et le résultat était nettement plus satisfaisant qu'elle n'avait l'air de le penser.

— C'est une réussite, dit Saint James.

Elle sourit à son reflet.

— J'ai les nerfs en pelote. Je ne cesse de me répéter que ce n'est qu'un dîner en petit comité. Juste la famille et les amis de Tommy. N'empêche que, rien que de penser à l'argenterie, je suis morte de trac. Pourquoi faut-il que tout se ramène à l'argenterie, Simon ? C'est l'horreur.

— Tu as raison. Le cauchemar de la vie en société. Quelle fourchette utiliser pour manger les crevettes. Voilà une question importante. A côté de ça, le reste n'est que de la broutille.

— Et qu'est-ce que je vais leur raconter, à ces gens ? Tommy m'avait prévenue qu'il y aurait un dîner, mais sur le moment je n'ai pas réagi. Si seulement j'étais comme Helen, capable de parler de tout et de rien, je pourrais leur faire la conversation sans problème. Mais ça n'est pas le cas. J'aimerais pouvoir être dans sa peau, le temps d'une soirée : elle prendrait ma place et moi, je me fondrais dans les boiseries.

— Tommy apprécierait, tu crois ?

— Je suis sûre que je vais trébucher dans l'escalier. Ou renverser mon verre de vin. Ou alors accrocher la nappe en me levant et faire dégringoler les assiettes. La nuit dernière, j'ai rêvé que je me réveillais le visage couvert de boutons et que les gens disaient d'un ton lugubre : « C'est ça, la fiancée de Tommy ? »

Saint James éclata de rire et s'approcha de la coiffeuse, examinant le visage de Deborah.

— Aucune trace de bouton. Quant à ces taches de rousseur...

Elle rit à son tour, d'un rire si joyeux qu'il se sentit replongé dans le passé. Il s'éloigna du miroir.

— J'ai réussi à... (Il prit dans la poche de sa veste la photo de Mick Cambrey, qu'il lui tendit.) Tu veux jeter un coup d'œil ?

Elle s'exécuta, tournant la photo vers la lumière. Un moment s'écoula.

— C'est lui.

— Tu en es sûre ?

— Pratiquement. Je peux l'emporter pour la montrer à Tina ?

Il réfléchit. Charger Deborah de demander à Tina Cogin d'identifier Cambrey d'après cette photo lui avait paru une bonne idée la veille. Mais, après sa conversation d'aujourd'hui avec Harry Cambrey, après avoir lu le mystérieux billet du *Talisman Café*, réfléchi aux mobiles possibles du meurtre et au rôle que Tina Cogin jouait peut-être dans l'affaire, il n'était plus aussi certain du bien-fondé de cette initiative. Sentant son hésitation, Deborah s'empressa de le mettre devant le fait accompli :

— J'ai mis Tommy au courant. Et Helen aussi. Helen et moi prendrons le premier train pour Londres demain matin et nous ferons un saut à l'appartement. J'espère que nous en saurons plus sur Mick Cambrey dans l'après-midi. Ce qui vous permettra d'y voir plus clair.

C'était l'évidence, Saint James pouvait difficilement le nier.

— Parfait, conclut Deborah, rangeant la photo dans le tiroir de sa table de nuit avec un geste définitif.

Au même moment, la porte de la chambre s'ouvrit et Sidney

entra, tenant d'une main sa fermeture Éclair, tapotant de l'autre ses cheveux ébouriffés.

— Au diable ces domestiques ! C'est bien gentil de remettre de l'ordre dans ma chambre — ça part d'une bonne intention. Seulement maintenant, je ne retrouve plus rien. Simon, tu peux... Seigneur, tu es sublime dans ce costume ! C'est une acquisition récente ? Tiens, aide-moi. Impossible de venir à bout de cette saleté de fermeture. (Elle présenta son dos à son frère. Tandis qu'il remontait la fermeture à glissière, elle examina Deborah.) Deb, tu es magnifique. N'est-ce pas qu'elle est magnifique, Simon ? Oh, mais excuse-moi ! Tout ce qui t'intéresse, toi, c'est les taches de sang. Ou les bouts de peau collés sous les ongles des cadavres. (Riant, elle pivota, tapota la joue de son frère et, s'approchant de la glace, s'y mira avant de s'emparer d'un flacon de parfum.) Ces maniaques de l'ordre ont tout remis en place, fit-elle, revenant à son point de départ. Conclusion : je ne retrouve plus rien. Mon parfum a disparu. Je peux prendre une goutte du tien, Deborah ? Quant à mes chaussures... J'ai vu le moment où j'allais être obligée d'en emprunter une paire à Helen. Heureusement, j'ai réussi à remettre la main sur les miennes : elles étaient au fond du placard.

— Curieux endroit pour ranger des chaussures, ironisa Saint James.

— Il se fiche de moi, Deborah, poursuivit Sidney. N'empêche qu'il a de la chance. Si ton père n'était pas là pour mettre de l'ordre dans *ses* affaires, ce serait le foutoir intégral chez lui. (Se penchant, elle s'examina dans la glace.) Dieu merci, ça a désenflé. Mais les griffures et le cocard sont toujours là. J'ai l'air de sortir d'une rixe de bar. Vous croyez que je vais m'attirer des réflexions ? Ou est-ce que tout le monde va prétendre ne rien remarquer et faire assaut de bonnes manières ? Regard lointain et pas question de peloter la cuisse de son voisin.

— Peloter la cuisse de... ? Simon, tu aurais pu me prévenir ! Et moi qui me faisais du mauvais sang à cause de l'argenterie !

— L'argenterie ? reprit Sidney, tournant le dos à la coiffeuse. Les fourchettes, les couteaux ? Bof ! Ce n'est que quand les gens commenceront à se les envoyer en travers de la figure que tu pourras commencer à t'inquiéter. (Sans y être invitée, elle fit bouffer les cheveux de Deborah, recula, fronça les sourcils, recommença.) Vous n'avez pas vu Justin ? Ça fait un bon bout de temps que je ne l'ai pas aperçu. Il doit avoir peur de se faire mordre. Je ne comprends pas sa réaction d'hier. Ce n'était pourtant pas la première fois que je lui plantais les dents dans le cou. (Elle rit.) J'espère que, si on se dispute de nouveau, ce sera à table. Là au moins, pour les armes, on n'aura que l'embarras du choix.

Lynley trouva Peter dans le fumoir au rez-de-chaussée de la maison. Cigarette à la main, planté devant l'âtre, il examinait le renard roux prisonnier dans sa vitrine au-dessus de la cheminée. Le taxidermiste avait représenté l'animal à quelques centimètres du terrier qui lui aurait offert le salut. D'autres têtes d'animaux fixées sur des socles de bronze ornaient les boiseries. Sous la lumière de l'unique lustre, les trophées projetaient sur les murs leurs ombres allongées.

Distinguant le reflet de son frère dans la vitrine, Peter s'enquit, sans se retourner :

— Pourquoi n'a-t-on pas pensé à décrocher cet horrible truc ?

— Pour une fois que grand-père ne rentrait pas bredouille de la chasse...

Lynley constata que son frère avait retiré la croix gammée de son oreille pour la remplacer par un clou en or. Il portait un pantalon gris, une chemise blanche, une cravate lâche ; bien que ses vêtements fussent trop grands pour lui, au moins étaient-ils propres. Et s'il n'avait pas jugé bon d'enfiler des chaussettes, il avait mis des chaussures. C'était un net progrès dont il y avait lieu de se féliciter, aussi Lynley se demanda-t-il si le moment était bien choisi pour cuisiner son cadet.

Peter jeta sa cigarette dans l'âtre et ouvrit le petit bar dissimulé dans le manteau de la cheminée.

— Secret d'adolescence, ricana-t-il en se versant un whisky. J'avais dix-sept ans quand Jasper m'a montré la cachette.

— Il me l'avait montrée aussi. Rite d'initiation, sans doute.

— Maman était au courant, d'après toi ?

— Sûrement.

— Dommage. Se croire malin et s'apercevoir qu'on s'est fourré le doigt dans l'œil... (Il tourna le dos à la cheminée et leva son verre.) Tous mes vœux, Tommy. Tu as une sacrée chance de l'avoir dénichée.

Lynley s'aperçut alors que les yeux de son frère brillaient d'un éclat inhabituel. Il éprouva un sentiment de malaise. S'efforçant de le refouler, il remercia Peter et le regarda s'approcher du bureau installé dans le renfoncement de la fenêtre, où il se mit à tripoter les accessoires posés sur le buvard de cuir, jouant avec le coupe-papier au manche d'ivoire, soulevant le couvercle d'un encrier en argent vide, secouant le ratelier à pipes. Sirotant son whisky, il saisit une photo de leurs grands-parents et bâilla en l'examinant.

Comprenant que Peter se donnait un mal fou pour avoir l'air indifférent, Lynley se dit qu'il était inutile de chercher à tourner plus longtemps autour du pot.

— J'ai une question à te poser, Peter. C'est au sujet du moulin.

Peter reposa la photo et gratta de l'ongle un morceau de cuir usé sur le dos du fauteuil.

— Au sujet du moulin ?

— Tu y es allé récemment, n'est-ce pas ?

— Il y a des années que je n'y ai pas foutu les pieds. Je suis passé devant pour aller à la plage mais je ne suis pas entré. Pourquoi ?

— Tu connais la réponse.

Le visage de Peter resta impassible mais sa bouche se crispa. Il s'approcha d'une rangée de photos universitaires qui décoraient l'un des murs et les passa en revue, les unes après les autres, comme s'il les examinait pour la première fois.

— Un siècle de Lynley se succédant à Oxford. Je suis vraiment la brebis galeuse du lot. (S'arrêtant devant un pan de mur nu, il y appliqua la paume.) Même papa s'est distingué à Oxford. Mais pas question de laisser sa photo là. Du haut de son mur, il désapprouverait nos mœurs dissolues.

Lynley refusa de mordre à l'hameçon.

— Il faut que je te parle du moulin.

Peter vida son verre d'un trait, le reposa sur une desserte avant de poursuivre son examen. Il se planta devant la photo la plus récente de la collection et donna une chiquenaude au portrait de son frère. Son ongle heurta sèchement le verre avec un bruit évoquant une gifle en miniature.

— Même toi, Tommy, tu as réussi à te couler dans le moule. La famille peut être fière de toi.

Lynley sentit sa gorge se serrer :

— La vie que tu mènes à Londres, c'est ton affaire, dit-il, espérant parler d'un ton raisonnable et se rendant compte qu'il échouait. Tu as plaqué la fac ? Bon. Tu t'es déniché un appartement ? Bien. Tu t'es mis en ménage avec cette... avec Sacha ? Très bien. Mais ici, c'est autre chose, Peter. Je ne tolérerai pas tes manigances à Howenstow. C'est clair ?

Peter se détourna, tête inclinée sur l'épaule :

— Tu ne les toléreras pas ? Tu débarques ici une ou deux fois par an pour nous annoncer ce que tu toléreras ou ne toléreras pas, c'est ça ?

— Peu importe que je sois là souvent ou non. Je suis responsable de Howenstow et des gens du domaine. Et je n'ai pas l'intention de te laisser faire ton sale...

— Je vois. On se shoote au moulin, alors, en bon flic que tu es, tu as tout de suite pensé à moi. Beau travail ! Tu as relevé mes empreintes ? Trouvé une mèche de mes cheveux ? Analysé une goutte de salive que j'aurais laissée derrière moi ? (Peter secoua la tête, dégoûté.) Imbécile. Si j'ai envie d'en prendre, c'est pas au moulin que je vais le faire. J'ai rien à cacher. Pas plus à toi qu'à quiconque.

— Il ne s'agit pas seulement d'en prendre et tu le sais. Tu es mouillé jusqu'au cou dans cette affaire.

— Ça veut dire quoi, ces salades ?

La question mit Lynley en colère.

— Ça veut dire que tu apportes de la drogue à Howenstow. Que tu la coupes au moulin. Que tu en rapportes à Londres. Pour ta consommation personnelle. Pour la revendre. C'est clair ? Tu me suis ? Bon Dieu, Peter, si maman était au courant, ça la tuerait.

— Ah ça, ça t'arrangerait ! Plus la peine de te demander si elle va te couvrir de honte en se barrant avec Trenarrow. Plus la peine de te miner à essayer de chronométrer le temps qu'il passe dans son lit. Si elle avait le bon goût de casser sa pipe, tu serais capable de fêter ça, de remettre les photos de papa au mur. D'un autre côté, ce serait un sacré coup. Parce que t'aurais plus à jouer les redresseurs de torts. Et ça, je sais pas si tu arriverais à t'en passer, Tommy !

— N'essaie pas de détourner la conversation.

— Détournement de conversation. Quelle horreur ! Encore un délit à mon actif. (Peter décrocha la photo du mur et la jeta à la tête de son frère. Elle atterrit bruyamment contre les pieds d'une chaise.) Tu es pur et sans tache, toi, Tommy. Pourquoi ne puis-je te ressembler ?

— Je n'ai pas envie de m'engueuler avec toi, Peter.

— Toxicomanie. Adultère. Fornication. Tout ça dans la même famille. Dommage que Judy ne soit pas là, la liste pourrait s'allonger. Mais, si je ne me trompe, elle a pas mal donné dans l'adultère, elle aussi. Telle mère, telle fille. Et toi, Tommy ? Tu t'es jamais envoyé la femme d'un copain ? C'est contraire à tes principes ? J'ai du mal à le croire.

— Ceci ne te mènera nulle part, Peter.

— A tes yeux, nous sommes des tarés, nous nous vautrons dans le péché. Dis-moi, Tommy, c'est à ton putain de titre ou à ta précieuse carrière que ça nuit le plus ?

— Tu dis n'importe quoi ! L'essentiel, c'est de m'atteindre, hein ?

Peter éclata de rire mais il se cramponnait au dossier du fauteuil.

— T'atteindre ? Tu plaisantes ! C'est autour du soleil que la terre tourne, Tommy, pas autour de toi. Les gens qui vivent comme ça leur chante, sans se préoccuper de savoir si ça plaît au huitième comte d'Asherton, ça existe. Et j'en fais partie. J'arrive pas au trot quand tu me siffles, moi. C'est pas mon genre. (Ses traits se crispèrent, amers.) Ce qu'il y a de marrant, dans cette conversation de merde, c'est que tu essaies de me faire croire que tu t'intéresses à autre chose qu'à toi-même. A Howenstow. A maman. A moi. Mais au fond qu'est-ce que ça peut te foutre que la maison brûle ? Qu'on y reste, maman et moi ? Tu serais débarrassé. Tu pourrais arrêter de jouer le fils attentionné et le frère aimant. Tu me donnes envie de vomir, tiens ! (Peter fouilla dans sa poche, sortit un paquet de cigarettes. Ses mains tremblaient tellement qu'il les fit tomber sur le tapis, où elles s'éparpillèrent.)

— Peter, laisse-moi t'aider. Tu ne peux pas continuer comme ça.

— Qu'est-ce que ça peut te foutre, que je crève ? T'auras plus que maman et Roderick sur les bras. Elle l'a invité à dîner, au fait. Qu'est-ce que tu dis de ça, cher comte ? Belle preuve d'indépendance, non ?

— Je me moque d'eux. Laisse-moi t'aider.

— M'aider ? Toi ? (Peter se pencha pour ramasser ses cigarettes. Il lui fallut s'y reprendre à quatre fois pour réussir à en allumer une.) Tu ternirais ta réputation pour me sauver ? Arrête, je vais m'étrangler de rire ! Ce qui m'arrive, t'en as rien à cirer, mon grand. Tant que ton nom n'est pas en cause, t'en as rien à branler.

— Tu es mon frère.

Peter tira une bouffée de sa cigarette avant de l'écraser dans un cendrier.

— Va te faire foutre, fit-il en se dirigeant vers la porte.

Lynley l'attrapa par le bras au passage.

— C'est trop commode. Les liens du sang, ça ne compte pas pour toi. Les gens non plus. N'empêche que s'intéresser aux autres, ça permet de se désintéresser de la dope. Seulement ça, tu ne veux pas en entendre parler.

— C'est toi qui me parles des autres, Tommy ? Sale enfoiré d'hypocrite. Depuis quand est-ce que tu t'intéresses aux autres ?

Lynley ne se laissa pas détourner de son objectif.

— Quand j'ai vu le moulin, ç'a été une révélation. Tu peux être fier de ce que tu es devenu.

— Un trafiquant ! Un dealer ! Un toxico ! Ça fait pas jojo dans l'histoire de la famille. Je suis un monstre, hein ? (La voix de Peter dérapa dans l'aigu. Il s'arracha à l'étreinte de son frère.) Qu'est-ce que tu attends pour me faire coffrer ? Arrête-moi toi-même, pendant que tu y es. Emmène-moi au Yard. Dénoncer ton frère, ça fera avancer ta carrière. Tiens. (Il tendit les mains.) Passe-moi les menottes, tu auras une promotion.

Lynley regarda les émotions se succéder sur le visage de Peter, essayant de se persuader que la toxicomanie de son frère était seule à l'origine de leur accrochage. Mais il savait pertinemment que c'étaient son attitude, son orgueil, son besoin de punir qui avaient déclenché cette horrible scène. Il refoula son désir de répliquer.

— Regarde ce que cette saleté de drogue a fait de toi.

— Je n'ai pas changé : j'ai toujours été comme ça.

— C'est toi qui le dis. Pas les autres.

— Les autres, ils pensent comme moi. J'ai passé ma putain de vie à essayer d'être à la hauteur et je me suis planté. Je me suis planté et je suis content. Alors fous-moi la paix. Retourne dans ton joli petit hôtel particulier, continue à vivre ta bonne petite vie. Marie-toi avec une belle petite femme, fais-lui de beaux petits bébés et fous-moi la paix, t'entends ? La paix, bordel ! (Les pommettes cramoisies, il tremblait de tous ses membres.)

— Tu as raison, ça vaut mieux.

Lynley dépassa son frère et s'aperçut alors que leur mère, blanche comme un linge, se tenait dans l'encadrement de la porte du fumoir. Depuis combien de temps était-elle là ? Il n'aurait su le dire.

— Ma chère ! C'était tout bonnement di... vin.

Mrs Sweeney marqua une pause entre les deux syllabes pour donner plus d'intensité à l'épithète.

Assise en face de Saint James, elle occupait la place centrale à la longue table nappée de lin autour de laquelle étaient rassemblés dix-huit convives. Ceux-ci constituaient un intéressant échantillonnage de parents, notables et membres de la communauté cornouaillaise qui connaissaient la famille Lynley depuis des années, le révérend Sweeney et sa femme appartenant à cette dernière catégorie.

Mrs Sweeney se pencha. La lumière des bougies scintilla sur son opulente poitrine que dévoilait complaisamment un décolleté plein d'abandon. Saint James se demanda quel prétexte elle avait bien pu invoquer pour persuader son époux de la laisser revêtir cette robe incongrue, la coupe n'étant décidément pas de celles qu'on s'attend à admirer sur une femme d'ecclésiastique et Mrs Sweeney n'ayant pas l'excuse d'interpréter ce soir le rôle de Béatrice. C'est alors qu'il intercepta les regards humides de concupiscence que Mr Sweeney — assis trois sièges plus loin et tentant de faire la conversation à la femme du MP[1] de Plymouth — décochait à son épouse. Il cessa de se poser des questions.

Fourchette en l'air empalant un bout de saumon, Mrs Sweeney poursuivit :

— Ma chère, la troupe a adoré vos photos. J'ose espérer que vous recommencerez l'an prochain. (Elle s'adressait à Deborah, assise à la droite de Lynley, à la place d'honneur.) Rendez-vous compte. Une collection annuelle de photos avec Lord Asherton. Et dans un costume différent à chaque fois.

1. *MP = Member of Parliament*, député.

(Elle égrena un petit rire.) Je parle des comédiens. Pas de Lord Asherton.

— Et pourquoi Tommy ne serait-il pas en costume, lui aussi ? dit Lady Helen. Il serait temps qu'il se joigne à la troupe et cesse de mettre ses talents d'acteur sous le boisseau.

— Vraiment, ce serait trop beau... glissa Mr Sweeney, s'arrachant un instant à la contemplation émue du décolleté de sa femme.

— Je vois ça d'ici, rit Sidney. Tommy en Hamlet...

— Je lui ai toujours dit qu'il avait perdu son temps à étudier l'histoire à Oxford, insista Lady Helen. Il a toujours eu des dons pour la scène. N'est-ce pas, Tommy chéri ?

— Pourrions-nous vraiment... (Mr Sweeney s'interrompit, bouleversé de joie à l'idée de compter Lynley dans la troupe malgré les plaisanteries de ses amis.) Nous avons si souvent demandé au Dr Trenarrow de se joindre à nous. Mais...

— C'est un plaisir qu'il m'a fallu refuser, coupa Trenarrow.

— Parce qu'il y en a que vous ne vous refusez pas ?

Peter Lynley gratifia la tablée d'un clin d'œil suggérant qu'il s'apprêtait à faire des révélations. Il versa du bourgogne blanc dans son verre et celui de Sacha. Tous deux burent. Sacha sourit à son assiette. Ni l'un ni l'autre n'avaient touché au saumon.

Il y eut un bref silence, que Trenarrow rompit :

— L'hypertension m'interdit beaucoup de choses. Voilà ce qui arrive quand on atteint la cinquantaine.

— Vous n'avez pourtant pas l'air d'un homme qui a des points faibles, dit Justin Brooke. (Sidney et lui se tenaient par la main. Saint James se demanda comment ils réussissaient à manger.)

— Tout le monde en a, répliqua Trenarrow. Certains les cachent mieux que d'autres, c'est tout.

Secondé par deux femmes de ménage qui avaient accepté de rester faire le service, Hodge fit son apparition sur ces entrefaites. L'arrivée du deuxième plat monopolisa l'attention. Si Peter avait cherché à plonger les convives dans l'embarras avec sa question perfide, il en fut pour ses frais, la nourriture intéressant bien davantage les invités.

— Vous n'allez pas fermer Whael Maen ! gémit Lady Augusta, célibataire et tante de Lynley, qui avait toujours considéré Howenstow d'un œil de propriétaire.

En parlant, elle gratifia d'un regard indigné son voisin de droite, John Penellin, qui ne s'était guère mêlé à la conversation.

Saint James avait été étonné de voir Penellin parmi les convives. Le deuil récent survenu dans sa famille aurait dû lui permettre de décliner une invitation à laquelle il ne semblait guère sensible. L'intendant n'avait pas dû prononcer dix paroles pendant l'apéritif, restant planté devant la fenêtre, les yeux braqués sur le pavillon. Pourtant, d'après ce qu'il avait vu et entendu la veille, Saint James savait que Penellin n'avait que peu d'affection pour son gendre. C'était peut-être l'indifférence qui l'avait poussé à participer au dîner. Ou peut-être un sentiment de loyauté à l'égard de la famille Lynley.

Lady Augusta poursuivit. C'était une femme qui possédait à fond l'art de la conversation dans les dîners, se consacrant tantôt à son voisin de droite et tantôt à celui de gauche, s'arrangeant pour lancer une remarque en direction du centre chaque fois qu'elle trouvait une ouverture.

— C'est déjà assez contrariant de penser que vous allez fermer Wheal Maen. Mais comme si ça ne suffisait pas, j'ai vu des vaches brouter dans le parc à mon arrivée ! Doux Jésus, mon père doit se retourner dans sa tombe. Je ne comprends pas, Mr Penellin.

Penellin leva le nez de son verre.

— La mine est trop près de la route. Le puits central est inondé. Il vaut mieux la condamner.

— Balivernes ! s'exclama Lady Augusta. Ces mines sont des œuvres d'art. Deux d'entre elles ont des machines à balancier intactes. Les gens s'intéressent à ces sortes de choses. Ils paient, même, pour en voir.

— Des visites guidées, ma tante ? fit Lynley.

— Absolument !

— Des visiteurs munis de lampes frontales ? dit Lady Helen.

— Exactement ! fit Lady Augusta, assenant un coup de fourchette à la table. Vous ne voulez pas que le National Trust vienne fourrer son nez ici et fasse de Howenstow un nouveau Lanhydrock House, tout de même ! (Personne ne bronchant, elle poursuivit :) La seule façon de nous débarrasser de ces maudits fonctionnaires, c'est de nous lancer dans le tourisme. Il faut faire des travaux, ouvrir les mines au public, organiser des visites guidées. Les enfants adorent ça.

— A une condition, observa Lynley.

— Laquelle, mon cher Tommy ?

— Que vous serviez le thé aux visiteurs.

— Que je... (Lady Augusta ferma brutalement la bouche.)

— Un bonnet blanc sur la tête, poursuivit Lynley. Et habillée en fille de laiterie.

Lady Augusta se renversa sur sa chaise et rit avec l'entrain d'une femme qui reconnaît avoir trouvé plus fort qu'elle.

— Vilain garçon, fit-elle, replongeant dans son potage.

La conversation se poursuivit avec des hauts et des bas pendant le reste du repas. Saint James en saisit des bribes au passage. Lady Asherton et Cotter parlant d'un destrier de bronze caparaçonné qui ornait un panneau de la salle à manger. Lady Helen racontant au Dr Trenarrow un amusant quiproquo survenu lors d'un week-end auquel assistait son père. Justin Brooke et Sidney riant d'une remarque de Lady Augusta à propos de Lynley enfant. Le MP de Plymouth et Mrs Sweeney en plein dialogue de sourds, lui tout à la relance de l'économie, elle évoquant la nécessité pour l'industrie cinématographique de s'implanter en Cornouailles. Mr Sweeney — lorsqu'il parvenait à s'arracher à la contemplation de sa succulente moitié — grommelant de vagues réponses à la femme du député qui lui parlait de ses petits-enfants. Seuls Peter et Sacha bavardaient à voix basse, tête baissée, ne s'intéressant qu'à eux-mêmes.

Ainsi s'achemina-t-on en douceur vers la fin du repas, saluée par l'arrivée du pudding, préparation flambée et de taille honorable. Une fois le dessert dûment dévoré, Lynley se leva.

— Vous êtes déjà tous au courant, mais ce soir je vous l'annonce officiellement : Deborah et moi allons nous marier en décembre. (Il lui effleura les cheveux tandis qu'un murmure s'élevait et retombait.) Ce que vous ignorez, car notre décision date de cet après-midi, c'est que nous comptons nous installer en Cornouailles. Pour y faire notre vie, y élever nos enfants.

Personne ne s'attendait à cela, Saint James moins que tout autre. Il lui sembla entendre un cri général de surprise. Puis des images se succédèrent rapidement devant ses yeux. Lady Asherton prononçant le nom de son fils. Trenarrow se tournant abruptement vers la mère de Lynley. Deborah appuyant sa joue contre la main de Lynley l'espace d'un instant. Et enfin Cotter étudiant Saint James avec une expression sur le sens de laquelle il était impossible de se méprendre. Il s'y attendait depuis le début, songea Saint James.

Il n'eut pas le temps de s'appesantir sur ce que signifierait le fait que Deborah vivrait à quatre cents kilomètres de la maison où elle avait toujours habité. Car, les verres à champagne ayant été distribués, Mr Sweeney sautait sur l'occasion. Se mettant debout, il attaqua :

— Permettez-moi... (il tâtonna, prit son verre) de porter un toast. A la pensée de vous avoir de nouveau parmi nous, de vous avoir... (Renonçant à trouver le mot juste, il se contenta de lever son verre et bredouilla :) C'est merveilleux.

Puis il se rassit. D'autres félicitations suivirent, accompagnées des questions inévitables concernant les fiançailles, le mariage, l'avenir. Le repas se serait terminé dans la bonhomie et les effusions générales si Peter n'avait jugé utile de mettre bon ordre à la chose.

Se levant, il tendit son verre de champagne vers son frère, l'agitant à bout de bras. La forme du verre seule empêcha le liquide de déborder.

— A mon tour de porter un toast, dit-il, se tenant d'une main à l'épaule de Sacha. (Elle jeta un regard furtif à Lynley et chuchota quelque chose à Peter, qui n'en tint pas compte.) A mon frère, ce modèle de perfection, qui, après des années de recherches et d'essais plus ou moins concluants, a enfin réussi à dénicher l'oiseau rare avec qui mener une existence de rêve. Lord Asherton est un sacré petit verni, y a pas à dire. (Après avoir vidé bruyamment son verre, il retomba sur sa chaise.)

Voilà qui est un peu fort, songea Saint James. Il voulut regarder Lynley, histoire de voir comment celui-ci allait réagir, mais au lieu de cela ses yeux se braquèrent sur Deborah. Les traits crispés, elle baissait la tête. Repoussant sa chaise, Saint James se mit péniblement debout.

— La perfection est un sujet dont on peut débattre sans fin. Je ne suis pas de taille à l'aborder. Je me contenterai donc de boire à la santé de Tommy — mon plus vieil ami — et à celle de Deborah — mon compagnon d'exil le plus cher. Vous avez tous deux par votre présence enrichi ma vie.

Une vague d'approbation générale salua ces paroles. Le MP s'empressa de lever son verre et se débrouilla pour transformer son toast en discours électoral, rappelant les actions qu'il avait menées dans la région ainsi que sa foi dans l'avenir de l'industrie minière de la Cornouailles, sujet que Lady Augusta développa après lui avec un enthousiasme vibrant. Lorsqu'elle eut terminé, il apparut clairement que l'assemblée était bien décidée à ignorer la remarque désobligeante de Peter Lynley.

Sur ce Lady Asherton annonça d'un ton résolu que le café, le porto et le reste seraient servis au salon.

Contrairement à la salle à manger, le salon était brillamment éclairé par deux lustres imposants. Une table supportait un service à café, une autre le cognac, les verres à dégustation et les liqueurs. Son café à la main, Saint James s'approcha d'un divan Hepplewhite placé au milieu de la pièce. Il s'assit, posant sa tasse sur une table d'angle. Il n'avait pas vraiment envie de café, et se demandait pourquoi diable il s'était servi.

— Ma chère enfant... (Lady Augusta harponna Deborah près du piano à queue.) Si vous me parliez des travaux que vous compter faire à Howenstow.

— Les travaux ?

— Les nurseries ont besoin d'être remises en état. Vous avez dû vous en apercevoir.

— Je n'ai guère eu le temps d'y penser.

— C'est vrai, Daze m'a dit que vous vous intéressiez à la photo. Toutefois, je suis ravie de constater que vous n'avez pas l'air d'une de ces femmes qui tiennent dur comme fer à exercer un métier, quitte à remettre à plus tard les joies de la maternité. (Comme pour s'en convaincre, elle recula et toisa Deborah, tel un éleveur examinant une jument.)

— Je suis photographe professionnelle, dit Deborah, mettant poliment l'accent sur l'adjectif.

Lady Augusta écarta la remarque d'une chiquenaude comme on chasse une mouche :

— Cela ne vous empêchera pas d'avoir des enfants.

Le Dr Trenarrow, qui passait, vint au secours de Deborah :

— Les temps ont changé, Augusta. A notre époque, la valeur d'un être ne se mesure pas à sa faculté de se reproduire, Dieu merci. S'abstenir de procréer peut même être un bon moyen de supprimer l'hémophilie ou la danse de Saint-Guy.

— Balivernes de scientifiques, riposta Lady Augusta, suffisamment ébranlée cependant pour se mettre en quête d'une autre victime.

Elle mit le cap vers John Penellin, qui se tenait près de

l'entrée de la galerie élisabéthaine, cognac à la main. Saint James la regarda fondre sur l'intendant, sa longue écharpe et son ample arrière-train lui conférant l'air d'une frégate aux voiles déployées. Il l'entendit apostropher rudement sa proie : « A propos de ces mines, Mr Penellin... » Puis, se détournant, il s'aperçut que Deborah était venue le rejoindre.

— Ne bouge pas, Simon. (Elle s'assit près de lui. Elle n'avait à la main ni café ni digestif.)

— Tu t'en es magnifiquement sortie. Même avec l'argenterie. Pas une seule gaffe.

— Tout le monde a été gentil. Enfin presque. Peter... (Elle jeta un coup d'œil autour de la pièce comme pour chercher le frère de Lynley et soupira, soulagée de constater que ni lui ni Sacha n'étaient là.) Est-ce que j'avais l'air terrorisée quand je suis descendue ? Sans doute que oui. Parce qu'on m'a traitée comme une petite porcelaine fragile avant de passer à table.

— Pas du tout.

Saint James, tournant sa tasse sur la soucoupe, se demanda pourquoi Deborah l'avait rejoint. Sa place était auprès de Lynley qui, en compagnie de Justin Brooke et de Sidney, bavardait avec le MP. Il les entendit rire, puis l'un d'entre eux fit un commentaire à propos du parti travailliste. Sidney fit une allusion à la coiffure du Premier ministre. Il y eut un nouvel éclat de rire.

Près de lui, Deborah soupira, mais ne dit mot. Il était peu probable qu'elle l'eût rejoint pour profiter de sa compagnie ou disséquer avec lui les événements de la soirée. Pourtant, son silence était inhabituel. Il détourna les yeux de sa bague de fiançailles — une grosse émeraude entourée de diamants — et vit qu'elle l'examinait avec une intensité qui le fit rougir.

— Pourquoi m'as-tu appelée comme ça dans la salle à manger, Simon ?

— Ça m'a semblé une bonne formule. C'est la vérité, après tout. Ton père et toi, vous m'avez soutenu de bout en bout.

— Je vois.

La main de la jeune femme était près de la sienne. Il s'en était déjà rendu compte mais avait préféré l'ignorer, faisant un effort délibéré pour ne pas bouger, tel un homme qui redoute les contacts physiques. Ses doigts étaient souples, détendus. Il fallait qu'ils soient ainsi. Bien qu'il lui eût suffi d'un geste apparemment fortuit pour que leurs mains se touchent, il prit garde de laisser quelques centimètres entre eux.

Le geste, ce fut elle qui le fit. Elle lui effleura doucement la main et ce contact innocent renversa les barrières qu'il avait échafaudées. Cela ne signifiait rien, ne renfermait aucune promesse, il le savait. Pourtant, il prit ses doigts entre les siens et les serra.

— Dis-moi pourquoi tu as dit ça, insista-t-elle.

Inutile. Cela ne pouvait mener nulle part. Ou ne mènerait qu'à des souffrances qu'il préférait ne pas avoir à affronter.

— Simon...

— Comment te répondre ? Que te dire qui ne se terminerait pas par une nouvelle dispute ? Je ne veux pas me disputer avec toi. Et je suis sûr que toi non plus.

Saint James se dit que, la concernant, il s'en tiendrait aux résolutions qu'il avait prises. Deborah était fiancée. L'amour et l'honneur la liaient à un autre. Force lui serait de puiser un semblant de réconfort dans l'idée qu'avec le temps ils pourraient peut-être redevenir amis comme par le passé, se satisfaire de la compagnie l'un de l'autre sans chercher plus loin.

Un remue-ménage soudain près de la porte du salon mit un terme à la conversation. Hodge parlait d'un air soucieux à Lady Asherton tandis que Nancy Cambrey se cramponnait à son bras comme pour le ramener dans le couloir. Lynley les rejoignit. Saint James le suivit. Dans le calme qui s'établit, la voix de Nancy résonna :

— Vous ne pouvez pas faire ça. Pas maintenant.

— Que se passe-t-il ? s'enquit Lynley.

— C'est l'inspecteur Boscowan, milord, expliqua Hodge à voix basse. Il attend dans le hall. Il veut parler à John Penellin.

Les explications de Hodge se révélèrent partiellement exactes car, alors qu'il parlait, Boscowan s'encadra dans la porte du salon. Il examina le petit groupe d'un air d'excuse, ses yeux se posant sur John Penellin.

Celui-ci s'avança. Au passage, il remit son verre à Trenarrow.

— Edward, dit-il à Boscowan avec un signe de tête. (Nancy avait reculé jusque dans le couloir et, appuyée contre un coffre, regardait la scène.) Peut-être pourrions-nous aller dans le bureau de l'intendance.

— Inutile, John, répondit Boscowan. Je suis navré.

Les excuses de Boscowan ne pouvaient signifier qu'une chose. Le policier ne serait jamais venu à Howenstow s'il n'avait été certain de tenir son homme.

— Tu m'arrêtes ? questionna Penellin avec résignation et sérénité comme s'il s'y était attendu depuis le début.

Boscowan jeta un coup d'œil autour de lui. Tous les regards convergeaient vers le petit groupe.

— Par ici, dit-il en montrant le couloir.

Penellin, Saint James et Lynley le suivirent. Un autre policier en civil était là. Compact, physique de boxeur, il leur jeta un regard méfiant.

Boscowan fit face à Penellin, le dos tourné au policier. Les paroles qu'il prononça étaient contraires à toutes les règles et à tous les règlements :

— Tu vas avoir besoin d'un avocat, John. Nous avons le premier rapport du labo. Ça sent mauvais pour toi. (Et, d'un ton qui ne laissait planer aucun doute sur sa sincérité, il ajouta :) Désolé, mon vieux.

— Empreintes, fibres, cheveux ? Qu'est-ce que vous avez au juste ? questionna Lynley.

— Tout. On a tout.

— Papa est passé au cottage plus d'une fois, observa Nancy.

Boscowan secoua la tête. Saint James comprit le sens de sa mimique. Les visites de Penellin pouvaient expliquer la présence de ses empreintes au cottage. Mais si Boscowan était en possession de fibres et de cheveux, il y avait toutes les chances pour que ces derniers aient été retrouvés sur le cadavre de Mick Cambrey. Si tel était le cas, Penellin avait menti : il ne s'était pas trouvé, la veille, à l'endroit où il avait prétendu être.

— Si tu veux bien me suivre, fit Boscowan.

Comme s'il n'attendait que ce signal, le policier à tête de boxeur s'approcha de Penellin et le prit par le bras.

Tandis que le bruit de leurs pas s'estompait alors qu'ils descendaient l'escalier, Nancy Cambrey s'évanouit. Lynley n'eut que le temps de la rattraper au vol.

— Va chercher Helen, dit-il à Saint James.

Lorsque Lady Helen les eut rejoints, ils emmenèrent Nancy dans le bureau de Lady Asherton, dans l'aile est de la maison. La pièce présentait le double avantage d'être isolée et confortable. Quelques minutes au milieu des souvenirs de famille et du mobilier coquet rasséréneraient Nancy, songea Lynley. L'espace d'un instant, il remercia sa mère de continuer à recevoir leurs invités sans lui.

Saint James avait eu la présence d'esprit de rapporter du salon la carafe de whisky. Il tendit un verre à Nancy. Lady Helen l'aida à le tenir. A peine Nancy en avait-elle avalé une gorgée qu'on frappa à la porte. La voix de Justin Brooke retentit.

— Je peux vous dire un mot ? (Sans attendre de réponse, il ouvrit la porte, passa la tête à l'intérieur et fixa Lynley.) Je peux vous dire un mot ?

— Que diable... commença Lynley, se demandant ce que voulait Brooke.

— C'est important, insista Brooke. (Il regarda les autres comme pour leur demander leur soutien. Bizarrement, ce fut Lady Helen qui l'appuya.)

— Je vais ramener Nancy au pavillon, Tommy. C'est idiot de la laisser ici. Elle doit vouloir s'occuper du bébé.

Lynley attendit que les deux femmes fussent sorties pour parler à Brooke qui, sans y avoir été invité, prit une chaise et s'assit à califourchon, les bras sur le dossier. Lynley s'accouda au bureau de sa mère. Saint James resta debout près de la cheminée.

— Que voulez-vous ? dit Lynley à Brooke sans chercher à dissimuler l'irritation suscitée par l'arrivée intempestive de ce dernier.

— Vous parler en particulier. Il s'agit d'une chose qui concerne votre famille. (Brooke inclina la tête en direction de Saint James pour bien montrer son désir de le voir sortir. Saint James fit mine de quitter le petit bureau.)

— Reste, dit Lynley, que la perspective d'un tête-à-tête avec Brooke n'enchantait guère.

Il y avait chez cet homme quelque chose qui ne lui plaisait pas du tout : ses manières cavalières, une certaine méchanceté dans l'expression.

Brooke attrapa la carafe de whisky et le verre de Nancy demeurés sur une table ronde près de sa chaise. Il se servit.

— Très bien. Un whisky ne me fera pas de mal. Vous en voulez ? (Il tendit la carafe à Lynley puis à Saint James. Comme il n'y avait pas d'autres verres dans la pièce, l'invitation n'avait aucune raison d'être. Brooke but une gorgée.) Excellent, déclara-t-il en se resservant. L'arrestation de Penellin a fait du bruit au salon. Mais Penellin n'a pas pu tuer Mick Cambrey.

Ce n'était certes pas la déclaration à laquelle Lynley s'était attendu.

— Si vous savez quoi que ce soit à propos de cette affaire, c'est à la police qu'il faut le dire. Ça ne me concerne pas directement.

— Au contraire.

— Que voulez-vous dire ?

— Ça concerne votre frère.

Le *cling* de la carafe contre le verre sonna étonnamment fort aux oreilles de Lynley lorsque Brooke se versa une nouvelle dose d'alcool. Lynley se refusa à penser l'impensable ou à tirer la conclusion qui semblait découler des paroles de Brooke.

— Lorsque j'ai quitté le salon, les gens parlaient d'une dispute que Penellin avait eue avec Cambrey avant sa mort. C'est la raison pour laquelle on soupçonne Penellin. C'est ce que l'on dit au village, en tout cas.

— Je ne vois pas le rapport avec mon frère.

— Mick Cambrey ne s'est pas disputé avec Penellin. Ou, s'ils se sont disputés, ça n'était rien comparé à l'engueulade qu'il a eue avec Peter.

Lynley dévisagea Brooke. Il fut pris de l'envie de le flanquer dehors et comprit que ce désir venait du fait que ce que l'autre lui disait ne le surprenait pas vraiment.

— Qu'est-ce que vous me chantez là ? Comment se fait-il que vous soyez au courant ?

— J'étais avec lui, répondit Brooke. Penellin était déjà venu et reparti, d'après ce que Cambrey nous a dit.

Lynley prit une chaise.

— Je vous écoute.

— Très bien, fit Brooke. Sid et moi, on a eu un accrochage hier après-midi sur la plage. Et la nuit dernière, comme elle n'avait pas très envie de me voir, je suis allé faire un tour au village. Avec Peter.

— Pourquoi ?

— Histoire de passer le temps. Peter était à sec et il voulait emprunter du fric. Il m'a dit qu'il connaissait un type qu'il pensait pouvoir taper. On est allés le voir. C'était Cambrey.

Les yeux de Lynley s'étrécirent.

— Pourquoi avait-il besoin d'argent ?

Brooke jeta un coup d'œil à Saint James avant de répondre, comme s'il s'attendait à ce que ce dernier réagisse d'une façon ou d'une autre.

— Pour s'acheter de la coke.

— Et il vous a laissé l'accompagner ? Est-ce que ça n'était pas un peu imprudent ?

— Non. Peter savait qu'il pouvait me faire confiance. (Brooke parut comprendre que des précisions s'imposaient.) J'en avais apporté une petite provision ici et je lui en avais donné. Mais on avait épuisé nos munitions. On voulait en racheter. Seulement j'étais aussi désargenté que lui. Alors il fallait qu'on se renfloue. On avait envie de se défoncer.

— Je vois. Vous avez eu vite fait de faire connaissance, Peter et vous, ce week-end.

— Les gens qui s'intéressent aux mêmes choses ont vite fait de sympathiser.

— C'est évident, fit Lynley, refoulant le désir de lui fiche son poing dans la figure. Mick lui a prêté de l'argent ?

— Il n'a rien voulu savoir. C'est comme ça que l'engueulade a commencé. Il y avait des tas de billets sur son bureau. Mais il a refusé de nous dépanner fût-ce de deux livres.

— Que s'est-il passé ?

Brooke fit une grimace.

— Bon Dieu, je le connaissais ni d'Eve ni d'Adam, moi, ce mec. Quand Mick et Peter ont commencé à gueuler, je me suis tiré. J'étais partant pour la dope. Pas pour une bagarre.

— Qu'avez-vous fait, une fois dehors ?

— J'ai traîné jusqu'au moment où je suis tombé sur le pub. J'ai bu un pot et je suis rentré en stop.

— En stop ? Avec qui ?

— Un fermier et sa femme. (Brooke grimaça un sourire et ajouta sans qu'on lui demande quoi que ce soit :) A vue de nez, ça ne pouvait être que des fermiers.

— Et Peter ?

— Je l'ai laissé avec Cambrey.

— Où était Sacha pendant ce temps-là ?

— Ici. Peter lui avait promis de la coke à Londres. Elle attendait qu'il tienne sa promesse.

— A quelle heure avez-vous quitté Gull Cottage ? s'enquit Saint James, visage fermé.

Brooke contempla les moulures du plafond. Réfléchissant, battant le rappel de ses souvenirs, faisant semblant.

— Il était dix heures quand je suis arrivé au pub. Je m'en souviens : j'ai regardé ma montre.

— Et vous avez revu Peter après ça dans la nuit ?

— Je ne l'ai revu que ce soir. (Brooke grimaça un nouveau sourire. De connivence, cette fois. « On est entre hommes, on se comprend. ») Je suis revenu à Howenstow. Sid et moi, on s'est réconciliés. J'ai passé la nuit dans sa chambre — où je n'ai pas chômé, soit dit en passant. (Se mettant debout, il conclut en disant :) J'ai pensé qu'il valait mieux vous dire tout ça à vous plutôt qu'à la police. Je me suis dit que vous sauriez quoi faire. Mais si vous croyez qu'il faut que je leur téléphone...

Il laissa sa phrase en suspens. Avec un signe de tête, il quitta la pièce.

Une fois la porte refermée derrière lui, Lynley prit son porte-cigarettes dans sa poche. Lorsqu'il l'eut en main, toutefois, il le regarda d'un air étonné, se demandant par quel mystère il l'avait entre les doigts. Il n'avait aucune envie de fumer.

— Que dois-je... (Les mots avaient du mal à sortir, sa voix était rauque. Il reprit :) Que dois-je faire à ton avis, Saint James ?

— Parler à Boscowan. Qu'est-ce que tu veux faire d'autre ?

— C'est mon frère. Tu voudrais que je joue les Caïn ?

— Veux-tu que je m'en charge ?

Lynley regarda son ami. L'expression de Saint James était implacable. Il comprit qu'il n'y avait pas d'autre solution :

— Accorde-moi jusqu'à demain matin.

14

D'un coup d'œil rapide, Deborah s'assura qu'elle n'avait rien oublié. Après quoi elle boucla sa valise, la souleva du lit pour la poser à terre, se disant que ce départ tombait à pic car le temps avait changé pendant la nuit. Le ciel d'un cobalt éclatant la veille était ce matin couleur d'ardoise. De violentes rafales de vent giflaient les carreaux et, par l'une des fenêtres restée entrouverte, pénétrait l'odeur caractéristique de l'air chargé de pluie. En dehors du craquement des branches du hêtre tout proche, le matin était silencieux. Sentant venir la tempête, les mouettes et les cormorans piaillards avaient disparu pour aller se mettre à l'abri à l'intérieur des terres.

— Miss ?

Sur le pas de la porte se tenait une des jeunes bonnes de Howenstow, jolie jeune femme dotée d'un nuage de cheveux foncés moussant au-dessus d'un visage triangulaire — Caroline, se rappela Deborah. Elle ne portait pas d'uniforme, seulement une jupe marine, un chemisier blanc et des chaussures plates. Nette, impeccable, elle désigna de la tête le plateau qu'elle tenait à la main.

— Sa Seigneurie a pensé que vous aimeriez prendre quelque chose avant de partir, dit Caroline, posant le petit déjeuner sur une petite table près de la cheminée. Vous avez une demi-heure devant vous.

— Lady Helen est au courant ? Est-ce qu'elle est réveillée ?

— Oui. Elle s'habille tout en déjeunant.

Comme pour confirmer ces dires, Lady Helen s'engouffra

dans la chambre de Deborah. Pieds nus, elle mâchonnait un morceau de toast et brandissait deux paires de chaussures.

— Impossible de me décider, dit-elle en les examinant d'un œil critique. Les daim sont plus confortables. Mais les vertes sont tellement mignonnes. J'ai bien dû les mettre et les enlever une douzaine de fois déjà.

— A votre place, je mettrais les daim, intervint Caroline.

— Hummmm. (Lady Helen laissa tomber une chaussure en daim par terre, l'enfila, laissa tomber une chaussure verte et l'enfila.) Regardez bien, Caroline. Vous êtes sûre ?

— Absolument. Les daim. Donnez-moi l'autre paire, je vais la glisser dans votre valise.

Lady Helen lui fit signe d'attendre un instant, et examina ses pieds dans la glace de la penderie.

— Je vois. Mais regardez les vertes. Il y a du vert dans ma jupe. Et s'il n'y en a pas, ça fera un contraste. Parce que, pour ne rien vous cacher, j'ai un amour de sac qui va avec ces chaussures et je meurs d'envie de les marier. Il ne sera pas dit que j'aurai fait un achat impulsif en vain. Ton avis, Deborah ?

— Les daim, dit Deborah. (Elle poussa sa valise vers la porte et s'approcha de sa coiffeuse.)

Lady Helen poussa un soupir :

— Je n'ai plus qu'à m'incliner. (Elle regarda pensivement Caroline, qui sortait.) Je me demande si je ne pourrais pas essayer de la souffler à Tommy. Un coup d'œil à ces chaussures, et son choix était fait. Une fille comme ça me ferait gagner un temps fou le matin. Plus besoin de rester des heures devant ma glace à me demander quoi mettre. Plus de soucis.

Deborah émit un vague bruit en guise de réponse, tout en examinant le bas de la coiffeuse. Elle se dirigea vers la penderie, jeta un œil à l'intérieur, n'éprouvant encore ni crainte ni angoisse seulement une certaine perplexité. Lady Helen continuait à papoter :

— Dès que j'entends le mot soldes, surtout s'il s'agit des soldes de *Harrod's*, je craque. Escarpins, chapeaux, chandails, robes. J'ai même acheté une paire de bottes en caoutchouc, un jour, sous prétexte que c'était ma pointure et que ce serait parfait pour bricoler dans le jardin chez maman. (Elle inspecta le plateau du petit déjeuner de Deborah.) Tu laisses ton pamplemousse ?

— Je n'ai pas faim. (Deborah entra dans la salle de bains, en ressortit. Elle s'agenouilla par terre pour regarder sous le lit, s'efforçant de se rappeler où elle avait laissé sa mallette. Dans la chambre, certainement. Elle ne pouvait pas l'avoir égarée, et il lui semblait invraisemblable que celle-ci ait pu disparaître. Parce que, si la mallette avait disparu et qu'elle-même ne l'avait pas égarée, cela signifiait...)

— Qu'est-ce que tu fabriques ? s'enquit Lady Helen, piochant dans le pamplemousse de Deborah. Tu as perdu quelque chose ?

S'apercevant qu'il n'y avait rien sous le lit, Deborah se releva, glacée de peur.

— Que se passe-t-il ? s'enquit Lady Helen.

Deborah retourna jusqu'à la penderie, la vida des oreillers et couvertures supplémentaires qu'elle contenait.

— Mon matériel, Helen. Mon matériel a disparu.

— Tes appareils photo ? Disparus ?

— Oui. Ils étaient dans ma mallette. Tu l'as vue. Je l'avais apportée ce week-end. Je n'arrive pas à remettre la main dessus.

— Mais c'est impossible. Tu les as changés de place ou alors quelqu'un a...

— Ils ont disparu, dit Deborah. Ils étaient dans une mallette métallique. Les appareils, les objectifs, les filtres. Tout.

Lady Helen reposa le pamplemousse sur le plateau. Des yeux, elle fit le tour de la chambre.

— Tu en es sûre ?

— Sûre et certaine ! Arrête de... (Deborah s'interrompit net, s'efforça de se calmer :) Ils étaient dans une mallette que j'avais posée près de la coiffeuse. Elle n'y est plus. Regarde toi-même.

— Je vais demander à Caroline. Ou à Hodge. Ils l'ont peut-être déjà mise dans la voiture. Ou peut-être que c'est Tommy qui s'en est occupé. Ce doit être ça. Je vois mal qui aurait pu la... (Elle ne le prononça pas, mais le mot *voler* lui était manifestement venu à l'esprit.)

— Je n'ai pas bougé d'ici depuis hier soir. Je suis allée dans la salle de bains, c'est tout. Si Tommy était passé prendre les appareils pour les mettre dans le coffre, pourquoi ne m'en aurait-il rien dit ?

— Je vais me renseigner, dit Lady Helen, quittant la pièce.

Deborah se laissa tomber sur le tabouret de la coiffeuse, fixant le sol. Le dessin du tapis — fleurs et feuilles — s'estompa devant ses yeux tandis qu'elle recensait son matériel. Trois appareils photo, six objectifs, des douzaines de filtres, tous achetés grâce à l'argent que lui avait rapporté sa première exposition en Amérique. Du matériel dernier cri digne du photographe professionnel qu'elle était devenue après ses trois ans aux États-Unis.

Toutes les décisions qu'elle avait prises pendant son séjour en Amérique l'avaient été en fonction de la possession finale de ce matériel. Elle pouvait considérer les conclusions auxquelles elle avait abouti, les convictions qu'elle s'était forgées, les choix qu'elle avait faits et n'éprouver ni culpabilité ni regret parce qu'elle était sortie de l'école capable d'exercer un métier pour lequel elle était douée. Que certains aspects de la vie lui aient échappé, qu'elle eût déploré cette perte en secret n'y changeait rien. Qu'elle se fût étourdie de distractions pour éviter de penser à l'étendue de ce qu'elle avait perdu était sans importance. Elle avait atteint son objectif, cela justifiait tout le reste. Elle avait réussi. Elle possédait tous les signes extérieurs de la réussite.

Lady Helen reparut.

— J'ai interrogé Caroline et Hodge. (Regret, hésitation, puis :) Deborah, écoute, Tommy...

— Pas question que Tommy remplace mon matériel ! s'exclama Deborah avec violence.

La stupeur d'Helen fut de courte durée. Faisant comme si de rien n'était, elle termina tranquillement sa phrase :

— Tommy... Il faut le prévenir. Je vais le chercher.

Quelques instants plus tard, elle revenait, accompagnée de Lynley et Saint James. Le premier se précipita vers Deborah. Le second resta près de la porte.

— Crénom d'un chien, marmonna Lynley. Décidément, c'est la série.

Passant un bras autour des épaules de Deborah, il la serra un instant contre lui avant de s'agenouiller pour la regarder dans les yeux.

Deborah put ainsi constater qu'il avait les traits tirés. Il n'avait pas l'air d'avoir beaucoup dormi la nuit précédente. Le sachant très préoccupé par ce qui arrivait à John Penellin, elle était d'autant plus gênée de lui causer des tracas supplémentaires.

— Deb, chérie, je suis navré.

— Quand les as-tu vus pour la dernière fois ? questionna Saint James.

Lynley lui caressa les cheveux, les ramenant en arrière. Deborah sentit l'odeur fraîche de sa peau. Il n'avait pas encore fumé. Elle aimait son odeur d'avant la première cigarette. Si elle réussissait à ne penser qu'à lui, tout le reste disparaîtrait.

— Les as-tu vus lorsque tu t'es mise au lit hier soir ? insista Saint James.

— Tout était là hier matin. Je le sais parce que j'ai remis en place l'appareil dont je m'étais servi à Nanrunnel pour photographier la troupe. Tout était près de la coiffeuse.

— Et après ça, tu les as vus ? Tu t'en es servi pendant la journée ?

— Non. Je ne suis allée dans ma chambre que pour me changer avant de descendre dîner. Normalement, j'étais près de la coiffeuse, j'aurais dû les voir. Mais je n'ai rien remarqué hier soir. Et toi, Simon ?

Lynley se remit debout. Son regard navigua de Deborah à Saint James, perplexe.

— Je suis certain qu'ils étaient là, dit Saint James. Tout était rangé dans ta vieille mallette métallique, n'est-ce pas ? Je l'ai vue près de la coiffeuse.

— Près de la coiffeuse, reprit Lynley comme pour lui-même. (Il regarda la coiffeuse. Saint James. Le lit.)

— Quand ça, Saint James ? fit Lynley sur un ton qui donna une autre dimension à la conversation.

— Tommy, intervint Lady Helen, si on veut attraper notre train, il faudrait peut-être y aller.

— Quand as-tu vu cette mallette, Saint James ? Hier après-midi ? Hier soir ? La nuit dernière ? Quand ? Est-ce que tu étais seul ? Ou est-ce que Deborah...

— Tommy, reprit Lady Helen.

— Non. Je veux une réponse.

Saint James ne broncha pas. Deborah tendit la main vers Lynley avec un regard suppliant à Lady Helen.

— Tommy, dit Lady Helen, ce n'est pas le...

— Je veux une réponse.

Un instant s'écoula, qui parut durer une éternité. Puis Saint James expliqua d'un ton neutre :

— Helen et moi avons réussi à nous procurer une photo de Mick Cambrey hier. Je l'ai apportée à Deborah juste avant le dîner. C'est à ce moment-là que j'ai vu sa mallette.

Lynley le dévisagea.

— Bon Dieu, fit-il avec un long soupir. Désolé. Je ne sais pas ce qui m'a pris de dire ça. C'était idiot.

Saint James aurait pu sourire, rire, hausser les épaules. Mais il n'en fit rien. Il se contenta de jeter un bref coup d'œil à Deborah.

Pour alléger l'atmosphère, Lady Helen questionna :

— C'étaient des appareils qui valaient cher ?

— Des centaines de livres.

Deborah s'approcha de la fenêtre de façon que, la lumière étant derrière elle, son visage fût dans l'ombre. Elle sentait son sang battre dans sa poitrine, son cou. Elle aurait voulu pleurer.

— Le voleur va essayer de les vendre, alors. Mais pas en Cornouailles. Il serait trop facile de remonter jusqu'à lui. Peut-être à Bodmin, à Exeter ou bien à Londres. Si tel est le cas, les appareils ont dû être embarqués la nuit dernière pendant la réception. Parce qu'après l'arrestation de John Penellin, il y a eu un sacré remue-ménage. Les gens n'ont pas arrêté d'entrer et de sortir du salon.

— Mais tous les invités n'étaient pas au salon, dit Deborah. (Elle songeait à Peter Lynley et à la méchanceté du toast qu'il avait porté au dîner. Peter était certainement celui qui tenait le plus à l'atteindre. Car, à travers elle, c'était son frère qu'il atteignait.)

Saint James consulta sa montre.

— Tu devrais emmener Helen et Deborah à la gare, dit-il à Lynley. Inutile qu'elles restent là. Nous nous occuperons de cette histoire d'appareils nous-mêmes.

— C'est préférable, renchérit Lady Helen. J'ai hâte de retrouver la pollution londonienne, mes chéris.

Elle se dirigea vers la porte, serrant brièvement la main de Saint James au passage.

Au moment où Saint James allait lui emboîter le pas, Lynley le retint :

— Pardonne-moi, Simon. Je suis inexcusable.

— Tu es mort de fatigue et d'inquiétude. Avec ton frère et John Penellin... C'est sans importance, Tommy.

— Je suis le roi des imbéciles.

Saint James, les traits tirés, hocha la tête.

— Ce n'est rien, oublie ça.

Et il sortit de la chambre.

Saint James entendit sa sœur bâiller avant de franchir le seuil de la salle à manger.

— Quelle soirée ! dit-elle, traversant la pièce et s'asseyant à table. (La tête dans une main, elle attrapa la cafetière, se servit et sucra son café aussi machinalement que copieusement. Ne s'étant de toute évidence pas donné la peine de regarder par la fenêtre avant de s'habiller, elle portait un short d'un bleu éclatant parsemé d'étoiles argentées et un petit haut sans manches.) Toasts insultants, arrivée de la police, arrestation. C'est un miracle qu'on ait survécu. (Elle jeta un coup d'œil aux plats alignés sur la desserte, haussa les épaules et piqua dans l'assiette de son frère une tranche de bacon qu'elle posa sur un toast.)

— Sid...

— Hum ? (Elle s'appropria une partie du journal.) Qu'est-ce que tu lis ?

Saint James ne répondit pas. Il venait de parcourir le *Spokesman* et réfléchissait.

C'était un canard local, contenant pour l'essentiel des nouvelles locales. Et, quelle que fût l'importance des liens qui rattachaient Mick Cambrey au journal, Saint James se dit qu'il était difficile d'établir un lien entre le meurtre du journaliste et ce qu'il venait de lire dans le *Spokesman*. Les sujets traités étaient d'un grand classicisme : mariage célébré à Lamorna, condamnation d'un pickpocket de Penzance, modernisation d'une laiterie près de St. Buryan. Il y avait un compte rendu de la représentation de *Beaucoup de bruit pour rien*, assorti d'un portrait de la jeune fille qui avait joué Hero. A la rubrique sportive, un article sur un match de tennis local. Seul l'éditorial était prometteur, mais il concernait l'avenir du journal et ne contenait pas le moindre commencement de piste susceptible d'expliquer le meurtre de Cambrey.

La première page, outre l'éditorial, contenait deux rubriques copieuses, et sept lettres de lecteurs. La première, due à la plume efficace de Cambrey, parlait de la nécessité d'endiguer le flot d'armes à destination de l'Irlande du Nord. Julianna Vendale avait rédigé la seconde, à propos des problèmes de l'enfance. Les lettres émanant des lecteurs de Nanrunnel et de Penzance étaient relatives à des rubriques antérieures sur la vie du village et le déclin inquiétant des résultats obtenus par les élèves de l'école secondaire locale. Tout cela reflétait le désir de Cambrey de faire du journal un peu plus qu'une feuille de chou. Mais rien n'était de nature à provoquer un meurtre.

Saint James réfléchit au fait qu'Harry Cambrey était persuadé que son fils travaillait à un article qui aurait fait la réputation du *Spokesman*. Sans s'ouvrir de ses intentions à son père, Mick, lui, avait tablé sur le fait que son article toucherait un public autrement plus vaste que celui de cette région reculée de Cornouailles. Saint James se demanda si — par hasard — Cambrey n'aurait pas découvert que son fils consacrait de l'argent, du temps et de l'énergie à une entreprise qui, en définitive, ne devait pas bénéficier au *Spokesman*. Et si oui, quelle avait été sa réaction ? Était-il entré dans une violente colère ?

Car l'important, dans cette affaire de meurtre, c'était d'essayer de savoir s'il s'agissait d'un crime passionnel ou s'il y avait eu préméditation.

La dispute, la mutilation du corps dénotaient le crime passionnel. L'état du séjour, l'argent disparu suggéraient la préméditation. Même une autopsie ne permettrait pas de se faire une idée précise sur ce point.

— Où sont passés les autres ? (Sidney se leva de table et alla s'asseoir avec son café sur un banc près de la fenêtre.) Quelle journée sinistre. Il va pleuvoir.

— Tommy a emmené Helen et Deborah à la gare. Les autres, je ne les ai pas vus.

— Justin et moi ferions bien de partir aussi. Il a du travail demain. Tu l'as aperçu ?

— Pas ce matin, dit Saint James sans paraître le regretter. (Moins il voyait Brooke, mieux il se portait. Il se prit à souhaiter que sa sœur le plaque.)

— Je devrais aller le tirer du lit, dit Sidney sans pour autant bouger.

Elle buvait toujours son café tout en regardant par la fenêtre lorsque Lady Asherton fit son apparition dans une tenue indiquant qu'elle n'était pas venue prendre son petit déjeuner. Elle portait en effet un jeans roulé au-dessus des chevilles, une chemise d'homme en coton blanc et une casquette de toile. Elle tenait à la main une paire de gros gants de jardinage.

— Ah, vous êtes là, Simon. Vous pouvez venir une minute ? C'est au sujet des appareils de Deborah.

— Vous les avez retrouvés ?

— Retrouvés ? reprit Sidney, sidérée. Parce qu'en plus Deborah a perdu ses appareils photo ? (Secouant la tête, elle revint vers la table et prit les feuilles du journal que son frère avait abandonnées.)

— Dans le jardin, dit Lady Asherton, entraînant Saint James dehors.

Un vent chargé d'iode chassait depuis la mer un banc de nuages menaçants.

L'un des jardiniers les attendait sous un hêtre, sécateur à la main, sa casquette de lainage enfoncée jusqu'aux yeux. Il adressa un hochement de tête à Saint James et lui indiqua un if taillé qui était contre la maison.

— Si c'est pas malheureux, dit le jardinier. Elle en a pris un coup, c'te pauv' plante.

— La chambre de Deborah est juste au-dessus, fit observer Lady Asherton.

Saint James jeta un coup d'œil à l'arbre et constata que la partie du conifère qui était contre la maison avait été saccagée, ses branches brisées et arrachées par un objet qui avait été jeté d'en haut. Les dégâts étaient récents à en juger par l'odeur forte et caractéristique qui se dégageait des branches mutilées.

Reculant, Saint James leva les yeux vers les fenêtres. La chambre de Deborah était juste au-dessus, avec, à l'étage en dessous, le billard. Ces deux pièces étaient très éloignées de la salle à manger et du salon où les invités s'étaient réunis la veille au soir. Or, à sa connaissance, personne n'était venu jouer au billard. Donc personne n'avait pu entendre le bruit qu'avait dû faire la mallette en atterrissant sur le sol.

Lady Asherton parla d'un ton relativement calme cependant que le jardinier retournait à son travail, coupant les branches endommagées et les fourrant dans un sac en plastique qu'il emporta.

— Cette découverte me soulage, Simon. Au moins, ça nous permet de conclure que ce n'est pas quelqu'un de la maison qui a pris le matériel de Deborah.

— Qu'est-ce qui vous fait dire ça ?

— Si ç'avait été quelqu'un de la maison, il ne se serait pas amusé à jeter les appareils par la fenêtre. Il se serait contenté de les cacher dans sa chambre pour filer avec, le moment venu, vous ne croyez pas ?

— Ç'aurait été plus simple mais pas aussi astucieux. Surtout si ce quelqu'un voulait faire croire qu'il s'agissait d'un vol commis par un étranger. Mais même ça, ça n'aurait pas été très malin. Parce que les gens de l'extérieur, c'était qui, hier soir ? Mr et Mrs Sweeney, le Dr Trenarrow, votre belle-sœur, le MP de Plymouth...

— John Penellin. La petite du village qui servait à table, ajouta Lady Asherton.

— Je les vois mal volant des appareils photo.

A la mine de Lady Asherton, il comprit qu'elle avait déjà abondamment réfléchi à la question. Toutefois, elle fit comme s'il n'en était rien :

— J'ai du mal à imaginer qu'on les ait volés.

— Ce sont des appareils coûteux. Qui peuvent être revendus par quelqu'un qui a besoin d'argent.

Le visage de Lady Asherton se défit.

Saint James choisit de se montrer compatissant :

— La maison est restée ouverte à tous vents hier pendant le dîner. N'importe qui aurait pu s'y introduire alors que nous étions dans la salle à manger. Se faufiler jusqu'à la chambre de Deborah, embarquer son matériel n'aurait été qu'un jeu d'enfant.

— Mais pourquoi faire main basse sur les appareils, Simon ? Si c'est une question d'argent, pourquoi ne pas voler quelque chose de plus précieux ?

— Quoi donc ? Le reste, on aurait tout de suite su que ça venait de Howenstow. L'argenterie est gravée. Les armoiries de la famille sont partout. Vous ne voudriez pas que quelqu'un ait emporté l'un des tableaux dans l'espoir que sa disparition ne soit remarquée que le lendemain.

Elle détourna le visage vers le parc.

— Ça ne peut pas être une question d'argent, dit-elle,

tordant ses gants de jardinage entre ses doigts. Ce n'est pas possible, Simon. Vous le savez.

— Alors c'est un coup de Mrs Sweeney. S'être fait tirer le portrait ne lui aura pas plu, suggéra-t-il en plaisantant. Elle aura voulu se venger.

Avec un pâle sourire, elle s'efforça d'entrer dans son jeu :

— Elle serait allée au petit coin après dîner et se serait mise en quête de la chambre de Deborah ?

La question les ramenait à la réalité. Car celui ou celle qui avait pris les appareils photo de Deborah savait forcément où se trouvait sa chambre.

— Est-ce que Tommy a vu Peter ce matin ? questionna Saint James.

— Peter est encore au lit.

— Il s'est volatilisé après le dîner, Daze.

— Je sais.

— Savez-vous où il est allé ? Où Sacha est allée ?

Elle fit non de la tête.

— Peut-être est-il allé faire une promenade dans le parc. Piquer une tête. Rendre visite à Mark Penellin au pavillon. (Elle soupira.) Je n'arrive pas à croire qu'il a volé le matériel de Deborah. Il a vendu la plupart de ses affaires, je le sais. Je fais celle qui n'est au courant de rien mais je le sais. Mais je ne crois pas qu'il puisse voler des objets pour les revendre. Peter ne ferait pas une chose pareille.

Un cri jaillit du parc tandis qu'elle terminait sa phrase. Quelqu'un arrivait en courant vers la maison, un homme qui se tenait le côté d'une main et agitait sa casquette de l'autre sans cesser de crier.

— C'est Jasper, milady, dit le jardinier, s'approchant en traînant son sac plein de branchages.

— Qu'est-ce qui lui prend ? (Lady Asherton donna de la voix :) Cessez de hurler comme ça, Jasper. Vous allez finir par nous flanquer la frousse.

Jasper se précipita vers elle, soufflant. Il était tellement épuisé qu'il avait à peine la force de parler.

— C'est... lui... articula-t-il péniblement. Dans la baie.

Lady Asherton regarda Saint James. Ils eurent la même pensée. Lady Asherton recula comme pour mettre de la distance entre elle et la nouvelle qu'elle redoutait.

— Qui ça, Jasper ? Qui est dans la baie ? questionna Saint James.

Courbé en deux, Jasper toussa :

— D... dans la baie !

— Pour l'amour du ciel...

Jasper se redressa, jeta un coup d'œil autour de lui et tendit un doigt noueux vers la porte devant laquelle se tenait Sidney, venue voir la cause du tapage.

— Son... fiancé, fit-il dans un hoquet. Il est mort. En bas. Dans la baie.

15

Lorsque Saint James finit par la rattraper, sa sœur — qui avait plusieurs longueurs d'avance sur lui — était déjà sur la plage. Lors de sa course effrénée à travers le parc et le bois, elle était tombée, et le sang coulait de ses blessures, en stries rouges sur un bras et une jambe. Du haut de la falaise, il la vit se jeter sur Brooke, l'empoigner, le redresser comme pour lui infuser la vie. Elle lui parlait de façon incohérente, tenant son corps serré contre le sien. La tête de Brooke pendait bizarrement, indiquant la manière dont il était mort.

Sidney l'allongea par terre. Lui ayant ouvert la bouche, elle entreprit d'inutiles manœuvres de réanimation. Bien qu'assez loin d'elle, sur la falaise, Saint James l'entendit pousser des cris d'effroi en constatant l'inutilité de ses efforts. Renonçant au bouche-à-bouche, elle se mit à lui frapper la poitrine, lui déboutonna sa chemise. Puis elle se jeta de tout son long sur lui, se plaquant contre son corps, s'efforçant de l'exciter dans la mort comme elle l'avait excité dans la vie en une sinistre parodie de séduction. Saint James se sentit glacé. Il murmura son nom, l'appela, mais en pure perte.

Finalement, elle leva les yeux et l'aperçut en haut de la falaise. Tendant vers lui une main suppliante, elle se mit à pleurer. Atroce lamentation à mi-chemin entre désespoir et chagrin. Larmes dont la source était aussi profonde qu'elle était éternelle. Sidney couvrit de baisers le visage de son amant puis posa la tête contre sa poitrine, tout en continuant de pleurer. Chagrin, colère, rage mêlés, elle empoigna soudain le corps par les épaules, le secoua, criant : « Justin, Justin ». La tête inerte qui pendait du cou aux vertèbres brisées ballotta en une horrible danse macabre.

Immobile, Saint James fixait sa sœur. Témoin impuissant du chagrin de Sidney, son handicap lui interdisant de voler à son secours, il s'obligeait à contempler la scène comme on subit un châtiment mérité. Incapable de bouger, se maudissant avec une violence qui confinait à la panique, il écouta les longs hurlements de Sidney. Il pivota brutalement en sentant une main se poser sur son bras. Lady Asherton se tenait à ses côtés, et derrière elle le jardinier ainsi qu'une demi-douzaine de personnes.

— Séparez-les. Éloignez-la de lui, réussit-il péniblement à murmurer.

A ces mots, comme à un signal, tout le monde se mit en branle.

Non sans lui avoir jeté un coup d'œil inquiet, Lady Asherton entreprit de descendre le chemin qui dégringolait le long de la falaise. Les autres la suivirent, portant des couvertures, un brancard de fortune, une bouteille thermos, une corde. Bien qu'ils ne perdissent pas une seconde, Saint James eut néanmoins l'impression qu'ils se déplaçaient au ralenti, tels des mimes.

Trois d'entre eux arrivèrent en même temps à la hauteur de Sidney. Lady Asherton l'arracha au corps qu'elle continuait de secouer avec une inutile vigueur. Tandis que Sidney se débattait en hurlant, Lady Asherton cria par-dessus son épaule quelques mots que Saint James ne parvint pas à distinguer. L'un des hommes présents lui tendit un flacon ouvert. Elle attrapa Sidney par les cheveux et lui fourra la fiole sous le nez. Sidney recula violemment, portant une main à sa bouche. Puis elle dit quelque chose à Lady Asherton, qui lui désigna du doigt la falaise.

Sidney commença à grimper, aidée dans son ascension par le jardinier et les autres, chacun veillant à ce qu'elle ne trébuche ni ne tombe. Quelques instants plus tard, Saint James l'étreignait farouchement. Posant sa joue sur la tête de sa sœur, il la serra contre lui, s'efforçant de refouler au plus profond de lui les émotions qui menaçaient de le submerger s'il leur laissait libre cours. Lorsque le plus gros de ses larmes se fut tari, il l'entraîna en douceur vers la maison, ses bras autour d'elle, craignant, s'il la relâchait, qu'elle ne retourne sur la plage auprès du corps de son amant et ne refasse une crise d'hystérie.

Ils passèrent à travers bois. Saint James remarquait à peine le paysage, pas plus qu'il n'entendait bouillonner l'eau de la rivière, ne sentait l'odeur puissante de la végétation ou le sol élastique et meuble sous ses pieds. Lorsque ses vêtements accrochaient au passage les buissons qui poussaient de part et d'autre de l'étroit sentier, il ne s'en apercevait pas.

L'air était lourd et gros d'orage lorsqu'ils atteignirent le mur de Howenstow et franchirent le portail. Les feuilles frissonnaient, agitées par le vent. Un écureuil surpris fila s'abriter dans les branches. Sidney leva la tête.

— Il va pleuvoir, dit-elle. Il va être mouillé.

Saint James resserra son étreinte. Il lui posa un baiser sur le sommet de la tête.

— Ne crains rien.

Il s'efforçait de prendre la voix du grand frère qui avait jadis éloigné les monstres de ses cauchemars d'enfant, celui qui était capable de chasser les mauvais rêves. *Mais pas celui-là, Sidney.*

— Ils vont s'occuper de lui.

De grosses gouttes s'écrasèrent bruyamment sur les feuilles. Sidney frissonna.

— Maman criait ! chuchota-t-elle. Qu'est-ce qu'elle a pu crier !

— Quand ça ?

— Tu avais ouvert la fenêtre de la nursery pour voir s'il pleuvrait à l'intérieur. Qu'est-ce qu'elle a crié ! Et elle t'a frappé aussi. (Un sanglot la secoua.) J'ai jamais pu supporter que maman te batte.

— Le tapis était fichu. Je ne l'avais pas volé.

— Mais c'est moi qui avais eu l'idée. Et je l'ai laissée te punir. (Elle porta une main à son visage. Il y avait du sang sur ses doigts. Elle se remit à pleurer.) Je suis désolée, Simon.

Il lui caressa les cheveux :

— Ce n'est rien, chérie. C'est oublié, crois-moi.

— Comment est-ce que j'ai pu faire une chose pareille ? Tu étais mon frère préféré. C'est toi que je préférais. Même que Nanny me disait que c'était pas bien de t'aimer plus qu'Andrew ou que David. Mais j'y pouvais rien : c'est toi que j'aimais le mieux. Et j'ai laissé maman te corriger alors que c'était moi la coupable. J'ai rien dit.

Son visage levé vers lui était humide de larmes mais Saint James savait que ses pleurs n'avaient aucun rapport avec ces lointains souvenirs d'enfance.

— Je vais te confier une chose, Sid, murmura-t-il. Promets-moi de ne pas le répéter à David ni à Andrew. Tu as toujours été ma préférée. Tu l'es encore aujourd'hui, d'ailleurs.

— Vraiment ?

— Absolument.

Ils traversèrent le jardin tandis que le vent redoublait de violence et secouait les rosiers, répandant une pluie de pétales devant eux. Bien que la pluie tombât dru à présent, ils ne se hâtèrent pas pour autant. Lorsqu'ils atteignirent la maison, ils étaient trempés.

— Maman va nous crier après, dit Sidney tandis que Saint James refermait la porte derrière eux. Si on allait se cacher, Simon ?

— On ne risque rien.

— Je ne la laisserai pas te battre, cette fois.

— Je sais, Sid. (Saint James entraîna sa sœur vers l'escalier, la prenant par la main car elle avait l'air complètement désorientée.) C'est par là.

Arrivé sur le palier, il vit Cotter s'avancer à leur rencontre, un plateau à la main. Intérieurement, Saint James le remercia d'être capable de lire dans ses pensées.

— Je vous ai vus arriver, dit Cotter, désignant le plateau d'un mouvement de menton. C'est du cognac. Elle est... (Il tourna la tête vers Sidney, soucieux.)

— Ça va aller mieux, c'est l'affaire d'un instant. Aidez-moi, Cotter. Sa chambre est par là.

Contrairement à celle de Deborah, la chambre de Sidney n'était ni sombre ni sépulcrale. Donnant sur un petit jardin clos à l'arrière de la maison, elle était peinte et tapissée dans des tons de jaune et de blanc, avec un tapis à fleurs pastel. Saint James fit asseoir sa sœur sur le lit et s'en fut tirer les rideaux tandis que Cotter versait du cognac dans un verre et le lui tendait.

— Buvez-moi ça, Miss Sidney. Ça va vous réchauffer.

Elle obéit sans se faire prier.

— Maman est au courant ?

Cotter jeta un coup d'œil perplexe à Saint James.

— Encore une goutte ?

Saint James se mit à fouiller dans un tiroir, cherchant la chemise de nuit de Sidney. Il finit par la dénicher sous une pile de pulls, de collants et de bijoux. Un fouillis à la Sidney.

— Il faut que tu te débarrasses de ces machins trempés, lui dit-il. Cotter, vous pouvez m'apporter une serviette de toilette pour ses cheveux ? Et quelque chose pour soigner ses coupures ?

Cotter hocha la tête, jetant un œil circonspect à Sidney avant de sortir. Demeuré seul avec sa sœur, Saint James la déshabilla, jetant ses vêtements mouillés par terre. Il lui enfila sa chemise de nuit, passant doucement les bras dans les bretelles de satin. Elle ne disait rien, ne paraissant même pas se rendre compte de sa présence. Lorsque Cotter reparut avec une serviette et du sparadrap, Saint James frotta vigoureusement les cheveux de Sidney. Puis il s'occupa de ses blessures. Passant ensuite ses jambes par-dessus le bord du lit, l'allongeant, il rabattit les couvertures sur elle. Elle se laissait faire comme un petit enfant. Comme une poupée.

— Sid, murmura-t-il, lui touchant la joue.

Il voulait lui parler de Justin Brooke. Savoir s'ils avaient passé la nuit ensemble. Quand Brooke était allé jusqu'à la falaise. Et surtout pourquoi.

Elle ne réagit pas. Elle fixait le plafond.

Saint James se dit que, si elle savait quelque chose, il lui faudrait attendre car elle n'était pas en état de parler pour l'instant.

Lynley gara la Rover tout au bout de la cour et pénétra dans la maison par la porte nord-ouest, entre l'armurerie et le quartier des domestiques. Il avait vu les véhicules alignés dans l'allée — deux voitures de police, une voiture banalisée, et une ambulance avec ses essuie-glaces encore en marche —, aussi ne fut-il que moyennement surpris lorsque Hodge l'intercepta au moment où il traversait l'aile réservée aux domestiques. Ils s'arrêtèrent devant l'office.

— Que se passe-t-il ? s'enquit Lynley, inquiet, s'efforçant de chasser de sa voix toute trace de panique.

En apercevant les voitures à travers la pluie battante, il avait aussitôt pensé à Peter.

Hodge lui apprit la nouvelle, s'arrangeant pour ne rien révéler de ce qu'il ressentait.

— C'est Mr Brooke. On l'a transporté dans l'ancienne salle d'étude.

Si le flou de la formule laissait quelque espoir — il n'y avait rien de dramatique si Brooke n'avait pas été emmené directement à l'hôpital —, Lynley sentit cet espoir s'évanouir dès qu'il eut posé le pied dans la salle d'étude, installée dans l'aile est de la maison. Le corps de Brooke gisait, enveloppé dans des couvertures, sur la longue table éraflée où des générations de petits Lynley avaient fait leurs devoirs avant d'être expédiés en pension. Un groupe était massé tout autour, s'entretenant à voix basse. Et au milieu du groupe, l'inspecteur Boscowan et le policier en civil à la carrure compacte venu arrêter John Penellin la veille. Boscowan donnait des instructions aux deux techniciens du labo dont les jambes de pantalon étaient crottées et les vestes trempées aux épaules. Le médecin légiste était près d'eux, reconnaissable à la sacoche posée à ses pieds. La trousse de cuir était fermée et la femme médecin ne semblait nullement sur le point d'effectuer un examen préliminaire du corps. Pas plus que les gars du labo ne semblaient prêts à faire quoi que ce soit dans l'immédiat. Lynley en tira la conclusion qui s'imposait : Brooke n'était pas mort dans la salle d'étude.

Il vit Saint James debout dans l'embrasure d'une des fenêtres, contemplant le jardin à travers les carreaux noyés de pluie.

— Jasper l'a retrouvé dans la baie, expliqua Saint James sans tourner la tête. (Lynley constata que ses vêtements étaient trempés et qu'il avait du sang sur sa chemise, qui ressemblait à des coulures de peinture.) Ç'a l'air d'être un accident. Il y a des traces indiquant qu'il a glissé du haut de la falaise. Il a dû trébucher. (Il considéra, par-dessus l'épaule de Lynley, le petit groupe qui entourait le corps, puis regarda Lynley.) C'est du moins ce que Boscowan pense pour l'instant.

Saint James se garda de poser à Lynley la question qui se dissimulait derrière son prudent énoncé. Et Lynley lui sut gré de lui fournir ce répit.

— Pourquoi le corps a-t-il été déplacé, Saint James ? Qui l'a bougé ? Et pourquoi ?

— Ta mère. Il s'était mis à pleuvoir. Sid est arrivée sur la plage avant nous. Aucun d'entre nous n'avait les idées très claires, et moi moins que les autres, j'en ai peur. (Une branche d'if secouée par une rafale gifla le carreau devant eux. La pluie crépitait contre la vitre. Saint James s'enfonça un peu plus dans l'embrasure et leva les yeux vers l'étage supérieur faisant face à la salle d'étude, et plus précisément vers la chambre d'angle jouxtant celle de Lynley.) Où est Peter ?

Le répit avait été de courte durée. Lynley éprouva soudain le besoin de mentir, de protéger son frère, mais n'y parvint pas.

— Parti.

— Sacha ?

— Aussi.

— Où ?

— Aucune idée.

— Génial, soupira simplement Saint James. Depuis combien de temps ? Est-ce qu'il a passé la nuit dans son lit ? Et elle ?

— Non. (Lynley ne jugea pas utile de préciser qu'il s'était rendu compte de la chose ce matin à sept heures et demie, lorsqu'il avait essayé de parler à son frère. Il ne dit pas non plus qu'il avait envoyé Jasper à sa recherche à huit heures moins le quart. Et il ne souffla évidemment pas mot de la terreur qui l'avait étreint à la vue des véhicules de police et de l'ambulance garés devant Howenstow, pensant que Peter avait été retrouvé mort, et éprouvant un certain soulagement en s'apercevant qu'il était capable de ressentir ce genre d'émotion. Il vit Saint James jeter un coup d'œil pensif au corps emmitouflé dans les couvertures.) Peter n'a rien à voir là-dedans, énonça-t-il. C'était un accident. Tu l'as dit toi-même.

— Je me demande si Peter savait que Brooke était venu nous parler hier soir, dit Saint James. Est-ce que Brooke le lui aurait dit ? Et si oui, pourquoi ?

La raison qui poussait Saint James à se poser ces questions n'échappa pas à Lynley. Lui-même se les posait.

— Peter n'est pas un assassin.

— Alors trouve-le. Assassin ou non, il a des explications à nous fournir.

— Jasper le cherche depuis ce matin.

— Je me demande ce qu'il est allé fabriquer sur la plage. Il croyait que Peter y était ?

— Sur la plage. Au moulin. Il a cherché partout. A l'extérieur de la propriété aussi.

— Est-ce que les affaires de Peter sont encore là ?

— Je... non.

Lynley connaissait suffisamment Saint James pour suivre son raisonnement. Si Peter avait quitté Howenstow en hâte, sachant que sa vie était en danger, il aurait abandonné ses affaires derrière lui. Si, en revanche, il était parti après avoir commis un meurtre qui ne devait être découvert que quelques heures plus tard, il aurait eu tout le temps de faire son sac. Ses bagages faits, il pouvait filer pendant la nuit sans que personne ne s'aperçoive de sa disparition avant la découverte du corps de Brooke. A condition qu'il ait tué Brooke. A supposer que Brooke ait été assassiné. Lynley se força à se dire que, pour l'instant, la police considérait qu'il s'agissait d'un accident. Les techniciens connaissaient leur métier, ils savaient ce qu'ils disaient. Au début de la matinée, la pensée que Peter avait pu voler le matériel photo de Deborah pour le revendre et s'acheter de la cocaïne l'avait révolté. Maintenant il ne la trouvait plus si insupportable que ça, et même il s'y raccrochait. Car comment imaginer que son frère ait pu être impliqué à la fois dans la disparition des appareils et la mort de Justin Brooke ? S'il était aussi obnubilé par le besoin de se procurer de la drogue, pourquoi aurait-il pris la peine d'éliminer Brooke, ce qui n'aurait fait que retarder le moment où il aurait pu se ravitailler ?

La réponse, il la connaissait. Mais cette réponse liait Peter à la mort de Mick Cambrey, mort que personne ne qualifiait d'accidentelle.

— Nous allons emmener le corps, maintenant. (Le flic en civil les avait rejoints. Malgré la pluie, il sentait la transpiration et avait le front huileux de sueur.) Si vous le voulez bien.

Lynley hocha la tête en signe d'assentiment, mourant d'envie de boire de l'alcool car il avait les nerfs à vif. Comme par miracle, les portes de la salle d'étude s'ouvrirent et sa mère entra, poussant une table roulante sur laquelle étaient posées cafetière, théière, carafes, assiettes de biscuits.

Lady Asherton avait beau être échevelée, ses chaussures et son jeans boueux, sa chemise blanche déchirée, elle prit aussitôt la situation en main, se souciant comme d'une guigne de son apparence.

— J'ignore à peu près tout du règlement, inspecteur, dit-elle à Boscowan. Mais il me semble que vous devriez pouvoir prendre quelque chose pour lutter contre ce froid glacial. Café, thé, cognac, whisky, choisissez. Et servez-vous.

Boscowan remercia d'un signe de tête. Y voyant une autorisation, ses hommes s'approchèrent de la table roulante. Boscowan vint à la rencontre de Lynley et Saint James.

— Est-ce que Brooke buvait, milord ?

— Je le connaissais très peu. Hier soir en tout cas, il a bu. Comme nous tous.

— Il était saoul ?

— Je n'en ai pas eu l'impression. Pas quand je l'ai vu pour la dernière fois.

— Quand était-ce ?

— A la fin de la soirée. Vers minuit. Un peu plus tard, peut-être.

— Où ?

— Dans le salon.

— En train de boire ?

— Oui.

— Mais il n'était pas saoul ?

— Peut-être qu'il l'était. Je ne sais pas. Ça ne se voyait pas.

Lynley comprit où son interlocuteur voulait en venir. Saoul, Brooke avait pu tomber accidentellement. Sobre, on l'avait poussé. Mais, quel qu'ait été l'état de Brooke la veille, Lynley éprouva le besoin de préciser :

— Ivre ou pas, c'était la première fois qu'il mettait les pieds à Howenstow, il ignorait donc tout de la topographie des lieux.

Boscowan hocha la tête, sans pour autant avoir l'air convaincu.

— L'autopsie nous permettra de savoir à quoi nous en tenir.

— Il faisait nuit. La falaise est haute.

— Êtes-vous sûr qu'il soit sorti en pleine nuit ? remarqua Boscowan. Il aurait pu aller jusque là-bas ce matin.

— Quels vêtements portait-il ?

Boscowan salua d'une mimique le bien-fondé de la question de Lynley.

— Un costume. Mais personne ne peut dire s'il n'a pas passé le reste de la nuit avec l'un ou l'autre de vos invités.

Tant que nous ne connaîtrons pas l'heure du décès, nous ne serons sûrs de rien. Excepté de sa mort. Et sur ce point, aucun doute n'est possible. (Il s'en fut rejoindre ses hommes autour de la petite table roulante.)

— Il y a une tripotée de questions qu'il ne m'a pas posées, commenta Lynley.

Saint James les passa en revue.

— Quelle est la personne qui l'a vu en dernier ? Y a-t-il un autre membre de la maisonnée qui ait disparu ? Qui assistait au dîner ? Qui se trouvait à Howenstow ? Pourquoi chercherait-on à lui nuire ?

— Pourquoi ne me les pose-t-il pas, ces questions ?

— A mon avis, il attend les résultats de l'autopsie. Il a intérêt à ce que ce soit un accident.

— Pourquoi ?

— Parce qu'il tient l'homme qui a assassiné Cambrey. Et que John Penellin n'aurait pas pu tuer Brooke.

— A t'entendre, il y a un lien.

— Oui. Il y en a sûrement un. (Un mouvement vague dans l'allée attira leur attention.) Jasper, fit observer Saint James.

Jasper, pataugeant dans les flaques, se dirigeait vers la maison.

— Voyons ce qu'il a à nous raconter, fit Lynley.

Ils le trouvèrent devant le quartier des domestiques, faisant tomber la pluie d'un chapeau informe en toile cirée qui avait connu des jours meilleurs. Il secoua de même son vieil imperméable et suspendit les deux à une patère avant de se débarrasser de ses bottes en caoutchouc crottées de boue. Il adressa un signe de tête à Lynley et Saint James puis, une fois prêt, les suivit dans le fumoir où, eu égard au froid, il accepta un whisky.

— Impossible de le retrouver, dit-il à Lynley. En plus, le sloop a disparu de l'anse de Lamorna.

— Quoi ? Vous en êtes sûr, Jasper ?

— Évidemment que j'en suis sûr. Je vous dis qu'il a disparu.

Lynley fixa le renard accroché au-dessus de la cheminée, s'efforçant de comprendre. Mais seuls des détails décousus lui venaient à l'esprit. Le sloop familial était ancré dans l'anse de Lamorna. Peter faisait de la voile depuis l'âge de cinq ans. Une tempête se préparait. Personne ne se serait amusé à faire une sortie en mer dans des conditions pareilles.

— L'ancre a dû casser.

Jasper émit un bruit dubitatif. Son visage demeura impassible lorsque Lynley se tourna vers lui.

— Où est-ce que vous êtes allé, encore ?

— Partout. J'ai fait la côte entre Nanrunnel et Treen.

— Trewoofe ? St. Buryan ? Et l'intérieur des terres, vous êtes allé voir à l'intérieur des terres ?

— Oui. Mais je me suis pas trop enfoncé. C'est pas la peine, milord. Si le petit est parti à pied, il peut pas passer inaperçu. Jusqu'ici, personne n'a rien remarqué. (Jasper passa les doigts sur sa joue, qui était hérissée de barbe.) Moi, ce que je crois, c'est que le gamin et la demoiselle se sont cachés dans le coin et qu'y z'ont réussi à se faire prendre en stop en sortant de Howenstow. A moins qu'y z'aient filé en bateau.

— Jamais il n'aurait fait ça. Il connaît la mer. Il n'est pas complètement... (Lynley s'arrêta net. Inutile de faire part de ses craintes à Jasper, il devait déjà les connaître de toute façon.) Merci, Jasper. Allez vous mettre quelque chose sous la dent.

Le vieil homme hocha la tête et se dirigea vers la porte. Il fit halte sur le seuil.

— La police est venue arrêter John Penellin la nuit dernière, à ce qu'y paraît ?

— C'est exact.

Jasper fit mine d'ajouter quelque chose mais garda le silence.

— Qu'y a-t-il, Jasper ?

— Y a pas de raison qu'y paie pour quelqu'un d'autre. (Sur ces mots, il sortit.)

— Tu crois qu'il en sait plus long qu'il ne le dit ? questionna Saint James lorsqu'ils furent seuls.

Lynley, qui contemplait le tapis, perdu dans ses pensées, dut se secouer.

— Il ne sait rien. Il nous fait part de ses impressions, c'est tout.

— Concernant John ?

— Et concernant Peter aussi.

Lynley ne s'était jamais senti aussi incapable d'agir ou de prendre une décision. Il avait l'impression que sa vie échappait à son contrôle et qu'il en était réduit à en regarder les différents éléments voler çà et là dans l'espace.

— Il n'aurait pas pris le bateau, dit-il. Pas par ce temps. Pour aller où ? Et pour quoi faire ?

Il entendit Saint James bouger et, levant les yeux, lut de la compassion sur son visage.

— Peut-être qu'il est encore dans la propriété, Tommy. Peut-être qu'il ne sait même pas ce qui s'est passé et que sa disparition n'a rien à voir avec Justin Brooke.

— Ni avec les appareils ?

— Ni avec les appareils.

Lynley contempla les photos de toutes les générations d'hommes de la famille qui s'étaient coulés dans le moule, avaient fait leurs études à Oxford et étaient venus s'établir à Howenstow sans un murmure.

— Je n'en crois pas un mot, Saint James. Et toi ?

— Franchement ? Moi non plus, soupira Simon.

16

— Quelle horreur, dit Lady Helen. On peut difficilement tomber plus bas. (Elle lâcha sa valise, soupira, laissant son sac pendre à bout de bras.) Déjeuner à la gare de Paddington ! J'ai du mal à croire que j'aie pu faire une chose pareille. C'est monstrueux.

— C'était pourtant une idée à toi, Helen.

Deborah posa sa propre valise à terre et examina les lieux avec un sourire de plaisir. C'était bon de se retrouver chez soi, même si ce chez-soi n'était qu'un petit studio à Paddington.

— Très juste. Je plaide coupable. Mais quand on a faim, au diable le snobisme, on se jette sur le premier buffet de gare venu ! (Elle frissonna au souvenir de ce qu'elle avait trouvé dans son assiette.) Pauvres saucisses... C'est une honte de traiter des saucisses de cette façon, c'est de la barbarie !

Deborah ne put s'empêcher de rire.

— Veux-tu boire quelque chose pour te remettre d'aplomb ? Une tasse de thé ? J'ai une recette de boisson miracle, si tu préfères. C'est Tina qui me l'a donnée. Elle appelle ça un remontant.

— Exactement ce qu'il doit lui falloir après un tête-à-tête avec Mick Cambrey si j'en crois son père, dit Lady Helen. Pas pour l'instant, merci. On va lui montrer la photo ?

Deborah la sortit de son sac et se dirigea vers la porte. Le couloir était étroit, bordé de portes de part et d'autre. Le sol était recouvert d'un tapis qui sentait le neuf et étouffait le bruit des pas. Deborah frappa doucement à la porte de Tina.

— Tina est... un oiseau de nuit, expliqua-t-elle à Lady

Helen. A l'heure qu'il est, elle n'est peut-être pas encore levée.

Il semblait que ce fût le cas, les coups demeurant sans réponse. Deborah fit une deuxième tentative. Puis une troisième, appelant :

— Tina ?

La porte d'en face s'ouvrit et une femme entre deux âges montra le bout de son nez. Elle avait un grand foulard à carreaux sur la tête, noué sous le menton, qui dissimulait ses cheveux, épinglés semblait-il en une multitude de boucles grises.

— Inutile de crier. Y a personne. (La femme plaqua contre sa poitrine un mince peignoir mauve orné de fleurs d'un orange hideux et de feuilles palmiformes à vous dégoûter de mettre les pieds sous les tropiques.) Ça fait deux jours qu'elle est partie.

— Quel dommage, commenta Lady Helen. Vous ne savez pas où elle est allée ?

— J'aimerais bien ! Elle m'a emprunté mon fer et je serais pas mécontente de le récupérer.

— J'imagine, compatit Lady Helen comme si la tenue vestimentaire de l'inconnue au beau milieu de l'après-midi s'expliquait uniquement par l'absence de fer à repasser. Voulez-vous que j'essaie de vous le récupérer ? (Elle se tourna vers Deborah.) Qui s'occupe de l'immeuble ?

— Il y a un gardien au rez-de-chaussée, dit Deborah qui, baissant la voix, ajouta : Mais Helen, tu ne vas tout de même pas...

— Je fais un saut en bas, fit Helen, marchant droit sur l'ascenseur.

La vieille femme surveilla cet échange de répliques d'un air soupçonneux. Elle examina Deborah des pieds à la tête. Gênée, Deborah sourit, essayant de trouver quelque chose à dire sur l'immeuble, le temps, n'importe quoi, qui empêcherait la voisine de Tina de se demander pourquoi Lady Helen se donnait tant de mal pour une inconnue. Aucune banalité ne lui venant à l'esprit, elle battit en retraite et se réfugia dans son studio, où Lady Helen la rejoignit dix minutes après, munie de la clé de Tina.

— Comment as-tu réussi ton coup ? s'étonna Deborah.

Lady Helen éclata de rire :

— Je me suis fait passer pour la sœur de Tina, venue d'Edimbourg exprès pour la voir.

— Il a avalé ça ?

— Tu aurais dû voir le numéro que je lui ai fait. Pour un peu, j'arrivais à me convaincre moi-même. Bon, on y va ?

Elles retournèrent à l'appartement. Deborah était dans ses petits souliers en songeant à ce que Lady Helen se proposait de faire.

— C'est illégal, Helen, remarqua-t-elle. De s'introduire chez les gens par effraction.

— De pénétrer chez les gens peut-être, rétorqua gaiement Helen en introduisant la clé dans la serrure sans l'ombre d'une hésitation. Mais nous n'entrons pas par effraction : nous avons la clé. Nous y voilà. Et sans un bruit. Pas de danger que les voisins se pointent.

— C'est moi, les voisins, Helen.

— C'est rudement pratique.

L'appartement était identique par la superficie et la disposition à celui de Deborah, mais il contenait beaucoup plus de meubles, et des meubles de prix. Pas de salon trois pièces recouverts de chintz pour Tina Cogin ; pas de tables d'occasion ; pas de gravures bon marché sur les murs. Partout ce n'était que chêne, acajou, bois de rose et bouleau. Le sol était recouvert d'un tapis tissé à la main ; une tapisserie était accrochée au mur, qui semblait avoir été exécutée par un excellent artisan. A l'évidence, la propriétaire des lieux avait des goûts de luxe.

— Joli, commenta Lady Helen en examinant le décor. Apparemment son métier n'a pas que des mauvais côtés. Ah, voilà le fer à repasser. Il ne faudra pas oublier de l'emporter en partant.

— Comment ça, on ne part pas tout de suite ?

— Un instant, chérie. Je vais d'abord jeter un coup d'œil, histoire de me faire une idée.

— Mais Helen...

— Il faudra bien qu'on ait quelque chose à raconter à Simon quand on lui téléphonera, Deborah. Or, dans l'état actuel des choses, si Tina ne rentre pas d'ici ce soir, nous n'aurons strictement rien à lui apprendre. Si ce n'est que personne n'est venu ouvrir quand on a frappé. Quelle perte de temps et d'énergie pour tout le monde !

— Imagine qu'elle arrive et nous surprenne ? On aura bonne mine.

S'attendant à voir apparaître Tina à tout moment et se demandant ce qu'elles pourraient inventer pour expliquer leur présence chez elle, Deborah suivit Lady Helen dans la minuscule cuisine et la regarda, les nerfs à vif, ouvrir les placards. Il n'y en avait que deux, renfermant les denrées de première nécessité en petites quantités : café, sel, sucre, condiments, paquet de biscuits salés, une boîte de soupe, une autre de quartiers de pamplemousse, un paquet de céréales. Sur une étagère s'alignaient deux assiettes, deux bols, deux tasses et quatre verres. Sur le plan de travail, une bouteille de vin aux trois quarts pleine. Outre une petite cafetière, une casserole cabossée et une bouilloire en émail, la cuisine ne contenait rien d'autre. Le peu qu'elle renfermait ne révélait pas grand-chose sur Tina Cogin. Lady Helen résuma :

— Elle n'a pas l'air de préparer ses repas elle-même. Mais il y a des douzaines de petits traiteurs pas chers dans Praed Street, elle doit acheter à manger dehors.

— Qu'est-ce qu'elle offre à ses visiteurs ?

— Bonne question. Du vin ? C'est peut-être tout ce qu'elle leur propose avant de passer aux choses sérieuses. Voyons le reste.

Lady Helen s'approcha de la penderie et l'ouvrit, révélant une rangée de robes du soir et de robes de cocktail, une demi-douzaine d'étoles (dont une en fourrure) et un assortiment d'escarpins à talons hauts. L'étagère du haut abritait une collection de cartons à chapeau ; celle du milieu une pile de négligés soigneusement pliés. L'étagère du bas était vide, mais, comme elle était vierge de poussière il était évident qu'on y avait entreposé quelque chose.

Lady Helen se tapota la joue et passa rapidement en revue la commode.

— Des sous-vêtements, dit-elle à Deborah après un bref coup d'œil à l'intérieur. De la soie, on dirait. Mais je n'ai pas l'intention de fouiller dedans pour vérifier : il y a des limites. (Elle ferma le tiroir et s'appuya contre la commode, bras croisés, fronçant les sourcils en contemplant la penderie.) Deborah, il y a quelque chose qui... un instant. Il faut que je m'en assure. (Elle entra dans la salle de bains, criant par-dessus son épaule :) Et si tu jetais un coup d'œil au bureau ?

L'armoire à pharmacie s'ouvrit, un tiroir grinça, il y eut un froissement de papier. Lady Helen marmonna.

Deborah consulta nerveusement sa montre. Moins de cinq petites minutes s'étaient écoulées depuis qu'elles étaient entrées et elle avait l'impression d'être là depuis au moins une heure.

Elle s'approcha du bureau. Sur le meuble étaient posés un téléphone, un répondeur et un bloc que Deborah, se faisant l'effet d'être un détective de série B, présenta à la lumière pour voir s'il ne portait pas l'empreinte des messages précédents. Ne distinguant que la marque d'un point sur un i, elle examina les tiroirs. Deux étaient vides. Le troisième contenait un livret de caisse d'épargne, une chemise en papier bulle, et une carte dont Deborah s'empara.

— Bizarre, lança Lady Helen depuis le seuil de la salle de bains. Il y a deux jours qu'elle est partie d'après sa voisine, et elle a laissé ses affaires de maquillage. Elle n'a emporté aucune robe habillée, mais tout ce qu'elle a de facile à porter a disparu. Et il y a un jeu de faux ongles. Ces trucs horribles qu'on colle. Pourquoi les aurait-elle enlevés ? C'est tellement assommant à mettre.

— C'est peut-être un jeu de rechange, suggéra Deborah. Peut-être qu'elle est partie à la campagne. Dans un endroit où on n'a besoin ni de robes sophistiquées ni de faux ongles. Les Cotswolds. L'Écosse. Une ferme, que sais-je.

— La Cornouailles ? fit Lady Helen. Qu'est-ce que c'est que cette carte, Deborah ?

— Deux numéros de téléphone. L'un d'entre eux est peut-être celui de Mick Cambrey. Je les recopie ?

— Bien sûr. (Lady Helen s'approcha pour regarder par-dessus son épaule.) Je commence à l'admirer. Je suis tellement soucieuse de mon look que je n'irais nulle part sans un vanity-case bourré de produits de beauté. Or voilà une femme qui est du genre tout ou rien. Ou elle sort en tenue décontractée ou elle s'habille comme...

Lady Helen laissa sa phrase en suspens.

Deborah releva la tête, la bouche sèche.

— Helen, elle n'a pas pu le tuer.

Pourtant, alors même qu'elle prononçait ces mots, elle sentit croître son malaise. Que savait-elle de Tina, en fin de compte ? Rien, pratiquement. Elle n'avait échangé que quelques mots avec elle d'où il était ressorti qu'elle avait un faible marqué pour les hommes, du goût pour la vie nocturne, et qu'elle était hantée par la peur de vieillir. Pourtant on devait pouvoir sentir le mal chez les êtres, quelque effort qu'ils fissent pour le dissimuler. On devait pouvoir sentir la rage à fleur de peau. Or Deborah n'avait rien perçu de tout cela chez Tina. Et pourtant, en songeant à la mort de Mick Cambrey, au fait qu'il avait joué un rôle dans la vie de Tina, Deborah dut s'avouer qu'elle n'en était pas si sûre.

Elle tendit la main vers la chemise comme pour y trouver la preuve de l'absence de méchanceté de Tina. Elle portait l'inscription « Clients potentiels » — à l'intérieur, plusieurs feuillets maintenus par un trombone.

— Qu'est-ce que c'est ? questionna Lady Helen.

— Des noms, des adresses, des numéros de téléphone.

— La liste de ses clients ?

— Je ne crois pas. Regarde. Il y a au moins une centaine de noms. Féminins et masculins.

— Une mailing-list ?

— Possible. Il y a un livret de caisse d'épargne également. (Deborah l'extirpa de son étui en plastique.)

— Raconte. Ça marche, son business ? Tu crois qu'il faut que je me recycle ?

Deborah lut la liste des dépôts, le nom du titulaire.

— Ce n'est pas à elle, fit-elle, surprise. Le livret appartient à Mick Cambrey. J'ignore ce qu'il faisait, mais ça rapportait.

— Mr Allcourt-Saint James ? Ravie de vous voir. (Le Dr Alice Waters se leva et chassa l'assistant qui avait introduit Saint James dans son bureau.) Il m'avait bien semblé vous reconnaître, ce matin, à Howenstow. Mais le moment était mal choisi pour les mondanités. Qu'est-ce qui vous amène dans ma tanière ?

Le mot s'imposait car le bureau du médecin légiste de Penzance n'était qu'un cagibi sans fenêtre encombré d'étagères, d'un vieux bureau à cylindre, d'un squelette de fac de médecine affublé d'un masque à gaz de la Seconde Guerre mondiale, et de piles de revues scientifiques. Tout ce qui restait d'espace libre était une étroite tranchée allant de la porte au bureau. Une chaise jouxtait le bureau — incongrue dans ce décor, sculptée, ornée de fleurs et d'oiseaux, elle eût été plus à sa place dans une salle à manger de manoir campagnard que dans un service de médecine légale. Après avoir échangé une poignée de main fraîche et ferme avec Saint James, le médecin lui fit signe de s'y asseoir.

— Prenez le trône. Ça date de 1675, environ. On faisait de belles choses en ce temps-là. Un peu chargées, peut-être...

— Vous les collectionnez ?

— C'est un excellent dérivatif. (Elle s'enfonça dans sa propre chaise — du cuir qui avait souffert et portait de larges éraflures — et fouilla au milieu de ses papiers pour repêcher une petite boîte de chocolats qu'elle lui tendit. Lorsqu'il eut fait son choix, elle se servit à son tour, mordant dans le chocolat avec la jubilation d'un gourmet.) J'ai lu votre article sur les sécréteurs ABO la semaine dernière. Passionnant. Je ne me doutais pas que j'aurais le plaisir de faire votre connaissance. C'est l'affaire de Howenstow qui vous amène ?

— La mort de Cambrey, plutôt.

Derrière les grosses lunettes, les sourcils du Dr Waters s'arquèrent. Elle avala son chocolat, s'essuya les doigts au revers de sa blouse et sortit un dossier de sous un saintpaulia qui semblait ne pas avoir été arrosé depuis des mois.

— Calme plat pendant des semaines dans le service. Et tout d'un coup je me retrouve avec deux cadavres sur les bras. En moins de quarante-huit heures. (Elle ouvrit le dossier, le lut, le referma. Elle attrapa un crâne qui grimaçait du haut de son étagère, délogea de son orbite un trombone. Le crâne avait manifestement servi à maints exposés car il était constellé de points de repère au crayon. Un grand X rouge avait même été dessiné directement sur la suture squameuse.) Deux coups à la tête. Le plus grave, dans la région pariétale, a causé une fracture.

— L'arme ?

— Je ne sais pas si on peut parler d'arme. Il a heurté quelque chose en tombant, me semble-t-il.

— On ne l'a pas frappé ?

Elle prit un autre chocolat, faisant non de la tête et pointant le doigt vers le crâne :

— Regardez, mon cher, la fracture serait à cet endroit-là si on l'avait frappé. Il n'était pas très grand — entre 1,73 m et 1,75 m — mais il aurait fallu qu'il soit assis pour que quelqu'un puisse le frapper avec suffisamment de force pour le tuer.

— Son agresseur n'aurait pas pu arriver sur la pointe des pieds ?

— J'en doute. Le coup n'est pas venu d'en haut. S'il avait été porté d'en haut, pour réussir à frapper à cet endroit-là, il aurait fallu que le tueur se positionne de telle façon que Cambrey l'eût forcément aperçu. Il aurait alors tenté de parer le coup et la manœuvre aurait laissé des traces sur le corps. Ecchymoses ou écorchures. Or nous n'avons rien trouvé de tel.

— Le tueur a peut-être été trop rapide.

Elle tourna le crâne entre ses mains.

— Possible. Mais ça n'expliquerait pas le second coup. Seconde fracture, moins grave, dans la région frontale droite. Pour que votre scénario tienne la route, il aurait fallu que le tueur le frappe derrière la tête, lui demande de se retourner et le frappe devant.

— Alors il s'agirait d'un accident ? Cambrey trébuche, tombe. Sur ces entrefaites quelqu'un pénètre dans le cottage, trouve le corps et le mutile pour s'amuser ?

— Ça m'étonnerait. (Elle remit le crâne en place et se laissa aller contre le dossier de son siège de cuir. La lumière du plafond se reflétait dans ses lunettes et faisait briller ses cheveux courts et raides, d'un bleu noir qui sentait l'artifice.) Voilà mon scénario. Cambrey est debout, il discute avec le tueur. La conversation dégénère. Il prend un coup terrible à la mâchoire — seul endroit du corps où des ecchymoses ont été relevées — qui l'envoie en arrière heurter un objet situé à un mètre cinquante environ du sol.

Saint James s'efforça de visualiser le séjour de Gull Cottage. Il savait que le Dr Waters y était allée. Elle avait dû procéder à un examen préliminaire du corps, sur place, dans la nuit de vendredi. Et quel que fût son désir d'attendre les résultats de l'autopsie avant de formuler des hypothèses, elle avait dû cependant en échafauder quelques-unes en voyant le cadavre.

— Le manteau de la cheminée ?

Elle pointa l'index en l'approuvant d'un hochement de tête.

— Le poids de Cambrey a augmenté la vitesse de la chute. Le résultat, c'est la première fracture. Après avoir heurté le manteau, il tombe légèrement, sur le côté cette fois. Et il se cogne la partie droite du crâne contre autre chose.

— L'âtre ?

— C'est probable. Cette seconde fracture est moins grave que la première. Mais c'est sans importance. Parce qu'il est mort des suites de la première. Hémorragie intracrânienne. Il était perdu.

— Il était mort lorsqu'on l'a mutilé, j'imagine, dit Saint James. Il n'y avait pratiquement pas de sang.

— Peut-être, mais quand même, quel charcutage !

Saint James s'efforça d'imaginer les événements tels que le Dr Waters venait de les exposer. La conversation qui dégénère en dispute, la colère qui devient rage, le coup.

— La mutilation, il a fallu longtemps pour la faire ? Si l'agresseur était dans un état de frénésie, courant à la cuisine, trouvant un couteau...

— L'agresseur n'était pas un excité. Croyez-moi. Du moins en ce qui concerne la mutilation. (Voyant son air étonné, elle poursuivit :) Les gens qui sont pris de frénésie frappent à plusieurs reprises. Cinquante, soixante fois. C'est courant. On en a des exemples tous les jours. Mais dans ce cas, il n'y a eu que deux estafilades rapides. Comme si le tueur voulait laisser un message sur le corps de Cambrey.

— Avec quel genre d'arme ?

Elle contempla de nouveau sa boîte de chocolats. Tendit la main et les repoussa avec un air de regret.

— Quelque chose de très coupant. Ça peut aller du couteau de boucher à une paire de ciseaux bien aiguisés.

— Vous n'avez rien trouvé encore ?

— Les techniciens fouillent toujours Gull Cottage. Ces gens-là ont une imagination débordante. Ils testent tout, des couteaux de cuisine aux épingles de nourrice utilisées pour les couches du bébé. Ils retournent également le village, poubelles, jardins, c'est pour ça qu'on les paie. Mais c'est une perte de temps.

— Pourquoi ?

Elle agita le pouce par-dessus son épaule, comme s'ils se trouvaient à Nanrunnel et non à Penzance.

— Les collines sont derrière. La mer devant. La côte est truffée de grottes. Il y a des mines condamnées. Un port plein de chalutiers. Bref, un nombre illimité de cachettes où planquer un couteau sans que personne le retrouve avant des dizaines d'années. Pensez aux couteaux de pêcheur. Combien y en a-t-il qui traînent ici et là ?

— Le tueur aurait donc pu se rendre chez Cambrey les mains vides.

— Peut-être que oui. Peut-être que non. Pour l'instant on ne peut rien dire.

— Et Cambrey n'a pas été attaché ?

— Selon les techniciens de la police scientifique, non. On n'a retrouvé aucune trace de chanvre, de Nylon ou de quoi que ce soit d'autre. Quant au second cadavre, celui de Howenstow, c'est une autre paire de manches.

— Histoire de drogue ?

Le Dr Waters dressa aussitôt l'oreille.

— Difficile à dire. Nous n'en sommes qu'aux examens préliminaires. Y a-t-il quelque chose...

— Cocaïne.

Elle griffonna dans son bloc.

— Pas étonnant. Les gens sont prêts à prendre n'importe quoi pour planer. Les imbéciles. (Elle parut sur le point de s'absorber dans une triste réflexion relative à la consommation de drogue dans le pays. Se secouant, elle poursuivit :) On a vérifié le taux d'alcool dans le sang. Justin Brooke était saoul.

— Capable de fonctionner ?

— Difficilement mais il fonctionnait. Suffisamment pour aller jusqu'à la falaise et se casser la figure. Quatre vertèbres brisées. Moelle épinière sectionnée. (Elle retira ses lunettes et se frotta l'arête du nez : la peau était rouge, à vif. Sans ses grosses lunettes, elle semblait bizarrement sans défense, privée d'un masque.) S'il s'en était tiré, il serait resté tétraplégique. Il vaut peut-être mieux qu'il soit mort. (Machinalement, son regard se porta sur la jambe appareillée de Saint James. Elle recula dans sa chaise.) Excusez-moi. Je suis désolée. Voilà ce qui arrive quand on travaille trop.

D'un côté une vie diminuée, de l'autre pas de vie du tout. C'était l'éternelle question, que Saint James avait eu maintes fois l'occasion de se poser depuis son accident. Il choisit d'ignorer les excuses du médecin.

— Il est tombé ou on l'a poussé ?

— Les experts sont en train d'examiner minutieusement le corps et les vêtements pour voir s'il s'est battu avec un agresseur potentiel. Mais, pour l'instant, il semble qu'il s'agisse d'une chute. Il était ivre. Il était en haut d'une falaise dangereuse. L'heure de la mort semble avoir été une heure du matin. Il faisait donc nuit. Et il y avait une épaisse couche de nuages dans le ciel, en plus. Je dirai qu'une chute accidentelle est plus que probable.

Saint James songea que Lynley serait rudement soulagé d'apprendre ça. Et pourtant, alors que le Dr Waters lui faisait part de son opinion, il avait du mal à l'accepter. Certes, les apparences donnaient à penser qu'il s'agissait d'un accident. Mais la présence de Brooke en haut de la falaise au beau milieu de la nuit suggérait un rendez-vous clandestin qui avait fini par un meurtre.

A l'extérieur de la salle à manger, ce qui le matin avait été un orage estival se transformait en une véritable tempête, avec vent violent rugissant autour de la maison et trombes d'eau fouettant les vitres. Les rideaux étaient tirés, aussi le vacarme était-il quelque peu atténué, mais de temps à autre une rafale secouait les fenêtres, qui grinçaient de façon inquiétante. Lorsque cela se produisait, au lieu de penser à la mort de Mick Cambrey et à celle de Justin Brooke, Saint James songeait à la disparition de la *Daze*. Il savait que Lynley avait passé le reste de la journée à chercher en vain son frère. La côte étant déchiquetée et difficile à atteindre par la terre, si Peter avait jeté l'ancre dans un port naturel pour échapper au plus gros de l'orage, Lynley ne l'avait pas trouvé.

— Je n'ai pas pensé à faire modifier le menu, disait Lady Asherton, parlant de l'assortiment de plats qui leur avait été présenté. Il s'est passé tellement de choses que ça m'est sorti de la tête. Nous devions être neuf à table. Dix, si Augusta était restée. Heureusement qu'elle est repartie hier soir. Si elle avait été là ce matin lorsque Jasper a découvert le corps...

Elle piqua du bout de sa fourchette une branche de broccoli, soudain consciente du décousu de ses propos. La lueur des bougies jouait sur sa robe turquoise et adoucissait les rides que l'inquiétude soulignait entre ses sourcils à mesure que la journée avançait. Elle n'avait pas prononcé une seule fois le nom de Peter depuis qu'on lui avait annoncé sa disparition.

— Il faut bien manger, Daze, dit Cotter, qui, comme les autres d'ailleurs, n'avait pratiquement pas touché à son assiette.

— Mais le cœur n'y est pas, fit Lady Asherton qui sourit à Cotter sans réussir à dissimuler son angoisse.

Celle-ci se voyait à ses gestes brusques, aux coups d'œil

brefs qu'elle jetait à son fils aîné assis non loin de là. Lynley n'était rentré à Howenstow que dix minutes avant le dîner, et ce temps, il l'avait passé dans le bureau de l'intendance à donner des coups de téléphone. Saint James savait qu'il n'avait pas parlé de Peter à sa mère, et apparemment il n'entendait pas aborder le sujet maintenant. Comme si elle s'en rendait compte, Lady Asherton s'adressa à Saint James :

— Comment va Sidney ?

— Elle dort. Elle rentre à Londres demain matin.

— Est-ce bien raisonnable ? fit Lynley.

— Elle y tient absolument.

— Tu l'accompagnes ?

Saint James fit non de la tête, jouant avec le pied de son verre à vin, songeant à la brève conversation qu'il avait eue avec sa sœur une heure plus tôt. Et surtout à son refus de parler de Justin Brooke.

Ne me pose pas de questions, Simon, ne m'oblige pas à répondre à des questions, lui avait-elle dit, pâle, les cheveux collés par la transpiration. *C'est au-dessus de mes forces. Ne m'oblige pas à parler de ça maintenant, je t'en prie.*

— Elle a refusé, elle dit qu'elle se débrouillera très bien seule.

— Peut-être veut-elle parler aux parents de Brooke. Est-ce que la police les a contactés ?

— Je ne sais même pas s'il a de la famille. Je le connais très peu.

En dehors du fait, ajouta-t-il en silence, que je suis heureux de le savoir mort.

Sa conscience l'avait tarabusté toute la journée, le forçant à admettre la vérité, cela depuis le moment où il avait serré sa sœur dans ses bras sur la falaise, contemplé le corps de Brooke à ses pieds, éprouvé un intense sentiment de jubilation qui avait sa source dans le besoin de se venger. Justice est faite, avait-il songé. Justice est rendue. Le bras du châtiment avait peut-être momentanément tardé après que Brooke eut agressé sa sœur sur la plage. Mais Justin Brooke avait quand même fini par payer la sauvagerie avec laquelle il s'était jeté sur Sidney. Et de quelle façon... Saint James s'en réjouissait. Il respirait plus librement à l'idée de savoir Sidney enfin débarrassée de cet homme. L'intensité de son soulagement — si profondément contraire à ce que tout individu civilisé est censé éprouver face au décès d'un autre être humain — le troublait. Il se disait que, l'occasion se fût-elle présentée, il aurait sans problème réglé lui-même son compte à Justin Brooke.

— En tout cas, je crois qu'elle a raison de partir. Personne ne lui a demandé de rester. Officiellement, je veux dire.

Il vit que les autres le comprenaient à demi-mot. Les policiers n'avaient pas demandé à parler à Sidney. En ce qui les concernait, la mort de Brooke était le résultat d'une chute accidentelle.

Les autres convives réfléchissaient à ce détail lorsque la porte de la salle à manger s'ouvrit, livrant passage à Hodge.

— Un coup de téléphone pour Mr Saint James, milady. (Hodge avait une façon d'annoncer les choses et surtout une intonation telle qu'on avait toujours l'impression qu'il s'agissait d'une catastrophe.) Dans le bureau de l'intendance. C'est Lady Helen Clyde.

Saint James se leva aussitôt, enchanté d'avoir un prétexte pour s'absenter. L'atmosphère de la salle à manger était lourde de questions inexprimées, d'une multitude de problèmes demandant à être examinés. Mais tout le monde semblait décidé à éviter les discussions, préférant la tension croissante au risque de se trouver confronté à une vérité pénible.

Saint James suivit Hodge le long du couloir menant au bureau de l'intendance. Une seule lampe brillait sur le bureau, projetant une clarté ovale au milieu de laquelle attendait le récepteur. Il s'en saisit.

— Elle a disparu, dit Lady Helen en reconnaissant sa voix. Il semble qu'elle ait pris des vacances dans un endroit décontracté : ses vêtements de tous les jours ont disparu mais pas ses tenues élégantes, et il n'y a plus de valise dans l'appartement.

— Tu as réussi à entrer ?

— J'ai baratiné le gardien pour avoir la clé.

— Tu as raté ta vocation, Helen.

— Je sais, Simon. J'aurais fait un escroc de première force. C'est parce que j'ai fréquenté les *finishing schools* au lieu d'aller à l'université. Langues vivantes, beaux arts, mensonge, dissimulation. Je savais bien que tout ça me servirait un jour.

— Aucune idée de l'endroit où elle a pu aller ?

— Elle a laissé ses produits de maquillage et ses ongles, alors...

— Ses ongles ? Qu'est-ce que c'est que cette histoire, Helen ?

Éclatant de rire, elle lui expliqua en quoi consistaient les ongles artificiels.

— Pas vraiment le genre de choses qu'on porterait pour faire de la randonnée, tu vois. Ni pour jardiner, faire de l'escalade, de la voile, ou aller à la pêche. Nous pensons donc qu'elle est partie à la campagne.

— En Cornouailles ?

— C'est ce qu'on s'est dit, avec Deborah, et on a trouvé un certain nombre d'éléments qui tendraient à le prouver. Pour commencer, Tina est en possession du livret de caisse d'épargne de Mick Cambrey — il a déposé d'assez grosses sommes sur son compte, entre parenthèses —, et on a trouvé deux numéros de téléphone. L'un d'un central téléphonique londonien. Nous avons appelé et sommes tombées sur un message enregistré d'une firme appelée Islington, Ltd, qui indiquait les heures d'ouverture de la boîte. Demain matin, je vais essayer d'en savoir plus.

— Et l'autre ?

— C'est un numéro en Cornouailles, Simon. On a essayé de l'obtenir à deux reprises, mais ça n'a pas répondu. On a pensé que c'était peut-être le numéro de Mick Cambrey.

Saint James sortit une enveloppe d'un tiroir du bureau.

— Tu as essayé les renseignements ?

— J'ai peur que Cambrey ne soit pas dans l'annuaire. Je vais te donner le numéro. Tu pourras peut-être en tirer quelque chose.

Saint James le nota sur l'enveloppe qu'il fourra dans sa poche.

— Sid rentre à Londres demain. (Il raconta à Lady Helen ce qui était arrivé à Justin Brooke. Elle l'écouta en silence sans poser de questions ni faire de commentaires, attendant qu'il ait terminé son récit. Il n'omit rien, ajoutant en manière de conclusion :) Et maintenant, voilà que Peter a disparu à son tour.

— Oh, non, murmura Helen. (A l'arrière-plan, Saint James entendit de la musique en sourdine. Concerto pour flûte. Il aurait bien aimé se trouver assis chez elle dans son salon d'Onslow Square, à parler de tout et de rien, ne songeant qu'à des analyses de fibres ou de cheveux concernant des gens qu'il ne connaissait pas et ne rencontrerait jamais.) Pauvre Tommy, commenta Helen. Pauvre Daze. Comment vont-ils ?

— Ils tiennent le coup.

— Et Sid ?

— Elle est assez secouée. Tu t'occuperas d'elle, Helen ? Demain soir ? A son retour ?

— Bien sûr. Ne t'inquiète pas. Je m'en charge. (Elle marqua une pause. De nouveau, la musique se fit entendre, délicate, fragile comme un parfum dans l'air. Puis elle dit :) Simon, ce n'est pas parce que tu as souhaité sa mort que c'est arrivé.

Comme elle le connaissait bien.

— Quand je l'ai vu sur la plage, quand j'ai compris qu'il était mort...

— Ne sois pas si dur avec toi-même.

— J'aurais été capable de le tuer, Helen. Dieu sait que ça me démangeait.

— Qui de nous peut se vanter de n'avoir jamais éprouvé la même chose ? Ça ne veut rien dire. Tu as besoin de te reposer, Simon. Nous avons tous besoin d'un peu de repos. Ç'a été un sale moment pour tout le monde.

Il ne put s'empêcher de sourire en entendant son intonation. Mère, sœur, amie dévouée. Il accepta l'absolution qu'elle lui donnait :

— Tu as raison.

— Va te coucher. On peut raisonnablement penser qu'il ne se passera rien cette nuit.

— Espérons.

Il remit le combiné sur son support et resta un moment à observer la tempête. La pluie cinglait les vitres. Le vent bousculait les branches des arbres. Une porte claqua. Il sortit du bureau.

Il envisagea un instant de passer le reste de la soirée seul dans sa chambre. Il se sentait vidé, incapable de réfléchir, anéanti à l'idée de devoir faire la conversation, d'éviter soigneusement les sujets qui préoccupaient tous les invités. Peter Lynley. Sacha Nifford. Où ils se trouvaient. Ce qu'ils avaient fait. Pourtant, Lynley devait attendre qu'il lui résume son coup de fil avec Helen. Aussi se dirigea-t-il vers la salle à manger.

Des voix provenant du couloir attirèrent son attention alors qu'il approchait de la cuisine. Près du quartier des domestiques, Jasper était en conversation avec un homme à l'aspect rude qui tordait son chapeau plein d'eau. En voyant Saint James, Jasper lui fit signe d'avancer.

— Bob a retrouvé le sloop, dit-il. Il s'est écrasé sur un rocher à Cribba Head.

— C'est la *Daze*, c'est sûr, intervint Bob. Pas moyen de se tromper.

— Est-ce qu'il y a quelqu'un...

— Personne à bord. J'vois pas comment y pourrait y avoir quelqu'un. Vu l'état du voilier, c'est pas possible.

17

Saint James et Lynley, dans la Land Rover du domaine, suivirent l'Austin rouillée du pêcheur. Leurs phares mettaient en évidence les dégâts causés par la tempête. Des rhododendrons déchiquetés bordaient l'allée et les pneus des véhicules écrasaient leurs fleurs violacées qui formaient un tapis épais sur le sol. Une longue branche de platane, arrachée à un arbre, coupait presque la route en deux. Feuilles et branchages volaient dans toutes les directions tandis que de furieuses rafales de vent soulevaient les gravillons de l'allée qui criblaient, telles des balles, la carrosserie des voitures. Les volets du pavillon claquaient avec violence contre les murs de pierre. L'eau ruisselait le long des gouttières. Les roses grimpantes arrachées à leur treillage gisaient en tas détrempés sur les dalles.

Lynley freina devant le pavillon des Penellin et Mark fonça pour les rejoindre. Debout dans l'encadrement de la porte, un châle autour du cou, le vent plaquant sa robe contre ses jambes, Nancy les observait. Elle leur cria quelques mots que la bourrasque ne leur permit pas de saisir. Lynley baissa sa vitre de quelques centimètres tandis que Mark grimpait en hâte sur le siège arrière.

— Vous avez des nouvelles de Peter ? (Nancy retint la porte que le vent faisait claquer contre le mur. Les pleurs du bébé leur parvinrent, à peine perceptibles.) Je peux faire quelque chose ?

— Restez à côté du téléphone, cria Lynley. Il se peut que je vous demande d'aller auprès de maman.

Hochant la tête, elle leur adressa un signe de la main et rentra. Lynley passa en première. Ils s'engagèrent dans l'avenue, traversant une flaque d'eau, franchissant une nappe de boue.

— Le bateau est à Cribba Head ? s'enquit Mark Penellin, les cheveux plaqués par la pluie.

— D'après ce qu'on nous a dit, oui, répondit Lynley. Que vous est-il arrivé ?

Mark porta prudemment la main au sparadrap qui ornait son sourcil droit. Des écorchures couvraient ses phalanges et le dos de sa main.

— J'essayais de caler les volets pour que le bébé arrête de pleurer. J'ai failli me faire assommer. (Il remonta le col de son ciré et le boutonna.) C'est bien la *Daze*, vous en êtes sûr ?

— Ça en a tout l'air.

— Et Peter ?

— Aucune nouvelle.

— L'imbécile.

Mark prit un paquet de cigarettes, en offrit à Lynley et Saint James, qui refusèrent. Il en alluma une, qu'il fuma un instant avant de l'éteindre.

— Vous n'avez pas vu Peter ? questionna Lynley.

— Pas depuis vendredi après-midi sur la plage.

Saint James se retourna pour regarder le jeune homme :

— Peter nous a dit qu'il ne vous avait pas vu vendredi.

Mark haussa un sourcil, fit une grimace et tapota son sparadrap.

— Peut-être que ça lui est sorti de la tête, mais il m'a vu.

A la suite de l'Austin, la Land Rover se traînait le long de l'étroit sentier. N'étaient les phares des véhicules et quelques rares fenêtres de cottage ou de ferme encore éclairées, l'obscurité était complète. L'absence de lumière s'ajoutant à la tempête ralentissait leur progression. La chaussée était inondée. Les haies s'inclinaient dangereusement vers la voiture. Les phares éclairaient crûment la pluie torrentielle. Faisant halte à deux reprises pour débarrasser la chaussée des branchages qui l'obstruaient, ils mirent cinquante minutes à parcourir un trajet qui leur aurait demandé un quart d'heure en temps normal.

A la hauteur de Treen, ils obliquèrent pour prendre le chemin menant à Cribba Head et stoppèrent à quelque vingt mètres du sentier qui descendait vers l'anse de Penberth. Du siège arrière, Mark tendit à Lynley un ciré de pêcheur qu'il enfila par-dessus son pull gris.

— Il vaut mieux que tu nous attendes ici, Saint James. (Même à l'intérieur de la voiture, Lynley devait élever la voix pour se faire entendre tant le vent et les vagues faisaient de vacarme. La Land Rover oscillait dangereusement tel un jouet sous les coups de boutoir de la tempête.) Le trajet n'est pas commode.

— Je vais essayer de t'accompagner.

Lynley hocha la tête, ouvrant sa portière. Ils sortirent tous les trois. Saint James ne tarda pas à constater qu'il lui fallait faire appel à toutes ses forces pour refermer sa propre portière une fois que Mark Penellin fut descendu de la Land Rover.

— Bon Dieu ! s'écria le jeune homme. Ça souffle ! (Il alla aider Lynley qui sortait du coffre des cordes et des gilets de sauvetage.)

Devant eux, le pêcheur avait laissé allumés ses phares qui éclairaient jusqu'à la falaise. Le pêcheur commença à patauger au milieu des herbes qui se collaient à son pantalon. Il tenait une corde.

— Le bateau est dans la baie, cria-t-il par-dessus son épaule aux trois hommes qui le rejoignaient. A cinquante mètres du rivage environ. L'avant sur les rochers. Quasiment démâté, j'en ai peur.

Courbés en deux pour mieux résister au vent — qui était aussi violent que glacial, à croire qu'il soufflait de l'Antarctique —, ils se dirigèrent tant bien que mal vers le bord de la falaise. Un étroit sentier rendu glissant par les trombes d'eau descendait jusqu'à l'anse de Penberth où luisaient faiblement des lumières provenant de petits cottages de granit construits au bord de l'eau. Des torches oscillaient près des brisants où des gens du cru, assez courageux pour braver la tempête, regardaient le sloop qui achevait de se déchiqueter. Pas moyen d'atteindre le voilier. A supposer qu'une petite embarcation ait réussi à franchir la barre, le rocher sur lequel la *Daze* était allée se fracasser aurait causé sa perte.

— Impossible de vous suivre, cria Saint James lorsqu'il vit dans quel état se trouvait le sentier. Je vais être obligé d'attendre ici.

Lynley leva une main, hocha la tête et attaqua la descente. Les autres le suivirent, se frayant un chemin au milieu des rochers, trouvant péniblement des prises dans les anfractuosités de rocs glissants. Saint James les regarda disparaître dans un puits d'ombre avant de faire demi-tour, luttant contre le vent et la pluie pour regagner la voiture. Il avait l'impression que ses chaussures étaient lestées de boue et que les mauvaises herbes restaient accrochées au lourd talon métallique de sa jambe appareillée. Lorsqu'il atteignit la Land Rover, il était à bout de souffle. Il ouvrit la portière et s'engouffra à l'intérieur.

A l'abri de la tempête, il se débarrassa de son ciré et de sa vareuse en tricot qui était toute trempée, et s'ébroua, secouant la tête pour faire tomber l'eau de ses cheveux. Il frissonna, n'ayant qu'une envie, enfiler des vêtements secs ; puis, les paroles du pêcheur lui revenant à l'esprit, il se mit à réfléchir. Dans un premier temps, Saint James se dit qu'il n'avait pas bien entendu. L'avant sur les rochers. Il devait y avoir une erreur. Pourtant un pêcheur cornouaillais ne pouvait se tromper et le bref coup d'œil que Saint James avait jeté au voilier allait dans le sens de ce qu'avait dit l'homme de la mer. Donc il n'y avait pas d'erreur. Cela étant, de deux choses l'une : ou il ne s'agissait pas de la *Daze*, ou leurs théories étaient à revoir.

Trente minutes s'écoulèrent avant que Lynley et Mark ne reviennent, suivis du pêcheur. La tête enfoncée dans les épaules, ils restèrent un instant près de l'Austin à se concerter, le pêcheur faisant force gestes. Lynley hocha la tête et, criant un ultime commentaire, pataugea dans la boue et les herbes pour regagner la Rover. Mark Penellin lui emboîta le pas. Ils rangèrent leur matériel dans le coffre et se laissèrent tomber, trempés, sur les sièges de la voiture.

— Le sloop est fichu, dit Lynley, soufflant comme un coureur de fond. Dans une heure, il n'en restera plus rien.

— C'est la *Daze* ?

— Sans aucun doute.

Devant eux, l'Austin rugit, recula, effectua un demi-tour et s'en fut, les abandonnant sur la falaise. Le regard fixe, Lynley contemplait l'obscurité. La pluie tombait à verse sur le pare-brise.

— Qu'as-tu appris ?

— Pas grand-chose. Ils ont vu le bateau arriver à la nuit

tombante. Cet imbécile de Peter a essayé de franchir la barre rocheuse pour se mettre à l'abri dans la baie.

— Quelqu'un a été témoin de l'accident ?

— Il y avait cinq hommes qui travaillaient autour d'un cabestan, non loin. Quand ils ont vu ce qui se passait, ils ont rassemblé une petite équipe et sont allés voir ce qu'ils pouvaient faire. Ce sont des pêcheurs. Ils ne laisseraient pas quelqu'un donner sur les rochers sans essayer de lui porter secours. Mais, quand ils ont réussi à apercevoir clairement le voilier, ils ont constaté qu'il n'y avait personne sur le pont.

— Comment est-ce possible ?

Saint James regretta aussitôt sa question car il ne pouvait y avoir qu'une réponse, ce qu'il comprit avant même que Lynley et Mark la formulent.

— Par gros temps, on peut être emporté par une lame et passer par-dessus bord, dit Mark. Si on ne fait pas attention, qu'on ne porte pas de harnais de sécurité, si on n'est pas suffisamment amariné...

— Peter n'était pas un novice, coupa Lynley.

— Ça arrive à tout le monde de perdre les pédales, Tommy, remarqua Saint James.

Lynley ne réagit pas tout de suite, pesant cette hypothèse. Il regarda par-delà Saint James le sentier détrempé qui conduisait à la petite baie. L'eau dégoulinait de ses cheveux sur son front. D'un revers de main machinal, il l'essuya.

— Il aurait pu se réfugier en bas. Si ça se trouve, il y est encore. Et Sacha aussi.

Saint James se dit que ce n'était pas complètement impossible et que ça collait même plutôt bien avec la position de la *Daze*. A supposer que Peter ait été sous l'influence de la drogue lorsqu'il avait décidé de sortir le bateau — comme l'indiquait le fait qu'il fût sorti en mer au moment où une tempête se préparait —, son jugement aurait été faussé : sous l'effet de la cocaïne, il aurait eu tendance à se croire supérieur aux éléments, invincible, maître de la situation. La tempête, au lieu d'être un danger bien réel, aurait été une source d'excitation, une façon de planer, de s'éclater en beauté.

D'un autre côté, sa fuite à bord de la *Daze* avait peut-être été un ultime geste de désespoir. Si Peter devait filer afin d'éviter de répondre aux questions de la police concernant Mick Cambrey et Justin Brooke, il n'était pas impossible qu'il eût délibérément choisi de fuir par la mer. Sur terre, on l'aurait sûrement remarqué. Il n'avait pas de moyen de locomotion, il lui aurait fallu se faire prendre en stop. Comme en outre il était accompagné de Sacha, l'automobiliste qui les aurait pris n'aurait sans doute pas manqué de se souvenir d'eux et l'aurait dit à la police si celle-ci était venue l'interroger. Peter avait été assez astucieux pour envisager cette hypothèse.

Pourtant, la position comme la destruction du bateau suggéraient autre chose qu'une fuite.

Lynley mit le contact.

— Demain, je rassemble un petit groupe, dit-il. Pour aller à leur recherche.

Lady Asherton les rejoignit dans le couloir où ils accrochaient aux patères leurs cirés et leurs vareuses trempés. Dans un premier temps, elle ne souffla mot. Une main plaquée sur la poitrine comme pour parer un coup éventuel, elle tenait de l'autre un châle qu'elle avait jeté sur ses épaules, un châle en cachemire rouge et noir qui jurait avec son teint et les couleurs de sa robe. Elle semblait s'en servir plus pour se réconforter que pour se réchauffer car le tissu était fin et, que ce fût de froid ou d'inquiétude, elle tremblait sous ce mince vêtement. Elle était très pâle et Lynley songea que, pour la première fois, elle faisait réellement son âge. Cinquante-six ans.

— J'ai fait apporter du café pour vous dans mon petit bureau, dit-elle.

Lynley surprit le regard de Saint James. Celui-ci connaissait suffisamment bien son ami pour comprendre qu'il venait de prendre sa décision. Le moment était venu de parler à Lady Asherton de Peter. Il lui fallait la préparer à ce qui risquait d'arriver au cours des jours à venir. Et cela, il s'en sentait incapable en présence de Saint James, quelque désir qu'il eût d'avoir son vieil ami à ses côtés.

— Je vais voir où en est Sidney, dit Saint James. Je vous rejoins.

Il s'éloigna vers l'armurerie. Demeuré seul avec sa mère, Lynley ne sut que dire. A la manière d'un invité plein de bonne volonté, il opta pour une formule banale :

— Un café ne me fera pas de mal.

Lady Asherton le précéda. Il remarqua sa démarche, tête droite, épaules rejetées en arrière. Et il en comprit sans peine la raison. Elle ne voulait pas que quiconque l'apercevant, — Hodge, la cuisinière, l'une des bonnes —, pût déceler son trouble. Son intendant avait été arrêté pour meurtre ; l'un de ses invités était mort dans la nuit ; son fils cadet avait disparu et son autre fils était un homme avec lequel elle n'avait pas parlé à cœur ouvert depuis plus de quinze ans. Mais, si l'un de ces événements la perturbait, personne ne devait s'en rendre compte. Et si les ragots allaient bon train à l'office, il ne fallait pas que ce fût à propos de la façon dont le châtiment divin s'était enfin abattu sur la comtesse d'Asherton.

Ils longèrent le couloir qui traversait la maison sur toute sa longueur. Tout au bout, la porte du petit bureau était fermée et, lorsque Lady Asherton l'ouvrit, son seul occupant se leva, écrasant sa cigarette dans un cendrier.

— Avez-vous trouvé quelque chose ? s'enquit Roderick Trenarrow.

Sur le seuil, Lynley hésita, conscient soudain de l'état lamentable de ses vêtements. Son pantalon trempé lui grattait la peau. Sa chemise lui collait à la poitrine et aux épaules, le col était plaqué contre sa nuque. Même ses chaussettes étaient bonnes à tordre, car bien qu'il eût mis des bottes en caoutchouc pour descendre jusqu'à l'anse de Penberth, il les avait retirées dans la voiture et il avait marché dans une superbe flaque lorsqu'il était sorti de la Rover au retour.

Aussi aurait-il nettement préféré aller se changer. Mais il se força à entrer dans la pièce, s'approchant de la table jouxtant le bureau de sa mère sur laquelle était posée une cafetière.

— Tommy ? dit sa mère, assise sur la moins confortable des chaises.

Lynley s'installa sur le canapé avec sa tasse. Trenarrow resta près de la cheminée. Un feu de charbon brûlait dont la chaleur ne parvenait pas à réchauffer Lynley, prisonnier de ses vêtements visqueux. Il jeta un coup d'œil à Trenarrow, lui adressant un signe de tête mais ne soufflant mot. Il voulait que le médecin s'en aille, n'ayant aucune envie d'avoir une conversation sur Peter en sa présence. Pourtant il savait que, s'il demandait à rester en tête à tête avec sa mère, cette requête serait mal interprétée par l'un comme par l'autre. A l'évidence, comme la veille au soir, Trenarrow était venu à sa demande. Et il ne s'agissait nullement d'une visite de courtoisie comme le prouvait l'air inquiet du médecin lorsqu'il regarda Lady Asherton.

Lynley comprit qu'il n'avait pas le choix. Il se frotta le front, repoussant en arrière ses cheveux mouillés.

— Il n'y avait personne à bord, dit-il. Du moins nous n'avons vu personne. Ils étaient peut-être en bas.

— Tu as appelé quelqu'un ? questionna Lady Asherton.

— Les secours, vous voulez dire ? (Il fit non de la tête.) Le bateau était en trop mauvais état. Le temps qu'ils arrivent, il aurait coulé.

— Tu crois qu'il a été projeté par-dessus bord ?

Ils parlaient de son fils, mais ils auraient aussi bien pu parler des plantations à effectuer dans le jardin après la tempête. Lynley s'étonna de son calme.

— Comment savoir ? Peut-être qu'il était en bas avec Sacha. Peut-être qu'ils ont été emportés tous les deux. On ne le saura que lorsqu'on retrouvera leurs corps. Et encore... S'ils sont très abîmés, nous en serons réduits à faire des hypothèses.

A ces mots, elle baissa la tête et se cacha les yeux. Lynley s'attendait à ce que Trenarrow traverse la pièce et aille vers elle. Toutefois, ce dernier ne bougea pas.

— Ne te torture pas ainsi, dit Trenarrow. Nous ne savons rien encore. Nous ne savons même pas si c'est Peter qui a pris le bateau. Je t'en prie, Dorothy, écoute-moi.

Lynley se souvint avec un pincement au cœur que Trenarrow avait toujours été le seul à appeler sa mère par son véritable nom.

— Tu sais très bien qu'il a pris le voilier, dit-elle. Nous savons tous pourquoi. Mais j'ai préféré faire l'autruche. Il a traîné de clinique en clinique pour se faire désintoxiquer. Quatre en tout. Et ça m'arrangeait de me dire qu'il avait fini par décrocher. Mais c'est faux. Je m'en suis rendu compte vendredi matin lorsqu'il est arrivé ici. Seulement, comme je me sentais incapable d'aborder le sujet avec lui, j'ai fait celle qui ne voyait rien. J'avoue que j'ai même commencé à prier pour qu'il s'en sorte seul parce que je ne sais plus que faire pour l'aider. Oh, Roddy...

Si elle n'avait pas prononcé son nom, Trenarrow n'aurait sans doute pas bronché. Mais c'en fut trop : il s'approcha d'elle, se mit à lui caresser le visage, les cheveux, murmurant son nom. Elle lui passa les bras autour de la taille.

Lynley détourna le regard. Les muscles crispés. Les os lourds comme du plomb.

— Je ne comprends pas, dit Lady Asherton. Quoi qu'il ait eu l'intention de faire en prenant le bateau, il aurait dû se rendre compte que le temps était menaçant. Il aurait dû comprendre que c'était dangereux. Il ne pouvait pas être inconscient à ce point. (Puis, s'arrachant doucement aux bras de Trenarrow, elle ajouta :) Qu'en penses-tu, Tommy ?

— Je ne sais pas, dit Lynley avec circonspection.

Sa mère se leva, s'approcha du canapé.

— Il y a autre chose, n'est-ce pas ? Tu ne m'as pas tout dit. Non, Roddy... (Trenarrow faisant mine de la prendre dans ses bras, elle l'arrêta d'un geste.) Ça va. Dis-moi de quoi il s'agit, Tommy. Dis-moi ce que tu ne voulais pas que je sache. Tu t'es disputé avec lui hier. Je vous ai entendus. Tu le sais. Il y a autre chose. Parle.

Lynley leva les yeux vers elle. Son visage était redevenu étrangement calme, comme si elle avait réussi à reprendre ses forces. Il baissa le nez sur la tasse de café qui lui réchauffait la paume.

— Peter est passé à Gull Cottage, chez Mick Cambrey, après la visite de John Penellin vendredi soir. Un peu plus tard, Mick est mort. Justin m'a raconté ça après l'arrestation de Penellin, la nuit dernière. Et ensuite... (Il braqua les yeux vers sa mère.) Justin est mort.

Elle entrouvrit les lèvres tandis qu'il parlait mais garda un air impassible.

— Tu ne penses pas que ton frère...

— Je ne sais pas quoi penser. (Lynley avait l'impression d'avoir la gorge à vif.) Que voulez-vous que je pense, bon Dieu ? Mick est mort. Justin est mort. Peter a disparu. Que diable voulez-vous que je pense de tout ça ?

Trenarrow esquissa un pas en avant comme pour atténuer la violence des paroles de Lynley. Mais Lady Asherton s'approcha de son fils assis sur le canapé, lui mit un bras autour des épaules. Puis elle déposa un rapide baiser sur ses cheveux trempés.

— Tommy, Tommy chéri, murmura-t-elle. Cher, cher Tommy. Pourquoi crois-tu devoir porter ce fardeau seul ?

C'était la première fois en dix ans qu'elle le touchait.

18

Le ciel matinal céruléen souligné de nuages mousseux contrastait avec la grisaille de la veille. Les oiseaux de mer emplissaient de nouveau l'air de leurs cris rauques. Le sol portait d'abondantes traces du temps exécrable de la journée précédente. Posté devant la fenêtre de sa chambre, une tasse de thé à la main, Saint James examinait les dommages causés par ces heures de pluie et de tempête.

Les tuiles du toit gisaient en miettes dans l'allée qui aboutissait dans la cour sur laquelle donnait sa chambre. Une girouette tordue était tombée au milieu des tuiles, projetée là par la bourrasque. Des fleurs écrasées formaient çà et là comme des tapis aux couleurs claquantes : campanules violettes, bégonias roses, pieds-d'alouettes et, un peu partout, pétales de roses déchiquetés. Des morceaux de verre brisé luisaient tels des bijoux sur les pavés ; un petit carreau demeuré miraculeusement intact recouvrait une flaque d'eau, lui donnant l'aspect d'un lac miniature pris par la glace. Les jardiniers s'affairaient, travaillant déjà à réparer les dégâts. Saint James distinguait leurs voix venant du parc, qu'étouffait par intermittence le rugissement de la scie électrique.

Deux coups énergiques annoncèrent l'arrivée de Cotter.

— J'ai le renseignement que vous m'avez demandé, annonça-t-il. Vous allez être surpris. (Traversant la pièce, il tendit à Saint James l'enveloppe que ce dernier avait prise dans le bureau de l'intendance lors de sa conversation téléphonique avec Lady Helen.) C'est le numéro du Dr Trenarrow, figurez-vous.

— Vraiment ? s'étonna Saint James, reposant sa tasse sur une table. (Il prit l'enveloppe, qu'il se mit à tripoter pensivement.)

— Je n'ai même pas eu besoin de le composer, Mr Saint James, poursuivit Cotter. Hodge l'a reconnu dès que je le lui ai montré. Il l'a fait tellement souvent...

— Vous avez vérifié quand même, pour plus de sûreté, Cotter ?

— Oui. C'est bien le numéro du Dr Trenarrow. Et je lui ai annoncé notre venue.

— Des nouvelles de Tommy ?

— Daze m'a dit qu'il avait téléphoné de Pendeen. (Cotter secoua la tête.) Rien.

Saint James fronça les sourcils, se demandant si la stratégie adoptée par Tommy était vraiment la plus efficace : son ami avait obstinément refusé de faire intervenir les gardes-côtes et la police. Il était parti à l'aube, accompagné de six hommes des fermes environnantes, afin de fouiller la côte de St. Ives à Penzance. Ils avaient pris deux vedettes, l'une partant de Penzance et l'autre de la baie de St. Ives. Les embarcations étaient suffisamment petites pour que leurs occupants puissent s'approcher du rivage et suffisamment rapides pour leur permettre d'effectuer une reconnaissance préliminaire en l'espace de quelques heures. Toutefois, si ces recherches n'aboutissaient à rien, il leur faudrait en effectuer d'autres, sur terre, cette fois. Ce qui prendrait des jours et nécessiterait, que cela plût ou non à Lynley, l'intervention de la police locale.

— Ce maudit week-end m'a mis sur les rotules, commenta Cotter, reposant la tasse de thé de Saint James sur le plateau qui était sur la table de nuit. Je suis rudement content que Deborah soit repartie pour Londres et que tout cela lui soit épargné.

Manifestement il tendait une perche à Saint James, essayant de provoquer chez lui une réaction qui l'aurait encouragé à poursuivre dans cette voie. Mais Saint James n'avait pas l'intention de broncher.

Cotter se mit alors en devoir de secouer la robe de chambre de Saint James avant de la suspendre dans l'armoire. Il passa un moment à remettre en ordre ses chaussures déjà soigneusement alignées sur la planche du bas. Il entrechoqua sans raison valable les cintres en bois et fit claquer les serrures de la valise posée sur l'étagère du haut. Puis n'y tenant plus, il lança :

— Qu'est-ce qu'elle va devenir, la petite, dans cette famille ? Vous avez vu le genre de relations qu'ils ont ? C'est froid ! C'est glacial ! C'est pas comme chez vous. Oh, ils sont riches, très riches même, bien sûr, mais Deb, ce n'est pas l'argent qui l'attire. Ce qui l'intéresse, cette petite, vous le savez aussi bien que moi.

La beauté, la contemplation, les couleurs du ciel, une idée, la vue d'un cygne. Saint James savait tout cela, il l'avait toujours su. Mais il avait besoin d'oublier. Aussi, lorsque la porte de sa chambre s'ouvrit, livrant passage à Sidney, accueillit-il sa sœur avec soulagement. Cependant, la porte de l'armoire restée ouverte lui bouchant la vue, Cotter ne parut pas se rendre compte que Saint James et lui n'étaient plus seuls.

— Ne me dites pas que ça vous laisse de marbre, poursuivit Cotter avec vigueur. Je sais bien que non, ça se lit sur votre figure.

— Je vous dérange ? questionna Sidney.

Cotter claqua la porte de l'armoire. Son regard se dirigea vers Sidney puis vers Saint James.

— Je vais m'occuper de la voiture, fit-il d'un ton abrupt, les laissant seuls.

— De quoi parliez-vous ? s'enquit Sidney.

— De rien. De rien d'intéressant.

— Ce n'est pas l'impression que j'ai eue.

— Eh bien, tu t'es trompée.

— Je vois.

Elle resta dans l'encadrement de la porte, la main sur la poignée. En la voyant, Saint James éprouva un sentiment d'inquiétude. Elle avait l'air souffrante et abattue, des cernes bleus presque noirs soulignaient ses yeux, seule touche de couleur dans son visage ; ses yeux eux-mêmes étaient vides et inexpressifs, renvoyant la lumière au lieu de l'absorber. Elle portait une jupe en jean délavé et un pull trop large. Ses cheveux n'avaient pas été peignés.

— Je pars. Daze m'emmène à la gare.

Ce que Saint James avait jugé raisonnable la veille lui parut hors de question lorsqu'il vit sa sœur à la lumière du jour.

— Pourquoi ne pas rester, Sid ? Je te ramènerai chez toi plus tard.

— Il vaut mieux que je parte. J'ai envie de rentrer. C'est la meilleure solution.

— Mais la gare...

— Je prendrai un taxi jusqu'à la maison. Ne t'inquiète pas. (Elle tourna la poignée de la porte comme pour la tester.) Peter a disparu ?

— Oui.

Saint James lui raconta ce qui s'était passé depuis qu'il l'avait reconduite dans sa chambre la veille au matin. Elle l'écouta sans le regarder. Plus il parlait, plus il la sentait tendue — tension qui résultait manifestement de la colère que Peter Lynley lui inspirait. Après son apathie de la veille, ce changement d'humeur le désarçonnait, bien qu'il sût que sa colère était naturelle, tout comme était naturel le besoin de frapper, de blesser pour faire partager sa souffrance d'une façon ou d'une autre. Le pire, dans un décès, c'est le moment où l'on se rend compte que, quel que soit le nombre de personnes qui pleurent le défunt — famille, amis, nation tout entière —, il n'y a pas deux individus qui vivent sa disparition de la même façon. Aussi a-t-on toujours l'impression de passer ce cap seul. Dans le cas de Sidney c'était encore pire, car elle était réellement la seule à porter le deuil de Justin Brooke.

— Ça tombe à pic, que Peter ait disparu, commenta Sidney lorsqu'il eut terminé son récit.

— Que veux-tu dire ?

— Il m'avait tout raconté.

— Tout raconté ?

— Justin m'avait tout raconté, Simon. La visite de Peter à Gull Cottage. L'engueulade entre Mick et Peter. Je suis au courant de tout. *Tout*, tu m'entends ? C'est clair ? (Elle resta près de la porte. Si elle s'était précipitée dans la chambre pour déchiqueter les rideaux et les draps ou jeter par terre le vase plein de fleurs, Saint James se serait senti moins mal à l'aise. Ç'aurait été un comportement digne de Sidney. Mais cette immobilité ne lui ressemblait pas. Seule sa voix trahissait son état d'esprit, et encore.) Je lui ai dit qu'il fallait qu'il en parle à Tommy. Ou à toi, poursuivit-elle. Après l'arrestation de John Penellin, je lui ai conseillé de tout vous raconter. Il ne pouvait pas continuer de se taire. Je lui ai décrété qu'il était de son devoir de dire ce qu'il savait, de dire la vérité. Seulement il ne voulait pas être mêlé à cette histoire. Il savait qu'en parlant, il n'arrangerait pas les affaires de Peter. J'ai insisté. Je lui ai fait remarquer que, si quelqu'un avait vu John Penellin à Gull Cottage, ce quelqu'un avait dû également les voir, Peter et lui. Je l'ai incité à aller raconter sa visite au cottage aux flics plutôt que de laisser à un voisin des Cambrey l'occasion de le leur apprendre.

— Sid...

— Il était embêté parce qu'il avait laissé Peter seul avec Mick. Il était embêté parce que Peter n'avait qu'une idée : trouver de la cocaïne. Il était inquiet parce qu'il ignorait ce qui s'était passé après son départ. J'ai réussi malgré tout à le convaincre de parler à Tommy. Il lui a parlé. Et maintenant il est mort. Alors c'est pour ça que je dis que la disparition de Peter tombe à pic : au moment où nous avons tous envie de lui poser des tas de questions, notre cher Peter se volatilise dans la nature.

Saint James traversa la pièce pour la rejoindre et ferma la porte.

— Les policiers sont d'avis que la mort de Justin est accidentelle. Rien ne permet de penser qu'il s'agit d'un meurtre, Sid.

— Je n'en crois pas un mot.

— Pourquoi ?

— Je ne sais pas. Je n'y crois pas, c'est tout.

— Il était avec toi dans la nuit de samedi ?

— Bien sûr qu'il était avec moi. (Elle rejeta la tête en arrière et annonça fièrement :) Nous avons fait l'amour. Il avait envie de moi. Il est venu me retrouver dans ma chambre. Sans que je lui demande quoi que ce soit. C'est lui qui est venu.

— Quand il t'a quittée... après, quel prétexte a-t-il invoqué ?

Les narines de Sidney frémirent.

— Il m'aimait, Simon. Il me désirait. Nous étions bien ensemble. Mais ça, évidemment, ça te dépasse. Tu n'arrives pas à l'avaler, hein ?

— Sid, je n'ai nullement l'intention de mettre en doute ses...

Dans le couloir deux femmes bavardaient, se disputant mollement pour savoir qui passerait l'aspirateur et qui nettoierait les sanitaires. Leurs voix enflèrent l'espace d'un instant puis s'estompèrent tandis qu'elles descendaient l'escalier.

— Quelle heure était-il lorsqu'il t'a quittée ?

— Aucune idée.

— Il a dit quelque chose en partant ?

— Il était agité, il ne pouvait pas dormir. Ça lui arrive. Parfois, après l'amour, il est tellement tendu qu'il remet ça aussitôt.

— Mais pas samedi ?

— Il m'a dit qu'il pensait pouvoir mieux dormir dans sa propre chambre.

— Est-ce qu'il s'est habillé avant de sortir de chez toi ?

— Est-ce qu'il... oui, il s'est habillé. (Elle tira la conclusion qui s'imposait.) C'est donc qu'il allait retrouver Peter. Sinon pourquoi se serait-il habillé ? Sa chambre était de l'autre côté du couloir. Et il s'est habillé de pied en cap, Simon. Chaussures, chaussettes, pantalon, chemise. Tout, sauf sa cravate. (Elle froissa le tissu de sa jupe.) Peter n'a pas dormi dans son lit. J'ai appris ça ce matin. Justin n'est pas tombé. Tu sais qu'il n'est pas tombé.

Saint James ne chercha pas à discuter avec elle. Il réfléchissait aux diverses possibilités nées du fait que Justin Brooke avait mis ses vêtements. Si Peter Lynley avait souhaité avoir une conversation anodine avec Brooke, il aurait été plus malin pour tous les deux que cette conversation eût lieu dans la maison. Si, au contraire, il avait voulu se débarrasser de Brooke, ç'aurait été plus astucieux de le rencontrer dans un endroit où la chose eût pu passer pour un accident. Mais si tel avait été le cas, comment Justin avait-il pu accepter de voir Peter en tête à tête ?

— Voyons, Sid, ça n'a aucun sens. Justin n'était pas un imbécile. Pourquoi aurait-il accepté un rendez-vous avec Peter sur la falaise ? En pleine nuit ? Après la petite conversation qu'il avait eue avec Tommy, il devait se douter que Peter serait fou de rage. (Puis, repensant à la scène sur la plage le vendredi après-midi, il ajouta :) A moins que Peter ne l'ait attiré là-bas sous un faux prétexte. En lui agitant sous le nez je ne sais quelle carotte.

— Quoi donc ?

— Sacha ?

— Absurde.

— De la cocaïne, alors. Ils étaient allés à Nanrunnel pour essayer de s'en procurer.

— Ça n'aurait pas marché. Justin avait décidé d'arrêter d'en prendre. Après ce qui s'était passé sur la plage. Il m'a fait des excuses. Il m'a dit qu'il décrochait. Qu'il ne se droguerait plus.

Saint James ne pouvant dissimuler son scepticisme, sa sœur sortit de son apathie.

— Il m'avait donné sa parole, Simon. Tu ne le connaissais pas. Tu ne peux pas comprendre. Quand il promettait quelque chose pendant qu'on faisait l'amour... surtout lorsque je... je lui faisais ce qu'il aimait...

— Bon Dieu, Sidney.

Elle fondit en larmes.

— Et voilà. « Bon Dieu, Sidney. » C'est tout ce que tu trouves à dire ? Pourquoi est-ce que tu comprendrais, toi qui n'as jamais rien éprouvé pour personne ? Ça ne m'étonne pas. Tu n'as que faire de la passion. Tu as la science. Tu as ton travail. Tes projets, tes conférences, tes séminaires et tous tes petits stagiaires qui te lèchent les bottes.

Le besoin de blesser resurgissait chez Sidney. Saint James fut pris par surprise. Que l'attaque fût justifiée ou non, il ne parvint pas à trouver une réponse.

Sidney se passa une main sur les yeux.

— Je m'en vais. Dis à notre petit Peter quand tu l'auras retrouvé que j'ai des tas de choses à lui dire. J'ai hâte de le voir, crois-moi.

La maison de Trenarrow ne fut guère difficile à trouver car elle était située au-dessus de Paul Lane, en bordure du village, et c'était en outre la bâtisse la plus grande qu'il y eût en vue. Comparée à Howenstow, c'était une demeure modeste. Mais par rapport aux cottages accrochés à flanc de colline au-dessous, la villa était imposante avec ses vastes fenêtres en saillie ouvrant sur le port et son écran de peupliers en toile de fond sur laquelle les murs en pierre de taille et les huisseries blanches se détachaient joliment.

Assis près de Cotter qui conduisait la Land Rover, Saint James aperçut la villa dès qu'ils commencèrent la descente sur Nanrunnel. Ils contournèrent le port, les magasins du village, les appartements pour touristes. A la hauteur de *l'Ancre et la*

Rose, ils tournèrent dans Paul Lane. La route grimpait en se tortillant, jonchée de branchages arrachés aux haies et aux buissons. Dans les flaques d'eau se reflétait le ciel.

A l'entrée d'une allée étroite, une plaque discrète indiquait *La Villa*. Des fuchsias la bordaient, qui retombaient lourdement contre un mur de pierre sèche. Derrière le muret, un jardin en terrasse couvrait la plus grande partie du terrain à flanc de colline. Un sentier sinueux soigneusement dessiné conduisait à la maison à travers des plates-bandes de phlox, de campanules et de cyclamens.

L'allée se terminait en arrondi devant une aubépine. Cotter se gara sous l'épineux, à quelques mètres de la porte d'entrée, abritée sous un porche aux colonnes doriques que flanquaient des jarres pleines de géraniums d'un rouge vermillon.

Saint James examina la façade.

— Il vit seul ici ?

— A ce que j'ai cru comprendre, oui, dit Cotter. Mais j'ai eu une femme au téléphone.

— Une femme ? (Saint James ne put s'empêcher de penser à Tina Cogin et au numéro de téléphone de Trenarrow qui avait été retrouvé dans son studio à Londres.) Voyons ce qu'il a à nous apprendre.

Ce ne fut pas Trenarrow qui vint leur ouvrir mais une jeune Jamaïcaine. Lorsqu'elle prit la parole et qu'il vit la mine de Cotter, Saint James comprit que ce n'était pas Tina Cogin qui avait décroché le téléphone. Ce n'était pas chez Trenarrow que Tina se cachait. Le mystère Cogin demeurait donc entier.

— Le docteur ne reçoit pas ici, dit la jeune femme, regardant Saint James puis Cotter. (On avait l'impression qu'elle débitait une phrase apprise par cœur.)

— Le Dr Trenarrow nous attend, expliqua Saint James. Il ne s'agit pas d'une visite médicale.

— Ah, bon. (Elle sourit, exhibant des dents semblables à de l'ivoire au voisinage de son teint couleur café et ouvrit la porte en grand.) Entrez. Il s'occupe des fleurs. Tous les matins il va dans le jardin avant de partir au travail. Je vais le chercher.

Elle leur indiqua la bibliothèque. Avec un regard entendu, Cotter annonça :

— Un tour de jardin ne me fera pas de mal.

Il suivit la Jamaïcaine.

Saint James savait que Cotter allait s'employer à la faire parler. Resté seul dans la pièce, il se mit en devoir de passer l'inspection.

C'était le genre de bibliothèque qu'il affectionnait, pleine d'un parfum de vieux cuir, nantie d'étagères croulant sous les ouvrages et d'une cheminée où un feu était prêt à être allumé. Un bureau occupait le renfoncement de la fenêtre donnant sur le port ; mais comme si le paysage risquait de constituer une distraction, le meuble était orienté vers le milieu de la pièce et non vers l'extérieur. Un magazine ouvert était posé sur le bureau ; un stylo était resté à l'intérieur comme si le lecteur avait été interrompu au beau milieu d'un article. Curieux, Saint James s'en approcha et ferma le magazine : *Recherche sur le cancer*. C'était une revue américaine. Sur la couverture, une scientifique en blouse blanche était appuyée contre une paillasse sur laquelle était posé un énorme microscope électronique. *Clinique Scripps, La Jolla*, indiquait la légende, *Les limites de la biorecherche*.

Saint James rouvrit la revue. L'article traitait d'une molécule protéique appelée protéoglycane. En dépit de ses connaissances scientifiques poussées, il n'y comprit goutte.

— Pas vraiment détendant comme lecture.

Saint James leva les yeux. Le Dr Trenarrow se tenait sur le seuil. Il portait un costume trois-pièces et avait épinglé un bouton de rose au revers de sa veste.

— Ça me dépasse, convint Saint James.

— Des nouvelles de Peter ?

— Rien pour l'instant.

Trenarrow ferma la porte et fit signe à Saint James de s'asseoir dans l'un des fauteuils de cuir.

— Café ? C'est une des rares choses que Dora fait correctement.

— Non, merci. C'est votre femme de ménage ?

— De ménage, si l'on peut dire. (Il eut un bref sourire, s'efforçant de prendre un ton léger. Mais il redevint bientôt sérieux :) Tommy nous a tout dit hier soir. Au sujet de la visite de Peter à Mick Cambrey la nuit de sa mort. Au sujet de Brooke. Je ne sais ce que vous en pensez, mais en ce qui me concerne je peux vous dire que je connais Peter depuis qu'il a six ans et que ce n'est pas un assassin. Il est incapable de violence, jamais il n'aurait pu charcuter Cambrey de cette manière.

— Vous connaissiez bien Mick ?

— Moins bien que d'autres villageois. J'étais son propriétaire. Je lui avais loué Gull Cottage.

— Quand ça ?

— Il y a neuf mois.

— Qui y habitait avant lui ?

— Moi. (Trenarrow changea de position dans son fauteuil, trahissant une certaine irritation.) Je doute que vous soyez venu me rendre une visite de courtoisie à cette heure matinale, Mr Saint James. Serait-ce Tommy qui vous a envoyé ?

— Tommy ?

— Vous connaissez nos relations. On ne peut pas dire que nous soyons en bons termes. Vous me posez des questions sur Mick Cambrey. Sur Gull Cottage. Alors je me demande tout naturellement si ces questions viennent de vous ou si c'est lui qui vous a demandé de me cuisiner.

— C'est une initiative à moi. Mais il sait que je suis venu vous rendre visite.

— Au sujet de Mick ?

— Non. Tina Cogin a disparu. Nous pensons qu'il est possible qu'elle soit ici. En Cornouailles.

— Qui ?

— Tina Cogin. Elle habite Shrewsbury Court Apartments à Paddington. On a retrouvé votre numéro de téléphone dans ses affaires.

— Du diable si... Tina Cogin, dites-vous ?

— Ce n'est pas une malade à vous ? Une ancienne patiente ?

— Je ne reçois pas de patients. Hormis ceux qui sont en phase terminale et souhaitent essayer de nouveaux médicaments. Mais si Tina Cogin en faisait partie et qu'elle a disparu... Je ne vois qu'un endroit où vous puissiez la trouver. Et ce n'est certainement pas en Cornouailles.

— Peut-être est-ce à une autre facette de sa personnalité que vous avez eu affaire.

Perplexe, Trenarrow murmura :

— Je vous demande pardon ?

— Nous avons des raisons de penser que c'est une prostituée.

Les lunettes à monture dorée du médecin glissèrent le long de son nez. Il les remonta d'un geste sec.

— Elle avait mon nom sur la liste de ses clients ?

— Non. Seulement votre numéro de téléphone.

— Mon adresse ?

— Non.

Trenarrow se leva de son siège et se dirigea vers la fenêtre derrière son bureau. Il passa un long moment à admirer le paysage avant de pivoter vers Saint James.

— Il y a un an que je n'ai mis les pieds à Londres. Davantage, peut-être. Mais j'imagine que ça ne change rien à la chose si elle est venue en Cornouailles. Peut-être qu'elle fait la tournée de ses anciens admirateurs. (Il sourit d'un air sec.) Comme vous ne me connaissez pas, Mr Saint James, vous ne pouvez pas savoir si je vous dis la vérité. Sachez toutefois que je n'ai pas pour habitude de payer les femmes pour coucher avec elles. Il y a des hommes qui le font sans broncher ; moi, j'ai toujours préféré les amours non tarifées. Les tractations financières, en amour, ça n'a jamais été mon style.

— C'était celui de Mick ?

— Mick ?

— On l'a vu sortir de son appartement à Londres, vendredi matin. Il est possible qu'il lui ait donné votre numéro. Peut-être avait-elle l'intention de vous demander une consultation.

Les doigts de Trenarrow effleurèrent le bouton de rose qui ornait le revers de sa veste.

— Possible, dit-il, pensivement. D'ordinaire, ce sont plutôt des confrères qui m'adressent leurs patients. Mais c'est possible. Surtout si elle était gravement malade. Mick savait que j'étais dans la recherche sur le cancer. Il m'avait d'ailleurs interviewé à ce propos peu après avoir repris la direction du *Spokesman*. Il n'est pas impossible qu'il lui ait communiqué mon nom. Mais Cambrey aurait fréquenté une prostituée ? Sa réputation va en prendre un sérieux coup. Son père n'arrêtait pas de nous casser les oreilles avec ses prouesses sexuelles : à l'en croire, Mick n'avait jamais eu à débourser un centime pour obtenir les faveurs d'une femme. Selon Harry, ce pauvre Mick était harcelé par une meute de femelles en chaleur : à peine avait-il le temps de remettre son pantalon qu'il s'en trouvait aussitôt une autre pour le supplier de le retirer. S'il est vrai qu'il est mort parce qu'il était en cheville avec une prostituée, Harry va faire une drôle de tête. Il a l'air de penser que ce sont des maris jaloux qui ont fait le coup.

— Et pas une femme jalouse ?

— Nancy ? fit Trenarrow, dubitatif. Je ne l'imagine pas faisant du mal à une mouche. Et à supposer qu'elle ait perdu patience — Mick ne faisait pas mystère de ses bonnes fortunes —, quand l'aurait-elle tué ? Elle pouvait difficilement être en deux endroits à la fois.

— Elle a quitté la buvette pendant dix bonnes minutes l'autre soir.

— Le temps de courir à la maison assassiner son mari et de revenir comme si de rien n'était ? Je connais Nancy, c'est ridicule. Une autre à sa place s'en serait peut-être tirée mais pas elle, elle joue trop mal la comédie. Si elle avait tué son mari, elle n'aurait pas réussi à garder son calme.

Les paroles de Trenarrow n'étaient pas dénuées de bon sens. Du début à la fin, les réactions de Nancy avaient été d'une parfaite authenticité. Choc, chagrin, mutisme, anxiété croissante. Rien de tout cela n'avait semblé sonner faux. A priori, il paraissait impossible qu'elle ait pu se précipiter chez elle pour tuer son mari et feindre l'horreur ensuite. Cela étant, Saint James passa en revue les suspects possibles. John Penellin s'était trouvé dans le secteur, ce soir-là. Peter Lynley et Justin Brooke également. Quant à Harry Cambrey, il était peut-être passé à Gull Cottage, lui aussi. Et en ce qui concerne Mark Penellin, on ne savait toujours pas où il était allé traîner. Pourtant aucun mobile n'émergeait clairement. Ceux auxquels il songeait étaient vagues, nébuleux. Or seul un mobile sans équivoque pouvait permettre de comprendre les circonstances de la mort de Mick Cambrey.

Saint James aperçut Harry Cambrey juste après que Cotter se fut engagé avec la Rover dans Paul Lane. Harry remontait la rue. Il agita énergiquement la main en les voyant arriver. La cigarette qu'il tenait au bout des doigts dessina un filet de fumée dans l'air.

— Qui est-ce ? fit Cotter en ralentissant.

— Le père de Mick Cambrey. Voyons ce qu'il nous veut.

Cotter se gara sur le bas-côté et Harry Cambrey s'approcha de la vitre de Saint James. Il se pencha à l'intérieur de la voiture, apportant avec lui un parfum de tabac et de bière. Il avait nettement meilleure allure que samedi matin lorsque Saint James et Lady Helen étaient allés le voir. Ses vêtements étaient propres, ses cheveux peignés. Et bien qu'il eût encore des poils de barbe qui pointaient çà et là tels des piquants, il avait fait l'effort de se raser.

Il haletait et il grimaça en parlant.

— On m'a dit à Howenstow que vous étiez allés chez Trenarrow. Passez à mon bureau. Faut que j'vous montre quelque chose.

— Des notes ? s'enquit Saint James.

Cambrey fit non de la tête.

— Mais j'ai quand même éclairci une partie du mystère.

Saint James lui ayant ouvert la portière, Cambrey monta dans la Rover et salua Cotter.

— C'est cette histoire de chiffres. Ceux qu'étaient dans son bureau. Je retourne ça dans ma tête depuis samedi. Je sais à quoi ça correspond.

Cotter resta dans le pub en compagnie de Mrs Swann, à bavarder devant une pinte d'*ale*. Tandis que Saint James suivait Harry Cambrey dans l'escalier menant à la rédaction, il l'entendit dire à la patronne :

— Des œufs brouillés ? Je me laisse tenter.

Contrairement à ce qui s'était passé lors de sa précédente visite, le personnel du *Spokesman* était à pied d'œuvre. Toutes les lumières étaient allumées, dissipant la pénombre que Saint James avait qualifiée de dickensienne. Dans trois des quatre boxes, des employés tapaient à la machine ou parlaient au téléphone. Un jeune homme à cheveux longs étudiait des planches contact. Près de lui un maquettiste travaillait à la prochaine édition du journal sur une table inclinée ; il avait une pipe éteinte entre les dents et tapotait son crayon en rythme contre un pot de trombones en plastique. Devant le traitement de texte installé sur la table jouxtant le bureau de Mick Cambrey, une femme était assise et tapait. Elle avait des cheveux sombres et soyeux tirés en arrière, lui dégageant le visage, et des yeux intelligents. Elle était très séduisante. Julianna Vendale, se dit Saint James. Il se demanda si ses responsabilités au journal avaient changé avec la mort de Mick Cambrey.

Harry Cambrey l'entraîna vers l'un des boxes. Le réduit

était meublé avec parcimonie et la manière dont il était aménagé montrait que ce bureau était le sien et qu'aucun effort n'avait été fait pour le modifier pendant sa convalescence après son opération du cœur. Tout indiquait que, malgré les souhaits les plus chers d'Harry, son fils n'avait pas un instant eu l'intention de s'approprier son bureau ni de lui piquer son fauteuil de rédacteur en chef. Les coupures de presse encadrées et jaunies par les années évoquaient les « scoops » qui avaient fait la fierté du fondateur du *Spokesman*. Tentative de sauvetage en mer au cours de laquelle vingt des sauveteurs potentiels s'étaient noyés. Accident dramatique survenu à un pêcheur du coin. Sauvetage d'un enfant tombé dans une mine. Bagarre dans une kermesse à Penzance. Ces coupures étaient accompagnées de photos, originaux de celles qui avaient illustré les articles.

Sur un bureau déglingué, la dernière édition du *Spokesman* était ouverte à la page de l'éditorial. La rubrique rédigée par Mick avait été entourée d'un épais trait rouge. Sur le mur opposé était accrochée une carte de la Grande-Bretagne. Cambrey invita Saint James à se tourner de ce côté.

— J'ai pas arrêté de penser à ces chiffres, dit-il. Mick était un garçon organisé. Il n'aurait pas conservé ce bout de papier si ça n'avait pas été important. (Il porta la main à sa poche de poitrine, en sortit un paquet de cigarettes. Il en prit une et l'alluma avant de poursuivre :) J'ai pas encore tout tiré au clair, mais c'est en bonne voie.

Saint James vit que Cambrey avait collé un bout de papier près de la carte. Il y avait écrit une partie du message énigmatique qu'il avait trouvé dans le bureau de son fils. 27500-M1 **Approvisionnement-Transport** et en dessous 27500-M6 **Financement**. Sur la carte, deux autoroutes avaient été soulignées au feutre rouge, la M1 qui, partant de Londres, filait vers le nord, et la M6 qui allait vers le nord-ouest jusqu'à la mer d'Irlande.

— Regardez ça, dit Cambrey. La M1 et la M6 passent toutes les deux au sud de Leicester. La M1 ne va que jusqu'à Leeds, mais la M6 continue. Elle aboutit à Carlisle.

Saint James réfléchit. Comme il ne réagissait pas, Cambrey s'anima :

— Regardez la carte, mon vieux. Et regardez-la bien. La

M6 permet d'accéder à Liverpool, n'est-ce pas ? Elle mène à Preston, à Morecambe Bay. Et tous ces ports...

— ... permettent d'aller en Irlande, conclut Saint James, songeant à l'éditorial qu'il avait lu la veille en prenant son petit déjeuner.

Cambrey prit le bout de papier et le plia. Sa cigarette tressauta entre ses lèvres lorsqu'il parla.

— Mick savait que quelqu'un faisait passer des armes à l'IRA.

— Comment est-ce qu'il a pu tomber sur une histoire aussi fumante ?

— « Tomber ? » (Cambrey s'ôta la cigarette du bec, retira un brin de tabac de sur sa langue et agita le journal pour donner plus de poids à ses propos.) Le petit n'est pas « tombé » sur cette histoire. C'était un journaliste, pas un idiot. Il savait écouter. Il discutait avec les gens. Il savait suivre des indices. (Cambrey se replanta près de la carte, utilisant le journal roulé en cylindre comme une règle.) Les armes doivent arriver en Cornouailles, ou, sinon en Cornouailles, dans un port du sud. Expédiées par des sympathisants, en Afrique du Nord, en Espagne ou même en France. Elles transitent par la côte sud — Plymouth, Bournemouth, Southampton, Portsmouth. Elles sont expédiées démontées. Transportées à Londres où elles sont remontées. De là, elles sont convoyées par la M1 et la M6 jusqu'à Liverpool, Preston ou Morecambe Bay.

— Pourquoi ne sont-elles pas envoyées directement en Irlande ? questionna Saint James, mais la réponse s'imposa d'elle-même à son esprit.

Un bateau battant pavillon étranger ancré à Belfast attirerait davantage l'attention qu'un bateau anglais. Il aurait droit à une fouille minutieuse de la douane. Mais un bateau anglais passerait plus facilement inaperçu. Car pourquoi les Anglais enverraient-ils des armes destinées à ceux qui les combattaient ?

— M1, M6, il y avait d'autres chiffres sur le papier, souligna Saint James. Ces chiffres veulent sûrement dire quelque chose.

Cambrey opina.

— Ça doit être la référence du bateau qu'ils utilisent, ou des numéros concernant le type d'arme fourni. Une sorte de code. Mais je vous fiche mon billet que Mick était en train de découvrir le pot aux roses.

— Vous n'avez pas trouvé d'autres notes dans ses affaires ?

— Ce que j'ai découvert suffit amplement. Je connais mon gamin.

Saint James réfléchit en regardant la carte. Il songea aux chiffres que Mick avait griffonnés sur le bout de papier. Il songea que l'édito sur l'Irlande du Nord était sorti le dimanche, plus de trente heures après la mort de Mick. Si les deux faits étaient liés, cela signifiait que l'assassin connaissait l'existence du papier avant la parution du *Spokesman*, le dimanche matin. Il se demanda si c'était une possibilité valable.

— Vous conservez les anciens numéros du journal ici ? questionna-t-il.

— Cette histoire n'a aucun rapport avec un numéro précédent, dit Cambrey.

— Quoi qu'il en soit, vous les avez ?

— Certains. Ici.

Cambrey l'entraîna vers une armoire métallique placée à gauche des fenêtres. Il en ouvrit les portes, révélant des piles de journaux entassés sur les étagères. Saint James y jeta un coup d'œil, prit la première pile et regarda Cambrey.

— Vous pouvez m'obtenir les clés de Mick ?

Cambrey eut l'air intrigué.

— J'ai une clé du cottage ici.

— Il me faut toutes ses clés. Il en a un jeu, n'est-ce pas ? Voiture, cottage, bureau ? Pouvez-vous me les procurer ? C'est Boscowan qui doit les avoir, il va falloir que vous trouviez un prétexte pour les lui reprendre. J'en aurai besoin pendant quelques jours.

— Pourquoi ?

— Tina Cogin, ça vous dit quelque chose ? s'enquit Saint James en guise de réponse.

— Cogin ?

— Oui. Une femme qui habite Londres. Mick la connaissait. Il se peut qu'il ait eu la clé de son appartement.

— Mick en avait des douzaines, de clés, fit Cambrey, prenant une autre cigarette et laissant Saint James plongé dans les journaux.

Une heure de recherches dans les quotidiens parus au cours des six derniers mois ne lui rapporta rien si ce n'est des doigts tachés d'encre. Le trafic d'armes évoqué par Harry Cambrey semblait être un mobile comme un autre pour expliquer la mort de son fils. Saint James referma l'armoire. Se retournant, il tomba nez à nez avec Julianna Vendale qui l'observait, gobelet de café à la main. Elle avait abandonné son traitement de texte et se tenait près d'une cafetière qui glougloutait bruyamment dans un coin de la pièce.

— Rien ?

Elle posa le gobelet sur la table et repoussa en arrière une longue mèche de cheveux qui lui tombait sur l'épaule.

— Tout le monde a l'air de croire qu'il était sur un article susceptible d'être un scoop, dit Saint James.

— Mick avait toujours un fer sur le feu.

— Et ses projets se concrétisaient ? Ses articles étaient publiés ?

Elle fronça les sourcils. Une ride imperceptible se forma entre eux. A part cela, son visage était absolument lisse. Grâce à sa conversation antérieure avec Lynley, Saint James savait que Julianna Vendale devait avoir la trentaine. Cela ne se lisait absolument pas sur ses traits.

— Je ne sais pas, répondit-elle. Je n'étais pas toujours au courant de ses projets. Mais il était du genre à commencer et à laisser tomber en cours de route. C'est plus d'une fois que je l'ai vu sortir en trombe, persuadé qu'il était sur une piste et qu'il tenait la matière d'un papier qu'il allait pouvoir vendre à Londres. Mais il ne le terminait jamais.

Saint James avait pu s'en rendre compte en examinant les journaux. Le Dr Trenarrow lui avait dit que Mick l'avait interviewé. Mais, dans aucun des journaux qu'il avait parcourus, il n'avait trouvé trace d'un entretien entre Mick et le médecin. Saint James rapporta le fait à Julianna Vendale.

Elle se versa une autre tasse de café et, par-dessus son épaule, lança :

— Ça ne m'étonne pas. Mick avait dû se dire qu'il allait pouvoir faire un papier style mère Teresa sur Trenarrow, scientifique cornouaillais qui consacre sa vie à sauver celle de ses semblables. Et il se sera aperçu que Trenarrow n'était pas plus un saint en puissance que vous et moi.

Ou alors, songea Saint James, peut-être l'article était-il un prétexte pour s'introduire chez Trenarrow afin de lui soutirer des renseignements et de les transmettre, ainsi que son numéro de téléphone, à une amie dans la détresse.

Julianna poursuivait :

— C'était comme ça qu'il fonctionnait depuis qu'il était

revenu au *Spokesman*. Il cherchait à pondre un papier fumant pour pouvoir foutre le camp d'ici.

— Il ne se plaisait pas à Nanrunnel ?

— Le *Spokesman* n'était pas assez bien pour lui. Il avait été journaliste free-lance, et un bon journaliste free-lance. Et puis son père est tombé malade et il a dû tout plaquer pour prendre les rênes de l'affaire familiale.

— Vous n'auriez pas pu vous en charger ?

— Bien sûr que si. Mais Harry voulait que Mick lui succède. Et plus encore qu'il se fixe définitivement à Nanrunnel.

Saint James crut comprendre à demi-mot, néanmoins il s'enquit :

— Et vous, dans tout ça, vous auriez fait quoi ?

— Harry s'était arrangé pour que nous ayons à travailler ensemble le plus possible. Après ça, il a dû se dire que c'était à la grâce de Dieu. Il avait toute confiance dans le charme de Mick.

— Et vous ?

Elle tenait son gobelet entre ses mains comme pour se réchauffer. Ses doigts longs et minces étaient vierges de bagues.

— Mick n'était pas mon type. Quand Harry s'en est rendu compte, il a changé son fusil d'épaule et il a demandé à la petite Penellin de s'occuper de la comptabilité en semaine pendant les heures de bureau plutôt que pendant le week-end.

— Et en ce qui concerne la modernisation du journal ?

Elle désigna du doigt le traitement de texte.

— Mick a commencé à s'en occuper. Il a acheté du matériel. Il voulait qu'on soit équipés correctement. Et puis il a cessé de s'y intéresser.

— Quand ?

— Quand Nancy s'est retrouvée enceinte. (Elle haussa joliment les épaules.) Après le mariage, il s'est mis à faire de fréquents déplacements.

— Que cherchait-il ? Des sujets d'articles ?

— Il cherchait, dit-elle avec un sourire.

Ils traversèrent l'étroite rue en direction du port. Cinq amateurs de bains de soleil étaient allongés sur le sable. Près d'eux, de jeunes enfants se trempaient les mains et les pieds dans l'eau, poussant des cris surexcités tandis que les vagues leur léchaient les jambes.

— Vous avez obtenu ce que vous cherchiez ? questionna Cotter.

— Des bribes de renseignements, sans plus. Ça ne colle pas vraiment. Pas moyen d'établir un lien entre Mick et Tina Cogin, pas plus qu'entre Tina Cogin et Trenarrow. J'en suis réduit aux conjectures.

— Peut-être que Deb s'est trompée. Peut-être que c'est pas Mick qu'elle a vu à Londres.

— Non. Elle l'a vu. C'est sûr. Il connaissait Tina Cogin. Mais comment, pourquoi, je l'ignore.

— S'il faut en croire Mrs Swann, le comment et le pourquoi ne sont pas très difficiles à deviner.

— Elle ne fait pas partie des admiratrices de Mick, hein ?

— Ça non ! Elle ne pouvait pas le sentir. (Cotter regarda jouer les enfants. Il sourit en voyant une petite fille de trois ou quatre ans tomber sur son derrière et éclabousser les autres bambins.) Mais si ce qu'elle raconte sur Mick et les femmes est vrai, alors c'est John Penellin qui lui a réglé son compte.

— Pourquoi ?

— Parce qu'il était le mari de sa fille, Mr Saint James. Un homme ne laisse pas un autre homme faire du mal à sa fille. Pas s'il peut l'en empêcher.

Saint James comprit le message et se dit que leur conversation du matin n'était pas terminée. Il jugea inutile de demander à Cotter ce qu'il ferait lui-même en pareille circonstance, car il connaissait la réponse.

— Avez-vous réussi à tirer les vers du nez à la femme de ménage de Trenarrow ? s'enquit-il.

— Dora ? Oui et non. (Cotter s'appuya contre la balustrade, les coudes sur la barre métallique.) C'est une admiratrice du docteur, Dora. Il travaille comme un forcené. Consacre sa vie à la recherche. Et le reste du temps, il rend visite aux malades d'une clinique près de St. Just.

— C'est tout ?

— Oui.

Saint James poussa un soupir. Une fois de plus, il lui fallait admettre que son domaine était la science, les enquêtes sur les lieux du crime, l'analyse des indices, l'interprétation des données, la mise en forme des comptes rendus. Les déductions fondées sur l'intuition n'étaient pas son rayon. Plus il s'enfonçait dans ce bourbier de conjectures, plus il se sentait frustré.

De la poche de sa veste, il sortit le bout de papier qu'Harry Cambrey lui avait remis le samedi matin. C'était une piste comme une autre, après tout. *Quand on est perdu*, songea-t-il, caustique, *autant essayer d'aller quelque part*.

Cotter s'approcha pour y jeter un coup d'œil.

— MP, dit-il. Membre du parlement ?

Saint James releva vivement la tête :

— Vous disiez, Cotter ?

— MP.

— MP ? Non...

Tout en parlant, Saint James tendit le papier vers la lumière. Et il vit ce que la pénombre de la salle de rédaction et ses idées préconçues l'avaient empêché de distinguer plus tôt. Le stylo, qui avait ripé sur les taches de graisse, avait glissé également près des mots **approvisionnement** et **transport**. On apercevait alors une boucle mal formée de P au lieu du chiffre 1. Quant au chiffre 6, si l'on poursuivait dans cette direction, ce pouvait être un C griffonné à la hâte.

— Nom de Dieu.

Il fronça les sourcils, étudiant les chiffres. Rejetant l'hypothèse du trafic d'armes à destination de l'Irlande, il ne tarda pas à se rendre à l'évidence. 500. 55. 27500. Le dernier nombre était le multiple des deux premiers.

Alors il distingua le premier lien entre les circonstances entourant la mort de Mick Cambrey. La position de la *Daze* lui avait mis la puce à l'oreille. L'avant vers les rochers. Il aurait dû se cramponner à ces données. Car elles indiquaient la vérité.

Il évoqua la côte de la Cornouailles. Il savait sans l'ombre d'un doute que Lynley et ses hommes pouvaient examiner les moindres criques de Penzance à St. Ives, leurs recherches seraient aussi peu fructueuses que celles des officiers des douanes qui avaient patrouillé dans la même région pendant plus de deux cents ans. La côte recelait un nombre infini de grottes. Elle comportait une quantité ahurissante de criques. Saint James ne l'ignorait pas. Il n'avait pas besoin de crapahuter au milieu des rochers ni de dévaler les falaises pour comprendre que la Cornouailles était un paradis pour les trafiquants. A condition de savoir piloter un bateau au milieu des rochers.

Le bateau aurait pu venir de n'importe où, songea-t-il. De Portgwarra à Sennen. Des Scilly, même. Mais il n'y avait qu'un moyen de s'en assurer.

— Que fait-on ? interrogea Cotter.

Saint James replia le bout de papier.

— Il faut qu'on trouve Tommy.

— Pourquoi ?

— Pour arrêter les recherches.

19

Près de deux heures plus tard, ils découvrirent Lynley à Lamorna. Accroupi au bord du quai, il parlait à un pêcheur qui venait d'amarrer son bateau et remontait l'escalier, trois rouleaux de corde graisseuse entortillés autour de l'épaule. Le pêcheur s'arrêta à mi-chemin des marches, écoutant Lynley. Il fit non de la tête, mit une main en auvent au-dessus de ses yeux pour examiner les bateaux qui étaient dans le port et, avec un geste en direction du village, finit son ascension.

Au-dessus, sur la route qui dévalait vers la crique, Saint James sortit de la voiture.

— Retournez à Howenstow, dit-il à Cotter. Je rentrerai avec Tommy.

— Un message pour Daze ?

Saint James réfléchit. Aucun message ne pouvait être rassurant à cent pour cent. Ne voulant pas inquiéter Lady Asherton davantage, il préféra s'abstenir :

— Rien pour l'instant.

Il attendit que Cotter fasse demi-tour et reprenne la direction d'Howenstow. Puis il attaqua la descente sur Lamorna, le vent le fouettant au passage, le soleil lui chauffant le visage. En bas, dans l'eau cristalline, se reflétait la couleur du ciel ; le sable humide de la plage luisait. Accrochées à la colline, les maisons construites par des générations successives de bâtisseurs cornouaillais pour lesquels le climat ambiant n'avait aucun secret n'avaient absolument pas souffert de la tempête qui avait provoqué le naufrage de la *Daze*.

Saint James regarda Lynley avancer le long du quai, tête

baissée, mains enfoncées dans ses poches. Son attitude trahissait son état d'esprit, et le fait qu'il fût seul indiquait qu'il avait renvoyé ses hommes, ou alors que ces derniers continuaient les recherches sans lui. Comme ils battaient la campagne depuis plusieurs heures déjà, Saint James pencha pour la première explication. Il appela Lynley.

Lynley leva les yeux, agita la main et attendit que Saint James le rejoigne sur le quai. Il avait l'air sombre.

— Rien. (Il redressa la tête, laissant le vent lui ébouriffer les cheveux.) On a fouillé partout. Je suis allé jusqu'à questionner tout le monde à Lamorna. Je pensais que quelqu'un les avait peut-être vus faisant leurs préparatifs de départ, marchant sur le quai ou chargeant des provisions à bord. Mais personne n'a rien vu. La seule qui ait remarqué la *Daze*, c'est la patronne du café, hier.

— Quand ça exactement ?

— Peu après six heures du matin. Elle s'apprêtait à ouvrir le café — elle retirait les volets, elle n'a pas pu se tromper. Elle les a vus sortir du port, toutes voiles dehors.

— C'était bien hier ? Pas avant-hier ?

— Hier. Elle s'en souvient parce qu'elle s'est demandé pourquoi un plaisancier se risquait à sortir alors que la météo avait annoncé la tempête.

— Mais c'est le matin qu'elle les a aperçus ?

Lynley lui jeta un coup d'œil et le gratifia d'un sourire fatigué mais reconnaissant :

— Je te vois venir. C'est avant-hier que Peter a quitté Howenstow et, de ce fait, il y a moins de chances pour que ce soit lui qui soit sorti avec le voilier. C'est gentil à toi de me le faire remarquer, Saint James. Ne crois pas que je n'y aie pas pensé. Mais Sacha et lui auraient fort bien pu gagner l'anse de Lamorna à la nuit tombée, dormir sur le voilier et sortir en mer à l'aube.

— La patronne du café, est-ce qu'elle a vu quelqu'un sur le pont ?

— Une vague silhouette à la barre.

— Une seule ?

— Je doute que Sacha sache manœuvrer un sloop, Saint James. Elle devait être en bas. Elle dormait encore probablement. (Lynley jeta un regard vers la crique.) Nous avons passé la côte au peigne fin. Sans résultat jusqu'à maintenant. Pas de vêtement, aucune trace d'eux. (Il sortit son étui à cigarettes et l'ouvrit.) Il va falloir que je trouve quelque chose à dire à maman. Je me demande ce que je vais bien pouvoir lui raconter.

Pendant que Lynley parlait, Saint James mettait les faits bout à bout. Plongé dans ses réflexions, il avait entendu non les mots mais la détresse qu'ils trahissaient. Il s'employa à y mettre un terme :

— Peter n'a pas pris la *Daze*, déclara-t-il. J'en suis certain.

Lynley tourna la tête vers lui. Mouvement exécuté au ralenti, comme en rêve.

— Qu'est-ce que tu racontes ?

— Il faut que nous allions à Penzance.

L'inspecteur Boscowan les pilota vers la cafétéria. *Le Sous-Marin jaune* portait bien son nom : murs jaunes, linoléum jaune, tables recouvertes de Formica jaune, chaises en plastique jaune. Seule la vaisselle était d'un rouge vermillon, la juxtaposition des deux teintes n'étant pas précisément de nature à encourager les policiers à s'attarder autour de la table en compagnie des copains. La vaisselle carminée laissait en outre peu de chances aux convives de terminer leur repas sans attraper un abominable mal de crâne. Ils emportèrent une théière pleine et s'installèrent à une table donnant sur une petite cour dans laquelle un frêne anémique tentait de survivre au centre d'un rond de terre couleur de granit.

— Cet endroit a été conçu et décoré par des malades, commenta Boscowan, approchant de la table une chaise voisine. Soi-disant pour nous faire oublier le boulot.

— De ce point de vue, c'est une réussite, commenta Saint James.

Boscowan servit le thé tandis que Lynley, après avoir ouvert trois paquets de gâteaux secs, les faisait dégringoler sur une assiette. Ils atterrirent sur la faïence avec un bruit de mitraille.

— Heureusement qu'ils sont frais, fit Boscowan, sarcastique. (Il en prit un, le plongea dans son thé où il le maintint immergé.)

— John s'est décidé à voir un avocat ce matin. J'ai eu un mal de chien à le convaincre. En temps normal, c'est une tête de mule, mais là, vraiment, ça dépasse tout.

— Vous allez l'inculper ? questionna Lynley.

Boscowan examina son biscuit, le remit à tremper.

— Je n'ai pas le choix. Il est passé au cottage. Il ne le nie pas. Et d'ailleurs on a des preuves de son passage là-bas. Des témoins l'ont vu. D'autres ont entendu l'engueulade. (Boscowan mordit dans son gâteau et eut un mouvement de tête approbateur. Il s'essuya les doigts avec une serviette en papier et tendit l'assiette de biscuits secs aux deux hommes.) Pas mauvais. Le thé fait glisser. (Il attendit que les visiteurs se fussent servis avant de poursuivre :) Si John n'avait fait que passer, les choses seraient différentes. S'il n'y avait pas eu cette engueulade monstre avec Cambrey que la moitié du voisinage a entendue...

Saint James regarda Lynley. Celui-ci ajoutait un second morceau de sucre à son thé. De l'index, il tapota l'anse de la tasse. Mais il ne broncha pas.

— Et le mobile de Penellin ? interrogea Saint James. C'est quoi ?

— Une dispute à propos de Nancy, sans aucun doute. Cambrey s'était fait piéger et ne faisait guère mystère du dégoût qu'il éprouvait pour la vie conjugale. J'ai fait ma petite enquête à Nanrunnel et apparemment tout le monde savait ce qu'il pensait du mariage.

— Dans ce cas pourquoi avoir épousé la petite ? Pourquoi ne pas avoir tout bonnement refusé ? Pourquoi ne pas lui avoir demandé d'avorter ?

— Nancy ne voulait pas en entendre parler, d'après John. Par ailleurs, Harry Cambrey tenait à ce que son fils épouse la gamine.

— Mick était majeur et vacciné tout de même, c'était un grand garçon.

— Un grand garçon avec un père qui avait le palpitant malade et risquait de rester sur le billard pendant qu'on lui trifouillait le cœur. (Boscowan finit sa tasse d'un trait.) Harry Cambrey s'est dit que l'occasion était trop belle et il a sauté dessus. Il aurait fait n'importe quoi pour obliger Mick à se fixer à Nanrunnel. Conclusion, le gamin s'est retrouvé pris au piège sans avoir eu le temps de dire ouf. Et il s'est mis à se venger sur Nancy. C'est de notoriété publique. Même John Penellin était au courant.

— Vous ne croyez pas sérieusement que John... commença Lynley.

Boscowan l'arrêta d'un geste :

— Moi, tout ce qui m'intéresse, c'est les faits. Y a que ça qui compte : le reste on s'en fout, vous le savez aussi bien que moi. Quelle différence ça peut faire que John Penellin soit mon copain ? Son gendre est mort, il faut que je m'occupe de l'enquête, que ça me plaise ou non. (Ayant prononcé ces mots, Boscowan eut l'air confus du type qui se demande comment il a pu faire pareille sortie. D'un ton moins vif, il poursuivit :) Je lui ai proposé de le laisser rentrer chez lui en attendant la lecture de l'acte d'accusation mais il a refusé. On dirait qu'il tient à rester ici, à être jugé. On dirait que c'est lui qui a fait le coup.

— Est-ce qu'il serait possible de lui parler ? questionna Lynley.

Boscowan hésita. Son regard navigua de Lynley à Saint James, se braqua vers la fenêtre.

— Ça n'est pas très régulier. Je suppose que vous le savez.

Lynley sortit sa carte. Boscowan l'écarta d'un geste.

— Je sais que vous êtes de Scotland Yard. Mais cette affaire n'est pas du ressort du Yard et je dois ménager la susceptibilité de mon patron. Aucun visiteur en dehors de la famille et de l'avocat dans les affaires d'homicide. C'est comme ça que ça marche à Penzance. Même si on est plus coulant au Yard.

— Une amie de Mick Cambrey a disparu de son domicile londonien, dit Lynley. John Penellin est peut-être à même de nous aider.

— C'est vous qui suivez cette affaire ?

Lynley ne répondit pas. A la table voisine, une fille vêtue d'un uniforme blanc couvert de taches se mit à empiler des assiettes sur un plateau métallique. Il y eut des bruits de vaisselle qui s'entrechoquait. Un petit tas de purée glissa par terre. Boscowan la regardait travailler tout en tapant avec un biscuit dur comme du bois sur le Formica de la table.

— Et puis merde, murmura-t-il. Suivez-moi. Je vais vous arranger ça.

Il les fit entrer dans une salle d'interrogatoire située dans une autre aile du bâtiment. Une table et cinq chaises composaient tout le mobilier outre un miroir accroché au mur et un plafonnier d'où une araignée tissait consciencieusement sa toile.

— Tu crois qu'il en conviendra ? questionna Lynley tandis qu'ils attendaient.

— Il n'a guère le choix.

— Et tu en es sûr, Saint James ?

— C'est la seule explication raisonnable.

Un constable en uniforme introduisit John Penellin dans la pièce. Lorsqu'il vit la tête de ses visiteurs, il esquissa un pas en arrière comme prêt à ressortir. Mais la porte s'était déjà refermée derrière lui. Elle était munie d'un judas à hauteur des yeux et Penellin jeta un coup d'œil à la vitre, l'air de se demander s'il n'allait pas faire signe au constable de le reconduire dans sa cellule. Au lieu de cela, il s'approcha. La table bancale oscilla lorsqu'il s'y appuya avant de s'asseoir.

— Qu'est-ce qu'il y a ? s'enquit-il prudemment.

— Justin Brooke a fait une chute à Howenstow dimanche en début de matinée, dit Lynley. La police pense qu'il s'agit d'un accident. C'est possible. Mais si ça n'en est pas un, de deux choses l'une : ou il y a un second assassin en liberté ou vous êtes innocent et il n'y a qu'un tueur. Qu'en pensez-vous, John ? Laquelle de ces deux explications vous semble la plus plausible ?

Penellin tortilla un bouton du poignet de sa chemise. Il demeura impassible. Seul un muscle tressaillit sous son œil droit.

Saint James enchaîna :

— La *Daze* a quitté le port de Lamorna hier matin, très tôt. Et elle a heurté un rocher dans l'anse de Penberth la nuit dernière.

Le bouton que Penellin tripotait dégringola sur la table. Avant de le ramasser, il le retourna avec l'ongle du pouce.

Saint James poursuivit :

— Voilà comment je vois les choses. L'opération comporte trois niveaux, un fournisseur unique et une demi-douzaine de revendeurs. Le trafic de la cocaïne peut se faire de deux façons : ou les dealers vont la chercher chez le fournisseur — aux îles Scilly, par exemple — et regagnent la côte par bateau, ou le fournisseur s'arrange pour rencontrer les revendeurs dans une des criques de la côte. Un endroit comme Porthgwarra me semble tout indiqué. Le rivage est d'accès facile, le village trop éloigné pour que les habitants remarquent des allées et venues suspectes. La falaise est truffée de grottes et de cachettes permettant de faire tranquillement l'échange. Mais quelle que soit la façon dont il se procure la drogue auprès du fournisseur, le dealer, une fois qu'il est en possession de la drogue, rejoint le port de Lamorna à bord de la *Daze* et achemine ensuite la cocaïne jusqu'au moulin de Howenstow, où il la conditionne. Ni vu ni connu.

— Alors vous êtes au courant, se borna à murmurer Penellin.

— Qui essayez-vous de protéger ? questionna Saint James. Mark ou les Lynley ?

Penellin plongea la main dans sa poche et en sortit un paquet de Dunhill. Lynley se pencha, briquet tendu. Penellin le regarda par-dessus la flamme.

— Les deux, je crois, dit Lynley. En gardant le silence, vous empêchez Mark d'être arrêté. Mais du même coup vous le laissez libre de ravitailler Peter.

— Si Peter s'enfonce de plus en plus dans la drogue, dit Penellin, c'est à cause de Mark. Ça finira mal si je n'y mets pas bon ordre.

— Justin Brooke nous a confié que Peter avait l'intention de se ravitailler en Cornouailles, dit Saint James. C'est Mark qui le fournissait, n'est-ce pas ? C'est pour ça que vous avez tout fait pour les empêcher de se voir vendredi à Howenstow.

— Je pensais bien que Mark essaierait de vendre de la coke à Peter et à sa copine. Ça faisait un moment que je le soupçonnais de tremper dans le trafic de drogue. Je me suis dit que, si je réussissais à découvrir l'endroit où il la planquait... (Penellin fit rouler sa cigarette entre ses doigts. Comme il n'y avait pas de cendrier sur la table, il fit tomber le cylindre de cendre par terre et l'écrasa sous son talon.) Je croyais parvenir à l'empêcher de continuer son trafic. Ça fait des semaines que je le surveille et que je le file quand j'en ai l'occasion. Je ne me doutais pas qu'il faisait ça dans la propriété.

— C'était un bon plan, remarqua Saint James. Prendre la *Daze* pour aller s'approvisionner. Utiliser le moulin pour couper la cocaïne, la mettre en sachets. Le voilier, le moulin, tout était lié à Howenstow. Et comme Peter était — et est — le seul à se droguer à Howenstow, c'était lui qui portait automatiquement le chapeau en cas de pépin. Il aurait eu beau protester de son innocence, personne ne l'aurait cru. Hier, par exemple, nous avons tout de suite pensé que c'était lui qui était sorti avec le bateau. Personne n'a songé un instant que ça pouvait être Mark. Bougrement astucieux de *leur* part.

Penellin releva lentement la tête.

— Parce que ça aussi, vous le savez ?

— Mark ne disposait pas des capitaux nécessaires pour monter seul une affaire de cette envergure, dit Saint James. Il lui fallait un commanditaire. Il aura fait appel à Mick. Et Nancy était au courant, n'est-ce pas ? Vous étiez au courant tous les deux.

— Au courant, c'est beaucoup dire. Disons que je m'en doutais.

— C'est pour ça que vous êtes allé le voir, vendredi soir ?

Penellin reporta son attention sur sa cigarette.

— Je voulais des réponses.

— Et Nancy devait savoir que vous étiez allé à Gull Cottage. Aussi lorsque Mick a été tué a-t-elle craint le pire.

— Cambrey avait pris un prêt bancaire pour moderniser le journal, dit Penellin. Mais les travaux de modernisation n'en absorbèrent qu'une infime partie. Il se mit à faire des allers-retours de plus en plus fréquents à Londres. Et à parler d'argent à Nancy. Il se plaignait de ne pas en avoir assez. Déclarait qu'ils étaient au bord de la faillite. Qu'ils allaient couler. Mais ça n'avait pas de sens. Il avait de l'argent. Il avait réussi à obtenir un prêt.

— Et cet argent, il l'investissait dans la cocaïne.

— Elle refusait de croire qu'il était mêlé à cela. Elle disait qu'il ne touchait pas à la drogue. Elle ne voulait pas admettre qu'il n'y a pas besoin d'en prendre pour en vendre. Elle voulait des preuves. Du concret.

— Et vous vous êtes rendu au cottage, vendredi soir, pour en trouver ?

— J'avais complètement oublié que c'était le vendredi où il faisait les enveloppes de paie. Je pensais qu'il ne serait pas chez lui et que je pourrais fouiller en toute tranquillité. Mais je suis tombé sur lui. Et on a eu une discussion.

Saint James sortit de sa poche le papier d'emballage du *Talisman Café*.

— C'est ce que vous cherchiez, j'imagine, dit-il en le tendant à Penellin. C'était dans la salle de rédaction. Harry l'a déniché dans le bureau de Mick.

Penellin examina le papier et le rendit à Saint James.

— Je ne sais pas ce que je cherchais, convint-il avec un rire d'autodérision. Une confession écrite, peut-être.

— Ce papier n'a rien d'une confession, reconnut Saint James. C'est plutôt une marche à suivre.

— Ça veut dire quoi, d'abord ?

— Mark seul pourrait confirmer, toutefois je crois que ça résume le deal qu'ils ont conclu, Mick et lui. 1 kg 9 400, c'est le prix d'achat de la cocaïne : 9 400 livres le kilo. Chacun en revendait la moitié : 500 grammes chacun à 55 livres le gramme. Bénéfice empoché par tête de pipe : 27 500 livres. Et les prestations fournies par chacun des associés. MP — Mark Penellin — se chargeait du transport : il allait chercher la drogue chez le fournisseur avec la *Daze*. MC — Mick Cambrey — fournissait les fonds nécessaires grâce au prêt de sa banque, obtenu sous prétexte de moderniser le journal. Et pour se couvrir, Mick commençait à acheter du matériel pour le *Spokesman* afin de ne pas éveiller les soupçons.

— Et puis il y a eu de l'eau dans le gaz, dit Penellin.

— Possible. La cocaïne ne s'est peut-être pas aussi bien vendue qu'ils l'espéraient et Mick a perdu de l'argent dans l'histoire. Ou alors il y a eu du tirage entre les associés. Ou bien encore il y a eu une embrouille quelque part.

— Il y a encore une autre possibilité, dit Penellin. Pourquoi est-ce que vous ne la mentionnez pas ?

— C'est pour ça que vous êtes là, hein, John ? intervint Lynley. Pour ça que vous vous taisez. Pour ça que vous prenez tout sur vous.

— Il a dû s'apercevoir que c'était un jeu d'enfant, dit Penellin. Qu'une fois l'achat de départ effectué, il n'avait plus besoin de Mick. A quoi bon s'embarrasser d'un tiers qui réclamerait sa part des bénéfices ?

— John, vous ne pouvez pas vous laisser accuser de la mort de Cambrey.

— Mark n'a que vingt-deux ans.

— Ce n'est pas le problème. Vous n'avez...

— Comment avez-vous compris que c'était Mark ? coupa Penellin, s'adressant à Saint James.

— La *Daze*. Nous pensions que Peter l'avait prise pour quitter Howenstow. Mais le voilier était orienté nord-est quand on l'a retrouvé sur les rochers de Penberth. C'est donc qu'il regagnait Howenstow et non qu'il le quittait. Et il y avait plusieurs heures que le voilier était là lorsque nous sommes arrivés, Mark avait eu largement le temps d'abandonner le bateau, de rentrer à Howenstow et de nous proposer — bien qu'un peu esquinté — de nous aider à chercher Peter.

— Il a été obligé d'abandonner le sloop, murmura Penellin.

— A cause de la cocaïne. Si un pêcheur à Penberth avait alerté les gardes-côtes, il aurait été dans un sacré pétrin. Il valait mieux qu'il saute du bateau à quelques encâblures du rivage — quitte à y laisser la peau — plutôt que de risquer la prison en se faisant pincer avec un kilo de cocaïne à bord.

— John, dit Lynley d'un ton ferme, vous devez dire la vérité à Boscowan. Toute la vérité. Concernant la nuit de vendredi.

Penellin le regarda droit dans les yeux.

— Et Mark ?

Lynley ne répondit pas. L'inquiétude se peignit sur les traits de Penellin.

— Je ne peux pas faire ça. C'est mon fils.

Nancy s'activait devant le pavillon des gardiens tandis que Molly gazouillait dans son landau, jouant avec des canards en plastique de couleur vive que sa mère avait accrochés devant elle sur une ficelle. Lorsque Lynley immobilisa la voiture dans l'allée, Nancy leva la tête. A l'aide d'un rateau, elle ramassait les feuillages, les fleurs, les cailloux et les détritus divers que le vent avait plaqués contre la maison.

— Toujours pas de nouvelles de Peter ? questionna-t-elle en s'approchant tandis qu'ils descendaient de voiture.

— Mark est là, Nancy ?

Décontenancée, elle marqua une pause. Que Lynley n'ait pas répondu à sa question la déstabilisait visiblement. Elle s'appuya sur son rateau.

— Est-ce que Mark vous a aidée à attacher les volets, hier soir ? s'enquit Lynley.

— Les volets ?

Ces deux mots suffirent à Lynley.

— Il est là ? interrogea à son tour Saint James.

— Il vient de sortir. Il voulait...

Une soudaine bouffée de rock and roll lui apporta un cinglant démenti. Elle se plaqua un poing sur les lèvres.

— Nous avons vu votre père, lui annonça Lynley. Inutile

de protéger Mark plus longtemps. Le moment est venu pour lui de nous dire la vérité.

La laissant à ses occupations, ils pénétrèrent dans la maison, suivant les pulsations de la batterie et les solos de guitare jusque dans la cuisine où Mark était attablé, réglant sa radiocassette portative. Comme il l'avait fait le samedi matin, à l'aube, après la découverte du cadavre de Mick Cambrey, Saint James examina le jeune homme. Samedi, en le voyant, Saint James avait pensé qu'il avait pris de l'argent à Gull Cottage après avoir découvert le corps de son beau-frère. Maintenant, les détails qu'il relevait le confortaient dans l'idée que Mark était bel et bien mêlé à un trafic de cocaïne. Lourde gourmette en or au poignet droit. Montre flambant neuve au poignet gauche. Jeans et chemise de marque. Bottes en lézard. Radiocassette. Ce n'était pas avec le salaire de misère que son père lui versait qu'il avait pu s'offrir tout ça.

Sur la table étaient posés un sandwich au jambon entamé, une canette de bière et un sachet de chips au vinaigre, dont l'odeur acide emplissait la pièce. Mark plongea la main dans le sac pour y prendre une poignée de chips, leva le nez et aperçut les visiteurs sur le seuil. Il baissa le son de la radio et se mit debout, laissant tomber les chips dans son assiette.

— Qu'est-ce qui se passe ? C'est au sujet de Peter ? Il va bien, au moins ? (Il se passa la main sur la tempe comme pour remettre de l'ordre dans ses cheveux qui n'en avaient nul besoin.)

— Ce n'est pas à cause de Peter que nous sommes là, dit Lynley.

Mark fronça les sourcils.

— Je n'en sais pas plus que vous concernant Peter. Nancy a appelé votre mère. Elle lui a dit qu'elle n'avait pas de nouvelles. Est-ce que vous... Y a-t-il quelque chose que...

Il tendit la main en un geste amical.

Saint James se demanda comment Lynley réussirait à lui ôter l'envie de continuer à jouer la comédie. Il ne tarda pas à avoir la réponse. D'un violent revers de main, son ami fit tomber la radio de la table et l'envoya s'écraser contre les placards de la cuisine dont elle érafla le bois.

— Hé !

Comme Mark se levait, Lynley fit le tour de la table. D'une

poussée, il obligea le jeune homme à se rasseoir sur sa chaise ; la tête de Mark alla heurter le mur.

— Ça va pas !

— Ou vous me parlez ou je vous emmène à Penzance à la criminelle. A vous de choisir.

Un éclair de compréhension passa sur le visage de Mark. Il se frotta la clavicule. Néanmoins, il s'obstina :

— Vous êtes cinglé.

Lynley jeta l'emballage de sandwich du *Talisman Café* sur la table.

— Alors, qu'est-ce que vous décidez ?

Mark demeura impassible lorsqu'il jeta un coup d'œil au papier couvert de chiffres, de notes et portant ses initiales. Il ricana :

— La mort de Brooke vous a drôlement foutu dans la merde, hein ? Vous feriez n'importe quoi pour empêcher la police de fourrer son nez là-dedans. Votre objectif, c'est d'éloigner les flics de Peter.

— Ce n'est pas à cause de Peter que nous sommes ici.

— Ben tiens ! Faut surtout pas qu'on parle de Peter. Vous risqueriez d'apprendre la vérité. En tout cas, vous pouvez pas me faire arrêter comme ça. Vous avez pas l'ombre d'une preuve contre moi.

— Vous êtes sorti de Lamorna à bord de la *Daze*. Vous l'avez abandonnée au large de Penberth. Pourquoi ? La réponse à cette question se trouve ici. Ou alors au moulin. Et si je vous accusais de vol ? De contrebande ? De détention de stupéfiants ? Je suis prêt à parier que Boscowan m'écoutera d'une oreille attentive, trop content de sortir votre père du trou. En revanche, je suis sûr qu'il est nettement moins bien disposé en votre faveur. Alors, je lui passe un coup de fil ? Ou vous crachez le morceau ?

Mark détourna les yeux. Sur le sol, sa radio crachotait des parasites.

— Que voulez-vous savoir ? fit-il d'un ton maussade.

— Qui revend la cocaïne ?

— Moi. Mick.

— Vous utilisiez le moulin ?

— C'était une idée de Mick. Il y avait passé tout le printemps dernier à sauter Nancy au grenier. Il savait que personne n'y allait.

— Et la *Daze* ?

— Idéale pour transporter la marchandise. Comme ça, on n'avait pas de frais de transport. C'était autant de gagné.

— De gagné ? Parce que vous gagniez de l'argent ? Et Nancy qui prétend qu'ils n'avaient jamais un sou.

— Dès le début, en mars dernier, on a touché le gros lot. On a réinvesti aussitôt. (Un sourire étira sa bouche. Il ne fit aucun effort pour le dissimuler.) Heureusement que la came était enveloppée dans de la toile cirée. Sinon elle serait au fond de la baie de Penberth, à l'heure qu'il est, et c'est les poissons qui se régaleraient. Les choses étant ce qu'elles sont, Mick pourra pas toucher sa part du gâteau.

— Ça tombe à pic pour vous, qu'il soit mort.

Mark ne se laissa pas impressionner.

— Vous cherchez à me flanquer la trouille ? Vous voulez me faire croire que je suis con au point de m'être mis un mobile de meurtre sur le dos ? (Il mordit dans son sandwich et avala une gorgée de bière.) Arrêtez votre cinéma. J'étais à St. Ives vendredi soir.

— En compagnie de quelqu'un qui se fera un plaisir de confirmer vos dires, évidemment ?

Mark continua à frimer.

— Évidemment.

— Entre dealers, on se serre les coudes. On a le sens de l'honneur.

— Faut savoir choisir ses amis.

— Peter était votre ami dans le temps.

Mark examina ses ongles. La radio grésilla. Saint James l'éteignit.

— Vous ravitailliez mon frère ?

— Quand il avait de quoi me payer.

— Quand l'avez-vous vu pour la dernière fois ?

— J'vous l'ai déjà dit. Je vous le répète : vendredi après-midi à la plage. Il avait téléphoné au pavillon pour dire qu'il voulait me voir. Il a fallu que je me décarcasse pour le trouver, ce con. J'sais vraiment pas pourquoi je me suis donné tout ce mal.

— Que voulait-il ?

— La même chose que d'habitude. De la dope à crédit.

— Il savait ce que vous faisiez au moulin ?

Mark éclata d'un rire sarcastique.

— Vous rigolez ! J'lui ai jamais parlé de ça ! Pour l'avoir dans mes pattes, à pleurnicher et à me réclamer des doses gratuites, chaque fois que j'avais affaire là-bas ? On est copains, c'est sûr, mais y a des limites.

— Où est-il ? questionna Lynley.

Mark garda le silence.

Lynley tapa du poing sur la table.

— Où est-il ? Où est mon frère ?

— J'en sais rien, moi ! J'en sais foutre rien. Si ça se trouve il est mort, une aiguille dans le bras.

— Tommy.

L'avertissement de Saint James arriva trop tard. Lynley attrapa le jeune homme par le col et le souleva de sa chaise. Il le plaqua contre le mur, lui appuyant un bras sur le larynx.

— Petite ordure, murmura-t-il. On se reverra.

Le relâchant abruptement, il sortit de la cuisine.

Mark resta un instant à se frotter le cou. Il brossa le col de sa chemise comme pour en faire disparaître toute trace de l'attaque éclair de Lynley. Se baissant, il ramassa sa radio, la reposa sur la table et commença à en tripoter les boutons. Saint James sortit à son tour.

Il trouva Lynley dans la voiture, les mains crispées sur le volant. Nancy et le bébé avaient disparu.

— Nous sommes leurs victimes, dit Lynley, fixant l'allée, qui serpentait jusqu'à Howenstow. (Des ombres jouaient sur le gravier qu'elles tachetaient. Une brise légère agitait les feuilles des platanes.) Nous sommes leurs victimes. Tous autant que nous sommes. Et moi autant que les autres. Non, plus que quiconque. Car je suis un professionnel.

Saint James comprit ce qui perturbait son ami. Les liens du sang, la nécessité de faire son devoir. Il attendit que Lynley — l'honnêteté même — lui fasse part de ses tourments.

— J'aurais dû dire à Boscowan que Peter était passé à Gull Cottage vendredi. J'aurais dû lui dire que Mick était encore vivant après le départ de John Penellin. J'aurais dû lui parler de l'engueulade. De Brooke. De tout le reste. Mais je n'ai pas pu, Saint James. Qu'est-ce qui m'arrive, bon Dieu ?

— Il y a que tu t'efforces de défendre les intérêts de tout le monde, Tommy : ceux de Peter, de Nancy, de John et de Mark.

— J'ai l'impression que tout ça va mal se terminer.

— Ne t'inquiète pas. On finira par tirer l'affaire au clair.

Lynley tourna les yeux vers son ami. Le regard comme voilé.

— Tu crois ?

— Il faut bien croire en quelque chose.

— Le nom exact de la boîte, c'est Islington-Londres, précisa Lady Helen. Islington-Londres, Ltd. Il s'agit d'un laboratoire pharmaceutique.

Saint James regardait la partie du jardin encore visible dans l'obscurité grandissante. Il était à la fenêtre du salon, tandis que derrière lui Lady Asherton, Lynley et Cotter buvaient le café de l'après-dîner.

— Nous sommes allées faire un saut là-bas avec Deborah, ce matin, poursuivit Lady Helen. (A l'arrière-plan, Saint James perçut la voix de Deborah, suivie d'éclats de rire communicatifs.) Oui, d'accord, ma biche, fit Lady Helen. (Puis à Saint James :) Deborah est furieuse. D'après elle, je n'aurais jamais dû mettre mon renard. Je reconnais que j'étais un peu *trop* habillée pour la circonstance, même si l'ensemble ne manquait pas d'allure. Mais quitte à faire quelque chose, autant mettre le paquet, non ?

— Entièrement d'accord, Helen.

— D'ailleurs je me suis taillé un franc succès. La réceptionniste m'a demandé si je venais pour le job. Directeur de projet. Ça sonne bien, n'est-ce pas ? Tu crois que c'est un métier d'avenir ?

Saint James sourit au téléphone.

— Tout dépend de la nature du projet. Et Tina ? Quel rapport ?

— Aucun à première vue. Nous l'avons décrite à la réceptionniste — heureusement que Deborah avec son œil de lynx et sa mémoire étonnante était là. Mais le signalement n'a éveillé aucun écho chez la fille. (Lady Helen marqua une pause tandis que Deborah faisait un commentaire. Elle poursuivit :) Étant donné l'allure de Tina, on a du mal à croire que quelqu'un qui l'a vue ait pu l'oublier. La réceptionniste nous a demandé si ce n'était pas par hasard une biochimiste.

— Bizarre.

— Mmmmmm. Oui. Encore que... Deborah m'a parlé d'une boisson que Tina avait mise au point. Un remontant.

Peut-être espérait-elle en vendre la recette à la compagnie pharmaceutique ?

— Hautement improbable, Helen.

— C'est vrai. Elle serait plutôt allée la proposer à une société commercialisant des boissons.

— C'est plus vraisemblable. Est-ce qu'on a des nouvelles d'elle ? Elle est rentrée ?

— Pas encore. J'ai passé une partie de l'après-midi à aller d'un appartement à l'autre dans la résidence pour essayer de trouver quelqu'un qui saurait où elle pourrait être.

— Tu n'as rien trouvé, j'imagine.

— Exact. Personne ne paraît la connaître. En fait, il semble que Deborah soit la seule à l'avoir approchée, en dehors de sa voisine d'en face qui lui avait prêté son fer à repasser. Plusieurs locataires l'ont vue aller et venir dans l'immeuble — elle habite ici depuis septembre. Mais, mise à part Deborah, personne ne lui a parlé.

Saint James inscrivit septembre sur une feuille. Il le souligna, l'entoura d'un cercle. Et il surmonta le cercle d'une croix. Symbole féminin. Il se mit à gribouiller tout autour.

— Et maintenant, qu'est-ce qu'on fait ? questionna Lady Helen.

— Renseigne-toi auprès du concierge pour savoir si elle ne lui a pas laissé une adresse en Cornouailles. Et essaie de savoir combien elle paie de loyer.

— Tu as raison. J'aurais dû poser la question plus tôt. Quoique je ne voie pas très bien où ça nous mène. Tu es sur une piste ?

Saint James poussa un soupir.

— Je ne sais pas trop. Tu as parlé à Sidney ?

— Là, j'ai un problème, Simon. J'ai téléphoné chez elle à l'appartement mais ça ne répond pas. J'ai essayé l'agence mais ils n'ont aucune nouvelle. Elle ne t'aurait pas dit qu'elle allait chez des amis ?

— Non. Elle m'a dit qu'elle rentrait chez elle.

— Je vais continuer à appeler, dans ce cas. Ne t'inquiète pas. Il se peut qu'elle soit à Cheyne Row.

Saint James se dit que c'était peu probable. L'inquiétude commença à le gagner.

— Il faut absolument la retrouver, Helen.

— Je vais faire un saut chez elle. Peut-être qu'elle a décidé de ne pas répondre au téléphone.

Un peu rassuré de ce côté-là, Saint James raccrocha. Il resta à la fenêtre, fixant les gribouillages qu'il avait tracés autour du mot « septembre ». Il se disait que ça devait signifier quelque chose. Il savait que c'était certainement le cas. Mais quoi ? Cela lui échappait.

Il pivota en entendant la voix de Lynley qui l'avait rejoint dans le petit renfoncement :

— Du nouveau ?

Saint James lui transmit les renseignements que Lady Helen avait réussi à glaner. Il vit l'expression du visage de Lynley changer.

— Islington ? Tu en es sûr, Saint James ?

— Helen y a fait un saut. Pourquoi ? Ce nom te rappelle quelque chose ?

Lynley jeta un regard circonspect dans le salon. Sa mère et Cotter bavardaient tranquillement en tournant les pages d'un album de photos.

— Eh bien, Tommy ?

— Roderick Trenarrow. Il travaille pour Islington, à Penzance.

CINQUIÈME PARTIE

Identités

20

— Mick Cambrey a dû laisser ces deux numéros de téléphone dans l'appartement de Tina Cogin, dit Saint James. Celui de Trenarrow et celui d'Islington. Cela explique que Trenarrow n'ait pas su qui était Tina.

Lynley ne répondit pas tout de suite mais enfila Beaufort Street en direction de Paddington. Ils avaient déposé Cotter à Cheyne Row chez Saint James. A la vue de la maison de brique familière, Cotter avait réagi avec l'enthousiasme d'un fils prodigue : une valise dans chaque main, il s'était engouffré à l'intérieur d'une démarche quasi aérienne qui trahissait un intense soulagement. Il était 13 h 10. Le retour en ville depuis l'aérodrome du Surrey avait été pénible : ils étaient tombés sur des embouteillages monstres provoqués par une kermesse qui se tenait près de Buckland, laquelle avait apparemment attiré une foule considérable.

— Tu crois que Roderick est impliqué dans cette histoire ? dit finalement Lynley.

La neutralité du ton comme le souci de ne pas prononcer le mot meurtre n'échappèrent évidemment pas à Saint James. Dans le même temps, il ne put s'empêcher de remarquer l'attitude de Lynley au volant. Mains très haut sur le volant, yeux fixés droit devant lui. Les relations Lynley-Trenarrow, Saint James les connaissait, assez schématiquement. Il savait que son ami éprouvait pour le médecin une violente antipathie, née des liens qui unissaient Trenarrow à Lady Asherton. Lynley allait avoir du mal à garder la tête froide si Trenarrow était mêlé, fût-ce de loin, aux morts survenues en Cornouailles.

Il semblait qu'il eût choisi d'adopter une attitude de scrupuleuse impartialité pour contrebalancer l'animosité qui colorait ses relations avec l'amant de sa mère.

— C'est possible, même si ce n'est que de façon indirecte. (Saint James résuma sa conversation avec Trenarrow, mentionnant le fait que ce dernier avait accordé une interview à Mick.) Si Mick était sur un coup qui a provoqué sa mort, il n'est pas impossible que Trenarrow lui ait fourni un indice, peut-être le nom d'un correspondant à Islington-Londres qui aurait pu renseigner Mick.

— Mais si, comme tu le dis, il n'y avait pas de notes au journal concernant Roderick... (Lynley freina à un feu. En temps normal, il aurait consulté son passager du regard. Il n'en fit rien.)

— Je n'ai pas dit qu'il n'y avait pas de notes sur Trenarrow, Tommy. J'ai dit qu'il n'y avait aucun article sur lui. Ni sur quoi que ce soit concernant la recherche sur le cancer. Ce n'est pas la même chose qu'une absence de notes. Si ça se trouve, des notes, il y en a des tas. C'est Harry Cambrey qui a épluché les dossiers de Mick. Pas moi. Qui sait ce qu'il a déniché...

— Autrement dit, les renseignements sont peut-être encore dans les dossiers de Mick sans qu'Harry se doute de leur importance.

— Exactement. Mais l'article lui-même — quel qu'il soit — peut très bien ne rien avoir à voir avec Trenarrow. Trenarrow n'est peut-être qu'une source.

Lynley le regarda.

— Tu n'as pas voulu lui téléphoner, Simon. Pourquoi ?

Saint James observa une femme qui traversait avec un landau. Un tout jeune enfant se cramponnait à l'ourlet de sa robe. Le feu passa au vert. Voitures et camions se mirent en branle.

— Il est possible que Mick ait été sur une grosse affaire et que ce soit pour cette raison qu'on l'ait assassiné. Tu sais comme moi qu'il serait idiot de laisser croire à quiconque que nous sommes nous-mêmes sur une piste.

— Alors tu crois que Roderick est concerné ?

— Pas nécessairement. Si ça se trouve, pas du tout. Mais il pourrait, par inadvertance, le laisser supposer à quelqu'un qui le serait. Dans ce cas, inutile de lui téléphoner. Autant éliminer ce risque.

Lynley dit à voix haute comme s'il n'avait pas entendu les paroles de Saint James :

— S'il est dans le coup... S'il est dans le coup...

Il tourna à droite, s'engageant dans Fulham Road. Ils longèrent les boutiques de mode, les magasins d'antiquités, les bistros et les restaurants du Londres branché où circulaient des gens élégants faisant leurs courses et des femmes d'âge mûr à l'aspect soigné qui se hâtaient vers leurs rendez-vous.

— Nous n'avons pas encore tous les éléments du dossier, Tommy. Tu as tort de te mettre martel en tête dès maintenant. Ça me semble prématuré.

Les mots de Saint James ne semblèrent pas atteindre Lynley qui poursuivit comme pour lui-même :

— Ma mère ne s'en remettrait pas.

Ils continuèrent jusqu'à Paddington dans la Bentley. Deborah les attendait dans le petit vestibule de Shrewsbury Court Apartments, faisant les cent pas sur le carrelage blanc et noir. Elle ouvrit la porte sans leur laisser le temps de sonner.

— Papa m'a appelée pour me prévenir que vous arriviez. Comment te sens-tu, Tommy chéri ? Toujours aucune nouvelle de Peter ?

Pour toute réponse, Lynley prononça son nom dans un soupir. Il l'attira contre lui.

— Quel cauchemar pour toi, ce week-end. Je suis désolé, Deb.

— Ne t'inquiète pas.

Saint James regarda derrière eux. La pancarte *concierge*, apposée sur une porte proche, était calligraphiée d'une écriture malhabile. Il étudia les lettres en détail, les yeux braqués sur l'écriteau, attendant que Deborah se décide à parler.

— Helen est là-haut, elle nous attend.

En compagnie de Lynley, elle se dirigea vers l'ascenseur.

Ils trouvèrent Lady Helen au téléphone dans l'appartement de Deborah. Elle ne disait rien, se contentant d'écouter, et au regard qu'elle leur jeta, à l'expression de son visage lorsqu'elle reposa le combiné, Saint James comprit qui elle avait essayé de joindre.

— Sidney ? s'enquit-il.

— Impossible de mettre la main sur elle, Simon. Son agence

m'a communiqué une liste de noms, des amis. Mais aucun d'entre eux n'a eu de ses nouvelles. Je viens de rappeler chez elle. Rien. J'ai appelé ta mère, mais ça ne répond pas. Veux-tu que j'essaie de nouveau ?

Des picotements glacés parcoururent la colonne vertébrale de Saint James.

— Non, elle s'inquiéterait.

Lady Helen reprit la parole :

— Je commence à me poser des questions en ce qui concerne la mort de Justin Brooke.

Elle n'alla pas plus loin. Saint James avait eu exactement la même idée en apprenant que sa sœur n'avait toujours pas refait surface. Il se maudit de l'avoir laissée partir seule de Howenstow. Si elle était en danger, blessée... Les ongles de sa main droite s'enfoncèrent dans sa paume. Il s'obligea à décrisper les doigts.

— Tina Cogin est revenue ?

— Pas encore.

— Peut-être devrait-on en profiter pour essayer la clé. (Il jeta un coup d'œil à Lynley.) Tu as pris le trousseau ?

— Le trousseau ? s'étonna Lady Helen.

— Harry Cambrey a réussi à soutirer à Boscowan les clés de Mick, expliqua Lynley. On voulait savoir s'il y en avait une qui ouvrait la porte de Tina.

Le suspense fut de courte durée : le temps de se rendre à l'appartement voisin, d'insérer la clé dans la serrure et de la faire tourner. La porte s'ouvrit sans difficulté. Ils pénétrèrent à l'intérieur.

— Bon, il avait sa propre clé, conclut Lady Helen. Mais ça nous avance à quoi, Tommy ? Ce n'est pas vraiment une surprise. Nous savions déjà qu'il était venu ici. Deborah nous l'a dit. Tout ce que nous savons à part ça, c'est que Tina tenait suffisamment à lui pour lui confier une clé de son domicile.

— Ça change toute la nature de leurs relations, Helen. Cette fois, il ne s'agit plus d'une call-girl et d'un client. Les prostituées n'ont pas l'habitude de confier la clé de leur appartement à leurs michetons.

Debout près de la minuscule cuisine, Saint James examinait la pièce. Le mobilier était cossu mais ne révélait rien de la personnalité de sa propriétaire. Et il n'y avait pas d'affaires personnelles en vue : ni photos, ni souvenirs, ni collection d'objets ou de bibelots d'aucune sorte. Le studio semblait avoir été aménagé par un décorateur professionnel. Il s'approcha du bureau.

Le voyant rouge du répondeur clignotait. Il appuya sur le bouton. Une voix d'homme annonça : « Colin Sage. Je vous appelle au sujet de l'annonce. » Et Sage de donner un numéro de téléphone où l'on pouvait le joindre. Un second message suivit, identique au premier. Saint James nota les numéros et les remit à Lady Helen.

— L'annonce ? Ce n'est tout de même pas comme ça qu'elle recrute ses clients.

— Tu as parlé d'un livret de caisse d'épargne, dit Saint James.

Deborah s'approcha de lui.

— Tiens, le voilà. Et il y avait ça aussi.

D'un tiroir, elle sortit le livret ainsi qu'une chemise cartonnée. Il commença par la chemise, fronçant les sourcils à mesure qu'il parcourait la liste dactylographiée de noms et d'adresses. Des gens de Londres pour la plupart. Une personne résidant à Brighton. Derrière lui, il entendit Lynley fouiller dans la commode.

— Qu'est-ce que c'est que ça ? s'étonna Saint James, se posant la question à soi-même.

Deborah répondit :

— On a d'abord cru que c'était une liste de ses clients. Mais on s'est vite aperçues que ça ne tenait pas debout, car il y a des femmes dans le tas. Et même s'il n'y avait pas de noms féminins, la liste est tellement longue que je vois mal comment Tina aurait pu... (Elle hésita. Saint James releva la tête et vit qu'elle était rouge comme une tomate.)

— ... dépanner autant de messieurs ?

— Comme le titre de la couverture de la chemise précise qu'il s'agit de clients potentiels, on s'est dit que... Après tout, comment une prostituée s'y prend-elle pour se faire une clientèle ? Le bouche à oreille ?

— Tu crois que cette liste lui servait à quoi ? A envoyer des brochures, peut-être ? fit Saint James.

Deborah eut un petit rire désarmé.

— Je n'y connais rien. Si ça se trouve, il y a là-dedans des indices qui crèvent les yeux et je n'ai rien vu, rien compris.

— Tu semblais avoir fini par te persuader que Tina n'était pas une prostituée. Je croyais qu'on était d'accord là-dessus.

— C'est sa façon de parler, son allure.

— On devrait laisser cette histoire de look de côté, dit Lynley.

A l'autre bout de la pièce, il se tenait près de l'armoire avec Lady Helen. Il avait descendu les quatre cartons à chapeau de l'étagère du haut, les avait alignés par terre à ses pieds et ouverts. Il était penché au-dessus d'un carton, retirant le papier de soie qui le garnissait. Du nid de papier, il extirpa une perruque. Longs cheveux noirs, frange. Il la posa sur son poing.

Deborah ouvrit des yeux ronds. Lady Helen poussa un grand soupir.

— Génial, dit-elle. Tina porte une perruque. Autrement dit, le peu que nous savons d'elle ne correspond à rien. Cette femme est une chimère. Faux ongles. Faux cheveux. (Elle jeta un coup d'œil à la commode. Mue par une impulsion subite, elle s'en approcha, ouvrit un tiroir et se mit à fouiller dans les sous-vêtements.) Et le reste est faux également, fit-elle en examinant un soutien-gorge noir.

Saint James les rejoignit. Il prit la perruque des mains de Lynley et l'emporta vers la fenêtre. Ayant ouvert les rideaux, il présenta le postiche à la lumière du jour. Ce qui lui permit de constater qu'il s'agissait de cheveux véritables.

— Tu savais qu'elle portait une perruque, Deb ? s'enquit Lynley.

— Bien sûr que non. Comment est-ce que j'aurais pu le savoir ?

— C'est un postiche d'excellente qualité, déclara Saint James. Impossible de se douter qu'il s'agit d'une perruque. (Il l'examina attentivement, passant les doigts à l'intérieur. Ce faisant, il récolta un cheveu qui s'était détaché de la résille, court et différent de ceux qui constituaient le postiche. Saint James saisit le cheveu, l'approcha de la lumière du jour et rendit la perruque à Lynley.)

— Qu'est-ce que tu as trouvé, Simon ? questionna Lady Helen.

Il ne répondit pas immédiatement, fixant le cheveu qu'il tenait entre ses doigts, mesurant la portée de sa trouvaille et les implications qui en découlaient. Il n'y avait qu'une explication possible à la disparition de Tina Cogin. Pourtant, il prit le temps de tester sa théorie.

— Tu l'as portée, cette perruque, Deborah ?

— Moi ? Non ! Quelle drôle d'idée !

Sur le bureau, il prit un morceau de papier blanc dans le tiroir du haut. Il posa le cheveu sur la feuille et approcha le tout de la lumière.

— Je te demande ça parce que ce cheveu est roux.

Levant les yeux, il vit à son regard que Deborah avait compris.

— Crois-tu que ce soit possible ? lui demanda-t-il, car, étant la seule à les avoir vus tous les deux, elle était la seule à pouvoir confirmer.

— Oh, Simon. Je suis nulle à ce petit jeu. Je ne sais pas. Je ne sais vraiment pas.

— Mais tu l'as vue. Tu as même échangé quelques mots avec elle. Elle t'a apporté à boire.

— Le remontant, dit Deborah. (Elle se rua hors de la pièce. Un instant plus tard, les autres entendirent sa porte qui s'ouvrait avec bruit.)

— Ne me dis pas que Deborah est mêlée à tout ceci... fit Lady Helen. Cette femme était *incognita*. Voilà tout. Elle se planquait sous un déguisement.

Saint James posa la feuille de papier sur le bureau. Il mit le cheveu dessus. *Incognita*. Le mot résonnait à ses oreilles. Une vaste blague.

— Crénom de Dieu, murmura-t-il. Elle ne se cachait pas, au contraire, elle annonçait la couleur. Tina Cogin. *Tina Cogin*. Ce nom, c'est un anagramme.

Deborah revint telle une flèche, tenant d'une main la photo qu'elle avait rapportée de Cornouailles et de l'autre un bout de bristol. Elle tendit le tout à Simon.

— Regarde au dos, lui dit-elle.

Il n'en fit rien, certain que l'écriture serait identique sur les deux documents.

— C'est la recette de son remontant miracle. Et au dos de la photo de Mick...

Lynley les rejoignit, prit la carte et la photo des mains de Saint James.

— Juste ciel, marmonna-t-il.

— Qu'y a-t-il ? s'enquit Lady Helen.

— Voilà pourquoi Harry Cambrey tenait tant à faire passer son fils pour « un homme, un vrai », répondit Saint James.

Deborah versa l'eau bouillante dans la théière et la posa sur la petite table qu'ils avaient installée au centre du séjour. Ils prirent place, Deborah et Lynley sur le divan, Lady Helen et Saint James sur des chaises. Saint James prit le livret de caisse d'épargne qui était avec les autres affaires appartenant à Mick Cambrey : la chemise cartonnée intitulée « Clients potentiels », le bout de bristol sur lequel était noté le numéro d'Islington à Londres, l'emballage de sandwich du *Talisman Café*, sa photo, la recette du remontant miracle confiée à Deborah le jour où il avait sonné à sa porte — sous les traits de Tina Cogin.

— Ces dix retraits, dit Lady Helen, les désignant du doigt. Ils correspondent à ce que Tina — ou plutôt Mick Cambrey — payait comme loyer. Septembre-juin. Ça colle, comme période, Simon.

— Bien avant que Mark et lui aient commencé leur trafic de drogue, remarqua Lynley.

— Alors ce n'est pas grâce à la cocaïne qu'il réglait son loyer ? questionna Deborah.

— S'il faut en croire Mark, non.

Lady Helen fit courir son doigt le long de la page où s'alignaient les dépôts.

— Mais il a mis de l'argent sur son compte tous les quinze jours pendant un an. D'où diable venait cet argent ?

Saint James feuilleta le livret pour revenir à la première page et se mit à examiner les indications portées.

— De toute évidence, il avait une autre source de revenus.

La somme déposée n'était pas régulière. Parfois elle était importante et parfois elle était faible. Aussi Saint James rejeta-t-il la seconde hypothèse qui lui était venue à l'esprit lorsqu'il avait remarqué la régularité des dépôts effectués sur le compte de Mick. Il ne pouvait s'agir d'argent provenant d'un chantage. Les maîtres chanteurs ont généralement tendance à être de plus en plus gourmands. Tant il est vrai que, plus on gagne d'argent facilement, plus on est tenté de se montrer exigeant.

— En outre, Mark nous a dit qu'ils avaient fait un second achat de cocaïne, dit Lynley. Le fait qu'il soit sorti avec la *Daze* dimanche confirme ses dires.

Deborah versa le thé. Saint James entreprit de mettre ses

quatre cuillerées de sucre habituelles dans sa tasse. Avec un frisson, Lady Helen lui retira le sucrier des mains sans ménagement pour le passer à Deborah. Elle prit la chemise cartonnée.

— Mick devait vendre sa part de la coke à Londres. S'il s'était amusé à faire ça à Nanrunnel, ça aurait fini par se savoir. Mrs Swann s'en serait aperçue, j'en suis sûre. Une chose pareille ne lui aurait pas échappé.

— Ça semble logique, renchérit Lynley. En tant que journaliste, il avait une réputation à soutenir en Cornouailles. Il ne se serait pas risqué à tout foutre en l'air en vendant de la coke là-bas alors qu'il pouvait le faire tranquillement ici.

— J'ai l'impression qu'il jouissait d'une certaine notoriété dans la capitale, dit Saint James. Il avait travaillé à Londres avant de regagner la Cornouailles, non ?

— Mais pas sous les traits de Tina Cogin, souligna Deborah. S'il vendait de la drogue, c'était déguisé en femme.

— C'est en septembre qu'il s'est métamorphosé en Tina, ajouta Lady Helen. C'est en septembre qu'il s'est installé dans cet appartement. Il a commencé à vendre de la cocaïne en mars. Ça lui laissait le temps de se constituer une clientèle. (Elle tapota des doigts la chemise.) On se demandait ce qu'étaient les clients potentiels, voilà peut-être la réponse. On pourrait essayer de se renseigner sur leur compte.

— Si ce sont des acheteurs de coke, dit Lynley, je doute qu'ils l'avouent.

Lady Helen arbora un sourire serein.

— Pas à la police, Tommy chéri. Pas à la police, bien sûr.

Saint James connaissait la signification de ce sourire angélique. Si quelqu'un était capable d'extorquer des renseignements à un inconnu, c'était Lady Helen. Elle était particulièrement douée dès lors qu'il s'agissait, de papotages en ragots, à obtenir les tuyaux les plus variés. Elle l'avait d'ailleurs prouvé en soutirant au concierge de Shrewsbury Court Apartments les clés de l'appartement de Mick Cambrey. La liste des clients potentiels ne constituerait pour elle qu'une nouvelle séance de travaux pratiques dans l'art du bluff. Qu'elle décide de se faire passer pour sœur Helen de l'Armée du Salut, pour Miss Helen responsable d'un centre de désintoxication ou pour Helen tout court, toxico aux abois en quête d'un fix, en fin de compte elle atteindrait son but : elle réussirait à faire sortir la vérité du puits.

— Si Mick vendait de la coke à Londres, un de ses acheteurs l'a peut-être suivi en Cornouailles, suggéra Saint James.

— Mais s'il la vendait déguisé en Tina, comment est-ce qu'on aurait pu le reconnaître ? fit remarquer Deborah.

— Peut-être qu'il s'était fait repérer ? Peut-être qu'un client qui le connaissait l'avait surpris déguisé en Tina ?

— Et suivi en Cornouailles ? Mais pourquoi ? Pour le faire chanter ?

— Bon moyen de se procurer de la drogue. Si l'acheteur était à court de liquide, il pouvait faire chanter Mick moyennant des doses gratuites de poudre. (Saint James prit les affaires de Cambrey, et les examina avant de les reposer.) Mais Cambrey n'a pas dû vouloir courir le risque de perdre sa réputation en Cornouailles et il a dû refuser de céder au chantage. Il s'est disputé avec l'acheteur. Qui l'a frappé. Il s'est cogné la tête en tombant et il est mort. L'acheteur a fait main basse sur l'argent qui se trouvait dans le séjour du cottage. Un type qui veut de la drogue à tout prix — et qui vient de tuer un homme — ne va pas s'embarrasser de scrupules.

Lynley se leva abruptement. Il s'approcha de la fenêtre ouverte et s'assit sur l'appui, contemplant la rue en contrebas. Un peu tard, Saint James s'aperçut que tout ce temps-là il n'avait fait allusion qu'à une seule personne.

— Est-ce qu'il savait pour Mick ? questionna Lynley. (Au début personne ne souffla mot. Ils écoutèrent le bruit de la circulation dans Sussex Gardens, qui enflait à mesure que les banlieusards sortis de leurs bureaux ralliaient Edgware Road. Un moteur gronda. Des freins grincèrent. Lynley répéta sa question. Sans se retourner.) Est-ce que mon frère pouvait savoir ?

— C'est possible, Tommy, fit Saint James. (Lorsque Lynley pivota vers lui, il poursuivit à contrecœur :) Il fréquentait le milieu de la drogue à Londres. Sidney l'a aperçu il n'y a pas longtemps à Soho. Dans une ruelle. La nuit.

Il marqua une pause, se rappelant les indications que sa sœur lui avait données et le signalement qu'elle lui avait fourni de la femme que Peter avait agressée. Toute de noir vêtue avec de longs cheveux noirs.

Il eut l'impression que Lady Helen se remémorait ce

signalement en même temps que lui car, lorsqu'elle prit la parole, ce fut du ton décidé de quelqu'un qui essaie d'apporter un peu de réconfort à autrui :

— La mort de Mick a peut-être une autre explication. Nous y avons pensé au départ, je crois que nous devrions ne pas laisser cette piste de côté. C'était un journaliste avant tout. Il se peut qu'il ait été en train d'écrire un article. Un papier sur les travestis.

Saint James fit non de la tête.

— Il n'écrivait pas un papier sur les travestis. Il en *était* un lui-même. Il n'y a qu'à voir l'appartement pour s'en convaincre. Les meubles. La garde-robe. Il n'aurait pas eu besoin de tout ça simplement pour se documenter. Et puis, pensez aux sous-vêtements qu'Harry Cambrey a découverts dans le tiroir du bureau de Mick au *Spokesman*. Sans parler de l'engueulade qu'ils ont eue à ce sujet.

— Harry savait que son fils...

— Il semble qu'il ait découvert le pot aux roses.

Lady Helen tripota l'emballage du *Talisman Café*.

— Pourtant Harry était sûr qu'il s'agissait d'un article.

— Ç'aurait pu en être un. N'oublions pas Islington-Londres.

— Mick enquêtait peut-être sur un médicament, suggéra Deborah. Un produit qui n'était pas encore prêt à être mis sur le marché.

Lady Helen poursuivit sur cette lancée :

— Un produit qui aurait eu des effets secondaires. Que les médecins commençaient à prescrire. Et dont le laboratoire niait qu'il pût causer des problèmes.

Lynley revint près de la table. Ils s'entre-regardèrent, frappés par la justesse de ces conjectures. Thalidomide. Les tests intensifs, les règlements stricts, les mises en garde avaient jusque-là empêché la venue d'un nouveau cauchemar tératogène. Mais les hommes étaient prêts à tout lorsqu'il s'agissait de gagner de l'argent rapidement. Il en avait toujours été ainsi.

— Imaginons qu'en enquêtant sur tout autre chose Mick soit tombé sur un truc suspect, risqua Saint James. Il a peut-être été amené à poursuivre son enquête ici. Il a interviewé des membres du personnel d'Islington-Londres. Ce qui a causé sa perte.

Lynley ne fit pas chorus :

— Et la castration ? (Il se laissa tomber sur le divan, se frottant le front.) Ça n'explique pas la castration.

Sur ce, le téléphone se mit à sonner. Deborah se leva pour aller répondre. Lynley se redressa d'un bond en l'entendant parler.

— Peter ! Où diable es-tu ? Quoi ? Que se passe-t-il ? Je ne comprends pas... Peter, s'il te plaît... Tu as appelé où ?... Attends, il est là.

Lynley se précipita sur le téléphone.

— Peter, bon Dieu, où étais-tu passé ? Tu ne sais pas que Brooke... Ferme-la et écoute-moi pour une fois, Peter. Brooke est mort. Comme Mick... Je me fous de ce que tu... QUOI ? (Interdit, Lynley se tut. Le corps raidi, la voix soudain parfaitement calme, il poursuivit :) Tu en es sûr ?... Écoute-moi, Peter. Il faut te ressaisir... Je comprends. Mais ne touche à rien. Tu as compris ? Ne touche à rien. Laisse-la tranquille... Maintenant, donne-moi ton adresse... Parfait. Oui, c'est noté. J'arrive.

Il reposa le combiné sur son support. Quelques secondes s'écoulèrent avant qu'il ne se tourne vers les autres.

— Il est arrivé quelque chose à Sacha.

— Je crois qu'il a pris un truc, dit Lynley.

C'était donc pour cela, songea Saint James, que Lynley avait insisté pour que Deborah et Lady Helen ne les accompagnent pas. Il ne voulait pas qu'elles voient son frère dans cet état. Surtout pas Deborah.

— Que s'est-il passé ?

Lynley s'engagea dans Sussex Gardens, lâchant un juron lorsqu'un taxi lui passa sous le nez. Il prit la direction de Bayswater Road, traversant Radnor Place, prenant des petites rues pour éviter de se trouver au milieu des embouteillages de fin d'après-midi.

— Je l'ignore. Il n'arrêtait pas de hurler que Sacha était sur le lit, qu'elle ne bougeait pas, qu'il la croyait morte.

— Tu ne lui as pas dit d'appeler les urgences ?

— J'ai tout de suite pensé qu'il avait des hallucinations, Saint James. A l'entendre, on aurait dit qu'il faisait une crise de *delirium tremens*. Au diable cette circulation ! On se traîne !

— Où est-il, Tommy ?

— A Whitechapel.

Il leur fallut près d'une heure pour y arriver, se faufilant à travers un fouillis inextricable de voitures, de camions, de bus et de taxis. Lynley connaissait suffisamment bien la ville pour emprunter le maximum de petites rues mais, chaque fois qu'ils débouchaient sur une grande artère, il leur fallait ralentir de nouveau. Dans New Oxford Street, Lynley reprit la parole :

— Tout ça, c'est ma faute. A part lui acheter de la drogue, je crois que j'ai tout fait pour qu'il en arrive là.

— C'est ridicule.

— Je voulais qu'il ait tout ce qu'il y avait de mieux. Jamais je n'ai exigé de lui qu'il se prenne en main. Le résultat est là. C'est ma faute, Saint James. Je suis entièrement responsable.

Saint James regarda par la vitre, cherchant une réponse appropriée. Il songeait à l'énergie que les gens sont prêts à dépenser pour éviter de regarder la réalité en face. Nombreux sont les êtres qui s'efforcent de s'étourdir et de nier l'existence de la réalité pour s'apercevoir, à la onzième heure, qu'il n'existe en fait aucun moyen de lui échapper. Depuis combien de temps Lynley s'efforçait-il de se boucher les yeux ? Depuis combien de temps lui-même en faisait-il autant ? C'était devenu chez eux une habitude, presque une seconde nature. Évitant soigneusement d'aborder les sujets importants, ils en étaient venus à adopter une conduite de fuite systématique.

— Tu n'es pas responsable de tout ce qui arrive, Tommy, dit-il enfin.

— C'est exactement ce que m'a mère m'a déclaré l'autre soir.

— Et à juste titre. Tu as trop souvent tendance à t'accabler alors que les autres ont aussi leur part de responsabilité. Ne joue pas à ça maintenant.

Lynley lui jeta un coup d'œil de biais.

— L'accident. Il y a cette histoire d'accident aussi, n'est-ce pas ? Pendant toutes ces années, tu as essayé d'ôter le fardeau de mes épaules, mais tu n'y arriveras jamais complètement. C'est moi qui conduisais, Saint James. Peu importe qu'il y ait eu ou non des circonstances atténuantes, les faits sont là : cette fameuse nuit, c'est moi qui étais au volant. Je suis sorti indemne de l'accident. Mais pas toi.

— Je ne t'en veux pas.

— C'est inutile. Je m'en veux suffisamment comme ça. (Il quitta New Oxford Street et ils se faufilèrent de nouveau dans les petites rues pour se rapprocher de la City et de Whitechapel.) Une chose est sûre en tout cas : il est temps que j'arrête de culpabiliser à propos de Peter, sinon je vais devenir dingue. Pour commencer, je te promets de le laisser prendre ses responsabilités : quoi que nous découvrions chez lui, il faudra qu'il assume. Comme un grand.

L'immeuble où habitait Peter était à deux pas de Brick Lane dans une rue étroite où un groupe braillard de petits Pakistanais jouaient au football avec un ballon crevé. Ils avaient posé par terre quatre sacs poubelle en guise de buts. Mais l'un des sacs était crevé et avait dégorgé son contenu qui était éparpillé un peu partout, écrasé par les pieds des joueurs.

L'arrivée de la Bentley mit un terme abrupt à la partie en cours. Saint James et Lynley mirent pied à terre au milieu d'un cercle de regards curieux. L'air était lourd de l'appréhension que suscite généralement l'apparition d'étrangers dans un quartier ghettoïsé, et chargé de relents divers — café, légumes pourrissants, fruits près de tourner. Les chaussures des footballeurs jouaient un rôle non négligeable dans ce remugle car elles semblaient couvertes d'une couche de déchets organiques.

— Qu'est-ce qui s'passe ? murmura l'un des gamins.

— Chais pas, répondit un autre. Putain, t'as vu la tire ?

Un troisième larron, plus entreprenant que les autres, fit un pas en avant, proposant à Lynley de surveiller sa voiture et d'empêcher ses copains — mouvement de menton en direction desdits copains — d'y toucher. Lynley levant la main, le gosse prit ce geste pour un acquiescement : il se posta aussitôt, une main sur le capot, l'autre sur la hanche et un pied crasseux sur le pare-chocs.

Ils s'étaient garés juste devant l'immeuble de Peter, un étroit bâtiment de cinq étages. A l'origine, les briques de la façade avaient été peintes en blanc mais les années, la suie et l'indifférence aidant, le blanc avait viré au gris repoussant. Les encadrements de fenêtres et de portes semblaient avoir été négligés pendant des décennies. Là où une laque d'un bleu claquant avait jadis contrasté joliment avec le blanc des briques, il ne restait plus que des écailles de peinture azur, semblables à des taches brunes sur une peau flétrie par l'âge. Un des locataires du troisième avait bien essayé d'améliorer l'aspect de la maison en plantant des géraniums dans une jardinière esquintée sans pour autant réussir à venir à bout de l'allure crasseuse et décrépite de la bâtisse.

Ils gravirent les quatre marches conduisant à la porte. Celle-ci était ouverte. Au-dessus, une épigraphe adéquate, *Bientôt la fin*, avait été bombée à la peinture rouge.

— Il m'a dit qu'il était au premier, fit Lynley, se dirigeant vers l'escalier.

Jadis recouvertes de linoléum bon marché, les marches étaient usées en leur centre, les bords couverts d'une couche de vieille cire et de crasse neuve. Les murs de la cage d'escalier étaient marbrés de taches graisseuses et çà et là, à l'endroit où dans le temps il y avait eu une rampe, on voyait des trous telles des traces de petite vérole. Les murs étaient tartinés d'empreintes de mains et d'une grosse tache d'humidité qui venait d'un étage supérieur.

Sur le palier traînaient un landau couvert de poussière en équilibre instable sur trois roues, plusieurs sacs d'ordures ménagères, deux seaux en aluminium, un balai et un chiffon noirâtre. Un chat efflanqué en triste état — on lui voyait les côtes et il avait une plaie à vif sur la tête — se glissa près d'eux tandis qu'ils poursuivaient leur ascension au milieu d'une violente odeur d'ail et d'urine.

Dans le couloir du premier, le bâtiment prit vie. Télévision, musique, voix se disputant, pleurs de nouveau-né, toute la symphonie discordante des gens occupés à vivre la routine quotidienne. Aucun bruit de ce genre dans l'appartement de Peter, qu'ils découvrirent au fond du couloir où une fenêtre noire de suie ne laissait filtrer qu'un maigre rai de lumière. La porte était entrebâillée, et elle s'ouvrit lorsque Lynley frappa, révélant une pièce dont les fenêtres closes recouvertes par des draps semblaient piéger les odeurs de l'immeuble, à quoi venait s'ajouter la puanteur des corps non lavés et des vêtements sales.

Bien que la pièce ne fût guère plus petite que le studio de Paddington qu'ils venaient de quitter, le contraste était saisissant. Il n'y avait pour ainsi dire pas de mobilier. Trois grands oreillers maculés de taches gisaient sur le sol au milieu de journaux froissés et de revues ouvertes. Pas d'armoire ni de commode. Une chaise supportait une pile de vêtements dépliés, quatre cartons contenaient d'autres vêtements. Des cageots servaient de tables et un lampadaire veuf d'abat-jour éclairait la pièce.

Lynley ne souffla mot. L'espace d'un instant, il resta sur le seuil, comme quelqu'un qui puise le courage d'affronter la vérité.

Puis il ferma la porte de façon que rien ne vînt entraver leur champ de vision. Contre le mur le plus proche, le canapé convertible usé jusqu'à la corde avait été déplié. Sur le lit, était allongée une silhouette immobile à demi recouverte d'un drap. Par terre, près du canapé, Peter Lynley était recroquevillé à la manière d'un fœtus, les mains sur la tête.

— Peter !

Lynley s'approcha de lui, s'agenouilla, l'appela de nouveau. Comme sortant d'une profonde torpeur, Peter tressaillit, esquissa un geste convulsif. Il roula les yeux, reconnut son frère.

— Elle refuse de bouger. (Il se fourra un pan de son T-shirt dans la bouche, comme pour s'empêcher de pleurer.) Je l'ai trouvée là, comme ça, en rentrant. Elle veut pas bouger.

— Que s'est-il passé ? questionna Lynley.

— Elle refuse de bouger, Tommy. J'l'ai trouvée là en rentrant, sur le lit, et elle bouge toujours pas.

Saint James s'approcha à son tour du canapé. Il ôta le drap qui recouvrait la silhouette étendue. En dessous, Sacha était allongée, nue, sur le côté, un bras tendu, une main pendante. Ses cheveux lui cachaient le visage et son cou était gris de crasse. Il posa les doigts sur le poignet de la jeune fille, conscient d'agir machinalement. Il avait jadis travaillé dans la police métropolitaine, avec les spécialistes de scène de crime, et ce n'était pas la première fois qu'il contemplait un cadavre.

Se redressant, il secoua la tête en regardant Lynley. Lynley s'approcha.

Saint James repoussa en arrière les cheveux de Sacha et lui bougea doucement le bras pour voir où en était la rigidité cadavérique. Il esquissa un pas en arrière, toutefois, en voyant l'aiguille plantée dans sa chair.

— Overdose, dit Lynley. Qu'est-ce qu'elle avait pris, Peter ?

Il revint vers son frère. Saint James resta près du corps. La seringue était vide, le piston baissé, comme si elle s'était shootée avec une substance qui l'avait tuée pratiquement sur-le-champ. Difficile à croire. Il parcourut la pièce des yeux, cherchant ce qu'elle avait bien pu prendre pour mourir de cette façon. Rien sur la caisse posée près du lit, à part un verre vide dans lequel était plongée une cuiller ternie et sur le bord duquel on distinguait un reste de poudre blanche. Le lit lui-même ne contenait que le corps. Saint James recula, examinant le sol entre la caisse et le lit. Et c'est alors qu'avec un sentiment d'horreur il l'aperçut.

Un flacon en argent gisait par terre, presque invisible. Et du flacon s'échappait un peu de poudre blanche, substance sans doute identique à celle qui était restée collée sur le bord du verre, substance qui avait causé la mort de Sacha Nifford. Secoué par sa découverte, Saint James sentit son cœur se mettre à battre à coups précipités. Soudain, il eut trop chaud.

Le flacon en argent n'était autre que celui de Sidney.

21

— Ressaisis-toi, Peter, je t'en prie, disait Lynley à son frère. (Il attrapa Peter par le bras et l'aida à se mettre debout. Peter se cramponnait à lui en sanglotant.) Qu'est-ce qu'elle a pris ?

Saint James fixa le flacon. La voix de Sidney résonnait à ses oreilles avec une netteté hallucinante. C'était presque comme si elle était dans la pièce. « *On l'a raccompagné chez lui*, avait-elle dit. *Il habite un petit appartement sordide à Whitechapel.* » Et plus tard, encore plus compromettants, ces mots : « *Dis à ce cher Peter, quand tu l'auras retrouvé, que j'ai des tas de choses à lui dire. Et que j'ai hâte de le voir.* »

Sous la lumière du lampadaire, le flacon luisait, lui adressant comme un clin d'œil, attendant qu'il l'identifie. Saint James ne put faire autrement. Car de l'endroit où il se tenait, il distinguait une partie des initiales gravées sur ses flancs, gravure qu'il avait voulue particulièrement délicate lorsqu'il avait offert le flacon à sa sœur quatre ans plus tôt, à l'occasion de son vingt et unième anniversaire.

« *Tu étais mon frère préféré. C'est toi que j'aimais le mieux.* »

Il n'y avait pas une seconde à perdre. Il ne pouvait pas s'offrir le luxe d'examiner les différentes solutions qui se présentaient à lui. De deux choses l'une : ou il agissait, ou il la laissait affronter la police. Il décida d'agir et, se baissant, tendit la main.

— Parfait. Je vois que tu l'as trouvé, fit Lynley, le rejoignant. On dirait... (Il parut soudain comprendre la signification de la posture de Saint James, de sa main tendue. Saint James se dit que Lynley avait également dû remarquer la soudaine pâleur de son visage. Car, laissant sa phrase inachevée, il entraîna Saint James à l'écart.) Inutile de chercher à lui sauver la mise pour me faire plaisir, annonça-t-il d'un ton calme. C'est fini, tout ça, Saint James. Ce que je t'ai dit dans la voiture tient toujours. Si c'est une histoire d'héroïne, la seule chose que je puisse faire pour Peter, c'est le laisser affronter les conséquences de ses actes. Je vais téléphoner au Yard.

Il sortit de la chambre.

Saint James avait l'impression de suffoquer. Sans se soucier de Peter qui, appuyé contre le mur, pleurait dans ses mains, il se dirigea d'une démarche raide vers la fenêtre. Il souleva le drap pour essayer de l'ouvrir et s'aperçut qu'elle était collée par la peinture. La pièce était étouffante.

Vingt-quatre heures, songea-t-il. Le flacon portait le poinçon de l'orfèvre. La police aurait vite fait de retrouver la trace du magasin de Jermyn Street où il l'avait acheté. Après, ce serait un jeu d'enfant. Ils éplucheraient les registres de commandes. Quelques coups de téléphone aux clients du magasin, quelques questions à ces mêmes clients. Il ne devait pas avoir plus de vingt-quatre heures devant lui.

Vaguement, il entendit la voix de Lynley qui était au téléphone dans le couloir et, tout près, le bruit que faisait Peter en pleurant. Couvrant celui-ci, un bruit de respiration laborieuse, hachée. La sienne.

— Ils arrivent. (Lynley referma la porte derrière lui. Il traversa la pièce.) Ça va, Saint James ?

— Oui. Très bien. (Et pour le lui prouver, il se força à s'éloigner de la fenêtre par un suprême effort de volonté.)

Lynley avait débarrassé l'unique chaise des vêtements qui l'encombraient ; il la plaça au pied du lit, dossier tourné vers le corps.

— La police arrive, répéta-t-il. (D'une main ferme, il prit son frère par le bras, le fit asseoir sur la chaise.) Il y a un flacon près du canapé qui risque bien de te faire arrêter, Peter. Nous n'avons que quelques minutes pour parler.

— Quel flacon ? J'ai pas vu de flacon. En tout cas, c'est pas à moi. (Peter s'essuya le nez sur le bras.)

— Raconte-moi ce qui s'est passé. Où as-tu été traîner depuis samedi soir ?

Peter fronça les sourcils, comme gêné par la lumière.

— Nulle part.

— N'essaie pas de jouer au plus fin avec moi.

— Jouer ? Mais je ne...

— Tu es seul dans cette affaire, Peter. Tu comprends ? Seul. Alors ou tu me parles, ou c'est à la police que tu parles. Choisis. Personnellement, je m'en fous.

— On n'a pas bougé d'ici. C'est la vérité.

— Depuis quand es-tu rentré ?

— Samedi. Dimanche. Je sais pas. Je me rappelle pas.

— A quelle heure es-tu arrivé ?

— Après l'aube.

— A quelle heure, Peter ?

— J'en sais rien, à quelle heure ! Quelle différence ça peut faire ?

— La différence, c'est que Justin Brooke est mort. Mais pour l'instant, tu t'en tires bien : les policiers semblent croire qu'il s'agit d'un accident.

La bouche de Peter se tordit.

— Tu crois que c'est moi qui l'ai tué ? Et Mick ? Ça aussi, tu veux me le coller sur le dos, Tommy ? (Sa voix se brisa lorsqu'il prononça le prénom de son frère. Il se remit à pleurer, son corps maigre secoué de sanglots secs, le visage caché dans les mains. Ses ongles étaient noirs de crasse.) Tu me crois toujours capable du pire, n'est-ce pas ?

Saint James vit que Lynley se préparait à une joute oratoire. Il s'empressa d'intervenir :

— On va te poser une foule de questions, Peter. Il vaudrait mieux que ce soit Tommy qui te les pose. Et non la police.

— Je peux pas lui parler, sanglota Peter. Il m'écoute pas. Je compte pas pour lui.

— De quel droit oses-tu dire ça ? s'exclama Lynley.

— Parce que c'est la vérité et que tu le sais. Pour toi, je suis rien, zéro. Tout ce que tu es capable de faire, c'est me filer des chèques pour que je te foute la paix : ça, c'est pas compliqué, ça t'évite de te mouiller. Seulement quand j'ai besoin de toi, y a plus personne. Ç'a toujours été comme ça, y a pas de raison que ça change. (Il se pencha en avant sur la chaise, les bras autour de la taille, la tête sur les genoux.) J'avais six ans quand il est tombé malade, Tommy. Sept quand tu as quitté Howenstow. Et douze quand il est mort. Ça ne te dit rien ? Est-ce que tu imagines seulement ce que j'ai ressenti ? Il n'y en a eu qu'un qui m'a soutenu dans tout ça, bon Dieu de merde, c'est Roderick. Il s'est efforcé d'être un père pour moi. Il a fait le maximum. En cachette, évidemment. Parce qu'il aurait pas fallu que tu t'en aperçoives !

Lynley l'obligea à se lever de sa chaise.

— Et si tu t'es mis à te droguer, c'est à cause de moi, c'est ça ? C'est ce que tu essaies de me dire ? Je ne marche pas ! Je t'interdis de me coller ça sur le dos !

— J'ai pas l'intention de te coller quoi que ce soit sur le dos, cracha Peter. Je te méprise.

— Tu crois que je ne m'en rends pas compte ? Tu passes ton temps à essayer de me nuire. Tu es même allé jusqu'à voler le matériel de Deborah.

— C'est grotesque, Tommy. Sors d'ici, tu veux. Laisse-moi avec la police.

Saint James se dit qu'il devait intervenir, il lui fallait absolument obtenir les renseignements dont il avait besoin.

— Qu'a-t-elle pris au juste, Peter ? Où s'est-elle procuré ce produit ?

Peter s'essuya le visage avec son T-shirt déchiré. Tout vieux et délavé, le T-shirt était orné en son centre d'un squelette entouré d'une guirlande de roses, accompagné des mots *Grateful Dead*.

— Je sais pas. J'étais sorti.

— Où étais-tu allé ? questionna agressivement Lynley.

— Acheter du pain et des œufs, fit Peter, le gratifiant d'un regard de mépris. (Il tendit le bras vers le filet à provisions par terre contre le mur. Puis il poursuivit à l'adresse de Saint James :) Quand je suis rentré, elle était couchée. J'ai cru qu'elle dormait. Mais après, je me suis aperçu... j'ai vu... (Il marqua une pause, les lèvres tremblantes.) J'ai appelé Tommy à son bureau, au Yard, mais on m'a dit qu'il n'y était pas. J'ai appelé chez lui, mais Denton m'a dit qu'il était encore en Cornouailles. J'ai appelé en Cornouailles, mais Hodge m'a dit qu'il était à Londres. Je...

— Pourquoi essayais-tu de me joindre ? s'enquit Lynley.

Peter laissa ses mains retomber. Il fixa le sol.

— Tu es mon frère, dit-il d'une voix creuse.

Lynley eut soudain l'air de quelqu'un à qui on arrache le cœur.

— Pourquoi faut-il que tu fasses des choses pareilles, Peter ? Pourquoi, nom de Dieu ?

— Qu'est-ce que ça peut te faire ?

Saint James entendit les sirènes. Les flics n'avaient pas perdu de temps. Mais ils avaient bien sûr la possibilité de se frayer un passage au milieu de la circulation grâce à leurs sirènes et à leurs gyrophares. Il se hâta de prendre la parole, bien décidé à apprendre le pire.

— Il y a un flacon en argent près du lit. Il appartient à Sacha ?

Peter ricana.

— Y a pas de danger. Si elle avait eu des objets en argent, y a longtemps qu'on les aurait fourgués.

— Elle ne te l'a jamais montré ? Tu ne l'as jamais vu traîner au milieu de ses affaires ? Elle ne t'a jamais dit comment elle se l'était procuré ?

— Non.

Voilà, c'était fini. Le vacarme annonçant l'arrivée imminente de la police alla crescendo et cessa brutalement. Saint James s'approcha de la fenêtre et repoussa le rideau. Deux voitures pie. Deux voitures banalisées. Une fourgonnette. Garées derrière la Bentley de Lynley. Elles occupaient presque toute la rue. Les mouflets s'étaient volatilisés, laissant derrière eux les sacs poubelle qui leur avaient tenu lieu de buts.

Tandis qu'un constable en uniforme restait devant l'immeuble, attachant un cordon jaune de police entre la rampe du perron et le réverbère le plus proche, le reste de ses collègues s'engouffra dans le bâtiment. Pour avoir passé plusieurs années au Yard, Saint James les reconnut presque tous. Deux inspecteurs de la brigade criminelle. L'équipe des techniciens du labo. Un photographe. Un médecin légiste. Cette arrivée massive était inhabituelle et signifiait qu'ils savaient que c'était un des leurs qui avait passé le coup de fil. C'était pour cela que Lynley avait téléphoné au Yard et non à Bishopsgate, où se trouvait le commissariat de quartier dont Whitechapel dépendait. S'il tenait à ce que Peter subisse les conséquences de la mort de Sacha Nifford, du moins ne tenait-il pas à ce que son frère le fît sans son aide. Refuser d'épauler Peter dans une histoire de drogue, c'était une chose. L'abandonner à son sort dans une affaire qui risquait de déboucher sur une enquête criminelle, c'en était une autre. Car, si Peter avait été au courant pour la drogue, s'il l'avait refilée à Sacha, s'il l'avait aidée à en prendre, comptant se shooter lui-même à son retour du supermarché... Tout ça, songea Saint James, c'étaient autant de possibilités qui ne pouvaient avoir échappé à Lynley. Et qui risquaient toutes de finir par une accusation de meurtre. Lynley avait voulu que l'enquête soit menée par une équipe en laquelle il avait confiance, et c'était pour cela qu'il avait appelé le Yard. Saint James se demanda qui, à Victoria Street, en ce moment, téléphonait au poste de police de Bishopsgate pour expliquer l'intrusion de Scotland Yard.

Les pas des policiers retentissaient dans l'escalier. Lynley alla leur ouvrir.

— Angus, dit-il à l'homme qui était à la tête du groupe.

L'inspecteur Angus MacPherson était un Écossais massif généralement vêtu d'un vieux costume de tweed qui semblait lui tenir également lieu de pyjama. Il adressa un hochement de tête à Lynley et se dirigea vers le lit. Sa coéquipière, le sergent Barbara Havers — que Saint James connaissait de vue —, le suivit, sortant un carnet de son sac et un stylo-bille de la poche-poitrine de son chemisier puce.

— Voyons un peu, attaqua MacPherson. (Il prit le drap entre deux doigts et, regardant par-dessus son épaule, ajouta :) Vous n'avez touché à rien, Tommy ?

— Le drap. Il était rabattu sur elle quand nous sommes arrivés.

— C'est moi qui l'ai couverte, intervint Peter. Je croyais qu'elle dormait.

Le sergent Havers haussa un sourcil incrédule en une mimique expressive. Elle se mit à griffonner dans son carnet. Puis elle regarda Lynley, son frère, le cadavre.

— J'étais allé acheter du pain et des œufs, dit Peter. Quand je suis rentré...

Lynley vint se poster derrière son frère, sa main sur son épaule. Peter se tut. Havers leur jeta un coup d'œil.

— Quand vous êtes rentré ? fit-elle d'une voix totalement atone.

Peter se retourna et consulta son frère du regard comme pour lui demander conseil.

— Elle était étendue comme ça, termina Peter.

Les doigts de Lynley blanchirent sur l'épaule de son frère. Le sergent Havers s'en aperçut car elle émit un bref ricanement qui en disait long sur la sympathie que lui inspirait Thomas Lynley et la situation dans laquelle il se trouvait. Elle pivota vers le lit. MacPherson se mit à lui parler vite et à voix basse. Elle prit des notes.

Une fois que MacPherson eut procédé à un examen préliminaire, il rejoignit Lynley et Peter et les entraîna à l'autre bout de la pièce, cédant la place au médecin légiste qui se mit en devoir d'enfiler ses gants. Le légiste tâta, ausculta, palpa le corps. Ce fut l'affaire de quelques minutes. Il murmura trois mots à l'oreille de Havers et se retira pour permettre aux techniciens de faire leur travail.

Saint James les observa tandis qu'ils commençaient à recueillir des indices, conscient jusqu'au malaise de la présence sur le sol du flacon en argent appartenant à Sidney. Le verre d'eau resté sur la caisse faisant office de table de nuit fut enfermé dans un sac et scellé. La cuiller ternie prit le même chemin. Des traces de poudre, qui avaient échappé à Saint James lorsqu'il avait examiné la caisse, en furent délogées à coups de brosse minutieux et furent déposées dans un petit récipient. Puis les techniciens déplacèrent la caisse et ramassèrent le flacon. En voyant celui-ci disparaître à son tour dans une pochette en plastique, Saint James comprit que le compte à rebours avait commencé : il ne disposait plus que de vingt-quatre heures.

Saint James fit signe à Lynley qu'il allait partir. Son ami le rejoignit.

— Ils vont emmener Peter, dit Lynley. Je l'accompagne. (Et, de peur que Saint James ne pense qu'il avait changé d'avis depuis qu'il lui avait fait part de son désir de laisser son frère se débrouiller seul, il ajouta :) C'est le moins que je puisse faire, Saint James.

— Je comprends.

— Tu pourras prévenir Deborah ? J'ignore pour combien de temps je vais en avoir.

— Certainement. (Saint James se demanda comment formuler la question qui lui tenait à cœur, sachant que Lynley, en l'entendant, ne pourrait s'empêcher d'en tirer des conclusions qui l'inciteraient à refuser de coopérer. Pourtant, il lui fallait obtenir ces renseignements, sans que Lynley se doute de la raison pour laquelle il tenait à les avoir. Il décida d'y aller en douceur.) Est-ce que tu pourrais m'obtenir certaines informations au Yard ? Dès qu'ils les auront ?

— Quel genre d'informations ?

— Sur l'autopsie. Le plus de détails possible et le plus rapidement possible.

— Tu ne crois pas que Peter...

— Ils vont faire vite, compte tenu qu'il s'agit de ton frère, Tommy. C'est la moindre des choses. Tu pourras me communiquer ces données ?

Lynley jeta un coup d'œil à son frère. Peter tremblait de tous ses membres. MacPherson fouilla dans les vêtements répandus par terre et en extirpa un sweat-shirt à rayures. Il le tendit à Havers, qui l'examina avec une lenteur délibérée, et le passa à Peter.

Lynley poussa un soupir et se frotta la nuque.

— Compte sur moi, Saint James.

A l'arrière du taxi qui filait vers St. Pancras, Saint James s'efforça de chasser de son esprit toute pensée concernant sa sœur pour la remplacer par une ébauche de stratégie. Mais il n'y parvint pas et, au lieu d'un plan de bataille, ce fut une nuée de souvenirs qui l'assaillit, tous plus importuns les uns que les autres, exigeant de lui qu'il vole à son secours.

Il avait fait une courte halte à Paddington pour transmettre le message de Lynley à Deborah. Là, il avait pris le téléphone pour appeler l'appartement de sa sœur, l'agence de mannequins où elle travaillait, son propre domicile, sachant pertinemment qu'il refaisait les mêmes démarches que Lady Helen, le sachant mais s'efforçant désespérément de retrouver sa trace, obnubilé par le souvenir du flacon en argent retrouvé chez le frère de Lynley et qui portait les initiales de Sidney.

Il sentait Deborah près de lui, qui le regardait et l'écoutait. Elle était seule, Helen étant partie voir ce qu'elle pouvait tirer des messages laissés sur le répondeur de Mick Cambrey et du dossier « Clients potentiels ». Son front barré d'une ride trahissait une inquiétude qui ne faisait que croître à mesure qu'il continuait de passer des coups de fil, cherchant sa sœur, n'obtenant aucun résultat. Il s'aperçut qu'avant tout il tenait à dissimuler à Deborah la véritable nature de ses craintes. Elle savait que Sacha était morte, aussi se figurait-elle qu'il ne se préoccupait que de savoir Sidney en bonne santé. Il était bien décidé à ce que Deborah n'en sût pas davantage.

— Toujours pas de nouvelles de Sidney ? s'enquit Deborah lorsqu'il eut enfin reposé le combiné.

Il fit non de la tête et s'approcha de la table sur laquelle se trouvaient les documents recueillis dans l'appartement de Mick. Il fit un tri, puis un tas, et mit le tout dans la poche de sa veste.

— Est-ce que je peux faire quelque chose ? s'enquit-elle. N'importe quoi. Je me sens tellement inutile. (Elle avait l'air abattue, apeurée.) Je n'arrive pas à croire qu'on ait voulu faire du mal à Sidney. Elle a dû aller se terrer quelque part, Simon. Tu ne crois pas ? La mort de Justin l'a bouleversée. Elle a besoin d'être seule.

L'avant-dernière phrase reflétait la stricte vérité. Saint James avait été témoin du chagrin de sa sœur en Cornouailles, et il avait senti la rage que ce chagrin suscitait en elle. Pourtant, elle avait quitté Howenstow et il l'avait laissée faire. S'il arrivait quelque chose à Sidney, il serait responsable.

— Tu ne peux rien faire, dit-il à Deborah.

Le visage impassible, les traits figés en un masque insensible, il se dirigea vers la porte. Il savait que Deborah aurait du mal à comprendre qu'il pût repousser son offre. Elle prendrait ça pour un rejet, pour une façon de se venger de tout ce qui s'était passé depuis son retour d'Amérique. Mais il n'y avait pas moyen de faire autrement.

— Je t'en prie, Simon.

— Je ne vois pas ce qu'on peut faire de plus.

— Je suis sûre que je dois pouvoir t'aider. Et tu le sais.

— Inutile, Deborah.

— Laisse-moi t'aider à la retrouver.

— Reste ici. Attends Tommy.

— Je n'ai pas... (Elle s'interrompit. Il vit une petite veine battre sur son cou. Il attendit qu'elle poursuive. Mais rien ne vint. Deborah prit une profonde inspiration, mais ne détourna pas les yeux.) Je vais faire un saut à Cheyne Row.

— Je n'en vois pas l'intérêt. Sidney n'y sera pas.

— Ça m'est égal. J'y vais.

Il n'avait ni le temps ni l'envie de discuter avec elle. Aussi quitta-t-il l'appartement, se forçant à se concentrer sur la raison de son retour à Londres. Il espérait qu'une visite à Islington-Londres lui apprendrait la vérité sur la mort de Mick Cambrey, et que ce nouveau décès à Whitechapel était lié aux deux autres. Car, en parvenant à établir un lien entre les trois, il disculperait Sidney. Pour y arriver, il lui fallait se lancer à la poursuite du fantôme de Mick Cambrey. Il était décidé à faire prendre vie au spectre de Cornouailles. Islington-Londres allait peut-être lui en donner la possibilité.

Mais, à l'arrière du taxi, il sentit que son esprit épuisé ne réussissait pas à refouler les images qui entamaient son calme, le ramenant en un temps et en un lieu qu'il croyait avoir laissés derrière lui à jamais. Assis sur la banquette de la voiture, il revit défiler les visages familiers tels qu'il les avait vus à l'hôpital, apparaissant puis disparaissant, déformés ou non selon qu'il était conscient ou abruti par les calmants. David et Andrew tenant un conciliabule à mi-voix avec les médecins. Sa mère et Helen rongées de chagrin. Tommy terrassé par la culpabilité. Et Sidney. Dix-sept ans, coiffure destroy, oreilles ornées de boucles agressives semblables à des satellites de télécommunications, qui choisissait pour lui faire la lecture les quotidiens les plus farfelus, hurlant de rire aux passages les plus macabres ou les plus croustillants. Sidney la tenace présente chaque jour à ses côtés, refusant de le laisser sombrer dans le désespoir.

Et après, en Suisse. Il se rappelait avec quelle amertume il avait contemplé les Alpes de la fenêtre de sa chambre d'hôpital, plein de dégoût pour son corps, méprisant sa faiblesse, forcé pour la première fois d'affronter la réalité, de se dire qu'il ne pourrait jamais plus faire de randonnées dans ces montagnes. Mais, pendant tout ce temps-là, Sidney était restée près de lui, le secouant, le tarabustant, l'obligeant à retrouver la santé, bien décidée à ce qu'il vive alors que lui priait chaque soir pour que vienne la mort.

Tout en évoquant ces souvenirs, il s'efforça de chasser de son esprit les faits qui l'obsédaient : la présence de Sidney à Soho, la nature de ses relations avec Justin Brooke, la facilité avec laquelle elle pouvait se procurer de la drogue grâce à son mode de vie, aux gens qu'elle fréquentait et au métier qu'elle exerçait. Et, tout en essayant de se persuader qu'elle ne connaissait pas, qu'elle ne pouvait pas avoir connu Mick Cambrey et qu'il était impossible qu'elle ait été mêlée à sa mort, il n'arrêtait pas de penser à ce que Deborah lui avait dit, à savoir que Sidney avait vu Tina Cogin dans son appartement. Sidney elle-même d'ailleurs avait dit qu'elle avait vu Peter agresser une femme à Soho, une femme dont le signalement correspondait à celui de Tina. Bien que ténu, le lien n'en existait pas moins et il ne pouvait l'ignorer. Aussi se demandait-il avec angoisse où elle était passée et ce qu'elle avait fait, cependant que vingt-cinq années d'histoire commune lui criaient qu'il devait impérativement la retrouver avant la police.

Islington-Londres était installé dans un bâtiment sans prétention situé à deux pas de Gray's Inn Road. Une petite cour séparait l'immeuble de la rue, cour que remplissaient une demi-douzaine de petites voitures et un minivan sur les flancs duquel l'inscription ISLINGTON barrait une carte de la Grande-Bretagne constellée d'étoiles blanches, indiquant sans doute l'emplacement des diverses succursales de la firme. Il y en avait dix au total, d'Inverness, tout au nord, jusqu'à Penzance, tout au sud. Manifestement ce n'était pas une petite entreprise.

Dans le hall, les bruits de la rue étaient étouffés par les murs épais, la moquette épaisse et la musique d'ambiance — version sirupeuse de « Lucy in the Sky with Diamonds ». D'élégants canapés étaient disposés tout autour de la pièce sous de grandes toiles modernes à la David Hockney. Une toute jeune réceptionniste qui semblait avoir récemment plaqué le collège tapait sur un traitement de texte avec des ongles griffus peints en magenta. Ses cheveux étaient teints dans le même ton.

Du coin de l'œil, elle dut voir approcher Saint James, car elle ne tourna pas la tête de son écran. Elle agita les doigts vers une pile de formulaires posée sur son bureau et fit claquer son chewing-gum avant de dire :

— Prenez un formulaire de demande d'emploi.

— Je ne viens pas pour un job.

La jeune fille ne répondant pas, Saint James vit qu'elle portait des écouteurs. Soit qu'elle fût en train de taper sous la dictée, soit qu'elle écoutât du rock agressif sans se croire obligée d'en faire profiter tout le monde. Haussant la voix, Saint James répéta qu'il n'était pas venu faire acte de candidature. Relevant vivement la tête, elle s'empressa de retirer les écouteurs.

— Désolée. Je croyais... (Elle attira un registre à elle.) Vous avez rendez-vous ?

— Parce que généralement il faut un rendez-vous pour venir chez vous ?

Elle mastiqua son chewing-gum avec application et le toisa, semblant chercher un sens caché à sa phrase.

— Généralement, oui.

— Personne ne vient pour acheter de la marchandise ?

Le chewing-gum claqua.

— Les vendeurs se déplacent. Personne ne vient ici. On nous passe bien des commandes par téléphone, de temps en temps. Mais ici ce n'est pas une pharmacie.

Elle regarda Saint James prendre dans la poche de sa veste les documents qui y étaient pliés et sortir la photo de Mick Cambrey. Il la lui tendit, sa main heurtant au passage les ongles griffus qui lui égratignèrent la peau. Elle portait une note de musique en or collée sur l'ongle de l'annulaire, tel un bijou.

— Cet homme, vous l'avez déjà vu ?

Elle sourit en baissant les yeux sur la photo.

— Oui. Il est déjà venu.

— Récemment ?

Elle pianota sur son bureau, réfléchissant intensément.

— Mmmmm. Difficile à dire. Il y a quelques semaines, je crois.

— Avec qui avait-il rendez-vous ?

— Vous me rappelez son nom ?

— Mick... Michael Cambrey.

— Je vérifie.

Elle ouvrit le registre près du traitement de texte et parcourut méthodiquement les pages, s'aidant de son doigt pour suivre les colonnes de noms.

— Le registre des visiteurs ? s'enquit Saint James.

— Par mesure de sécurité, il faut le signer en arrivant et en partant.

— Par mesure de sécurité ?

— Recherche pharmaceutique. On n'est jamais trop prudent. Un nouveau truc sort et aussitôt tout le West End veut y goûter. Ah, le voilà. Produits en cours de test. Service 25. (Elle feuilleta quelques pages.) Le voilà de nouveau ici. Même service, même heure. Juste avant le déjeuner. (Elle consulta des pages vieilles de plusieurs mois.) Le revoilà encore. C'était un visiteur régulier.

— Toujours le même département ?

— On dirait, oui.

— Est-ce que je pourrais parler au chef de service ?

Refermant le registre, elle eut un air de regret.

— Ça me paraît difficile. Sans rendez-vous. Surtout que le pauvre Mr Malverd doit chapeauter deux services en même temps. Pourquoi ne laissez-vous pas votre nom ? fit-elle avec un haussement d'épaules dégagé.

Mais Saint James n'était pas décidé à se laisser éconduire comme ça.

— L'homme qui m'intéresse, Mick Cambrey, a été assassiné vendredi soir.

Le visage de la réceptionniste refléta aussitôt le plus vif intérêt.

— Vous êtes de la police ? s'enquit-elle, puis avec une note d'espoir dans la voix : Scotland Yard ?

L'espace d'un instant, Saint James songea que tout aurait été beaucoup plus simple si Lynley était venu avec lui. Les choses étant ce qu'elles étaient, il sortit sa carte et la lui tendit.

— Non. Je suis là à titre personnel.

Elle jeta un coup d'œil à la carte, la lut en bougeant les lèvres, la retourna comme si elle portait des indications supplémentaires au dos.

— Un meurtre, fit-elle dans un souffle. Je vais voir si peux joindre Mr Malverd. (Elle enfonça plusieurs touches du standard et fourra la carte de Saint James dans sa poche.) Au cas où j'en aurais besoin pour moi, précisa-t-elle avec un clin d'œil.

Dix minutes plus tard, un homme pénétra dans le hall, refermant derrière lui une lourde porte en bois. Il se présenta, Stephen Malverd, tendit la main au visiteur et se mit à se tirer sur le lobe de l'oreille. Il était vêtu d'une blouse blanche qui lui arrivait aux genoux, ce qui attirait l'attention sur ses pieds, recouverts de grosses chaussettes de laine et chaussés de sandales. Il déclara être très pris et ne pouvoir consacrer à Saint James que quelques minutes. Si son visiteur voulait bien le suivre…

Il s'enfonça d'un pas vif dans le bâtiment. Sa chevelure ébouriffée — qui lui auréolait la tête à la manière d'un tampon de paille de fer — tressautait à mesure qu'il marchait et sa blouse s'ouvrait telle une cape. Il ralentit l'allure en remarquant les difficultés de locomotion de Saint James, jetant un regard accusateur à sa mauvaise jambe comme si elle lui faisait perdre de précieuses minutes.

Ils appelèrent l'ascenseur au bout du couloir. Malverd attendit qu'ils fussent montés pour prendre la parole :

— C'est le foutoir depuis deux, trois jours. Je suis content que vous soyez là. Je croyais que c'était plus grave que ça.

— Vous vous souvenez de Michael Cambrey ?

Le visage de Malverd se vida de toute expression.

— Cambrey ? Mais elle m'a dit... (Il fit un geste en direction du bureau de la réception, fronça les sourcils.) Qu'est-ce que c'est que cette histoire ?

— Michael Cambrey est venu voir quelqu'un du service 25, Produits en cours de test, plusieurs fois au cours de ces derniers mois. Il a été assassiné vendredi dans la nuit.

— Je ne vois pas ce que je peux faire pour vous. (Malverd avait l'air perplexe.) Le service 25, ça n'est pas mon secteur, normalement. Je me borne à assurer l'intérim. Que voulez-vous savoir ?

— La raison de la présence de Cambrey chez vous.

Les portes de l'ascenseur s'ouvrirent. Malverd n'en sortit pas immédiatement. Il semblait se tâter, se demander s'il devait parler à Saint James ou se débarrasser de lui et se remettre au travail.

— Cette mort a un rapport avec Islington ? Avec un produit développé par nous ?

C'était une possibilité, songea Saint James. Mais certainement pas au sens où Malverd l'entendait.

— Je l'ignore, dit Saint James. C'est pourquoi je suis venu.

— Vous êtes de la police ?

Il sortit une carte de visite.

— Criminalistique.

Malverd eut l'air moyennement intéressé par ce détail. Au moins, il avait affaire à un collègue scientifique.

— Je vais voir ce que je peux faire, dit-il. Par ici.

Il pilota Saint James le long d'un couloir recouvert d'un prosaïque linoléum, sans commune mesure avec la moquette de la réception et du rez-de-chaussée. Des laboratoires ouvraient de part et d'autre du couloir, occupés par des techniciens perchés sur de hauts tabourets devant des plans de travail que les années, les fréquents déplacements d'appareils lourds et l'exposition aux substances chimiques avaient rayés et fait passer du noir au gris.

Malverd adressa des hochements de tête à ses collègues en passant mais sans dire un mot. Il sortit de sa poche un emploi du temps, le consulta, regarda sa montre et poussa un juron. Il accéléra l'allure, contourna le chariot du thé autour duquel un petit groupe de techniciens faisait la pause de l'après-midi et, arrivé dans un second couloir, ouvrit une porte.

— Service 25, annonça-t-il.

La pièce dans laquelle ils pénétrèrent était un vaste laboratoire rectangulaire, brillamment éclairé par des rampes de lumière fluorescente fixées au plafond. Six incubateurs étaient posés sur une paillasse qui courait le long d'un mur. Entre les incubateurs étaient installées des centrifugeuses, les unes ouvertes, les autres fermées, d'autres encore en fonctionnement. Partout des armoires vitrées renfermaient produits chimiques, bechers, flacons, tubes à essais et pipettes. Au milieu de ces accessoires, deux techniciens recopiaient les chiffres orange qui clignotaient sur l'un des incubateurs. Un laborantin s'affairait devant une hotte dont on avait rabattu la paroi vitrée pour empêcher les cultures d'être contaminées. Quatre autres avaient l'œil vissé à leur microscope, tandis qu'un cinquième préparait des spécimens sur des lamelles de verre.

Plusieurs d'entre eux relevèrent le nez tandis que Malverd et Saint James se dirigeaient vers une porte fermée à l'autre bout du labo, mais aucun d'eux ne parla. Malverd frappa un coup sec à la porte et entra sans attendre de réponse.

Une secrétaire manifestement aussi débordée que Malverd se tourna vers eux en les entendant. Elle était comme encerclée par un bureau, une chaise, un ordinateur et une imprimante à laser.

— C'est pour vous, Mr Malverd. (Elle attrapa une pile de messages téléphoniques reliés par un trombone.) Je ne sais vraiment pas quoi dire aux gens.

Malverd prit les messages, les passa brièvement en revue et les laissa tomber sur le bureau.

— Envoyez-les promener. Tous. Je n'ai pas le temps de répondre au téléphone.

— Mais...

— Est-ce que, par le plus grand des hasards, les carnets de rendez-vous se trouveraient ici, Mrs Courtney ? Ou serait-ce trop vous demander ?

Les lèvres de Mrs Courtney blanchirent alors qu'elle souriait et s'efforçait poliment de prendre la réflexion à la blague. Elle plongea derrière son bureau, où elle repêcha un gros agenda à reliure de cuir, qu'elle lui tendit.

— Nous gardons toujours trace des rendez-vous, Mr Malverd. Tout est en ordre.

— Vous m'en voyez ravi. Ça fait au moins une chose qui est en ordre. Je prendrais volontiers du thé. Et vous ? (Ceci à Saint James, qui refusa.) Allez m'en chercher, fit Malverd à l'adresse de Mrs Courtney, qui lui décocha un regard meurtrier avant de sortir s'acquitter de sa mission.

Malverd ouvrit une seconde porte qui donnait dans une pièce plus spacieuse que la première mais à peine moins encombrée. De toute évidence, c'était le bureau du chef de projet. De vieilles bibliothèques métalliques contenaient des ouvrages consacrés à la chimie biomédicale, à la pharmacologie, à la génétique, voisinant avec des collections reliées de revues scientifiques, un appareil pour prendre la tension, un microscope antédiluvien et une balance. Une trentaine de carnets occupaient les étagères à portée de main du bureau. Saint James supposa qu'il s'agissait des carnets où étaient consignés les résultats des expériences menées par les techniciens du labo contigu. Sur le mur au-dessus du bureau, un immense diagramme retraçait les progrès d'une expérience — ou d'un produit ? — en rouge et en vert. Sous le diagramme, enfermés dans leurs boîtes, étaient accrochés des scorpions.

Malverd leur jeta un coup d'œil désapprobateur avant de prendre place dans le fauteuil derrière le bureau.

— En quoi puis-je vous être utile ?

Saint James repoussa une pile de documents qui était posée sur la seule chaise du bureau et s'assit après avoir brièvement examiné le diagramme.

— Mick Cambrey est venu plusieurs fois ici au cours des derniers mois. C'était un journaliste.

— Il a été assassiné, m'avez-vous dit ? Et vous pensez qu'il y a un lien entre sa mort et Islington ?

— Nous sommes plusieurs à penser qu'il préparait un

papier. Il se pourrait que sa mort ait un rapport avec ce papier. Ce n'est encore qu'une supposition.

— Mais je croyais que vous n'étiez pas de la police.

— En effet.

Saint James s'attendait à ce que Malverd saute sur l'occasion pour mettre un terme à l'entretien. Il en avait parfaitement le droit. Mais leur intérêt commun pour la science l'incita à n'en rien faire. Malverd hocha pensivement la tête et ouvrit le carnet de rendez-vous au hasard.

— Voyons, Cambrey. (Il se mit à lire, s'aidant de son doigt pour passer d'une ligne à l'autre, comme l'avait fait la réceptionniste quelques minutes plus tôt.) Smythe-Thomas. Hallington. Schweinbeck. Barry... comment se fait-il qu'il l'ait reçu, celui-là ? Taversly. Powers. Ah, le voilà. Cambrey. Onze heures et demie (Il fronça les sourcils.) Vendredi. Il y a deux semaines.

— La réceptionniste a eu l'air de dire qu'elle l'avait vu à plusieurs reprises. Est-ce qu'il est noté dans le carnet à un autre jour que ce vendredi-là ?

Faisant preuve de bonne volonté, Malverd feuilleta le carnet. Il prit un bout de papier et y nota des dates. Ses recherches terminées, il tendit le papier à Saint James.

— C'était un visiteur régulier. Il venait tous les quinze jours. Et toujours le vendredi.

— Les premiers rendez-vous consignés dans ce carnet remontent à quand ?

— Janvier.

— Vous avez le carnet de l'an dernier ?

— Attendez-moi, je vais aller vérifier.

Lorsque Malverd fut sorti, Saint James en profita pour regarder la courbe accrochée au-dessus du bureau. L'ordonnée était intitulée *croissance tumorale* et l'abscisse *temps après injection*. Deux traits marquaient le progrès de deux substances : l'un qui chutait rapidement et correspondait à *produit chimique*, l'autre, *solution physiologique*, qui grimpait régulièrement.

Malverd revint, tasse de thé dans une main, carnet de rendez-vous dans l'autre, et referma la porte d'un coup de pied.

— Vous aviez raison, il est venu nous voir l'année dernière, dit Malverd. (Cette fois encore, il recopia les dates à mesure qu'il les trouvait tout en avalant bruyamment une gorgée de thé de temps à autre. Un calme presque inhumain régnait dans le bureau et le labo. Le seul bruit qu'on entendait était celui du crayon de Malverd sur le papier. Lorsqu'il eut fini, il releva la tête.)

— Rien trouvé avant juin.

— Ça remonte à plus d'un an, observa Saint James. Et la raison de ses visites, vous la connaissez ?

— Aucune idée. (Malverd joignit les doigts en clocher et, fronçant les sourcils, jeta un coup d'œil à la courbe.) A moins que... l'oncozyme, peut-être ?

— Oncozyme ?

— Un produit que le service 25 teste depuis plus de dix-huit mois.

— Quel genre de produit ?

— Anticancéreux.

L'interview accordée par le Dr Trenarrow à Cambrey revint aussitôt à la mémoire de Saint James. Le lien entre cet entretien et les fréquents déplacements de Cambrey à Londres n'était finalement pas hypothétique.

— Comment ça fonctionne ?

— C'est un médicament qui inhibe la synthèse des protéines dans les cellules cancéreuses, expliqua Malverd. Nous espérons qu'il réussira à empêcher la prolifération des oncogènes, les gènes qui causent le cancer. (Il désigna la courbe de la tête et tendit le doigt vers le trait qui dégringolait rapidement.) Comme vous pouvez le constater, le traitement semble prometteur. Les résultats obtenus sur les souris sont tout à fait extraordinaires.

— Il n'est pas encore prescrit aux patients ?

— Loin s'en faut. Les études de toxicologie viennent de commencer. Vous savez en quoi ça consiste. Dosages. Effets biologiques.

— Effets secondaires ?

— Bien sûr. Il faut les dépister, les mettre en évidence.

— S'il n'y a pas d'effets secondaires, que rien ne prouve que l'oncozyme est dangereux, que se passe-t-il ?

— Nous commercialisons le médicament.

— Ce qui doit rapporter gros, j'imagine, remarqua Saint James.

— Absolument. Car il s'agit d'un médicament qui constitue une percée capitale en matière de lutte contre le cancer. Je ne serais pas autrement étonné d'apprendre que Michael Cambrey ait cherché à rédiger un papier sur l'oncozyme. Mais de là à dire que c'est ce qui a causé sa perte... Je ne vois pas le rapport.

Saint James se dit que lui le voyait. Sans doute Cambrey avait-il glané au cours de son enquête un détail qui avait échappé malencontreusement à quelqu'un du laboratoire pharmaceutique.

— Quel rapport y a-t-il entre Islington-Londres et Islington-Penzance ? s'enquit-il.

— Nous avons un centre de recherche à Penzance. Ils sont éparpillés à travers tout le pays.

— Vous y effectuez des tests supplémentaires ?

Malverd fit non de la tête.

— Les médicaments voient le jour dans les labos de recherche. (Il s'enfonça dans son siège.) Chaque labo planche sur une maladie particulière. Ainsi, nous en avons un qui travaille sur la maladie de Parkinson, un autre sur la chorée d'Huntington, un autre encore — tout récent — sur le sida. Nous avons même, ça va vous sembler bizarre, un centre qui s'occupe du coryza. (Il sourit.)

— Et à Penzance, vous faites quoi ?

— De la recherche sur la chimiothérapie anticancéreuse.

— C'est Penzance qui a développé l'oncozyme, peut-être ?

Malverd jeta un coup d'œil pensif à la courbe.

— Non. C'est le labo de Bury, dans le Suffolk, qui en est responsable.

— Et vous dites que les médicaments ne sont pas testés dans ces centres ?

— Pas de façon aussi poussée qu'ici. Ils font les tests préliminaires. Évidemment. Sinon, ils ne sauraient pas ce qu'ils ont développé.

— Est-il possible que quelqu'un travaillant dans l'un de ces labos de province ait eu accès aux résultats ? Je parle des résultats obtenus à Londres, bien entendu. Pas des résultats de province.

— Bien sûr.

— Et que cette personne ait remarqué une anomalie ? Un détail qui aurait pu être passé sous silence par des gens désireux de hâter la commercialisation d'un nouveau produit ?

Malverd avança le menton d'un air belliqueux.

— Ça me paraît douteux, Mr Saint James. Nous sommes

dans un laboratoire, ici, pas dans un roman de science-fiction. (Il se mit debout.) Maintenant, si vous voulez bien m'excuser, il faut que j'y retourne. Tant que nous n'aurons personne pour superviser le service, il me faut mettre les bouchées doubles. Je suis certain que vous comprenez.

Saint James sortit à sa suite du bureau. Malverd tendit à la secrétaire les carnets.

— Tout était en ordre, Mrs Courtney. Je vous félicite.

Elle lui prit les documents des mains d'un air compassé.

— Mr. Brooke tenait les carnets de rendez-vous à jour, Mr Malverd.

A l'énoncé de ce nom, Saint James faillit sursauter et reprit en écho :

— Mr Brooke ?

Impossible.

Malverd s'empressa de lui montrer que c'était tout à fait possible au contraire car, tandis qu'il entraînait son visiteur vers le labo, il précisa :

— Justin Brooke, oui. Le biochimiste qui était à la tête de ce service. Cet imbécile a trouvé la mort en Cornouailles, le week-end dernier. Dans un accident. J'ai même cru, au début, que c'était pour ça que vous étiez venu.

22

Avant de faire signe au constable en uniforme de lui ouvrir la porte, Lynley, muni d'un plateau en plastique chargé de sandwiches et de thé, colla l'œil au judas vitré de la salle d'interrogatoire. Tête baissée, son frère était assis à la table. Il portait toujours le sweat-shirt à rayures que MacPherson lui avait donné à Whitechapel, mais le vêtement ne suffisait manifestement plus à le réchauffer. Peter tremblait en effet de tout son corps.

Lorsqu'ils l'avaient enfermé dans cette pièce quelque trente minutes plus tôt — non sans avoir posté à l'extérieur un gardien préposé à sa surveillance —, Peter n'avait pas posé la moindre question ; il n'avait fait aucune déclaration, formulé aucune requête. Il était resté debout, les mains contre le dossier d'une chaise, à examiner la pièce impersonnelle. Une table, quatre chaises, un linoléum beigeasse, deux plafonniers dont un seul fonctionnait, un cendrier en métal cabossé sur la table. Avant de prendre un siège, il s'était borné à dévisager Lynley et à ouvrir la bouche comme pour dire quelque chose, le visage suppliant. Mais il n'avait rien dit. C'était comme s'il s'était soudain rendu compte que ses relations avec son frère avaient subi des dommages irréparables.

Lynley adressa un signe de tête au constable de garde, qui déverrouilla la porte et la referma aussitôt que Lynley fut entré. Le grincement de la clé dans la serrure lui parut encore plus sinistre que d'habitude du fait que c'était son propre frère qui était enfermé là-dedans. Il avait été le premier surpris par sa réaction : il ne s'était pas attendu à éprouver le désir de lui venir en aide et de le protéger. Pourtant, bizarrement, maintenant que la justice avait mis la main sur Peter, Lynley ne ressentait aucune joie particulière à l'idée d'avoir lui-même opté pour la voie de la droiture, de la morale et de l'éthique ; il ne se réjouissait pas d'avoir mené le genre de vie susceptible de faire d'un individu le favori de la société. Il se faisait au contraire l'effet d'être un hypocrite. Et il était convaincu que, si le châtiment devait être infligé au plus grand pécheur, c'était lui qui serait puni et non son frère. Car, ayant reçu davantage, il avait gâché davantage.

Peter leva le nez, le vit, détourna les yeux. Il n'avait pas l'air maussade. Simplement hébété et désorienté.

— Il faut que nous mangions un morceau, dit Lynley. (Il s'assit en face de son frère et posa le plateau sur la table. Peter ne bougeant pas, Lynley sortit un sandwich de son emballage. La cellophane grinça avec une sorte de craquement évoquant celui des bûches dans le feu.) La nourriture, au Yard, est immangeable : on dirait de la sciure. Aussi j'ai fait venir des sandwiches du restaurant du coin. Goûte le jambon. C'est celui que je préfère. (Peter ne faisant toujours pas mine de bouger, Lynley tendit le bras vers la théière.) Je ne sais plus combien de sucres tu prends. J'en ai apporté plusieurs sachets. Il y a un carton de lait également.

Il remua son propre thé, entreprit de dépapilloter son sandwich et s'efforça de ne pas penser à l'absurdité de sa conduite. Il se rendait compte qu'il se comportait en mère poule convaincue que la nourriture peut régler tous les problèmes.

Peter leva la tête.

— J'ai pas faim.

Lynley constata que ses lèvres étaient craquelées, à vif, tellement il les avait mordillées pendant la demi-heure qu'il avait passée seul. A un endroit, elles avaient même saigné bien que le sang commençât à sécher, formant une tache sombre. Du sang sous forme de croûtes apparaissait à l'intérieur de ses narines. Il avait les paupières irritées.

— L'appétit, c'est ce qu'on perd en premier, murmura Peter. Après ça, tout le reste fout le camp. Sans qu'on réalise ce qui vous arrive. On se croit en super forme. Mais on mange pas. On perd le sommeil. On travaille de moins en moins, puis plus du tout. On fait que prendre de la coke. Des fois on baise. Mais à la fin on laisse tomber ça aussi. La coke, c'est tellement mieux.

Lynley reposa soigneusement le sandwich auquel il n'avait pas touché, l'appétit coupé. Il aurait voulu ne rien ressentir. Il prit son thé et referma les mains autour de la tasse, ce qui lui procura une sensation de chaleur sourde, réconfortante.

— Tu ne veux pas me laisser t'aider ?

La main droite de Peter se crispa sur sa main gauche. Il ne souffla mot.

— Je n'ai pas été le frère que tu souhaitais avoir et malheureusement il est trop tard pour y changer quoi que ce soit, dit Lynley. Mais je peux t'offrir ce que je suis maintenant, même si ça te semble dérisoire.

Peter parut esquisser un mouvement de recul à ces mots. Ou peut-être le froid intérieur le fit-il se recroqueviller. Lorsqu'il se décida à parler, c'est à peine si ses lèvres remuèrent. Lynley dut tendre l'oreille pour saisir ce qu'il disait.

— Je voulais être comme toi.

— Comme moi ? Pourquoi ?

— Tu étais parfait. Tu étais mon idole, mon modèle. Je voulais te ressembler. Quand j'ai compris que je n'y arriverais pas, j'ai renoncé. Puisque je ne pouvais pas être comme toi, je me suis dit que je ne serais rien.

Peter avait prononcé ces mots d'un ton définitif, voulant sans doute signifier la fin d'un entretien qui venait à peine de commencer tout autant que l'impossibilité pour son frère et lui de repartir sur de nouvelles bases. Lynley chercha quelque chose — des mots, des images, des souvenirs communs — qui, en lui permettant de faire un bond de quinze ans en arrière, l'aiderait du même coup à atteindre le petit garçon qu'il avait abandonné à Howenstow. Mais rien ne lui vint à l'esprit. Il n'y avait pas moyen de retourner dans le passé ni de réparer.

Il se sentait impuissant. Plongeant la main dans la poche de sa veste, il en sortit son étui à cigarettes et son briquet qu'il posa sur la table. L'étui avait appartenu à son père et le *A* chantourné gravé sur le couvercle s'était estompé avec les années. Par endroits, l'initiale avait même complètement disparu ; mais, tout éraflé qu'il était, l'étui ne lui en était pas moins cher. Jamais il ne lui serait venu à l'idée d'en changer.

En le fixant — symbole de tout ce qu'il avait fui, des aspects de sa vie qu'il avait préféré ignorer, des émotions qu'il avait choisi de refouler —, il trouva les mots qu'il cherchait.

— Savoir qu'elle couchait avec Roderick alors que papa était encore en vie, je n'ai pas pu le supporter, Peter. Je me fichais pas mal qu'ils soient tombés amoureux l'un de l'autre, que ça leur soit arrivé comme ça subitement, qu'ils n'aient rien prémédité. Je me moquais de savoir que Roderick avait l'intention de l'épouser lorsqu'elle serait libre. Peu m'importait de savoir qu'elle aimait toujours papa — et je savais qu'elle l'aimait, parce que je voyais bien comment elle s'occupait de lui, même au début de sa liaison avec Roderick. Pourtant, je n'arrivais pas à comprendre. Comment pouvait-elle les aimer tous les deux ? Comment pouvait-elle se dévouer corps et âme à l'un — lui donnant son bain, lui faisant la lecture, le faisant manger, lui tenant compagnie à longueur de journée... — et coucher avec l'autre ? Et comment Roderick pouvait-il se rendre dans la chambre de papa — lui parler de son état de santé — sachant qu'en sortant il irait retrouver maman dans son lit ? Je ne comprenais pas. Ça me dépassait. Je voulais que la vie soit simple et elle était tout le contraire. Je me disais que c'étaient des bêtes. Qu'ils n'avaient aucun sens des convenances. Qu'ils ne savaient pas se conduire. Qu'il fallait leur apprendre à se tenir. Que je leur apprendrais. Que je les punirais. (Lynley prit une cigarette et fit glisser l'étui vers son frère.) Mon départ de Howenstow, mes rares visites là-bas n'avaient rien à voir avec toi, Peter. Tu as été la victime innocente de mon désir de venger papa d'une chose dont il ignorait probablement tout. Je sais que les mots sont dérisoires mais je te demande pardon.

Peter prit une cigarette. Mais il la garda éteinte entre ses doigts, comme si le fait de l'allumer constituait un pas qu'il n'était pas encore prêt à franchir.

— J'aurais tellement voulu que tu sois là. Personne n'était fichu de me dire quand tu reviendrais. J'ai cru pendant un certain temps que c'était un secret. Puis j'ai fini par comprendre que, si personne ne me disait rien, c'était parce que personne ne savait rien. Alors j'ai arrêté de poser la question. Et au bout d'un moment, j'ai cessé d'y attacher de l'importance. Quand par hasard tu venais à la maison, ça me facilitait les choses de te détester : j'avais moins mal quand tu repartais.

— Tu n'étais pas au courant, pour maman et Trenarrow ?

— Il m'a fallu du temps pour m'en apercevoir.

— Comment as-tu appris la chose ?

Peter alluma sa cigarette.

— A l'école. A l'occasion de la journée portes ouvertes pour les parents. Ils étaient venus tous les deux. C'est à ce moment-là que des types me l'ont dit. « Ce mec, Trenarrow, il se fait ta mère. Ça fait un bout de temps que ça dure, Pete. Tu t'en es pas encore aperçu, pauvre con ? » (Il haussa les épaules.) Je suis resté cool. J'ai fait celui qui était au courant. Je me disais qu'ils se marieraient. Mais ça ne s'est jamais fait.

— J'ai veillé à ce que ce mariage ne se fasse pas. Je voulais qu'ils souffrent.

— Tu avais un tel pouvoir sur eux ?

— Oui. Je connais maman. Sa fidélité. Je m'en suis servi pour lui faire du mal.

Peter n'exigea pas d'autres explications. Il posa sa cigarette dans le cendrier et regarda monter le mince panache de fumée. Lynley choisit ses mots avec soin, tâtonnant sur un terrain qui aurait dû lui être familier mais lui était au contraire totalement étranger.

— Peut-être qu'on pourrait essayer de franchir ce cap ensemble, Peter. On ne peut pas revenir en arrière, c'est impossible, mais on pourrait essayer de repartir sur d'autres bases, toi et moi. Tenter le coup, au moins.

— Tu dis ça parce que tu as des remords ? (Peter secoua la tête.) Tu n'as rien à te faire pardonner, Tommy. Même si tu es persuadé du contraire. J'ai choisi ma voie. Tu n'es pas responsable du pétrin dans lequel je me suis fourré. (Puis, comme pour atténuer ce que sa dernière phrase pouvait avoir de tranchant, il ajouta :) Absolument pas.

— Ça n'a rien à voir. Je veux t'aider. Tu es mon frère. Je t'aime.

Cette déclaration formulée sur le ton de la constatation causa un choc à Peter, qui eut un mouvement de recul. Ses lèvres à vif tremblèrent. Il se cacha les yeux de sa main.

— Pardonne-moi, finit-il par murmurer. (Et dans un souffle :) Tommy.

Lynley ne broncha pas, attendant que son frère baisse la main. Il était seul dans la salle d'interrogatoire avec Peter, uniquement parce que l'inspecteur MacPherson avait fait preuve de compassion. La coéquipière de MacPherson, le sergent Barbara Havers, avait véhémentement protesté lorsque Lynley avait demandé qu'on lui accorde ce tête-à-tête. Elle avait invoqué le règlement, la procédure, le droit civil et elle aurait continué si MacPherson ne l'avait fait taire d'un sobre : « La loi, je la connais, mon petit. Rendez-moi cette justice » avant de l'expédier près d'un téléphone pour y attendre les résultats de l'analyse toxicologique effectuée sur la poudre retrouvée dans la chambre de Peter à Whitechapel. Après quoi, MacPherson s'était levé et était sorti, laissant Lynley devant la porte et lui lançant par-dessus son épaule : « Trente minutes, Tommy. » Aussi, en dépit de tout ce que Lynley et Peter avaient à se dire concernant les années qu'ils avaient passées à se faire du mal l'un à l'autre, leur restait-il peu de temps pour rassembler les faits et pas de temps du tout pour resserrer les liens qui les avaient jadis unis. Cela devrait attendre.

— Il faut que je te pose des questions à propos de Mick Cambrey, dit Lynley. Et de Justin Brooke.

— Tu crois que je les ai tués ?

— Peu importe ce que je crois. Ce qui compte, c'est ce que la brigade criminelle de Penzance croit. Tu dois savoir que je ne peux pas laisser John Penellin écoper pour le meurtre de Mick.

Les sourcils de Peter se froncèrent.

— John a été arrêté ?

— Samedi soir. Tu avais déjà quitté Howenstow lorsque les flics sont venus le cueillir. Alors, je t'écoute.

— Nous sommes partis juste après dîner. Je n'étais pas au courant pour John.

Il toucha son sandwich du bout du doigt et le repoussa avec une grimace de dégoût.

— Je veux la vérité, poursuivit Lynley. C'est la seule chose qui puisse nous aider. Le seul moyen de faire sortir John de prison — vu qu'il n'a pas l'air décidé à faire quoi que ce soit pour se tirer de là —, c'est de raconter à la police ce qui s'est réellement passé vendredi soir. Oui ou non, Peter, as-tu vu Mick Cambrey à Gull Cottage après le départ de John ?

— Ils m'arrêteront, marmonna-t-il. Je passerai en jugement.

— Si tu es innocent, tu n'as rien à craindre. Surtout si tu vas les trouver pour leur dire la vérité. Est-ce que tu es allé à

Gull Cottage, Peter ? Ou est-ce que Brooke a menti sur ce point ?

Peter n'avait qu'un mot à dire pour s'en tirer. Il n'avait qu'à nier. Il n'avait qu'à accuser Brooke de mensonge. Brooke était mort, il ne risquait pas de se voir infliger un démenti. Mais il pouvait aussi décider d'aider un homme qui avait toujours fait partie de la maisonnée.

Peter humecta ses lèvres desséchées.

— Je suis allé au cottage.

Lynley se demanda s'il devait éprouver du soulagement ou du désespoir.

— Que s'est-il passé ?

— Justin n'avait pas confiance en moi. Il n'était pas très chaud pour me laisser aller seul au ravitaillement. Ou bien, il ne pouvait pas attendre.

— La coke ?

— Oui. Il en avait apporté une provision à Howenstow. (Rapidement, Peter raconta la scène entre Sidney et Justin sur la plage.) Elle a tout jeté à l'eau, conclut-il. J'avais déjà téléphoné à Mark pour qu'il m'en vende, mais j'avais pas assez de fric et il avait refusé de me faire crédit, même pour quelques jours.

— Alors tu t'es adressé à Mick ? (Une réponse positive aurait constitué la première faille dans le récit de Brooke. Mais ce ne fut pas le cas.)

— Pas pour avoir de la coke, dit Peter, corroborant sans le savoir la première partie de la version de Brooke. Pour lui soutirer du blé. Je m'étais souvenu qu'il faisait les enveloppes de paie du journal tous les quinze jours. Le vendredi.

— Tu savais que Mick était un travesti ?

Peter sourit. Il y avait une certaine admiration dans son sourire, qui n'était pas sans rappeler le petit garçon qu'il avait été.

— J'ai toujours pensé que tu ferais un policier potable, Tommy.

Lynley se garda de lui dire que ce n'était pas vraiment grâce à ses dons de détective qu'il avait découvert la double vie de Mick Cambrey à Londres.

— Depuis quand est-ce que tu le sais ?

— Un mois, environ. Je lui achetais de la dope de temps en temps quand mes autres sources étaient à sec. On se rencontrait à Soho. Il y a une ruelle à deux pas de la place où se font les transactions. On se retrouvait dans un club. Je lui en prenais un gramme, un demi-gramme. Ça dépendait de l'état de mes finances.

— Risqué. Pourquoi est-ce que vous ne vous rencontriez pas plutôt chez toi ? Ou chez lui ?

Peter lui décocha un regard étonné.

— J'ignorais qu'il avait un appartement. Et j'avais pas envie qu'il voie le mien.

— Comment est-ce que vous vous contactiez ?

— Je te l'ai dit. Quand mes autres sources étaient à sec, je lui téléphonais en Cornouailles. S'il avait prévu de venir à Londres, on arrangeait un deal.

— Toujours à Soho ?

— Toujours au même endroit. Dans ce club. C'est comme ça que j'ai découvert qu'il aimait se travestir en femme.

— Comment ?

Peter rougit en racontant son histoire. Il avait poireauté une heure au *Kat's Kradle* en attendant Mick Cambrey. Une femme l'avait abordé alors qu'il allait chercher des allumettes au bar. Ils avaient éclusé trois verres ensemble. Puis ils étaient sortis.

— Il y a une sorte de renfoncement dans la ruelle derrière le club, poursuivit Peter. C'est discret. J'étais bourré, je savais plus ce que je faisais et en plus je m'en foutais. Aussi, quand elle a commencé à se frotter contre moi et à me peloter, j'étais partant. Quand les choses eurent atteint le stade qu'elle souhaitait, elle s'est mise à rire. A hurler de rire comme une hystérique. C'est à ce moment-là que j'ai vu que c'était Mick.

— Tu ne t'en étais pas aperçu avant ?

Peter secoua tristement la tête.

— Mick était superbe, Tommy. Je sais pas comment il se débrouillait mais il était drôlement sexy. Son propre père s'y serait laissé prendre. Il m'a eu en beauté. Je n'y ai vu que du feu.

— Et quand tu t'es rendu compte que c'était Mick, qu'as-tu fait ?

— J'ai voulu lui mettre une raclée, mais j'étais trop bourré et on s'est cassé la figure tous les deux. On s'est retrouvés par terre je sais plus comment. Et alors, il a fallu que Sidney Saint James se pointe — tu parles d'une coïncidence ! Elle était avec Brooke. Il nous a séparés, Mick et moi, et Mick a filé. Je ne l'ai revu que vendredi soir à Nanrunnel.

— Comment as-tu découvert que Cambrey dealait de la cocaïne ?

— C'est Mark qui me l'a dit.

— Mais tu n'as pas essayé de lui en acheter à Nanrunnel ?

— Il n'en vendait pas en Cornouailles. Seulement à Londres.

— Il n'était pas très souvent à Londres, si ? Qui est-ce qui lui en achetait ?

— Il y a tout un réseau, Tommy. Les dealers connaissent les toxicos. Les toxicos connaissent les dealers. Tout le monde se connaît. On se refile les numéros de téléphone. On appelle. On se donne rendez-vous.

— Et si le gars qui appelle est un flic de la brigade des stups ?

— Alors on se fait poisser. Mais quand on est malin, ça n'arrive pas. Surtout si on sait monter son réseau. Et Mick savait s'y prendre. Il était journaliste, il savait nouer les contacts nécessaires pour dénicher des sources.

Exact, songea Lynley. Ç'avait dû être simple pour un homme comme Mick Cambrey.

— Que s'est-il passé vendredi soir au cottage ? Les voisins ont entendu une querelle.

— Je savais plus à quel saint me vouer. Mark s'en était rendu compte dans l'après-midi, et il en avait profité pour augmenter les prix. J'avais pas de pognon alors je suis allé voir Mick pour le taper. Il a refusé. Je lui ai promis de le rembourser. Je lui ai juré qu'il aurait son fric dans une semaine.

— Comment ça ?

Peter fixa ses ongles rongés. Lynley vit que sa conscience le tourmentait, qu'il ne savait s'il devait dire la vérité ou non.

— L'argenterie de Howenstow. Je pensais vendre quelques pièces à Londres pour me faire un peu de blé. Je me disais que personne ne s'en apercevrait. Pas avant un certain temps, du moins.

— Et c'est pour ça que tu es allé à Howenstow ?

Lynley attendit la réponse, essayant de ne pas broncher en apprenant que son frère était capable de brader des objets qui étaient dans la famille depuis des générations pour satisfaire son vice.

— Je sais pas pourquoi j'y suis allé. J'avais pas les idées très claires. Je voulais y aller pour me ravitailler auprès de Mark. Pour chourer de l'argenterie et la fourguer à Londres. Pour emprunter du blé à Mick. Au bout d'un moment, on sait plus où on en est. La tête vous tourne.

— Et quand Mick a refusé de te dépanner, comment as-tu réagi ?

— Comme un imbécile. Je l'ai menacé de raconter dans tout Nanrunnel ce qu'il faisait à Londres. Le transvestisme. La drogue.

— Et ça l'a laissé froid ?

— Il s'est mis à rigoler. Il m'a dit que si je voulais de l'argent, ce n'était pas de chantage que je devais le menacer, mais de mort. Les gens paient plus pour rester en vie que pour dissimuler un secret. Et il arrêtait pas de se marrer. De me provoquer.

— Et Brooke, pendant ce temps-là, qu'est-ce qu'il faisait ?

— Il essayait de nous faire taire. Il voyait bien que j'étais fou de rage. Je crois qu'il a dû avoir peur qu'il y ait du vilain.

— Mais vous ne vous êtes pas tus ?

— Mick ne cessait pas de m'asticoter. Il m'a dit que, si j'étalais son linge sale sur la place publique, il en ferait autant avec le mien. Il a ajouté que maman et toi seriez sûrement ravis de savoir que j'avais recommencé à en prendre. Mais ça, je m'en foutais pas mal. (Peter se mordit le pouce à petits coups de dent.) De toute façon, tu avais deviné que j'avais replongé. Quant à maman... la seule chose qui comptait pour moi, c'était de me défoncer. Tu sais pas ce que c'est que d'être prêt à *tout* pour se procurer de la coke.

C'était là un aveu compromettant. Lynley se félicita de ce que ni MacPherson ni Havers ne fussent là pour l'entendre. MacPherson aurait peut-être pris ça pour un lapsus. Mais Havers se serait ruée dessus comme un chien sur un os.

— Et puis j'ai explosé, poursuivit Peter. C'était ça ou lui lécher les pieds.

— C'est à ce moment-là que Brooke est parti ?

— Il a essayé de m'entraîner dehors mais j'ai refusé de l'accompagner. Je n'en avais pas fini avec ce sale petit pédé.

Lynley eut un infime mouvement de recul en entendant ces mots pour le moins téméraires.

— Que s'est-il passé ensuite ?

— J'ai traité Mick de tous les noms. Je hurlais. J'étais à bout, j'en pouvais plus tellement j'étais *en manque*... je... (Il prit sa tasse de thé, en avala une gorgée. Une goutte de liquide lui dégoulina sur le menton.) Finalement, je l'ai supplié de me filer cinquante livres. Pas plus. Il m'a foutu dehors.

La cigarette de Peter était restée dans le cendrier. Elle s'était consumée jusqu'au bout, formant un cylindre de cendre grise. Il lui donna une chiquenaude. Le cylindre de cendre s'effrita.

— L'argent de la paie était toujours là quand je suis parti, Tommy. T'es pas obligé de me croire. Mais il y était. Et Mick était en vie.

— Je te crois.

Lynley s'efforça de mettre dans ces mots toute la conviction dont il était capable, comme si cela pouvait suffire à permettre à Peter de réintégrer la sécurité du cercle familial. Mais il savait bien que c'était se faire de douces illusions. Car, les choses étant ce qu'elles étaient, une fois que la version de Peter serait communiquée à la police de Penzance, Peter passerait en jugement. Et lorsque sa toxicomanie serait révélée au jury, sa situation serait des plus délicates, quelles qu'aient pu être les assurances que Lynley lui avait prodiguées.

Peter parut puiser du réconfort dans les paroles de son frère. Sentant qu'un lien fragile s'était tissé entre eux, il avait l'air décidé à continuer de parler.

— Je ne les ai pas pris, Tommy. Jamais j'aurais fait ça. (Lynley lui jetant un regard d'incompréhension, Peter poursuivit :) Les appareils photo. Je les ai pas pris. Je te le jure.

Le fait que Peter ait été prêt à vendre l'argenterie de famille rendait difficile à croire qu'il ait eu des scrupules concernant les affaires de Deborah. Lynley préféra biaiser.

— A quelle heure as-tu quitté Mick, vendredi ?

Peter réfléchit à la question.

— Je suis allé boire une pinte à *L'Ancre et la Rose*. Il devait être dix heures moins le quart.

— Pas dix heures ? Pas plus tard que ça ?

— Quand je suis arrivé au pub, non.

— Tu y étais toujours à dix heures ? (Peter hochant la tête, Lynley s'enquit :) Alors pourquoi Justin est-il rentré seul en stop à Howenstow ?

— Justin ?

— Il n'était pas au pub ?

Peter le dévisagea, surpris.

— Non.

Lynley ne put se défendre d'éprouver un certain soulagement. C'était le premier élément encourageant que lui offrait son frère. Et le fait qu'il le lui ait fourni sans se rendre compte de son importance indiquait qu'il disait la vérité. C'était un détail qu'il fallait vérifier, qui ne collait pas avec la version de Brooke, et qui permettrait peut-être à un avocat de tirer Peter du pétrin.

— Ce que je ne comprends pas, dit Lynley, c'est pourquoi tu as quitté Howenstow aussi vite. C'est à cause de notre engueulade dans le fumoir ?

Peter ébaucha un sourire.

— Des engueulades, on en a eu tellement, c'était pas une de plus qui m'aurait donné envie de me tirer. (Il détourna les yeux. Lynley crut tout d'abord qu'il essayait d'inventer un bobard quelconque. Mais voyant les pommettes de son frère virer au cramoisi, il comprit qu'il était gêné.) C'est à cause de Sacha. Elle arrêtait pas de me bassiner. Elle voulait qu'on rentre à Londres. J'avais pris une boîte en argent dans le fumoir. Une fois qu'elle a su que je ne tirerais pas un centime de Mick et que Mark refusait de me vendre de la coke, elle m'a dit qu'on n'avait plus qu'à rentrer à Londres pour y fourguer la boîte. Elle en pouvait plus. Il lui fallait absolument de la cocaïne. Elle en prenait nettement plus que moi, Tommy. Elle était salement accrochée.

— Alors, tu as réussi à la vendre ? C'est comme ça que tu t'es procuré ce qu'elle s'est injecté dans les veines cet après-midi ?

— J'ai pas réussi à trouver preneur. Personne voulait y toucher. Trop dangereux. Avec les poinçons et tout. Je suis scié qu'on m'ait pas arrêté.

Plus tôt. Les deux mots ne furent pas prononcés. Mais c'était inutile. Lynley et Peter y pensaient. La clé tourna dans la serrure. On frappa un coup bref. MacPherson ouvrit la porte. Il avait desserré sa cravate et retiré sa veste. Ses lunettes à monture épaisse étaient remontées sur son front. Derrière lui se tenait le sergent Barbara Havers. Elle ne faisait pas le moindre effort pour dissimuler un sourire de satisfaction.

Lynley se leva mais fit signe à son frère de rester assis.

MacPherson désigna du pouce le couloir. Lynley le suivit, fermant la porte de la salle d'interrogatoire.

— Est-ce qu'il a un avocat ? s'enquit MacPherson.

— Oui. Nous ne lui avons pas encore téléphoné mais... (Lynley regarda l'Écossais. Contrairement à celui de Havers, son visage était grave.) Il m'a certifié qu'il n'avait jamais vu ce flacon, Angus. Il y aura sûrement des témoins pour confirmer qu'il était en train d'acheter du pain et des œufs pendant que Sacha se piquait. (Il s'efforçait de parler d'une voix calme, raisonnable, de façon qu'ils n'aillent pas chercher au-delà de la mort de Sacha Nifford. Que MacPherson et Havers puissent associer Peter aux décès survenus en Cornouailles lui paraissait impensable. Pourtant le fait que MacPherson se soit préoccupé de savoir si Peter avait un avocat ne pouvait s'interpréter que d'une seule façon.) J'ai parlé aux types des empreintes avant de venir voir Peter. Seules celles de Sacha sont sur la seringue. Et les empreintes de Peter ne sont pas sur la fiole. Pour une overdose comme celle-là...

L'inquiétude ridait le visage de MacPherson. Il arrêta Lynley d'un geste, laissa retomber sa main.

— Pour une overdose, oui. Oui, mon petit. Oui, bien sûr. Mais le problème dépasse l'overdose.

— Que voulez-vous dire ?

— Le sergent Havers va vous exposer les faits.

Lynley dut faire un gros effort de volonté pour se tourner vers le sergent au nez camus. Elle tenait une feuille à la main.

— Havers ? fit-il.

De nouveau, le sourire. Condescendant, entendu, presque jubilatoire.

— Le rapport de toxicologie indique qu'il s'agit d'un mélange de quinine et d'ergotamine, dit-elle. Soigneusement dosés et mélangés, inspecteur, ces produits ressemblent à l'héroïne. En plus, ils en ont le goût. La petite a donc dû croire que c'était de l'héroïne qu'elle s'injectait dans les veines.

— Qu'est-ce que vous dites ? murmura Lynley.

MacPherson se dandina d'un pied sur l'autre.

— Pas la peine de vous faire un dessin. C'est un meurtre.

23

Deborah avait tenu parole. De retour à Chelsea, Saint James fut accueilli par Cotter qui lui annonça que sa fille était arrivée une heure plus tôt. Avec ses affaires pour la nuit, avait-il ajouté d'un air entendu. « Elle m'a dit qu'elle avait une montagne de travail en retard, des tirages à effectuer, mais je crois qu'elle a l'intention de rester jusqu'à ce qu'on ait des nouvelles de Miss Sidney. » Comme si elle s'attendait à ce que Saint James désapprouve ses intentions, Deborah s'était enfermée dans la chambre noire dont le voyant rouge allumé au-dessus de la porte indiquait qu'elle ne devait être dérangée sous aucun prétexte. Saint James descendit dans son bureau et appela la Cornouailles.

Il trouva Trenarrow chez lui. A peine s'était-il annoncé que le médecin lui demanda des nouvelles de Peter Lynley avec un calme feint indiquant qu'il s'attendait au pire tout en prétendant que tout allait bien. Saint James en conclut que Lady Asherton était à ses côtés. Tenant compte de ce fait, il ne communiqua à Trenarrow que le minimum de détails.

— Peter ? Nous l'avons retrouvé. Il était à Whitechapel. Tommy est avec lui pour l'instant.

— Il va bien ? questionna Trenarrow.

Saint James répondit brièvement par l'affirmative, laissant à Lynley le soin de mettre le médecin au courant. Il lui expliqua qui était en réalité Tina Cogin. Au début, Trenarrow parut soulagé d'apprendre que c'était Mick Cambrey qui avait été en possession de son numéro de téléphone et non une quelconque prostituée londonienne. Mais son soulagement fut de courte durée et se mua rapidement en une gêne certaine lorsqu'il comprit ce qu'impliquait la double vie de Mick Cambrey.

— Je n'étais absolument pas au courant, fit-il en réponse à la question de Saint James. Il lui fallait garder ça pour lui. Dans un village de la taille de Nanrunnel, partager un secret pareil, ç'aurait été la mort... (Il s'interrompit abruptement. Saint James n'eut aucun mal à imaginer ce qu'il pensait.)

— Mick était en relation avec Islington-Londres, poursuivit Saint James. Vous saviez que Justin Brooke travaillait pour eux ?

— Pour Islington ? Non.

— Je me demande si ce n'est pas à la suite de l'interview que vous avez accordée à Mick que ce dernier s'est rendu là-bas.

A l'autre bout de la ligne, il entendit un bruit de porcelaine. Un moment s'écoula avant que Trenarrow ne répondît.

— Ce n'est pas impossible. Il écrivait un papier sur la recherche contre le cancer. Je lui ai parlé de mon travail. J'ai dû mentionner la façon dont Islington fonctionne, et lui parler du labo de Londres.

— L'oncozyme, vous lui en avez parlé aussi ?

— L'oncozyme ? Vous savez... (Froissement de papiers. Sonnerie d'une montre se déclenchant, très vite stoppée.) Bon sang, je vous demande un instant. (Bruit de déglutition.) J'ai dû aborder le sujet en passant. Autant que je m'en souvienne, nous avons parlé de nouveaux traitements, des progrès de la chimiothérapie... L'oncozyme en fait partie. Je ne l'aurais pas passé sous silence.

— Vous connaissiez l'existence de l'oncozyme lorsque Cambrey vous a interviewé ?

— A Islington, tout le monde le connaissait. Le « bébé de Bury », comme on l'appelait. Car c'était le labo de Bury St. Edmunds qui le développait.

— L'oncozyme, c'est quoi ?

— Un anti-oncogène. Il agit sur la duplication de l'ADN. Vous savez en quoi consiste le cancer. L'anti-oncogène permet d'enrayer le développement anarchique des cellules.

— Et les effets secondaires de l'anti-oncogène ? Parce qu'il en a, j'imagine ?

— C'est tout le problème. La chimiothérapie a toujours des

effets secondaires. Alopécie, nausées, vomissements, perte de poids, fièvre.

— Tout ça, c'est classique, non ?

— Classique mais fâcheux. Parfois même dangereux. Le jour où une équipe de chercheurs parviendra à mettre au point un médicament dénué d'effets toxiques, la communauté scientifique poussera des cris de joie, croyez-moi.

— Imaginez qu'un produit s'avérant être un anti-oncogène efficace comporte des effets secondaires particulièrement indésirables...

— De quel ordre ? Dysfonctionnement rénal ? Troubles organiques ?

— Pire peut-être. Tératogènes.

— Toutes les chimiothérapies anticancéreuses comportent des risques embryo-fœtaux. C'est pourquoi, chez les femmes en activité génitale, il faut prévoir des mesures contraceptives.

— Alors, une substance qui aurait des répercussions sur les cellules reproductrices ? suggéra Saint James après avoir passé en revue différentes éventualités.

Il y eut une longue pause à laquelle le Dr Trenarrow mit un terme en s'éclaircissant la gorge.

— Vous voulez dire une drogue provoquant des anomalies génétiques aussi bien chez les hommes que chez les femmes ? Je vois mal comment c'est possible. Les produits sont soumis à des batteries de tests sophistiqués. S'ils produisaient ce genre d'effets, cela apparaîtrait forcément au cours des tests. C'est une chose qui ne se dissimule pas comme ça.

— Imaginez que ces effets toxiques aient été passés sous silence, dit Saint James. Mick aurait-il pu découvrir le pot aux roses ?

— Peut-être. Mais pour cela, il aurait fallu qu'il ait eu accès aux résultats des tests cliniques. Où les aurait-il obtenus ? A supposer qu'il soit allé au labo de Londres, qui les lui aurait communiqués ? Et pourquoi ?

Saint James se dit qu'il détenait la réponse à ces deux questions.

Deborah mangeait une pomme lorsqu'elle pénétra dans le bureau dix minutes plus tard. Elle avait coupé le fruit en petits quartiers qu'elle avait disposés sur une assiette avec quelques morceaux de cheddar. Toujours intéressés dès qu'il était question de nourriture, Peach la chienne et Alaska le chat la suivaient de près. Peach observait fixement l'assiette tandis qu'Alaska — persuadé que mendier ne seyait pas à sa dignité féline — sauta sur le bureau de Saint James et se mit à évoluer au milieu des stylos, crayons, livres, revues et lettres. Il s'installa confortablement près du téléphone comme dans l'attente d'une communication.

— Tu as fini ? s'enquit Saint James.

Il était assis dans son fauteuil de cuir où il avait passé le temps à contempler l'âtre — où aucun feu ne brûlait — après sa conversation avec Trenarrow.

Deborah s'assit en tailleur sur le canapé en face de lui. Elle posa l'assiette de fromage et de pomme sur ses genoux. Une grosse tache d'un produit chimique quelconque s'étalait sur son jeans du mollet à la cheville, et en plusieurs endroits sa chemise blanche était trempée.

— Pour l'instant, oui. Je fais une pause.

— Ça t'a prise tout d'un coup, ce besoin de développer des photos ?

— Oui, fit-elle placide.

— Tu comptes faire une expo ?

— C'est possible.

— Deborah ?

— Quoi ? (Elle leva le nez de son assiette, renvoya en arrière les cheveux qui lui tombaient sur le front. Elle tenait un bout de fromage à la main.)

— Rien.

— Ah. (Elle prit un morceau de fromage entre deux doigts, le tendit à la petite chienne avec un bout de pomme. Peach engloutit le tout, frétilla de la queue, et aboya pour en avoir encore.)

— Après ton départ, il m'a fallu deux mois pour lui faire perdre l'habitude de mendier comme ça, remarqua Saint James.

Deborah tendit à Peach un autre morceau de fromage. Elle tapota la tête de la chienne, caressa ses oreilles soyeuses et le regarda d'un air innocent.

— Elle ne fait que réclamer ce dont elle a envie. Qu'y a-t-il de mal à ça ?

Il sentit de la provocation dans ces mots et se leva de son fauteuil. Il avait des coups de fil à passer concernant Brooke, concernant l'oncozyme, concernant Sidney. Il avait des douzaines de comptes rendus n'ayant aucun rapport avec les décès de Cambrey, Brooke et Sacha Nifford qui l'attendaient dans son labo et une demi-douzaine de raisons de quitter la pièce. Mais au lieu de sortir, il resta.

— Est-ce que tu pourrais faire descendre cette saleté de chat de mon bureau ?

Il s'approcha de la fenêtre. Deborah se dirigea vers le bureau, cueillit le chat et le déposa sur le fauteuil de Saint James.

— C'est tout ? fit-elle tandis qu'Alaska se faisait voluptueusement les griffes sur le cuir craquelé du siège.

Saint James regarda le chat s'installer confortablement sur son fauteuil. Il vit l'amorce d'un sourire étirer les lèvres de Deborah.

— Monstre, dit-il.

— Sale gosse, rétorqua-t-elle.

La portière d'une voiture claqua. Il se tourna vers la fenêtre.

— Tommy, annonça-t-il.

Deborah se précipita vers la porte d'entrée.

Saint James comprit en voyant son visage que Lynley n'était pas porteur de bonnes nouvelles. En outre, sa démarche semblait lente, comme alourdie. Deborah le rejoignit dans la rue où ils échangèrent quelques mots. Elle lui effleura le bras. Il fit non de la tête, lui prit la main.

Saint James quitta son poste d'observation près de la fenêtre et s'approcha d'un rayonnage. Il prit un ouvrage au hasard dans sa bibliothèque et l'ouvrit, également au hasard. *Je veux que tu saches que tu as été le dernier rêve de mon âme*, lut-il. *Ma déchéance ne m'a pas empêché d'être bouleversé par le spectacle que tu offrais au bras de ton père et par la vue du foyer que tu avais créé de tes mains*[1]... Seigneur ! Dickens. D'un geste brusque, il referma l'ouvrage.

— ... j'ai appelé maman tout de suite après, disait Lynley en pénétrant dans le bureau avec Deborah. Elle ne l'a pas très bien pris.

Saint James offrit à son ami un whisky léger, que Lynley accepta sans se faire prier. Il se laissa tomber sur le canapé.

1. Tiré de : *Un conte de deux villes*, de C. Dickens.

Deborah se percha sur l'accoudoir près de lui, ses doigts effleurant l'épaule de son fiancé.

— Brooke semble avoir dit la vérité, attaqua Lynley. Peter est bien passé à Gull Cottage après le départ de John Penellin. Mick et lui ont eu une dispute.

Il leur fit part des renseignements qu'il avait glanés au cours de son entretien avec Peter. Mentionna également l'incident de Soho. La bagarre dans la ruelle.

— Je pensais qu'il pouvait s'agir de Cambrey, dit Saint James lorsque Lynley eut fini. D'après ce que Sidney m'a raconté. Le signalement de la personne qui était avec Peter dans la ruelle collait, ajouta-t-il, répondant à la question qu'il lisait sur le visage de Lynley. Si Peter a reconnu Mick Cambrey, il y a de fortes chances que Brooke l'ait reconnu aussi.

— Brooke ? s'étonna Lynley. Comment ça ? Il était dans la ruelle avec Sidney, certes, mais quelle différence cela fait-il ?

— Ils se connaissaient, Tommy. Brooke travaillait chez Islington.

Saint James entreprit de résumer les faits. Le poste occupé par Brooke chez Islington-Londres. Les visites de Mick au service 25 chapeauté par Brooke. L'oncozyme. La matière d'un article.

— Que vient faire Roderick Trenarrow dans tout ça, Saint James ?

— Tout est parti de lui. Il a servi de déclencheur en fournissant à Mick les premiers éléments d'information. Cambrey les a utilisés avec l'idée d'écrire un article sur le sujet. C'est tout. Trenarrow était au courant pour l'oncozyme. Il en a parlé à Mick.

— Et après, Mick est mort. Trenarrow était dans les parages, cette nuit-là ?

— Il n'a pas de mobile, Tommy. Justin Brooke en avait un, lui.

Saint James se mit en devoir de donner les explications nécessaires. Élaborée au cours de ces quelques minutes de méditation solitaire dans son bureau, sa théorie était relativement simple. Cambrey promettait de la cocaïne à Brooke en échange de renseignements concernant une substance susceptible d'être particulièrement toxique. Le marché entre Mick Cambrey et Brooke avait mal tourné et l'abcès avait crevé la nuit où Brooke était allé à Gull Cottage en compagnie de Peter.

— Mais cela n'explique pas la mort de Brooke.

— Que la police considère depuis le début comme accidentelle, je te le rappelle.

Lynley prit son porte-cigarettes dans la poche de sa veste, le fixant avant de parler. Il en sortit une cigarette, ouvrit son briquet d'un geste sec mais ne s'en servit pas immédiatement.

— Le pub, dit-il. Peter m'a dit que Brooke n'était pas à *L'Ancre et la Rose* vendredi soir, Saint James.

— Après avoir quitté Gull Cottage, tu veux dire ?

— Oui. En sortant du cottage, Peter est allé au pub. Il est arrivé là-bas à dix heures moins le quart. Brooke n'y a pas mis les pieds.

— Alors ça colle, non ?

Deborah prit la parole :

— Est-ce que Justin Brooke savait que Peter l'emmenait chez Mick ? Est-ce que Peter a fait allusion à Mick avant de partir ? Ou s'est-il contenté de dire qu'il allait à Nanrunnel sans préciser chez qui ?

— Brooke ne devait pas être au courant des intentions de Peter, dit Saint James. Il ne l'aurait pas accompagné s'il avait su que c'était Mick que Peter comptait taper. Il n'aurait pas voulu courir le risque d'être reconnu.

— Mick avait plus à perdre que Brooke dans l'histoire, poursuivit Deborah. La cocaïne, le transvestisme, sa double vie à Londres. Et Dieu sait quoi encore.

Lynley alluma sa cigarette, poussa un soupir, faisant jaillir une bouffée de fumée.

— Ce n'est pas tout, il y a Sacha Nifford. Si Brooke a tué Cambrey et qu'il s'est ensuite tué accidentellement en tombant du haut de la falaise, qu'est-il arrivé à Sacha ?

Saint James s'efforça de prendre un air indifférent.

— Qu'a dit la police métropolitaine à propos de Sacha ?

— Mélange d'ergotamine et de quinine, fit Lynley en sortant de sa poche de poitrine une enveloppe blanche qu'il tendit à Saint James. Il semble qu'elle ait cru que c'était de l'héroïne.

Saint James lut le rapport, s'apercevant tout d'un coup qu'il avait un mal de chien à assimiler les détails techniques qui constituaient en temps normal son pain quotidien. Lynley poursuivait, énonçant des faits que Saint James connaissait depuis toujours :

— Une dose massive provoque une diminution du calibre des artères. Ainsi que la rupture des vaisseaux sanguins dans le cerveau. La mort est immédiate. Comme nous avons pu nous en rendre compte, d'ailleurs. Elle avait encore l'aiguille plantée dans le bras.

— Et la police ne parle pas d'accident.

— Non. Les policiers questionnaient toujours Peter lorsque je suis parti.

— Mais si ce n'est pas un accident, intervint Deborah, est-ce que cela ne signifie pas...

— Qu'il y a un second tueur, conclut Lynley.

Saint James s'approcha de nouveau de ses rayonnages. Il était certain que ses gestes saccadés le trahissaient.

— L'ergotamine, dit-il. Je ne suis pas tout à fait sûr...

Il laissa sa phrase en suspens, sentant une sourde terreur s'emparer de lui. Il prit un ouvrage médical.

— C'est un médicament, dit Lynley.

Saint James tourna rapidement les pages. Ses mains étaient malhabiles. Il arriva à la lettre L puis à la lettre M sans pratiquement s'en apercevoir. Il lut sans même voir ce qu'il lisait.

— Ça sert à quoi, ce médicament ? questionna Deborah.

— A soulager les migraines, essentiellement. (Saint James sentit que Deborah se tournait vers lui, la pria intérieurement de ne pas poser la question. Mais en toute innocence, elle le fit :)

— Simon, est-ce que c'est ça que tu prends quand tu as tes migraines ?

Évidemment. Bien sûr. Elle savait qu'il en prenait. Tout le monde le savait. Il ne comptait jamais les cachets. Et le flacon était grand. Alors elle s'était glissée dans sa chambre. Elle avait pris ce dont elle avait besoin. Elle avait écrasé les comprimés. Les avait mélangés. Elle avait fabriqué le poison. Un poison qu'elle destinait à Peter et que Sacha avait pris.

Il lui fallait dire quelque chose pour les lancer de nouveau sur la piste de Cambrey et Brooke. Il continua de lire un instant, hochant la tête comme s'il réfléchissait, puis referma l'ouvrage.

— Il nous faut retourner en Cornouailles, déclara-t-il d'un

ton ferme. C'est à la rédaction du *Spokesman* que nous trouverons ce qui nous permettra d'établir un lien entre Brooke et Cambrey. Lorsqu'il a fouillé dans les affaires de son fils juste après sa mort, Harry Cambrey cherchait du sensationnel : trafic d'armes à destination de l'Irlande du Nord, call-girls en cheville avec des membres du gouvernement. Ce genre de choses. Quelque chose me dit que l'oncozyme n'aurait pas attiré son attention. (Il n'ajouta pas qu'en quittant Londres dès le lendemain, il gagnerait un temps précieux : lorsqu'ils viendraient à Chelsea l'interroger au sujet du flacon en argent acheté à Jermyn Street, les policiers ne le trouveraient pas au gîte.)

— C'est possible, dit Lynley. Webberly m'a autorisé à prendre quelques jours de congé de plus. Tu nous accompagnes, Deb ?

Saint James s'aperçut qu'elle l'observait.

— Oui, dit-elle lentement. (Puis :) Simon, y a-t-il...

Il ne pouvait la laisser poser la question.

— Excusez-moi, j'ai un tas de rapports à examiner au labo. Il faut que j'y jette un œil avant demain.

Il n'était pas descendu dîner. Vers neuf heures, Deborah et son père avaient fini par prendre leur repas en tête à tête dans la salle à manger. Sole grillée, asperges, pommes de terre nouvelles, salade verte. Un verre de vin avec la nourriture. Un café après. Ils ne parlaient pas. Mais toutes les deux ou trois minutes, Deborah surprenait son père à la regarder.

Il y avait une gêne dans leurs relations depuis son retour d'Amérique. Alors qu'ils s'étaient toujours parlé librement avec confiance et affection, ils se montraient maintenant circonspects. Des tas de sujets étaient tabous. Deborah avait fait en sorte qu'il en soit ainsi. Si elle s'était dépêchée de quitter Chelsea pour Paddington, c'était pour éviter d'avoir à faire des confidences à son père. Car au fond, il la connaissait mieux que quiconque. Et il était le mieux placé pour essayer d'y voir clair dans ce qui s'était passé. Après tout c'était lui qui avait le plus à perdre dans l'histoire. Il les aimait tous les deux.

Elle repoussa sa chaise et commença à ramasser les assiettes. Cotter se leva également.

— Content que tu sois là, Deb. C'est comme au bon vieux temps. Nous revoilà tous les trois.

— Tous les deux. (Elle sourit d'un sourire qui se voulait affectueux et distant à la fois.) Simon n'est pas descendu dîner.

— Tous les trois dans la maison, je veux dire, dit Cotter. (Il lui tendit le plateau qui était sur la desserte. Elle empila les assiettes dessus.) Il travaille trop, Mr Saint James, ça m'inquiète. Si ça continue, il n'aura plus que la peau sur les os.

Astucieusement, il s'était approché de la porte, lui coupant toute retraite. Elle ne pouvait s'échapper sans que cela se vît. Aussi se résigna-t-elle à le suivre sur son terrain :

— C'est vrai que Simon a maigri. Je m'en suis rendu compte.

— Eh oui. (Et, saisissant adroitement l'ouverture :) Ces trois dernières années n'ont pas été faciles pour lui. Si tu t'imagines le contraire, tu te trompes.

— Bien sûr. Il y a eu des changements dans nos existences à tous. Je parie qu'il n'a commencé à s'intéresser à mes allées et venues dans la maison qu'une fois que j'ai eu tourné les talons. Mais il s'est habitué à mon absence, avec le temps. Tout le monde voit bien que...

— Tu sais, ma chérie, l'interrompit son père, tu n'as jamais été du genre à te mentir. Ça me navre de te voir commencer maintenant.

— Me mentir ? Ne sois pas stupide. Pourquoi est-ce que je ferais une chose pareille ?

— La réponse, tu la connais, Deb. Mr Saint James et toi, vous la connaissez très bien. Tout ce qu'il faudrait, c'est que l'un d'entre vous ait le courage de parler et l'autre celui d'arrêter de vivre dans le mensonge.

Il posa les verres à vin sur le plateau et le lui prit des mains. Deborah savait avoir hérité de la haute taille de sa mère mais elle avait oublié que ce détail permettait à son père de la regarder droit dans les yeux. Ce qu'il fit. L'effet lui sembla déconcertant. Déstabilisée, elle se laissa aller à lui faire une confidence.

— Je sais bien ce qui te ferait plaisir, dit-elle. Mais ça ne peut pas se faire, papa. Tu dois t'incliner. Les gens changent. Ils vieillissent. Ils s'éloignent les uns des autres. La séparation, la distance les modifient. Avec le temps, ils perdent de leur importance les uns par rapport aux autres.

— Parfois, dit-il.

— Dans le cas présent, oui. (Elle le vit cligner des paupières à la fermeté du ton qu'elle avait employé. Elle tenta d'atténuer la violence du coup.) Je n'étais qu'une petite fille. Il était comme un frère pour moi.

— C'est vrai.

Cotter s'écarta pour la laisser passer.

Sa réaction lui causa un choc. Deborah voulait avant tout que son père la comprenne, mais elle ne savait comment lui expliquer la situation sans réduire à néant le plus cher de ses rêves.

— Avec Tommy, c'est différent, papa. Pour lui, je ne suis pas une petite fille. Je ne l'ai jamais été. Mais aux yeux de Simon, j'ai toujours... je serai toujours...

Cotter eut un sourire plein de douceur.

— Inutile d'essayer de me convaincre, Deb. Inutile. (Il redressa les épaules. Parla d'un ton vif.) Pour l'instant, je crois qu'on devrait essayer de lui faire avaler quelque chose. Ça ne t'ennuie pas de lui monter un plateau ? Il est encore au labo.

C'était bien le moins qu'elle pût faire. Elle descendit l'escalier à sa suite pour gagner la cuisine et le regarda préparer un plateau. Fromage, viande froide, pain, fruits. Elle le monta au labo où elle trouva Saint James assis devant une paillasse en contemplation devant un jeu de projectiles. Il tenait un crayon entre les doigts mais ne s'en servait pas.

Il avait allumé plusieurs des lampes de forte intensité installées çà et là dans l'immense pièce. Elles créaient de petites flaques de lumière au milieu de cavernes d'ombre. Son visage était masqué par l'obscurité.

— Papa aimerait que tu prennes quelque chose, dit Deborah depuis le seuil. (Elle pénétra dans la salle et posa le plateau sur la table.) Encore au travail ?

Manifestement, il ne travaillait pas. Elle se dit qu'il n'avait pas dû faire grand-chose pendant le temps qu'il avait passé au labo. Il y avait un rapport sur la table près des photos, mais la première page n'en avait pas été tournée. Et bien qu'un bloc fût posé à côté de son crayon, il n'avait rien noté dedans.

Sa présence au labo, c'était une façon de se donner une contenance, une façon de fuir.

Sidney était au centre de ses préoccupations. Deborah s'en était bien rendu compte en voyant sa tête lorsque Lady Helen lui avait dit qu'elle n'avait pas réussi à retrouver la trace de sa sœur. Elle s'en était de nouveau aperçu lorsqu'il avait téléphoné de chez elle, passant coup de fil sur coup de fil, s'efforçant de retrouver lui-même la jeune fille. Tout ce qu'il avait fait après — sa visite à Islington, sa conversation avec Tommy sur la mort de Mick Cambrey, sa théorie destinée à expliquer le crime, son besoin de retourner au labo pour travailler — tout cela n'était qu'une façon d'échapper aux soucis que lui créait Sidney. Deborah se demanda ce que Saint James ferait, comment il réagirait si quelqu'un avait fait du mal à sa sœur. Une fois de plus, elle s'aperçut qu'elle voulait l'aider, lui apporter un peu de la tranquillité d'esprit qu'il avait perdue.

— C'est juste un peu de viande et de fromage, dit-elle. Avec des fruits et du pain. (Ces précisions étaient inutiles : il avait le plateau sous les yeux.)

— Tommy est parti ?

— Il y a un bon bout de temps. Il est retourné auprès de Peter. (Elle approcha un tabouret de la paillasse et s'assit en face de lui.) J'ai oublié de t'apporter à boire. Qu'est-ce que tu veux ? Du vin ? De l'eau minérale ? Papa et moi avons bu un café. Tu veux un café, Simon ?

— Non, merci. C'est bien comme ça.

Mais il ne fit pas mine de manger. Il se redressa sur son tabouret, se massa les muscles du dos.

La pénombre modifiait notablement ses traits. Les angles étaient adoucis. Les rides disparaissaient. Les années s'estompaient, emportant avec elles les marques de la souffrance. Il avait l'air plus jeune, plus vulnérable. Et Deborah tout à coup le trouva plus facile à atteindre, plus semblable à l'homme auquel elle avait jadis tout dit sans craindre de sa part ni rejet ni moquerie, certaine qu'il comprendrait.

— Simon, dit-elle, attendant qu'il lève les yeux de l'assiette à laquelle il ne toucherait sans doute pas. Tommy m'a dit ce que tu avais essayé de faire pour Peter aujourd'hui. C'est vraiment gentil.

Un voile passa sur son visage :

— Ce que j'ai essayé de...

Tendant le bras, elle lui étreignit doucement la main.

— Il m'a dit que tu avais tenté d'escamoter le flacon afin que la police ne mette pas la main dessus. Tommy a été extrêmement touché par ton geste. Il voulait t'en parler dans le bureau, cet après-midi, mais tu es parti et il n'en a pas eu le temps.

Elle vit qu'il fixait sa bague de fiançailles. L'émeraude luisait tel un liquide translucide sous la lumière. Sous la sienne, la main de Simon était fraîche. Mais, tandis qu'elle attendait une réaction de sa part, il ferma le poing et retira sa main. Elle retira la sienne, peinée, se rendant compte que, de quelque façon qu'elle s'efforçât de lui témoigner son amitié, elle était condamnée à échouer. Il se détourna et les ombres s'accentuèrent sur ses traits.

— Seigneur, chuchota-t-il.

A ce mot, à son expression, elle comprit que son mouvement de recul n'avait rien à voir avec elle.

— Qu'y a-t-il ?

Il se pencha dans la lumière. Les rides reparurent, les angles retrouvèrent leur acuité.

— Comment t'expliquer ça, Deborah... Je ne suis pas un héros, contrairement à ce que tu crois. Ce que j'ai fait, ce n'est pas pour Tommy que je l'ai fait. Je n'ai pas pensé un instant à lui. Ni même à Peter. Je me fiche pas mal de Peter.

— Mais...

— Le flacon appartient à Sidney.

Deborah eut un mouvement de recul. Elle entrouvrit les lèvres et se borna à le dévisager avec des yeux ronds. Enfin, retrouvant l'usage de la parole :

— Qu'est-ce tu racontes ?

— Sidney est persuadée que c'est Peter qui a tué Justin Brooke. Elle a voulu se venger. Mais au lieu d'atteindre Peter, c'est...

— L'ergotamine, chuchota Deborah. Tu en prends, n'est-ce pas ?

Il repoussa le plateau. Mais ce fut sa seule réaction. Ses paroles étaient empreintes de sang-froid.

— Je me fais l'effet d'être un imbécile. Je ne sais même pas quoi faire pour venir en aide à ma sœur. Je n'arrive même pas à la retrouver. C'est pathétique. Obscène. Je suis un incapable et cette journée l'a amplement démontré.

— Je ne te crois pas, dit lentement Deborah. Jamais Sidney ne... elle n'a pas... Simon, tu ne peux pas le croire, c'est impossible.

— Helen a cherché partout, téléphoné partout. Moi aussi. En pure perte. Et dans vingt-quatre heures, les flics auront retrouvé la provenance du flacon.

— Comment ça ? A supposer qu'il y ait les empreintes de Sidney sur le...

— Ça n'a rien à voir avec les empreintes. Ce flacon, qui était son flacon de parfum, a été acheté dans Jermyn Street. La police n'aura aucun mal à remonter jusqu'à l'orfèvre. Ils seront ici demain après-midi vers quatre heures. Je suis prêt à le parier.

— Son flacon de parfum... Simon, ce n'est pas Sidney ! (Deborah descendit de son tabouret et le rejoignit.) Ce n'est pas Sidney. C'est impossible. Tu ne te rappelles pas ? Elle est venue dans ma chambre le soir du dîner et elle a utilisé mon parfum. Le sien était introuvable. On avait rangé sa chambre et elle ne retrouvait plus rien. Tu ne t'en souviens pas ?

L'espace d'un instant il eut l'air hébété. Les yeux braqués sur elle, il la fixait sans la voir.

— Quoi ? murmura-t-il. (Et à voix plus haute, il poursuivit :) Le dîner, c'était samedi. Avant la mort de Brooke. Quelqu'un essayait déjà de tuer Peter.

— Ou Sacha, remarqua Deborah.

— Quelqu'un essaye de faire porter le chapeau à Sidney. (Il descendit du tabouret et se mit à faire les cent pas, dans un état de grande agitation.) Quelqu'un s'est introduit dans sa chambre. Ç'aurait pu être n'importe qui. Peter — si Sacha était visée —, ou Trenarrow, ou l'un des Penellin. Bon Dieu, même Daze.

— Non, déclara Deborah, la vérité lui sautant soudain aux yeux. C'était Justin.

— Justin ?

— Sur le moment, je n'ai pas compris pourquoi il l'avait rejointe dans sa chambre, vendredi soir. Après la scène de l'après-midi sur la plage. Il en voulait à Sidney. La cocaïne, la bagarre dans le sable, Peter et Sacha qui s'étaient payé sa tête...

— Il est allé la retrouver, énonça lentement Saint James, il lui a fait l'amour et ensuite il s'est emparé du flacon. C'est sûrement lui qui a fait le coup. Qu'il aille au diable, ce salopard.

— Et samedi, pendant que Sidney le cherchait partout — tu te rappelles, elle nous a dit qu'elle n'avait pas réussi à lui mettre la main dessus —, il s'est débrouillé pour dénicher l'ergotamine et la quinine. Il a fait le mélange et l'a donné à Sacha.

— Un chimiste, dit Saint James, pensif. Un biochimiste. Qui mieux que lui pouvait connaître ces substances...

— Qui visait-il ? Peter ou Sacha ?

— Peter.

— A cause de la visite chez Mick Cambrey ?

— Le living-room de Cambrey avait été fouillé. L'ordinateur était allumé. Il y avait des carnets et des photos partout par terre. Peter a dû voir quelque chose pendant qu'il était là-bas. Quelque chose qu'il risquait de se rappeler après la mort de Cambrey.

— Alors pourquoi donner la drogue à Sacha ? Peter mort, elle se serait empressée de dire à la police comment elle l'avait obtenu.

— Pas du tout. Parce qu'on l'aurait retrouvée morte, elle aussi. Brooke misait là-dessus. Il savait qu'elle était toxicomane et il lui a remis la drogue dans l'espoir que Peter et elle en prendraient ensemble et mourraient à Howenstow. Quand il a vu que son plan ne marchait pas, il a essayé de se débarrasser de Peter par un autre moyen : il nous a raconté leur visite chez Cambrey afin que Peter soit arrêté et retiré de la circulation. Ce qu'il ne pouvait pas deviner, c'est que Sacha et Peter quitteraient Howenstow avant que les policiers aient le temps de mettre la main dessus en Cornouailles, et que la toxicomanie de Sacha était plus sévère que celle de Peter. Il ne pouvait évidemment pas se douter qu'elle planquerait la drogue pour en prendre seule. Pas plus qu'il ne pouvait savoir que Peter irait faire un tour à *L'Ancre et la Rose*, où une bonne douzaine de consommateurs le verraient, lui fournissant ainsi un alibi pour la mort de Cambrey.

— Alors, tout ça, c'est l'œuvre de Justin, résuma Deborah.

— Ce qui m'a empêché d'y voir clair, c'est le fait qu'il soit mort avant Sacha. Je n'ai pas pensé un instant qu'il pouvait lui avoir remis la drogue d'abord.

— Et sa mort, Simon ?

— C'est un accident.

— Pourquoi ? Comment ? Qu'est-ce qu'il fabriquait au sommet de la falaise au beau milieu de la nuit ?

Saint James jeta un coup d'œil par-dessus l'épaule de Deborah. Elle avait laissé le voyant allumé au-dessus de la porte de la chambre noire. L'ampoule jetait une étrange lueur rouge sang sur le plafond. En la voyant, il eut la réponse à la question de Deborah.

— Tes appareils photo, dit-il. C'est là-bas qu'il s'en est débarrassé.

— Pourquoi ?

— Il effaçait toutes les traces de ses relations avec Cambrey. Cambrey lui-même, pour commencer. Ensuite Peter. Et après ça...

— Mon film, dit Deborah. Les photos que tu avais prises dans le cottage. Ce que Peter avait vu, tu avais dû le photographier.

— Ce qui veut dire que le foutoir qu'on a trouvé dans le séjour était une mise en scène. En fait, il n'a pas fouillé la pièce, il n'a rien fait disparaître. Ce qu'il voulait était trop volumineux pour être emporté.

— L'ordinateur ? suggéra Deborah. Voyons, je ne comprends pas bien, comment est-ce qu'il pouvait savoir que tu avais pris des photos ?

— Il savait que nous avions ton appareil vendredi soir quand nous sommes allés au théâtre. Mrs Sweeney en a suffisamment parlé à table, samedi, pendant le dîner. Il savait également — sans doute par Sidney — dans quelle branche je travaille. En outre, il devait savoir que Tommy est à Scotland Yard. Bien sûr, il aurait pu miser sur le fait que nous nous contenterions d'appeler la police en découvrant le cadavre. Mais pourquoi prendre ce risque s'il y avait dans cette pièce quelque chose qui était susceptible de le rattacher à Cambrey ? Quelque chose que nous aurions fixé sur la pellicule...

— Mais la police aurait fini par le découvrir, ce quelque chose, non ?

— Les flics avaient arrêté Penellin, lequel était pratiquement prêt à avouer le crime. La seule chose que Justin avait à craindre, c'était que quelqu'un n'appartenant pas à la police locale refuse de voir en Penellin le meurtrier. Ce qui s'est produit moins de vingt-quatre heures après la mort de Cambrey. Car nous avons commencé à fureter partout. A poser des questions. Il lui fallait donc prendre des mesures pour se couvrir.

Deborah posa une dernière question :

— Mais pourquoi avoir volé tout mon matériel ? Pourquoi ne pas s'être contenté de prendre le film ?

— Faute de temps, il a trouvé plus simple de prendre la mallette, de la jeter par la fenêtre puis de descendre en quatrième vitesse nous rejoindre, Tommy et moi, dans le petit bureau de Daze où il nous a déballé tout ce qu'il savait à propos de Peter. Après ça, il est parti avec les appareils en direction de la plage. Il les a jetés dans l'eau. Puis il a repris le petit sentier pour regrimper sur la falaise. Et c'est à ce moment-là qu'il est tombé.

Elle sourit, éprouvant un sentiment de soulagement. Simon semblait s'être débarrassé d'un atroce fardeau.

— Tout ça, c'est bien gentil, mais je me demande si nous allons pouvoir le prouver.

— Bien sûr que oui. En Cornouailles. D'abord dans la crique, pour récupérer les appareils photo, et au journal pour mettre la main sur ce que Mick Cambrey écrivait au sujet de l'oncozyme. Demain.

— Et le film ? Les photos ?

— Ce sera la touche finale.

— Tu veux que je te les développe ?

— Ça ne t'ennuie pas ?

— Bien sûr que non.

— Alors au travail, mon petit chat. Il est temps de remettre Justin Brooke à la place qui lui convient.

24

Deborah se mit à l'ouvrage avec une légèreté de cœur et d'esprit dont elle ne se serait pas crue capable quelque deux heures plus tôt. Elle se surprit à fredonner des chansons qui lui revenaient soudain en mémoire : les Beatles, Buddy Holly, un vieux refrain de Cliff Richard dont elle se demanda quand elle avait bien pu l'apprendre. Enfermée dans la chambre noire, elle plongea la pellicule dans le bac de révélateur d'un geste machinal sans prendre le temps de réfléchir au travail qu'elle entreprenait non plus qu'à l'insouciance joyeuse avec laquelle elle s'y attelait. Elle n'essaya pas davantage d'analyser le comment ni le pourquoi du retournement de situation qui avait permis à l'affection qu'elle avait toujours éprouvée pour Saint James de refleurir tandis qu'ils parlaient dans le labo. Simplement elle était heureuse que pareil changement se fût produit, changement prometteur qui annonçait que les vieilles rancœurs allaient enfin pouvoir être oubliées.

Comme elle avait eu raison de suivre son instinct, de venir tenir compagnie à Simon, ce soir, à Chelsea. Comme elle avait été contente de voir la métamorphose qui s'était opérée en lui lorsqu'il avait compris que sa sœur n'avait rien à se reprocher. Avec quelle absence d'arrière-pensées elle l'avait suivi dans sa chambre où ils étaient restés à rire et bavarder pendant qu'il récupérait le rouleau de pellicule. Ils étaient redevenus amis, partageant leurs réflexions, échangeant leurs points de vue, discutant, réfléchissant de concert.

La joie de dialoguer avait toujours été à la base de leurs relations avant son séjour de trois ans en Amérique. Et ces quelques minutes passées dans le labo puis dans la chambre de Simon lui avaient restitué le souvenir vivace de cette joie, sinon la joie elle-même. Ce qu'il avait jadis été pour elle lui revint en mémoire, une succession d'images tourbillonnant dans son esprit, la replongeant dans son enfance et son adolescence, longues périodes de sa vie qu'elle avait partagées avec lui.

Il faisait partie intégrante de son passé de mille et une façons : l'écoutant raconter ses chagrins, atténuant le choc des déceptions, lui faisant la lecture, lui parlant, la regardant grandir. Il avait vu ce qu'il y avait de plus vilain en elle — ses accès de colère, son orgueil têtu, son incapacité à accepter l'échec, son perfectionnisme, sa difficulté à pardonner aux autres leurs faiblesses. Il avait vu tout cela et bien d'autres choses encore, et il avait tout accepté. Certes, il lui arrivait de lui donner des conseils ou des directives, de lui prodiguer avertissements ou admonestations : mais il l'acceptait telle qu'elle était avec ses qualités et ses défauts. Elle avait d'ailleurs toujours su qu'il en serait ainsi depuis que, âgé de dix-huit ans, il s'était accroupi à ses côtés devant la tombe de sa mère où elle se tenait bien droite, s'efforçant d'être courageuse, de se composer un visage impassible, de montrer qu'à sept ans elle était capable de supporter l'horreur d'un deuil abominable qu'elle comprenait à peine. Il l'avait prise dans ses bras, lui avait chuchoté les mots qui lui avaient donné la possibilité d'être elle-même pendant le reste de sa vie. « Tu as le droit de pleurer. »

Il l'avait aidée à grandir, soutenue, et encouragée à partir lorsqu'était venu pour elle le moment de voler de ses propres ailes. Mais c'était justement cela — cette facilité avec laquelle il l'avait autorisée à entrer dans l'âge adulte sans essayer de la retenir ou de l'empêcher de le quitter — qui avait faussé leurs relations, faisant naître en elle un lancinant sentiment de rancune. Tout ce qu'il y avait de plus mesquin dans sa nature était remonté à la surface le jour où elle avait compris qu'il entendait leur infliger à tous deux trois ans de séparation aggravés par le silence. Deborah avait alors laissé la joie se flétrir, la chaleur s'éteindre, elle s'était abandonnée au besoin de le blesser. Et elle l'avait blessé, se vengeant d'une façon tout à la fois gratifiante, pure et simple. Mais aujourd'hui, elle se rendait compte qu'en atteignant son objectif, elle avait remporté une victoire à la Pyrrhus. En effet, semblable à un boomerang, la revanche prise sur Simon lui était revenue en plein cœur, la meurtrissant du même coup.

Ce n'était qu'en lui disant la vérité qu'elle pouvait espérer redevenir son amie. Confession, expiation, pardon pourraient seuls lui permettre de retrouver la joie. Et cette joie, elle la désirait. Rien ne comptait davantage à ses yeux que la possibilité de se sentir de nouveau à l'aise avec lui, de lui parler comme lorsqu'elle était enfant, de redevenir sa petite sœur, son amie. Elle ne souhaitait rien de plus. Car la raison profonde de son amertume lors de sa séparation avec Simon avait été le désir frustré qu'il la mette dans son lit afin qu'elle sût qu'il la désirait vraiment, qu'elle n'avait pas rêvé ces instants où il lui avait laissé entrevoir ce qui, elle s'en était convaincue, était du désir.

Mais ce besoin de satisfaire son désir et de voir son intuition confirmée, tout cela avait été consumé par le feu de l'amour qu'elle éprouvait pour Tommy. Et c'était Tommy qui allait lui donner le courage de dire la vérité. Car, tandis qu'elle approchait les négatifs de la lumière, cherchant au milieu des clichés ceux qui avaient été pris chez Mick Cambrey, ce fut Tommy qu'elle vit, posant aimablement en compagnie de la troupe de comédiens amateurs de Nanrunnel. Rien qu'en étudiant sur les photos sa façon de rejeter la tête en arrière lorsqu'il éclatait de rire, le brillant de ses cheveux, les contours de sa bouche, elle éprouva pour lui une bouffée de gratitude. Tommy symbolisait l'avenir vers lequel elle tendait. C'était l'homme à qui, adulte, elle avait juré fidélité. Mais elle ne pourrait aller vers lui d'un cœur libre et léger tant qu'elle n'aurait pas enterré le passé.

Elle s'employa à agrandir les clichés que Saint James avait pris dans le cottage de Mick Cambrey. Puis elle effectua les tirages. Pendant ce temps, elle songeait à ce qu'elle lui dirait, se demandant si explications et excuses suffiraient à mettre un terme à leur désaccord.

Il était près de minuit lorsqu'elle finit son travail : développement, séchage, rangement. Elle éteignit, rassembla les photos et partit à la recherche de Saint James.

Il entendit ses pas dans l'escalier avant de la voir apparaître. Sur toute la largeur de son lit, il avait étalé les documents concernant l'affaire et les examinait, choisissant ceux qui lui permettraient de disculper sa sœur, Peter Lynley et John Penellin. Un mouvement, une tache blanche sur le seuil de sa porte l'arrachèrent à sa contemplation. C'était le chemisier de Deborah qui tranchait sur l'ombre du couloir. Elle tenait les photos à la main.

Il sourit.

— Tu as fini ?

— Oui. Ça m'a pris un peu plus de temps que prévu. C'est l'agrandisseur. Il est neuf et je ne suis pas habituée... Mais je suis sotte. Je ne t'apprends rien.

Il crut qu'elle allait lui donner les clichés mais elle n'en fit rien. Au lieu de les lui remettre, elle vint se planter au pied de son lit. D'une main, elle tenait les photos, son autre main était posée sur l'une des colonnes du lit.

— Il faut que je te parle, Simon.

Devant sa mine, il ne put s'empêcher de repenser à une histoire d'encrier renversé sur une chaise de salle à manger et à la confession tremblante d'une gamine de dix ans aux chaussures éraflées. Aux inflexions de sa voix, il comprit que le moment des explications était venu ; sous l'effet d'une vague de terreur, il se sentit comme vidé de ses forces.

— Qu'est-ce qu'il y a ?

— C'est au sujet de la photo. Je savais que tu la verrais un jour ou l'autre et je tenais à ce que tu la voies. C'était même mon souhait le plus cher. Je voulais que tu saches que je couchais avec Tommy. Parce que je savais que ça te ferait du mal. Et je voulais te faire mal, Simon. J'étais prête à tout pour te punir. Je voulais que tu nous imagines faisant l'amour. Je voulais que tu sois jaloux. Je voulais te sortir de ton indifférence. Et je... je me méprise d'avoir fait ça, Simon.

Les mots étaient si inattendus que la surprise le plongea dans une sorte d'état de choc. L'espace d'un ridicule instant, il réussit à se persuader qu'il avait mal compris, se laissa aller à croire qu'elle parlait des photos prises en Cornouailles et faisait à ce propos des allusions dont le sens lui échappait. Sans même réfléchir, il décida que c'était dans ce sens qu'il lui fallait répondre. *Qu'est-ce que tu racontes ? Jaloux de Tommy, moi ? Quelle photo, Deborah ? Je ne comprends pas.* Ou mieux encore, il allait faire celui qui s'en moquait, que tout cela laissait de marbre. *Ce n'est qu'une blague qui n'a pas marché.*

Mais tandis qu'il rassemblait ses forces, elle enchaîna, précisant sa pensée et levant toute ambiguïté :

— Si tu savais comme je te désirais lorsque je suis partie en Amérique. Je t'aimais tant, et j'étais sûre que tu m'aimais aussi. Pas comme un frère ou un oncle, ni même comme un second père. Mais comme un homme, un égal. Tu comprends ce que je veux dire ? (Les mots étaient calmes, la voix posée. Il la fixait. Il était pétrifié, incapable d'aller vers elle alors que tous ses muscles lui commandaient d'agir.) Je ne sais même pas si j'arriverai à t'expliquer ce que je ressentais, Simon. J'étais tellement sûre de moi quand je suis partie, tellement sûre de nous, de ce que nous avions en commun. Et puis j'ai attendu que tu répondes à mes lettres. Ne comprenant pas au début. Me demandant si le courrier ne s'était pas égaré. Te téléphonant au bout de deux mois, écoutant ta voix distante. Ta carrière t'absorbait de plus en plus, disais-tu. Tu croûlais sous les responsabilités professionnelles. Conférences, séminaires, communications à rédiger. Tu étais débordé. Tu m'écrirais quand tu aurais un peu de temps. Et l'école, Deborah ? Ça va comme tu veux ? Tu te fais des amis ? Je suis sûr que tu réussiras. Tu as du talent, tu es douée. Tu as un brillant avenir devant toi.

Il ne put que murmurer :

— Je m'en souviens.

— Je me suis examinée sans complaisance, fit-elle avec un sourire fugace. Je me suis jugée. Pas assez jolie, pas assez intelligente, pas assez drôle, pas assez compréhensive, pas assez aimante, pas assez désirable... Bref, pas assez bien pour toi.

— C'était faux. C'est faux.

— Je me réveillais le matin, désespérée d'être encore en vie. Et ça ne faisait qu'ajouter au dégoût que je m'inspirais. Je n'étais même pas assez courageuse pour me supprimer. Nulle, tu ne sers à rien, me disais-je. Tu ne vaux rien. Tu es idiote, moche et nulle.

Il avait de plus en plus de mal à supporter ce discours.

— Je voulais mourir. Je réclamais la mort dans mes prières. Mais je suis restée en vie. J'ai continué à vivre. Comme la plupart des gens.

— On continue à vivre. On guérit. On oublie. Je suis bien placé pour le comprendre. (Il espérait que ces phrases suffiraient à l'arrêter. Mais il vit qu'elle était décidée à aller jusqu'au bout.)

— Tommy m'a aidée à oublier, au début. Lorsqu'il venait me voir, on riait. On bavardait. La première fois, il a inventé un prétexte pour venir. Mais après, non. Et jamais il ne m'a brusquée, Simon. Jamais il ne s'est montré exigeant. Je ne lui ai jamais parlé de toi, mais je crois qu'il savait à quoi s'en tenir et qu'il était décidé à attendre que je sois prête à lui ouvrir mon cœur. Il s'est mis à m'écrire régulièrement, à me téléphoner, bref à m'apprivoiser. Et lorsqu'il m'a mise dans son lit, crois-moi, c'est parce que j'étais prête. J'avais fini par renoncer à toi.

— Deborah, je t'en prie, ne te tourmente pas. Je comprends.

Il cessa de la dévisager et détourna la tête, seul mouvement dont il fût capable. Il se mit à fixer les documents étalés sur son lit.

— Tu m'avais rejetée. J'étais furieuse, j'avais mal. J'ai réussi à m'en remettre, à t'oublier, mais je me suis dit qu'il fallait que je te montre que la roue avait tourné. Il fallait que je te montre que, si tu m'avais laissé tomber, un autre me désirait. Alors j'ai accroché cette photo au mur. Tommy a essayé de m'en dissuader. Il m'a demandé de ne pas le faire. Mais je lui ai parlé technique, j'ai fait valoir la composition, la couleur, le rendu de la texture des rideaux et des couvertures, les formes des nuages. Ce n'est qu'une photo, lui ai-je dit. C'est parce que nous sommes dessus que ça te gêne ?

L'espace d'un moment, elle se tut. Saint James crut qu'elle en avait terminé et, levant les yeux, constata qu'elle avait porté une main à son cou.

— C'était un mensonge, bien sûr. La vérité, c'est que je voulais te faire du mal. T'atteindre.

— Dieu sait que je l'avais mérité. Je t'avais fait du mal, moi aussi.

— Pareil besoin de vengeance, ça n'a pas d'excuse. C'est digne d'une adolescente. C'est répugnant. Ça révèle un aspect de moi-même qui me dégoûte. Je suis désolée, Simon. Vraiment désolée.

Ce n'est rien, je t'assure. Oublie tout ça, mon petit chat.

Mais les mots ne sortaient pas. Il n'arrivait pas à parler. Il ne pouvait se faire à l'idée que c'était sa lâcheté qui l'avait précipitée dans les bras de Lynley. Il se méprisait. Tandis qu'il cherchait ses mots, déchiré par des émotions qu'il avait du mal à s'avouer, elle posa les photos sur le lit, appuyant sur les bords pour les empêcher de se recroqueviller.

— Tu l'aimes ? lança-t-il comme on lance un javelot.

Elle avait fait demi-tour pour se diriger vers la porte mais pivota vers lui pour répondre.

— Il est tout pour moi, dit-elle. Dévotion, affection, chaleur. Il m'a apporté...

— Tu l'aimes ? (Sa voix était mal assurée cette fois.) Peux-tu au moins dire que tu l'aimes, Deborah ?

L'espace d'un instant, il crut qu'elle allait sortir sans répondre. Mais elle redressa le menton, puis les épaules. Ses yeux étaient pleins de larmes. Il entendit la réponse avant même qu'elle l'eût formulée :

— Je l'aime. Oui. Je l'aime.

Et sur ce, elle s'en fut.

Allongé dans son lit, il examinait les ombres mouvantes sur le plafond. La nuit était chaude, aussi la fenêtre de sa chambre était-elle ouverte, ainsi que les rideaux. Il percevait les bruits intermittents de la circulation le long de Cheyne Walk, les ronflements des moteurs amplifiés par le fleuve. Il aurait dû être exténué mais il avait mal dans tout le corps. Les muscles de sa nuque et de ses épaules étaient raides comme du bois, les nerfs de ses mains et de ses bras étaient douloureux, il se sentait oppressé et avait l'impression d'avoir un poids énorme sur la poitrine. Son esprit était un maelström où tourbillonnaient des fragments de conversations antérieures, des fantasmes flous, des choses non dites.

Il s'efforça de chasser Deborah de ses pensées. S'obligea à se concentrer sur une analyse de fibres textiles qu'il devait terminer, une déposition qu'il devait faire dans quinze jours, une conférence au cours de laquelle il devait faire une communication, un séminaire à Glasgow qu'on lui avait demandé de diriger. Bref il essaya de se remettre dans la peau du scientifique distant qu'il avait été pendant son absence, vaquant à ses occupations, faisant face à ses responsabilités. Mais au lieu de cela il se vit tel qu'il était réellement : un lâche qui se réfugiait dans le travail pour s'étourdir afin de ne pas courir le risque d'être vulnérable.

Sa vie n'était qu'un mensonge reposant sur de nobles

aphorismes dont il n'était pas dupe. Laisse-la partir. Laisse-la trouver sa voie. Laisse-la découvrir le monde, un monde aux vastes horizons, peuplé d'êtres capables de lui offrir les richesses qui te font si cruellement défaut. Laisse-la trouver une âme sœur avec laquelle partager tout cela, une âme sœur délivrée des entraves et des faiblesses qui empoisonnent ta vie. Mais ce rappel des règles spécieuses qui avaient gouverné sa conduite ne l'obligeait pas à regarder la vérité en face.

La peur le dominait. Elle le réduisait à l'impuissance. Ne voulant pas prendre le risque d'être rejeté, il avait choisi de ne pas choisir. De laisser passer le temps, de croire que les conflits, les difficultés, les problèmes se régleraient d'eux-mêmes au fil des jours. Cela n'avait pas manqué de se produire et il s'était retrouvé perdant.

Il vit trop tard ce qui aurait dû lui sauter aux yeux depuis longtemps, que sa vie avec Deborah avait été une tapisserie qui s'était élaborée lentement, dont elle avait constitué le fil, créé le dessin, et dont elle était devenue la trame. En le quittant maintenant, c'était comme si elle l'abandonnait à la mort, le laissant non dans la paix du repos éternel mais dans un insondable enfer de reproches, nés de sa peur méprisable. Les années s'étaient écoulées sans qu'il lui ait dit combien il l'aimait. Son cœur était transporté d'allégresse en sa présence et pourtant les mots ne sortaient pas, il ne parvenait pas à les prononcer.

Maintenant, tout ce qu'il pouvait faire, c'était remercier Dieu que Lynley et elle eussent décidé d'aller vivre en Cornouailles. Peut-être réussirait-il ainsi à supporter ce qui restait de sa vie à Londres.

Il tourna la tête sur l'oreiller et fixa les chiffres rouges lumineux du réveil digital : 3 h 10. Inutile d'essayer de dormir. Il alluma.

La pile de photos était toujours sur la table de nuit à l'endroit où il l'avait laissée deux heures plus tôt. Il s'en empara. Comme si ce mouvement pouvait effacer les paroles de Deborah, comme si le fait de savoir à quel point elle l'avait désiré ne lui déchirait pas le cœur, il se mit à examiner les clichés, feignant le plus grand détachement alors que son univers était en ruine.

Sans un battement de cils, il fixa le cadavre mutilé de Mick Cambrey, observa sa position près du canapé. Il passa en revue le fouillis qui régnait dans le living-room : lettres et enveloppes ; crayons et stylos ; carnets et chemises ; bouts de papier couverts de griffonnages ; tisonnier par terre ; ordinateur allumé ; disquettes étalées sur le bureau. Et près du corps, le luisant du métal — une pièce de monnaie, peut-être — à demi camouflé par la cuisse ; le billet de cinq livres auquel il manquait un minuscule coin, qui gisait près de la main de Cambrey ; au-dessus de lui le manteau de la cheminée contre lequel il s'était cogné la tête ; à droite l'âtre devant lequel il était tombé. Saint James parcourut les clichés à plusieurs reprises, cherchant un indice qu'il n'aurait pas réussi à repérer même s'il avait eu le nez dessus. L'ordinateur, les disquettes, les chemises, les carnets, l'argent, le manteau de la cheminée. Il n'avait qu'une pensée en tête : Deborah.

Renonçant à faire semblant de travailler, il finit par se dire qu'il n'y aurait pour lui cette nuit ni sommeil, ni paix, ni distraction. Il ne pouvait qu'essayer de rendre les heures qui le séparaient de l'aube moins pénibles. Il attrapa ses béquilles, fit basculer ses jambes par-dessus le bord du lit. Enfilant sa robe de chambre à la hâte, attachant maladroitement sa ceinture, il se dirigea vers la porte. Il y avait du cognac dans le bureau. Ce ne serait pas la première fois qu'il chercherait l'oubli dans l'alcool. Il s'engagea dans l'escalier.

La porte du bureau n'était que partiellement fermée et elle s'ouvrit sans bruit sous sa poussée. Une lueur douce à mi-chemin entre le doré et le rose poudré s'échappait de deux bougies qui auraient dû se trouver sur la cheminée mais avaient été posées devant l'âtre. Les mains autour des genoux, assise sur l'ottomane, Deborah observait leurs flammes. En la voyant, Saint James fut tenté de battre en retraite. Il hésita. Ne parvint pas à se décider.

Elle jeta un coup d'œil vers la porte, détourna les yeux lorsqu'elle vit que c'était lui.

— Je n'arrivais pas à dormir, dit-elle bien inutilement comme si elle se sentait obligée d'expliquer sa présence dans le bureau de Simon en pantoufles et robe de chambre à plus de trois heures du matin. Je ne sais pas pourquoi. Je devrais être épuisée. Je suis épuisée. Mais impossible de fermer l'œil. Trop d'émotions sans doute.

Les mots n'avaient rien de remarquable mais il y avait de l'hésitation dans sa voix. On sentait qu'elle cherchait à dissimuler son trouble. En entendant cela, il traversa la pièce et vint s'asseoir sur l'ottomane près d'elle. Jamais il n'avait fait cela auparavant. Avant, Deborah prenait place sur l'ottomane tandis que lui s'installait dans le fauteuil ou sur le canapé.

— Je n'ai pas réussi à m'endormir, moi non plus, dit-il en posant ses béquilles par terre. Je me suis dit qu'un peu de cognac me ferait du bien.

— Je vais t'en chercher.

Elle fit mine de se mettre debout. Lui prenant la main, il l'empêcha de bouger.

— Non. (Et comme elle tournait la tête, il poursuivit :) Deborah ?

— Oui ?

Son intonation était calme. Ses cheveux bouclés lui cachaient le visage. Elle esquissa un mouvement rapide, et il crut qu'elle allait se lever et partir. Mais au lieu de cela, il l'entendit prendre une inspiration difficile et comprit qu'elle s'efforçait de ne pas pleurer.

Il lui toucha les cheveux, d'un geste si timide qu'elle ne dut pas s'en rendre compte.

— Qu'y a-t-il, Deborah ?

— Rien.

— Deborah...

— Nous étions amis, chuchota-t-elle. Toi et moi. Je voulais qu'on redevienne amis comme avant. Je me suis dit que, si je te parlais ce soir... mais ça a échoué. Notre amitié, c'est du passé. Et... ça me démolit rien que d'y penser.

Sa voix se brisa. Sans réfléchir, il lui passa un bras autour des épaules. Peu importait ce qu'il allait dire. Vérité, mensonge, cela ne comptait pas. Ce qu'il fallait, c'était la réconforter.

— Nous survivrons, Deborah, ne t'en fais pas. Nous nous en sortirons. Nous redeviendrons ce que nous étions l'un pour l'autre. Ne pleure pas. (Rudement, il lui embrassa la tempe. Elle changea de position dans ses bras. Il la tint contre lui, lui caressant les cheveux, la berçant, murmurant son nom. Et tout d'un coup, il se sentit envahi par un sentiment de paix.) Ça ne fait rien, chuchota-t-il. Nous serons toujours des amis. Toujours. Je te le promets.

A ces mots, il sentit qu'elle lui glissait les bras autour de la taille. Il sentit la douce pression de ses seins contre son torse. Et contre son propre cœur qui cognait dans sa poitrine, il sentit battre le cœur de Deborah. Alors il fut bien obligé de reconnaître qu'il lui avait encore menti. Jamais ils ne seraient amis. L'amitié était impossible entre eux puisqu'il suffisait qu'elle lui entoure la taille de ses bras pour que son corps s'enflamme de désir.

Toutes sortes d'avertissements résonnèrent dans sa tête. Elle appartenait à Lynley. Il lui avait fait assez de mal comme ça. Il allait trahir son plus vieil ami. Il y avait des limites qui ne pouvaient pas être franchies. Il devait se résigner. Nous ne sommes pas faits pour être heureux. La vie n'est pas toujours juste. Il entendit tout cela, s'ordonna de la lâcher, mais ne bougea pas. La tenir contre lui, rien qu'un instant, la sentir près de lui, respirer le parfum de sa peau. C'était suffisant. Il se contenterait de lui caresser les cheveux de nouveau, de les ramener en arrière pour dégager son visage.

Elle leva la tête pour le regarder. Avertissements, bonnes intentions, résolutions disparurent. Le prix à payer était trop élevé. Plus rien n'importait. L'instant seul comptait.

Il lui effleura la joue puis le front, suivit du doigt le contour de ses lèvres. Elle chuchota son nom, et ce simple mot effaça sa peur. Il se demanda comment il avait pu avoir peur de se perdre dans l'amour de cette femme. Elle faisait partie de lui. Il s'en rendait compte maintenant. C'était la vérité et il l'acceptait. C'était une forme d'accomplissement. Il posa sa bouche sur la sienne.

Rien n'existait que le fait d'être dans ses bras, que la chaleur de sa bouche, la saveur de sa langue. C'était comme si seuls comptaient cet instant, et ce baiser qui donnait un sens à sa vie.

Il murmura son nom et le courant du désir passa entre eux, balayant le passé, emportant tout — croyances, intentions —, ne lui laissant qu'une certitude : elle le désirait. C'était plus fort que la loyauté, plus fort que l'amour, plus fort que l'avenir : elle le désirait. Elle se dit que cela n'avait rien à voir avec la Deborah qui était fiancée avec Tommy, couchait avec lui et allait devenir sa femme. Mais qu'il s'agissait d'un compte qu'il lui fallait régler.

— Mon amour, chuchota-t-il. Sans toi...

Elle colla sa bouche contre celle de Simon, lui mordit doucement les lèvres. Au diable les mots. Seules les sensations comptaient. La bouche de Simon sur son cou ; les mains de Simon agaçant, caressant ses seins, frôlant sa taille, jouant avec la ceinture de sa robe de chambre, la dénouant, faisant glisser le peignoir de ses épaules et les fines bretelles de sa chemise de nuit le long de ses bras. Elle se mit debout. La chemise de nuit atterrit sur le sol. Elle sentit la main de Simon se poser sur sa cuisse.

— Deborah.

Au diable les mots. Se penchant vers lui, elle l'embrassa, le sentit qui l'attirait vers lui, s'entendit soupirer de plaisir cependant que sa bouche trouvait son sein.

Elle commença à le caresser. Elle commença à le déshabiller.

— J'ai envie de toi, chuchota-t-il. Regarde-moi, Deborah.

Impossible. Elle distinguait la lueur des bougies, l'âtre de pierre, les rayonnages, la lumière sourde de la lampe de cuivre sur le bureau. Mais ni ses yeux, ni son visage, ni les contours de sa bouche. Elle accepta son baiser. Le lui rendit. Mais sans le regarder.

— Je t'aime, murmura-t-il.

Trois ans. Elle s'attendait à éprouver un fulgurant sentiment de triomphe mais il n'en fut rien. Au lieu de cela, l'une des bougies se mit à couler et des larmes de cire tombèrent sur les dalles de l'âtre. La flamme s'éteignit dans un chuintement. De la mèche brûlée s'échappa un filet de fumée à l'odeur âcre et entêtante. Saint James se tourna dans cette direction.

Deborah le regarda. La flamme de la seconde bougie tremblotait contre sa peau. Son profil, ses cheveux, le contour énergique de sa mâchoire, la courbe de son épaule, les mouvements assurés de ses mains magnifiques... La jeune femme se mit debout. Ses doigts tremblaient tandis qu'elle remettait sa robe de chambre et s'efforçait de renouer la ceinture de satin. Elle était bouleversée jusqu'au tréfonds de son être. Au diable les mots, songea-t-elle. Tout, mais pas de mots.

— Deborah...

Impossible.

— Deborah, pour l'amour du ciel, qu'y a-t-il ? Qu'est-ce qui ne va pas ?

Elle s'obligea à croiser son regard. Sur ses traits se lisait une violente émotion. Il semblait jeune, si vulnérable. Prêt à recevoir le coup.

— Je ne peux pas, dit-elle. Vraiment, Simon, je ne peux pas.

Elle se détourna et quitta la pièce. Elle monta les marches quatre à quatre. Tommy, songea-t-elle. Tommy.

Comme si son nom — prière ou invocation — pouvait l'empêcher de se sentir impure, l'empêcher d'avoir peur.

SIXIÈME PARTIE

Expiation

25

Beau jusque-là, le temps avait commencé à changer au moment où Lynley s'était posé sur la piste de l'aérodrome de Land's End. De lourds nuages gris déboulaient du sud-ouest et ce qui n'avait été qu'une douce brise à Londres s'était transformé ici en rafales de vent grosses de pluie. Lynley songea que cette métamorphose reflétait particulièrement bien son changement d'humeur. Car s'il avait attaqué la matinée avec allant, trois heures après qu'il eut décidé que l'avenir s'annonçait porteur de paix, cet espoir avait rapidement été assombri par une appréhension plutôt morbide dont il croyait pourtant bien s'être débarrassé.

Contrairement à l'angoisse des derniers jours, le malaise qu'il éprouvait maintenant n'avait rien à voir avec son frère. Car, de ses entretiens avec Peter au cours de la nuit, il était ressorti avec l'impression de renaître. Lors de sa visite prolongée au Yard, l'avocat de la famille lui avait clairement démontré que Peter risquait d'avoir de sérieux ennuis si Justin Brooke n'était pas reconnu coupable de la mort de Mick Cambrey. Après avoir débattu des aspects juridiques de la situation de Peter, Lynley et son frère avaient fini par se retrouver dans un état de communion fragile, chacun s'efforçant de comprendre le comportement de l'autre, prélude nécessaire au pardon des offenses passées. Grâce aux heures passées avec son frère, Lynley s'était rendu compte que compréhension et pardon vont de pair. Et que si compréhension et pardon devaient être considérés comme des vertus — comme une force et non comme une faiblesse de caractère —, le moment était venu pour lui d'accepter le fait que ces vertus pouvaient ramener une manière d'harmonie dans ses relations avec sa mère. Il ne savait pas exactement ce qu'il lui dirait, mais il était prêt à lui parler.

Cette résolution qui donnait de la légèreté à sa démarche commença toutefois à s'estomper lorsqu'il arriva à Chelsea. Lynley grimpa les marches du perron, frappa à la porte et tomba nez à nez avec sa peur la plus irrationnelle.

Ce fut Saint James qui vint lui ouvrir. Il lui offrit aimablement un café, lui exposa sa théorie relative à la culpabilité de Justin Brooke dans le meurtre de Sacha Nifford. En d'autres circonstances, ces détails auraient empli Lynley du sentiment d'exaltation lié à la certitude qu'il allait résoudre une affaire. Mais en cet instant, c'est à peine s'il entendit les paroles de Saint James, s'il comprit le rapport qu'elles avaient avec ce qui s'était passé en Cornouailles puis à Londres au cours des cinq derniers jours. Au lieu de suivre l'exposé de Saint James, il ne put s'empêcher de remarquer que le visage de son ami était défait comme s'il était sous le coup de la maladie ; il vit les rides qui s'étaient accentuées sur son front ; il perçut la tension de Saint James qui lui exposait ses conclusions et sentit un froid glacial s'insinuer en lui. Sa confiance en soi, sa volonté cédèrent le pas à une terreur grandissante.

Il savait qu'il ne pouvait y avoir qu'une seule cause au changement survenu chez Saint James. Celle-ci descendit d'ailleurs l'escalier trois minutes après son arrivée, rajustant la courroie de cuir de son sac à bandoulière. Lorsque Deborah fut dans le vestibule et que Lynley distingua ses traits, il y lut la vérité et en fut bouleversé. Il aurait voulu pouvoir donner libre cours à sa colère et à sa jalousie. Mais il laissa les réflexes de la bonne éducation lui dicter sa conduite.

— Tu travailles dur, chérie ? s'enquit-il. (Et, parce qu'il y a des limites à tout, même à la bonne éducation, il ajouta :) On dirait que tu t'es quelque peu surmenée. Aurais-tu passé la nuit à faire des tirages ? Tu as fini, au moins ?

Deborah se garda de regarder Saint James, qui pénétra dans son bureau et se mit à ranger des papiers sur sa table de travail.

— Presque. (Elle s'approcha de Lynley, lui passa les bras autour de la taille, leva la tête pour l'embrasser et chuchota, ses lèvres contre les siennes :) Bonjour, Tommy chéri. Tu m'as manqué hier soir.

Il l'embrassa et, en la sentant réagir à son contact, se demanda si ce qu'il avait vu n'était pas tout bêtement le fait d'un manque de confiance en soi pathétique. Ce devait être le cas. Néanmoins, il ajouta :

— Si tu as encore du travail, Deb, inutile de nous accompagner.

— J'ai envie de venir. Les photos attendront.

Et, avec un sourire, elle l'embrassa de nouveau.

Pendant que Deborah était dans ses bras, Lynley était conscient jusqu'au malaise de la présence de Saint James. Durant le vol, il les étudia tous les deux, scrutant les moindres nuances de leur comportement vis-à-vis l'un de l'autre. Il décortiqua chaque mot, chaque geste, les passant au microscope impitoyable du soupçon. Si Deborah prononçait le nom de Saint James, il prenait cela pour une marque d'amour. Si Saint James regardait Deborah, il interprétait cela comme une manifestation de son désir. Lorsque Lynley immobilisa l'avion sur la piste d'atterrissage de Land's End, il avait l'impression d'avoir comme un ressort dans la nuque tellement la tension l'avait noué. La douleur physique qui accompagnait cette tension n'était cependant rien, comparée au dégoût de soi qu'il éprouvait.

Les émotions tumultueuses qui se succédaient en lui l'avaient empêché de tenir des propos autres que superficiels pendant le trajet vers l'aérodrome du Surrey et le vol qui avait suivi. Et comme aucun d'entre eux ne possédait le don de Lady Helen pour le badinage — don qui lui permettait d'aplanir toutes les difficultés —, la conversation d'abord languissante avait rapidement fini par s'éteindre, de sorte qu'à leur arrivée en Cornouailles l'atmosphère était lourde de non-dits. Lynley constata qu'il n'était pas le seul à pousser un soupir de soulagement lorsqu'à leur descente d'avion ils aperçurent Jasper, qui les attendait au volant de la voiture sur la piste.

Pendant le trajet jusqu'à Howenstow, Jasper rompit le silence pour lui apprendre que Lady Asherton avait demandé à deux jeunes garçons de ferme de les attendre dans la crique à une heure et demie. John Penellin, poursuivit Jasper, était toujours en prison à Penzance ; par ailleurs, tout le monde s'était réjoui d'apprendre que Peter avait été retrouvé.

— Sa Seigneurie a rajeuni de dix ans quand elle a appris que Mr Peter était sain et sauf, conclut Jasper. A huit heures, ce matin, elle s'est précipitée sur le court de tennis.

Ils n'ajoutèrent pas un mot. Saint James fouillait dans les papiers qui gonflaient son porte-documents, Deborah contemplait le paysage et Lynley essayait de s'éclaircir les idées. Ils ne croisèrent ni voiture ni animal sur les routes étroites et ce n'est qu'en s'engageant dans l'allée qu'ils aperçurent quelqu'un : Nancy Cambrey, assise sur les marches du pavillon. Dans ses bras, la petite Molly tétait avidement son biberon.

— Arrêtez-vous, Jasper, ordonna Lynley. (Puis aux autres :) Nancy savait que Mick travaillait sur un article. Peut-être pourra-t-elle nous en apprendre davantage si nous lui racontons ce que nous savons.

Saint James eut l'air dubitatif. Jetant un coup d'œil à sa montre, Lynley comprit que son ami était pressé de se rendre à la crique, et de là à la rédaction du *Spokesman*. Toutefois il ne protesta pas. Deborah non plus. Ils descendirent de voiture.

Nancy se leva à leur vue. Elle les entraîna dans la maison et, une fois dans le vestibule, leur fit face.

— Mark n'est pas là ? questionna Lynley.

— Il est parti à St. Ives.

— Votre père n'a toujours rien dit à l'inspecteur Boscowan ? Pas plus au sujet de Mark qu'au sujet de Mick, ou qu'à propos de la cocaïne ?

Nancy ne chercha pas à prétendre qu'elle ne comprenait pas.

— Je l'ignore. Je ne suis pas au courant. (Là-dessus, elle pénétra dans le séjour, où elle déposa le biberon de Molly sur le téléviseur et le bébé dans son landau.) Voilà, mon petit cœur, fit-elle en lui tapotant le dos. Sois sage. Dors un peu.

Ils la rejoignirent. Alors que cela aurait été parfaitement naturel, aucun d'entre eux ne s'assit. Ils se placèrent comme des acteurs à qui on n'a pas encore indiqué leurs marques. Nancy une main sur le landau. Saint James le dos à la fenêtre. Deborah près du piano. Lynley en face d'elle, près de la porte du séjour.

Nancy avait l'air de quelqu'un qui s'attend au pire. Son regard naviguait peureusement de l'un à l'autre.

— Vous avez des nouvelles concernant Mick ? dit-elle.

Saint James et Lynley entreprirent de lui faire part des faits et des conclusions auxquelles ils avaient abouti. Elle les écouta sans un mot. De temps à autre, elle semblait ressentir quelque chagrin mais, les trois quarts du temps, elle ne manifestait aucune réaction. C'était comme si elle s'était anesthésiée avant leur arrivée, s'ôtant la possibilité d'éprouver quoi que ce soit.

— Ainsi, résuma Lynley lorsqu'il eut terminé, il ne vous a jamais parlé d'Islington-Londres ? Ni de l'oncozyme ? Ni d'un biochimiste du nom de Justin Brooke ?

— Jamais. Pas une seule fois.

— C'était son style, cette discrétion, quand il enquêtait pour écrire un papier ?

— Avant notre mariage, non. Quand nous étions amants, avant la naissance du bébé, il me parlait de tout.

— Et après la naissance du bébé ?

— Il a commencé à s'absenter. De plus en plus fréquemment. Toujours pour son travail.

— Il allait à Londres ?

— Oui.

— Vous saviez qu'il avait un appartement là-bas ? s'enquit Saint James.

La voyant secouer négativement la tête, Lynley enchaîna :

— Quand votre père a fait allusion aux femmes avec lesquelles Mick sortait, il ne vous est pas venu à l'idée qu'il pouvait en entretenir une à Londres ? Ça n'aurait rien eu de farfelu, compte tenu de la fréquence de ses allées et retours dans la capitale.

— Non. Il n'y avait... (Nancy hésitait. D'un côté la loyauté. De l'autre, la vérité. Redressant la tête, elle poursuivit :) Il n'y avait pas d'autres femmes dans la vie de Mick. C'était juste une idée que papa s'était fourrée dans la tête et je n'ai rien fait pour l'en dissuader. Je l'ai laissé croire que Mickey sortait avec d'autres femmes. C'était plus simple.

— Plus simple que de laisser votre père découvrir que son gendre aimait s'habiller en femme ?

La question de Lynley parut soulager la jeune femme, à qui s'offrait enfin la possibilité de parler.

— Personne n'était au courant. Pendant un bon bout de temps, j'ai été la seule à savoir. (Elle se laissa tomber dans le fauteuil près du landau.) Pauvre Mickey.

— Comment avez-vous découvert la vérité ? Quand ?

Elle sortit un mouchoir en papier tout fripé de la poche de sa blouse.

— Juste avant la naissance de Molly. J'ai trouvé des affaires dans un tiroir de commode. Au début, j'ai cru qu'il avait une liaison. J'ai pas bronché parce que comme j'en étais au huitième mois... et que Mick et moi on pouvait pas... je me suis dit...

Débitées d'une voix hachée, les explications de Nancy ne manquaient pas d'un certain bon sens. Enceinte, incapable de satisfaire son mari, elle s'était dit que, s'il cavalait, il ne lui restait qu'à se faire une raison. Après tout ne l'avait-elle pas piégé ? Ne lui avait-elle pas forcé la main ? S'il la trompait maintenant, elle ne devait s'en prendre qu'à elle-même. En conséquence, elle s'abstiendrait de lui fourrer sous le nez la preuve de son infidélité. Elle supporterait ses incartades en silence, espérant finir par le reconquérir.

— Et puis un soir, peu de temps après avoir commencé à servir au bar de *L'Ancre et la Rose*, je l'ai surpris alors que je rentrais à la maison. Il avait enfilé mes vêtements. Il était maquillé. Et il portait une perruque. J'ai d'abord cru qu'il voulait me donner une leçon. J'aimais m'acheter des fringues, vous voyez. Des choses à la mode. Je voulais me faire belle pour lui. Je pensais le reconquérir comme ça. Quand je l'ai vu dans cette tenue, j'ai d'abord cru que c'était sa façon à lui de me faire comprendre que je claquais du fric inutilement. Mais j'ai vite compris que... qu'il était... que ça l'excitait.

— Qu'est-ce que vous avez fait après cet incident ?

— J'ai jeté mes produits de maquillage. Déchiqueté mes vêtements. Avec un couteau de boucher, dans le jardin.

Lynley se souvint du récit que Jasper lui avait fait de cette scène.

— Et votre père vous a surprise ?

— Il a cru que j'avais découvert des affaires qui n'étaient pas à moi. Il en a déduit que Mick avait d'autres femmes dans sa vie. Je n'ai pas cherché à le détromper. Comment est-ce que j'aurais pu lui raconter la vérité ? En outre, Mick m'avait promis que ça ne se reproduirait plus. Et je l'ai cru. Je m'étais débarrassée de tous mes jolis vêtements pour qu'il ne soit pas tenté. Il a essayé de tenir parole. Il a vraiment essayé. Mais c'était plus fort que lui. Il a commencé à rapporter des trucs à la maison. Je tombais dessus. J'essayais de lui parler. On essayait de discuter. Mais ça servait à rien. Ça ne faisait qu'empirer. Il avait de plus en plus besoin de s'habiller en femme. Il lui est même arrivé de le faire au journal. Son père l'a surpris et il s'est mis dans une colère noire.

— Harry Cambrey était au courant ?

— Il l'a battu comme plâtre. Quand Mick est rentré, il saignait de partout. Il pleurait comme un gosse. Là, j'ai bien cru qu'il avait compris.

— Mais au lieu de s'arrêter, il est parti à Londres pour y mener une double vie.

— Je me disais qu'il allait mieux. (Elle s'essuya les yeux et se moucha.) Je le croyais guéri. Je pensais qu'on allait pouvoir être heureux de nouveau. Comme quand on était amants. Parce qu'on était heureux à ce moment-là.

— Et personne d'autre n'était au courant du transvestisme de Mick ? Mark ? Un villageois ? Un employé du journal ?

— Harry et moi, c'est tout. Vous trouvez que ça ne suffisait pas ?

— Qu'en penses-tu, Saint James ? Est-ce que ça suffisait ?

Jasper était parti avec la voiture. Ils étaient dans la grande allée de Howenstow, parcourant à pied les quelques mètres qui les séparaient de la maison. Au-dessus d'eux, les derniers vestiges de ciel bleu viraient au gris étain. Deborah marchait entre eux, donnant le bras à Lynley. Par-dessus sa tête, Lynley regarda Saint James.

— Ce crime a des allures de crime passionnel, dit Saint James. Un coup à la mâchoire qui l'expédie contre la cheminée. Ce n'est pas un geste prémédité. Nous avons toujours pensé depuis le début qu'il y avait eu une dispute.

— Mais on a essayé de trouver un lien entre cette dispute et le métier de Mick. Et qui nous a aiguillés sur cette voie ?

Saint James hocha la tête.

— Harry Cambrey.

— Il avait l'occasion. Il avait un mobile.

— La colère provoquée par le transvestisme de son fils ?

— Ils s'étaient déjà violemment disputés à ce propos.

— Et Harry Cambrey avait d'autres griefs, souligna Deborah. Est-ce que Mick n'était pas censé donner un coup de jeune au journal ? Est-ce qu'il n'avait pas contracté un prêt auprès de la banque pour ça ? Harry voulait peut-être que son fils lui rende des comptes afin de savoir où était passé l'argent. Et quand il a découvert que cet argent, Mick s'en servait pour satisfaire des goûts qu'il trouvait répugnants, il a perdu son sang-froid.

— Comment expliques-tu l'état du séjour, dans ce cas ?

— Une mise en scène, dit Lynley. Pour faire croire que son fils avait été tué à cause d'un article sur lequel il planchait.

— Admettons, mais cela n'explique pas les deux autres morts, remarqua Saint James. Et Peter est de nouveau sur la sellette. Si Brooke n'est pas *tombé* du haut de la falaise, c'est que quelqu'un l'a poussé, Tommy.

— On en revient toujours à Brooke.

— Ce qui tendrait à prouver qu'il y a de fortes chances qu'il soit responsable, quels que soient les problèmes que Mick pouvait avoir avec d'autres personnes.

— Il faut donc passer la crique et la salle de rédaction au peigne fin, alors.

— C'est là que nous trouverons la vérité.

Ils traversèrent l'allée. Dans le jardin, le retriever vint en courant à leur rencontre, une balle de tennis dans la gueule. Lynley la lui arracha, la lança en direction de la cour et regarda le chien se précipiter en aboyant joyeusement. Comme en réponse aux aboiements de l'animal, la porte d'entrée s'ouvrit et Lady Asherton sortit de la grande maison.

— Le déjeuner est prêt, annonça-t-elle. (Et s'adressant à Lynley, elle ajouta :) Peter a téléphoné. Le Yard l'a relâché mais il lui faut rester à Londres. Il m'a demandé s'il pouvait aller à Eaton Terrace. Je lui ai dit que tu ne verrais aucun inconvénient à ce qu'il s'installe chez toi pour l'instant, Tommy. J'espère que j'ai bien fait.

— Vous avez bien fait.

— Il m'a parlé d'un ton que je ne lui connaissais pas. Peut-être qu'il est décidé à changer cette fois. Pour de bon.

— Oui. J'en ai l'impression. Et moi aussi. (Lynley éprouva un instant d'appréhension. Il se tourna vers Deborah et Saint James.) Si vous pouviez nous laisser seuls quelques minutes, dit-il, soulagé de les voir immédiatement pénétrer dans la maison.

— Que se passe-t-il, Tommy ? questionna Lady Asherton. Tu ne m'as pas tout dit ? C'est au sujet de Peter ?

— Je dois me rendre à Penzance aujourd'hui. M'entretenir avec la police, dit Lynley.

Lady Asherton blêmit.

— Il n'a pas tué Mick. Nous le savons tous les deux, enchaîna Lynley. Mais il est passé au cottage après John Penellin, vendredi soir. Et Mick était encore vivant. Il faut que je mette les policiers au courant.

— Est-ce que Peter sait... (Comme elle ne semblait pas disposée à aller au bout de sa phrase, il s'en chargea pour elle.)

— Que j'ai l'intention d'aller trouver les flics ? Oui. Mais Saint James et moi pensons pouvoir le mettre définitivement hors du coup aujourd'hui. Il compte sur nous.

Lady Asherton s'arracha un sourire.

— Alors je compte sur toi, moi aussi. (Faisant demi-tour, elle s'apprêta à entrer dans la maison.)

— Maman ?

Parler n'allait pas être commode. Seize ans de rancœurs et d'amertume avaient créé entre eux comme un champ de mines. Le franchir nécessitait une force de caractère qu'il n'était pas certain de posséder.

La main sur le battant, elle hésitait. Attendant qu'il se décide à poursuivre.

— J'ai été au-dessous de tout avec Peter. Et pas seulement avec Peter.

Elle inclina la tête de côté. Un sourire étira ses lèvres.

— Tu as été au-dessous de tout avec Peter ? Peter est mon fils, Tommy. C'était à moi de m'occuper de lui. Inutile de te mettre ça sur le dos.

— Il n'avait pas de père. J'aurais pu essayer d'en être un pour lui. Mais non. Pour cela, il aurait fallu que je vienne plus souvent à Howenstow, que je lui consacre du temps. Seulement je n'ai pas pu m'y résoudre, je l'ai laissé livré à lui-même.

Il vit qu'elle comprenait ce qu'il essayait de lui dire. Tournant le dos à la porte, elle vint jusqu'à lui. Levant les yeux, il aperçut les armoiries des Asherton sur la façade de la vieille maison. Il n'avait jamais vu dans ce blason qu'un amusant anachronisme, mais aujourd'hui il y lut l'affirmation d'une force. Le chien et le lion s'affrontant en combat singulier, le chien dominé mais ne montrant nulle crainte.

— Je savais que vous aimiez Roderick, poursuivit-il. J'ai voulu vous punir.

— Mais je t'aimais aussi, Tommy. Ce que j'éprouvais pour Roderick n'avait rien à voir avec toi.

— Ce n'était pas par rapport à moi que ça me gênait. Je refusais de vous voir telle que vous étiez, de vous pardonner d'être ce que vous étiez.

— Une femme qui désirait un autre homme que ton père ?

— Une femme qui avait cédé à ses pulsions alors que papa était encore en vie. Je ne pouvais pas le supporter. Je ne pouvais pas m'y faire.

Elle regarda derrière lui.

— J'ai cédé, dit-elle. C'est vrai, j'ai cédé. J'aurais dû avoir le courage, la grandeur d'âme, appelle ça comme tu voudras, de couper les ponts avec Roddy dès que j'ai compris à quel point je l'aimais. Seulement je n'ai pas eu la force de le faire, Tommy. D'autres femmes à ma place y seraient sans doute parvenues. Mais j'étais faible, j'avais besoin de tendresse. Je me suis demandé quel mal il y avait à faire fi des conventions sociales et à vivre cet amour. Car je le désirais. Alors j'ai soigneusement compartimenté ma vie — les enfants dans un compartiment, ton père dans un autre, Roddy dans un troisième —, et je jouais des rôles différents, selon le cas. Ce que je n'avais pas prévu, c'est que tu sortirais du compartiment dans lequel je t'avais rangé et que tu verrais la personne qui désirait Roddy. Je n'ai pas pensé que tu me verrais telle que j'étais.

— Et vous étiez quoi, maman ? Un être humain, ni plus ni moins. C'est ça que je n'ai pas réussi à avaler.

— Je comprends fort bien, Tommy.

— J'ai décidé de vous faire souffrir. Je savais que Roderick voulait vous épouser. Je me suis juré que ce mariage ne se ferait jamais. Vous vous deviez avant tout à la famille, à Howenstow. Je savais qu'il ne vous épouserait que si vous lui promettiez de quitter le domaine. Alors je me suis arrangé pour vous y retenir prisonnière pendant toutes ces années.

— Tu te surestimes, Tommy. J'ai choisi de rester.

Il fit non de la tête.

— Vous auriez plié bagage, vous auriez abandonné Howenstow si je m'étais marié. (Il lut sur son visage que c'était vrai. Elle baissa les yeux.) Je le savais, je me suis servi de cette arme contre vous. C'est pour vous retenir au domaine que je suis resté célibataire.

— Tu n'avais pas rencontré de femme qui te convenait, Tommy.

— Pourquoi diable refusez-vous de me laisser assumer ? Puisque je vous dis que tout est ma faute.

Elle releva vivement la tête à ces mots.

— Je ne veux pas que tu te tourmentes, mon chéri.

Rien n'aurait pu le toucher davantage. Ni les reproches ni les récriminations. Il se fit l'effet d'être un parfait salaud.

— Tu crois être seul à porter ce fardeau, poursuivit sa mère. Des centaines de milliers de fois, j'ai regretté que tu nous aies surpris, regretté de t'avoir giflé, de ne pas avoir réussi à t'aider à surmonter ton chagrin. Parce que c'était du chagrin que tu éprouvais, Tommy. Ton père était en train de mourir et j'avais saccagé l'idée que tu te faisais de ta mère. Mais j'étais trop orgueilleuse pour faire le premier pas. Quel insupportable petit monstre, pensais-je. De quel droit ose-t-il me condamner ? Alors qu'il est incapable de comprendre. Qu'il marine dans sa colère. Qu'il pleure. Qu'il peste. Sale petit pisse-froid. Il finira bien par se calmer. Mais je me trompais. (Elle lui effleura la joue du dos de la main.) Rien ne m'aura jamais fait souffrir davantage que cette distance entre nous. Mon mariage avec Roddy n'y aurait rien changé.

— Mais vous ne vous seriez pas retrouvée les mains vides.

— C'est vrai. Il n'est pas trop tard.

Quelque chose de léger dans le son de sa voix, une certaine douceur, lui apprirent ce qu'elle ne lui avait pas encore dit.

— Il vous a redemandé votre main ? J'en suis heureux. Je me sens doublement pardonné.

Elle le prit par le bras.

— Le passé est le passé, Tommy.

C'était bien d'elle, au fond, de lui accorder ce pardon qui balayait la colère de la moitié d'une vie.

— C'est tout ?

— C'est tout, Tommy chéri.

Saint James cheminait derrière Lynley et Deborah. Il les regardait avancer, étudiant leur attitude, enregistrant les détails : le bras de Lynley autour des épaules de Deborah, celui de la jeune femme autour de la taille de Tommy, l'angle que formaient leurs têtes lorsqu'ils se parlaient, le contraste qu'offraient les nuances de leurs chevelures. Il vit qu'ils marchaient parfaitement en rythme, à foulées longues et fluides. Il les observa et s'efforça de ne pas penser à la veille au soir, au fait qu'il avait enfin compris qu'il ne pouvait plus vivre sans elle, à l'instant où il avait réalisé qu'il lui faudrait pourtant s'y résigner.

Un homme connaissant Deborah moins bien que lui aurait qualifié de perverse son attitude de la veille, conclu qu'elle l'avait manipulé de façon diabolique afin d'avoir le plaisir de le voir souffrir et de se venger ainsi de la douleur qu'il lui avait infligée. Confession de l'amour adolescent qu'elle lui portait. Aveu du désir qu'il lui inspirait. Tête-à-tête où se mêlaient émotion et provocation. Conclusion abrupte une fois qu'elle s'était assuré qu'il avait perdu toute envie de fuir. Et pourtant, bien que tenté de lire dans son comportement le geste de dépit d'une manipulatrice, il ne pouvait s'y résoudre. Car elle ne pouvait pas savoir qu'il descendrait la rejoindre dans le bureau, ni se douter qu'après des années de séparation et de rejet il se déciderait enfin à tirer un trait sur ses craintes les plus folles. Elle ne lui avait pas demandé de descendre, elle ne lui avait pas demandé de s'asseoir à ses côtés sur l'ottomane, elle ne lui avait pas demandé de la prendre dans ses bras. Si quelqu'un était à blâmer dans l'affaire, c'était lui. Lui qui avait fait les premiers pas sur la voie de la trahison. Lui qui, se laissant emporter par la chaleur de l'instant, s'était imaginé qu'elle le suivrait dans cette voie.

Il lui avait forcé la main, l'avait obligée à prendre une décision. Elle l'avait prise. Et désormais il lui faudrait survivre seul. Il s'efforça de se persuader que cette pensée, insupportable pour l'instant, deviendrait vivable avec le temps.

Des dieux cléments retenaient la pluie bien que le ciel devînt de plus en plus fuligineux à mesure qu'ils approchaient de la crique. Au-dessus de la mer, le soleil crevait les nuages, jetant des rayons de lumière dorée sur l'eau. Mais ce n'était qu'un répit provisoire. Et cette éphémère beauté n'aurait trompé ni les marins ni les pêcheurs.

Sur la plage, en bas, deux adolescents fumaient près des rochers. L'un grand et osseux avait une tignasse orange, l'autre petit et mince comme un fil avait des genoux proéminents. Malgré le temps, ils étaient en maillot de bain. A leurs pieds, une pile de serviettes, deux masques de plongée. Levant la tête, l'adolescent aux cheveux orange aperçut Lynley et agita la main dans sa direction. L'autre jeta un coup d'œil par-dessus son épaule et se débarrassa de sa cigarette.

— Où crois-tu que Brooke ait jeté les appareils photo ? demanda Lynley à Saint James.

— Il était là vendredi après-midi. Je dirai qu'il a dû aller le plus loin possible sur les rochers et balancer la mallette dans l'eau. Comment est le fond ?

— C'est du granit.

— L'eau est claire. Si la mallette est là, ils ne pourront pas manquer de la voir.

Lynley hocha la tête et descendit le long du sentier, laissant Saint James et Deborah sur la falaise. Ils le regardèrent traverser l'étroite bande de sable et serrer la main des adolescents. Ils sourirent, l'un se grattant le cuir chevelu, l'autre se dandinant d'un pied sur l'autre. Tous les deux avaient l'air gelés.

— Ce n'est pas vraiment le temps idéal pour piquer une tête, remarqua Deborah.

Saint James ne souffla mot.

Les adolescents mirent leurs masques et se dirigèrent vers le bord de l'eau, l'un prenant par la droite et l'autre par la gauche. Lynley grimpa sur la plate-forme de granit et s'avança jusqu'à l'extrême bord.

La surface de l'eau était extraordinairement calme car une barrière rocheuse protégeait la crique. Du haut de la falaise, Saint James distinguait les anémones de mer accrochées sous les rochers et dont les tentacules oscillaient au gré du courant. Tout autour ondulait du varech fourni, sous lequel se cachaient des crabes. La crique, sable et vie aquatique, si elle n'était pas un endroit propice pour nager était en revanche une cachette idéale où déposer un objet pour qu'il échappe aux recherches. Quelques semaines suffiraient aux oursins, anémones de mer et autres coquillages à recouvrir la mallette. Dans quelques mois celle-ci n'aurait plus ni forme ni contours, finissant par ressembler aux rochers environnants.

Si la mallette était là, les deux adolescents avaient en tout cas bien du mal à la dénicher. A plusieurs reprises, ils remontèrent à la surface de part et d'autre de Lynley, qui suivait leurs évolutions depuis la plate-forme. Et à chaque fois les mains vides. Et secouant la tête.

— Dis-leur d'essayer plus loin, cria Saint James au sixième plongeon.

Lynley leva les yeux vers la falaise, acquiesça de la tête et agita la main. S'accroupissant sur les rochers, il donna des instructions aux plongeurs. Ils s'enfoncèrent de nouveau dans l'eau. Tous deux étaient excellents nageurs. Ils savaient exactement ce qu'ils devaient chercher mais ne trouvèrent rien ni l'un ni l'autre.

— C'est sans espoir, fit Deborah, davantage pour elle-même que pour Saint James.

— Je le crains aussi. Désolé, Deborah. J'aurais au moins voulu pouvoir faire ça pour toi. (Il jeta un coup d'œil de son côté, s'aperçut qu'elle avait compris le sens caché de ses paroles.)

— Oh, Simon, je t'en prie. Je n'ai pas pu. Mise au pied du mur, je n'ai pas pu lui faire ça. Ne peux-tu essayer de comprendre ?

— Le sel les aurait rendus inutilisables, de toute façon. Mais au moins il te serait resté un souvenir de ta réussite en Amérique. En sus de Tommy, je veux dire. (Elle se raidit. Il comprit qu'il l'avait blessée et se réjouit d'avoir le pouvoir de l'atteindre. Mais ce sentiment de triomphe céda bientôt le pas à un sentiment de honte.) Je suis désolé, je n'aurais jamais dû dire ça, je suis impardonnable.

— Je le mérite.

— Non. (Il s'éloigna d'elle, reportant son attention sur la crique.) Dis-leur d'arrêter, Tommy, cria-t-il. Les appareils ne sont pas là.

En bas, les deux adolescents remontaient une fois de plus à la surface. Cette fois, l'un d'eux tenait un objet à la main. Long, étroit, il luisait sous la lumière sourde. Le plongeur le remit à Lynley. Manche de bois, lame de métal. Il n'avait pas séjourné dans l'eau plus de quelques jours.

— Qu'est-ce qu'il a trouvé ? s'enquit Deborah.

Lynley tendit l'objet à bout de bras pour qu'ils puissent le voir de leur perchoir. Saint James sentit une certaine fébrilité s'emparer de lui.

— Un couteau de cuisine, répondit-il.

26

Une petite pluie nonchalante avait commencé à tomber lorsqu'ils atteignirent le parking du port de Nanrunnel, prélude à une brève averse estivale. Des milliers de mouettes l'accompagnaient, qui arrivaient en piaillant de la mer pour chercher refuge sur les cheminées, le long du quai et sur les ponts des bateaux amarrés dans la baie.

Sur le chemin qui contournait le port, ils dépassèrent des skiffs la quille en l'air, des tas de filets de pêche de guingois d'où s'échappait l'odeur forte de la marée, des bâtiments construits en bordure du front de mer dont les fenêtres reflétaient le masque gris du temps. Ce n'est que lorsqu'ils eurent atteint l'endroit où le chemin, plongeant entre deux cottages, débouchait dans le village que l'un d'entre eux prononça quelques mots. Lynley, qui avait remarqué les pavés luisants de pluie, jeta un coup d'œil interrogateur à Saint James.

— Je m'en sortirai, Tommy, lui assura son ami.

Ils n'avaient pratiquement pas parlé du couteau. Si ce n'est pour dire qu'il s'agissait d'un ustensile de cuisine, et que si on s'en était servi pour mutiler Mick Cambrey et si Nancy l'identifiait comme un objet provenant de Gull Cottage, cela démontrait que le meurtre de son mari n'avait pas été prémédité. La présence du couteau dans la crique ne disculpait en aucun cas Justin Brooke : elle lui donnait simplement une raison différente de s'y être rendu. Au lieu de se débarrasser des appareils de Deborah, il s'était débarrassé de quelque chose de beaucoup plus compromettant.

Le matériel photo constituait une pièce qu'ils n'arrivaient toujours pas à caser dans le puzzle. Ils étaient d'accord sur le fait qu'on pouvait raisonnablement conclure que c'était Brooke qui l'avait volé. Mais de là à savoir où il l'avait caché, c'était une autre affaire. Quarante-huit heures plus tard, ils n'étaient toujours pas plus avancés sur ce point.

Tournant le coin, longeant une boutique vendant de l'argenterie ancienne dans Lamorna Road, ils s'aperçurent que les rues du village étaient désertes. Ce phénomène n'avait rien de surprenant dans une région où les aléas de la météo forçaient les vacanciers à ne jamais faire de projets à l'avance. Si, lorsque le soleil brillait, ils se promenaient dans les ruelles, exploraient le port, prenaient des photos sur la jetée, lorsqu'il pleuvait, ils éprouvaient soudain le besoin de tenter leur chance au jeu, de déguster une salade de crabe frais ou de boire une pinte d'*ale*. Les après-midi incléments faisaient la joie des propriétaires de salles de bingo, de restaurants et de pubs.

De fait, *L'Ancre et la Rose* grouillait de pêcheurs que le mauvais temps avait empêchés de prendre la mer et de touristes venus s'abriter de l'ondée. La plupart des consommateurs étaient dans le pub. Le bar contigu, plus guindé, était quasiment désert.

En d'autres circonstances, des groupes aussi différents réunis dans un même débit de boissons n'auraient certainement pas fusionné. Toutefois la présence d'un adolescent grattant une mandoline et d'un homme en short aux jambes blêmes tapant sur le bar avec des cuillers avait aboli les barrières sociales et soudé tout le monde.

Dans la vaste fenêtre en saillie qui donnait sur le port, un loup de mer au visage buriné avait entrepris une démonstration de *cat's cradle*[1] devant un gamin richement vêtu. De ses mains rugueuses, il tendit la ficelle au petit garçon tout en dévoilant ses dents esquintées en un vaste sourire.

— Eh bien, Dickie, vas-y, fit la maman, encourageante. Tu sais pourtant y jouer.

Dickie s'exécuta, provoquant des éclats de rire approbateurs. Le pêcheur posa la main sur la tête du bambin.

— Ça mériterait une photo, non ? dit Lynley à Deborah sur le pas de la porte.

1. Jeu de la ficelle.

Elle sourit.

— Quelle adorable frimousse ! Et regarde comme la lumière l'éclaire délicatement...

Saint James était dans l'escalier, en route pour la salle de rédaction du *Spokesman*. Deborah lui emboîta le pas, suivie de Lynley.

— Et moi qui m'inquiétait, dit Deborah, faisant halte sur le palier. J'avais peur que la Cornouailles ne m'inspire pas. Ne me demande pas pourquoi. Sans doute parce que je suis un être d'habitudes, et que j'avais coutume de travailler à Londres. Mais cette région me plaît, Tommy. J'ai envie de tout photographier. C'est génial. Vraiment.

A ces mots, Lynley eut honte des doutes qui l'avaient effleuré. Il s'arrêta près d'elle.

— Je t'aime, Deb.

— Moi aussi, je t'aime, Tommy.

Saint James avait ouvert la porte du journal. A l'intérieur, deux téléphones sonnaient, Julianna Vendale tapait sur un traitement de texte, un jeune photographe nettoyait des objectifs alignés sur un bureau, et dans l'un des boxes trois hommes et une femme discutaient, formant un cercle. Harry Cambrey se trouvait parmi eux. *Petites annonces et abonnements* était peint en lettres noires très estompées sur la partie supérieure de la porte.

En les apercevant, Harry Cambrey vint à leur rencontre. Il portait un pantalon élégant, une chemise blanche et une cravate noire. Comme pour justifier sa tenue, il précisa :

— On l'a enterré ce matin. A huit heures et demie.

Lynley trouva bizarre que Nancy ne lui en ait pas soufflé mot. Toutefois cela expliquait le calme avec lequel elle les avait accueillis. Un enterrement — avec ce qu'il représente d'irréversible — ne met pas un terme au chagrin de celui qui a perdu un être cher, il lui permet simplement de se faire à l'idée de sa disparition.

— Y avait bien une demi-douzaine de flics au cimetière, poursuivit Cambrey. C'est la première fois qu'ils se manifestent depuis qu'ils ont essayé de coller le meurtre sur le dos de John Penellin. Parlez d'une idée ! John, faire la peau de Mick !

— Peut-être qu'il avait un mobile, après tout, dit Saint James. (Il tendit les clés de Mick Cambrey à son père.) Le transvestisme de Mick. Est-ce qu'un homme en tuerait un autre pour ça ?

Cambrey referma le poing sur le trousseau de clés. Tournant le dos à ses employés, il baissa la voix :

— Qui est au courant ?

— Vous aviez rudement bien camouflé la chose. Tout le monde voit en Mick le tombeur, l'insatiable coureur de jupons que vous vous êtes ingénié à dépeindre.

— Qu'est-ce que je pouvais faire d'autre, bon sang ? fit Cambrey. C'était mon fils, nom de Dieu. C'était un *homme*.

— Un homme dont le plus grand plaisir était de s'habiller en femme.

— C'est pas faute d'avoir essayé, mais j'ai jamais réussi à lui ôter cette manie.

— Ça remontait à loin, cette manie ?

Fourrant le trousseau de clés dans sa poche, Cambrey fit oui de la tête.

— Il a joué à ce petit jeu pratiquement toute sa vie. Je l'ai pincé plus d'une fois, le bougre. Je le fouettais. Je le poussais dehors tout nu. Je l'attachais à une chaise, je lui barbouillais la figure de peinture et je faisais mine de lui couper le zizi. Je vous dis, j'ai tout essayé. Rien n'y a fait.

— Il aura fallu qu'il meure.

Cambrey ne parut pas s'émouvoir de ce qu'impliquaient les paroles de Lynley.

— Je l'ai protégé de mon mieux. Je ne l'ai pas tué.

— Votre écran de fumée a été drôlement efficace, intervint Saint James. Les gens l'ont vu tel que vous souhaitiez qu'ils le voient. Cela dit, ce n'est pas à cause de ses penchants pour le transvestisme qu'il aura eu besoin de votre protection, en fin de compte. Mais à cause d'un article qu'il préparait. Comme vous le supposiez.

— Le trafic d'armes ? s'enquit Cambrey.

Saint James consulta Lynley du regard, attendant des directives ou la permission de faire des révélations qui ne pouvaient qu'ajouter au chagrin du vieil homme. Il suffisait d'expliquer en quoi consistaient les notes que Cambrey avait trouvées dans le bureau de Mick. La signification réelle de ces notes permettrait de faire la lumière sur presque tout. Le transvestisme, mais aussi le trafic de drogue. La façon dont l'argent avait été dépensé — non pour moderniser le journal mais pour financer une double vie.

Tout ce qui est illusion, songea Lynley, doit être détruit. Construire une relation ou une vie entière sur un mensonge, c'était construire sur du sable. L'illusion de la solidité pouvait durer un certain temps, mais tout s'écroulait en fin de compte. Toute la question était de savoir si la vision inexacte qu'Harry Cambrey avait de son fils méritait encore d'être corrigée.

Lynley regarda le vieil homme, observant le visage ridé, marqué par la mauvaise santé. Il vit les affreuses taches de nicotine sur ses ongles, ses doigts rendus crochus par l'arthrite tandis qu'il tendait la main pour prendre une bouteille de bière sur un bureau. Que quelqu'un d'autre lui apprenne la vérité, décida Lynley.

— Il travaillait à un article sur un médicament qui s'appelait l'oncozyme, dit Lynley.

Lui emboîtant le pas, Saint James poursuivit :

— Quand il était à Londres, il allait chez Islington rencontrer un biochimiste nommé Justin Brooke. Est-ce que Mick vous avait parlé de Brooke ? D'Islington ?

Cambrey fit non de tête.

— Un médicament ? (Il semblait avoir du mal à renoncer à l'idée du trafic d'armes.)

— Il faut que nous consultions ses archives — ici et au cottage — si nous voulons réussir à prouver quelque chose, dit Saint James. L'homme qui a tué Mick est mort lui aussi. Seules les notes de Mick peuvent nous permettre de découvrir pour quelle raison il a assassiné votre fils.

— Et si le tueur avait découvert et détruit ces notes ? Peut-être qu'elles se trouvaient dans le cottage et qu'il les a barbotées ?

— Trop de choses se sont produites qui ne seraient pas arrivées si l'assassin les avait trouvées.

Lynley passa de nouveau en revue les explications de Saint James. Brooke avait essayé d'éliminer Peter à cause d'une chose que Peter avait vue ou entendue ce soir-là à Gull Cottage. Brooke avait fait main basse sur le matériel de Deborah pour récupérer le film. Ce dernier détail plaidait en faveur de l'existence d'une preuve concrète. Cette preuve devait forcément être quelque part, camouflée d'une manière ou d'une autre. Brooke le savait.

Cambrey reprit la parole :

— Il conservait des dossiers dans ces classeurs, fit-il avec un geste en leur direction. Et au cottage aussi. La police en a terminé à Gull Cottage. Je vous passerai les clés quand vous voudrez y aller. Mettons-nous au travail.

Il y avait trois classeurs de quatre tiroirs chacun. Tandis que le personnel de la rédaction s'employait à boucler le journal, Lynley, Saint James, Deborah et Cambrey se mirent à examiner les tiroirs les uns après les autres. Cherchez, leur avait dit Saint James, tout ce qui peut ressembler à un rapport sur l'oncozyme. Le nom de la substance, la mention du mot « cancer », l'étude des traitements, des interviews avec des médecins, des chercheurs, des patients.

Ils se mirent à fouiller dans les chemises, carnets, bouts de papier. Ils s'aperçurent que ce n'était pas une tâche commode. Car Mick Cambrey n'avait utilisé aucun système de classement logique. Rien n'était organisé. Il leur faudrait sans doute des heures, voire des jours, pour tout éplucher, car chaque document devait être parcouru dans son entier.

Ils étaient au travail depuis une bonne heure lorsque Julianna Vendale remarqua :

— N'oubliez pas son ordinateur.

Et elle ouvrit un tiroir du bureau de Mick dans lequel se trouvaient deux douzaines de disquettes.

Personne ne gémit mais Deborah eut l'air atterré et Harry Cambrey poussa un juron bien senti. Ils continuèrent de fouiller dans les papiers du mort. La sonnerie du téléphone les interrompit un peu après quatre heures. Quelqu'un répondit dans l'un des boxes, puis passa la tête au-dehors en questionnant :

— Mr Saint James est là ?

— Sauvés, soupira Deborah en se frictionnant la nuque. C'est peut-être le meurtrier qui appelle pour avouer.

Lynley se leva pour s'étirer. Il s'approcha de la fenêtre. Dehors le crachin continuait de tomber. La nuit ne viendrait pas avant des heures et pourtant, dans deux des maisons de l'autre côté de Paul Lane, des lampes avaient été allumées. Dans l'un des cottages, une famille assise autour de la table pour le thé de l'après-midi mangeait des petits gâteaux secs. Dans un autre cottage, une jeune femme coupait les cheveux de son compagnon. Très concentrée, elle se tenait devant lui pour examiner son travail. Il resta patiemment assis un moment puis l'attira entre ses jambes et l'embrassa goulûment. Elle lui frictionna les oreilles, rit, se laissa aller dans ses bras. Souriant, Lynley reporta son attention vers le bureau.

Il vit que Saint James l'observait du box où il avait pris la communication. Son visage était perplexe. Il se mordait pensivement la lèvre. Son correspondant parlait manifestement d'abondance. Lorsqu'il raccrocha enfin, il passa deux bonnes minutes en contemplation devant le combiné. Il reprit l'appareil comme pour passer un coup de fil, mais le reposa sur son support. Enfin, il rejoignit les deux autres.

— Tu peux te passer de nous une minute, Deborah ? Tommy et moi allons devoir nous absenter.

Le regard de la jeune femme alla de Saint James à Lynley.

— Bien sûr. On va au cottage quand on aura fini ici ?

— Oui.

Sans rien ajouter, il se dirigea vers la sortie. Lynley le suivit. Ils descendirent en silence. Au pied de l'escalier, ils évitèrent deux enfants qui jouaient à faire glisser de petits camions de métal le long de la rampe. Ils franchirent le seuil encombré de *L'Ancre et la Rose* et débouchèrent dans la rue, relevant le col de leurs manteaux pour se protéger de la pluie.

— Que se passe-t-il ? questionna Lynley. C'était qui, au téléphone ?

— Helen.

— Helen ? Pourquoi diable...

— Elle a trouvé à quoi correspondaient les clients potentiels de Cambrey, Tommy, ainsi que les messages enregistrés sur le répondeur de son studio.

— Et alors ?

— Ils semblent avoir tous un point commun.

— A en juger par ta mine, ce n'est pas la cocaïne.

— Non. Le cancer.

Saint James prit la direction de Paul Lane, baissant la tête sous l'averse.

Lynley dirigea ses regards vers le port, vers les oiseaux de mer réfugiés en grappe sur la jetée, protégés du mauvais temps par leur nombre même. Il se détourna et contempla les collines noyées de pluie au-dessus du village.

— Où m'emmènes-tu ?

Saint James s'arrêta, lança par-dessus son épaule :

— Chez le Dr Trenarrow. Il faut que nous ayons une petite conversation avec lui.

Lady Helen avait eu bien du mal à découvrir à quoi correspondait la liste des clients potentiels, expliqua Saint James. Les douze premiers noms n'avaient absolument rien donné. Pas le moindre commencement de piste. A chaque tentative, la personne qu'elle obtenait au bout du fil se montrait d'un laconisme rare, et ce laconisme croissait lorsqu'Helen mentionnait le nom de Mick Cambrey. Au vu de ces réactions, Helen en avait conclu que ses correspondants avaient tous entendu parler de Cambrey d'une façon ou d'une autre. Elle s'était efforcée de leur tirer les vers du nez. Cambrey les avait-il interviewés ? Avait-il sollicité leur témoignage ? Était-il venu les voir ? Leur avait-il écrit ? Quels que fussent la voix qu'elle utilisait, le rôle qu'elle jouait, ses interlocuteurs avaient toujours une longueur d'avance sur elle, comme si la personne qui figurait en numéro un sur la liste avait téléphoné aux autres pour les prévenir de son coup de fil imminent. Le meurtre de Cambrey, lorsqu'elle en parlait, n'incitait personne à lui faire des révélations. Au contraire. Chaque fois qu'elle adoptait cette entrée en matière — se faisant passer pour un reporter en quête de renseignements afin d'écrire un papier sur la mort d'un collègue — elle se heurtait à des réticences encore plus marquées chez ses correspondants.

Ce n'est qu'au quinzième nom que le cours de ces entretiens jusque-là stériles changea. Le quinzième nom, c'était celui d'un certain Richard Graham. Et il était décédé. Tout comme Catherine Henderford, seizième sur la liste. Et Donald Highcroft, numéro dix-sept. Idem pour les numéros dix-huit, dix-neuf et vingt. Tous morts du cancer. Poumons, ovaires, foie, intestin. Et tous décédés au cours des deux derniers mois.

— Je me suis aussitôt reportée au numéro un, avait expliqué Lady Helen. Ne pouvant l'appeler moi-même, je suis allée à Chelsea et j'ai demandé à Cotter de s'en charger. Nous avons inventé un nom d'association, SOS-Cancer. Nous avons dit que nous vérifiions l'état du patient. Et nous avons appelé tous les noms de la liste. Tous avaient un cancer. Et ceux qui n'étaient pas morts étaient en rémission, Simon.

Les deux personnes qui avaient laissé un message sur le

répondeur de Mick Cambrey dans son studio londonien avaient appelé également au sujet du cancer. Contrairement aux autres, elles n'avaient pas envoyé Lady Helen sur les roses. Elles lui avaient raconté sans se faire prier qu'elles avaient téléphoné à propos d'une annonce qui était passée pendant des mois dans le *Sunday Times* — « Vous pouvez venir à bout du cancer ! », suivie d'un numéro de téléphone.

— J'ai appelé au sujet de ma femme, répondit l'une de ces deux personnes lorsque Lady Helen la contacta. On finit par ne plus savoir à quel saint se vouer. On a tout essayé : régimes, méditation, prière, thérapie de groupe. Le pouvoir de l'esprit sur la matière. Tous les médicaments. Quand j'ai vu l'annonce, je me suis dit : après tout qu'est-ce que je risque ? Mais personne ne m'a répondu.

Forcément. Mick n'avait jamais reçu le message. Mick était mort.

— Qu'est-ce que Mick fabriquait ? avait questionné Lady Helen, arrivée au terme de son rapport.

La réponse était simple. De journaliste, il était devenu marchand de rêves. Il vendait de l'espoir. Il vendait la possibilité de vivre. Il vendait de l'oncozyme.

— Il avait appris l'existence de l'oncozyme en interviewant Trenarrow, dit Saint James à Lynley tandis qu'ils longeaient l'église méthodiste tout en remontant Paul Lane. (Le vent avait redoublé de force. La pluie lui trempait les cheveux.) Il s'est rendu chez Islington-Londres où Brooke lui a fourni d'autres détails. Ils ont dû mettre la combine au point ensemble. C'était simple, ça avait une portée humanitaire, à ceci près bien entendu qu'ils devaient se faire une petite fortune par la même occasion. Ils fournissaient à des cancéreux un médicament miracle, des années avant que celui-ci n'obtienne l'autorisation de mise en vente sur le marché. Pense aux innombrables patients en phase terminale qui devaient n'avoir que cet espoir auquel se raccrocher. Pense à ce que les gens sont prêts à faire pour obtenir une rémission : régimes, guérisseurs, charlatans divers. Mick ne risquait pas de manquer de clients. Il pouvait se permettre de leur demander un prix élevé. Il n'avait que deux problèmes. Primo, s'approvisionner en quantités suffisantes...

— Grâce à Justin Brooke, observa Lynley.

Saint James fit oui de la tête.

— Et secundo, une fois qu'il avait l'oncozyme, Mick devait avoir un médecin capable de définir les posologies. D'évaluer les résultats. Moyennant une part des bénéfices, bien sûr. Personne ne s'amuserait à courir des risques pareils pour rien.

— Mon Dieu... Roderick.

— La femme de ménage de Trenarrow a dit à Cotter qu'il passait beaucoup de temps dans une clinique de St. Just. Sur le moment, je n'y ai pas attaché d'importance. Je me souviens que Trenarrow m'a dit que les produits expérimentaux étaient souvent testés sur des patients en phase terminale. Voilà deux renseignements qui s'emboîtent bien pour expliquer ce qui s'est passé. Une petite clinique à St. Just où Trenarrow soigne un groupe de patients triés sur le volet que lui envoie Cambrey. Une clinique peu orthodoxe — déguisée en maison de repos pour privilégiés — où les malades paient des tarifs exorbitants pour qu'on leur injecte de l'oncozyme. Et les bénéfices sont partagés en trois entre Cambrey, Brooke et Trenarrow.

— Le livret de Mick retrouvé à Londres ?

— Sa part des profits.

— Mais qui l'a tué ? Pourquoi ?

— Brooke. Quelque chose a dû mal se passer. Peut-être que Mick s'est montré trop gourmand. Ou qu'il a fait un lapsus devant Peter. Lapsus qui les mettait tous en danger. C'est peut-être pour ça que Brooke en avait après Peter.

Lynley s'arrêta de marcher, attrapa Saint James par le bras.

— Peter m'a dit que Mick avait fait une réflexion. Mais impossible de m'en souvenir. Peter avait menacé de le faire chanter à propos du transvestisme et du trafic de drogue. Mais Mick s'en contrefichait. Il a conseillé à Peter de s'adresser ailleurs. Il lui a dit quelque chose à propos de gens qui étaient prêts à casquer bien davantage pour rester en vie que pour protéger un secret.

— Et Justin a surpris cette réflexion, n'est-ce pas ? Il a dû en conclure que Mick était à deux doigts de vendre la mèche à Peter.

— Il voulait quitter le cottage. Il voulait que Peter parte.

— Tu comprends pourquoi. Brooke risquait de tout perdre si Mick se mettait à parler. Sa réputation de scientifique, son job chez Islington. Il risquait même de se faire mettre en prison si son secret était découvert. Il a dû revenir sur ses pas, retourner à Gull Cottage après le départ de Peter. Mick et lui ont dû s'expliquer. Les choses se sont envenimées — ils devaient être tendus comme des cordes à violon tous les deux — et Justin l'a frappé. Et voilà.

— Et Trenarrow ?

Lynley s'arrêta de nouveau, devant l'école primaire cette fois.

Saint James jeta un coup d'œil dans la cour de l'établissement. La scène du théâtre en plein air n'avait pas été démontée. Des représentations diverses devaient avoir lieu tout au long de l'été. Pour l'instant, la terre était détrempée par la pluie.

— Trenarrow est au courant de tout. Je parie qu'il a compris à l'instant où il a été présenté à Brooke, à Howenstow, samedi soir. Il n'avait pas dû le rencontrer avant. Pourquoi l'aurait-il vu puisque Mick servait d'intermédiaire ? Mais lorsqu'il l'a rencontré à Howenstow, il a pigé. La mort de Mick, tout.

— Pourquoi n'a-t-il rien dit ?

Saint James continua de regarder l'école.

— La réponse à cette question, tu la connais.

Lynley dirigea les yeux vers le haut de la colline. De là où ils se tenaient ils ne voyaient que le toit de la villa et une partie de la corniche blanche qui se détachait sur le ciel gris.

— Il risquait lui aussi la prison. La clinique, le médicament, l'argent que les malades lui versaient. Sa carrière de chercheur.

— Mais encore ?

— Il risquait également de perdre ma mère.

— L'argent que lui a rapporté la vente de l'oncozyme lui a sans doute permis d'acheter la villa.

— Un cadre digne de ma mère.

— Alors il s'est tu.

Ils continuèrent de grimper la côte.

— Que va-t-il faire, maintenant que Brooke et Cambrey sont morts ?

— Avec la disparition de Brooke, la source de l'oncozyme s'est tarie. Il sera obligé de fermer la clinique de St. Just et de se débrouiller avec ce qu'il a réussi à mettre de côté.

— Et notre rôle dans tout ça, Saint James ? Est-ce qu'on le dénonce à la police ? Est-ce qu'on téléphone à ses collègues du conseil de l'ordre ? Est-ce qu'on profite de l'occasion pour mettre un terme à sa carrière ?

Saint James étudia son ami. Larges épaules, cheveux dégoulinants d'eau, bouche rectiligne.

— C'est toute la question, n'est-ce pas, Tommy ? Et ça ne manque pas d'un certain sel. Tu vois un souhait vieux de quinze ans sur le point de se réaliser. Juste au moment où tu y avais renoncé, j'imagine.

— Tu me laisses décider ?

— Récapitulons. Nous avons de quoi prouver que Brooke et Cambrey étaient en contact. Nous avons les visites de Mick au labo d'Islington. Peter et Justin à Gull Cottage. Le mensonge de Justin, qui ne s'est pas rendu à *L'Ancre et la Rose* en sortant du cottage. La toxicomanie de Justin. Pour la police, Mick était son fournisseur de coke, le dernier deal a mal tourné et Justin l'a tué. Ainsi que Sacha. Alors, pour répondre à ta question, oui. C'est à toi de décider. C'est toi le policier.

— Je passerais une partie de la vérité sous silence ? Je laisserais Trenarrow hors du coup ?

— Je ne me sens pas le droit de le juger. Tout bien pesé, Trenarrow s'efforçait de venir en aide aux gens. Ce qui est moche, c'est qu'il les faisait payer. Mais il essayait de faire du bien aux malades.

Ils gravirent le reste de la colline en silence. Tandis qu'ils s'engageaient dans l'allée menant à la villa, les lumières s'allumèrent au rez-de-chaussée comme s'ils étaient attendus. Au-dessous, les fenêtres du village commencèrent à briller dans l'obscurité.

Dora vint leur ouvrir. Elle était en tenue de cuisinière, enveloppée dans un immense tablier rouge couvert de traînées de farine. Elle avait également de la farine dans les plis de son turban bleu et sur un sourcil.

— Le docteur est dans la bibliothèque, dit-elle lorsqu'ils lui firent part de leur désir de le voir. Entrez. La pluie, c'est pas bon pour la santé. (Elle les conduisit jusqu'à la porte, frappa et ouvrit.) Je vais apporter du thé, ajouta-t-elle en se retirant.

Le Dr Trenarrow se leva en essuyant les verres de ses lunettes avant de les remettre sur son nez.

— Tout va bien ? demanda-t-il à Lynley.

— Peter est chez moi à Londres.

— Dieu soit loué. Votre mère ?

— Elle souhaiterait vous voir ce soir.

Derrière ses lunettes, Trenarrow cligna des yeux. A l'évidence, il ne savait comment interpréter l'énoncé de Lynley.

— Vous êtes trempés, dit-il.

S'approchant de la cheminée, il alluma le feu à la manière traditionnelle, mettant une bougie sous le charbon.

Saint James attendit que Lynley prenne la parole. Il se demanda s'il ne vaudrait pas mieux que ce dernier entretien eût lieu sans lui. Il avait certes affirmé à son ami que la décision lui revenait. Mais il savait que Lynley aurait du mal à fermer les yeux sur le rôle joué par Trenarrow dans la vente illégale de l'oncozyme, quelque nobles qu'aient pu être les mobiles du médecin. A n'en pas douter, Lynley s'en serait sorti plus facilement tout seul. Mais Saint James, qui avait besoin que tout soit éclairci, décida de rester, d'ouvrir grand ses oreilles, sans intervenir.

Le charbon en brûlant chuinta. Le Dr Trenarrow revint vers son bureau. Saint James et Lynley prirent place dans les fauteuils en face de lui. La pluie heurtait les carreaux avec un bruit de vaguelettes.

Dora reparut avec le thé qu'elle versa et sortit en rappelant à Trenarrow qu'il ne devait pas oublier de prendre son médicament à l'heure dite. Trenarrow hocha la tête d'un air entendu.

Lorsqu'ils furent de nouveau seuls devant le feu avec le thé et la pluie, Lynley prit la parole.

— Nous sommes au courant pour l'oncozyme, Roderick. Et pour la clinique de St. Just. Pour l'annonce grâce à laquelle vous trouviez des clients. Et le rôle joué par Mick et Justin. Mick sélectionnant les malades susceptibles de payer. Brooke fournissant le médicament.

Trenarrow s'écarta du bureau, repoussant légèrement son fauteuil.

— C'est une visite officielle, Tommy ?

— Non.

— Alors ?

— Est-ce que vous aviez rencontré Brooke avant samedi soir à Howenstow ?

— Je l'avais eu au téléphone, c'est tout. Il est venu ici vendredi soir.

— Quand ?

— Il était ici quand je suis rentré de Gull Cottage.

— Pourquoi ?

— C'est évident. Il voulait me parler de Mick.

— Mais vous n'avez pas parlé de sa visite à la police ?

Trenarrow fronça les sourcils.

— Non.

— Pourtant, vous saviez qu'il avait tué Cambrey. Il vous a dit pourquoi ?

Les yeux de Trenarrow allèrent de l'un à l'autre de ses visiteurs. Il s'humecta les lèvres, saisit sa tasse et en étudia le contenu.

— Mick voulait augmenter le prix du traitement. Je m'y étais déjà opposé. Justin aussi. Ce soir-là, ils ont eu une discussion à ce propos. Ils se sont violemment disputés. Justin a perdu son sang-froid.

— Quand vous nous avez rejoints au cottage, vous saviez que Justin Brooke avait tué Mick ?

— Je n'avais pas encore vu Brooke. Je ne savais pas plus que vous qui avait fait le coup.

— Et qu'avez-vous pensé en voyant que la pièce était sens dessus dessous et l'argent volatilisé ?

— Je n'ai compris qu'en voyant Brooke. Il cherchait tout ce qui était susceptible de le rattacher à Cambrey.

— Et l'argent ?

— Aucune idée. Il l'a peut-être pris, mais il ne m'en a rien dit.

— Le meurtre, il a reconnu en être l'auteur ?

— Ça oui.

— Et la mutilation ?

— C'était pour mettre la police sur une fausse piste.

— Il prenait de la cocaïne. Vous le saviez ?

— Non.

— Et vous saviez que Mick vendait de la coke à l'occasion ?

— Non.

Saint James suivait l'interrogatoire, non sans un vague sentiment de malaise. Un fait troublant sur lequel il n'arrivait pas à mettre exactement le doigt le préoccupait.

Les deux hommes continuaient de parler. Voix basse, à peine plus qu'un murmure, échange de données, mise à plat des détails. Soudain une sonnerie électronique retentit, qui venait de la montre de Trenarrow. Il appuya sur un minuscule bouton.

— Mon médicament pour la tension, expliqua-t-il.

Plongeant la main dans la poche de sa veste, il en sortit une boîte plate en argent et l'ouvrit. Elle renfermait des pilules blanches soigneusement alignées.

— Dora ne me pardonnerait pas si en arrivant un matin elle me trouvait raide mort, victime d'une attaque.

Il se fourra une pilule dans la bouche et but une gorgée de thé pour la faire passer.

Saint James l'observa, vissé à son fauteuil, sentant que toutes les pièces du puzzle se mettaient soudain en place. Les circonstances dans lesquelles le meurtre avait été commis. Qui l'avait commis. Et surtout pourquoi. Certains étaient en rémission, lui avait dit Lady Helen. Mais les autres étaient morts.

Trenarrow posa sa tasse sur sa soucoupe. En le voyant, Saint James se maudit intérieurement. Il pesta à l'idée de tous les indices qui lui avaient échappé, des détails qu'il avait ignorés, des données dont il n'avait pas tenu compte parce qu'elles ne trouvaient pas leur place dans le puzzle. Une fois de plus, il se maudit en songeant que son domaine était la science et non les entrevues et les interrogatoires. Il s'en voulut de s'intéresser aux objets et à ce qu'ils pouvaient révéler quant à la nature d'un crime. S'il s'était intéressé davantage aux gens, il aurait vu la vérité dès le début.

27

Du coin de l'œil, Lynley vit Saint James se pencher en avant, poser la main sur le bureau de Trenarrow.

— L'argent, dit Saint James, intervenant dans la conversation.

— Je vous demande pardon ?

— Tommy, à qui as-tu parlé de l'argent ?

Lynley s'efforça de se mettre sur la même longueur d'onde.

— Quel argent ?

— Nancy nous a dit que Mick préparait la paie du journal. Qu'il y avait de l'argent dans le living-room ce soir-là. Nous en avons discuté, toi et moi, après qu'elle nous a signalé la chose au pavillon. A qui d'autre en as-tu parlé ? Qui était au courant de la présence de cet argent à Gull Cottage ?

— Deborah et Helen. Elles étaient là quand Nancy nous en a parlé. John Penellin aussi.

— En as-tu fait état devant ta mère ?

— Bien sûr que non. Pourquoi diable est-ce que je lui aurais parlé de ça ?

— Alors, comment se fait-il que le Dr Trenarrow soit au courant ?

Lynley comprit immédiatement ce qu'impliquait cette question. Il lut la réponse sur le visage de Trenarrow, s'efforça de conserver son flegme professionnel, n'y parvint pas.

— Nom de Dieu.

Trenarrow ne broncha pas. Lynley reconnut à part lui que son ami avait eu raison de lui dire que son souhait vieux de quinze ans allait être réalisé. Et dans les grandes largeurs, encore.

— Que veux-tu dire, Saint James ? réussit-il à proférer, bien que connaissant la réponse.

— Tout simplement que le Dr Trenarrow a tué Mick Cambrey. Non qu'il ait prémédité son geste. Ils se sont disputés. Trenarrow l'a frappé. Mick est tombé. Début d'hémorragie. La mort est survenue quelques minutes après.

— Roderick ?

Lynley n'avait qu'une envie : entendre le médecin se disculper, sachant les répercussions que ses dénégations pouvaient avoir sur son avenir. Mais Saint James poursuivit avec un calme imperturbable. Seuls les faits comptaient, qu'il se mit à dévider.

— Quand il a vu que Cambrey était mort, il s'est dépêché d'agir. Il n'avait pas l'intention de fouiller le cottage. A supposer que Mick ait été assez stupide pour conserver une trace des transactions liées à l'oncozyme à Gull Cottage, jamais il n'aurait eu assez de temps pour mettre la main dessus. Il n'avait que le temps de monter une mise en scène faisant croire à un cambriolage ou à un crime sexuel. Mais en fait il ne s'agissait de rien de tout cela. C'est à propos de l'oncozyme qu'ils se sont engueulés.

Le Dr Trenarrow était impassible. Lorsqu'il se décida à parler, seules ses lèvres remuèrent, le reste de son visage demeurant de marbre. Et ses mots ne constituaient qu'une faible tentative pour nier. Ils étaient étrangement dénués de conviction.

— J'étais au théâtre vendredi soir. Vous le savez pertinemment.

— Une pièce en plein air dans une cour d'école, dit Saint James. Ça n'a pas dû être bien difficile de vous éclipser un moment, d'autant que vous étiez au fond. Vous avez dû aller trouver Cambrey après l'entracte, au cours du second acte. C'est à trois minutes à pied. Vous êtes allé le voir. Vous vouliez lui parler de l'oncozyme mais vous l'avez tué au cours d'une dispute et après ça vous êtes revenu dans la cour de l'école.

— Et l'arme ? crâna faiblement Trenarrow. Je suis censé m'être promené avec dans tout Nanrunnel ?

— La fracture du crâne n'a pas été provoquée par une

arme. Quant à la castration, c'est une autre histoire. Vous vous êtes servi d'un couteau de cuisine appartenant à Nancy.

— Et je serais reparti avec ? (Voix teintée de mépris, mais guère plus convaincante que la crânerie.)

— Vous l'avez cachée en vous rendant à l'école. Dans un jardin, une poubelle. Un peu plus tard, vous êtes allé la récupérer et vous vous en êtes débarrassé samedi soir, à Howenstow. Et c'est également à Howenstow que vous vous êtes débarrassé de Brooke. Parce qu'une fois que Brooke savait que Cambrey avait été tué, il savait qui l'avait tué. Mais il ne pouvait pas se permettre de vous dénoncer à la police : il se serait dénoncé du même coup. L'oncozyme vous liait l'un à l'autre.

— Ce ne sont que conjectures, dit Trenarrow. J'avais davantage de raisons de laisser Mick en vie que de le tuer. Il me procurait des patients, qu'est-ce que sa mort m'aurait rapporté ?

— Vous n'aviez pas l'intention de le tuer : vous l'avez frappé sous le coup de la colère. Votre objectif à vous, c'était de sauver les gens. Mais Mick, lui, ne songeait qu'à faire du fric. Ça vous a mis hors de vous, vous avez perdu la tête.

— Vous n'avez pas de preuves.

— Vous oubliez les appareils photo, poursuivit Saint James.

Trenarrow le regarda fixement, toujours impassible.

— Vous avez vu l'appareil au cottage. Vous en avez déduit que j'avais photographié le corps. Samedi, profitant de la confusion générale suscitée par l'arrestation de Penellin, vous avez jeté le matériel de photo de Deborah par la fenêtre de sa chambre.

— Si tel est bien le cas, intervint Lynley, se faisant l'espace d'un instant l'avocat de Trenarrow, pourquoi n'a-t-il pas emporté les appareils dans la crique ? Il y avait déjà jeté le couteau. Pourquoi ne pas s'être débarrassé des appareils par la même occasion ?

— Au risque de se faire surprendre dans le parc avec la mallette ? C'était parfaitement idiot. Il pouvait cacher le couteau sur lui, Tommy. Si quelqu'un l'avait aperçu dans le parc, il aurait pu dire qu'il prenait un bol d'air pour estomper les effets de l'alcool. Le prétexte aurait été parfaitement plausible. Les gens avaient l'habitude de le voir aller et venir à Howenstow. Mais pas muni d'appareils photo. Il a dû les mettre dans le coffre de sa voiture et les transporter ailleurs. Les planquer dans un endroit où il était à peu près sûr qu'on ne les retrouverait jamais.

La lumière se fit soudain dans l'esprit de Lynley. Ils avaient tous participé à la conversation, autour de la table. Ils avaient tous ri, trouvé absurde l'idée de faire visiter les mines à des touristes. Il prononça les deux mots fatidiques.

— Wheal Maen. (Saint James le fixa.) Au dîner, tante Augusta était contre la fermeture de Wheal Maen.

— Ce ne sont que des suppositions, coupa vivement Trenarrow. Des suppositions et des idioties. L'oncozyme mis à part, vous n'avez rien de tangible. Une fois que la nature de nos relations sera connue, qui s'avisera de croire cette histoire, Tommy ? A condition, bien sûr, que vous teniez à ce que nos différends soient étalés sur la place publique.

— C'est à cela que tout se ramène, alors ? s'enquit Lynley. Ma mère. Encore et toujours.

L'espace d'un instant, laissant de côté les exigences de la justice, il envisagea le scandale qui ne manquerait pas d'en découler. Il aurait pu feindre de ne pas être au courant de l'utilisation faite par Trenarrow de l'oncozyme, de la clinique de St. Just, des tarifs exorbitants payés par les malades. Il aurait pu fermer les yeux sur tout cela, laisser sa mère dans l'ignorance pour le reste de ses jours. Mais le meurtre, c'était une autre histoire. Le meurtre exigeait réparation. Et cela, il ne pouvait l'ignorer.

Lynley imagina les mois à venir. Tribunal. Accusations portées par lui et réfutées par Trenarrow. Sa mère serait impliquée dans l'affaire. L'opinion publique ne manquerait pas de conclure que c'était à cause d'elle que Lynley dénonçait son amant.

— Il a raison, Saint James, dit Lynley d'une voix atone. Ce sont des conjectures. Même si nous réussissons à récupérer les appareils photo, la galerie centrale étant inondée depuis des années, la pellicule sera fichue.

Saint James fit non de la tête.

— C'est la seule chose que le Dr Trenarrow ignorait : le film n'est pas dans l'appareil. Deborah me l'avait remis.

Lynley entendit la respiration de Trenarrow. Saint James poursuivit :

— Et la preuve est sur ce film, n'est-ce pas, docteur ? Votre boîte à pilules en argent sous la cuisse de Mick Cambrey. Vous pouvez peut-être expliquer le reste, accuser Tommy de fabriquer des preuves pour vous brouiller avec sa mère. Mais vous ne pourrez pas faire en sorte que votre boîte ne soit pas sur la photo près du cadavre. Celle-là même que vous venez de sortir de votre poche.

Trenarrow contemplait le port sous la brume.

— Cette boîte ne prouve rien.

— Alors qu'elle figure sur nos photos, mais pas sur les photos prises par la police ? Bien au contraire. Et vous le savez.

La pluie crépitait contre les vitres. Le vent hurlait dans la cheminée. Une corne de brume mugit au loin. Trenarrow remua sur son fauteuil, se retournant vers le centre de la pièce. Il se cramponna aux accoudoirs, sans mot dire.

— Que s'est-il passé ? questionna Lynley. Pour l'amour du ciel, Roderick, que s'est-il passé ?

Un long moment, Trenarrow resta sans répondre. Ses yeux ternes fixaient l'espace entre Saint James et Lynley. Il tendit la main vers la poignée du tiroir de son bureau et joua avec machinalement.

— L'oncozyme. Brooke avait du mal à s'en procurer en quantités suffisantes. Il faisait le maximum, mais il nous en fallait toujours plus. Vous ne pouvez savoir le nombre de gens qui nous téléphonaient — et qui continuent, d'ailleurs. Des gens désespérés, aux abois. Nous n'arrivions pas à suffire à la demande. Et cependant Mick n'arrêtait pas de m'adresser des clients.

— Brooke a fini par trouver une substance pour remplacer l'oncozyme, c'est ça ? dit Saint James. Vos premiers patients ont connu des périodes de rémission. Comme les chercheurs du labo d'Islington l'avaient laissé entendre. Mais au bout d'un moment, les choses ont commencé à se gâter.

— Brooke m'envoyait le produit de Londres par l'intermédiaire de Mick. Quand il a été impossible de s'en procurer et qu'ils ont compris qu'il faudrait fermer la clinique, ils m'ont envoyé autre chose à la place. Et des malades qui auraient dû connaître une période de rémission ont commencé à aller plus mal, puis à mourir. Pas tout de suite, évidemment. C'est petit à petit que la tendance s'est dessinée. Ce qui a éveillé mes soupçons. J'ai testé le nouveau produit : c'était une solution saline.

— D'où votre accrochage avec Cambrey.

— Je suis allé le trouver, vendredi soir. Je voulais fermer la clinique. (Il fixa le feu.) Mick se fichait pas mal de tout ça. Les gens, il s'en moquait éperdument. Seul l'argent l'intéressait. « Laissez la clinique fonctionner le temps qu'on réussisse à s'en procurer, m'a-t-il dit. On a des décès ? Tant pis. D'autres patients viendront. Les gens sont prêts à payer n'importe quoi pour avoir une chance de guérir. Pourquoi vous énerver comme ça ? Vous vous mettez du pognon plein les poches, vous n'allez pas me dire que ça ne vous plaît pas. » (Trenarrow regarda Lynley.) J'ai essayé de le raisonner, Tommy. Je n'ai pas réussi à lui faire comprendre mon point de vue. J'avais beau parler, insister, il rejetait tous mes arguments. Finalement... j'ai craqué.

— Quand vous avez vu qu'il était mort, vous avez décidé de monter une mise en scène pour faire croire à un crime sexuel ? s'enquit Saint James.

— Cambrey avait une réputation de tombeur solidement établie. Je me suis dit qu'on penserait qu'un mari jaloux lui avait réglé son compte.

— Et l'argent qui se trouvait au cottage ?

— Je l'ai emporté. Et j'ai mis le living-room sens dessus dessous pour faire croire qu'il avait été fouillé. J'ai pris mon mouchoir dans ma poche de façon à effacer mes empreintes. C'est à ce moment-là que la boîte à pilules a dû tomber. Lorsque je me suis agenouillé près du corps, plus tard, c'est la première chose que j'ai remarquée.

Lynley se pencha en avant.

— La mort de Mick, c'est un accident, Roderick. Mais Brooke ? Vous étiez pieds et poings liés, tous les deux. Qu'aviez-vous à craindre de lui ? Même s'il avait deviné que c'était vous qui aviez tué Mick, il aurait tenu sa langue. Car, en vous dénonçant, il se serait trahi.

— Je n'avais rien à craindre de Brooke, c'est exact, dit Trenarrow.

— Alors pourquoi...

— Il voulait la peau de Peter.

— La peau de...

— Oui, il voulait se débarrasser de lui. Je l'ai trouvé chez moi quand je suis rentré du spectacle, vendredi soir. Nous ne nous étions jamais rencontrés, mais il n'a eu aucun mal à dénicher la villa. Il m'a dit que Mick avait parlé devant Peter. Il était inquiet. Il voulait que je m'arrange pour faire taire Mick.

— Ce que vous aviez déjà fait, observa Saint James.

Trenarrow accepta la remarque sans broncher.

— Le lendemain matin, en apprenant la mort de Mick, il a été pris de panique. Il est venu me trouver. Il pensait que Peter n'allait pas tarder à comprendre et à aller voir la police, à moins qu'il ne se mette à jouer les maîtres chanteurs. Peter était accro à la cocaïne, il n'avait pas d'argent, il avait déjà menacé Mick. Brooke voulait que Peter disparaisse. Inutile de dire que j'étais décidé à tout faire pour empêcher cela.

— Oh, mon Dieu, fit Lynley, sentant la lame acérée du regret le percer de part en part.

— Il m'a dit que c'était sans risque, qu'il pouvait s'arranger pour qu'on croie à une overdose. Je n'avais pas la moindre idée de ce qu'il mijotait, mais j'ai cru que je pourrais l'empêcher d'agir. Je lui ai dit que j'avais un meilleur plan et je lui ai fixé rendez-vous sur la falaise, le samedi soir après le dîner.

— Et c'est là que vous l'avez tué ?

— J'avais emporté le couteau, mais il était ivre. Alors je l'ai poussé dans le vide de façon qu'on croie à un accident. (L'espace d'un instant, Trenarrow garda le silence. Il examina des dossiers, un magazine, trois photos, un stylo qui étaient posés sur son bureau.) J'ai agi sans hésitation, sans un regret. Je ne regrette toujours rien.

— Malheureusement, il avait déjà remis la drogue à Sacha. Un mélange d'ergotamine et de quinine. Lui demandant de la donner à Peter.

— J'ai agi avec un temps de retard. Quel gâchis. Quelle horreur. (Trenarrow se mit à faire une pile de ses papiers. Il jeta un regard presque attendri autour de lui.) C'est pour elle que j'avais acheté cette maison. Je ne pouvais pas lui proposer de s'installer à Gull Cottage. Ridicule. Mais elle aurait accepté de vivre ici. C'est grâce à l'oncozyme que j'ai pu payer la maison. L'oncozyme était doublement bénéfique. Pour moi et pour les patients. Imaginez ces gens condamnés qui se voyaient miraculeusement proposer un traitement, tandis que votre mère et moi vivions enfin ensemble. C'est pour elle que j'ai acheté cette villa, Tommy. (Rassemblant ses papiers dans une main, il ouvrit de l'autre le tiroir du milieu de son bureau.) Si l'oncozyme avait existé du vivant de votre père, je l'aurais sauvé, Tommy. Sans l'ombre d'un doute. Malgré les sentiments que j'éprouvais pour votre mère. J'espère que vous me croyez. (Il rangea les papiers dans le tiroir, y laissant la main.) Est-ce qu'elle est au courant de tout ça ?

Lynley songea à son père, à son agonie. Il songea à sa mère, s'efforçant de faire pour le mieux. Il songea à son frère, grandissant tout seul à Howenstow. Il songea à Trenarrow. Il dut faire un effort pour répondre :

— Non.

— Dieu soit loué. (La main de Trenarrow se glissa dans le tiroir et en ressortit. Lueur sourde du métal. Il tenait un revolver.) Dieu soit loué, répéta-t-il, le braquant sur Saint James.

— Roderick.

Lynley fixa l'arme. Des idées folles, décousues, lui traversèrent l'esprit. Achat au marché noir, antiquité datant de la guerre, armurerie de Howenstow. Évidemment, Trenarrow s'était préparé à cet instant. Il devait se douter depuis plusieurs jours qu'il allait être découvert. Questions, interviews, coups de téléphone lui avaient mis la puce à l'oreille.

— Roderick, pour l'amour du ciel.

— Oui, murmura Trenarrow.

Lynley dirigea ses regards vers Saint James dont le visage ne trahissait pas la moindre émotion. Percevant un mouvement sur le côté, Lynley braqua de nouveau les yeux sur le revolver. Le doigt de Trenarrow était quasiment sur la détente.

Et soudain devant lui cette possibilité qui se représentait. Ses désirs allaient être exaucés au centuple.

Il n'avait qu'une fraction de seconde pour prendre une décision. Décide-toi, s'ordonna-t-il furieusement. Ce qu'il fit.

— Roderick, vous n'espérez pas...

Le claquement de la détonation l'interrompit.

Deborah appuya ses poings contre sa nuque pour détendre ses muscles fatigués. Il faisait chaud dans la pièce et, malgré la fenêtre entrebâillée, la fumée de la cigarette d'Harry Cambrey empestait l'air, lui piquant les yeux.

Dans la salle de rédaction, tout le monde travaillait. Les téléphones sonnaient par intermittence, les traitements de texte crépitaient, les tiroirs s'ouvraient et se refermaient, le parquet craquait sous les pas des journalistes. Deborah avait exploré le contenu d'un classeur, ne réussissant qu'à se couper le doigt et à se barbouiller les paumes d'encre noire. D'après les bruits que faisait Harry Cambrey — grognements, soupirs, jurons — il semblait logique de conclure qu'il n'avait pas eu plus de chance qu'elle.

La jeune femme étouffa un bâillement, se sentant complètement vidée. Elle n'avait dormi qu'une ou deux heures à l'aube et ses rêves chaotiques l'avaient laissée épuisée physiquement et émotionnellement. Elle subissait le contrecoup des efforts déployés pour ne pas penser aux événements de la nuit précédente. Maintenant, elle ne souhaitait plus qu'une chose : dormir. Pour récupérer mais aussi pour fuir. Alors même qu'elle songeait à son lit, elle sentit ses paupières s'alourdir. La pluie sur le toit avait un effet merveilleusement hypnotique, la salle était chaude, le murmure des voix apaisant...

Le hululement d'une sirène fut comme une gifle qui l'arracha à sa torpeur. Julianna Vendale se leva et s'approcha de la fenêtre. Deborah la rejoignit tandis qu'Harry Cambrey se levait.

Une ambulance tournait dans Paul Lane. Un peu plus loin, là où la ruelle commençait à grimper dans les collines, deux voitures de police fonçaient sous la pluie. Dans le même temps, un téléphone se mit à grésiller dans la salle de rédaction. Julianna prit la communication. La conversation était à sens unique, ses commentaires laconiques consistant en « Quand ?... Où ?.... Mortel ?... Bien. Oui. Merci ».

Elle raccrocha et annonça à Cambrey :

— On a tiré des coups de feu chez Trenarrow.

Deborah eut à peine le temps d'éprouver un début de crainte et de dire « Trenarrow ? » que déjà Harry Cambrey se précipitait, attrapant deux appareils photo et un imperméable au passage. Il ouvrit violemment la porte et cria par-dessus son épaule à Julianna Vendale :

— Restez près du téléphone.

Tandis qu'il dévalait bruyamment l'escalier, une autre voiture de police passa à toute vitesse. Sans se soucier de la pluie, les clients de *L'Ancre et la Rose* ainsi que des habitants de Paul Lane sortirent des bâtisses pour s'élancer à la suite de la police. Harry Cambrey fut pris au milieu de la foule, ses appareils bringuebalant, luttant pour se frayer un chemin dans la mêlée. De la fenêtre, Deborah surveillait la scène. Cherchant — en vain — une tête blonde et une tête brune. Ils devaient sans aucun doute être parmi la foule. Ayant entendu le nom de Trenarrow, ils allaient se rendre chez lui.

Dans la rue, une voix s'éleva :

— Aucune idée. Mort, je crois.

Ces mots produisirent l'effet d'un courant électrique sur Deborah. En les entendant, elle vit le visage de Simon. Elle se souvint de la façon dont il avait regardé Tommy — avec fermeté, avec décision — avant de l'entraîner hors du journal. Horrifiée soudain, elle se dit : « Ils sont allés chez Trenarrow. »

Se précipitant dehors, elle descendit l'escalier en toute hâte. Elle se fraya un chemin à travers la foule agglutinée devant le pub et se retrouva dans la rue sous la pluie qui tombait dru. Une voiture qui passait la klaxonna. Ses pneus mordirent dans une flaque, projetant une gerbe d'eau. Mais elle n'y prenait pas garde : tout ce qui comptait, c'était trouver la maison de Trenarrow.

Au cours des trois dernières années, Lynley ne lui avait pratiquement pas parlé de ses relations avec sa famille. Et ses rares allusions s'étaient traduites par des actes plutôt que des paroles. Décision de passer Noël avec Deborah et non à Howenstow. Lettre de sa mère restée des semaines sur un coin de table sans être ouverte. Message téléphonique demeuré sans réponse. Mais cet après-midi, en marchant jusqu'à la crique, Tommy lui avait annoncé qu'il avait fait la paix avec les siens, tiré un trait sur l'amertume, le ressentiment. Que quelque chose ait pu arriver maintenant était proprement obscène. *Pas mort. Non.*

Ressassant ces mots, elle parvint au pied de la colline. De l'eau dégoulinant d'un toit l'aveugla momentanément tandis qu'elle attaquait la montée. Elle fit halte pour s'essuyer les yeux, la foule jaillissant autour d'elle, s'élançant vers les lumières bleues des gyrophares. L'air vibrait de spéculations morbides. Un cadavre à voir, du sang à renifler ? La populace était prête.

Au premier croisement, elle fut poussée contre les vitres

embuées du *Talisman Café* par une mégère en colère qui remorquait un gamin brailleur.

— Pouvez pas regarder où vous allez ? cria la femme furieuse à Deborah. (Elle portait de curieuses sandales lacées jusqu'aux genoux. Elle tira le gosse vers elle.) Saleté de touristes ! Y se croient chez eux, ici !

Deborah ne se donna pas la peine de répondre. Elle la dépassa.

Plus tard, elle devait se rappeler la traversée du village, la montée de la colline, comme une succession de vignettes. Sur la porte d'un magasin, une enseigne fouettée par la pluie annonçant *crème fleurette* et *gâteau au chocolat* en lettres qui coulaient. Un tournesol dont la tête énorme penchait. Des branches de palmier gisant dans une flaque. Des bouches ouvertes lui criant des mots qu'elle n'entendait pas. Une roue de bicyclette qui tournait tandis que le cycliste était allongé les quatre fers en l'air dans la rue. Mais sur l'instant, elle ne voyait que Tommy, le visage de Tommy l'accusant de trahison. Ce serait sa punition pour les instants d'égoïste faiblesse passés avec Simon.

Je vous en prie, songea-t-elle. Marchandages, promesses, elle était prête à tout. Sans un seul regret.

Comme elle arrivait à mi-côte, une autre voiture de police la dépassa, faisant jaillir gerbe d'eau et gravillons. Le véhicule n'eut pas à klaxonner pour dégager la chaussée. Découragés par l'averse, les moins intrépides des amateurs d'émotions fortes avaient renoncé à l'escalade et avaient commencé à chercher refuge qui dans les magasins, qui sous les porches, qui dans l'église méthodiste. La contemplation d'un cadavre ensanglanté, pour divertissante qu'elle s'annonçât, ne semblait pas justifier qu'ils abîment leurs vêtements d'été.

Seuls les plus tenaces avaient réussi à atteindre le sommet. Rejetant en arrière ses cheveux collés par la pluie, Deborah les vit, massés devant une allée barrée par le cordon jaune de la police qui interdisait l'accès de la propriété aux curieux. Le petit groupe gardait un silence lourd de spéculations, que troublait seule la voix énervée d'Harry Cambrey qui se disputait avec un constable implacable, insistant pour qu'on le laissât entrer.

Derrière eux, la pluie s'abattait avec violence sur la villa de Trenarrow. Toutes les fenêtres étaient allumées. Des hommes en uniforme allaient et venaient. Les gyrophares des voitures garées dans l'allée circulaire clignotaient.

— Abattu d'une balle, y paraît, marmonna un spectateur.

— Y z'ont sorti quelqu'un ?

— Non.

Deborah balaya des yeux la façade de la villa, examinant les hommes, cherchant un signe. Il n'était pas blessé, il n'avait rien, il devait être au milieu d'eux. Impossible de le trouver. Elle poussa les badauds pour parvenir jusqu'à la cordelette de la police. Des prières enfantines lui montaient aux lèvres et mouraient avant d'avoir été dites. Elle se mit à marchander avec Dieu. Elle Lui demanda de la punir autrement. Elle Lui demanda de la comprendre. Elle reconnut ses fautes.

Elle se baissa pour se glisser sous la corde.

— Hé là, Miss, pas question de passer ! (Le constable qui s'était disputé avec Cambrey aboya l'ordre, planté à dix mètres de là.)

— Mais...

— Reculez ! cria-t-il. On n'est pas au spectacle.

Sans tenir compte de l'injonction, Deborah avança. Le besoin de savoir, le besoin d'être là effaçaient tout le reste.

— Hé, vous là-bas ! (Le constable se dirigea vers elle, prêt à la repousser vers la foule. Cambrey en profita pour s'élancer et remonter l'allée en trombe.) Bon Dieu ! hurla le constable. Cambrey !

Ayant perdu le journaliste, il n'était pas décidé à ce que l'autre lui fausse compagnie, aussi attrapa-t-il Deborah par le bras, faisant signe de la main à une voiture qui s'était arrêtée sur le bas-côté.

— Embarquez-moi ça, dit-il aux policiers qui étaient à l'intérieur. L'autre m'a filé sous le nez.

— Non ! (Deborah se débattit pour se dégager, indignée de se trouver dans l'incapacité d'agir. Elle ne parvenait même pas à libérer son bras de l'étreinte du constable. Plus elle luttait, plus il serrait.)

— Miss Cotter ?

Elle pivota. Un ange n'aurait pu mieux tomber. Vêtu de noir, le révérend Sweeney se tenait sous un parapluie à peine moins grand qu'une tente, la regardant en clignant des yeux.

— Tommy est à l'intérieur, dit-elle. Mr Sweeney, je vous en prie.

L'ecclésiastique fronça les sourcils, plissa les yeux vers l'allée.

— Oh, mon Dieu. (Sa main droite se crispa sur la poignée de son parapluie en prélude à un intense effort de réflexion.) Oh, mon Dieu. Oui. Je vois. (Ceci pour indiquer qu'il avait pris une décision. Mr Sweeney se redressa de tout son mètre cinquante et se tourna vers le constable qui tenait toujours fermement Deborah par le bras.) Vous connaissez Lord Asherton, je présume, dit-il d'un ton autoritaire qui aurait certainement surpris ses paroissiens. Cette jeune personne est sa fiancée. Laissez-la passer.

Le constable lorgna Deborah, et surtout sa mise que la pluie n'avait pas arrangée. Il semblait visiblement douter qu'il pût y avoir un rapport quelconque entre elle et la famille Lynley.

— Laissez-la passer, répéta Mr Sweeney. Je vais l'accompagner à la villa. A mon avis, vous feriez mieux de vous occuper du journaliste.

Le constable jeta à Deborah un nouveau regard sceptique.

— Très bien, finit-il par dire. Mais arrangez-vous pour ne gêner personne.

Deborah voulut murmurer un merci mais le mot ne réussit pas à franchir ses lèvres. Elle fit quelques pas hésitants.

— Ça va aller, mon petit, dit Mr Sweeney. Prenez mon bras. L'allée est glissante.

Elle obtempéra machinalement, toute à ses craintes et à ses spéculations.

— Pas Tommy, chuchota-t-elle. Pas de cette façon. Tout mais pas ça.

— Ne vous inquiétez pas, murmura Mr Sweeney, l'esprit ailleurs.

Ils glissaient au milieu des corolles écrasées des fuchsias tout en remontant l'allée conduisant à la villa. La pluie tombait moins dru mais comme Deborah était déjà trempée le parapluie de Mr Sweeney ne lui servait pas à grand-chose. Cramponnée à son bras, elle frissonna.

— C'est affreux, dit Mr Sweeney comme en réponse à cette réaction. Mais ça va aller, ne vous inquiétez pas.

Deborah entendit ces mots mais n'en crut rien : il n'y avait plus aucune chance que ça aille. La justice trouvait toujours le moyen de vous rattraper au tournant. Son heure était venue. Elle allait payer.

Malgré le nombre de gens qui se trouvaient sur les lieux, un calme surprenant régnait aux abords de la villa. On n'entendait que le crachotement d'une radio. Dans l'allée circulaire, sous l'aubépine, trois voitures de police étaient immobilisées n'importe comment, comme si leurs chauffeurs s'étaient précipités hors de leurs véhicules sans se soucier de savoir comment ils s'étaient garés. Sur la banquette arrière d'une des automobiles, Harry Cambrey, le visage congestionné, semblait avoir une violente explication avec un constable en colère qui lui avait passé les menottes. Lorsqu'il aperçut Deborah, Cambrey colla le nez à la vitre.

— Mort ! cria-t-il avant que le constable le tire en arrière.

Le pire s'était produit. Deborah aperçut l'ambulance près de l'entrée. Sans un mot, elle agrippa le bras de Mr Sweeney. Comme devinant ses craintes, il tendit le doigt vers le porche.

— Regardez, lui intima-t-il.

Deborah s'obligea à regarder vers la porte. Et elle le vit. Ses yeux le détaillèrent, cherchant des traces de blessure. Mais, en dehors du fait que sa veste était trempée, il était indemne — quoique terriblement pâle — et parlait avec l'inspecteur Boscowan.

— Merci, mon Dieu, chuchota-t-elle.

La porte s'ouvrit alors qu'elle prononçait ces mots. Lynley et Boscowan s'écartèrent pour laisser deux hommes sortir sous la pluie avec une civière sur laquelle était allongée une silhouette. Un drap recouvrait de la tête aux pieds le corps maintenu par des sangles comme pour l'abriter de la pluie et le dissimuler aux regards des curieux. Ce n'est qu'en le voyant, en entendant la porte d'entrée se refermer avec un bruit horriblement définitif, que Deborah comprit. Malgré tout, elle balaya frénétiquement du regard le jardin, les fenêtres brillamment éclairées, les voitures, la porte. Le cherchant.

Mr Sweeney dit quelque chose, mais elle n'entendit pas. Elle ne pensait qu'aux paroles qu'elle-même avait prononcées peu avant. *Tout mais pas ça*.

Son enfance, sa vie entière défilèrent devant elle en un instant, ne laissant derrière elles ni colère ni souffrance mais une compréhension pleine et entière qui venait trop tard. Elle se mordit les lèvres avec tant de force qu'elle sentit le goût de son sang. Ce ne fut pas suffisant pour lui ôter l'envie de crier son angoisse.

— Simon !

Elle se rua vers l'ambulance dans laquelle on avait chargé le corps.

Lynley pivota. Il la vit se précipiter, louvoyant au milieu des voitures. Elle glissa sur la chaussée luisante mais se releva, criant son nom.

Elle se jeta sur l'ambulance, attrapant la poignée de la porte arrière. Un policier essaya de la maîtriser, puis un second, mais elle les repoussa, leur décochant des coups de pied, les griffant. Et, pendant tout ce temps, elle ne cessait de hurler son nom. Lynley comprit qu'il entendrait ces deux syllabes toute sa vie. Un troisième policier se joignit à ses collègues, mais elle réussit à lui échapper.

Le cœur serré, Lynley se détourna. Tendit la main vers la porte de la villa.

— Saint James, dit-il.

Son ami était dans le hall avec la femme de ménage de Trenarrow qui sanglotait dans son turban, qu'elle avait retiré. Il tourna la tête vers Lynley, parut sur le point de parler mais hésita tandis que les cris de Deborah redoublaient au-dehors. Il tapota l'épaule de Dora et rejoignit Lynley près de la porte, s'arrêtant net à la vue de Deborah qu'on entraînait loin de l'ambulance et qui se débattait avec la dernière énergie. Il regarda Lynley.

Lynley détourna les yeux.

— Va auprès d'elle, bon Dieu ! Elle te croit dans l'ambulance.

Il ne pouvait regarder son ami en face. Il ne voulait pas le voir. Il espérait que Saint James prendrait les choses en main sans ajouter un mot.

— Non. Elle est seulement...

— Vas-y, nom d'un chien.

Quelques secondes s'écoulèrent avant que Saint James se décide à bouger. Mais, lorsqu'il s'avança finalement dans l'allée, Lynley s'obligea à le suivre des yeux : le moment d'expier était venu.

Saint James contourna les voitures de police et s'approcha du groupe. Il marchait lentement, handicapé par sa jambe, incapable d'accélérer l'allure, condamné à traîner vilainement la patte depuis que Lynley avait fait de lui un infirme.

Saint James arriva à hauteur de l'ambulance. Il cria le nom de Deborah. Il l'attrapa, l'attira vers lui. Elle se débattit violemment, jusqu'au moment où elle le reconnut. Alors elle se retrouva contre lui, le corps secoué de gros sanglots. Saint James inclina la tête vers elle, plongea les mains dans sa chevelure.

— Tout va bien, dit-il à Deborah cependant que Lynley écoutait. Désolé de t'avoir fait peur. Je suis sain et sauf, mon amour. (Et il ajouta dans un murmure :) Mon amour. Mon amour.

La pluie tombait, les policiers commençaient à s'agiter autour d'eux. Mais serrés l'un contre l'autre ils ne s'en aperçurent même pas.

Lynley tourna les talons et s'engouffra dans la villa de Trenarrow.

Un mouvement la réveilla. Elle ouvrit les yeux, fixa le plafond lointain, qu'elle contempla, déroutée. Tournant la tête, elle aperçut la coiffeuse recouverte de dentelle avec ses brosses à cheveux en argent, sa vieille psyché. La chambre de l'arrière-grand-mère de Lynley, songea-t-elle. Reconnaissant le décor, elle se rappela tout le reste. La crique, la salle de rédaction du *Spokesman*, sa course jusqu'en haut de la colline, le corps sous un drap, tout cela se mêla dans son esprit. Et au centre de ces images il y avait Tommy.

Un autre mouvement lui parvint de l'autre côté de la chambre. Les rideaux étaient fermés mais un rai de lumière tombait sur une chaise placée près de la cheminée. Lynley était là, les jambes allongées devant lui. Sur la table près de lui se trouvait un plateau chargé de nourriture. Le petit déjeuner apparemment. Elle aperçut le contour d'un porte-toasts.

Au début elle ne souffla mot, s'efforçant de se remémorer les événements qui avaient suivi ces instants terrifiants à la villa de Trenarrow. Elle se souvint d'un cognac qu'on l'avait forcée à boire, du brouhaha des voix, d'un téléphone qui sonnait, d'une voiture. Sans savoir comment, elle avait quitté Nanrunnel, rejoint Howenstow et son lit.

Elle portait une chemise de nuit de satin bleu qu'elle ne reconnaissait pas. Une robe de chambre assortie était posée en travers du lit. Elle se redressa, s'assit.

— Tommy ?

— Tu es réveillée ?

Il s'approcha des fenêtres et, écartant les rideaux, donna de la lumière. La fenêtre à guillotine était entrouverte, il l'ouvrit davantage pour faire entrer les cris des mouettes et des cormorans qui formèrent comme un bruit de fond.

— Quelle heure est-il ?

— Un tout petit peu plus de dix heures.

— Dix heures ?

— Tu dors depuis hier après-midi. Tu ne t'en souviens pas ?

— Pas bien. Il y a longtemps que tu es là ?

— Assez.

Elle vit qu'il portait toujours les vêtements qu'il avait à Nanrunnel. Il n'était pas rasé, il avait des cernes noirs sous les yeux et les traits tirés.

— Tu es resté là toute la nuit ?

Il ne répondit pas. Il se tenait près de la fenêtre, loin du lit. Par-delà son épaule, elle aperçut le ciel. Sur ce fond de ciel, ses cheveux avaient l'air dorés par le soleil.

— Je pensais te ramener à Londres en avion, ce matin. Quand tu seras prête. (Il désigna le plateau d'un geste.) Ton petit déjeuner t'attend depuis huit heures et demie. Tu veux que je leur demande de te monter autre chose ?

— Tommy, dit-elle. Tu veux... Est-ce qu'il y a...

Elle aurait voulu voir l'expression de son visage mais c'était impossible car il tournait la tête. Elle ne termina pas sa phrase.

Il mit les mains dans ses poches et regarda de nouveau par la fenêtre.

— Ils ont ramené John Penellin chez lui.

— Et Mark ? questionna Deborah.

— Boscowan sait qu'il a pris la *Daze*. Quant à la cocaïne... (Il soupira.) C'est à John de prendre une décision. Je ne veux pas m'en mêler. J'ignore ce qu'il va faire. Il n'est peut-être pas prêt à passer l'éponge en ce qui concerne Mark. Je ne sais pas.

— Tu pourrais le dénoncer.

— C'est vrai.

— Mais tu ne le feras pas.

— Il vaut mieux que ça vienne de John. (Il continua de regarder par la fenêtre, la tête levée vers le ciel.) Belle journée. Idéal pour voler.

— Et Peter ? s'enquit-elle. Il est définitivement mis hors de cause ? Sidney aussi ?

— Saint James pense que Justin Brooke s'est procuré l'ergotamine à Penzance. C'est un médicament qui ne se délivre que sur ordonnance, mais ce ne serait pas la première fois qu'un pharmacien ferait une entorse au règlement pour dépanner un client souffrant d'une migraine et dans l'incapacité de trouver un médecin de garde, pour la bonne raison qu'il n'y en a pas le samedi.

— Il ne pense pas que Justin aurait pu prendre quelques-unes de ses gélules ?

— Il ne voit pas comment Brooke aurait pu savoir qu'il utilisait ce genre de produit. Je lui ai dit que ça n'avait pas d'importance, mais il veut blanchir Sidney et Peter. Il s'est rendu à Penzance.

Il se tut, son récit terminé.

Deborah sentit sa gorge se serrer. Il avait l'air tellement tendu.

— Tommy, dit-elle. Je t'avais aperçu sous le porche. Je savais que tu étais indemne. Mais quand j'ai vu le corps, je...

— Le pire, ç'a été de prévenir maman, coupa-t-il. De lui annoncer la nouvelle, de la regarder en face en sachant que mes mots la démolissaient. Mais elle n'a pas versé une larme. Pas devant moi. Parce que nous savons tous les deux que je suis à blâmer, au fond, dans cette histoire.

— Non !

— S'ils s'étaient mariés des années plus tôt, si je les avais laissés se marier...

— Tommy, non.

— Elle ne veut pas que je sois témoin de son chagrin. Elle ne veut pas que je l'aide.

— Tommy, chéri...

— Ç'a été horrible. (Il passa le doigt sur la vitre.) L'espace d'un instant, j'ai cru qu'il allait tirer sur Saint James. Mais il a mis le canon de son arme dans sa bouche. (Il s'éclaircit la gorge.) Comment se fait-il que rien ne puisse vous préparer à un spectacle pareil ?

— Tommy, je le connais depuis toujours. C'est comme s'il faisait partie de ma famille. Quand je l'ai cru mort...

— Le sang. Les fragments de matière cérébrale éclaboussant les vitres. Je verrai ça jusqu'à la fin de mes jours. Ça et le reste. Comme une saloperie de film qui se déroulera dans ma tête chaque fois que je fermerai les yeux.

— Tommy, je t'en prie, dit-elle d'une voix brisée. Approche-toi.

A ces mots, ses yeux bruns se plantèrent dans ceux de Deborah.

— Ça ne suffit pas, Deb.

— Quoi ? Qu'est-ce qui ne suffit pas ?

— Que je t'aime. Que je te désire. Je pensais que Saint James était idiot de ne pas avoir épousé Helen. Je ne comprenais pas. En fait, je savais très bien pourquoi il ne l'avait pas fait, seulement je préférais ne pas regarder la vérité en face.

Elle fit celle qui n'avait pas entendu.

— Tu penses que l'église du village fera l'affaire, Tommy ? Ou est-ce que Londres est plus indiqué ?

— L'église ?

— Pour le mariage, chéri. Qu'en penses-tu ?

Il secoua la tête.

— Pas dans ces conditions, Deborah. Pas comme ça.

— Mais je te désire, chuchota-t-elle. Je t'aime, Tommy.

— Tu aimerais le croire. Moi aussi. Si tu étais restée en Amérique, si tu n'étais pas revenue chez toi, si je t'avais rejointe là-bas, on aurait peut-être eu une chance. Mais les choses étant ce qu'elles sont...

Il ne bougea pas. La distance parut insupportable à Deborah. Elle lui tendit la main.

— Tommy. Tommy. S'il te plaît.

— C'est avec Simon que tu dois vivre. Tu le sais. Moi aussi.

— Non, je...

Elle ne put terminer sa phrase. Elle aurait voulu se rebeller contre ce qu'il venait de dire, mais il avait touché la vérité du doigt. Une vérité à laquelle elle avait pendant longtemps essayé d'échapper.

Il contempla un moment son visage avant de reprendre la parole.

— Tu as une heure pour te préparer. Ça te va ?

Elle ouvrit la bouche, prête à nier, mais s'aperçut qu'elle en était incapable.

— Une heure. D'accord.

ÉPILOGUE

28

— Voilà qui donne au mot « assommant » une nouvelle dimension, fit Lady Helen avec un soupir. Redis-moi ce que c'est censé prouver ?

Saint James effectua une troisième pliure dans la veste de pyjama.

— L'accusé prétend avoir été agressé dans son sommeil. Il n'avait qu'une seule blessure au côté mais nous avons trois trous dans le tissu, chacun taché de son sang. Comment crois-tu que ça ait pu se produire ?

Elle se pencha sur le vêtement, qui était plié de curieuse manière, les trois trous superposés.

— C'était un contorsionniste ?

Saint James sourit.

— Un menteur, plutôt. Il s'est donné un coup de couteau et a fait les trois trous après. (La voyant bâiller, il s'enquit :) Je t'ennuie, Helen ?

— Pas du tout.

— Tu as passé la soirée en galante compagnie peut-être ?

— Si seulement c'était vrai. J'étais avec mes grands-parents, Simon. Grand-père n'a pas arrêté de ronfler comme un bienheureux pendant la marche triomphale d'*Aïda*. J'aurais dû l'imiter. Je suis sûre qu'il doit être vif comme un gardon à l'heure qu'il est.

— Une soirée culturelle de temps en temps, c'est bon pour l'âme.

— Je déteste l'opéra. Si encore ils chantaient en anglais. Mais non. C'est toujours en italien ou en français. Ou alors en allemand. L'allemand, c'est ce qu'il y a de pire. Surtout quand ils cavalent sur scène avec leurs casques à cornes...

— Tu ne sais pas ce qui est beau, Helen. Mais si tu veux bien te tenir tranquille encore une demi-heure, je t'emmène déjeuner. J'ai découvert une nouvelle brasserie dans Brompton Road.

— Mon petit Simon, c'est exactement ce qu'il me faut ! Que veux-tu que je fasse maintenant ?

Elle jeta un regard autour d'elle comme à la recherche d'un nouveau travail à entreprendre, mais Saint James n'en tint pas compte car il venait d'entendre claquer la porte d'entrée.

Une voix cria son nom.

Il repoussa son tabouret.

— Sidney, dit-il, se dirigeant vers la porte du laboratoire tandis que sa sœur grimpait les marches quatre à quatre. D'où diable sors-tu ?

Elle pénétra dans la pièce.

— J'étais dans le Surrey. Puis à Southampton, répondit-elle comme s'il s'agissait des destinations les plus naturelles. (Elle laissa tomber une veste en vison sur un tabouret.) Je pose de nouveau pour une collection de fourrures. Si on ne me propose pas rapidement autre chose, je sens que je vais craquer. Surtout que je suis priée de ne rien porter dessous. (Se penchant au-dessus de la table, elle examina le haut de pyjama.) Encore du sang ? Comment est-ce que tu t'arranges pour supporter ça alors que tu vas manger ? Je n'arrive pas trop tard pour le déjeuner, j'espère ? Il est à peine midi. (Elle ouvrit son sac et se mit à fourrager dedans.) Voyons, où est-ce que je l'ai fourrée ? Je comprends pourquoi ils tiennent à montrer un peu de peau nue. Mais je n'ai pas la poitrine pour. Il faut suggérer la sensualité, paraît-il. Faire fantasmer les lectrices. Quelle connerie ! Ah, la voilà. (Elle sortit une enveloppe écornée, qu'elle tendit à son frère.)

— Qu'est-ce que c'est ?

— Ce que j'ai mis dix jours à soutirer à maman. Je me suis même traînée chez David — où je suis restée une semaine — pour qu'elle comprenne bien que j'étais décidée à mettre la main dessus.

— Tu étais chez maman ? s'enquit Saint James, sidéré. Et chez David à Southampton ? Helen, est-ce que tu...

— J'ai appelé dans le Surrey, mais ça n'a pas répondu. Et puis tu m'avais dit de ne pas inquiéter ta mère, tu te souviens ?

— Inquiéter maman ? questionna Sidney. A propos de quoi ?

— De toi.

— Pourquoi maman se serait-elle inquiétée à mon sujet ? (Sans attendre de réponse, elle poursuivit :) Au début, elle a trouvé mon idée ridicule.

— Quelle idée ?

— Toujours dans les nuages, Simon. Mais j'ai fini par l'avoir à l'usure. J'étais sûre que j'y arriverais. Allez, ouvre. Lis à haute voix. Qu'Helen puisse entendre.

— Bon sang, Sidney, j'aimerais savoir...

Elle l'agrippa par le poignet et lui secoua le bras :

— Lis, je te dis.

Il ouvrit l'enveloppe avec un agacement non dissimulé et se mit à lire à voix haute.

Mon cher Simon,

Je n'aurai pas de répit tant que je ne t'aurai pas fait d'excuses, alors je m'empresse de t'en faire. Non qu'une simple ligne puisse suffire à ta sœur.

— Qu'est-ce que c'est que cette histoire, Sidney ?

— Continue ! fit-elle en riant.

Il baissa le nez sur le papier à lettres gravé de sa mère.

J'ai toujours pensé que c'était Sidney qui avait eu l'idée d'ouvrir les fenêtres de la nursery. Mais comme tu n'as pas cherché à te défendre quand je t'ai accusé de ce forfait, je me suis sentie obligée de te punir, toi. Punir ses enfants, c'est ce qu'il y a de plus dur pour un parent. Et c'est encore pire quand on a le sentiment qu'on ne punit pas le bon. Sidney a fait toute la lumière sur cet incident, comme elle seule est capable de le faire, et, bien qu'elle ait insisté pour que je lui administre une correction après toutes ces années, j'ai refusé, ne me voyant pas pour corriger une jeune femme de vingt-cinq ans. Alors laisse-moi m'excuser d'avoir injustement puni le petit garçon que tu étais. J'ai eu beaucoup de plaisir à recevoir Sidney. Nous sommes allées voir David et les enfants par la même occasion. J'espère bien que tu me rendras visite dans le Surrey un de ces jours. Amène Deborah avec toi.

Cotter a téléphoné à notre cuisinière pour lui donner de ses nouvelles. Pauvre petit chou. Tu devrais la prendre sous ton aile en attendant qu'elle soit de nouveau d'attaque.

A toi tout mon amour,

Maman.

Mains sur les hanches, Sidney rejeta la tête en arrière et éclata de rire, ravie de ce coup d'éclat.

— N'est-ce pas qu'elle est formidable ? Tu ne peux pas savoir le mal que j'ai eu à lui faire écrire ce mot. Si elle n'avait pas eu à te parler de Deborah, je crois qu'elle ne l'aurait jamais écrit.

Saint James sentit que Lady Helen l'observait, s'attendant à ce qu'il pose la question fatidique, mais il ne le fit pas. Au cours des dix derniers jours, il avait compris qu'il s'était passé quelque chose. Le comportement de Cotter aurait suffi à le lui faire comprendre, même si Deborah n'avait pas quitté Howenstow lorsqu'il était rentré de Penzance, le soir qui avait suivi la mort de Trenarrow. Depuis lors, Lynley lui avait simplement dit qu'il avait raccompagné Deborah à Londres en avion. Et Saint James n'avait pas voulu forcer la réserve de Cotter.

Lady Helen, elle, n'avait pas ce genre de scrupules.

— Qu'est-il arrivé à Deborah ?

— Tommy a rompu leurs fiançailles, répondit Sidney. Cotter ne te l'a pas dit, Simon ? Si j'en crois la cuisinière de maman, Cotter était fou de rage en lui annonçant ça au téléphone. Tommy ne t'a rien dit non plus ? Bizarre. Ce n'est quand même pas une histoire de classe sociale. Peter avait choisi Sacha, les classes sociales ne sont pas une préoccupation chez les Lynley.

Tandis qu'elle parlait, Saint James comprit que Sidney ne savait rien de ce qui s'était passé depuis qu'elle avait quitté Howenstow le dimanche matin. Il ouvrit le tiroir du bas sous sa paillasse et en retira son flacon de parfum.

— Tu as égaré ceci.

Elle le lui prit des mains, toute contente.

— Où l'as-tu trouvé ? Ne me dis pas qu'il était dans l'armoire, à Howenstow. Les chaussures, d'accord. Mais le flacon...

— Justin l'avait pris dans ta chambre, Sid.

L'effet de ces quelques mots sur sa sœur fut immédiat. Son sourire s'évanouit, ses lèvres se mirent à trembler, tout entrain la quitta. Elle sembla se recroqueviller. Cette soudaine disparition de son insouciance fit comprendre à Saint James à quel point était précaire son self-control.

— Justin ? Pourquoi ?

Pas moyen d'amortir le choc. Il savait qu'il allait encore ajouter à son chagrin en lui parlant, et pourtant c'était la seule façon de l'aider à enterrer le mort.

— Pour te faire porter le chapeau dans une affaire de meurtre.

— C'est ridicule.

— Il voulait supprimer Peter Lynley. Mais c'est Sacha Nifford qu'il a tuée.

— Je ne comprends pas.

Elle fit rouler le flacon sur la paume de sa main. Baissa la tête.

— Le flacon contenait une substance qu'elle a prise pour de l'héroïne. (A ces mots, Sidney releva la tête et Saint James vit qu'elle acceptait enfin la vérité.) Je suis désolé, mon chou.

— Mais Peter... Justin m'a dit que Peter était allé voir Cambrey. Qu'ils s'étaient engueulés. Et que Mick Cambrey était mort. Il m'a même dit que Peter voulait le tuer. Je ne comprends pas. Peter devait savoir que Justin vous dirait tout ça, à Tommy et à toi.

— Peter n'a pas tué Justin. Il n'était pas à Howenstow lorsque Justin est mort.

— Alors ?

— Peter a surpris une conversation qu'il n'était pas censé entendre. Il aurait pu s'en servir pour faire chanter Justin, surtout une fois que Mick Cambrey avait été tué. Justin a pris peur. Il savait que Peter avait besoin d'argent et de coke. Il savait que c'était un instable. Ne pouvant prévoir son comportement, il s'est dit que le mieux était de l'éliminer.

Saint James et Lady Helen lui racontèrent alors toute l'histoire. Islington, l'oncozyme, Trenarrow, Cambrey. La clinique. Le cancer. Le placebo qui avait fini par causer la mort de Mick.

— Brooke était en danger, dit Saint James. Il a pris des mesures.

— Et moi ? dit Sidney. Ce flacon m'appartient. Il n'a pas

pensé que les gens pourraient conclure que j'étais mêlée à tout ça ? (Elle se cramponnait au flacon. Les doigts blancs à force de le serrer.)

— La scène sur la plage, Sidney, dit Lady Helen. Il avait été atrocement humilié.

— Il voulait te punir, ajouta Saint James.

— Il m'aimait, réussit à proférer Sidney, brisée, ses lèvres tremblantes remuant avec difficulté. Je sais qu'il m'aimait.

Saint James éprouva le besoin de réconforter sa sœur, de la rassurer, de lui redonner confiance en elle, mais fut dans l'incapacité de trouver les mots adéquats.

Ce fut Lady Helen qui prit la parole.

— Justin, c'est une chose. Toi, c'en est une autre. Ne te laisse pas influencer dans l'opinion que tu as de toi-même par les sentiments — ou l'absence de sentiments — qu'il éprouvait à ton égard.

Sidney eut un sanglot étouffé. Saint James s'approcha d'elle.

— Je suis navré, mon petit cœur, murmura-t-il en lui passant un bras autour de la taille. J'aurais préféré que tu ne saches pas. Mais autant te dire la vérité, Sidney : sa mort est loin de me plonger dans le désespoir.

Elle toussa, le regarda et eut une ébauche de sourire.

— J'ai une de ces faims ! Si on allait déjeuner ?

Arrivée à Eaton Terrace, Lady Helen claqua la portière de sa Mini. Davantage pour se donner du courage que pour s'assurer que ladite portière était bien fermée. Elle contempla la façade sombre de l'hôtel particulier de Lynley, puis approcha son poignet du réverbère. Onze heures. L'heure était peu propice à une visite de politesse. Mais cela même lui donnait un avantage dont elle était bien décidée à profiter. Elle grimpa les marches de marbre du perron.

Il y avait deux semaines qu'elle essayait de le contacter. Ses efforts ne lui avaient valu que des rebuffades. Lynley était sur une enquête, de service de nuit, en réunion, au tribunal. Les uns après les autres — toujours avec une politesse exquise — secrétaires et assistants lui avaient débité sous toutes ses formes l'éternelle excuse. Le travail, encore le travail. Le message sous-jacent était le même : Lynley n'était pas disponible, il était seul et tenait à le rester.

Ce soir, pas question de le laisser tranquille. Elle appuya

sur la sonnette. La sonnerie résonna jusqu'au fond de la maison comme si la bâtisse était vide. L'espace d'un instant, elle songea qu'il avait quitté Londres — fuyant une bonne fois pour toutes —, mais par la vitre au-dessus de la porte elle aperçut de la lumière dans le vestibule. Le verrou fut tiré, la porte s'ouvrit et le domestique de Lynley apparut, louchant comme un hibou aveuglé. Il était en pantoufles, et avait passé une robe de chambre de flanelle écossaise par-dessus son pyjama imprimé cachemire. Son visage exprimait l'étonnement et la désapprobation. Lady Helen comprit que pour lui les filles bien élevées ne venaient pas rendre visite aux messieurs en pleine nuit, XXe siècle ou non.

— Merci, Denton, dit Lady Helen d'un ton déterminé. (Elle s'engouffra dans le vestibule comme s'il l'avait accueillie avec des démonstrations de joie.) Dites à Lord Asherton qu'il faut que je le voie immédiatement.

Elle retira son petit manteau et le déposa avec son sac sur une chaise du hall.

Toujours planté près de la porte ouverte, Denton la fixait avec l'air de se demander s'il l'avait invitée à entrer. Il avait la main sur la poignée et dansait d'un pied sur l'autre, coincé entre l'envie de protester contre l'incongruité de sa démarche et la crainte d'encourir sa colère s'il se laissait aller à le faire.

— Sa Seigneurie a demandé...

— Je sais, coupa Lady Helen. (Elle se sentit vaguement coupable de faire pression sur Denton, sachant que son désir de protéger Lynley venait d'une loyauté vieille de près de dix ans.) Je comprends. Il a demandé qu'on ne le dérange pas. Cela fait deux semaines que j'essaie de le joindre au téléphone et il ne m'a pas rappelée une seule fois, je comprends qu'il ne souhaite pas me parler. Cela étant, pouvez-vous lui dire que je désire le voir ?

— Mais...

— Je suis capable de monter directement dans sa chambre, s'il le faut.

Denton ferma la porte, abandonnant le combat.

— Il est dans la bibliothèque. Je vais le chercher.

— Inutile. Je connais le chemin.

Elle laissa Denton bouche bée dans le hall et monta l'escalier jusqu'au premier, longea un couloir moquetté, passa devant une collection impressionnante d'étains anciens sur laquelle veillaient une demi-douzaine de portraits d'ancêtres. Dans son dos, elle entendit Denton murmurer :

— Milady... Lady Helen...

La porte de la bibliothèque était fermée. Elle frappa, entendit la voix de Lynley et entra.

Il était assis à son bureau, la tête appuyée sur une main, plusieurs dossiers étalés devant lui. Lady Helen fut fort surprise de lui voir des lunettes sur le nez. Elle se rendit compte qu'elle n'avait pas remarqué qu'il portait des lunettes pour lire. Il les ôta en se mettant debout. Ne souffla mot. Se contenta de regarder Denton.

— Désolé, fit le valet. J'ai fait tout mon possible.

— Inutile de lui faire des reproches, intervint Lady Helen. Je lui ai forcé la main. (Elle vit que Denton avait fait un pas en avant. Un autre pas et il serait suffisamment proche pour la prendre par le bras et la raccompagner jusqu'à la porte. Elle le voyait mal effectuant la manœuvre sans le feu vert de Lynley ; mais, pour plus de sûreté, elle préféra l'inviter à se retirer.) Merci, Denton. Vous pouvez nous laisser.

Denton la fixa. Il consulta Lynley du regard. Ce dernier ayant hoché la tête, le domestique tourna les talons et quitta la pièce.

— Pourquoi n'as-tu pas répondu à mes coups de fil, Tommy ? attaqua aussitôt Lady Helen. J'ai appelé ici, j'ai appelé au Yard, à plusieurs reprises. Je suis passée quatre fois chez toi. Je me faisais un sang d'encre à ton sujet.

— Navré, Helen, fit-il avec aisance. J'ai un travail monstre en ce moment. Je suis submergé. Tu bois quelque chose ?

Il s'approcha de la table en bois de rose sur laquelle étaient posés carafes et verres.

— Non, merci.

Il se versa un whisky mais ne but pas tout de suite.

— Assieds-toi.

— Non, merci.

— Comme tu voudras. (Il lui adressa un sourire en coin et avala une grande rasade de scotch. Puis, décidant d'arrêter de jouer la comédie, il cessa de la fixer.) Désolé, Helen. J'aurais bien voulu te rappeler. Mais je n'ai pas réussi à le faire. La trouille, je suppose.

La colère d'Helen fondit comme neige au soleil.

— Je ne supporte pas de te voir comme ça, enfermé dans

ta bibliothèque, barricadé derrière ton travail. Je ne le supporte pas, Tommy.

L'espace d'un instant, on n'entendit dans la pièce que le bruit de sa respiration. Hachée, difficile. Puis il dit :

— Il n'y a que quand je travaille que j'arrive à la chasser de mon esprit. C'est pour ça que je m'abrutis dans le boulot. Et quand je ne suis pas sur une enquête, je passe mon temps à me répéter que je finirai par oublier. Que c'est l'affaire de quelques semaines ou de quelques mois. Même si ça semble difficile à croire.

— Je sais. Je comprends.

— Oui. Tu es bien placée pour comprendre.

— Alors pourquoi ne m'as-tu pas téléphoné ?

Il s'approcha de l'âtre et fit mine d'examiner une collection d'assiettes en porcelaine de Meissen posées sur la cheminée. Il en prit une sur son socle, la tourna entre ses doigts. Lady Helen faillit lui dire d'y faire attention mais s'abstint. Il remit l'assiette en place. Elle répéta sa question.

— Pourquoi ne m'as-tu pas rappelée ?

— Impossible. Je souffre trop, Helen. Impossible de te le cacher.

— Pourquoi le cacher ?

— Je me fais l'effet d'être un imbécile. Je devrais être capable de faire front. Rien de tout cela ne devrait m'atteindre. Je devrais pouvoir tirer un trait et faire comme si de rien n'était.

— Comme si de rien n'était ? (Sa colère la reprit devant cette attitude rigide qu'elle avait toujours trouvée si méprisable chez les hommes de sa connaissance. A croire que leur milieu familial et leur éducation les condamnaient à ne rien ressentir.) Sous prétexte que tu es un homme, tu n'as pas le droit de souffrir ? Foutaises.

— Ça n'a rien à voir avec le chagrin. J'essaie de me remettre dans la peau de l'homme que j'étais il y a trois ans. Avant de rencontrer Deborah. Si j'y arrive, tout ira bien.

— Cet homme-là n'était pas différent de celui que tu es aujourd'hui.

— Il y a trois ans, je n'aurais pas pris cette histoire aussi à cœur. Les femmes n'étaient alors pour moi que des partenaires occasionnelles. Rien de plus.

— Et c'est ce que tu veux être ? Un homme qui court

d'aventure en aventure ? Ne songeant qu'à ses prouesses sexuelles ?

— C'est plus facile.

— Bien sûr que c'est facile. Ce genre de vie, c'est toujours facile. On se sépare aussitôt sortis du lit, c'est à peine si on se dit au revoir. Ça n'engage à rien. Et si on se réveille à côté de quelqu'un dont a oublié le nom, c'est sans importance. Ça fait partie du jeu.

— Les relations étaient simples en ce temps-là. Sans souffrance. Superficielles.

— C'est peut-être comme ça que tu aimes te les rappeler, mais ce n'est pas comme ça qu'elles étaient. S'il est vrai que tu ne songeais qu'à séduire et collectionner les femmes, pourquoi n'as-tu jamais essayé de t'attaquer à moi ?

Il réfléchit. Retourna vers le bar se verser un second verre.

— Je ne sais pas.

— Mais, si. Dis-le-moi.

— Je ne sais pas.

— J'aurais été une sacrée conquête pour toi. Plaquée par Simon, ma vie sens dessus dessous, je ne voulais surtout pas m'embarquer dans une nouvelle histoire sentimentale. Comment diable as-tu pu résister à un défi pareil ? Tu avais une occasion magnifique de te prouver que tu étais vraiment très fort. Quelle satisfaction pour ton ego !

Il posa son verre sur la table, le fit tourner entre ses doigts Elle regarda son profil, vit à quel point il était fragile.

— Tu n'étais pas comme les autres, finit-il par dire.

— Je ne suis pas d'accord. J'avais le même bagage : des seins, des cuisses, le goût du plaisir.

— Ne dis pas de bêtises.

— Une femme, en somme. Facile à séduire, surtout pour un expert comme toi. Mais tu n'as jamais essayé. Pas même une fois. Cette absence d'empressement me semble bizarre chez un homme de ton espèce, qui ne s'intéresse qu'à ce qu'une femme peut lui apporter au lit. Et j'aurais pu t'en apporter, des choses, n'est-ce pas, Tommy ? Bien sûr, j'aurais commencé par résister, mais j'aurais fini par coucher avec toi, et tu le savais. Seulement tu n'as pas essayé.

Il se tourna vers elle.

— Comment aurais-je pu te faire ça après ce que tu venais de vivre avec Simon ?

— De la compassion, toi ? Un séducteur avide de plaisir ? Pour qui tous les corps féminins se valent ? Car nous sommes interchangeables, n'est-ce pas ? Nous sommes toutes pareilles.

Il se tut si longtemps qu'elle se demanda s'il allait répondre. Elle voyait qu'il luttait pour se composer une attitude. Elle l'encouragea intérieurement à parler, sachant qu'il devait regarder son chagrin en face s'il voulait le surmonter.

— Pas toi, dit-il enfin. Pas Deborah.

— Qu'est-ce que nous avions de plus que les autres ?

— Avec vous, c'était différent. Plus profond.

— Plus profond ?

— Ça allait plus loin. Jusqu'au cœur.

Elle traversa la pièce et le rejoignit, lui effleura le bras.

— Tu vois que tu n'étais pas ce séducteur avide de plaisir. Tu crois que tu l'étais, mais non. A mes yeux tu ne l'as jamais été, et pourtant je n'ai jamais été ta maîtresse. Aux yeux de Deborah, qui a été ta maîtresse, tu n'as jamais été un simple homme à femmes.

— Je voulais avoir des relations d'une autre nature avec elle. (Ses yeux étaient rougis.) Fonder une famille, nouer des liens plus profonds. J'étais prêt à faire un effort pour cela. Ça en valait la peine. Elle en valait la peine.

— Oui, c'est vrai. Comme elle vaut la peine qu'on ait du chagrin à cause d'elle.

— Seigneur, soupira-t-il.

Elle lui serra la main.

— Tommy chéri, je te comprends.

Il secoua la tête comme pour se débarrasser de son immense tristesse.

— Je crois que je mourrai de solitude, Helen. (Sa voix — celle d'un homme qui s'était interdit d'éprouver quelque émotion que ce soit depuis des années — se brisa.) Je ne peux pas le supporter.

Il fit mine de se retourner pour regagner son bureau, mais elle l'intercepta et le prit dans ses bras.

— Tu n'es pas seul, Tommy, fit-elle doucement.

Il se mit à pleurer.

Deborah poussa la grille au moment où le réverbère de Lordship Place s'allumait, projetant de délicats rais de lumière à travers la brume qui enveloppait le jardin. Elle resta immobile un instant à regarder les briques couleur terre de Sienne, les plâtres peints en blanc éclatant, la vieille rambarde de fer forgé qui rouillait toujours au même endroit et qu'il fallait repeindre régulièrement. Ce serait toujours sa maison, même s'il lui arrivait de la quitter, que ce fût pour trois ans, trois décennies ou comme maintenant un mois.

Elle avait réussi à garder ses distances grâce à une série de mensonges dont elle savait pertinemment que son père n'était pas dupe. *Je m'organise, papa. J'essaie de me faire connaître. J'ai des rendez-vous ici et là. Je fais le tour des galeries pour montrer mon travail. Tu veux qu'on se retrouve quelque part pour dîner ? Non, je ne peux pas venir jusqu'à Chelsea.* Il avait accepté ses différentes excuses plutôt que de se disputer de nouveau avec elle.

Son père n'avait pas plus qu'elle envie d'une nouvelle prise de bec comme celle qu'ils avaient eue à Paddington, une semaine après son retour de Cornouailles. Il avait voulu qu'elle réintègre la maison de Chelsea. Elle avait refusé. Il lui avait dit qu'il ne comprenait pas. C'était pourtant simple. Fais tes valises. Ferme l'appartement. Reviens à Cheyne Row. Retour vers le passé, en somme. Mais elle s'en sentait incapable. Elle avait essayé de lui expliquer qu'elle avait besoin de temps. Il lui avait rétorqué que Tommy l'avait changée — et pas à son avantage —, qu'il l'avait détruite, qu'il avait faussé son sens des valeurs. Et de là l'engueulade avait suivi ; pour finir, elle avait arraché à son père la promesse qu'il ne lui parlerait plus jamais de ses relations avec Tommy. Ils s'étaient quittés fâchés, et ne s'étaient pas revus depuis.

Elle n'avait pas davantage revu Simon. Et d'ailleurs, elle n'avait pas cherché à le revoir. Ces horribles instants à Nanrunnel lui avaient révélé trop de choses qu'elle ne pouvait plus ignorer et pendant le mois qui avait suivi elle avait examiné le mensonge dans lequel elle avait vécu au cours des trois dernières années. Maîtresse d'un homme, mais liée à un autre de mille et une façons.

Elle ne savait comment réparer le mal qu'elle avait fait — aux autres, et à elle-même. Aussi était-elle restée à Paddington, travaillant pour le compte d'un studio de Mayfair, passant un long week-end au pays de Galles puis un autre à Brighton. Et elle avait attendu qu'un semblant de paix emplisse sa vie. Mais en vain.

Alors elle avait décidé d'aller à Chelsea, ne sachant trop ce qu'elle y ferait, sachant simplement que plus elle attendrait et plus la réconciliation avec son père serait difficile. Ce qu'elle attendait de Simon, elle aurait été incapable de le dire.

A travers le brouillard, elle vit les lumières de la cuisine s'allumer. Son père passa devant la fenêtre. Il s'approcha de la cuisinière, puis de la table, disparut de son champ de vision. Elle suivit le sentier dallé à travers le jardin et descendit les marches.

Alaska était devant la porte comme si, avec cette prescience surnaturelle des félins, il savait qu'elle devait venir. Il agita une oreille et entreprit de lui tourner autour des jambes, sa queue se mouvant majestueusement.

— Où est Peach ? s'enquit-elle en grattant la tête du chat qui, comblé, se mit à ronronner.

Des pas retentirent.

— Deb !

— Bonsoir, papa, fit-elle en se redressant.

Elle le vit chercher un signe, une preuve qu'elle était de retour pour de bon : valise, cartons, objet facile à transporter — une lampe, par exemple. Mais il se borna à dire :

— Tu as dîné ?

Et s'en retourna à la cuisine qu'embaumait une délicieuse odeur de viande.

Elle le suivit.

— Oui, chez moi.

Elle vit qu'il s'était installé à la table pour travailler car il y avait aligné quatre paires de chaussures pour les cirer. Elle remarqua la lourdeur des chaussures due à la tige métallique logée dans le talon gauche. Ce spectacle lui déchirant le cœur, elle préféra détourner les yeux.

— Ton travail, ça marche ? s'enquit Cotter.

— Oui. J'utilise mes vieux appareils, le Nikon et l'Hasselblad. Ils me conviennent bien.

Cotter hocha la tête, appliqua deux doigts de cirage sur l'une des chaussures. Il n'était pas idiot.

— Tout est oublié, Deb. Fais comme tu l'entends.

Elle éprouva un élan de gratitude. Elle balaya du regard la pièce aux murs laqués de blanc, la vieille cuisinière sur laquelle étaient posées trois cocottes, les plans de travail usés, les placards vitrés, le sol carrelé et inégal. Près de la cuisinière, un panier vide.

— Où est Peach ?

— Mr Saint James l'a emmenée faire un tour. (Cotter consulta la pendule murale.) Il est distrait. Ça fait quinze minutes que le dîner attend.

— Où est-il allé ?

— Sur les quais, je crois.

— Veux-tu que j'aille le chercher ?

Réponse neutre.

— Si tu t'en ressens pour marcher, sinon tant pis. Le dîner attendra encore un peu.

— Je vais voir si je réussis à le trouver.

Elle fit mine de regagner le vestibule mais, arrivée à la porte de la cuisine, elle se retourna. Son père semblait absorbé par les chaussures.

— Je n'ai pas l'intention de rester, papa. Tu le sais, n'est-ce pas ?

— Je sais, je sais, répondit Cotter tandis qu'elle sortait de la maison.

La brume formait un halo couleur d'ambre autour des réverbères et une petite brise soufflait de la Tamise. Deborah releva le col de son manteau. Dans les maisons qu'elle longeait, les gens dînaient tandis qu'au *King's Head and Eight Bells*, au coin de Cheyne Row, d'autres étaient agglutinés au bar pour bavarder et boire un verre. Deborah sourit en les apercevant. Elle les connaissait presque tous par leur nom. Ils étaient clients du pub depuis des années. A leur vue, elle éprouva une étrange nostalgie qu'elle s'efforça de chasser et continua vers Cheyne Walk.

La circulation était fluide. Elle traversa pour s'approcher du fleuve et l'aperçut à quelques mètres de là, les coudes sur le parapet, contemplant Albert Bridge. Quand elle était gamine, ils allaient souvent à Battersea Park, l'été ; elle se demanda s'il s'en souvenait. Quel drôle de petit compagnon elle avait été pour lui. Et comme il avait été patient avec elle.

Elle fit halte un instant pour l'observer sans qu'il s'en doute. Il examinait le pont, un sourire aux lèvres. Et pendant ce temps, assise à ses pieds, Peach mordillait placidement sa laisse. Tandis que Deborah les regardait, Peach l'aperçut et tira sur sa laisse. Elle se prit les pattes dedans, tomba avec un aboiement joyeux.

Saint James, qui admirait l'un des ouvrages les plus étonnants de Londres, jeta les yeux sur le petit teckel puis releva le nez pour voir quelle était la cause de son agitation. Distinguant Deborah, il lâcha la laisse pour permettre à la petite chienne de courir à sa rencontre. Peach ne se fit pas prier et se précipita, oreilles au vent. Avec un entrain frénétique, elle se jeta sur Deborah, aboyant et agitant la queue.

Deborah éclata de rire, serra la petite chienne dans ses bras, se laissa lécher le bout du nez, songeant qu'avec les animaux les choses étaient simples. Ils vous donnaient leur cœur sans arrière-pensée, sans crainte. Ils n'attendaient rien en retour. Ils étaient faciles à aimer. Si les gens pouvaient être pareils, personne ne souffrirait, songea-t-elle. Personne n'aurait besoin d'apprendre à pardonner.

Saint James la regarda approcher à la lumière des réverbères, Peach sautillant à ses côtés. Elle n'avait pas de parapluie et la brume avait posé dans ses cheveux une résille de perles brillantes. Pour se protéger elle n'avait qu'un manteau de laine, dont le col relevé encadrait son visage à la manière d'une fraise élisabéthaine. Elle était ravissante, on aurait dit un portrait du XVIe siècle. Mais il y avait quelque chose de changé dans sa physionomie, quelque chose qu'il n'y avait pas vu six semaines plus tôt, quelque chose de douloureux et d'adulte.

— Ton dîner t'attend, lui dit-elle en le rejoignant. Il n'est pas un peu tard pour se promener ?

Elle s'approcha du muret. La rencontre était neutre, comme s'il ne s'était rien passé entre eux.

— J'ai oublié l'heure. Sidney m'a dit qu'elle était allée au pays de Galles avec toi.

— On a passé un week-end épatant sur la côte.

Il hocha la tête. Avant qu'elle arrive, il regardait une famille de cygnes s'ébattre sur l'eau. Il la lui aurait fait remarquer — leur présence en cet endroit étant inhabituelle — mais il s'abstint, la sentant trop distante.

Apparemment, cependant, elle vit les oiseaux silhouettés par les lumières qui brillaient sur l'autre rive.

— C'est la première fois que je vois des cygnes à cet endroit. Et le soir. Ils ne sont pas malades ?

Ils étaient cinq — deux adultes et trois petits — voguant tranquillement près des piliers d'Albert Bridge.

— Non, dit-il, comprenant que les cygnes lui fournissaient une ouverture. J'ai été triste le jour où tu as cassé le cygne en porcelaine à Paddington.

— Je ne peux pas me réinstaller à Chelsea, dit-elle en guise de réponse. Il faut que je fasse la paix avec toi d'une façon ou d'une autre. Que j'essaie de redevenir ton amie. Mais je ne peux pas réintégrer Cheyne Row.

C'était donc ça. Elle s'efforçait de garder ses distances comme les gens qui essaient de se protéger lorsqu'ils sentent que tout est fini. Il se rappela ce qui s'était passé trois ans plus tôt, lorsqu'elle était venue lui dire au revoir et qu'il l'avait écoutée, trop effrayé pour parler, terrifié à l'idée que, s'il prononçait un mot — un seul —, il risquait d'ouvrir les vannes de ses émotions, de se répandre en supplications humiliantes que le temps et les circonstances auraient forcé la jeune femme à ignorer. La boucle était bouclée. De nouveau, il leur fallait se dire au revoir.

Son regard alla de son visage à sa main posée sur le parapet. Aucune trace de la bague donnée par Lynley. Il effleura le doigt qui avait porté cette bague. Elle ne retira pas sa main, ce qui l'incita à parler.

— Ne me laisse pas, Deborah. Ne recommence pas.

Il vit qu'elle ne s'était pas attendue à une telle réaction. Il en profita pour pousser son avantage.

— Tu avais dix-sept ans. Moi vingt-huit. Essaie de comprendre ce que je ressentais à l'époque. Je m'étais interdit de ressentir quoi que ce soit pour qui que ce soit pendant des années. Et tout d'un coup, je m'apercevais que je m'intéressais à toi. Que je te désirais. Tout en étant persuadé que, si nous faisions l'amour…

— Tout ça, c'est du passé, n'est-ce pas ? Cela n'a pas d'importance. Il vaut mieux oublier.

— Je me suis dit et répété que je ne pouvais pas te faire l'amour, Deborah. Je me suis trouvé toutes sortes de bonnes raisons. Ton père, et la dette que j'avais envers lui. Je ne voulais pas trahir sa confiance. Notre amitié, que je ne voulais pas saccager. Je me disais que si nous devenions amants nous ne serions plus amis. Je n'arrêtais pas de penser à ton âge. Et je me demandais comment je pourrais me regarder en face si je couchais avec une fille de dix-sept ans.

— Qu'est-ce que ça peut faire maintenant ? Nous n'en sommes plus là. Qu'est-ce que ça peut bien faire que nous n'ayons pas couché ensemble il y a trois ans ?

— Eh bien, si tu dois quitter définitivement Chelsea cette fois, autant que tu saches la vérité. Je t'ai laissée partir en Amérique parce que je voulais avoir la paix. Je voulais que tu quittes la maison. Je me suis dit que, toi partie, j'arrêterais de souffrir. Je cesserais de te désirer. Et je cesserais de me sentir coupable de te désirer. Tu n'étais pas partie depuis une semaine que je me suis rendu compte de mon erreur.

— Ça ne...

Il s'entêta, poursuivit :

— J'avais cru pouvoir me passer de toi et je me suis rendu compte que c'était impossible. Je me suis aperçu que je voulais que tu reviennes vivre à Cheyne Row. Alors je t'ai écrit.

Deborah, qui avait les yeux braqués sur le fleuve pendant qu'il parlait, se tourna soudain vers lui. Il ne la laissa pas poser la question.

— Je n'ai jamais posté ces lettres.

— Pourquoi ?

Voilà, cette fois, le moment était venu. Assis dans son bureau, il lui avait été facile de répéter, de préparer ce qu'il voulait lui dire depuis des années. Mais, maintenant qu'il était au pied du mur, que l'occasion se présentait de parler, voilà qu'il hésitait de nouveau, se demandant pourquoi il avait toujours eu si peur qu'elle sache la vérité. Il prit une profonde inspiration.

— Pour la même raison que je n'ai pas voulu coucher avec toi. J'avais peur. Je savais que tu pouvais avoir tous les hommes que tu voulais.

— Tous les hommes ?

— Très bien, disons Tommy. Et si tu pouvais avoir Tommy, comment pouvais-je espérer que tu voudrais de moi ?

— De toi ?

— Un infirme.

— Alors c'est donc ça. *Infirme*. On en revient toujours au même point.

— Oui. Parce que c'est ce que je suis et qu'il faut regarder les choses en face. J'ai passé les trois dernières années à penser à toutes les choses que je ne pourrais jamais faire près de toi, et qu'un homme comme Tommy peut accomplir comme en se jouant.

— A quoi bon te torturer ainsi ?

— Parce que je devais régler le problème une fois pour toutes. Il fallait que j'arrête de me laisser démolir par la conscience que j'avais d'être un infirme. Et c'est ça que je veux que tu saches avant de partir. Ça ne compte plus, maintenant. Infirme ou pas. Handicapé ou non. Moitié d'homme. Trois quarts d'homme. Je m'en fous. Je te désire. C'est toi que je veux pour la vie.

C'était fait. Les mots étaient prononcés. Avec trois ans de retard mais ils avaient été dits. Et même si elle choisissait de le quitter maintenant, au moins elle saurait à quoi s'en tenir sur lui, en bien comme en mal.

— Qu'attends-tu de moi ? s'enquit-elle.

— Tu le sais.

Peach s'agitait à leurs pieds. Quelqu'un cria de l'autre côté de Cheyne Walk. Deborah contemplait le fleuve. Il suivit la direction de son regard et vit que les cygnes avaient dépassé les derniers piliers du pont. Ils voguaient comme à l'accoutumée, cherchant un refuge à Battersea.

— Deborah, murmura-t-il.

Ce furent les oiseaux qui lui soufflèrent la réponse.

— Comme les cygnes, Simon ?

C'était plus que suffisant.

— Comme les cygnes, mon amour.

Table

PREMIÈRE PARTIE : Soho la nuit 11

DEUXIÈME PARTIE : Londres l'après-midi 21

TROISIÈME PARTIE : Sang 65

QUATRIÈME PARTIE : Enquête 129

CINQUIÈME PARTIE : Identités 281

SIXIÈME PARTIE : Expiation 363

ÉPILOGUE 413

COLLECTION « NOIR » CHEZ POCKET

Bernard Alliot
Eaux troubles

William Bayer
Hors champ
Punis-moi par des baisers
Voir Jérusalem et mourir

Robert Bloch
Autopsie d'un kidnapping
L'éventreur
L'incendiaire
La nuit de l'éventreur
Un serpent au paradis

Roger Borniche
Homicide boulevard

James M. Cain
La femme jalouse
La femme du magicien

Andrea Camilleri
La forme de l'eau
Chien de faïence

Christopher Carter
Un assassin modèle
Le dernier crime d'Agatha Christie
Le cheval du crime

Raymond Chandler
Nouvelles (2 tomes)

Robin Cook
Mutation

Martin Cruz Smith
Blues pour un tsigane
Requiem pour un tsigane

Mildred Davis
La chambre du haut
La voix au téléphone

Nelson Demille
Retour de l'enfer

Arthur Conan Doyle
Les aventures de Sherlock Holmes
Le chien des Baskerville
La vallée de la peur

Loren D. Eastleman
Le pro

Evanovich Janet
Deux fois n'est pas coutume
La prime

Mark Frost
La liste des sept
Les six messies

Fyfield Frances
Ombres chinoises
Sommeil de mort
Un cas de conscience
Le fantôme de la plage

Brian Garfield
Poursuite

Elizabeth George
Enquête dans le brouillard
Cérémonies barbares
Le lieu du crime
Une douce vengeance
Pour solde de tout compte
Mal d'enfant
Un goût de cendres
Le visage de l'ennemi
Le meurtre de la falaise

Giovanni José
La mort du poisson rouge
Le prince sans étoile

Sue Grafton
" A " comme Alibi
" B " comme Brûlée

" C " comme Cadavre
" D " comme Dérapage
" E " comme Explosif
" F " comme Fugitif
" G " comme Gibier
" H " comme Homicide
" I " comme Innocent
" J " comme Jugement
" K " comme Killer
" L " comme Lequel ?
" M " comme Machination
" N " comme Nausée

MARTHA GRIMES
L'auberge de Jérusalem
Le vilain petit canard
Le crime de Mayfair
Les cloches de Whitechapel
L'énigme de Rackmoor
La jetée sous la lune
Le mystère de Tarn House
L'affaire de Salisbury
La nuit des chasseurs
Les mots qui tuent
Meurtre sur la lande

PATRICIA HIGHSMITH
L'art du suspense

ALFRED HITCHCOCK
Histoires terrifiantes
Histoires épouvantables
Histoires abominables
Histoires à lire toutes portes closes
Histoires à lire toutes lumières allumées
Histoires à ne pas fermer l'œil de la nuit
Histoires à déconseiller aux grands nerveux
Histoires préférées du maître ès crimes
Histoires qui font mouche
Histoires sidérantes
Histoires à claquer des dents
Histoires qui riment avec crime
Histoires à donner le frisson
Histoires à lire avec précaution
Histoires drôlement inquiétantes
Histoires percutantes
Histoires à faire froid dans le dos
Histoires à donner des sueurs froides
Histoires à vous glacer le sang
Histoires à suspense
Histoires à frémir debout
Histoires à vous faire dresser les cheveux sur la tête
Histoires renversantes
Histoires qui font tilt
Histoires à faire pâlir la nuit
Histoires noires pour nuits blanches
Histoires à vous mettre K. -O.
Histoires diaboliques
Histoires fascinantes
Histoires qui virent au noir
Histoires à vous couper le souffle
Histoires à faire peur
Histoires ténébreuses
Histoires à lire et à pâlir
Histoires ciblées
Histoires à rendre tout chose
Histoires en rouge et noir

EVAN HUNTER
Conversations criminelles

WILLIAM IRISH
Concerto pour l'étrangleur
Une étude en noir
Lady Fantôme
Nouvelles (2 tomes)
Rendez-vous en noir

SUSAN ISAAC
Lily White

CHARLES KING
Mama's boy

DICK LOCHTE
Temps de chien

ED MCBAIN
Downtown
Escamotage
Poison

Carol O'Connell
Meurtres à Gramercy Park
L'homme qui mentait aux femmes
L'assassin n'aime pas la critique
Les larmes de l'ange

Jefferson Parker
Un été d'enfer

David M. Pierce
La neige étend son blanc manteau
Rentre tes blancs moutons
Le petit oiseau va sortir
Sous le soleil de Mexico

Jack Richtie
L'île du tigre

Laurence Sanders
L'homme au divan noir

John Sandford
La proie de l'ombre
La proie de la nuit
La proie de l'esprit

Sandra Scoppettone
Tout ce qui est à toi…
Je te quitterai toujours
Toi ma douce introuvable

Lisa See
La mort scarabée

Georges Simenon
L'affaire Saint-Fiacre
L'amie de Madame Maigret
L'âne rouge
Les anneaux de Bicêtre
Au bout du rouleau
Au rendez-vous des Terre-Neuvas
Les autres
Betty
La boule noire
La chambre bleue
Le charretier de la providence
Le chat
Chez les Flamands
Le chien jaune
Les complices
Le coup de lune
Un crime en Hollande
Le crime impuni
La danseuse du Gai-Moulin
Le destin de Malou
L'écluse n° 1
En cas de malheur
Les fantômes du chapelier
Les fiançailles de Monsieur Hire
Le fond de la bouteille
Le fou de Bergerac
La fuite de Monsieur Monde
Les gens d'en face
La guinguette à deux sous
Le haut mal
L'homme au petit chien
L'homme de Londres
Liberty Bar
Maigret
Maigret et les braves gens
Maigret au Picratt's
Maigret s'amuse
Maigret et le voleur paresseux
Maigret et la grande perche
Maigret et le corps sans tête
La maison du canal
Marie qui louche
Mémoires intimes
Monsieur Gallet décédé
La mort d'Auguste
La mort de Belle
La nuit du carrefour
L'ombre chinoise
Le passager clandestin
Le passager du Polarlys
Pedigree
Le petit saint
Le pendu de Saint-Phollien
Pietr-le-Letton
Le port des brumes
La porte
Le président
Le relais d'Alsace
La rue aux trois poussins
Strip-tease
Tante Jeanne
Les témoins
La tête d'un homme

Le train
Les treize coupables
Les treize énigmes
Les treize mystères
Un nouveau dans la ville
Une confidence de Maigret
Une vie comme neuve
Le veuf
La vieille

Rosamond Smith
Œil-de-serpent

Danielle Thiery
Mises à mort

Dorothy Uhnak
Victimes

Andrew Vachss
Blue Belle
Hard Candy

Jack Vance
Charmants voisins
Lily street
Méchante fille
Un plat qui se mange froid

Minette Walters
Chambre froide
Cuisine sanglante
La muselière
Lumière noire
Résonances…
Lame de fond
Ni chaud, ni froid

Marianne Wesson
Habeas corpus
La morte n'en saura rien

David Wiltse
Terreur noire
Terreur blanche

Helen Zahavi
Dirty week-end

Le livre noir du crime
Bonnes vacances
Histoires de crimes parfaits
Histoires d'agresseurs
Histoires d'arnaqueurs
Mômes, sweet mômes
Place d'Italie
Le Salon du Livre

COLLECTION « THRILLERS » CHEZ POCKET

Baldacci David
Une femme sous contrôle
Une triche si parfaite
Une femme sous influence
La simple vérité

Banks Ian
Un homme de glace

Bannel Cédric
Le huitième fléau

Bataille Thierry,
Bruno Jean
L'empreinte du serpent

Beckett Simon
Le rêve de l'antiquaire

Bruno Anthony
Seven

Clancy Tom,
Piecznik Steve
Op-Center 1
Op-Center 2 : Image virtuelle
Op-Center 3 : Jeux de pouvoir
Op-Center 4 : Actes de guerre
Op-Center 5 : Rapports de force

Collins Larry
Les aigles noirs
Dédale
Demain est à nous

Cook Robin
Mutation

Cordy Michael
Résurrections

Crichton Michael
Congo
Extrême urgence
Harcèlement
L'homme terminal
Jurassic Park
Le monde perdu
Soleil levant
La variété Andromède
Un train d'or pour la Crimée
Sphère
Turbulences

Cruz Smith Martin
Parc Gorki
L'étoile Polaire

Demille Nelson
Le déshonneur d'Ann Campbell
Retour de l'enfer
Le voisin
Mayday Mayday !
L'île des fléaux

Dibdin Michael
Così fan tutti
Vengeances tardives

Dresden James
Ne te retourne pas

Dunant Sarah
Transgression
Double sens

Durand Loup
Daddy
Le grand silence
Le jaguar

Easterman Daniel
Le nom de la bête
Le testament de Judas
La nuit de l'apocalypse
Le jugement final
La nuit du 7e jour

K
Incarnation

Evans Penelope
La locataire
Voyage au cœur des ténèbres

Fielding Joy
Ne pleure plus
Vies éclatées

Finder Joseph
L'instant zéro
La trahison aux deux visages

Folson Allan
Jour de confession

Fullerton John
La cage aux singes

Gallagher Stephen
Mort sur catalogue

Gallois Sophie
Genius

Grant Michael
Ascenseur pour un tueur

Grippando James
Le pardon
L'informateur

Grisham John
La firme
L'affaire Pélican
Non coupable
Le couloir de la mort
Le client
L'associé
L'idéaliste
La loi du plus faible

Guerrini Remo
Écran noir

Hall James
Tueurs de jungle

Harrington Kent
Le jour des morts

Harris Robert
Fatherland
Enigma
Archange

Harris Thomas
Black Sunday

Harrison Colin
Corruptions
Manhattan nocturne

Harry Eric
10 juin 1999
L'ordinateur

Hayder Mo
Birdman

Hiaasen Carl
Pêche en eaux troubles
De l'orage dans l'air
Jackpot

Higson Charles
Le secret du bonheur

Hoag Tami
Meurtre au carnaval

Hunter Evan
Conversations criminelles

Hunter Stephen
Sales blancs

Ignatus David
Le scoop

Johansen Iris
Bien après minuit
Mort sur objectif

Katzenbach John
Juste cause

Kellerman Jonathan
Double miroir
Terreurs nocturnes
La valse du diable
Le nid de l'araignée

Kelman Judith
Un dernier baiser
Phobies
Plus que vous n'en savez
Entre les mailles du filet
Comme un voile d'ombre

Kenneally Jerry
Le chef d'orchestre

King Laurie
Un talent mortel
Le jeu du fou

Koontz Dean
Prison de glace

La Galite John
Mon nom est Kate Crow
Zacharie

Lapierre & Collins
Le cinquième cavalier

Lashner William
Les prévaricateurs
Veritas

Lescroat John T.
Justice sauvage
Faute de preuves
Meurtre par pitié

Ludlum Robert
Le duel des gémeaux
L'illusion Scorpio
Le manuscrit Chancellor
La route d'Omaha
Les veilleurs de l'Apocalypse
L'agenda Icare
L'échange Rhinemann
La conspiration Trevayne
Le secret Halidon
La vengeance dans la peau
Le week-end Ostermann

Madelin Ph.,
Ramonet Y.
23 heures pour sauver Paris

Margollin Phillip M.
La rose noire
La dernière chance
Les heures noires
Piège funéraire
Le dernier homme innocent

Meltzer Brad
Délit d'innocence

Miller Ramsey John
Dernière famille

Montecino Marcel
Crosskiller

Moore Robin
Moscow Connection

Moore Susanna
À vif

Osborne Richard
Basic Instinct

Ouimet Gilles,
Pons Anne-Marie
Thérapie mortelle

Palmer Michael
Mesure d'urgence

Patterson James
Et tombent les filles
Jack et Jill
Au chat et à la souris

Pearson Ryne Douglas
Code Mercury

Pelecanos George
Anocostia River blues

Perry Thomas
Une fille de rêve

Preston Douglas,
Child Lincoln
Cauchemar génétique

Prichard Hunter Jessie
L'assassin habite à la maison

Reichs Kathy
Déjà dead

Russo Enzo
Tous sans exception

Sandford John
La proie de l'ombre
La proie de la nuit
La proie de l'esprit

Sich Marc
Mortels abîmes

Smith Mitchell
La cité de pierre

Sousan André
Octobre II

Stein Harry
Victoire in extremis

Sullivan Mark
La mémoire du sang

Summers Judith
Crime et ravissement

Swindle Howard
Compte à rebours mortel

Thierry Alain
L'étrange destin du docteur Tillac

Tine Robert
Bodyguard

Truong Jean-Michel
Le successeur de pierre

Weaver Michael
Obsession mortelle
La part du mensonge

Willocks Tim
L'odeur de la haine

Winslow Don
Mort et vie de Bobby 2

OUVRAGES DE LA COLLECTION « CINÉMA »

Le 13e guerrier (Mangeurs de morts)
Crichton Michael

L'affaire Pélican
Grisham John

Amistad
Pate Alexs

Appelle-moi
Ephron Delia

L'armée des douze singes
Hand Elizabeth

Aussi profond que l'océan
Mitchard Jacquelyne

Basic Instinct
Osborne Richard

Black sunday
Harris Thomas

Le bossu
Feval Paul

Braveheart
Wallace Randall

Cary Grant
Higham Moseley

Chapeau melon et bottes de cuir
Kawaert Julie/Mac Phers

Le cinquième élément
Besson Luc/Bisson Terry

La cité de la joie
Lapierre Dominique

Le client
Grisham John

Code Mercury
Pearson Ryne Douglas

Combats de fauves au crépuscule
Blanc Henri-Frédéric

Le comédien
Guitry Sacha

Congo
Crichton Michael

Contact
Sagan Carl

Contre cœur
Quindlen Anne

Couleurs primaires
Anonyme

Coup de foudre à Notting Hill
O'Connor Philipp

La déchirure
Hudson Christopher

La dernière marche
Prejean Helen

La dernière tentation du Christ
Kazantzaki Nikos

Le désert des Tartares
Buzzati Dino

Désiré
Guitry Sacha

Destinataire inconnu
Schine Cathleen

Le déshonneur d'Ann Campbell
Demille Nelson

Le dîner de cons
Veber Francis

Dolorès Claiborne
King Stephen

Dracula
Stoker Bram

Le droit de tuer
(Non coupable)
Grisham John

L'élue
Cash Spellman Cathy

Emmanuelle
Arsan Emmanuelle

Entretien avec un vampire
Rice Anne

Et tombent les filles
(Le collectionneur)
Patterson James

L'étoile du soir
Mc Murtry Larry

Eyes Wide Shut
(scénario S. Kubrick et F. Raphael, suivi de la nouvelle de A. Schnitzler)

Exodus
Uris Léon

Faux-semblants
Wood Bari/Geasland Jack

La fin des temps
Laurian Franck

La firme
Grisham John

Frankenstein
Shelley Mary

The full monty
Holden Wendy

The game
Rovin Jeff

Henry et June
(Carnets secrets)
Nin Anaïs

L'homme qui murmurait à l'oreille des chevaux
Evans Nicholas

Hantise
Jackson Shirley

8 mm
Fleisher Léonore

L'idéaliste
Grisham John

Jamais sans ma fille
Mahmoody Betty

Je rêvais de l'Afrique
Gallmann Kuki

Jeanne d'Arc
Séguy Philippe

Jurassic Park
Crichton Michael

La lettre écarlate
Hawthorne Nathaniel

La ligne rouge
Jones James

Ma meilleure ennemie
Robb Maddy

Ma vie
Chaplin Charlie

Malcolm X
Haley Alex

Marilyn Monroe
Spoto Donald

Le masque de Zorro
Luceno James

Men in Black
Perry Steve

Mesure d'urgence
Palmer Michael

Midnight Express
Hayes Billy

Minuit dans le jardin du bien et du mal
Berendt John

Mission impossible
Barsocchini Peter

Moi, histoire de ma vie
Hepburn Katharine

Le monde perdu
Crichton Michael

L'ombre d'un soupçon
Adler Warren

L'orange mécanique
Burgess Anthony

Papillon
Charrière Henri

Paris brûle-t-il ?
Lapierre Dominique/Collins Larry

Le parrain
Puzo Mario

La part des ténèbres
King Stephen

Philadelphia
Davis Christopher

Le pont de la rivière Kwaï
Boulle Pierre

Prémonitions
Wood Bari

Prête à tout
Maynard Joyce

Psychose
Bloch Robert

Quatre mariages et un enterrement
O'Connor Philip

Rain Man
Fleischer Leonore

Relic
Preston Douglas/Child Lincoln

Ressusciter les morts
Connely Joe

Le salaire de la peur
Arnaud Georges

Seven
Bruno Anthony

Le silence des agneaux
Harris Thomas

Sixième sens
Connely Joe

Sleepers
Carcaterra Lorenzo

Sleepy Hollow
P. Lerangis, suivi de la nouvelle de W. Irving

Snake eyes
Jacobs David

Sous le soleil de Satan
Bernanos Georges

Sphère
Crichton Michael

Sur la route de Madison
Waller Robert-James

Le témoin du mal
Gram Dewey

Tendres passions 2 (l'étoile du soir)
Mc Murtry Larry

La tête dans le carton à chapeau
Childress Mark

Une bouteille à la mer
Sparks Nicholas

Va où ton cœur te porte
Tamaro Susanna

Vampires
Steacley John

La veuve de Saint-Pierre
Saglio-Branly Marine

La vie silencieuse de Marianna Ucrìa
Maraini Dacia

La vingt-cinquième heure
Gheorghiu Virgil

Achevé d'imprimer sur les presses de

BUSSIÈRE

GROUPE CPI

à Saint-Amand-Montrond (Cher)
en janvier 2002

POCKET - 12, avenue d'Italie - 75627 Paris Cedex 13
Tél. : 01-44-16-05-00

— N° d'imp. 16779. —
Dépôt légal : juin 1995.

Imprimé en France

Achevé d'imprimer sur les presses de

BUSSIÈRE
GROUPE CPI

à Saint-Amand-Montrond (Cher)
en janvier 2002

POCKET - 12, avenue d'Italie - 75627 Paris Cedex 13
Tél. : 01-44-16-05-00

N° d'imp. 40175. —
Dépôt légal : juin 1995.

Imprimé en France